KB071321

스페어

PRINCE HARRY

스페어

오픈도어북스

스페어

오픈도어북스는 (주)하움출판사의 임프린트 브랜드입니다.

초판 1쇄 발행 2024년 05월 01일
1판 2쇄 발행 2024년 05월 20일
1판 3쇄 발행 2024년 05월 27일

지은이 | Prince Harry, Duke of Sussex

발행인 | 문현광
번역 | 김광수
교정 · 교열 | 신선미 주현강 이건민
디자인 | 문서아
마케팅 | 양하은 심리브가 박다솜
업무지원 | 김혜지

펴낸곳 | (주)하움출판사
본사 | 전북 군산시 수송로315, 3층 하움출판사
지사 | 광주광역시 북구 첨단연신로 261 (신용동) 광해빌딩 6층 601호, 602호
ISBN | 979-11-6440-578-7 (03840)
정가 | 22,000원

오픈도어북스는 참신한 아이디어와 지혜를 세상에 전달하려고 합니다.
아이디어와 원고가 있으신 분은 연락처와 함께 open150@naver.com로 보내주세요.

메건과 아치와 릴리에게... 그리고, 당연히, 내 어머니께도 과거는 절대 죽지 않는다. 심지어, 아직 지나지도 않았다.

– 윌리엄 포크너(William Faulkner)

우리는 장례식이 끝나고 몇 시간 뒤에 만나기로 했다. 고딕풍의 그 오래된 유적 옆에 있는 프로그모어(Frogmore) 정원에서. 내가 먼저 도착했다.

주변을 둘러보았지만, 아무도 보이지 않았다.

전화기를 확인했다. 문자도, 음성메시지도 없었다.

'좀 늦어지는 거겠지.' 나는 돌담에 기댄 채 대수롭지 않게 여겼다.

전화기를 내려놓고 홀로 다짐했다. '침착해야 해!'

전형적인 사월의 날씨였다. 겨울도 아니고, 그렇다고 봄이라기에는 아직 이른. 나무는 여전히 앙상했지만, 공기는 온화했다. 하늘은 잿빛이어도 튤립은 꽃망울을 터트리고 있었다. 어슴푸레한 햇빛에도 정원을 가로지르는 쪽빛의 연못은 반짝거렸다.

'모두가 얼마나 아름다운지….' 나는 생각했다. 그리고 얼마나 서글픈지도.

과거에는 이곳이 나의 영원한 거처가 될 터였지만, 지금은 잠깐 거쳐 가는 경유지임이 분명해졌다.

정신적, 신체적 안전을 위협받는다는 이유로 아내와 내가 이곳을 떠나면서, 과연 언제쯤 다시 돌아올 수 있을지 나로서도 확신할 수 없었다. 그때가 2020년 1월이었다. 그로부터 15개월이 지나 나는 다시 그곳에 서 있었다. 서른두 통의 부재중 전화를 확인하고, 마침내 할머니로부터 짧고 충격적인 내용의 전화를 받은 지 몇 시간 후였다. "해리… 할아버지가 돌아가셨단다."

바람이 세차게 불면서 날씨는 더욱 차가워졌다. 나는 어깨를 움츠리고 양

팔을 문지르며 얇은 흰 셔츠만 입은 걸 후회했다. '장례식 예복을 갈아입지 말 걸 그랬어. 코트를 가져올 생각이라도 했더라면 좋았을걸.' 바람을 등지고 선 나는 뒤로 어렴풋하게 보이는 고딕 양식의 그 유적을 바라보았다. 사실상 그곳은 대관람차인 밀레니엄 휠(Millennium Wheel)만큼이나 고딕풍과는 거리가 멀었다. 일부 독창적인 건축, 약간의 연출 기법까지 더해져서. 이 주변의 많은 것들이 그렇듯이. 나는 그렇게 생각했다.

돌담에서 작은 나무 벤치로 자리를 옮겼다. 벤치에 앉아 전화기를 다시 확인하며 정원에 난 길을 아래위로 훑어보았다.
'도대체 어디 있는 거야?'
거센 바람이 다시 몰아쳤다. 우습게도, 그 바람에 할아버지(Grandpa) 생각이 났다. 아마 할아버지의 쌀쌀맞은 태도나, 아니면 썰렁한 유머 감각 때문일 것이다. 사냥을 하던 몇 년 전의 어느 주말이 떠올랐다. 한 친구가 그저 대화를 나눠볼 요량으로 할아버지에게 내가 새로 기른 수염을 어떻게 생각하시는지 물었다. 당시에 내 수염은 가족의 근심거리이자 언론에서도 논란거리였다. "여왕께서 해리 왕자에게 면도를 강요해야 할까?" 친구와 내 턱을 번갈아 보시던 할아버지는 짓궂은 미소를 지으며 말했다. "저건 수염도 아니야!"
모두가 폭소했다. 수염을 기르느냐 마느냐, 그것이 문제로다. 하지만 더 멋진 수염이 필요하다면 할아버지에게 물어보라!
'무자비한 바이킹의 화려한 수염을 길러 보세!'
나는 평소 할아버지의 확고한 소신과 마차 몰기와 바비큐, 사냥, 음식, 맥주 등 좋아하던 것들을 떠올렸다. 이 모두가 당신이 '삶'을 받아들이는 방식이었다. 이런 점에서는 내 어머니와도 닮아 있었다. 어쩌면 그래서 할아버지가 어머니를 열렬히 지지했는지도 모른다. 다이애나 왕세자비가 되기 한참 전에, 유치원 교사이자 찰스 왕세자의 숨겨진 여자친구로서, 그저 다이애나 스펜서로 불리던 시절부터 할아버지는 어머니의 확실한 옹호자였다.

실제로 할아버지가 내 부모님의 결혼을 중개했다고 말하는 사람들도 있었다. 만약 그렇다면, 나의 세상을 창조한 주역이 할아버지라는 주장도 성립될 수 있다. 하지만 나는 할아버지를 위해 여기 있는 것이 아니다.

그건 윌리 형*도 마찬가지일 것이다.

그렇지만, 어쩌면 어머니라면 그럴지도 모르겠다. 아버지(Pa)와 결혼만 하지 않았더라면…

최근에 할아버지와 단둘이서 대화한 적이 있었다. 당신이 97세가 된 지 얼마 지나지 않았을 무렵이었다. 그때 할아버지는 마지막을 생각하고 있었다. 더는 열정적으로 봉직할 자신이 없다는 말도 했다. 그럼에도 당신이 가장 그리워한 것 역시 일이었다. 일이 없으면 모든 게 무너진다고 말했다. 슬퍼 보이지는 않았고, 그저 준비가 되어 있는 듯했다.

"떠나야 할 때가 언제인지 알아야 한단다, 해리!"

이제 조금 더 먼 곳, 프로그모어 주변으로 묘지와 기념물들이 만들어 내는 작은 스카이라인으로 눈을 돌렸다. 왕립 묘지(The Royal Burial Ground)! 빅토리아 여왕을 포함하여, 우리 중 많은 이들에게 마지막 안식처가 될 곳이다. 악명 높았던 월리스 심프슨도, 그녀보다 두 배로 악명 높은 남편이며 전 국왕이자 나의 고조부인 에드워드도. 에드워드가 월리스에게 왕위를 물려주고 영국을 떠난 후, 두 사람은 영구적인 귀환을 애타게 바랐다. 바로 이곳에 묻히기를 항상 염원하며. 내 할머니인 엘리자베스 2세 여왕이 두 사람의 이 염원을 허가했지만, 둘은 모두로부터 멀리 떨어진 곳의 구부정한 플라타너스 아래에 묻혔다. 마지막 손가락질, 아니면 마지막 유배형일지도. 나는 월리스와 에드워드가 그동안의 간절함을 지금은 어떻게 느끼고 있을지 궁금했다. 결과적으로 이 정도면 되었다고 생각할까? 조금은 의아하게 여기지

---

* 이 책 전반에 걸쳐 형을 윌리(Willy)라는 애칭으로 부르며, 극히 일부에서만 윌리엄(William)이라고 표현한다.

않을까? 여전히 자신들의 선택을 곱씹으며 허공을 떠돌고 있을까, 아니면 존재도 생각도 아예 없는 걸까? 죽어서 묻힌 후로는 정말 아무것도 없는 걸까? 의식도 시간처럼, 정지하는 걸까? 아니면 혹시, 바로 지금 이곳, 엉터리 고딕풍 유적 곁이나 혹은 내 곁에서, 내 생각을 엿듣고 있는 건 아닐까? 만약 그렇다면… 내 어머니도 그럴 수 있지 않을까?

언제나 그렇듯이, 어머니를 생각하면 희망과 활기가 샘솟았다.

더불어 슬픔의 고통까지도.

매일같이 어머니를 그리워했지만, 그날 프로그모어에서의 긴장된 만남을 코앞에 두고 어머니를 갈구하는 나 자신을 발견했지만, 왜 그랬는지 딱히 설명할 수는 없었다. 어머니에 대한 많은 것들이 그렇듯, 이번에도 무어라 말로 표현하기는 어려웠다.

어머니는 여신의 이름을 따른 왕세자비였지만, 이 두 가지 표현 모두 늘 유약하고 어울리지 않는 느낌이었다. 사람들은 늘 어머니를 넬슨 만델라에서 테레사 수녀, 잔다르크에 이르기까지 온갖 성상이나 성자들과 비교했지만, 그 모든 비교는 고귀하고 은혜로우면서도 본질을 벗어났다는 느낌도 지울 수 없었다. 이 지구에서 가장 주목받고 가장 많은 사랑을 받던 여성 중 한 사람이던 어머니는 단순히 말로 표현하기에는 어려운 존재였다. 그건 분명한 사실이었다.

그럼에도… 어떻게 누군가가 지금껏 일상의 언어마저 초월한 채로 그리도 분명하고, 그리도 실재적이고, 그리도 생생하게 내 마음속에 남아 있을 수 있었을까? 내 곁을 스쳐 지나가는 저 쪽빛 연못의 백조처럼 또렷하게 그녀를 바라보는 것이 어떻게 가능했단 말일까? 어떻게 지금까지도 앙상한 나뭇가지에서 노래하는 새들처럼 요란한 그녀의 웃음소리를 내가 어떻게 들을 수 있었단 말일까?

어머니가 사망한 그때 나는 너무 어려서 기억하지 못하는 것이 많았지만, 더 놀라운 기적은 내가 행한 모든 것들이었다. 그녀의 치명적인 미소, 연약한 눈빛, 영화와 음악과 옷과 과자를 향한 아이 같은 사랑, 그리고 우리. 어머니는 형과 나를 얼마나 사랑했던가! '병적일 정도죠.' 언젠가 한 인터뷰에서 어머니는 우리를 향한 사랑을 이렇게 표현했다.

'맞아요, 엄마… 그 반대도요.'

아마도 어머니는 당신을 말로 설명할 수 없다는 바로 그 이유 때문에 세상 어디에나 존재했는지도 모른다. 어머니는 빛이었다. 순수하고 찬란한 빛. 빛을 어떻게 설명한단 말인가? 아인슈타인도 이와 비슷한 문제로 골머리를 앓았다. 최근 천문학자들이 우주의 작은 틈새 하나를 겨냥해 대형 망원경들을 재배열하여, 금성의 고대 영어식 명칭인 에렌델(Earendel)이라고 이름 붙인 놀라운 구체 하나를 어렵사리 포착했다. 수십억 킬로미터나 떨어져 있고 어쩌면 오래전에 소멸했을지도 모를 에렌델은 우리의 은하계보다 창조의 순간인 빅뱅에 더 가깝지만, 너무나 밝고 눈부신 탓에 아직도 인류의 시야에 자리하고 있다.

내 어머니도 그랬다.

내가 항상 어머니를 보고 느낄 수 있는 이유도 그와 같았지만, 그 사월 어느 날 오후 프로그모어에서는 더더욱 그랬다.

그날, 내가 어머니의 신념과 함께하고 있다는 사실도. 나는 평화를 바랐기에 그 정원까지 올 수 있었다. 그 무엇보다 간절히 원했다. 내 가족을 위해, 나 자신을 위해, 또한 어머니의 신념을 위해서도.

사람들은 어머니가 평화를 위해 얼마나 노력했는지 망각한다. 지구를 몇 바퀴나 돌고, 지뢰밭을 걸어 다니고, 에이즈 환자들을 보듬고, 전쟁고아들을 위로하며, 항상 어딘가의 누군가에게 평화를 가져다주기 위해 애썼다. 그리고 당신의 아들들 사이에서도, 우리 둘과 아버지 사이에서도, 어머니는 필사적으로 평화를 바랐을 것이다. 아니, 정말로 바랐다.

윈저 가문은 여러 달에 걸친 전쟁 중이었다. 수 세기를 거슬러 올라가면 우리 왕가에서도 수시로 분란이 있었지만, 이번만큼은 달랐다. 대중으로부터 완전히 외면당하며 되돌리기 어려운 위기에 처했다. 그래서 나는 할아버지의 장례식을 이유로 혼자서 특별히 고국으로 향하면서, 지금의 상황을 논의하기 위해 이 비밀스러운 만남을 형 윌리와 아버지에게 요청했다.

탈출구를 찾기 위해서.

그러나 지금 나는 전화기를 다시 살펴보고 정원 길을 아래위로 다시 한 번 훑어보며 생각했다. '어쩌면 마음을 바꿨을지도 몰라. 오지 않을 수도 있어.'

포기할지, 혼자 정원을 거닐고 있을지, 사촌들이 모여 술을 마시며 할아버지에 대한 담소를 나누는 곳으로 돌아갈지, 나는 잠시 고민했다.

마침내 두 사람의 모습이 눈에 들어왔다. 어깨를 나란히 하고 나를 향해 성큼성큼 걸어오는 모습은 위협적일 정도로 차갑게 느껴졌다. 더욱이 그들은 촘촘하게 대열을 이루고 있었다. 가슴이 철렁했다. 평소 같으면 이런저런 이유로 옥신각신했을 사람들이 지금은 조금의 균열도 보이지 않는 완벽한 동맹체 같았다.

순간 이런 생각이 들었다.

'가만, 우리 산책하러 만나는 것 맞아? 혹시 결투하러?'

나무 벤치에서 일어난 나는 두 사람을 향해 조심스럽게 걸음을 옮기며 옅은 미소를 지었다. 그들은 미소로 화답하지 않았다. 심장이 마구 쿵쾅거리기 시작했다. '심호흡해!' 속으로 나를 다독였다.

두려움과는 별개로, 내 인생의 어느 중요한 순간에 느꼈던 지극히 과민하고 유약했던 감정을 지금 다시 느끼고 있었다.

어머니의 관을 뒤따라 걸을 때.

처음으로 전투에 나설 때.

공황발작 도중에도 연설할 때.

무언가 중요한 일을 시작했지만 잘 해낼 수 있을지 알 수 없고, 게다가 되돌릴 방법도 없다는 것을 정확히 알고 있을 때의 그런 느낌이었다.

주사위는 이미 던져졌다.

'좋아, 엄마.' 어머니를 떠올리며 속도를 높여 그들에게 다가갔다.

'자, 간다. 행운을 빌어주세요.'

길 중간에서 우리는 만났다. "형? 아빠? 안녕하세요?"

"해롤드(Harold)[*]."

서운할 정도로 냉담한 반응이다.

우리는 방향을 바꿔 담쟁이덩굴로 뒤덮인 작은 돌다리의 자갈길을 따라 나란히 걸었다.

우리가 이렇게 나란히 선 모습, 고개를 숙인 채 똑같은 속도로 말없이 걷던 모습, 그래서 그 무덤들에 다가서는 모습, 이런 모습들에서 어떻게 어머니의 장례식을 떠올리지 않을 수 있을까? 하지만 나는 그런 생각을 하지 말자고, 대신에 걸음을 뗄 때마다 들리는 기분 좋은 바스락거림과 우리가 하는 말이 바람에 날리는 연기처럼 흩어져가는 모습을 생각하자고 다짐했다.

영국인이자 윈저가의 일원인 우리는 늘 그렇듯이 날씨 얘기로 대화를 시작했다. 그리고 할아버지의 장례식에 대한 기록들을 비교하며 검토했다. 할아버지는 장례식의 사소한 부분까지 직접 계획했고, 우리는 슬픈 표정으로 그 내용을 서로 상기시켰다.

이어진 담소. 그것도 가장 가벼운. 차츰 다른 부차적인 화제들로 대화가 옮겨졌다. 나는 핵심 주제로 넘어가기를 기다리면서, 왜 그렇게 시간을 끄는지 그리고 아버지와 형은 어떻게 저리 평온해 보이는지 의아했다.

주변을 둘러보았다. 우리는 여러 구역을 거쳐 어느덧 왕립 묘지의 한복판에 이르렀다. 어쩌면 지금의 내가 햄릿 왕자보다 더 위태로운 지경에 처했는지도 모른다. 그런데 생각해 보니, 나 자신이 한때 여기에 묻히려고 신청하지 않았던가? 내가 전장으로 떠나기 몇 시간 전에 개인 비서가 내 유해를 묻을 장소를 선택해야 한다고 말했다.

"최악의 상황이 발생한다면, 전하… 전쟁은 불확실한 것이라서…."

---

[*] 윌리엄 왕자가 해리 왕자를 부를 때 사용하던 호칭.

몇 가지 선택지가 있었다. 세인트 조지 예배당이냐? 아니면, 지금 할아버지를 안장한 윈저성 왕실 묘지(The Royal Vault)냐?

나는 이곳을 택했다. 정원이 무척 아름다운 데다 평화로워 보였기 때문이다.

우리의 발은 거의 월리스 심프슨의 얼굴 위까지 다다랐고, 아버지는 여기 묻힌 인물과 저쪽의 왕실 사촌, 한때는 저명했으나 지금은 잔디밭 아래에 잠든 공작과 공작부인, 귀족과 귀부인들에 대해 즉석 강의를 시작했다. 평생을 역사학도로 살아온 아버지는 우리와 많은 정보를 공유했고, 나는 속으로 이 강의에 몇 시간이 걸릴 수 있고 마지막에 시험이 있을지도 모른다고 생각했다. 다행히 아버지는 강의를 멈추었고, 우리는 연못가의 잔디밭을 따라 작고 아름다운 수선화밭에 다다랐다.

그곳에서, 마침내 본론으로 들어갔다.

나는 내 입장을 설명하려고 노력했지만 썩 만족스럽지 않았다. 무엇보다 긴장감이 여전했다. 그래서 내 감정을 조절하는 한편으로 간결하고 명확하게 표현하기 위해 애썼다. 더불어, 이 만남이 또 다른 논란의 씨앗이 되지 않도록 주의하겠다고 스스로 다짐했다. 하지만 그건 나에게 달린 게 아니란 것을 금방 깨달았다. 아버지와 형은 각자 맡은 역할이 있고 이미 싸울 준비가 되어 있었다. 매번 내가 새로운 이유를 갖다 붙이며 새로운 발상을 시도할 때마다 한 사람 또는 둘 모두가 내 말을 가로막았다. 특히 윌리 형은 어떤 말도 들으려 하지 않았다. 형이 내 말을 여러 차례 끊자, 형과 나는 지난 몇 달 혹은 몇 년 동안 했던 것과 똑같은 말로 서로를 비난했다. 비난이 너무 과열되자 아버지가 손을 들었다. "그만하면 됐어!"

아버지는 우리 둘 사이에 서서, 붉어진 두 얼굴을 번갈아 보았다.

"제발, 얘들아. 내 말년을 비참하게 만들지 말아다오."

아버지의 목소리는 탁하고 힘이 없었다. 솔직히 말해, 나이든 목소리였다. 할아버지가 떠올랐다.

그러자 갑자기 내 안에서 무언가 꿈틀거렸다. 나는 형을, 정말로 형을 똑바로 쳐다보았다. 아마도 소년 시절 이후로 처음일 것이다. 하나하나 뜯어보았다. 익숙해진 그의 찡그린 표정. 나를 대할 때마다 늘 이게 문제였다. 놀랄 만큼 진행된 탈모는 나보다 한참 앞서갔다. 이미 알려진 대로 어머니와의 닮은 점, 이것도 나이를 먹으면서 시간과 더불어 점차 옅어졌다. 어떤 면에서 형은 나의 거울이었고, 또 어떤 면에서는 나와 정반대였다. 내가 가장 사랑하는 형이자 나의 숙적, 어쩌다 이렇게 된 것일까?

심한 피로가 몰려왔다. 집에 가고 싶었고, 동시에 집이 얼마나 복잡한 개념이 되어버렸는지 실감했다. 아니면 항상 그랬던 건지도. 나는 정원과 그 너머의 도시와 조국을 향해 손짓하며 형에게 말했다.

"형, 여기가 우리의 집이었어. 우리의 여생을 여기서 보낼 거였어."

"네가 떠났잖아, 해롤드."

"그래, 왜 그랬는지 형도 알잖아?"

"난 몰라."

"형이… 모른다고?"

"정말로 난 모르겠어."

나는 등을 뒤로 젖혔다. 지금 듣고 있는 말을 도무지 믿을 수 없었다. 누구에게 잘못이 있고 상황이 어떻게 달라졌는지에 대해 생각이 다른 것은 그럴 수 있다 쳐도, 내가 태어난 땅이자 내가 싸우고 죽을 준비까지 되어 있는 조국을 떠난 이유를 전혀 모른다니. 어떻게 그렇게 위험한 말을. 아내와 내가 집과 친구와 세간 등 모든 것들을 내버려둔 채 아이를 데리고 마치 지옥을 달리듯 그렇게 위험천만한 행동을 한 이유를 전혀 모른다니.

나무를 올려다보았다.

"형이 모른다고?"

"해롤드… 난 정말 몰라."

아버지를 돌아보았다. 아버지 역시 '나도 몰라!'라는 표정으로 나를 응시했다.

'아!' 나는 생각했다. '어쩌면 정말 모를지도….'

충격이었다. 하지만 그게 진실일지도 몰랐다.

그리고 내가 왜 떠났는지 두 사람이 모른다면, 그건 나를 모른다는 뜻이고, 어쩌면 내 존재에 대해 아예 모를지도… 어쩌면 정말로 나를 알지 못했을지도 모른다.

그리고 솔직히 말해, 나 역시 두 사람을 제대로 알지 못했을지도.

이런 생각에 나는 더욱 쓸쓸해지며 완전히 고립된 느낌마저 들었다.

하지만 그 또한 나를 더욱 고무시켰다. 나는 생각했다. '두 사람에게 말해야 해.'

'어떻게 말하지?'

'못 하겠어. 시간이 너무 오래 걸릴 거야.'

'게다가 지금 두 사람은 내 얘기를 들을 만한 정신이 아니야.'

'어쨌든 지금은 아니야. 오늘은 아니야.'

그래서…

아버지? 형?

세상?

이제 나의 이야기를 시작하려 한다.

제1부 　 나를 휘감는 어둠 속에서

1.

늘 많은 이야기가 떠돌았다.

사람들은 발모럴에서 순탄하게 살지 못한 사람들에 대해 자주 입방아를 찧었다. 이를테면 오래전의 그 여왕이 그랬다. 비탄에 사로잡힌 여왕은 발모럴성(Balmoral Castle) 안에 자신을 유폐한 채 절대 나가지 않겠다고 선언했다. 그리고 매우 품위 있던 어느 전직 총리도, 이곳을 "현실과 동떨어진" 또는 "매우 기괴한 곳"이라고 표현했다.

나는 한참 뒤에야 이런 이야기를, 아니면 이미 들었어도 기억하지 못했던 것 같다. 나에게 발모럴은 언제나 낙원일 뿐이었다. 디즈니월드와 신성한 드루이드 숲(Druid grove)의 중간쯤이랄까. 낚시하고 사냥도 하고 '그 언덕'을 오르내리느라 늘 정신없었던 나는 옛 성의 풍수에 관해서는 아무것도 발견하지 못했다.

내가 말하고 싶은 것은, 나는 거기서 행복했다는 사실이다.

실제로 발모럴에서 보낸 어느 멋진 여름날보다 더 행복했던 기억은 내 인생에서 없었다고 말할 수 있다.

1997년 8월 30일, 우리는 일주일째 성에 머물렀다. 원래는 일주일을 더 있을 계획이었다. 1년 전에도 그랬고, 그전 해에도 그랬다. 고원지대인 스코틀랜드 하이랜드(Scottish Highlands)가 한여름에서 초가을로 바뀌는 2주간의 간절기에 맞춰 우리는 해마다 발모럴성에서 휴가를 보냈다.

당연히 할머니도 거기에 있었다. 할머니는 매년 여름의 대부분을 발모럴에서 보냈다. 할아버지도, 형과 아버지도. 어머니를 제외한 가족 모두가 그랬다. 그때 어머니는 더는 가족의 일원이 아니었으니까.

누구에게도 내가 직접 물어본 적은 없지만, 누구에게 묻느냐에 따라 어머니가 도망쳤다거나 쫓겨났다는 상반된 대답이 돌아왔을 것이다. 어느 쪽이든, 어머니는 어디선가 자기만의 휴가를 즐기고 있었다.

누군가는 "그리스."라고 했다.

또 누군가는 "아니, 사르디니아."라고 했다.

"아니, 아니야." 또 누군가는 "네 엄마는 파리에 있어!"라며 끼어들었다.

어쩌면 그렇게 말한 사람이 어머니 자신이었는지도 모르겠다. 아들과 대화하러 그날 아침 일찍 전화했을 때? 안타깝지만, 그 기억은 수많은 다른 기억과 함께 높디높은 정신적 장벽의 반대편에 자리하고 있다. 그 많은 기억이 불과 지척 간인 바로 저 건너편에 있음을 아는 것처럼 감질나고 짜증 나는 일이 있을까! 하지만 그 장벽은 늘 그렇듯 너무 높고 너무 두텁다. 도저히 오를 수 없을 만큼.

발모럴의 망루와 다르지 않았다.

어머니가 어디에 있든, 나는 새 친구와 함께 지내는 것을 이해했다. 친구는 누구나 사용하는 단어다. 남자친구도 아니고, 연인도 아닌… 친구. 꽤 괜찮은 사람이라고 나는 생각했다. 형과 나는 얼마 전에 그 사람을 만났다. 사실, 어머니가 생트로페에서 처음 그 사람을 만나기 몇 주 전부터 우리는 어머니와 함께 있었다. 조금 나이 든 어느 신사의 별장에서 우리 셋이서만 유쾌한 시간을 보냈다. 어머니와 형과 내가 같이 있을 때, 항상 그랬듯이 난리법석을 떨며 참 많이 웃었지만, 그 휴가 때는 유별나게 더 즐거웠다. 생트로페로의 여행과 관련해서는 모든 게 환상적이었다. 빼어난 날씨에 음식도 맛있었고 어머니도 늘 웃고 있었다.

그중에서도 단연 최고는 제트스키였다.

그게 다 누구 거였더라? 모르겠다. 아무튼, 우리가 제트스키를 몰고 해협의 가장 깊은 곳까지 가서 대형 페리가 다가오기를 기다리며 뱅글뱅글 돌던 때를 선명하게 기억한다. 페리가 일으킨 거대한 파도를 도약 경사로로 활용하여 공중으로 날아오르기도 했다. 죽지 않은 게 신기할 정도였다.

어머니의 친구가 처음 등장한 때는, 우리가 제트스키 모험에서 돌아온 직후였던가? 아니, 그 직전이었을 가능성이 크다.

"안녕, 해리 맞지?" 검은 머리에 황갈색 피부, 새하얀 미소까지.

"오늘 어땠어? 내 이름은… 어쩌고저쩌고."

그는 우리에게도 말을 걸고 어머니에게도 걸었다. 특히 어머니에게. 대놓고 어머니에게. 그의 눈은 빨간 하트로 가득했다.

두말할 것도 없이, 그 사람은 뻔뻔해 보였다. 하지만, 다시 말하지만 꽤 괜찮은 사람이었다. 그가 어머니에게 선물을 건넸다. 다이아몬드 팔찌. 어머니 마음에 드는 듯했다. 어머니는 그걸 자주 착용했다. 그 후 그 남자는 내 의식에서 점차 사라졌다.

"엄마만 행복하다면….." 내 말에 형도 같은 생각이라고 했다.

2.

햇빛이 쏟아지는 생트로페에서 구름으로 침침한 발모럴로 이동하는 것은 신체에도 일종의 충격이었다. 성으로 돌아와서 보낸 첫 주에는 이 충격 이외에 거의 생각나는 게 없다. 하지만 그 시간의 대부분을 야외에서 보낸 것만큼은 분명하다. 우리 가족은 야외활동을 좋아했고, 특히 할머니는 매일한 시간 이상 신선한 공기를 마시지 못하면 예민해졌다. 야외에서 무엇을 했는지, 무엇을 말하고 입고 먹었는지는 잘 생각나지 않는다. 우리가 왕실 요트를 타고 와이트섬에서 성으로 향했다는 보도도 있었다. 이것이 이 요트의 마지막 항해라는 소식도 덧붙여. 멋진 추억이었다.

내가 아주 세세하게 기억하는 것은 물리적 환경이다. 울창한 숲, 사슴이 풀을 뜯던 언덕. 고원지대를 굽이쳐 흐르는 디강(The River Dee). 만년설이 흩뿌려진 공중으로 솟구쳐 오른 로크나가(Lochnagar)산. 풍경, 지형, 건축물, 그 모든 것이 내 기억 속에 살아 있다.

날짜는? 미안하지만, 좀 찾아봐야 할 것 같다.

대화는? 최선을 다해보겠지만, 특히 90년대와 관련된 일이라면 너무 직접적인 요구는 말았으면 한다. 대신에 성과 구석 방, 강의실, 접견실, 침실, 궁, 정원, 바(bar)처럼 내가 점유했던 공간에 대해서라면 어떤 질문도 상관없으며, 나도 가능한 한 정확하게 기억을 되살려 보겠다.

왜 내 기억은 경험을 이런 식으로 정리할까? 유전인가? 트라우마 때문에? 프랑켄슈타인과 유사하게 둘을 조합해서? 모든 공간을 잠재적 전장으로 판단하는 내 안의 군인 때문에? 강제적인 유목 생활에 저항하는 나의 내재된 집돌이 성향 때문에? 세상은 필연적으로 미로와 같으므로 지도 없이는 절대로 잡혀서는 안 된다는 일종의 근원적 불안 때문일까?

원인이 무엇이든 나의 기억은 나의 기억이고, 기억은 기억의 역할을 하고 적합해 보이는 것들을 받아들이고 정리하며, 내가 기억하는 것과 기억하는 방식 속에는 이른바 객관적 사실이라고 불리는 수많은 진실이 담겨 있다. 연표나 인과관계 같은 것들도 더러는 우리가 과거에 대해 우리 자신에게 설명할 때 사용하는 거짓말 같은 것에 지나지 않는다.

'과거는 절대 죽지 않는다. 심지어, 아직 지나지도 않았다.'

얼마 전에 BrainyQuote.com에서 이 경구를 발견하고서 나는 벼락을 맞은 느낌이었다. (윌리엄) 포크너가 도대체 누구지? 우리 원저가와 어떻게 연관된 사람이지?

그리고 발모럴. 눈을 감으면 선명하게 떠오른다. 정문과 장식 판자를 댄 전면 유리창, 위스키 색 참나무로 만든 커다란 현관문—가끔은 무거운 컬링 스톤으로 받치거나, 붉은색 코트를 입은 경비원 한 명이 배치되기도 하는—으로 이어지는 넓은 현관과 회색빛이 감도는 검은색 반점이 멋진 세 개의 화강암 계단, 그 안에 있는 널따란 홀과 회색빛 별 모양의 타일이 깔린 흰색 석조 바닥, 화려하게 조각된 짙은 색의 아름다운 나무 선반과 거대한 벽난로, 그 한쪽에는 일종의 다용도실이 있고, 왼편으로 높은 창문들 옆에는 낚싯대와 지팡이, 고무 장화, 무거운 방수복을 거는 고리들이 있다.

방수복이 이렇게 많은 이유는 원래 스코틀랜드 전역의 여름이 습하고 쌀쌀한 편이지만, 특히 이 지역은 시베리아처럼 살을 에는 듯한 날씨이기 때문이다. 그다음으로는 진홍색 카펫이 깔린 복도로 이어지는 연갈색의 나무문이 있다. 그리고 점자처럼 볼록한 금빛 새 떼 무늬가 담긴 크림색 벽지로 도배된 벽, 식사나 독서, 텔레비전 시청, 차 마시기 등 구체적인 목적에 따라 복도에 배치된 여러 개의 방, 특히 기록물을 보관하는 특별한 방이 있는데 그 기록물 주인공의 상당수는 내가 미친 듯이 좋아하는 인물들이다. 마지막으로 19세기에 지어진 성 주실이 나오는데, 14세기에 또 다른 해리 왕자가 스스로 망명을 선택했다가 몇 세대 안에 복위하여 모든 것과 모든 사람을 절멸시킨 또 다른 성터의 위치와 비슷하다. 나의 먼 일족이며, 나와 유사한 사고를 가진 사람이었다고, 그렇게 주장하는 사람도 있을 것이다. 적어도 나와 이름은 같았다.

1984년 9월 15일에 출생한 나는 헨리 찰스 앨버트 데이비드(Henry Charles Albert David of Wales)라는 세례명을 받았다.

하지만 첫날부터 모두가 나를 해리라고 불렀다.

이 주실의 한가운데에 웅장한 계단이 있었다. 곡선 형태의 멋진 계단이지만 사용은 거의 하지 않았다. 할머니가 이 층의 침실로 올라갈 때는 승강기를 선호했고 웰시코기 무리가 뒤를 따랐다.

강아지들 역시 승강기를 더 좋아했다.

할머니의 승강기 부근에, 한 쌍의 진홍색 살롱 문을 거쳐 초록색 격자무늬의 바닥을 따라가면 무거운 철제 난간이 딸린 작은 계단이 나타난다. 이것이 이 층으로 이어진 계단인데 그곳에 빅토리아 여왕의 동상이 있었다. 나는 동상을 지나칠 때마다 고개를 숙여 경의를 표했다. "여왕 폐하!"

형도 마찬가지였다. 물론 시켜서 한 행동이지만, 시키지 않았더라도 나는 그렇게 했을 것이다.

나는 '유럽의 큰할머니'로 불리던 빅토리아 여왕에게서 깊은 인상을 느꼈는데, 그건 할머니가 그분을 존경해서도 아니고 아버지가 내 이름을 그분의 남편 이름을 따서 지으려 한 적이 있어서도 아니다. (어머니가 강력하게 반대했다.) 빅토리아 여왕은 위대한 사랑과 솟아나는 행복의 의미를 잘 알았지만, 그녀의 삶 자체는 근원적으로 비극이었다. 그녀의 아버지 에드워드 왕자(켄트&스트래선 공작)는 가학적인 인물로 군인들이 채찍을 맞는 장면을 보며 성적 쾌감을 느꼈다고 하며, 사랑하던 남편 앨버트는 그녀의 눈앞에서 죽었다. 게다가 그녀의 길고 외로운 통치기 동안 일곱 명의 각기 다른 신하에 의해 여덟 번의 각기 다른 사건에서 여덟 번의 총기 피습을 당했다.

그러나 단 한 발도 여왕을 맞히지는 못했다. 어느 것도 빅토리아 여왕을 굴복시키지 못했다.

빅토리아 여왕의 동상 너머로 가면 조금 복잡한 상황이 펼쳐진다. 문이 모두 똑같고 방이 서로 연결되어 있다. 길을 잃기 십상이다. 엉뚱한 문을 열면 아버지가 시녀의 도움으로 옷을 입고 있을 때 불쑥 들어갈 수도 있다. 더심하게는 아버지가 물구나무를 서고 있을 때 들어가는 결례를 범할 수도 있다. 물리치료사의 처방에 따른 이 물구나무서기는 아버지의 목과 등에 지속적인 통증을 줄이는 데 유일하게 효과가 있는 운동이라고 했다. 통증의 대부분은 오래전 폴로 경기에서 입은 부상 때문이다. 아버지는 매일 사각팬티한 벌만 입고 문에 기대거나 지지대에 매달려 노련한 곡예사처럼 이 운동을했다. 그래서 방문 손잡이에 손가락 하나라도 대는 순간, 반대편에서 애원하는 소리가 들릴 것이다.

"안 돼! 안 돼! 문 열지 마! 제발, 열지 마!"

발모럴에는 쉰 개의 방이 있고, 그중 하나를 나눠 나와 형이 사용했다. 어른들은 그 방을 육아방으로 불렀다. 형이 사용하던 절반은 내 자리보다 넓었고 더블침대와 큼직한 세면대, 거울 문이 달린 옷장, 마당과 분수와 수컷노루 동상이 내려다보이는 예쁜 창이 있었다. 그에 비하면 내 공간은 훨씬좁은 데다 덜 화려했다. 나는 한 번도 그 이유를 묻지 않았다. 신경 쓰지도않았다. 게다가 물어볼 필요도 없었다. 형은 나보다 두 살 위인 데다 왕위 계승자였고, 반면에 나는 '예비용(spare)'이었으니까.

이 호칭은 언론이 우리를 그렇게 불러서라기보다 엄연한 현실이었다. 심지어 아버지와 어머니, 할아버지까지 이렇게 줄여서 부르시곤 했다. 계승자와 예비용. 여기에 대해서는 어떤 판단도, 모호할 것도 없었다. 나는 그림자이며 조연이며 플랜 B였으니까. 나는 형에게 벌어질 만일의 사태에 대비하여 이 세상에 나왔다. 나는 대체재이자 주의분산용으로, 필요하다면 예비용으로 쓰이기 위해 소환된 존재였다. 신장처럼, 수혈처럼, 이식할 골수처럼. 이 모두는 내 삶의 여정이 시작될 때부터 너무나 분명하게 각인되었고, 그 후로 주기적인 확인까지 거쳤다.

내가 태어나던 그날에 아버지가 어머니에게 한 얘기를 처음 들었을 때, 내 나이는 스무 살이었다.

"잘했어! 당신은 나에게 계승자에다 예비용(spare)까지 주었어. 내 일은 끝났네."

농담이었겠지, 아마도. 하지만 이처럼 고급 유머를 구사한 지 불과 몇 분 만에 아버지는 여자친구를 만나러 떠났다고 했다. 농담 속에 뼈가 있는 경우도 많은 법이다.

나는 전혀 불쾌하지 않았다. 그 문제에 대해 어떠한 느낌도 없었다. 왕위 계승이란 날씨나, 행성의 위치나, 계절의 변화와 같은 것이다. 이처럼 불변의 무언가를 걱정할 만큼 여유로운 사람이 있을까? 이미 결정된 운명을, 근심한다고 해서 달라질 게 있을까? 윈저가의 일원이 되는 것은 시대 불변의 진리를 깨닫고 그 사실을 뇌리에서 완전히 삭제해야 한다는 의미이다. 또한 자신이 아닌 누군가의 영원한 부산물이라는 것을 본능적으로 깨닫고, 이런 자신의 정체성과 연관된 기본 변수를 흡수해야 한다는 의미이기도 하다.

나는 할머니가 아니었다.

나는 아버지도 아니었다.

나는 형도 아니었다.

나는 승계 라인에서 그들에 이어 세 번째였다.

모든 소년 소녀들은 적어도 한 번쯤은 왕자나 공주가 된 자신을 상상한다. 예비용이든 아니든, 실제로 그런 존재가 된 것도 그리 나쁘지 않았다. 더욱이, 사랑하는 사람들 뒤에서 근엄하게 서 있는 것은 명예의 의미에 부합하지 않는 것일까?

사랑의 의미에 부합하지 않는 것일까?

빅토리아 여왕의 동상 앞을 지나가며 고개를 숙이는 것처럼?

3.

내 침실 옆에는 둥근 형태의 거실이 있었다. 이곳에는 둥근 테이블과 벽거울, 집필용 책상, 주변을 쿠션으로 에워싼 벽난로가 있었다. 조금 떨어진 구석에는 화장실로 이어지는 커다란 나무문이 자리했다. 두 개의 대리석 세면대는 마치 세상에서 처음 생산된 세면대의 시제품처럼 보였다. 발모럴에서의 모든 것은 오래되었거나 오래되어 보이게끔 만들어진 것들이었다. 이 성은 거대한 놀이터이자 사냥막이면서 한편으로는 무대이기도 했다.

욕실에는 발톱 모양의 받침대가 달린 욕조가 떡하니 자리했는데, 수도꼭지에서 뿜어져 나오는 물조차도 무척 오래된 느낌이었다. 나쁘다는 뜻은 아니다. 멀린이 아서를 도와 마법의 검을 찾은 그 호수처럼 오래된 느낌이랄까. 연한 차를 연상시키는 갈색의 물은 가끔씩 주말 방문객들을 어리둥절하게 만들었다.

"죄송합니다만, 화장실 물에 무슨 문제가 있어 보이는데요?"

아버지는 늘 미소를 지으며 물에는 아무 문제도 없다고, 그 반대로 이 물은 스코틀랜드 토탄에 걸러져 단맛이 든다고 했다. 이 물은 구릉 지대에서 곧바로 유입된 것으로, 당신도 이 부근에 가면 인생 최고의 경험을 할 수 있다. 바로 하이랜드 목욕이다.

당신의 선호도에 따라 하이랜드 목욕은 북극만큼 추울 수도, 주전자만큼 뜨거울 수도 있다. 성 전체의 모든 수도꼭지는 온도의 미세 조정이 가능하다. 내 경우에는 데일 것 같은 뜨거운 물에 몸을 푹 담그는 것만큼 크나큰 즐거움도 없었다. 특히 욕조 안에서, 과거 궁수들이 보초를 섰을 것으로 짐작되는 성의 좁고 긴 창문을 통해 아래를 내려다보는 재미도 있었다. 별이 총총히 떠 있는 하늘을 올려다보거나 성벽으로 둘러싸인 정원을 내려다보며, 많은 정원사 덕분에 스누커 당구대처럼 부드럽고 푸르고 널따란 잔디밭 위를 마음껏 떠다니는 내 모습을 그려보기도 했다. 잔디 이파리 하나하나를 아주 정교하게 베어냈을 정도로 완벽한 잔디밭에서, 형과 나는 자전거 타기는 고사하고 걸어 다니는 것만으로도 죄책감이 들었다.

그러나 어쨌든 우리는 늘 그러고 지냈다. 한번은 잔디밭을 가로질러 사촌 여동생을 쫓아간 적이 있었다. 우리는 쿼드를 타고 사촌은 고카트 위에 있었다. 무척이나 신나고 즐거웠다. 사촌이 녹색의 가로등 기둥을 정면으로 들이받기 전까지는. 지독한 우연이었다. 부근 천 마일 안에 있는 유일한 가로등을 들이받다니. 우리는 놀라 비명을 지르면서도 웃음을 참지 못했는데, 불과 얼마 전까지만 해도 근처 숲의 나무였던 가로등 기둥이 깔끔하게 둘로 쪼개져 사촌을 덮쳤다. 하지만 천만다행으로 사촌은 심각한 부상을 입지는 않았다.

1997년 8월 30일, 그날은 오래도록 잔디밭을 내려다보지 않았다. 형과 나는 서둘러 목욕을 하고 후다닥 잠옷으로 갈아입고 텔레비전 앞에 자리를 잡았다. 시종들이 음식 접시들이 놓인 쟁반을 들고 도착했다. 각 접시는 돔 모양의 은색 뚜껑으로 덮여 있었다. 시종들은 들고 온 접시들을 나무 탁자 위에 올려놓고 늘 그렇듯이 몇 마디 농담을 주고받고는 맛있게 드시라는 인사를 건넸다.

시종, 본차이나… 꽤나 호화롭게 들릴 법한 단어들이고 나 역시 그렇게 생각한다. 하지만 그 근사한 돔 모양의 뚜껑 아래에는 그저 아이들이 좋아하는 것들뿐이었다. 피시스틱, 코티지 파이, 닭고기 구이, 완두콩 등.

과거에는 아버지의 유모였지만 그 무렵에는 우리를 돌보던 메이블(Mabel)이 우리와 함께했다. 식사하는 도중에 아버지가 목욕을 끝내고 슬리퍼를 신고 지나가는 소리가 들렸다. 아버지 손에는 '와이어리스(wireless)'라고 부르는 휴대용 CD 플레이어가 들려 있었는데, 욕조에 몸을 담그고 이 '이야기책'에 귀 기울이는 걸 좋아했다. 아버지는 시계처럼 규칙적인 분이어서 홀에서 아버지 소리가 들리면 여덟 시가 가까웠다는 뜻이었다.

삼십 분 뒤에는 어른들이 저녁 식사를 하러 아래층으로 이동하는 첫 번째 소리가 들리기 시작했고, 그다음에는 동반된 백파이프의 첫 번째 시끄러운 연주 소리가 들렸다. 앞으로 두 시간 동안 어른들은 식사 지옥에 감금되어 긴 테이블에 강제로 둘러앉아, 앨버트 공이 디자인한 촛대의 흐릿한 어둠 속에서 서로를 곁눈질로 힐끗 쳐다보며, 직원들이 줄자까지 사용하여 수학적 정확도로 배치한 도자기 접시와 크리스털 술잔 앞에서 뻣뻣하게 앉아 있어야 했고, 메추리 알과 가자미를 찔끔찔끔 집어 먹으며, 화려한 복장을 한 채로 재미없는 농담이나 주고받아야 했다.

검정 넥타이, 검정 구두, 트루즈*, 심지어 킬트**까지 착용한 채로.

나는 생각했다. 도대체 어른이 되는 게 뭔지!

아버지가 저녁 식사를 하러 가는 길에 우리에게 들렀다. 꽤 늦었는데도 아버지는 은색 뚜껑을 들어 올리고는 "흠, 먹음직스럽군!" 하며 한참 동안 냄새를 맡았다.

아버지는 항상 냄새를 맡았다. 음식, 장미, 우리 머리카락까지. 전생에 흡혈귀였을까. 아버지가 이렇게 오랫동안 냄새를 맡는 이유는 본인의 향수 때문에 다른 냄새를 맡기 어려워서인지도 모른다. 오 소바쥬! 아버지는 이 향수를 볼과 목, 셔츠까지 듬뿍 뿌렸다. 후추나 화약처럼 무언가 자극적인 느낌이 가미된 꽃향기를 지닌 이 향수는 파리에서 만들어졌다. 병에 그렇게 적혀 있었다. 그래서 어머니 생각이 더 났다.

"그래, 해리. 엄마는 파리에 있어."

---

* 스코틀랜드의 통이 좁은 체크무늬 바지.
** 스코틀랜드의 짧은 남성용 치마.

두 사람의 이혼은 정확히 일 년 전에 확정되었다. 그날과 거의 비슷한 날짜에.

"잘 놀아, 얘들아."

"그럴게요. 아빠."

"너무 늦게 자면 안 돼."

아버지는 떠나고, 향기만 남았다.

식사를 마친 형과 나는 텔레비전을 조금 더 보다가 늘 하던 대로 취침 전 장난질을 시작했다. 옆 계단의 맨 위 칸까지 올라가 앉아 외설적인 단어나 이야기를 기대하며 어른들의 말을 엿들었다. 수십 마리의 죽은 수사슴 머리들이 내려다보는 복도를 이리저리 뛰어다니기도 했다. 어떤 때는 할머니가 총애하던 백파이프 악사와 마주치기도 했다. 우악스럽고 서양배를 닮은 외형에다 험상궂은 눈썹을 하고 트위드 킬트*를 입은 그 악사는 할머니가 가는 곳마다 따라다녔다. 그만큼 할머니는 빅토리아 여왕처럼 백파이프 소리를 좋아했다. 하지만 앨버트 공은 백파이프를 '지겨운 악기'라고 불렀다고 한다. 발모럴에서 여름을 보내는 동안 할머니는 백파이프 연주 소리로 자신을 깨워서 식당에 도착할 때까지 계속 연주하도록 악사에게 부탁했다.

그의 악기는 늘어진 공기주머니에 은빛과 짙은 마호가니가 새겨진 것을 제외하면 술 취한 문어처럼 보였다. 전에도 여러 번 보았지만, 그날 밤 악사는 우리에게 한번 들어보라고 했다. "한번 들어보세요."

"정말요?"

"자, 불어보세요."

우리가 아무리 불어도 끽끽거리는 소음만 날 뿐 제대로 된 백파이프 소리는 나지 않았다. 불어넣는 공기의 양이 부족했기 때문이다. 반면에 악사의

---

* 발수성 소재의 천으로 만든 스코틀랜드식 남자 치마.

가슴은 위스키 통만큼이나 컸다. 그 큰 가슴으로 악사는 악기를 울리기도 하고 비명 같은 소리를 내기도 했다.

우리는 악사의 가르침에 감사를 표하고 잘 자라는 인사를 하고는 육아방으로 돌아왔다. 육아방에서는 메이블이 우리가 양치하고 세수하는 모습을 지켜보았다. 그런 다음, 잠자리에 들었다.

내 침대는 무척 길었다. 늘 침대 안으로 뛰어 들어가서 몇 바퀴를 굴러 중앙의 움푹한 곳에 자리를 잡았다. 마치 책장에 기어 올라갔다가 갈라진 틈새로 굴러떨어지는 것처럼. 침구는 깨끗하고 사각거렸으며 흰색 계열의 다양한 색조를 띠었다. 새하얀 시트와 크림색 담요, 달걀 껍데기 빛깔의 침대 커버 등. (대부분 엘리자베스 여왕(Elizabeth Regina)을 뜻하는 'ER'이라는 약자가 찍혀 있었다.) 모든 침구가 마치 군대의 북처럼 팽팽하게 당겨져 있고 전문적인 손길로 매끈하게 관리되므로, 한 세기는 지난 듯한 수선된 구멍이나 찢어진 부분도 쉽게 찾아낼 수 있었다.

나는 시트와 이불을 턱까지만 끌어올렸다. 어둠을 좋아하지 않아서였다. 아니, 사실은 어둠을 몹시도 싫어했다. 어머니도 그랬고. 어머니도 그렇다고 나에게 말했다. 나는 이런 성향을 어머니로부터 물려받은 듯하다. 어머니를 닮은 코, 파란 눈, 인간을 향한 사랑, 독선과 기만과 온갖 가식에 대한 혐오와 함께. 이불을 덮고, 딱딱거리는 벌레 소리와 부엉이 울음소리를 들으며, 어둠 속을 가만히 응시했다. 벽을 따라 어른거리는 형상들, 늘 문을 살짝 열어두도록 요구했기 때문에 그 틈새로 새어 들어와 항상 바닥을 차지한 빛줄기들…. 잠에 들기까지 얼마만큼의 시간이 흘렀을까? 더불어, 내 유년기는 얼마나 남았고 그 사실을 어설프게나마 깨닫기까지 나는 그 시간을 얼마나 소중히 여기고 즐겼을까?

"아빠?"

침대 가장자리에서 아버지가 나를 내려다보고 서 있었다. 하얀 잠옷 때문에 아버지는 마치 연극 속의 유령처럼 보였다.

"그래, 사랑하는 아들."

아버지는 살짝 미소를 짓고는 시선을 돌렸다.

방안은 이제 어둡지 않았다. 하지만 밝지도 않았다. 오묘하게 어중간한 어둠의 색조, 갈색 같기도 하고 오래된 욕조에 담긴 물 같기도 한.

아버지는 지금껏 한 번도 경험한 적 없는 야릇한 시선으로 나를 바라보았다.

두려움에… 사로잡힌?

"왜요, 아빠?"

아버지는 침대 가장자리에 앉았다. 그리고 한 손을 내 무릎에 올려놓았다. "사랑하는 아들, 엄마가 자동차 충돌사고를 당했단다."

그때 떠올랐던 생각이 기억난다. '충돌사고… 그래. 하지만 엄마는 괜찮겠지? 그렇겠지?'

이런 생각이 내 뇌리를 스친 것을 지금도 나는 똑똑히 기억한다. 또 어머니가 괜찮다는 것을 아버지가 확인해 줄 때까지 참고 기다렸던 것도 기억한다. 그리고 아버지가 그렇게 말하지 않았다는 사실까지도 고스란히.

그러자 내 마음속에서 변화가 일었다. 나는 조용히 아버지나 하느님, 또는 둘 다를 향해 호소하기 시작했다. '안 돼요, 안 돼요, 안 돼요.'

아버지는 시트와 담요와 누비이불까지 겹쳐진 내 침구를 내려다보았다. "조금 복잡하단다. 엄마가 꽤 많이 다쳐서 병원으로 실려 갔어, 사랑하는 아들."

아버지는 항상 나를 '사랑하는 아들'이라고 불렀지만, 이번에는 이 말을 특히 자주 사용했다. 아버지의 목소리는 부드러웠다. 당신도 충격을 받은 듯 보였다.

"아, 병원."

"그래. 머리를 다쳤대."

아버지가 파파라치를 언급했던가? 어머니가 파파라치들에게 쫓겼다고 말했던가? 그런 것 같지 않다. 단언할 수는 없지만, 아마 아니었던 것 같다. 파파라치는 어머니뿐 아니라 모든 사람에게 심각한 문제였으니 굳이 언급할 필요도 없었다.

나는 다시 생각했다. '다쳤다고… 하지만 엄마는 괜찮아. 병원에 갔으니 치료해 줄 거야. 우리도 가서 엄마를 만나면 돼. 오늘, 늦어도 오늘 밤에는.'

"사람들이 애를 많이 썼단다, 사랑하는 아들. 안타깝지만 엄마는 이겨내지 못했어."

이 구절들은 판에 꽂힌 다트처럼 지금도 내 마음속에 남아 있다. 아버지는 분명 그렇게 표현했고 나는 그걸 확실히 기억한다. '엄마는 이겨내지 못했어.' 그 순간 모든 것이 멈춰버린 것 같았다.

'그렇지 않아. 그렇지 않을 거야. 전혀 그렇지 않을 거야.' 모든 것들이 분명하게, 확실하게, 돌이킬 수 없게 멈춰버렸다.

그때 아버지에게 말한 것 중에서 어느 것도 내 기억에 남아 있지 않다. 아무 말도 하지 않았을 수도 있다. 너무나 분명하게 기억하는 건, 내가 눈물을 흘리지 않았다는 사실이다. 단 한 방울도.

아버지는 나를 안아주지 않았다. 아버지는 일상적인 상황에서도 감정 표현에 그리 능숙하지 못했는데, 어떻게 이런 위기 속에서 감정을 표현하리라고 기대할 수 있겠는가? 그럼에도 아버지는 다시 한번 손을 내 무릎에 내려놓으며 말했다. "다 괜찮아질 거야."

아버지로서는 상당한 수준의 감정 표현이었다. 자애롭고, 희망적이고, 다정한. 하지만 매우 진실하지 못했다. 아버지는 일어나서 방을 나갔다. 아버지는 이미 다른 방을 다녀갔고, 형에게 설명한 것을 내가 어떻게 알게 되었는지 나도 기억이 없지만, 어쨌든 알고 있었다.

방에서 누웠다 앉았다 반복했다. 일어나지는 않았다. 씻지도 않았고 소변도 보지 않았다. 옷도 입지 않았고, 형이나 메이블을 부르지도 않았다. 그 아침을 재구성하려고 오랜 세월을 고민하다가 결국 피할 수 없는 한 가지 결론에 도달했다. 나는 그 방에 남았고, 아무 말도 하지 않았고, 아무도 보지 않았으며, 정각 아홉 시가 되자 바깥에서 백파이프 연주가 시작된 것은 분명하다.

악사의 연주곡을 기억할 수 있다면 좋을 것을. 하지만 그건 중요하지 않을 것이다. 백파이프는 곡조보다 음색이 중요하니까. 수천 년의 역사를 이어온 백파이프는 이미 마음속에 존재하는 것을 증폭하기 위해 만들어졌다.

어리석다는 생각이 든다면, 백파이프는 당신을 더 어리석게 만든다. 화가 나 있다면, 백파이프는 당신의 피를 더 끓어오르게 만든다. 당신이 슬픔에 잠겨 있다면, 심지어 당신이 겨우 열두 살이고 슬픔에 잠겨 있다는 사실조차 모른다면, 어쩌면 당신만 특별히 모르는 상황이라면, 백파이프는 당신을 미치게 만들 수도 있다.

4.

일요일이었다. 늘 그렇듯, 우리는 교회에 갔다. 크래디 커크(Crathie Kirk) 교회.

화강암 벽, 스코틀랜드산 소나무로 만든 대형 지붕, 빅토리아 여왕이 오래전에 기증한 착색 유리창. 이 유리창은 아마도 빅토리아 여왕이 이곳에서 예배하면서 빚어진 혼란에 대한 보상책으로 보인다. 잉글랜드 교회의 수장이 스코틀랜드 교회에서 예배하는 것 때문에 어떤 문제가 생긴 모양인데, 나는 그 내용을 이해할 수 없었다.

그날 우리가 교회로 들어가는 모습을 담은 사진을 많이 보았지만, 그 사진을 보면서 특별히 떠오르는 기억은 없다. 목사가 무슨 말을 했는지? 상황을 더 악화시키지는 않았는지? 나는 목사의 설교를 듣고 있었는지, 아니면 신도석 뒤를 쳐다보며 어머니를 생각하고 있었는지?

발모럴까지 차로 2분 거리, 교회에서 발모럴로 돌아가는 길에 누군가의 제의로 발길을 멈추었다. 오전 내내 사람들이 정문에 모여들었고 일부는 무언가를 바닥에 내려놓았다. 봉제 인형, 꽃, 카드 같은 것들을. 감사의 인사를 해야 했다.

우리는 차를 세우고 밖으로 나왔다. 내 눈에 보이는 것이라고는 형형색색의 수많은 점의 행렬밖에 없었다. 그리고 꽃, 엄청나게 많은 꽃. 길 건너편에서 연쇄적으로 찰칵거리는 소리가 이어졌다. 기자들. 긴장된 마음에 아버지의 손을 꼭 잡았는데, 도리어 찰칵 소리가 폭발적으로 늘어나는 바람에 나는 그 행동을 후회했다.

그들이 원하는 것을 내가 정확하게 제공한 셈이다. 감정, 드라마, 아픔.

그들은 찍고, 찍고, 또 찍었다.

5.

몇 시간 뒤, 아버지는 파리로 떠났다. 어머니의 자매인 사라(Sarah)와 제인(Jane), 두 이모와 함께였다. 이모들은 사고에 대해 더 알고 싶어 했다고 누군가 말했다. 또 이모들은 어머니의 시신을 돌려받을 협의도 요구했다.

시신. 사람들은 이 단어를 반복했다. 그건 반칙이며 새빨간 거짓말이었다. 왜냐하면 어머니는 죽지 않았으니까.

그때 무언가 퍼뜩 떠올랐다. 성안을 배회하며 혼잣말을 하는 것 외에 달리 할 일이 없던 나에게 한 가지 의심이 생겼고, 그건 곧 확신으로 발전했다. 이 모두가 속임수라는 것. 그리고 이 속임수는 나를 둘러싼 사람들이나 언론의 공작이 아니라 어머니 자신이 꾸민 것이라는. '엄마의 삶은 불쌍하고, 늘 쫓겨 다니고, 괴롭힘당하고, 온통 거짓말투성이였다. 그래서 시선을 유도하여 도망가기 위해 자동차 사고를 꾸며낸 거야.'

이렇게 생각하자 마음이 조금 놓였고, 나는 안도의 한숨을 쉬었다.

'당연해! 이 모두는 엄마가 완전히 새롭게 출발하기 위한 전략이야. 지금 이 순간에도 파리에서 아파트를 빌리고 있거나, 스위스 알프스의 고지대 어딘가에서 비밀리에 구입한 통나무집에서 꽃꽂이하고 있을 게 틀림없어. 곧, 곧, 엄마가 나와 형을 부를 거야. 틀림없어! 왜 진작 그 생각을 못 했을까? 엄마는 죽지 않았어. 엄마는 숨어 있는 거야!'

마음이 한결 편안해졌다.

그런데 또 하나의 의심이 끼어들었다.

'잠깐만! 엄마는 절대 우리에게 연락하지 않을지도 몰라. 이 엄청난 고통을 엄마는 다시 만들지도, 용납하지도 않을 거야.'

그리고 다시 안도감이 들었다. '엄마는 선택의 여지가 없었어. 이것만이 자유를 위한 엄마의 유일한 희망이었어.'

다시 의심. '엄마는 숨지 않을지도 몰라. 엄만 절대 지지 않는 사람이니까.'

다시 안도감. '이것이 엄마가 싸우는 방식이야. 엄마는 돌아올 거야. 돌아와야 해. 2주 뒤면 내 생일이니까.'

그런데 아버지와 이모들이 먼저 돌아왔다. 모든 텔레비전 채널에서 그들이 돌아왔음을 보도했다. 그들이 영국 공군 노스홀트 기지(RAF Northolt) 활주로에 내려앉는 모습을 전 세계에서 시청했다. 도착에 맞춰 한 채널에서는 누군가 애처롭게 부르는 성가를 내보냈다. 그때 형과 나는 텔레비전에서 떨어져 있었지만, 그 음악은 들었던 것으로 기억한다.

이후의 며칠은 진공 상태로 지나갔다. 누구도, 어떤 말도 하지 않았다. 우리 모두는 성안에 감춰진 사람처럼 지냈다. 모두가 예복을 입고 일상적인 활동과 일정을 소화하는 것만 빼면 마치 지하묘지에 갇혀 있는 느낌이었다. 누가 무슨 얘기를 해도 나는 듣지 않았다. 오로지 스스로 논쟁하며 머릿속에서 윙윙거리는 것들만이 내가 들은 유일한 목소리였다.

'엄마는 돌아가셨어.'

'아니야, 엄마는 숨은 거야.'

'엄마는 돌아가셨어.'

'아니야, 엄마는 죽은 척하는 거야.'

그러던 어느 아침, 때가 되었다. 런던으로 돌아갈 시간이 왔다. 그 여정에 대해 기억나는 건 없다. 차를 탔던가? 아니면, 왕실 전용기를 탔던가? 아버지와 이모들의 재회, 그리고 사라 이모와의 중요한 만남 등이 기억난다. 안개에 둘러싸인 듯 뿌옇고, 순서가 조금 어긋날 수도 있지만. 내 기억은 종종

9월 초의 그 힘들었던 며칠에 고정되곤 한다. 그런데 어떤 때는 몇 년 뒤로 당겨지기도 하고.

이를테면 이런 기억들….

"윌리엄? 해리? 사라 이모가 너희에게 줄 게 있단다, 얘들아."

이모가 파란색의 작은 상자 두 개를 들고 다가왔다.

"뭐예요?"

"열어 보렴."

이모가 나에게 준 상자의 뚜껑을 들어 올렸다. 그 안에는….

"나방 더듬이?"

"아니."

"수염?"

"아니."

"뭐예요?"

"엄마 머리카락이야, 해리."

사라 이모는 파리에 있을 때 어머니의 머리에서 두 가닥을 잘랐다고 설명했다.

결국 등장했다. 증거가. '엄마는 정말로 돌아가셨구나.'

그 즉시 또다시 나를 안심시키는 의심이, 천만다행의 불확실성이 떠올랐다. "아뇨, 이건 다른 사람의 머리카락일 수도 있어요." 어머니는, 그 아름다운 금발 그대로, 저기 어딘가에 살아 있을 터였다.

"만약 그게 아니라면 내가 알 수 있어요, 내 몸이 알 수 있어요. 내 마음도 알 수 있어요. 그런데 둘 다 그런 거 모른대요."

내 몸과 마음, 둘 다 언제나처럼 어머니를 향한 사랑으로 가득했다.

6.

형과 나는 켄싱턴궁 밖을 오가며 미소 띤 얼굴로 군중과 악수했다. 마치 공직에 출마한 사람들처럼. 수백, 수천의 손들이 계속해서 우리의 얼굴 앞으로 몰려들었고, 젖은 손도 있었다.

'왜지?' 나는 의아했다.

'눈물 때문이구나.' 나는 깨달았다.

나는 그 손의 느낌이 싫었다. 게다가 그 손 때문에 내가 느끼게 되는 감정은 더더욱 싫었다. 죄의식. 왜 이 사람들은 내가 울지 않는데도, 울지 않았는데도, 울고 있을까?

나도 울고 싶었고, 울려고 노력도 했다. 왜냐하면 어머니의 삶이 너무 서글퍼서 자신이 사라져야겠다는 생각까지 했고, 결국은 이처럼 거대한 연출까지 만들어야 했기 때문이다. 하지만 나는 한 방울의 눈물도 짜내지 못했다. 아마도 내가 왕실의 윤리를 너무 잘 배우고 잘 동화된 탓에 우는 건 전혀 해답이 아니라고 생각했는지도 모른다.

우리 주위에 쌓인 꽃 더미를 기억한다. 말할 수 없이 슬펐지만, 그래도 품위를 잃지 않았다고 기억한다. 그리고 나이 든 여인들이 했던 말도 기억한다. "아, 어떻게 이렇게 점잖지, 불쌍한 아이!" 나는 고맙다고, 와 주셔서 고맙다고, 그렇게 말씀해 주셔서 고맙다고, 며칠씩 야영하며 이 자리를 지켜주셔서 고맙다고 반복해서 인사했다. 나는 마치 어머니를 잘 아는 것처럼 엎드려 슬퍼하던 몇몇 사람들을 위로한 기억도 난다. 하지만 동시에 이런 생각도 들었다.

'그래도 당신들은 잘 몰랐어요. 아는 것처럼 행동하지만… 당신들은 엄마를 몰랐어요.'

사실상… '당신들은 엄마를 모른다.'라는 현재형의 표현이었다.

군중에게 인사를 한 후 우리는 켄싱턴궁으로 들어갔다. 두 개의 커다란 검은색 문을 거쳐 어머니가 생활하던 건물로 들어가서 긴 복도를 따라가다 왼편에 있는 방으로 들어갔다. 커다란 관 하나가 놓여 있었다. 진한 갈색에 로부르 참나무로 만들어진. 어머니의 관이 국기(Union Jack)로 덮여 있었던 기억은, 정확한 것일까 아니면 상상일까?

이 국기는 나를 매료시켰다. 어쩌면 내 유치한 전투 게임의 영향일지도. 아니면 나의 조숙한 애국심 때문이든지. 그것도 아니면 이 깃발, 깃발, 깃발을 놓고 며칠 동안 쑥덕거리는 소리를 들어서인지도. 모두 한마디씩 말을 얹었다. 사람들은 켄싱턴궁 국기 게양대의 깃발이 왜 반기가 아니냐며 격분했다. 할머니가 궁에 있을 때만 왕기(The Royal Standard)를 게양하고 다른 곳으로 가면 게양을 중단하며, 어떤 경우에도 반기를 게양하는 일은 없다는 사실을 사람들은 아랑곳하지 않았다. 그들은 공식적인 애도의 표현을 보고 싶었는데 아무런 반응도 보이지 않자 분노한 것이다. 게다가 어머니가 부재한 상황에서 제 역할을 다하지 않고 관심을 돌리려던 영국 언론 때문에 사람들은 극도의 분노에 이르렀다. 할머니를 직접 겨냥한 어느 헤드라인도 기억난다. **"우리에게 당신의 관심을 보여주세요."** 얼마나 황당하던지, 어머니를 너무나 '염려하여' 터널까지 쫓아가 결국 다시는 돌아올 수 없게 만든 사람들과 다를 바 없는 친구들에게서 이런 말을 듣다니.

그 무렵에 나도 이 사건에 대한 '공식적'인 설명을 들었다. 파파라치들이 어머니를 쫓아 파리 거리를 활보하던 중에, 터널로 들어선 어머니의 메르세데스 승용차가 벽과 시멘트 기둥에 충돌하면서 어머니와 친구, 운전기사 모두 사망했다고 했다.

국기로 덮인 관 앞에 서서 나 자신에게 물었다. '엄마는 애국자인가? 엄마는 영국을 정말로 어떻게 생각할까? 엄마에게 애써 물으려 한 사람은 있을까? 언제쯤이면 내가 직접 엄마에게 물어볼 수 있을까?'

그 무렵에 가족들이 서로 또는 어머니의 관에 대해 어떤 말을 했는지 전혀 기억이 없다. 형과 내가 주고받은 말조차도 전혀. 다만, 우리 주변에 있던 사람들이 한 말을 똑똑히 기억한다. "아들들이 큰 충격을 받은 것 같아." 우리가 너무 큰 충격을 받아 귀가 들리지 않을 거라고 여겼는지, 사람들은 거리낌 없이 귓속말을 주고받았다.

다음날의 장례식과 관련된 논의가 있었다. 정리된 계획에 따르면, 어머니의 관은 왕실 근위대의 마차에 실려 거리를 이동하고 형과 나는 그 뒤를 따라 걸어갈 예정이었다. 어린 두 소년에게는 상당히 무리한 계획처럼 보였다. 몇몇 어른들은 발끈했다. 특히 어머니와 남매인 찰스(Charles) 삼촌은 격노했다. "이런 아이들에게 엄마의 관을 뒤따르게 하다니! 그건 너무 잔인해."

한 가지 대안이 나왔다. 윌리 형이 혼자 걷는 것이었다. 형은 열다섯 살이나 되었으니까. 그리고 동생은 빼자고. 예비용은 예비해 두자고. 이 대안이 위에 보고되었다.

그리고 답이 내려왔다.

두 왕자 모두여야 한다고. 아마도, 동정심을 끌려는 거겠지.

찰스 삼촌은 다시 격분했지만, 나는 그렇지 않았다. 나 없이 형 혼자 이런 시련을 겪는 것을 바라지 않았다. 입장이 바뀐다면, 형도 역시 나 혼자 가는 것을 바라지도, 허락하지도 않을 것이다.

결국 날이 밝아오는 이른 아침에 우리 모두 함께 나섰다. 내 오른쪽에 찰스 삼촌이, 그의 오른쪽에 윌리 형이 서고 그 뒤를 할아버지가 뒤따랐다. 그리고 내 왼쪽에 아버지가 있었다. 할아버지의 표정은 또 다른 왕실 일정을 소화하는 것처럼 처음부터 평온했다. 내내 앞만 똑바로 바라보고 계셨기에 나는 할아버지의 두 눈도 분명히 보았다. 주변의 어른들 모두가 그랬다. 하지만 나는 계속해서 길바닥만 바라보고 있었다. 형도 마찬가지였다.

감각이 마비된 듯했던 느낌이 기억난다. 주먹도 꽉 쥐고 있었고, 늘 시야의 한구석에 조금이라도 형의 모습을 담아 두며 용기를 내려 했던 기억도. 무엇보다, 땀에 젖은 갈색 말 여섯 마리의 재갈에서 나는 쇳소리와 딸각거리는 발굽 소리, 말이 끌던 포차 바퀴의 삐거덕거리는 소리가 기억난다. (이 포차는 누군가의 말처럼 1차 세계대전의 유물처럼 보였다. 어머니도 평화를 무척 사랑했지만, 할아버지든 아버지든 누군가와 싸울 때는 더러 군인처럼 강인해 보였다.) 주변의 모든 것을 둘러싼 침묵과 극명한 대조를 이루던 이 몇 가지 소리를 나는 평생 기억할 것이다.

그곳에는 엔진 하나도, 화물차 한 대도, 새 한 마리도 없었다. 길을 따라 이백만 명이 줄지어 있어 불가능할 것 같지만, 그곳에는 사람의 목소리도 전혀 들리지 않았다. 우리가 인류의 협곡을 행진하고 있음을 알려주는 유일한 힌트는 이따금 들리던 울음소리뿐이었다.

20분 뒤, 웨스트민스터 사원에 도착했다. 우리는 기다란 신도석에 나란히 앉았다. 잇따른 낭독과 추도사로 시작된 장례식은 엘튼 존과 함께 정점에 도달했다. 그는 마치 성당 지하에 수 세기 동안 묻혀 있던 위대한 왕들 중 한 명이 갑자기 되살아난 것처럼 천천히 무겁게 자리에서 일어났다. 앞으로 걸어 나온 그는 그랜드피아노에 앉았다. 그가 부른 노래 '바람 속의 촛불 (Candle in the Wind)'은 어머니를 추모하며 가사를 바꿔 새로 제작한 버전이다. 지금 내 머릿속에 남아 있는 선율은 그때의 기억인지 아니면 그 이후에 여러 영상 클립을 보며 기억하는 것인지 나도 잘 모르겠다. 어쩌면 반복되는 악몽의 흔적일 수도. 그러나 노래가 절정에 이르면서 내 눈이 따끔거리더니 눈물이 거의 쏟아질 만큼 흘렀다는 것은 너무나 분명하고 의심의 여지가 없는 기억이다.

거의 쏟아질 만큼.

예배 막바지에 찰스 삼촌이 들어왔다. 삼촌은 어머니를 집요하게 공격하여 죽음으로 내몬 가족과 국가, 언론 모두를 싸잡아 비난하느라 여념이 없었다. 성당 안뿐 아니라 바깥의 나라 전체가 그 충격으로 어리둥절한 느낌이었다. 진실은 고통스러운 법이다.

그 후 여덟 명의 웨일스 근위병들이 앞으로 나와 전례 없이 왕기로 둘러싸고는 (또 여론의 압박에 못 이겨 반기도 게양했다. 물론 왕기가 아니라 국기였지만 그마저도 전례가 없는 양보였다.) 납으로 차폐한 커다란 관을 들어 올렸다. 왕기는 왕족에게만 해당하는 것인데 그 당시에 어머니는 더는 왕족이 아니었다고 들었다. 이것은 어머니를 용서했다는 의미일까? 할머니께서? 분명 그럴 것이다. 어머니의 관이 천천히 밖으로 옮겨져 검은색 영구차에 실리는 사이에 나는 이런 의문들이 들었지만, 어른들에게 묻기는커녕 감히 입 밖으로 꺼낼 수조차 없었다. 한참을 기다려 출발한 영구차는 런던을 가로지르며 천천히 움직였다. 장구한 역사를 지닌 이 도시에서도 한 번도 본 적이 없을 만큼 많은 인파가 거리를 메웠고, 2차 세계대전의 종전을 기념하던 인파보다도 두 배는 더 많았다. 버킹엄궁을 지나 파크레인(Park Lane)을 거쳐 교외로, 다시 핀클리 로드(The Finchley Road)와 헨든 웨이(The Hendon Way), 브렌트 크로스(The Brent Cross) 교차로를 지나 북부순환도로(The North Circular)를 거쳐 M1에서 15a 분기점을 지나 북쪽으로 할스톤(Harlestone)까지 이어져, 마침내 찰스 삼촌 사유지의 철제 정문을 통과했다.

알소프(Althorp)*.

형과 나는 장례 행렬의 대부분을 텔레비전으로 보았다. 그때 우린 이미 알소프에 도착한 상태였다. 나중에야 그럴 필요가 없었음을 알았지만, 아무튼 우리는 먼저 속도를 냈다. 영구차는 먼 길을 돌아가야 했을 뿐 아니라, 많은 사람이 차량에 꽃을 쌓고 배기구까지 막아 엔진까지 과열되는 바람에 여러 번 지체했다. 운전사는 반복해서 정차하며 경호원이 내려 꽃을 치워 시야를 확보하도록 했다. 그 경호원이 그레이엄(Graham)이었다. 형과 나는 그를 무척 좋아했다. 우리는 그레이엄 크래커 과자의 이름을 따서 그를 크래커라고 불렀다. 우린 그게 너무 재미있었다.

이윽고 영구차가 알소프에 도착하자 관을 꺼내 연못을 가로질러, 군인 기술자들이 서둘러 설치한 초록색 철교를 건너 작은 섬으로 옮겨 그곳에 있던 단상에 내려놓았다. 형과 나도 같은 다리를 건너 섬으로 향했다. 보도에 따르면, 어머니의 두 손은 가슴 위에 교차하여 접은 상태였고 그 사이에 나와 형의 사진이 놓여 있었다고 한다. 아마도 어머니를 진정으로 사랑한 사람은 우리 둘뿐이었나 보다. 실제로도 어머니를 가장 사랑한 사람은 우리 둘이었

---

* 영국 노퍽주에 위치한 마을로 다이애나 스펜서의 고향.

다. 영원히, 우리는 어둠 속의 어머니를 향해 미소 지을 것이며, 그런 모습을 상상해서인지 깃발이 걷히고 관이 땅속으로 내려갈 때 나는 그만 폭발하고 말았다. 몸을 떨면서 아래턱까지 벌리고는 손으로 얼굴을 덮고 주체할수 없는 눈물을 쏟아냈다.

왕실의 윤리를 어긴다는 죄책감도 있었지만 더는 견딜 수가 없었다.

'괜찮아.' 나는 스스로를 다독였다. '괜찮아.'

주변에는 어떤 카메라도 없었다.

게다가 나는 어머니가 그 땅속에 혹은 그 관 속에 있다고 믿어서 우는 게아니었다. 누가 무슨 말을 하든, 나는 그렇게 믿지 않을 거라고 스스로 다짐했다.

아니, 나는 그저 그 생각만으로 울고 있었다.

그게 사실이 아니라면 얼마나 더 참담할지도 생각하면서.

7.

이후 모두가 일상으로 돌아갔다.

가족들도 본연의 일로 돌아갔고, 나 역시 여름휴가 이후에 늘 그랬듯이학교로 돌아갔다.

모든 것이 정상화되자 사람들의 말소리도 유쾌해졌다.

아버지의 오픈탑 애스턴 마틴의 동승석에서 바라보는 모든 광경은 확실히 예전 그대로였다. 버크셔주의 푸르른 교외에 자리한 러드그로브 스쿨(Ludgrove School)도 예전 시골 교회처럼 보였다. (생각해 보니, 이 학교의 교훈은 전도서에서 따온 것이었다. '무릇 네 손이 일을 당하는 대로 힘을 다하여 할지어다.') 그렇지만, 200에이커의 삼림과 목초지, 운동 경기장과 테니스 코트, 과학 실험실과 예배당까지 갖춘 시골 교회는 많지 않을 것이다. 거기에다 많은 장서를 갖춘 도서관까지 있다면.

1997년 가을에 나를 찾으려 했다면 이 도서관은 마지막으로 살펴보는 게나았을 것이다. 그보다는 숲 아니면 운동 경기장을 살펴보는 것이 빨랐을 것이다. 그때 나는 계속해서 움직이며 바쁘게 지내려고 노력했다.

물론 나는 대부분의 시간을 혼자 지냈다. 나는 사람들을 좋아하고 천성이 사교적이었지만 그때만큼은 누구와도 가까이 지내고 싶지 않았다. 나만의 공간이 필요했다.

그러나 백 명 이상의 소년들이 늘 붙어 생활하던 러드그로브에서 이것은 무리한 바람이었다. 함께 식사하고, 함께 씻고, 함께 자고, 더러는 한 방에 열 명이 함께 지내기도 했다. 포경수술을 한 친구와 그렇지 않은 친구에 이르기까지, 모두가 모두의 신변을 훤히 꿰고 있었다. (우리는 이것을 의회당원(Roundheads)과 기사당원(Cavaliers)에 비유했다.) 그럼에도 새 학기가 시작될 무렵에 어떤 친구도 내 어머니에 대해 말한 적이 없었다. 나를 존중해서였을까?

그보다는 두려워서일 것이다.

나는 누구에게 어떤 말도 하지 않았다.

학교로 돌아오고 며칠 뒤 내 생일이 되었다. 1997년 9월 15일. 이제 열세 살이 되었다. 러드그로브의 오랜 전통에 따라 케이크와 셔벗이 주어질 것이고, 나에게는 두 가지 맛을 선택할 권한도 있었다. 나는 블랙베리를 선택했다.

그리고 망고도 함께.

어머니가 좋아하던 것들을.

러드그로브에서 생일은 언제나 큰 행사였다. 모든 학생과 대부분의 선생님도 달콤한 맛에 굶주려 있었기 때문이다. 더러 생일인 학생의 옆자리를 차지하기 위한 쟁탈전도 치열했다. 그 자리를 차지하면 누구보다 먼저 누구보다 큰 조각을 차지할 기회가 보장되었기 때문이다. 그날 누가 내 옆자리를 차지했는지는 기억나지 않는다.

"소원을 빌어, 해리!"

"소원을 빌라고? 좋아, 난 우리 엄마가⋯."

그때, 느닷없이⋯.

"사라 이모?"

상자를 들고서, "열어 봐, 해리."

나는 포장지와 리본을 뜯고 속을 들여다보았다.

"뭐예요?"

"엄마나 너 주려고 샀단다. 얼마 전에…."

"파리에서 말이에요?"

"그래, 파리에서."

게임기였다. 너무 기뻤다. 난 비디오게임을 무척 좋아했으니까.

이건 그냥 내 이야기다. 내 삶의 많은 부분에서 이런 이야기가 복음처럼 등장했는데 그게 사실인지 아닌지는 나도 모르겠다. 아버지는 어머니가 머리를 다쳤다고 했는데, 어쩌면 뇌 손상을 입은 건 나인지도 모른다. 아마도 일종의 방어기제처럼, 내 기억은 무언가를 더는 예전처럼 기록하지 않는 듯하다.

8.

러드그로브에는 제럴드(Gerald) 씨와 마스턴(Marston) 씨라는 두 명의 남성 교장이 있었지만, 학교 운영은 주로 여성들이 맡았다. 우리는 그분들을 '보모선생님(Matron)'이라고 불렀다. 우리가 생활하면서 느끼는 다정다감함의 대부분은 그들에게서 비롯되었다. 보모선생님들은 우리를 안아주고, 키스해주고, 상처를 붕대로 감싸주고, 눈물도 닦아주었다. (나를 제외한 모든 학생에게 그랬다. 어머니의 무덤가에서 눈물을 쏟은 후로 나는 다시는 울지 않았다.) 선생님들은 우리의 보호자를 자처했다. "엄마 없는 동안의 엄마야!" 선생님들은 이렇게 앵무새처럼 말했는데, 이런 모습이 늘 특별하게 느껴졌다. 그런데 지금은 좀 혼란스러웠다. 어머니가 사라진 탓이기도 했지만, 보모선생님들이 갑자기… 매력적으로 느껴지기 시작했기 때문이다.

그 무렵에 나는 로버츠(Roberts) 선생님에게 푹 빠졌다. 언젠가는 선생님이랑 결혼할 것이라는 확신도 들었다. 또 린(Lynn) 선생님들도 기억난다. 큰 린 선생님과 작은 린 선생님. 두 사람은 자매였다. 둘 중에서도 나는 작은 린 선생님에게 홀딱 반했다. 그녀와도 꼭 결혼할 생각이었다.

일주일에 세 번, 저녁 식사가 끝나면 보모선생님들이 학교에서 가장 어린 학생들의 저녁 샤워를 도왔다. 저마다 머리를 감겨 줄 순서가 될 때까지 꼬마 파라오처럼 기대어 기다리던 하얀 욕조들의 행렬이 지금에 기억에 선명하다. (사춘기에 이른 아이들을 위해 노란색 문 뒤에 있는 별도의 방에 두 개의 욕조가 있었다.) 선생님들은 뻣뻣한 목욕 솔과 꽃향기 비누를 들고 욕조 행렬을 따라 내려왔다. 모든 아이에게는 각자의 수건이 있었고, 수건마다 각자의 번호가 도드라지게 새겨져 있었다. 내 번호는 116번이었다.

한 명의 샴푸가 끝나면 머리를 앞으로 당겨서 천천히 부드럽게 헹궈주었는데, 이때 아이들은 아주 자지러졌다.

보모선생님들은 이를 잡는 중요한 일상에도 도움을 주었다. 이 창궐은 흔한 사건이었다. 거의 매주 다른 아이들이 이 고약한 사건에 휘말렸다. 모두가 그 아이를 가리키며 놀렸다.

"메롱, 메롱, 이가 있대요!" 이가 발견되면 머지않아 선생님 한 명이 아이의 머리맡에 무릎을 꿇고 앉아 두피에 이상한 약물을 바르고는 특이하게 생긴 빗으로 죽은 벌레들을 긁어내었다.

나는 열세 살이 되면서 보모선생님들의 목욕 보조에서 졸업했다. 하지만 밤에 잠자리를 봐주는 일은 아직 선생님들에게 맡겼고, 그들과의 아침 인사도 여전히 소중한 일과였다. 매일 아침 가장 먼저 보는 얼굴이 그들이었으니까. 아침이면 거침없이 방으로 들어와 커튼을 활짝 열어젖혔다. "좋은 아침이야, 얘들아!"

그러면 나는 졸린 눈으로, 햇빛의 후광으로 둘러싸인 그 아름다운 모습을 황홀하게 쳐다보았다.

"어… 저, 혹시… 엄마…?"

가당치도 않은 일이었다.

나와 가장 교류가 많았던 선생님은 팻(Pat)이었다. 다른 보모들과 달리 팻은 매력적이지 않았다. 팻은 냉정했다. 키가 작고, 내성적이고, 힘겨워하고, 헝클어진 머리카락은 축 늘어져 늘 피곤해 보이던 눈을 가렸다. 팻에게서는 삶의 즐거움 같은 것이 느껴지지 않았지만, 두 가지만큼은 확실히 좋아하는 것 같았다. 있어서는 안 될 곳에 있는 아이들을 찾아내는 것과 실내에서 난장판이 벌어질 때 중단시키는 것. 그래서 우리는 베개 싸움을 하기 전에 문 앞에 감시병을 배치했다. 그러다가 팻이—또는 교장 선생님이—뜨면 감시병이 암호를 날렸다. "KV! KV!" 이건 라틴어였을까? 누군가는 '교장이 다가오고 있다!'는 뜻이라고 했고, 또 누군가는 '조심해!'라고 했다.

뭐가 됐든, 이 말이 들리면 즉시 그 상황에서 벗어나거나 자는 척해야 했다.

신입이거나 조금 모자란 아이들만이 문제가 있을 때 팻을 찾아갔다. 상처가 나서 찾아가는 건 더 심각한 문제였다. 팻은 상처를 붕대로 감싸기는커녕, 손가락으로 상처를 후비거나 고통을 두 배로 늘리는 무언가를 뿌리곤 했다. 그녀는 가학주의자는 아니었지만 '공감 능력'은 확실히 부족해 보였다. 하지만, 고통이 무엇인지 아는 만큼 팻이 짊어져야 할 십자가도 그만큼 많았다.

가장 심각해 보이는 문제는 그녀의 무릎과 척추였다. 척추는 휘어졌고 무릎은 만성적으로 경직되어 있었다. 걷기도 힘든 데다 계단은 거의 고문이었다. 그래서 계단에서 느릿느릿 뒷걸음질로 내려갈 때도 있었다. 우리는 종종 팻이 내려가는 계단 아래에 서서 그녀를 놀리는 춤을 추거나 우스꽝스러운 표정을 지었다.

이 짓을 누가 가장 열심히 했는지 굳이 내가 밝힐 필요는 없을 것 같다.

아이들이 팻에게 잡힐까 봐 걱정한 적은 없다. 그녀는 거북이였고 우리는 청개구리였으니까. 그래도 거북이가 운이 좋을 때도 종종 있었다. 팻은 느닷없이 나타나서 한 녀석을 움켜잡곤 했다. 그러면 그 친구는 제대로 고생했다.

그래도 우리를 막지는 못했다. 이후로도 우리는 팻이 계단을 내려올 때 장난질을 계속했다. 그 대가는 위험을 충분히 감수할 만큼 가치가 있었다. 사실 나에게 보상이란 가엾은 팻을 괴롭히는 것이 아니라 내 친구들을 웃게 하는 것이었다. 남들을 웃기는 것이 너무 기분 좋았다. 특히 내가 몇 달이나 웃지 않고 지내던 그 시절에는.

어쩌면 팻도 이걸 알았는지 모른다. 놀림 받던 팻이 가끔은 바보짓을 하는 나를 뒤돌아보며 같이 웃었다. 그것도 감동이었다. 나는 친구들을 웃기는 것도 좋아했지만, 다른 한편으로 가엾은 팻이 활짝 웃도록 하는 것 또한 큰 기쁨이었다.

9.

아이들은 그날을 '간식의 날'이라고 불렀다.

화요일, 목요일, 토요일이었던 것으로 기억한다. 점심 식사가 끝나자마자 복도의 벽을 따라 나란히 줄을 서서, 달콤한 과자들이 높이 쌓인 간식 테이블을 애타게 바라보았다. 먼치스(Munchies), 스키틀즈(Skittles), 마스 바(Mars Bars), 그리고 단연 최고는 오팔 후르츠(Opal Fruits). (오팔 후르츠의 이름이 스타버스트 (Starburst)로 바뀌었을 때 나는 심한 거부감이 들었다. 이교도 같은 느낌, 영국의 국가명이 바뀐 느낌이랄까.)

간식 테이블을 보는 것만으로도 숨이 멎는 것 같았다. 우리는 입안에 침을 가득 머금고, 가뭄으로 고생하던 농부들이 비 예보에 대해 말하듯이 곧 있을 '슈가 러시(sugar rush)'를 화제로 떠들었다. 그 틈에 나는 슈가 러시의 효과를 극대화할 방법을 강구했다. 오팔 후르츠를 전부 집어서 찌그러뜨려 둥글고 커다란 덩어리로 만든 다음 입안 옆으로 밀어 넣는 방법이었다. 이 덩어리가 녹으면서 내 핏속은 당분으로 홍수를 이룰 것이다.

'무릇 네 손이 일을 당하는 대로 힘을 다하여 할지어다.'

'간식의 날'과 완전히 반대되는 '편지 쓰기의 날'도 있었다. 모든 아이들이 앉아서 부모님에게 보낼 편지를 써야 했다. 아무래도 이날은 지루하기 짝이 없었다. 나는 아버지와 어머니가 이혼하기 전의 상황을 거의 기억하지 못했기 때문에, 편지를 쓸 때도 두 사람의 상호 불만이나 어수선한 결별 등은 건드리지 말아야 했으므로 가히 직업 외교관에 가까운 솜씨가 필요했다.

"사랑하는 아빠, 엄마는 어떻게 지내요?"

흠, 아니야.

"사랑하는 엄마, 아빠는 엄마가….하지 않았다고…."

이것도 아냐.

하지만 어머니가 사라진 후로는 편지 쓰기의 날도 나에게는 불가능해졌다. 보모선생님들이 어머니에게 보내는 '마지막' 편지를 써보라고 요구했던 것 같다. 나는 어머니가 아직 살아 있다고 항의할까 하다가도, 나를 미쳤다고 생각할까 봐 참았던 기억이 어렴풋이 난다. 그래서 요점이 뭐냐고? 어쨌든 어머니가 숨었다가 다시 세상에 나왔을 때 읽으면 되니까 완전한 시간 낭비는 아닌 셈이다.

그때 나는 어머니가 보고 싶고 학교는 괜찮다는 등등 의례적인 내용으로 서둘러 마무리했던 것 같다. 그리고 한 번 접어서 선생님에게 건넸는데, 내용을 진지하게 쓰지 않을 것을 곧바로 후회한 기억이 있다. 더 깊이 있게, 내 가슴을 짓누르던 모든 것들을 이야기했더라면, 특히 마지막 전화 통화에 대해 후회한 것을 썼더라면 더 좋았을걸! 어머니가 사고 당일 저녁 일찍 전화를 했는데, 그때 나는 형과 사촌들과 신나게 노는 중이었고 나 혼자 놀이를 중단하고 싶지 않았다. 그래서 어머니와의 통화는 짧게 그치고 말았다. 사촌들과 다시 놀고 싶은 마음에 어머니와의 통화를 급하게 끊은 것이다. 그걸 어머니에게 사과할 수 있다면. 내가 어머니를 얼마나 사랑했는지를 설명할 단어를 사전에서 찾을 수 있다면.

그 단어를 찾는 데 수십 년이 걸릴 거라고는 상상도 하지 못했다.

10.

한 달 뒤에 중간 방학이 시작되었다. 마침내 나도 집에 돌아갈 참이었다. 잠깐만. 아니, 아니다.

분명 아버지는 세인트제임스궁에서 나 혼자 목적 없이 배회하며 휴가를 보내는 것을 원치 않았을 것이다. 이 성은 어머니와 헤어진 후 아버지가 주로 거처했던 곳이며, 형과 내가 아버지와 시간을 보내야 할 때도 늘 이곳에서 지냈다. 아버지는 나 혼자 이 성에서 무슨 짓을 벌일지 걱정했다. 혼자 남몰래 신문을 읽거나 라디오를 엿들을까 걱정했다. 그뿐 아니라 열린 창문을 통해, 혹은 정원에서 내 장난감 병정을 갖고 놀다가 카메라에 찍히지 않을까 걱정했다. 기자들이 나에게 말을 걸려 하거나 소리쳐 질문하는 모습도 아버지는 상상했을 것이다.

"안녕, 해리, 엄마가 그립지 않니?" 온 나라가 병적인 슬픔에 휩싸였지만, 특히 언론의 병적 수준은 거의 정신이상에 가까웠다. 하지만 더 최악은, 나를 돌봐줄 윌리 형조차 집에 없다는 사실이었다. 그때 형은 이튼 칼리지(Eton College)에 있었다. 그래서 아버지는 예정된 순방에 나를 데리고 간다고 공표했다. 남아프리카 공화국으로.

"남아프리카요, 아빠? 진짜요?"

"그래, 사랑하는 아들. 요하네스버그로."

아버지는 넬슨 만델라와의 회담을 앞두고 있었다. 거기에다 스파이스 걸스까지? 흥분됐다. 당황스럽기까지 했다.

"스파이스 걸스요, 아빠?"

아버지는 스파이스 걸스가 요하네스버그에서 콘서트를 할 계획이며, 만델라 대통령을 방문하여 인사를 할 것이라고 설명했다. '대단해.' 나는 생각했다. '그것만 해도 스파이스 걸스가 거기 있을 이유가 충분하군… 그런데 우리는 왜?' 납득이 가지 않았다.

'근데 아빠가 왜 그 자리에 있고 싶어 하지?'

나중에야 알게 된 사실인데, 아버지의 참모들은 아버지가 세계에서 가장 존경받는 정치 지도자와 세계에서 가장 인기 있는 여성 뮤지션들과 나란히 서 있는 사진을 통해, 아주 절실하게 원했던 긍정적인 내용의 헤드라인을 얻을 수 있으리라고 판단했다. 어머니가 사라진 이후로 아버지는 연일 무자비한 공격을 받았다. 두 사람의 이혼과 이후의 모든 일에 대해 사람들은 아버지를 비난했다. 전 세계에서 아버지의 지지율은 한 자릿수를 면치 못했다. 사례 하나를 꼭 집어 말한다면, 피지에서는 아버지를 기리던 국경일까지 폐지되었다.

공식 방문의 이유가 무엇이든 나는 관심 없었다. 그냥 어디론가 가게 되리라는 사실이 기뻤다. 영국을 벗어날 기회였으니까. 더욱이, 얼마간 세상의 관심에서 배제되었던 아버지와 함께 지내기에 적합한 시점이기도 했다.

그렇다고 과거에는 아버지가 세상의 관심에서 조금도 배제되지 않았다는 뜻은 아니다. 아버지는 늘 부모로서의 준비가 덜 된 인상을 풍겼다. 책임감도, 인내심도, 시간마저도. 그래서 자존심이 강한 사람이면서도 이 점을 부인하지 않았다. 하지만 한 부모 가정이라면? 아버지는 절대 준비된 사람이 아니었다.

조금 더 공정하게 말하자면, 아버지도 분명 노력했다. 저녁이면 내가 아래층을 향해 소리쳤다. "우리 자요, 아빠!"

그러면 아버지는 늘 명랑하게 되받았다.

"아빠가 금방 갈게, 사랑하는 아들!"

말한 그대로, 몇 분 뒷면 내 침대맡에 와 있었다. 아버지는 내가 어둠을 싫어하는 걸 절대 잊어버리지 않았고, 그래서 내가 잠들 때까지 얼굴을 부드럽게 어루만졌다. 내 볼과 이마를 간질이던 아버지의 손길은 내게 가장 다정했던 기억으로 남아 있다. 그렇게 잠에서 깰 때면 아버지는 사라지고 없지만 놀랍게도 문은 늘 나를 배려하는 듯이 살짝 열려 있었다.

그러나 이런 순간들은 너무 빨리 지나쳐 버리고, 아버지와 나는 대부분

같은 장소에 공존할 뿐이었다. 아버지는 의사소통에 익숙지 않았고, 듣는 것에도 익숙지 않았고, 서로 바라보며 친밀감을 표현하는 데에도 익숙지 않았다. 가끔 풀 코스로 저녁 식사를 한 뒤에 방에 올라가면 베개에 편지가 놓여 있었다. 내가 한 일이나 성취한 것들을 아버지가 얼마나 자랑스럽게 여기는지를 설명하는 내용이었다. 나는 미소를 지으며 편지를 읽고는 베개 아래에 넣어 두면서도, 왜 조금 전에 식탁에서 마주 앉아 있을 때 직접 이야기하지 않았는지 의아하기도 했다.

그래서 아무런 제약 없이 아버지의 시간을 함께할 수 있다는 생각만으로도 마음이 들떴다.

그날은 현실이 되었다. 아버지의 출장이었지만, 나에게도 마찬가지였다. 스파이스 걸스 콘서트는 장례식 이후로 내가 공식적인 자리에 처음 모습을 드러내는 행사였고, 주변에서 살짝 엿들은 것을 감안하면 내가 어떻게 지내는지에 대해 대중의 관심이 고조되고 있는 느낌이었다. 그 사람들을 실망시키고 싶지는 않았지만, 다른 한편으로 그 모든 관심이 사라졌으면 하고 바라기도 했다. 얼굴에 미소를 머금고 레드카펫을 걷던 나는, 별안간 세인트제임스궁의 내 침대에 드러누워 있었으면 얼마나 좋을까 하는 생각을 했다.

내 옆에는 높이가 거의 30센티미터쯤 되어 보이는 뭉툭한 통굽의 흰색 플라스틱 신발을 신은 베이비 스파이스(엠마 번튼)가 서 있었다. 나는 그녀의 뒤꿈치를 뚫어져라 쳐다보았고 그녀 역시 나의 볼에 시선을 고정했다. 그러더니 내 볼을 계속 꼬집었다. "너무 통통해! 너무 귀여워!" 이번엔 포쉬 스파이스(빅토리아 베컴)가 앞으로 불쑥 다가오더니 내 손을 꼭 잡았다. 다시 나의 시선은 조금 더 떨어진 곳에 있던 진저 스파이스(제리 할리웰)에게로 향했는데, 그녀는 내가 조금이라도 유대감을 느끼는 유일한 스파이스였다. 나도 빨강 머리(진저 헤어)를 좋아하니까. 또 그녀는 최근에 유니언 잭으로 제작한 미니드레스를 입어 세계적인 유명세를 탔다. '이런 유니언 잭을 왜 관 위에 올렸는지?' 그녀와 다른 스파이스들은, 나를 향해 "해리, 여기요 해리, 해리, 어떻게 지내요, 해리?" 하고 소리치는 기자들을 비꼬는 한편으로 나보고 무언가 속삭였지만 알아듣기는 어려웠다. 질문이 아닌 질문들. 함정을 파놓은 질문들. 비수처럼 내 머리로 날아든 질문들. 기자들은 내가 어떻게 지내는지 전혀 관심이 없었고, 나에게서 무언가 지저분하고 화제가 될 만한 이야기를 끄집어내려 했다.

나는 연이어 터지는 카메라 불빛을 응시하며 이를 보이고 웃으면서도 말은 하지 않았다. 내가 카메라 불빛에 위협을 느꼈다면, 스파이스 걸들은 그 불빛에 도취되어 있었다. '좋아요, 좋아요.' 카메라 불빛이 터질 때마다 그녀들의 자세는 한결같이 '좋아요'였다. 나도 좋았다. 그녀들이 전면으로 부각되는 만큼 나는 시야에서 사라질 수 있으니까. 나는 그녀들이 자신들의 음악과 소명의식에 대해 언론에 말한 내용을 기억한다. 그녀들에게 소명의식이 있다는 것을 나는 몰랐지만, 스파이스 한 명은 성차별을 향한 자기 그룹의 저항을 아파르트헤이트를 향한 만델라 대통령의 항쟁에 비유했다.

이윽고 콘서트를 시작할 시간이 되었다고 누군가가 말했다.

"가세요. 아버지를 따라가세요."

콘서트를? 아빠가?

믿어지지 않았다. 실제로 벌어지는 있는 상황에서도 더더욱 믿기 어려웠다. 내 두 눈으로 똑똑히 보았다. 아버지가 박자에 맞춰 고개를 끄덕이고 발을 두드리는 모습을.

내 미래를 원한다면, 내 과거는 잊어 줘

나와 함께하고 싶다면, 조금 더 서둘러 줘

If you want my future, forget my past

If you wanna get with me, better make it fast

잠시 후, 자리를 떠나는 우리에게 더 많은 불빛 세례가 쏟아졌다. 이번에는 스파이스 걸스를 향하지 않았다. 오직 나와 아버지를 향해.

나는 아버지에게 팔을 뻗어 손을 꼭 잡았다. 떨어지지 않도록.

나는 기억한다, 카메라 불빛만큼이나 환하게.

아버지를 사랑한다는 것을, 아버지가 필요하다는 것을.

11.

다음 날 아침, 아버지와 나는 꾸불꾸불한 강 위에 있는 아름다운 별장을 찾았다. 콰줄루-나탈(KwaZulu-Natal). 1879년 여름에 영국군과 줄루족 전사들이 충돌했던 이곳을 나도 잘 알고 있었다. 많은 이야기와 전설을 들었고 영화 '줄루(Zulu)'도 수없이 보았다. 하지만 이제는 내가 진짜 전문가가 될 것이라고 아버지는 말했다. 아버지는 장작불 앞에 우리를 위한 야영 의자를 마련하고, 세계적 역사가인 데이비드 래트레이(David Rattray)가 새롭게 창조하는 전쟁 이야기를 듣게 해 주었다.

내가 지금껏 진심으로 집중하며 들은 첫 번째 강의였던 것 같다.

이 땅에서 싸운 사람들은 영웅이었다고 래트레이 씨는 말했다. 양쪽 모두가 영웅이었다고. 줄루족은 잔인하며, 이클와(iklwa, 희생자의 가슴에 꽂힌 창을 뽑을 때 나는 소리에서 비롯된 이름이다.)라는 짧은 창을 든 뛰어난 마법사였다. 그럼에도 겨우 백오십 명의 영국군만으로 사천 명의 줄루족을 막아냈고, 이 믿기 어려운 항쟁은 '로크스 드리프트 전투(Rorke's Drift)'라는 이름으로 즉각 영국 신화의 한 부분을 차지했다. 이 전투로 열한 명의 병사들이 빅토리아 십자 훈장을 받았는데 이것은 단일 연대가 하나의 전투를 통해 획득한 최대 숫자였다. 전투 하루 전에 줄루족을 막아낸 또 다른 두 명의 병사들은 최초로 사후에 빅토리아 십자 훈장을 받았다.

"사후예요, 아빠?"

"어, 그래."

"그게 무슨 뜻이에요?"

"그 일 이후에… 알겠니?"

"네?"

"죽은 뒤에 말이야… 사랑하는 아들."

로커스 드리프트는 많은 영국인들에게 자부심의 원천이지만, 사실은 제
국주의와 식민주의와 민족주의, 한마디로 도둑질의 부산물이었다. 대영제
국은 주권국가를 침범하여 빼앗으려 했다. 다시 말하면, 래트레이 씨와 같
은 사람들이 보기에는 이 과정에서 수많은 영국 젊은이들의 고귀한 피가 헛
되이 사라진 것이다. 그는 이처럼 민감한 사실들을 간과하지 않았다. 필요
할 때는 영국인들을 신랄하게 비판했다. (현지인들은 그를 '백인 줄루(White Zulu)'라
고 불렀다.)

하지만 나는 너무 어렸다. 그의 말을 들으면서도 한편으로는 들으려 하지
않았다. 어쩌면 영화 '줄루'를 너무 많이 보았거나, 내 장난감 영국 병사들
과 함께 가상의 전투를 너무 많이 벌였기 때문인지도 모르겠다. 나도 전투
와 영국에 대해 나만의 관점을 갖고 있었는데, 여기에 새로운 사실이 끼어
들 틈은 없었다. 그래서 남자다운 용기와 영국의 권능 같은 부분에 초점을
맞췄기 때문에 경악해야 할 대목에서 오히려 가슴이 뿌듯해지곤 했다.

집으로 돌아오면서 이번 여행이 대단히 멋졌다고 자평했다. 멋진 체험뿐
아니라 아버지와의 친밀감을 느낄 수 있어 더 좋았다. 이제부터는 삶이 크
게 달라질 것이라고 확신했다.

12.

내 선생님들 대부분은 나를 그냥 내버려 두고, 내가 겪는 온갖 것들을 이
해하고, 더 많은 짐을 지우지 않으려는 고마운 영혼들이었다. 예배당에서
오르간을 연주하던 도슨(Dawson) 씨는 대단히 품위 있는 사람이었다. 드럼
선생님인 리틀(Little) 씨는 인내심이 대단했다. 휠체어에 매여 살았던 그는
드럼 수업을 위해 늘 자신의 밴을 타고 나타났는데, 우리가 밴에서 선생님
을 내려서 교실까지 이동시키고 수업이 끝나면 다시 밴까지 옮겨 태우는 데

만 영원과 같은 시간이 필요했기에 실제 수업 시간은 20분을 넘지 못했다. 그래도 나는 개의치 않았고, 리틀 선생님도 내 드럼 실력이 늘지 않는다고 불평하는 일은 한 번도 없었다.

반면에 나에게 조금의 틈도 허용치 않은 선생님도 있었다. 역사 선생님인 휴즈가메스(Hughes-Games) 씨 같은 분들이 그랬다.

교정 옆에 있던 휴즈가메스 씨의 방갈로에서는 그의 사냥개인 토스카와 비드의 짖는 소리가 밤낮으로 들렸다. 예쁜 점박이 무늬에 회색 눈을 가진 사냥개들을 휴즈가메스 씨는 자식처럼 소중히 여겼다. 책상 위에는 개들을 찍은 은색 사진 액자들이 있었는데, 이것은 많은 아이들이 그를 괴상한 사람으로 여기는 이유 중의 하나였다. 그런 그가 오히려 나를 이상한 아이로 생각한다는 걸 알았을 때 나는 큰 충격을 받았다. 어느 날 그가 나를 보며, "영국 역사를 모르는 영국 왕자보다 이상한 게 있을까?" 하고 말했다.

"생각조차 할 수 없는 일이지, 웨일스. 지금 우린 너의 혈연에 대해 이야기하고 있는 거야. 그게 너에게는 아무런 의미도 없을까?"

"전혀 의미 없습니다, 선생님."

우리 가족의 역사에 대해 모르는 게 전부가 아니었다. 어느 것도 알고 싶지 않았다.

나는 이론 속의 영국 역사를 좋아했다. 몇몇 흥미로운 부분도 있었다. 예를 들어 1215년 6월에 러니미드(Runnymede)에서 대헌장(Magna Carta)에 서명하기까지의 일부 과정을 알았는데, 그것도 언젠가 아버지의 자동차 차창으로 그 장소를 얼핏 쳐다본 게 계기가 되어 알게 된 것이다. 강 바로 옆의 그곳은 무척 아름다웠고 '평화를 확립하기에 최적의 장소'라고 생각했다. 그러나 노르만 정복(Norman Conquest)의 세부적인 내용은 어떻게 되는가? 아니면 헨리 8세와 교황 사이의 불편한 관계에 대한 자세한 내막은? 아니면 1차와 2차 십자군 전쟁의 차이점에 대해서는?

제발.

이 모두가 극으로 치달을 때는 휴즈가메스 씨가 찰스 에드워드 스튜어트 또는 자칭 찰스 3세에 대해 이야기하며 자기 생각을 늘어놓을 때였다. 왕위를 요구한 인물이라고. 휴즈가메스 씨는 이 인물에 대해 강한 반감을 보였다. 그가 극도로 흥분한 상태에서 이 인물에 대해 우리에게 설명할 때면, 나는 연필을 내려다보며 졸지 않으려고 애썼다.

휴즈가메스 씨가 갑자기 설명을 멈추더니 찰스의 삶과 관련된 질문을 던졌다. 읽기를 끝냈다면 쉽게 답할 수 있는 질문이었다. 그럼에도 누구도 대답하지 못했다.

"웨일스, 넌 이걸 꼭 알아야 해."

"왜 저인가요?"

"그 사람이 네 가문이니까!"

모두가 웃었다.

나는 고개를 떨어뜨렸다. 물론 다른 아이들도 내가 왕족이란 걸 알았다. 아주 잠시라도 그 사실을 잊는다 해도, 곳곳에 위치한 내 (무장한) 경호원들과 제복 입은 경관들이 기꺼이 상기시켜 줄 것이다. 그런데도 그가 대놓고 그렇게 소리칠 이유가 있었을까? 굳이 가문이라는 유도적인 단어를 쓸 필요가 있었을까? 우리 가족은 나를 '승계 부적격'이라고 선언했다. 예비용! 나는 여기에 대해 불평하지 않았으며 깊이 고민할 이유도 없었다. 오히려 내 생각에는 왕실의 여행 규약 같은 특정 사실들에 연연할 필요가 없는 것이 훨씬 나았다. 예컨대 아버지와 윌리 형은 절대 같은 비행기에 탈 수 없었다. 왕위 승계 1순위와 2순위가 한꺼번에 사망할 가능성이 조금이라도 있어서는 안 되기 때문이다. 그러나 나와 함께 여행하는 사람에게는 누구도 관심을 보이지 않았다. 예비용은 언제든 예비될 수 있으니까. 나는 이 사실을 알았고, 내 위치를 알았다. 그런데 왜 그걸 굳이 공부해야 하는가? 왜 과거 예비용들의 이름까지 외워야 하는가? 그게 무슨 의미가 있다고?

게다가 모든 가지가 동일한 하나의 절단된 가지, 즉 어머니에게로 이어지는데 왜 우리 가계도를 더듬어 올라가야 한다는 말인가?

수업이 끝나고 나는 휴즈가메스 씨의 자리로 가서 그만해 달라고 요청했다.

"뭘 그만하라고, 웨일스?"

"혼란스럽습니다, 선생님."

그의 눈썹이 화들짝 놀란 새처럼 머리 선까지 날아올랐다. 그가 나에게 했던 것처럼 한 학생을 지목하는 것이, 자기 선대를 지목하는 질문으로 러드그로브에서 또 다른 학생에게 던지는 것이 얼마나 잔인한 일인지 강조했다.

휴즈가메스 씨는 헛기침을 하며 콧소리를 냈다. 너무 지나쳤다는 것을 자신도 알았다. 하지만 그는 고집 센 사람이었다.

"너에게 좋은 일이야, 웨일스. 내가 널 많이 지목할수록 더 많은 걸 배우게 돼."

그러나 며칠 뒤 수업이 시작될 무렵, 휴즈가메스 씨는 대헌장 방식의 평화를 제의했다. 그는 1066년의 해롤드 왕 이후로 영국의 모든 군주의 이름이 양쪽으로 새겨진 나무 자 하나를 나에게 주었다. 할머니까지 이어지는 왕실 계보가 정교하게 새겨진 자였다. 책상에 보관하다가 필요할 때 꺼내서 참고하라는 말과 함께.

"우와." 내가 말했다. "정말 감사합니다."

13.

늦은 밤, 불이 모두 꺼진 후 우리 몇몇이 몰래 방에서 나와 복도 여기저기를 어슬렁거렸다. 명백한 교칙 위반이지만, 외로운 데다 향수병까지 걸려 불안하고 우울한 바람에 기숙사에 갇혀 지낼 수가 없었다.

그때 나에게는 특별한 선생님이 한 분 있었는데, 선생님은 돌아다니는 나를 붙잡을 때마다 '신영국성경(NEB)'으로 나를 크게 감화시켰다. 두꺼운 표지의 그 성경책으로. 내 생각에도 표지가 정말 두꺼웠다. 성경책으로 선생님에게 맞을 때마다 나는 기분이 별로였고, 선생님도 기분이 별로였고, 성경책도 그랬을 것이다. 그럼에도 다음날 밤에 나는 다시 교칙을 비웃곤 했다.

복도를 돌아다니지 않을 때는 주로 가장 친한 친구였던 헤너스(Henners)와 운동장을 배회했다. 나와 마찬가지로 헤너스의 공식 이름도 헨리(Henry)였지만, 나는 늘 그를 헤너스라고 불렀고 그는 또 나를 하즈(Haz)로 불렀다.

마르고 근육도 없는 데다 영원히 항복을 선언하는 듯 뻗쳐오른 머리카락을 가진 헤너스는 매우 친절한 학생이었다. 그가 웃으면 모두가 녹아내렸다. (헤너스는 내 어머니가 사라진 후 나에게 어머니의 존재를 언급한 유일한 친구였다.) 그러나 그 매력적인 미소와 부드러운 성격 때문에 헤너스가 상당히 짓궂을 수 있다는 사실마저 잊게 만들었다.

학교 운동장 너머 낮은 담장 반대편에 농산물을 '직접 수확하는' 체험 농장이 있었는데, 어느 날 헤너스와 내가 담장을 폴짝 뛰어넘다가 당근밭 고랑에 얼굴부터 떨어졌다. 둘이서 차례로. 가까운 곳에 통통하고 과즙이 풍부한 딸기도 있었다. 우리는 딸기로 입안을 가득 채우고는 미어캣처럼 고개를 들었다 내렸다 반복하며 주변에 누가 있는지 확인했다. 지금도 딸기를 한 입 베어 물 때마다 나의 기억은 사랑스러운 헤너스와 함께하던 그 밭고랑으로 되돌아간다.

며칠 뒤 우리는 다시 농장으로 향했다. 이번에는 배를 가득 채우고 담장을 뛰어넘자마자 우리 이름을 부르는 소리가 들렸다.

테니스 코트 방향으로 난 좁은 길을 따라 걷던 우리는 살며시 돌아보았다. 선생님 한 분이 우리를 향해 곧장 다가오고 있었다.

"너희들! 거기 서!"

"안녕하세요, 선생님."

"너희 둘, 여기서 뭐 하는 거야?"

"아무것도 안 해요, 선생님."

"농장에 다녀왔잖아!"

"아니요?"

"손바닥 펴."

시키는 대로 했고, 매가 날아들었다. 시뻘게진 손바닥. 헤너스는 빨간 게 피인 양 오두방정을 떨었다.

그 뒤에 어떤 처벌을 받았는지 잘 기억나지 않는다. 신영국성경으로 또다시 타격을 입었을까? 아니면 방과 후까지 붙잡혀 있었을까? 아니면 제럴드 씨 사무실로 호출? 뭐가 됐든 나는 개의치 않았다. 러드그로브에서 아무리 심한 고문을 하더라도, 당시에 내 안에서 벌어지고 있는 것을 능가할 수는 없었다.

14.

매스턴(Marston) 씨는 학교 식당을 순찰하며 작은 종을 들고 다닐 때가 종종 있었다. 호텔 프런트데스크의 종을 연상시키는 모습이었다. "댕… 방 있어요?" 학생들을 주목시켜야 할 때마다 그는 종을 울렸다. 그 소리는 일정하며, 전혀 거슬리지 않았다.

제멋대로인 학생들은 종소리에도 아랑곳하지 않았다.

매스턴 씨는 식사 중에 무언가를 공지하려 할 때가 잦았다. 그래서 말을 시작해도 아무도 신경 쓰지 않거나 잡담을 멈추지도 않았다. 그럴 때 그는 종을 울렸다.

"댕….."

그 많은 아이들은 여전히 웃고 떠들었다.

그러면 매스턴 씨는 종을 더 세게 울렸다.

"댕! 댕! 댕!"

종을 울려도 전혀 조용해지는 기미가 없자 매스턴 씨의 얼굴은 점점 더 붉게 물들었다. "너희들! 말 안 들을 거야?"

"네." 늘 짧은 대답이 돌아왔다. 우리는 들으려 하지 않았다. 무례해서가 아니다. 그냥 하는 소리였다. 들으려 해도 들을 수가 없었다. 식당 안은 마치 큰 동굴 같은 데다, 아이들끼리 잡담하느라 정신이 없었다.

매스턴 씨는 이런 상황을 받아들이지 못했다. 그는 우리가 종소리를 무시하는 것이 마치 거대한 조직적 음모의 실마리나 되는 것처럼 의심의 눈으로 바라보았다. 다른 친구들은 어떤지 모르지만, 적어도 나는 그 음모와 관련이 없었다. 물론 그를 무시하지도 않았다. 오히려 그 반대로, 나는 그 남자에게서 시선을 거두지 않았다. 외부인이 이 장면을 목격한다면 어떤 말을 할까 하는 생각도 들었다. 백여 명의 아이들이 수다에 빠져 있고, 그 앞에 어른 한 명이 미친 듯이 서서 작은 놋쇠 종을 죽어라 흔들고 있는 모습을 본다면.

이처럼 일상적인 혼란에 덧붙여, 길 아래에 있던 정신병원도 빼놓을 수 없었다. 브로드무어(Broadmoor) 정신병원. 내가 러드그로브에 오기 전에 브로드무어의 환자가 탈출하여 인근 마을에 살던 아이를 살해했다. 이 사건을 계기로 병원에서는 경보기를 설치했고, 제대로 작동하는지 확인하기 위해 수시로 시험하곤 했다. 심판의 날을 연상시키는 소리. 매스턴 씨의 종에 스테로이드를 먹인 듯한.

어느 날 아버지에게 이 이야기를 꺼냈다. 아버지는 이해한다는 듯 고개를 끄덕였다. 아버지도 최근에 자선활동 차원에서 그 병원과 비슷한 곳을 방문했다. 환자들 대부분이 온순했는데 유독 한 명이 특이했다고 했다. 젊은 친구였는데 자신이 영국 왕세자라고 주장했다고.

아버지는 이 사기꾼에게 손가락질을 하며 심하게 질책했다.

"이것 봐. 넌 왕세자가 될 수 없어! 왕세자는 바로 나니까."

그 환자는 답으로 손가락을 흔들며 말했다.

"말도 안 돼! 내가 왕세자라고!"

아버지는 평소 재담을 좋아했으며 이 이야기는 아버지의 레퍼토리 중에서 가장 좋아하는 것이다. 아버지는 늘 철학적인 설명으로 이야기를 마무리했다. 이 이야기에서도 정신질환자가 아버지 못지않게 자신의 정체성을 확신했다면, 여기서 몇 가지의 심각한 의문이 등장한다. 우리 중 누가 제정신인지 누가 자신 있게 말할 수 있는가? 그들이 가족과 친구들에게 속아 아무런 희망도 없이 이용당하는 정신질환자가 아니라고 누가 확신할 수 있는가?

"내가 정말 영국 왕세자인지 아닌지 누가 알겠어? 심지어 내가 네 진짜 아버지인지 누가 알겠냐고? 어쩌면 네 진짜 아버지가 브로드무어에 있을지도, 사랑하는 아들!"

결코 우스운 농담이 아닌데도 아버지는 웃고 또 웃었다. 당시는 내 진짜 아버지가 어머니의 과거 애인 중 한 명인 제임스 휴이트(James Hewitt) 소령이라는 소문이 떠돌 때였다. 이 소문의 근거 중 하나는 휴이트 소령의 타는 듯한 빨강머리였고, 또 하나는 가학주의였다. 타블로이드 신문 독자들은 찰스 왕세자의 어린 아들이 찰스 왕세자의 아이가 아닐 수도 있다는 소문에 반색했다. 어떤 이유에서인지 그들은 이 '우스갯소리'에 전혀 질리지 않았다. 어쩌면 어린 왕자의 삶이 조롱거리가 되면서 차라리 자신들의 삶이 조금 더 나아진 듯한 느낌을 받았는지도 모른다.

어머니가 휴이트 소령을 만난 것은 내가 태어나고도 한참 후였지만, 이 서사 자체는 그냥 지나치기에는 너무 흥미로웠다. 언론은 이 이야기를 재탕하며 윤색까지 했고, 일부 기자들은 사실을 입증하기 위해 내 DNA를 찾고 있다는 소문도 있었다. 이것은 어머니를 괴롭혀 결국 숨어버리게 만든 장본인들이 머잖아 나를 찾아올 것이라는 첫 번째 암시였다.

지금 이 순간까지 나와 관련된 거의 모든 전기와 신문이나 잡지에 실린 장황한 모든 소개글에서 휴이트 소령과의 관련성을 언급하며 그가 나의 친부일지도 모른다는 내용을 상당히 진지하게 다루는 한편으로, 아버지가 나와의 진지한 대화를 위해 자리를 마련하고는 휴이트 소령이 나의 친부가 아니라고 안심시키던 순간에 대한 설명도 포함하고 있다. 생생한 장면, 신랄하고 마음을 동하게 만드는 완전한 날조. 만약 아버지가 휴이트 소령에 대해 정말로 어떤 생각이 있었다면 그냥 혼자 함구했을 것이다.

15.

어머니는 결혼과 관련하여 세 사람이 있었다는 이상한 말을 했다. 하지만 어머니의 계산은 틀렸다.

윌리 형과 나를 계산에 넣지 않았기 때문이다.

어머니와 아버지 사이에 무슨 일이 있었는지 정확히 알 수는 없었지만, 적어도 '다른 여자'의 존재에 대해서는 직감적으로 충분히 느낄 수 있었다. 그 후속 효과 때문에 우리가 꽤 힘들었기 때문이다. 형은 '다른 여자'의 존재를 오랫동안 의심했는데, 그 때문에 혼란스럽고 괴로워했다. 이후에 그 의심이 사실로 확인되자 형은 그동안 아무런 행동도 아무런 말도 하지 않은 것에 대해 심한 죄책감을 느끼기 시작했다.

나는 그런 의심을 품기에는 너무 어렸다. 그럼에도 집안 분위기가 왠지 안정되지 못하고 따뜻함과 사랑이 부족하다는 느낌을 피할 수 없었다.

이제 어머니가 사라지면서 계산은 아버지에게 유리하게 돌아갔다. 이제 아버지는 '다른 여자'를 원하는 만큼 공개적으로 자유롭게 만날 수 있었다. 하지만 만나는 것만으로는 충분치 않았다. 아버지는 이 문제를 공식화하고 싶었다. 있는 그대로 솔직하게 드러내고 싶어 했다. 그리고 그 목표를 향한 첫 단계가 '아이들'을 끌어들이는 것이었다.

윌리 형이 먼저 갔다. 형은 '다른 여자'를 우연히 궁에서 마주친 적이 있지만, 지금은 중요한 비공식 회의에 참석하기 위해 이튿에서 정식으로 소환되었다. 내 생각에는 하이그로브(Highgrove)*였던 것 같다. 아마도 차를 마시면서. 이야기는 잘 되었다. 형이 상세히 밝히지는 않았지만, 그래도 나중에 형으로부터 여러 가지를 들었다. 형은 '다른 여자'인 카밀라가 그동안 많이 노력했다는 인상을 받았으며 그것이 고마웠다고, 이게 형이 말하고 싶은 전부

---

* 잉글랜드 콘월에 위치한 별장. 윌리엄 왕세자와 해리 왕자가 이곳에서 어린 시절을 보내기도 했다.

라고 간단히 나에게 전했다.

　다음은 내 차례였다. 나는 나 자신에게 다짐했다. '별 것 아니야. 예방주사 같은 거야. 눈을 감고 있으면, 끝난 것도 모르게 끝날 거야.'

　카밀라도 나처럼 차분했던—아니면 지루했든지— 기억이 어렴풋이 남아 있다. 사실 우리 둘 다 서로의 의견에 별로 개의치 않았다. 그녀는 내 어머니가 아니었고 나도 그녀의 가장 큰 장애물이 아니었다. 즉 나는 왕위 계승자가 아니었다. 나와의 이 짧은 시간은 단순한 형식에 불과했다.

　그때 우리가 무엇을 주제로 얘기했던가? 아마 말이었던 것 같다. 카밀라는 말을 좋아했고 나도 승마를 할 줄 알았다. 이것 외에 다른 어떤 주제가 있었는지는 기억이 잘 나지 않는다.

　차를 곁들인 대화를 앞두고 그녀가 나를 무섭게 대하지는 않을지 걱정도 했다. 동화책에 등장하는 사악한 계모들처럼. 하지만 그녀는 그렇지 않았다. 형과 마찬가지로 나 역시 그 점을 진심으로 감사하게 여긴다.

　마침내 우리와 카밀라 사이의 긴장된 대화를 뒤로하고 이제는 아버지와의 마지막 회담이 남아 있었다.

　"그래, 너희들 생각은 어떠니?"

　우리는 아버지가 행복해야 한다고 생각했다. 그래, 카밀라는 우리 부모의 결혼생활이 해체되는 데 결정적인 역할을 했고, 그건 곧 내 어머니가 사라지도록 일정한 역할을 했다는 의미이기도 했다. 그러나 우리는 그녀도 다른 사람들처럼 여러 사건의 역류 속에 휘말려버린 것을 알고 있었다. 우리는 카밀라를 탓하지 않았으며, 그녀가 아버지를 행복하게 해줄 수 있다면 기꺼이 용서할 생각이었다. 그때 아버지도 우리처럼 행복하지 못했다. 공허한 눈빛과 허탈한 한숨들, 늘 얼굴에 녹아있는 좌절감을 우리는 지켜보았다. 아버지가 자신의 감정을 직접 말하지 않으니 우리도 확신할 수는 없었지만, 여러 해에 걸쳐 아버지가 흘린 작은 조각들을 모아 조합했더니 꽤 정확한 초상이 만들어졌다.

예를 들어 이 무렵에 아버지는 어려서 '괴롭힘'을 당했다고 고백한 적이 있다. 할머니와 할아버지는 아버지를 강하게 키우려고 기숙학교인 고든스톤(Gordonstoun)으로 보냈는데, 여기서 아버지는 끔찍한 가혹행위를 당했다고 한다. 아버지는 창의적이거나 예민하거나 책을 끼고 사는 유형의 학생들이 고든스톤에서 주로 괴롭힘의 희생양이었다고 말했다. 바로 아버지 같은 학생들이.

아버지의 가장 뛰어난 자질은 바로 불량학생들의 먹잇감이라는 사실이었다. 아버지가 두려운 목소리로 중얼거리던 기억이 난다.

"난 거의 죽을 뻔했어."

어떻게 말했냐고? 고개를 숙이고 테디 베어를 꼭 붙잡고 있었는데, 아버지는 그 인형을 몇 년 뒤에도 여전히 갖고 있었다. 테디 인형은 어디든 아버지와 함께 다녔다. 불쌍한 물건, 부러진 팔에 늘어진 실밥들, 여기저기 꿰맨 자국들까지. 불량학생들로부터 괴롭힘을 당한 후의 아버지 모습이 저렇지 않았을까 하는 생각이 들었다. 테디는 어린 시절 아버지의 근본적인 외로움을 아버지 자신보다 더 설득력 있게 표현했다.

윌리 형과 나는 아버지가 더 나은 대접을 받아야 한다는 데 동의했다. 테디에게는 미안하지만, 아버지에게는 더 적합한 동반자가 필요했다. 그래서 아버지의 질문을 받자마자 형과 나는 카밀라를 가족으로 환영할 것이라고 말했다.

다만 한 가지, 결혼은 하지 말라고 부탁했다.

"꼭 재혼할 필요는 없잖아요." 우리는 간청했다.

결혼식은 논란의 씨앗이 될 것이다. 언론을 자극할 것이다. 온 나라와 온 세계가 어머니를 들먹이고 어머니와 카밀라를 비교할 것이다. 누구도 원치 않았던 상황이다. 특히 카밀라조차도.

"우린 아빠를 지지해요." 우리가 말했다. "우린 카밀라도 받아들일 거고요." 그리고 재차 부탁했다. "하지만 결혼만은 말아 주세요. 그냥 함께 지내세요, 아빠."

아버지는 대답하지 않았다.

그러나 카밀라는 대답했다. 즉시. 우리와 비공개로 대화한 이후 그녀는 긴 게임을 시작했다. 결혼식과 궁극적으로 왕관을 향한 계획적인 활동을. (아버지의 지원이 있었을 거라고 우리는 짐작했다.)

형과 카밀라 사이의 사적인 대화 내용이 모든 신문을 포함하여 온 세상에 퍼져나가기 시작했다. 매우 세부적인 내용까지 상세하게 담고 있었는데 물론 형에게서 나온 건 아니다.

그렇다면 유출 가능성은 그 자리에 있던 다른 한 사람일 것이다.

그리고 이 유출은 카밀라가 아버지에게 고용을 부탁했던 신임 홍보전문가(spin-doctor)의 작품인 게 분명해 보였다.

16.

1998년 초가을, 봄에 러드그로브에서의 교육 과정을 마친 나는 이튼 칼리지에 입학했고, 심한 충격을 받았다.

소년들을 위한 세계 최고의 학교인 이튼 칼리지는 충격을 의도한 듯했다. 그 충격은 애초에 설립 헌장의 일부였을 것이며, 학교 창립자이자 내 선조인 헨리 6세가 초창기 건축가들에게 지시한 내용의 일부였을지도 모른다. 그는 이튼을 일종의 신성한 사당이자 성스러운 사원으로 간주하여, 이 사명을 위해 사람의 감각을 압도함으로써 방문자들이 자신을 마치 겸손하고 보잘것없는 순례자처럼 느끼도록 바란 것 같다.

적어도 나한테만큼은 이 목적이 충분히 달성되었다.

(심지어 헨리 6세는 예수의 가시관 중 일부를 포함하여 값비싼 종교 유물까지 이 학교에 부여했다. 그래서 어느 위대한 시인은 이곳을 '헨리의 성스러운 그늘'로 묘사했다.)

수백 년의 시간이 흐르면서 이튼의 사명은 조금 덜 경건해졌지만, 교육 과정은 놀라울 정도로 더 엄격해졌다. 최근에 와서 이튼은 스스로를 단순한 학교가 아니라 하나의 학파로 표방한다. 알 만한 사람들은 다 아는 소리다. 열여덟 명의 총리가 이튼의 교실에서 만들어졌고, 빅토리아 십자훈장을 받은 사람도 서른일곱 명에 이른다. 똑똑한 아이들에게는 천국이지만, 많이 떨어지는 아이들에게는 연옥의 세상이다.

이런 상황은 나의 첫 프랑스어 수업에서 부인할 수 없을 만큼 분명하게 드러났다. 선생님이 수업 내내 빠르고 쉼 없이 프랑스어로 진행하는 모습에 나는 깜짝 놀랐다. 어떤 이유에선지 선생님은 우리 모두가 프랑스어에 유창하리라고 판단했다.

어쩌면 다른 친구들은 그랬을지도. 하지만 나는? 유창했냐고? 입학시험을 무난히 통과했으니까? 그 반대일세, 친구!(Au contraire, mon ami!)

그 뒤에 나는 선생님을 찾아가 큰 실수로 수업을 잘못 선택했다고 설명했다. 선생님은 나에게 부담 갖지 말라며 조만간 속도가 붙을 것이라고 다독였다. 그래서 내 요청을 받아들이지 않고 오히려 나에게 믿음을 보였다. 나는 곧장 기숙사 관리인을 찾아가 말도 느리고 학습 속도도 느린, 정확히 나 같은(exactement comme moi) 아이들과 지낼 수 있게 해달라고 간청했다.

관리인은 내 요구를 들어주었다. 하지만 그건 미봉책에 불과했다.

선생님과 친구들에게도 수업을 잘못 선택했을 뿐 아니라 아예 여길 잘못 온 것 같다고 한두 번 얘기했던 것 같다. 감당하기 어려운, 힘든 벽에 가로막혔다. 그때마다 모두가 똑같은 말을 했다.

"걱정 마, 괜찮아질 거야. 그리고 여기에는 네 형도 늘 있다는 거 잊지 말고."

나는 이런 걸 잊어버리는 사람이 아니었다. 오히려 윌리 형이 나더러 자신을 아는 체하지 말라고 했다.

"뭐?"

"넌 날 모르는 거야, 해롤드. 나도 널 모르는 거고."

지난 이 년 동안 이튼은 자신의 성역이었다고 형은 설명했다. 꼬맹이 동생이 자꾸만 따라다니고, 온갖 질문으로 귀찮게 하고, 사교 관계에 방해가 되는 것을 원치 않았다. 형은 자신만의 삶을 이끌어나가고 있었고 그걸 포기할 생각은 없었다.

아무것도 달라진 건 없었다. 형은 누군가 우리를 한 세트처럼 생각하는 실수를 범하는 걸 무척 싫어했다. 그래서 어머니가 우리에게 같은 옷을 입히는 것도 질색했다. (어머니의 아동복 취향이 극단으로 치달은 것도 문제였다. 가끔 우리는 '이상한 나라의 앨리스'에 나오는 쌍둥이처럼 보이기도 했다.) 나는 이런 생각을 별로 해본 적이 없었다. 내 것이든 남의 것이든, 옷에는 아무런 관심도 없었다. 양말에 무서운 칼이 꽂혀 있고 엉덩이로 산들바람이 들어오는 킬트를 입는 것만 아니라면, 나는 아무런 상관도 없었다. 하지만 형에게는 나와 똑같은 블레이저 코트나 달라붙는 반바지를 입는 것이 큰 고통이었다. 그리고 지금, 나와 같은 학교를 다니는 것도 그에게는 죽도록 싫은 일이었다.

나는 형에게 걱정하지 말라고 했다.

"내가 형을 안다는 걸 잊어 줄게."

그러나 이튼은 그걸 용납하지 않았다. 도와준답시고 우리 둘을 매너 하우스(Manor House), 그 빨간 지붕 아래에 함께 두었다.

어쨌든 나는 일 층에 있었고 형은 나보다 나이 많은 소년들과 위층에서 지냈다.

17.

매너 하우스의 학생들 육십 명 중 상당수는 윌리 형처럼 그리 우호적이지 않았다. 하지만 그 무관심보다 그들이 쉴 때가 오히려 나를 불안하게 했다. 내 또래의 아이들조차도 마치 학교 운동장에서 태어난 것처럼 놀았다. 러드그로브에는 자체적인 문제들이 있었지만, 적어도 나는 그곳에 대해 잘 알았고 팻을 놀리는 법과 과자를 나눠주는 시기, 편지 쓰는 날에 살아남는 법 등도 알고 있었다. 시간이 흐르면서 나는 러드그로브의 피라미드 꼭대기까지 어렵게 올라갔다. 하지만 지금 이곳, 이튼에서 나는 다시 밑바닥에 있었다.

다시 출발.

게다가 제일 친한 친구 헤너스도 없이. 그는 다른 학교에 다니고 있었다.

아침에 어떤 옷을 입어야 하는지도 몰랐다. 이튼의 모든 학생은 검정색 연미복에 칼라 없는 흰색 티셔츠, 단추로 셔츠에 고정하는 빳빳한 흰색 칼라, 여기에 핀스트라이프 무늬의 바지와 묵직한 검정 구두, 흰색 탈착식 칼라 위에 천 조각을 접어놓은 듯한 넥타이 같지 않은 넥타이를 착용했다. 이 전부를 '공식 복장'이라고 불렀지만, 내가 보기에는 '공식'이 아니라 '장례용' 같았다. 그렇게 생각할 만한 이유도 있었다. 우리는 그 옛날의 헨리 6세를 영원히 추모해야 했다. (아니면 초창기에 이 학교의 후원자였으며 학생들을 궁으로 데려가 차를 마시곤 했던 조지 국왕(King George)도.) 헨리는 내 증조부의 증조부의 증조부의 증조부의 증조부의 증조부였지만, 그리고 그의 사망과 사랑하는 이들에게 끼쳤을 아픔에 대해서는 유감스럽게 생각하지만, 그렇다고 내가 종일 추모할 마음은 없었다. 끝이 보이지 않는 장례식에 어떤 소년이 기꺼이 참석할까만, 방금 어머니를 잃은 아이에게는 더더욱 지겨운 일상이 아닐 수 없었다.

첫날 아침, 문밖으로 나서기 전에 바지를 입고 조끼의 단추를 채우고 빳빳한 칼라를 접는 데 영원과도 같은 시간이 걸렸다. 늦지 않으려고 필사적이었다. 만약 늦었다가는 '지각생 명부(Tardy Book)'라는 커다란 명부에 내 이름을 기록해야 했기 때문이다. 이 명부도, 앞으로 내가 기억해야 할 새로운 단어와 문장들의 긴 목록과 마찬가지로 배워야 할 수많은 새로운 전통 중의 하나였다. 수업(classes)은 연구부(divs)로 불렸고, 교사(teacher)는 비크(beaks)라고 했다. 담배(cigarettes)는 타비지(tabbage)라고 불렀다. (거의 모두가 골초였다.) 챔버(chambers)는 선생님들이 주로 문제 학생들에 대해 논의하기 위해 아침나절에 진행하는 회의였다. 챔버 시간에 내 귀가 가려운 적도 종종 있었다.

나는 이튼에서 스포츠에 열중하기로 결심했다. 스포츠를 희망하는 학생들은 드라이 밥(dry bobs)과 웨트 밥(wet bobs)의 두 그룹으로 나뉘었다. 드라이 밥은 크리켓이나 축구, 럭비, 폴로 등을, 웨트 밥은 조정이나 요트, 수영

등을 했다. 나는 드라이였지만 가끔은 웨트에도 참여했다. 드라이 스포츠는 종류별로 다 했는데 특히 럭비가 내 마음을 사로잡았다. 아주 매혹적인 운동인 데다 심하게 부딪치더라도 충분히 용서가 되는 종목이었다. 럭비는 일부의 친구들이 '격분(red mist)'이라고 부르던 나의 분노를 마음껏 해소할 수 있게 해주었다. 게다가 다른 친구들이 부딪쳐도 나는 고통을 느끼지 않았기 때문에 공격할 때 점점 두려운 존재로 성장했다. 내면의 고통과 맞서기 위해 외면의 고통을 '찾고 있는' 소년에게 누구도 답을 줄 수는 없었다.

몇 명의 친구를 만들었다. 쉽지는 않았다. 특별한 요구사항이 있었기 때문이다. 왕족이라고 놀리지 않을 친구, 예비용이라는 표현을 사용하지 않을 친구가 필요했다. 아울러 나를 보통 사람으로 대할 친구가 필요했다. 다시 말해 유괴나 암살로부터 나를 보호하는 임무를 지닌 무장 경호원들이 복도에서 자고 있더라도 무시할 수 있어야 했다. (내가 늘 휴대하고 있는 전자 추적 장치와 비상경보기는 말할 것도 없고.) 내 친구들은 모두가 이런 기준에 부합했다.

새 친구들과 나는 가끔 학교를 탈출하여 이튼과 테임즈 강 너머의 윈저를 연결하는 윈저 브리지로 향했다. 특히 우리는 다리 밑으로 내려가서 남의 눈에 띌 걱정 없이 담배를 피우기도 했다. 친구들은 그저 다리 아래에 숨어서 담배를 피우는 불량스러운 느낌을 즐기는 듯했지만, 나는 자동 추적 장치를 피하기 위해서는 그럴 수밖에 없었다. 물론 나도 맥도널드를 먹고 담배 한 대를 피우고 싶었다. 누구든 당연한 것 아닌가? 하지만 우리가 제대로 땡땡이치려면 윈저성 골프장으로 가서 맥주를 마시며 돌아다니는 편이 나을 듯했다.

늘 그렇듯, 나는 마치 로봇처럼 내 앞의 담배를 모두 챙겼고, 그와 똑같이 무의식적이고 경솔하게 담배를 졸업하고 마리화나로 넘어갔다.

18.

크리켓 경기에는 방망이와 테니스공이 하나씩 필요했고 신체적 안전 같은 건 철저히 무시했다. 선수는 네 명이다. 투수(bowler)와 타자(batsman), 그리고 두 명의 야수(fielder)가 복도 중앙에 배치되었는데 둘 다 한 발은 복도에 다른 한 발은 방 안에 두었다. 그게 항상 우리 방이었던 건 아니다. 가끔은 공부하는 친구들에게 방해가 되기도 했다. 그럴 때면 친구들은 제발 다른 데 가서 놀라고 애원했다.

"미안." 우리가 말했다. "이게 우리 공부야."

라디에이터를 위켓으로 대신했다. 그리고 어디까지를 캐치(catch)로 인정할 것인지는 언제나 논란거리였다.

"벽에 튕기면?"

"그래, 캐치야."

"유리에 튕기면?"

"캐치 아니야."

"한 손, 한 번 튀기는 건?"

"하프 아웃."

어느 날, 우리 팀에서 가장 운동신경이 좋은 친구가 멋지게 공을 캐치하려고 몸을 날렸다가 벽에 걸려 있던 소화기에 얼굴을 부딪쳤다. 친구는 입을 쩍 벌린 채로 쓰러졌다. 그 이후의 일은 누구나 예상하듯이, 친구의 피로 카펫에 지울 수 없는 얼룩이 생기면서 우리도 복도 크리켓을 그만하겠다고 선언할 법했다.

하지만 그렇지 않았다.

복도 크리켓을 하지 않을 때는 방 안에서 빈둥거렸다. 우리는 극도로 게으른 인상을 주는 자세를 취하는 데는 거의 통달했다. 아무 목적도 없어 보이는 것, 또는 무언가 나쁜 것. 다시 말해, 어리석은 무언가에만 골몰하는 것처럼 보이는 것이 핵심이었다. 첫 학기가 끝나갈 무렵, 우리는 정말로 멍청한 사건을 고안했다.

누군가가 내 머리를 보고 끔찍한 재앙이라고 했다. 황무지에 자란 풀처럼.

"그럼… 어떻게 할까?"

"내가 해볼게."

"네가?"

"그래. 면도해 줄게."

흠. 그리 좋은 생각 같지는 않았다.

그래도 나는 해보고 싶었다. 나는 최고의 인기맨이 되고 싶었다. 재미있는 인기맨.

"좋아."

누군가 이발 가위를 가져왔다. 또 누군가는 나를 밀어 의자에 앉혔다. 건강하게 성장한 모발의 삶을 뒤로 한 채, 너무나 빨리 너무나 신나게 내 머리카락 전부가 떨어져 내렸다. 이발이 끝나자 나는 고개를 숙여 바닥에 떨어진 여러 개의 빨간 머리 피라미드를 바라보았다. 비행기에서 내려다보는 붉은 화산 같은. 순간 나는 엄청난 실수를 했음을 직감했다.

거울 앞으로 달려갔다. 의심은 사실로 드러났다. 나는 충격으로 비명을 질렀다.

같은 방 친구들도 경악하기는 마찬가지였다. 폭소와 함께.

나는 동그라미를 그리며 정신없이 맴돌았다. 시간을 되돌리고 싶었다. 바닥에 떨어진 머리카락을 집어 다시 붙이고 싶었다. 이 악몽에서 어서 깨어나고 싶었다. 어찌할 바를 몰랐다. 신성 규범을, 절대로 어겨서는 안 되는 계명을 어겼다. 나는 위층에 있는 형의 방으로 달려갔다.

물론 형이 할 수 있는 것도 없었다. 나는 그저 형이 '별일 없을 거야, 놀라지 마. 침착해, 해롤드.'라고 말해 주길 기대했다. 하지만 형은 다른 학생들처럼 웃기만 했다. 형은 의자에 앉은 채로 책을 구부러뜨리며 킬킬거렸다. 나는 이런 형의 앞에 서서 휑해진 머리를 만지작거리고 있었다.

"해롤드, 도대체 무슨 짓을 한 거야?"

질문도 참… 말투가 애니메이션 패밀리 가이(Family Guy)의 스튜이(Stewie) 같았다. 너무도 뻔한 질문 아닌가?

"그러지 말았어야 했어, 해롤드!"

그래서 이제는 그 뻔한 것들을 얘기하는 것인가?

형은 별 도움도 안 되는 몇 마디를 더 했고, 나는 방문을 나섰다.

더 심한 놀림은 아직 시작하지도 않았다. 며칠 뒤, 타블로이드 신문의 하나인 《데일리 미러(The Daily Mirror)》 일면에 새 헤어스타일과 함께 내 모습이 실렸다.

헤드라인: **"대머리, 해리"**

저들이 이 사건의 낌새를 어떻게 알아차렸는지 도무지 알 수가 없었다. 학교 친구 중의 누군가가 누군가에게 얘기하고, 그 누군가가 다시 신문에 얘기한 게 분명할 것이다. 그나마 다행스럽게도, 사진은 없었다. 그런데도 임시로 만들었다. 일면의 사진은 '컴퓨터가 창조한' 새알처럼 반질반질한 예비용의 묘사였다. 거짓인. 거짓보다도 더 나쁜.

이런 내·모습이 보기 싫으면서도, 그리 심하게 싫지는 않았다.

19.

상황이 더 나빠지리라는 생각은 하지 않았다. 왕족의 일원으로서 언론과 관련하여 더 나빠지지 않을 것이라는 착각은 얼마나 가혹한 실수인가! 몇 주 뒤, 같은 신문에서 또 나를 일면에 실었다.

"해리, 사고를 당하다."

럭비 경기를 하다가 엄지손가락의 뼈 하나가 부러졌는데, 그리 큰 부상이 아님에도 이 신문은 마치 내가 생명 유지 장치라도 달고 있는 것처럼 생각하도록 유도했다. 고약한 취미다. 어떤 상황에서도 해서는 안 되는, 더군다나 어머니가 사고로 추정되는 사건을 겪은 지 겨우 일 년 남짓 된 아이에게 이런 짓을?

'이봐요, 당신들(C'mon, fellas)!'

나는 내 평생 전부를 영국 언론과 함께했고, 과거에는 특별히 나만 지목한 적도 없었다. 어머니가 사망한 이후로는 두 아들에 대한 언론의 취급 방식을 관리하는 암묵적 협약이 실제로 있었는데 그 내용은 이런 식이었다.

"내버려 둬(Lay off)."

"조용히 자기네 공부를 할 수 있게 해 줘."

지금에 와서 이 협정은 분명히 만료된 것 같다. 내가 이따금 일면에 등장하며 관리가 필요한 꽃처럼 묘사되었으니 말이다.

죽음의 문을 두드리고 있는 듯한.

나는 그 기사를 여러 번 읽었다. 해리 왕자가 무언가 크게 잘못된 듯한 인상을 풍기는 음울한 문체에도 불구하고 나는 그 '경박한' 어조에 놀라움을 감출 수 없었다. 그들에게 내 존재는 그저 하나의 재밋거리나 게임에 지나지 않았다. 그들에게 나는 인간의 존재가 아니었다. 나는 어려운 처지에 놓인 열네 살 소년이 아니었다. 나는 재미를 위해 조종당하고 희롱당하는 만화 속 인물이며 장갑 인형이었다.

그렇게, 그 재미가 이미 어려운 상황의 나를 더욱 어렵게 만들었고, 더 큰 세상은 말할 것도 없이 학교 친구들 앞에서도 나를 웃음거리로 만들었다면? 그렇게, 저들이 한 아이를 고문하고 있었다면? 나는 왕족이고 그들의 머릿속 왕족 개념은 인간이 아니므로, 결국 모든 것이 정당화되었다. 수 세기 전의 왕족 남녀들은 신성한 존재로 간주되었지만, 이제는 벌레였다. 벌레의 날개를 뽑는 것이 얼마나 재미있을지.

아버지의 사무실에서 공식적으로 이의를 제기했고, 공개적인 사과를 요구했으며, 본인의 막내아들을 괴롭혔다는 이유로 그 신문을 고소했다.

신문은 아버지의 사무실을 향해 꺼지라고 말했다.

원래의 삶으로 돌아가기 전에 나는 마지막으로 기사를 다시 읽었다. 놀라운 부분도 한두 곳이 아니었지만, 그중에서도 가장 황당한 것은 너무나 형편없는 문장력이었다. 나는 보잘것없는 학생이고 글재주도 썩 뛰어나지 않지만, 적어도 이 기사가 무식의 극치라는 사실을 판별할 정도의 교육은 받았다.

예컨대 이 기사에서는 내가 중상을 입어 거의 죽음의 문턱에 이르렀다고 설명한 뒤, 왕실에서 편집진에 요구한 탓에 상해의 정확한 내용은 밝힐 수 없다고 잇따라 유의 문구를 달았다. (마치 우리 가족이 이 무도한 존재들을 통제할 수 있는 것처럼 말이다.) "다행히 우리는 해리의 상해가 '심각하지 않다'고 말할 수 있다. 그러나 그 사고는 그를 병원으로 이송할 정도로 중대했던 것으로 간주된다. 그러나 우리는 왕위 계승자가 아무리 작더라도 어떤 사고에 연루되었는지 그 결과 상해를 입었는지 여러분도 알 권리가 있다고 믿는다."

두 번 연속으로 등장하는 '그러나(but)', 오만한 자존심, 일관성 결여와 사실 정보의 부재, 기사 전반의 우스꽝스러움과 무의미함 등. 이 쓰레기 기사는 어느 젊은 기자가 편집했다고—썼다는 표현이 더 정확할 것이다—하는데, 나는 그의 이름을 훑어보고 바로 잊어버렸다.

그 기자든 기사든 다시는 볼 일이 없다고 생각했다. 그의 기사 작성 방식은? 이런 사람이 오랫동안 언론인으로 활동하다니, 납득이 되지 않았다.

20.

그 단어를 누가 처음 사용했는지 잊어버렸다. 언론의 누군가일지도. 아니면 선생님 중 하나든지. 누가 됐든 그 단어는 이목을 끌고 회자되었다. 나는 '휘청거리는 왕실 멜로 드라마'의 한 배역으로 캐스팅되었다. 그리고 내가 법적으로 맥주를 마시기에 충분한 나이가 되기 훨씬 전부터 이 단어는 정설로 자리 잡았다.

"해리? 그래, 사고뭉치지."

사고뭉치(Naughty)는 내가 거슬러 헤엄쳐야 할 조류였고, 거슬러 날아가야 할 바람이었으며, 그 때문에 결코 내 일상이 흔들리지 않기를 바랐다.

나는 말썽쟁이가 되고 싶지 않았다. 나는 품위 있는 사람이고 싶었다. 훌륭하고, 근면하고, 성장하여 무언가 가치 있는 일로 나의 날들을 채우는 그런 사람. 그러나 나의 모든 잘못과 모든 실수와 모든 좌절은 늘 똑같이 지저분한 꼬리표와 늘 똑같은 대중의 비난을 초래했고, 그 때문에 내가 천성적 말썽쟁이라는 통념이 더욱 강화되었다.

성적이라도 좋았다면 조금 달라졌을지도. 하지만 그렇지 못했고, 그건 모두가 아는 사실이다. 내 성적표는 공적인 영역에 포함되었다. 내가 공부에 어려움을 겪은 걸 영연방 전체가 알고 있었는데, 가장 큰 이유는 이튼과 어울리지 않은 탓이었다.

게다가 다른 그럴 만한 이유에 대해 언급하는 사람은 아무도 없었다.

어머니.

공부하고 집중하려면 내 정신과의 협력이 필요한데, 나의 십 대 시절은 늘 내 정신과 전면전을 벌이고 있었다. 가장 어두운 생각들, 가장 근본적인 두려움들, 심지어 가장 좋아하던 기억까지 차단하느라 끝없는 전쟁을 벌였다. (좋은 기억일수록 나를 더 아프게 했다.) 이를 실행하기 위한 전략도 구상했는데, 어떤 것은 건전하고 또 어떤 것은 그렇지 못했지만 모두가 꽤 효과적이었다. 그런데 이 전략들을 실행할 수 없을 때는—이를테면 조용히 책을 읽도록 강요당할 때처럼—나는 정말 미칠 지경이었다. 자연스레 그런 상황을 피하려 했다.

어떤 대가를 치르더라도, 나는 책과 함께 조용히 앉아 있는 것만큼은 피했다.

불현듯, 교육의 근본적인 토대는 기억이라는 생각이 들었다. 명단, 수열, 수학 공식, 아름다운 시 등 이 모두를 배우려면 그 정보를 저장하는 뇌 영역에 '업로드'가 필요한데, 문제는 그 영역이 내가 항상 차단하려던 바로 그 영역과 동일했다는 사실이다. 어머니가 사라진 후로 내 기억은 계획적으로 엉성해졌고 이를 수정하고픈 생각도 없었다. 기억과 슬픔이 동일했기 때문에.

기억하지 않는 것이 오히려 위안이었다.

어쩌면 그 시절에 내가 기억에 어려움이 있었다고 잘못 기억하고 있을 수도 있다. 왜냐하면 나는 〈에이스 벤츄라〉나 〈라이언 킹〉 같은 영화의 긴 대사를 달달 외웠을 정도로 무언가를 기억하는 능력이 비상했다. 가끔 그 긴 대사들을 친구들 앞에서 읊조리기도 했다. 또한, 방 안의 '공간 활용형(pullout)' 책상에 앉은 내 모습을 찍은 사진과 비좁은 방의 어지러운 종이들 사이에 은색 테두리의 어머니 사진이 놓여 있었다. 그래서. 어머니를 기억하고 싶지 않았다는 분명한 기억이 있음에도 다른 한편으로 어머니를 잊지 않으려 애썼다.

사고뭉치가 되는 것, 멍청이가 되는 것은 나에게도 힘든 문제였지만 아버지에게도 고민을 안겼다. 그것은 내가 아버지와 정반대임을 의미했기 때문이다.

아버지를 가장 괴롭힌 것은 내가 책을 회피하려던 선택이었다. 아버지는 책을 즐기는 차원을 넘어 찬양했다. 특히 셰익스피어의 작품들을. 아버지는 헨리 5세도 존경했다. 또 아버지 자신을 할 왕자(Prince Hal)＊와 비교하기도 했다. 이외에도 아버지의 인생에는 사랑하는 증조부인 마운트배튼 경(Lord Mountbatten)과 칼 융(Carl Jung)의 성미 급한 지적 신봉자인 로렌스 반 데르 포스트 경(Laurens van der Post) 같은 독특한 인물들이 여럿 등장한다.

내가 예닐곱 살쯤 되었을 때 아버지는 스트랫퍼드(Stratford)로 가서 셰익스피어를 공개적으로 열렬히 변호한 적이 있다. 영국 최고의 극작가가 태어나고 사망한 장소에 선 아버지는 학교에서 셰익스피어의 연극을 경시한다고, 영국의 교실과 국민의 집단의식 속에서 셰익스피어의 자취가 사라지고 있다고 비판했다. 그리고 이 뜨거운 연설 와중에 《햄릿》, 《맥베스》, 《오델로》, 《더 템페스트》, 《베니스의 상인》에 나오는 구절들을 줄줄이 인용했다. 마치 집에서 키운 장미의 꽃잎을 따서 던지듯, 그 구절들을 불쑥 끄집어내어 청중을 향해 설파했다. 일종의 쇼맨십이었지만 결코 의미가 없는 건 아니었다. 아버지는 확실히 짚어주고 있었다.

"여러분 모두가 이렇게 할 수 있어야 합니다. 여러분 모두가 이 구절들을

＊ 셰익스피어가 극 중에서 어린 헨리 5세를 일컬은 칭호.

기억해야 합니다. 이 모두는 우리의 공유 유산이며, 여러분은 이 유산을 소중히 하고 보호해야 하는데, 현실은 그 유산이 죽어 가는데도 우리가 방치하고 있습니다."

나 역시 셰익스피어를 도외시하는 무리의 한 사람이라는 사실이 아버지를 얼마나 속상하게 했을지 의심할 필요도 없었다. 그래서 나는 바뀌려고 노력했다. 《햄릿》을 펼쳐 들었다.

'흠… 죽은 아버지에게 집착하는 고독한 왕자, 살아남은 어머니가 죽은 아버지의 반역자와 사랑에 빠지는 모습을 지켜본다…?'

곧바로 책장을 확 덮어버렸다. "아뇨, 됐어요."

아버지는 올바른 싸움이라면 결코 마다하지 않았다. 글로스터셔 주에 위치한 350에이커 면적의 대저택인 하이그로브에서 많은 시간을 보내던 아버지는, 이곳에서 스트랫퍼드가 멀지 않은 까닭에 잊지 않고 나를 데리고 그곳을 찾곤 했다. 그렇게 예고 없이 불쑥 나타나서 상연되는 연극이 무엇이든 관람했다. 어떤 연극이든 아버지에게는 상관없었다. 그리고 나에게도 상관없었다. 그 이유는 서로 달랐지만.

나에게는 온통 고문이었다.

많은 밤을 그곳에서 보냈지만, 무대 위에서 어떤 일이 일어나고 어떤 말이 오가는지 대부분 이해할 수 없었다. 그런데 이해를 했을 때는 더 힘겨웠다. 나를 화나게 하고 나를 괴롭혔다. '슬픔으로 찌푸린' 비탄에 잠긴 왕국의 이야기를 내가 왜 들어야 하는가? 이 이야기는 나에게 1997년 8월을 떠올리게 했다. "살아 있는 모든 것은 죽어서 자연으로 돌아가, 다시 영원으로 향한다"는 불변의 진리에 대해 왜 내가 고민해야 하는가? 나에게는 '영원'에 대해 생각할 여유가 없었다.

돌이켜보면 내가 좋아하고 음미하던 문학 갈래의 하나는 가벼운 미국 소설이었던 것 같다. 존 스타인벡의 《생쥐와 인간》 같은 종류의. 우리 영어 연구부(English div)에서도 이 소설을 지정했다.

셰익스피어와는 달리 스타인벡은 번역이 필요치 않았다. 그는 쉬운 일상어로 평이하게 썼다. 더 훌륭한 건, 그러면서도 탄탄한 작품성까지 놓치지 않았다는 점이다. 150페이지의 중편《생쥐와 인간》.

무엇보다 좋은 것은, 이 소설의 구성이 위로를 주기 때문이다. 두 친구인 조지와 레니는 캘리포니아를 돌아다니며 자기들만의 정착지를 찾고, 당면한 문제들을 극복하려 한다. 둘 다 아주 뛰어나지는 않으며, 특히 레니는 지능이 조금 많이 낮아 어려움을 겪는다. 그는 죽은 쥐를 주머니에 넣고 다니는데, 엄지손가락으로 쥐를 쓰다듬으며 마음의 평안을 얻는다. 또 강아지를 너무 사랑한 나머지 죽이고 만다.

우정과 형제애와 충성심을 다룬 이 이야기는 나와 관련 있는 주제들로 가득하다. 조지와 레니는 윌리 형과 나를 연상시킨다. 두 단짝 친구, 두 방랑자는 같은 상황을 헤쳐나가며 서로를 보살핀다. 스타인벡의 등장인물 하나는 이렇게 말한다. "남자는 곁에 있어 줄 사람이 필요해. 남자는 아무도 없으면 미쳐버리지."

정말 그렇다. 나는 그걸 형과 나누고 싶었다.

슬프게도, 형은 여전히 나를 모르는 척했다.

21.

1999년 초봄 무렵이었다. 주말을 맞아 이튼에서 집으로 돌아왔다.

눈을 뜨자마자 침대 가장자리에 앉아 있던 아버지가 보였다. 나더러 아프리카에 다시 갈 거라고 했다.

"아프리카요, 아빠?"

"그래, 사랑하는 아들."

"왜요?"

늘 해 오던 일이라고 아버지가 설명했다. 부활절을 포함하는 긴 방학을 앞두고 있어 나와 함께 무언가를 할 필요가 있다는 것이었다. 그래서 아프리카로, 조금 더 구체적으로는 보츠와나로.

"사파리 여행을 할 거야."

"사파리! 아빠랑 같이요?"

아니었다. 감사하게도, 이번에는 아버지가 따라가지 않을 거라고 했다. 대신 윌리 형이 갈 거라고.

"네, 좋아요."

그리고 아주 특별한 누군가가 아프리카 가이드 역할을 해줄 거라고도 했다.

"누구예요, 아빠?"

"마르코."

마르코(Marko)? 잘 모르는 사람이지만, 좋은 소문을 들은 적은 있었다. 마르코는 형의 경호원이며 형도 그를 무척 좋아하는 듯했다. 사실, 누구나 그를 좋아했다. 아버지의 사람들은 한결같이 마르코가 최고라고 입을 모았다. 가장 남자답고 강하며 멋진 사람이었다.

오랜 웨일스 근위병. 이야기꾼. 진정한, 남자 중의 남자.

마르코가 안내하는 사파리 생각에 너무 들떠서 나는 이어진 몇 주간의 학교생활을 어떻게 보냈었는지 모르겠다. 그동안의 기억이 제대로 떠오르지 않는 게 사실이다. 아버지가 사파리 소식을 전한 직후부터 완전히 꺼졌던 기억은 마르코와 형, 그리고 유모 중 한 명이던 티기(Tiggy)와 함께 영국항공 제트기에 오르는 순간부터 되살아났다. 정확히 말하면, 티기는 내가 가장 좋아하던 유모인데 정작 티기는 유모로 불리는 걸 싫어했다. 그래서 누군가 그렇게 부르려 하면 머리를 물어뜯을 태세였다.

"저는 유모가 아니라, 친구예요."

아쉽게도 어머니가 바라보는 시각은 조금 달랐다. 어머니는 티기를 유모라기보다 경쟁자로 보았다. 어머니 입장에서는 티기가 미래에 어머니를 대체할 존재로 길러지고 있다고 의심한 것도 당연했다. (그럼 어머니도 티기를 자신의 예비용으로 본 것인가?) 어머니가 미래에 자신을 대체할지도 모른다고 우려했던 바로 그 여자가 지금 실제로 어머니를 대체했다. 어머니에게는 정말 끔찍한 일이다. 그렇다면 티기가 나를 포옹하고 머리를 쓰다듬을 때마다 죄책감이나 어머니를 배신한 듯한 느낌이 솟아나야 하지만, 나는 전혀 그런 기억이 없다. 오히려 내 옆에 앉아 안전벨트를 매라고 말하는 티기가 있어서 짜릿한 기쁨을 느낀 기억만 있을 뿐이다.

요하네스버그로 직행한 우리는 프로펠러 비행기로 갈아타고 보츠와나 북부의 가장 큰 도시인 마운(Maun)으로 향했다. 거기서 대규모 사파리 안내팀을 만났는데, 그들은 우리를 오픈탑 랜드크루저 호위대 중앙으로 안내했다. 차에 오른 우리는 곧장 야생으로 진입하여 방대한 면적의 오카방고(Okavango) 삼각주를 향해 달렸다. 도착한 지 얼마 지나지 않아, 나는 이곳이야말로 세상에서 가장 멋진 곳 중 하나임을 실감했다.

오카방고를 강이라고 부르는 경우도 있는데, 그건 윈저성을 집이라고 부르는 것과 같은 격이다. 지구상에서 가장 넓은 사막 중 하나인 칼라하리 사막, 그 한가운데에 자리한 방대한 면적의 내륙 삼각주인 오카방고의 하류지대는 연중 일정 기간은 바싹 말라버린다. 그러나 늦여름이 다가오면서 상류 지역의 홍수로 이 지역에도 물이 들어찬다. 앙골라 고원의 빗방울에서 시작되는 작은 물방울들이 모여 천천히 흐르다가 물길을 만들고, 이 물길이 삼각주를 하나가 아닌 십여 개의 강으로 서서히 변모시킨다.

물은 생명을 부른다. 그 어느 곳보다 다양한 동물들이 물을 마시고, 몸을 적시고, 짝짓기를 하기 위해 이곳으로 모여든다. 느닷없이 나타난 노아의 방주에서 동물들이 쏟아져 나오는 장면을 상상하면 된다.

이 매혹적인 곳에 가까워질수록 흥분을 억제할 수 없었다. 사자, 얼룩말, 기린, 하마 등, 이 모두가 꿈만 같았다. 마침내 다음 한 주 동안 머무를 장소에 도착했다. 그곳은 더 많은 수의 가이드와 트래커 등 적어도 십여 명으로 북적거렸다. 숱한 하이파이브와 포옹, 그리고 우리에게 소개되는 이름들.

"해리, 윌리엄. 아디(Adi)와 인사하세요!"

아디는 스무 살에 긴 머리카락과 예쁜 미소를 지녔다.

"해리, 윌리엄. 로저(Roger)와 데이비드(David)와 인사하세요!"

그 모두의 중심에 마르코가 있었다. 언제나 미소 띤 얼굴로, 교통 경관처럼 지시하고, 설득하고, 포옹하고, 고함을 치기도 했다.

마르코는 순식간에 야영지의 모양새를 갖췄다. 녹색의 대형 캔버스 텐트 여러 개와 캔버스 의자들을 둥글게 모아 배치하고, 돌을 둘러 만든 모닥불을 중심으로 커다란 원형의 자리들이 만들어졌다. 그때의 여행을 생각하면 그 모닥불이 바로 떠오른다. 그 무렵에는 비쩍 말랐던 내 몸뚱이와 함께. 우리는 하루 중 주기적으로 그 모닥불 주변으로 모였다. 아침을 시작으로, 한낮에 또 한 번, 해 질 녘에도 다시, 그리고 무엇보다 저녁을 먹고 나서. 우리는 불빛을 응시하다가도 고개를 들어 우주를 바라보았다. 수많은 별이 마치 땔나무의 수많은 불씨처럼 보였다.

가이드 중 한 명은 그 불을 '수풀 TV(Bush TV)'라고 불렀다.

"맞아요." 나도 맞장구를 쳤다.

수풀 TV는 새로운 땔나무를 던져 넣을 때마다 채널이 바뀌는 것 같았다. 모두가 그 장면을 좋아했다.

내 생각에, 그 불은 우리의 파티와 함께하는 모든 어른들에게 최면을 걸거나 마비시키는 것 같았다. 주황색 불빛 속에서 어른들의 얼굴은 더 부드러워지고 말도 자유로워졌다. 그러다가 밤이 깊어지면서 위스키가 등장하고, 그러면 사람들은 또 다른 모습으로 변했다.

웃음소리도 점점… 커졌다.

나는 생각했다. '제발, 이런 게 더 많아졌으면… 불이 많아지면 대화도 많아지고, 크게 웃을 일도 많아질 텐데….' 나는 평생 어둠을 두려워했는데, 아프리카에서 그 치료제를 발견했다.

모닥불.

22.

우리 팀의 핵심인물인 마르코도 아주 큰 소리로 웃었다. 그의 체격과 목소리의 크기 사이에는 일정한 비율이 있었다. 또 그의 목소리 크기와 머리카락 색깔의 명암 사이에도 그와 비슷한 관련성이 있었다. 나는 머리카락이 빨간색이고 그걸 늘 꺼렸지만, 마르코는 매우 짙은 빨간색인데도 그걸 당당하게 받아들였다.

나는 마르코를 빤히 쳐다보며 생각했다. '어떻게 하면 그럴 수 있는지 가르쳐 줘요.'

마르코는 일반적인 선생님과는 달랐다. 끊임없이 움직이고, 끊임없이 무언가를 하고, 음식과 여행, 자연, 총, 우리 등 많은 것들을 사랑했지만, 강의에는 영 흥미가 없었다. 그는 스스로 모범을 보이며 이끄는 유형에 가까웠다. 그러면서 시간을 즐겁게 보내는. 그 사람 자체가 하나의 크고 위대한 빨간 머리 마르디 그라(Mardi Gras) 축제였고, 당신이 그 파티에 참석하고 싶어도 좋고, 그렇지 않더라도 상관없었다. 나는 그가 저녁을 게걸스럽게 먹고, 진(gin)을 꿀꺽꿀꺽 마시고, 큰소리로 우스갯소리를 하고, 다른 트래커의 등을 툭 치는 모습을 보면서, 왜 많은 사람이 다 이 남자와 같지 않은지 의아했다.

왜 더 많은 사람이 어떤 식으로든 시도조차 하지 않은 걸까? 나는 윌리 형에게 물어보고 싶었다. 이런 사람이 자신을 돌보고 이끄는 것이 어떤 느낌인지. 하지만 이튼의 규칙은 보츠와나에도 그대로 옮겨졌다. 형은 학교에서 그랬던 것처럼 이 수풀에 와서도 나를 아는 체하지 않았다.

마르코의 웨일스 근위대 시절과 관련하여 한 가지 궁금증이 있었다. 여행 도중에 이따금 그를 바라보며 그날 관을 어깨에 메고 성당 복도를 행진하던 붉은 제복의 웨일스 근위병 여덟 명 중에 그가 있었는지 생각했다. 마르코는 그날 그 자리에 없었다고 혼자 되뇌었다. 어떻든, 나는 그 네모난 상자도 비어 있었다고 상기하려 애썼다.

모든 게 다 좋았다.

티기가 늘 그렇듯이 모두가 보는 곳에서 나에게 들어가 자라고 '권했고' 나도 불평하지 않았다. 그날 하루가 너무 길었던 탓에 텐트가 따사로운 둥지처럼 느껴졌다. 캔버스에서는 오래된 책 같은 기분 좋은 냄새가 났고, 바닥에는 부드러운 영양 가죽이 깔려 있었으며, 내 침대는 포근한 아프리카 양탄자로 싸여 있었다. 몇 달, 몇 년 만에 처음으로 나는 곧장 잠에 빠져들었다. 물론 텐트 벽에 어른거리는 모닥불 불빛과 건너편에서 들리는 어른들의 소리, 그리고 저 멀리 동물들의 소리도 내가 잠드는 데 도움을 주었다. 비명 같은 날카로운 소리, 양이나 염소의 울음소리, 으르렁거리는 소리, 어둠이 깔리며 온갖 동물의 소리가 들렸다. 한창 바쁠 시간이니까. 동물들의 러시아워. 밤이 깊어질수록 소리도 더 커졌다. 그 소리들이 나를 진정시키는 것을 느꼈다. 더욱이 그 소리들은 흥겨웠다. 동물들의 소리가 아무리 커도 마르코의 웃음소리는 여전히 묻히지 않았다.

어느 날 밤, 잠들기 전에 나는 다짐했다. 저 남자를 웃길 방법을 찾겠노라고.

23.

마르코도 단 것을 좋아했다. 나처럼 그도 푸딩을 좋아했는데, 그는 푸딩을 늘 '퍼드(puds)'라고 불렀다. 좋은 생각이 떠올랐다. 마르코의 푸딩에 매운 타바스코 소스를 넣는 것이다.

처음엔 비명을 지를 것이다. 그다음에는 이게 장난인 줄 알고 웃겠지. 배가 터져라 웃을걸! 그러고는 장본인이 나란 걸 알 테고. 그래서 또다시 폭소를 터트리겠지!

기다리기도 힘겨웠다.

다음날 밤, 모두가 저녁 식사를 할 때 나는 식당 텐트에서 슬그머니 나왔다. 작은 길을 따라 50미터 떨어진 조리 텐트로 들어가서 마르코의 푸딩 그릇에 찻잔 한 컵 분량의 타바스코 소스를 들이부었다. (그날 후식은 어머니가 좋아하던 버터 바른 빵이었다.) 조리팀 직원들이 나를 보았고, 나는 입술에 손을 갖다 대었다. 그들도 웃었다.

허겁지겁 식당 텐트로 돌아온 나는 티기에게 윙크를 했다. 티기에게는 내 계획을 미리 알렸고, 그녀 역시 탁월한 아이디어라고 부추겼다. 윌리 형에게는 내가 앞둔 거사를 알렸는지 기억이 나지 않는다. 아마 아닐 것이다. 형은 허락하지 않았을 거니까.

나는 웃음을 참으며 디저트가 나올 때까지 시간을 헤아리며 쭈뼛거렸다.

갑자기 누군가가 소리쳤다. "우와!"

다른 사람이 또 외쳤다. "이거 뭐야!"

우리는 일제히 고개를 돌렸다. 열린 텐트 바로 밖에서 황갈색 꼬리가 허공을 휘젓고 있었다.

표범!

모두가 얼어붙었다. 나만 빼고. 나는 그쪽으로 한 발을 옮겼다.

마르코가 내 어깨를 붙들었다.

표범은 방금 내가 지나온 길을 마치 수석 발레리나처럼 사뿐히 걸어 사라졌다.

뒤를 돌아보니 어른들은 모두 입을 벌린 채 서로를 바라보고 있었다. 그러더니 모두의 시선이 나에게로 향했다. "세상에!"

모두가 같은 생각을 했다. 고국에서 똑같은 내용의 헤드라인이 빗발치는 그림을.

"해리 왕자, 표범에게 습격당해."

세상은 시끄러워지고, 여러 사람의 목이 날아갈 것이다.

나는 그 어떤 생각도 들지 않았다. 그저 어머니 생각만 할 뿐. 그 표범은 분명 어머니가 보낸 징조이며, 나에게 말을 전하기 위해 보낸 메신저일 것이다.

'다 괜찮아. 앞으로도 괜찮을 거고.'

동시에 나는 생각했다. '전율!'

어머니가 마침내 은둔에서 돌아왔는데 자신의 막내아들이 산 채로 먹혔다는 사실을 알게 된다면?

24.

당신이 왕족 출신이라면 당신과 나머지 천지 만물 사이에 완충지대를 유지하도록 배우게 된다. 군중을 대할 때도 언제나 당신과 그들 사이에 조심스러운 거리를 유지한다. 거리는 바람직하고, 거리는 안전하며, 거리는 곧 생존이다. 거리는 왕족으로서 필수적인 부분이며, 당신을 둘러싼 모든 가족이 발코니에 서서 버킹엄궁 밖의 군중들을 향해 손을 흔들 때도 마찬가지다.

물론 가족 또한 거리를 유지한다. 가족을 아무리 사랑하더라도, 예컨대 군주와 자식 사이에는 그 간격을 넘어서면 안 된다. 왕위 계승자와 예비용 왕자 사이에서도 마찬가지다. 신체뿐 아니라 심리적으로도. 그에게 여지를 부여한 것은 단순히 윌리 형의 명령 때문이 아니다. 기성세대는 모든 신체적 접촉에 대해 거의 무관용으로 금지한다. 포옹 금지, 키스 금지, 애완동물 금지 등. 가끔씩, 아주 특별한 경우에 한해서 볼을 가볍게 만지는 정도는 몰라도….

그러나 아프리카에서는 이 모두가 달라졌다. 아프리카에서는 거리가 사라졌다. 모든 피조물이 자유로이 얽혔다. 오직 사자만이 위풍당당하게 걸었고, 오직 코끼리만이 황제의 품격을 지녔으며, 그런 그들조차도 완전히 떨어져 지내지는 않았다. 이런 동물도 그들의 피식자들과 늘 어울리며 살았다. 다른 선택의 여지는 없었다. 오로지 포식과 피식이 존재할 뿐이며, 삶은 괴롭고 잔인하고 짧을 수도 있지만, 십 대인 내 눈에는 그 모두가 정제된 민주주의처럼 보였다. 이상적인 세상으로.

단순히 주변의 모든 트래커와 가이드들과 포옹하고 하이파이브를 한 횟수 때문은 아니었다.

다시 말하면, 내가 좋아하는 생명체들과 단순히 거리가 줄어들어서 그런 것 같지는 않았다. 어쩌면 믿어지지 않을 정도로 많은 숫자 때문인지도 모른다. 단 몇 시간 만에 내 주변은 죽음과 불모의 땅에서 비옥한 풍요의 습지로 변했다. 아마도 그것이 내가 가장 갈망하는 것일 게다. 생명!

아마도 그것이 내가 1999년 4월의 오카방고에서 발견한 진정한 기적일 것이다.

그 일주일 내내 나는 잠시도 한눈을 팔지 않았다. 심지어 잠자는 순간에도 얼굴은 미소로 가득했다. 공룡 시대로 돌아간다고 한들 이보다 더 경외로울까! 나를 사로잡은 것은 거대한 티라노사우루스만은 아니다. 아주 작은 생명조차도 사랑스러웠다. 그리고 새들도. 우리 팀에서 가장 똑똑한 가이드인 아디 덕분에 나는 하늘을 날고 있는 독수리와 소백로와 붉은벌잡이새, 아프리카 물수리를 구별할 수 있게 되었다. 벌레조차도 매력적이었다. 아디는 내가 벌레들을 진지하게 깨닫도록 가르쳤다. "내려다보세요." 그가 말했다. "서로 다른 딱정벌레 종류를 눈여겨보고, 애벌레들도 얼마나 예쁜지 보세요. 또, 흰개미 집의 바로크 건축 양식도 감상하세요. 인간 이외의 동물이 지은 가장 높은 구조물이에요."

"알아야 할 것들이 정말 많아요, 해리. 감사한 일이죠."

"정말 그래요, 아디."

그와 함께 돌아다닐 때도, 구더기나 들개들이 득실거리는 갓 죽은 사체를 발견할 때도, 코끼리 똥 위로 버섯이 잔뜩 자라서 마치 아트풀 다저(Artful Dodger)의 중산모를 닮은 똥 덩어리들에 헛디딜 때도, 아디는 조금도 겸연쩍어하지 않았다.

"이것이 생명의 순환이에요, 해리!"

아디가 말했다. "우리 주변의 움직이는 모든 것 중에서 가장 장엄한 것은 물이에요."

오카방고는 살아 있는 또 하나의 생명체였다. 아디는 어려서부터 아버지와 함께 침낭만 달랑 들고 오카방고 전역을 돌아다녔다. 그래서 오카방고의 구석구석을 알고 있었고, 마치 낭만적 사랑 같은 느낌까지 받았다고 했다. 오카방고의 겉모습은 모공 없는 뺨 같았고, 아디는 그 뺨을 가볍게 쓰다듬곤 했다.

아디는 강에 대해서도 진실한 경외심 같은 것을 느꼈다. 존경의 마음. 강속은 곧 죽음이라고 그는 말했다. 굶주린 악어와 성미 고약한 하마들이 저아래의 어둠 속에 도사리며 누군가 발을 헛디디기를 기다린다. 하마에게 죽는 사람이 일 년에 오백 명이라고 아디는 내 머리에 반복해서 각인시켰고, 그로부터 몇 년이 지난 지금까지 내 귀에는 아디의 말이 어른거린다.

"시커먼 물속에 절대 들어가면 안 돼요, 해리."

어느 밤, 불 주변으로 둘러앉은 가이드와 트래커들이 강에서 라이딩하고, 수영하고, 배를 타고, 무서워한 경험 등을 서로 침을 튀기며 이야기했다. 그날 나는 강의 신비함과 신성함, 불가사의함에 대한 이야기를 밤새워 들었다.

불가사의함에 대해 말하자면… 그날 마리화나 담배 냄새가 공중에 맴돌았다. 이야기는 점점 더 시끄러워지고, 말도 안 되는 소리들이 오갔다.

나도 피워 봐도 되냐고 물었다.

"꺼지세요!" 하나같이 실없이 웃었고, 형은 적잖이 놀란 표정으로 나를 바라보았다. 하지만 나는 물러서지 않았다. 내 경험을 내세웠다. "나도 피워본 적 있어요."

머리들이 갸우뚱거렸다. "오, 정말로요?"

헤너스와 내가 최근에 스미노프 아이스 식스팩 두 상자를 훔쳐서 마시다가 기절한 적이 있노라고 우쭐대며 말했다. 또 하나, 티기는 스토킹 사냥 (stalking)* 여행을 할 때마다 자신의 용기에 담긴 술을 맛보게 해주었다는 말

---

* 자세를 낮추고 동물에게 살금살금 다가가서 사냥하는 방식

도. (슬로우진이었는데, 티기는 이 술 없이는 못 살았다.) 나는 그동안의 경험을 모두 드러내지는 않는 게 나을 거라고 생각했다.

어른들이 비밀스럽게 눈빛을 교환했다. 한 명이 어깨를 으쓱하더니 새 마리화나를 말아 나에게 건넸다.

한 모금 들이마셨다. 기침이 나고, 구역질까지 했다. 아프리카 마리화나는 이튼의 그것보다 훨씬 독했다. 그리고 황홀감도 덜했다.

하지만, 그래도 나는 남자였다.

아니, 나는 아직 어린 아기였다.

그 '마리화나'는 약간 지저분한 두루마리 종이로 싼 싱싱한 바질이었다.

25.

휴(Hugh)와 에밀리(Emilie)는 아버지의 오랜 친구였다. 두 사람은 노퍽 주에서 살았는데, 학교 방학과 여름에 일이 주 동안 그곳에 찾아가곤 했다. 두 사람에게는 네 명의 아들이 있었는데 형과 나는 그 애들과 함께 놀라고 던져지다시피 했다. 핏불 무리에 던져진 강아지들처럼.

우리는 늘 놀이를 했다. 어떤 날은 숨바꼭질을, 또 어떤 날은 깃발 뺏기를. 그러나 어떤 놀이든 커다란 싸움의 빌미가 되었고 어떤 싸움을 하든 일정한 규칙이 없었기에 승자는 없었다. 머리 잡고 흔들기, 눈 찌르기, 팔 비틀기, 목 조르기 등 이 모든 것이 휴와 에밀리의 시골집에서는 사랑과 전쟁이라는 명목으로 허용되었다.

가장 어리고 덩치도 가장 작았던 나는 늘 힘들게 부딪쳐야 했다. 그런데도 나는 가장 어렵고 가장 필요한 역할을 했기 때문에, 내가 얻은 모든 것을 누릴 자격이 충분했다. 멍든 눈, 보랏빛 자국, 부어오른 입술 등, 나는 개의치 않았다. 오히려 그 반대였다. 아마도 나는 강해 보이고 싶었던 것 같다. 거기에서 무언가를 느끼고 싶었던 것 같다. 동기가 무엇이든, 싸움에 임하는 나의 철학은 간단했다. "더 해봐."

우리 여섯은 엉터리 전투를 역사 속의 이름으로 포장했다. 휴와 에밀리의 집은 수시로 워털루(Waterloo)나 솜강(The Somme)*, 로커스 드리프트(Rorke's Drift)로 변했다. 우리는 서로를 향해 돌격하며 외쳤다. "줄루(Zulu)!"

전선은 주로 동족을 의미지만, 항상 그렇지는 않다. 우리도 항상 원저 대 타인의 구도가 아니었다. 섞어서 싸웠다. 형과 같은 편으로 싸울 때도 있고 그 반대도 있었다. 어떤 식의 연합이든 휴와 에밀리의 아이들 중 한두 명이 형을 향해 달려들 때가 있었다. 도와달라는 비명을 지르며 쓰러지는 형의 소리를 들으면, 마치 내 눈 뒤의 혈관이 폭발하는 듯 극도의 분노가 밀려들 었다. 그 순간 나는 모든 자제력과 모든 능력을 오로지 내 가족과 국가와 종 족에만 집중시킬 뿐이며, 다른 누군가 혹은 모두를 향해 나 자신을 던졌다. 차고, 때리고, 조르고, 다리를 공격했다.

휴와 에밀리의 아이들은 그 상황을 감당하지 못했다. 해결 방법은 없었 다.

"떼어 내, 미친 놈이야!"

내가 얼마나 유능하고 노련한 전사였는지는 나도 모른다. 하지만 형이 피 하기에 충분한 견제 역할을 하는 데는 늘 성공했다. 상처를 점검하고 코를 닦은 형은 곧바로 전투에 다시 뛰어들었다. 마침내 전투가 완전히 끝나고 둘이 함께 절뚝거리며 물러설 때면, 나는 언제나 형을 향하는 사랑을 느꼈 고 형에게서도 나를 향하는 사랑이 느껴졌다. 하지만 약간의 당황스러움도 있었다. 내 체격은 형의 절반이었고 체중도 절반이었다. 게다가 내가 동생 이니 형이 나를 구하는 게 맞지만, 오히려 그 반대였으니까.

시간이 지날수록 싸움은 더 치열해졌다. 소형 화기도 등장했다. 서로를 향해 로마 캔들을 집어던지고, 골프공 튜브로 로켓 발사대를 만들고, 야외 들판 가운데 설치한 진지를 방어하기 위해 우리 둘이서 야간 전투를 수행했

---

* 프랑스에서 영국 해협으로 흘러 들어가는 강으로 1, 2차 세계대전의 격전지이다.

다. 나는 아직도 그 당시의 냄새를 맡을 수 있고, 발사된 로켓이 표적을 향해 날아가며 내는 소리도 들을 수 있다. 그때 표적이 된 아이의 방호복이라고 해봐야 패딩 재킷과 양털 벙어리장갑에 스키 고글 정도가 전부였지만, 그조차 없을 때도 있었다.

우리의 군비 경쟁은 점점 속도를 더했다. 저쪽 아이들이 그런 것처럼. 이제는 비비탄 총도 사용하기 시작했다. 가까운 거리에서. 어떻게 아무도 다치지 않았을까? 어떻게 아무도 시각 장애를 입지 않았을까?

어느 날, 우리 여섯 명은 잡아 죽일 다람쥐와 비둘기를 찾아 집 근처 수풀을 어슬렁거리고 있었다. 그곳에 낡은 군용 랜드로버가 한 대 있었다. 형과 아이들이 미소를 지었다.

"해롤드. 들어가, 운전해. 그럼 우리가 널 맞출게."

"뭘로?"

"산탄총으로."

"사양하겠어."

"우리 장전 중이야. 들어가서 운전하든지 아니면 여기서 우리가 널 쏘든지."

나는 곧장 뛰어 들어가 차를 몰았다.

잠시 후, "빵!" 등 뒤에서 입으로 터트리는 산탄총 소리.

나는 키득거리며 가속 페달을 밟았다.

이 땅 어디엔가 공사 현장이 있었을 것이다. (휴와 에밀리가 새집을 짓고 있었다.) 이곳은 우리의 가장 치열한 전투 무대가 되었다. 해 질 녘이었다. 한 아이가 새집의 뼈대 속에서 집중 공격을 받았다. 아이가 퇴각하자 우리는 로켓으로 포격했다.

그리고 어느 순간… 아이가 사라졌다.

"닉 어딨어?"

손전등을 켰다. 닉은 없었다.

우리는 천천히 앞으로 나아가다가 바닥에 뚫린 커다란 구덩이를 발견했다. 네모난 우물 같은데 건축 현장 옆에 있었다. 구덩이 가장자리로 몸을 내밀어 전등을 아래로 비췄다. 우물 깊은 곳에서 닉이 누운 채로 신음하고 있었다. "살아 있다니 운도 더럽게 좋군." 모두가 맞장구를 쳤다.

"정말 좋은 기회였는데." 우리가 말했다.

우리는 큰 폭죽 몇 개에 불을 붙여 구덩이 속으로 떨어뜨렸다.

26.

다른 아이들이 주변에 없거나 우리 공동의 적이 없을 때면, 형과 나는 서로를 자극했다.

이런 다툼은 아버지가 우리를 차에 태워 어딘가, 이를테면 시골 별장이나 새먼 스트림*으로 이동할 때 차 뒷좌석에서 가장 흔하게 벌어졌다. 한번은 스코틀랜드에서 스페이강(River Spey)으로 달리는 도중에 형과 나 사이에 다툼이 시작되었고 머잖아 엎치락뒤치락하며 주먹까지 교환하는 난투극으로 이어졌다.

아버지는 차를 갓길에 대더니 형에게 내리라고 소리쳤다.

"저요? 왜 저예요?"

아버지는 설명할 필요조차 느끼지 못했다. "내려."

형은 나를 사납게 노려보았다. 형은 나 혼자만 위기를 모면했다고 생각했다. 차에서 내린 형은 경호원들이 타고 있는 보조 차량으로 터덜터덜 걸어가서는 스스로 안전벨트를 맸다. (어머니가 실종된 후로 형은 늘 안전벨트를 맸다.) 경호 차량이 다시 출발했다.

이따금 뒷유리를 힐끔힐끔 쳐다보았다.

우리 뒤에서, 미래의 영국 국왕이 복수를 계획하고 있음을 나는 단번에 알아차렸다.

---

* 얼음물이 흐르는 약 11킬로미터 길이의 영국의 협소한 강.

27.

내가 난생처음 무언가를 죽였을 때 티기는 이렇게 말했다.

"잘했어요, 왕자님!"

티기는 길고 가느다란 손가락을 토끼의 늘어진 귀 아래로 밀어 넣더니, 약간의 피를 묻혀 부드럽게 내 이마에 바르고는 아래로 내려 볼과 코에도 발랐다. 그러고는 나직한 음성으로 이렇게 말했다.

"이제 피를 받았어요."

피를 받는 의식(blooding)… 오랜 전통이다. 피살자에 대한 존중의 표시이며, 살해자에 의한 교감 의식. 또, 소년기에서… 성인기까지는 아닌… 아무튼 그 비슷한 시기를 거치고 있음을 표시하는 방식. 아니, 정확하지는 않지만, 어떻든 그 비슷한 내용이다.

그래서 털 없는 내 몸뚱이와 낭랑한 목소리에도 불구하고, 블러딩 이후의 나 자신이 완전히 성숙한 사냥꾼처럼 여겨졌다. 그런데 내 열다섯 번째 생일 무렵에 내가 진짜 사냥꾼 입문 과정을 거치게 될 것이란 연락을 받았다.

붉은사슴.

발모럴에서 있었던 일이다. 이른 아침, 언덕과 골짜기에도 안개가 자욱했다. 내 가이드 샌디는 천 살도 더 되는 듯했다. 그는 그 옛날 마스토돈을 사냥했던 사람 같이 보였다. '순 옛날식', 이게 형과 내가 샌디와 같은 남자들을 표현하는 방식이다. 샌디는 옛날식으로 말했고, 옛날식 냄새가 났으며, 옷도 꼭 옛날식으로 입었다. 색 바랜 야전 상의에 해진 녹색 스웨터, 발모럴 트위드 반바지, 가시 붙은 양말, 고어텍스 워킹화 등. 머리에는 전통적인 트위드 플랫 캡을 쓰고 있었는데, 나보다 세 배나 나이가 많은 그 모자는 수많은 땀방울 때문에 갈색에 가깝게 변해 있었다.

나는 아침 내내 그의 옆에 붙어서 히스 덤불과 습지를 헤치며 돌아다녔다. 내 표적인 수사슴이 앞에 나타났다. 조금 더, 조금만 더 가까이, 마침내 우리는 걸음을 멈추고 사슴이 풀을 뜯는 모습을 지켜보았다. 샌디는 우리가 여전히 아랫바람—바람이 사슴 쪽에서 우리 쪽으로 불어오는—지역에 있음을 확인했다. 이윽고 그가 나에게 손짓을 하더니 내 소총을 가리켰다. 바로 지금.

그가 몸을 굴려 나에게 공간을 만들어 주며 쌍안경을 들었다. 천천히 조준하는 내 귓가로 그 특유의 걸걸한 숨소리가 들렸고, 곧이어 방아쇠를 당겼다. 날카롭게 천지를 울리는 한 번의 폭발음. 그다음엔, 침묵.

일어나 앞으로 나아갔다. 사슴 앞에 다다른 나는 마음을 놓았다. 사슴의 눈은 이미 풀려 있었다. 항상 걱정되는 건, 살에만 상처를 입은 가엾은 동물이 수풀로 도망가 여러 시간을 혼자 고통 속에서 지내는 것이었다. 눈빛이 점점 흐려지자 샌디는 사슴 앞에 무릎을 꿇더니, 서슬 퍼런 칼을 꺼내 목의 피를 빼고는 다시 배를 갈라 열어젖혔다. 그러고는 나에게 무릎을 꿇으라는 시늉을 했다. 시키는 대로 무릎을 꿇었다.

기도를 하는 거라고 생각했다.

그가 나를 보고 신경질적으로 소리쳤다. "더 가까이!"

나는 샌디의 겨드랑이 냄새가 느껴질 정도로 가까이 다가갔다. 그의 손이 내 목 뒤에 부드럽게 닿았다. 나를 안거나 혹은 축하해주려는 것이겠지 하고 생각했다. "잘했어요!"라고. 그런데 샌디는 갑자기 내 머리를 죽은 사슴의 배 속으로 밀어 넣었다.

내가 머리를 빼내려 애쓸수록 샌디는 더 깊이 밀어 넣었다. 제정신이 아닌 듯한 그의 완력에 나는 깜짝 놀랐다. 그리고 지독한 냄새 때문에 또 한 번 놀랐고. 아침 먹은 게 도로 튀어나오려 했다.

'제발, 제발, 사슴 사체 안에 토하면 안 되는데!'

잠시 후 나는 아무런 냄새도 맡을 수 없었다. 숨을 쉴 수가 없었기 때문이다. 내 코와 입이 온통 피와 내장과 짙고 혼란스러운 온기로 가득했기 때문이다.

'아,' 나는 생각했다. '이제 죽는 거구나. 마지막 블러딩.'

내가 상상한 것과는 달랐다.

맥이 풀렸다. '모두들, 안녕.'

그때 샌디가 나를 꺼냈다.

신선한 아침 공기가 내 폐 속으로 가득 밀려들었다. 피가 뚝뚝 떨어지는 얼굴을 닦으려는데, 샌디가 내 손을 움켜쥐었다.

"네이, 래드, 네이.(Nae, lad, nae. '안 돼, 친구, 안 돼.')"

"뭐라고요?"

"그냥 마르게 둬요! 그냥 마르게!"

우리는 계곡에 있던 군인들에게 무전을 쳤다. 말 몇 마리를 보낸다고 했다. 기다리는 동안 다시 작업에 돌입했다. 고대 스코틀랜드의 언어로 내장 처리를 의미하는 '풀 그래러킹(full gralloching)'을. 위장을 제거하고, 불필요한 부분들은 매와 말똥가리들이 먹을 수 있게 언덕 비탈에 뿌렸다. 간과 심장을 도려내고, 오줌과 연결된 부위를 건드리지 않도록 조심스럽게 생식기를 잘라냈다. 이때 까딱 잘못하면 사슴의 오줌을 잔뜩 둘러쓰기 십상인데, 그 악취는 하이랜드 목욕을 열 번 하더라도 지우기 어려웠다.

이윽고 말이 도착했다. 내장을 처리한 사슴을 하얀 드럼 호스 종마(drum stallion)*의 등에 가로질러 매달아 식품저장소로 보낸 다음, 우리는 어깨를 나란히 하고서 성으로 되돌아왔다.

얼굴이 마르고 거북하던 속도 진정되면서 나는 한껏 자부심을 느꼈다. 나는 배운 대로 사슴을 잘 처리했다. 한 방에 깔끔하게 심장을 관통했다. 신속하게 죽인 덕분에 사슴의 고통도 없었고 고기도 보존했다. 사슴에게 상처만 입혔거나 우리의 정체를 들켰다면, 사슴의 심장박동이 급격히 늘어나고 혈액은 아드레날린으로 가득했을 것이며 따라서 고기도 먹을 수 없는 상태로 변했을 것이다. 내 얼굴의 이 피에는 아드레날린이 없었고, 그건 곧 나의 사

---

* 땅딸막하고 무거운 말로 각종 퍼레이드에 많이 활용된다.

냥 실력을 입증하는 증거였다.

나는 자연에도 유익한 일을 했다. 개체 수를 조절함으로써 사슴 전체를 보호하고 겨울에 먹이가 부족하지 않도록 했다.

마지막으로, 나는 지역사회에도 좋은 일을 했다. 식품저장소에 큰 사슴이 있다는 것은 발모럴 인근 사람들에게 신선한 고기가 풍부하다는 의미였다.

이런 미덕은 어릴 때부터 귀에 못이 박이도록 들었지만 이제야 제대로 경험했고 얼굴로도 느꼈다. 나는 종교적으로 독실한 편은 아니지만, 이 '피를 바른 얼굴'은 나에게 세례와 같았다. 아버지는 매우 독실한 분이어서 매일 밤 기도를 했지만, 나는 지금 이 순간에야 드디어 신의 존재에 가까워졌다는 느낌을 받았다. 아버지는 늘 자연을 사랑한다면 그냥 내버려 둘 때와 관리할 때를 알아야 하며, 관리란 도태를 의미하고 도태란 곧 죽음을 의미한다고 말했다. 이 모두가 일종의 숭배 행위였다.

식품저장소에서 샌디와 나는 옷을 벗고 진드기가 있는지 서로의 몸을 확인했다. 그 수풀의 붉은 사슴들은 진드기에 많이 감염되는데, 진드기가 다리에 붙으면 피부 속 깊이 파고들기도 하고 더러는 고환까지 기어 올라온다. 어느 가엾은 사냥터지기는 최근에 진드기 전염병인 라임병에 걸려 쓰러지기도 했다.

나는 공포에 사로잡혔다. 모든 주근깨가 죽음의 사자처럼 느껴졌다. "이게 진드기인가? 이게?"

'네이, 래드, 네이!'

옷을 챙겨 입고 작별 인사를 하기 위해 샌디에게로 돌아선 나는 좋은 경험에 감사하다고 전했다. 당장 악수하고 포옹도 하고 싶었지만 내면에서 또 소리가 들렸다.

'네이, 래드, 네이.'

28.

월리 형도 스토킹 사냥을 좋아했는데, 이걸 핑계로 그해 클로스터스 (Klosters)에는 나타나지 않았다. 형은 노퍽에 있는 할머니의 별장이며 우리 둘 다 좋아했던 2만 에이커 면적의 샌드링엄(Sandringham) 하우스에서 지내는 것을 더 좋아했다.

"꿩을 사냥하는 게 낫겠어요." 형이 아버지에게 말했다.

거짓말. 아버지는 그게 거짓말인지 몰랐지만 나는 알았다. 형이 집에 머물려고 했던 진짜 이유는 '포토월(Wall)'에 서기 싫었기 때문이다.

클로스터스에서 스키를 즐기기 전에 늘 산 아래에 지정된 장소로 가서 서너 칸의 계단에 도열한 칠십여 명의 사진사들 앞에 서야 했다. 포토월. 사진사들은 렌즈를 겨냥한 뒤 우리의 이름을 외치며 우리가 돌아보거나 허둥거리는 모습, 그들의 정신 나간 질문에 아버지가 대답하는 것을 듣는 모습을 촬영했다. 포토월은 우리가 그 스키장에서 방해받지 않고 즐길 수 있는 대가였다. 우리가 그 벽 앞에 서야만 그들도 잠시나마 우리를 평화롭게 내버려 두었다.

아버지도 포토월을 싫어했지만—싫어하는 게 이미 정평이 나 있었다—형과 나는 그냥 싫은 정도가 아니라 경멸했다.

그래서 형은 꿩 타령을 하며 집에 있었다. 나도 가능하면 형과 같이 있었겠지만, 그때는 내 주장을 드러낼 만큼 성숙하지 못했다.

형이 없으면 아버지와 나만 포토월에 서야 하니 뭔가 더욱 복잡해졌다. 나는 아버지에 딱 달라붙었고 사진사들은 연신 셔터를 눌렀다. 스파이스 걸스를 떠올리고, 역시 클로스터스를 경멸했던 어머니를 떠올렸다.

'이래서 엄마가 숨은 거야.' 나는 생각했다. 바로 이런 곳, 이런 것 때문에.

어머니가 클로스터스를 싫어한 데는 포토월 외에 다른 이유도 있었다. 내가 세 살 때, 아버지와 한 친구가 그 슬로프에서 섬뜩한 사고에 휘말렸다.

거대한 눈사태가 그들을 덮친 것이다. 아버지는 가까스로 탈출했지만, 친구는 그렇지 못했다. 눈의 벽 아래에 묻힌 그 친구의 마지막 숨도 아마 눈으로 덮였을 것이다. 어머니는 종종 눈물을 머금은 채로 그 사람에 대해 이야기했다.

사진 촬영이 끝나고 나도 신나게 놀려고 마음을 먹었다. 나는 스키를 좋아하는 데다 제법 잘 탔다. 그런데 일단 어머니 생각이 스치는 순간부터 나는 쇄도하는 나만의 감정의 눈사태에 파묻혀 버렸다. 그리고 의문들. '엄마가 혐오하던 곳에서 즐기는 건 잘못된 것일까? 오늘 이 슬로프에서 즐기는 건 엄마에게 잘못하는 것일까? 아버지하고만 리프트에 오르며 흥분하는 건 엄마에게 나쁜 아들이란 뜻일까? 내가 엄마와 형을 그리워하면서도 잠깐 아버지와 둘이서만 즐거운 시간을 보내는 걸 엄마는 이해할까?'

어머니가 돌아왔을 때 이 모든 것을 어떻게 설명해야 할까?

언젠가 클로스터스에 다녀와서, 어머니가 숨어 있다는 내 생각을 형에게 말한 적이 있었다. 형도 잠시 그와 비슷한 생각을 한 적이 있다고 했다. 하지만 결국, 형은 그 생각을 지워버렸다.

"엄마는 떠났어, 해롤드. 다시는 돌아오지 않아."

"아냐, 아냐. 그런 소리 하지 마. 형, 엄마는 늘 사라지고 싶다고 그랬잖아? 형도 들었잖아?"

"그래, 그랬지. 하지만 해롤드, 엄마는 우리에게 이런 일을 할 사람이 아니야."

"내 생각도 그렇긴 해." 내가 형에게 말했다. "그래도 엄마는 죽지 않았을 거야, 형! 우리에게 그런 일을 할 사람이 아니야!"

"맞는 말이야, 해롤드."

29.

우리는 긴 드라이브에 나섰다. 골프장에 있는 할머니의 흰 조랑말들을 지나, 여왕 모후(The Queen Mother)가 홀인원을 기록한 적이 있는 그린을 지나,

작은 보호막 속에서 씩씩하게 경례하는 경관을 지나 여러 개의 과속방지턱을 거쳐, 작은 돌다리를 건너 조용한 시골길로.

운전하던 아버지는 눈을 가늘게 뜨고 앞 유리를 바라보았다.

"운치 있는 저녁이지, 안 그래?"

발모럴, 2001년 여름.

위스키 증류장을 지나 토끼가 우글거리는 양 목장 사이의 바람 부는 도로를 따라 가파른 언덕을 올라갔다. 그 말은, 운이 나쁜 토끼들은 언제든 차에 치일 수 있다는 뜻이었다. 그날 아침에도 우리는 한 무리의 토끼들을 들이받았다. 몇 분 후, 흙길로 들어선 우리는 다시 사백 미터를 달려 사슴 차단 펜스에 이르렀다. 나는 뛰듯이 밖으로 나가 자물쇠를 열었다. 이제 드디어, 우리는 외딴 사설 도로에 도착했으므로 나도 운전 허락을 받을 수 있었다. 차에 올라 운전대에 앉은 나는 가속페달을 밟았다. 그동안, 때로는 무릎 위에 앉아서 아버지에게 배운 운전 기술을 실습하는 순간이었다. 차를 몰아 보랏빛 히스 지대를 지나 방대한 스코틀랜드 황야 속으로 달려 들어갔다. 눈앞에는 흰 눈으로 뒤덮인 로크나가(Lochnagar)산이 옛 친구처럼 서 있었다.

타이어가 만들어 내는, 나와 스코틀랜드와의 인연을 연상시키는 듯한 부드러운 자장가 소리를 들으며 마지막 나무다리에 도착했다.

"다 동, 다 동… 다 동, 다 동(da dong)."

다리 밑으로는 최근에 내린 폭우로 산에서 흘러내린 물이 요동치며 흘렀다. 대기는 온통 날벌레들로 자욱했다. 하루의 햇살이 잦아들 무렵, 우리는 나무들 사이로 우리를 바라보고 있는 거대한 사슴들을 어렴풋하게 식별할 수 있었다. 이윽고 차는 너른 개간지대에 도착했다. 오른쪽에는 돌을 채집하기 위한 낡은 오두막이, 왼쪽에는 숲을 거쳐 강으로 흘러내려 가는 차가운 개울이 있었고, 거기에 그녀가 있었다. 인치나보바트(Inchnabobart)*!

★   발모럴 사유지에 있는 작은 사냥용 별장.

그 오두막 안으로 달려 들어갔다. 따뜻한 부엌! 오래된 벽난로! 나는 낡은 빨간 쿠션이 있는 벽난로 펜더 위로 쓰러졌고, 그 옆에 거대한 피라미드처럼 쌓인 은색 자작나무 장작더미의 냄새를 들이마셨다. 은색 자작나무처럼 사람을 매료시키거나 기분 좋게 하는 냄새가 있다면, 그 냄새는 과연 어떨지 상상조차 되지 않는다. 우리보다 삼십 분 먼저 출발한 할아버지는 이미 오두막 뒷마당에서 당신의 그림을 손질하고 있었다. 자욱한 연기의 한가운데에 서 있는 할아버지의 두 눈에서는 눈물이 흘러내렸다. 머리에는 플랫 캡을 쓰고 있었는데, 한 번씩 벗어 이마를 닦거나 파리를 쫓았다. 사슴 필레(filet)가 지글지글 소리를 내며 익자, 할아버지는 큰 집게로 고기를 뒤집고 둥근 컴벌랜드 소시지를 불 위에 올렸다. 보통 때 같으면 내가 할아버지의 특기인 스파게티 볼로네즈를 만들어 달라고 했겠지만, 그날 밤에는 이런저런 이유로 그렇게 하지 않았다.

할머니의 특기는 샐러드드레싱이었다. 할머니는 한 번에 많은 양을 휘저었다. 그런 다음 긴 식탁의 양초들에 불을 붙이고, 우리 모두는 삑삑 소리가 나는 밀짚 방석이 놓인 나무 의자에 앉았다. 이 저녁 자리에는 종종 손님도 있었는데 주로 유명하거나 특별한 인물이었다. 나도 고기의 온도나 서늘한 저녁 등을 주제로 총리나 주교와 여러 번 대화한 적이 있다. 하지만 오늘 밤은 가족만 있었다.

외증조할머니가 도착했다. 나는 벌떡 일어서서 손을 내밀었다. 나는 항상 외증조할머니에게 손을 내밀었는데, 아버지에게서 그렇게 하라고 수없이 가르쳤기 때문이다. 그런데 그날 밤에는 '간간 할머니(Gan-Gan)*'에게 특별한 도움이 필요해 보였다. 백한 번째 생신을 갓 지낸 할머니의 모습이 왠지 무기력해 보였다.

그럼에도 할머니는 여전히 산뜻했다. 내 기억에 할머니는 온통 파란 옷을

---

* 외증조모인 엘리자베스 보우스라이언(Elizabeth Bowes-Lyon)의 애칭.

입었던 것 같다. 파란 카디건, 파란 타르탄 스커트, 파란 모자. 파란색은 할머니가 가장 좋아하는 색이었다.

할머니가 마티니를 주문했다. 잠시 후, 누군가가 얼음에 진을 부은 컵을 할머니에게 건넸다. 나는 할머니가 둥둥 떠다니는 레몬을 노련하게 피하여 한 모금 마시는 모습을 지켜보다가, 충동적으로 나도 그렇게 해와야겠다고 생각했다. 가족들 앞에서 칵테일을 마신 적이 없었기에 이것이 하나의 이벤트가 될 수 있으리라고 생각했다. 약간의 반항이기도 하고.

결국 공허한 반항이었다. 누구도 신경 쓰지 않았다. 누구도 쳐다보지 않았다. 할머니만 빼고. 할머니는 내가 진토닉을 들고 어른 흉내를 내는 모습을 보며 잠시 생기를 되찾았다.

나는 할머니의 옆에 앉았다. 신나는 우스갯소리로 시작한 우리의 대화는 곧 진화하여 점점 더 깊이를 더했다. 교감! 그날 밤 할머니는 정말 나에게 말을 걸고 정말 내 말을 듣고 있었다. 믿을 수 없었다. 무엇 때문인지 궁금했다. 진 때문에? 지난여름 이후로 10센티미터 정도 자라서? 180센티미터면 지금 가족 중에서는 가장 큰 축에 속한다. 할머니의 몸은 점점 움츠러드니, 할머니에게 나는 훨씬 커 보일 수밖에 없었다.

그때 우리가 나눈 대화를 구체적으로 기억할 수 있다면 얼마나 좋을까! 더 많이 물어보고 할머니의 대답을 적어두었더라면 좋았을 것을! 할머니는 '전시의 왕비(The War Queen)'였다. 히틀러의 폭탄이 하늘에서 쏟아지는 와중에도 할머니는 버킹엄궁을 지켰다. (당시 궁은 아홉 번의 직격탄 세례를 받았다.) 할머니는 전쟁 중에 처칠과 만나 식사도 했다. 할머니도 한때는 처칠식의 웅변술을 가졌었다. 특히 상황이 아무리 나빠지더라도 결코 영국을 떠나지 않을 것이라는 말이 널리 알려지며 국민들로부터 큰 사랑을 받았다. 나도 그 때문에 할머니를 사랑했다. 나도 내 조국을 사랑했고, 절대로 조국을 떠나지 않을 것이라는 선언이 나에게는 큰 감동이었다.

물론 외증조할머니는 몇 가지 이유로 악명도 있었다. 할머니는 다른 시대에서 온 분이며, 일부 사람들의 눈에는 그리 달갑지 않은 방식으로 왕비의 삶을 영위해 왔다. 물론 나는 그 어떤 것도 본 적이 없지만. 할머니는 나만의 간간일 뿐이었다. 할머니는 비행기가 발명되기 삼 년 전에 태어났으며, 백 세 생일에도 봉고 드럼을 치는 분이었다. 그런 할머니가 마치 전쟁에서 귀환한 기사처럼 내 손을 잡고 사랑스럽고 재미있게, 그리고 그 밤, 그 마법 같은 밤, 존중의 마음을 담아 나에게 이야기했다.

할머니의 남편으로 일찍 작고한 조지 6세 왕에 대해 물어볼걸. 아니면 남편의 형으로, 할머니가 무척 싫어했을 것으로 생각되는 에드워드 8세 왕에 대해서도. 그는 사랑을 위해 왕관을 포기한 인물이다. 간간 할머니도 사랑을 믿었지만, 왕관을 넘어설 수는 없었다. 또 할머니는 그가 선택한 여성을 경멸했다고도 알려져 있다.

맥베스의 고향인 글래미스의 먼 선조들에 대해서도 물어보았더라면. 할머니는 많은 것을 보고 많은 것을 알고 있었으므로 내가 배울 게 많았지만, 나는 빠른 성장에 비해 충분히 성숙하지 못했고 손에 든 진에 비해 충분히 용감하지도 못했다.

하지만 할머니를 웃게 한 것은 확실하다. 이건 보통 아버지의 일이었는데, 아버지에게는 할머니의 웃음 포인트를 찾아내는 능력이 있었기 때문이다. 아버지는 할머니를 세상의 누구보다, 어쩌면 훨씬 더 많이 사랑했던 것 같다. 그런 아버지가 자신이 좋아하던 사람으로부터 웃음을 자아내고 있는 나를 흐뭇한 표정으로 여러 번 쳐다보던 기억이 난다.

어느 순간, 나는 사샤 배런 코언(Sacha Baron Cohen)이 연기한 캐릭터인 알리 G(Ali G)에 대해 할머니에게 말했다. 샤샤가 했던 것처럼, 할머니에게 손가락을 튕기는 방법을 보여주며 '부야카샤(Booyakasha)'라고 외치는 것을 가르쳤다. 무슨 뜻인지 몰라 어리둥절하던 할머니가 손가락을 튕기며 그 단어 '부야카샤'를 외치면서 무척 즐거워했고, 할머니의 자지러지는 웃음소리에 주변 사람들도 모두 미소를 지었다. 감동적이고 짜릿한 순간이었다. 나도 무언가의 일부라는… 그런 느낌도 받았다.

이게 가족이고, 적어도 그 하룻밤 동안은 나도 특별한 역할을 했다.

그리고 그 역할은, 이번만큼은 사고뭉치가 아니었다.

30.

몇 주 뒤, 이튼으로 돌아온 나는 외증조할머니의 킬트 색깔과 정확히 똑같은 색깔을 한 파란 문 두 개를 지나고 있었다. 할머니께서 이 문을 보았더라면 참 좋아하겠다는 생각을 했다.

그 문들은 나의 성역 중 하나인 TV 방 입구였다.

거의 매일 점심을 먹자마자 친구들과 텔레비전 방에 가서 스포츠 활동을 시작하기 전까지 잠시 동안 '네이버스(Neighbours)'나 '홈 앤 어웨이(Home and Away)' 같은 프로그램을 보았다. 그런데 2001년 9월의 어느 날은 방이 사람으로 가득했고 네이버스는 방영되지 않고 뉴스가 나오고 있었다.

뉴스는 악몽이었다.

몇몇 건물이 불타고 있다고?

"아, 그래, 어딘데?"

"뉴욕이야."

방 안 가득 모인 아이들 틈으로 화면을 바라보려 애썼다. 오른쪽에 있던 아이에게 무슨 일이냐고 물었다.

미국이 공격당하고 있다고 했다.

테러리스트들이 비행기로 뉴욕의 트윈타워를 들이받았다고 했다.

사람들이… 뛰어내리고 있었다. 오백 미터 정도 높이의 건물 꼭대기에서.

더 많은 아이들이 속속 모여들었고, 누구는 선 채로 입술을 깨물고, 누구는 손톱을 물어뜯고, 누구는 귀를 만지작거리고. 너무 놀라 소리조차 낼 수 없었고 어린아이들이라 어쩔 줄 몰라 하며, 우리가 지금껏 알아 왔던 유일무이한 세상이 자욱한 유독가스 속으로 사라지는 장면을 지켜만 보았다.

"3차 세계대전." 누군가 중얼거렸다.

누군가 파란 문이 닫히지 않도록 기대고 있었다. 아이들이 연이어 들어왔다. 누구도 소리를 내지 않았다. 혼돈의 도가니며, 고통의 도가니였다.

무엇을 해야 하나? 우리가 무엇을 할 수 있을까?

우리는 어떤 사역의 부름을 받을 것인가?

며칠 후, 나는 열일곱 살이 되었다.

31.

아침에 일어나면 가장 먼저 나 자신에게 이렇게 말했다.

"오늘이 그날일지도 몰라."

아침을 먹고 나면 말했다.

"오늘 아침에 엄마가 다시 나타날지도 몰라."

점심을 먹고 나면 말했다.

"오늘 오후에 엄마가 다시 나타날지도 몰라."

아무튼, 이렇게 네 해가 흘렀다. 지금쯤이면 어머니도 자리를 잡았을 것이고, 새로운 신원과 새로운 인생을 개척하고 있을 게 분명하다. 어쩌면 오늘 마침내 모습을 드러내어 기자회견을 통해 세상을 놀라게 할지도 모른다. 놀란 기자들이 외치는 질문에 모두 답한 뒤에 마이크에 대고 말할 것이다.

"윌리엄! 해리! 엄마 말이 들리면, 이리로 오렴!"

밤이면 나는 아주 생생한 꿈들을 꾸었다. 결국은 다 같은 내용이지만, 시나리오와 차림새가 조금씩 달랐다. 어떤 꿈에서는 어머니가 개선장군처럼 당당하게 귀환했고, 또 어떤 꿈에서는 어딘가에서 어머니와 느닷없이 맞닥뜨렸다. 길모퉁이나, 가게에서나. 어머니는 언제나 변장을 하고 있었다. 금발의 긴 가발이나, 크고 까만 선글라스로. 그래도 나는 늘 어머니를 알아보았다.

앞으로 다가가 속삭였다. "엄마? 엄마 맞죠?"

어머니가 대답도 하기 전에, 그동안 어디에 있었으며 왜 돌아오지 않았는지 듣기도 전에 속절없이 잠에서 깨어나곤 했다.

주변을 둘러보며 심한 실망감에 젖었다. 그냥 꿈이었다. 또다시. 그러면서도 속으로 되뇌었다.

'어쩌면 이 꿈이… 오늘이 그날이란 뜻인가?'

나는 세상이 그렇고 그런 날에 끝나리라고 믿는 광신도와 다를 바 없었다. 그날이 별일 없이 지나가더라도 믿음에는 전혀 흔들림이 없는 그런 사람들처럼.

'내가 엄마의 신호를… 혹은 날짜를… 잘못 알아들은 게 분명해.'

나도 마음 깊은 곳에서는 진실을 알았을 터이다. 어머니가 숨어서 돌아올 때를 기다리고 있다는 환상은 진실과 너무 동떨어져 전혀 현실을 가릴 수 없었다. 그러나 그 덕분에 내 슬픔의 대부분을 미룰 수는 있었다. 어머니 무덤 앞에서의 딱 한 번을 제외하면, 지금껏 나는 울거나 슬퍼한 적이 없었으며 누가 봐도 뻔한 사실을 아직도 정리하지 않았다. 내 뇌의 일부는 알았지만 다른 일부는 완전히 차단되어 있었으며, 이 두 부분이 나눠진 탓에 내 의식의 공론장은 분열되고 양극화되고 정체되었다. 그게 내가 바라던 것이었다.

가끔은 나 자신과 냉정한 대화도 나눴다.

"모든 사람이 엄마가 죽었다고 믿고 있는데, 너도 그렇게 생각하는 게 나을 거야."

하지만 그럴 때마다 나는 이렇게 생각했다.

'증거가 나오면 믿겠어.'

확실한 증거가 있으면 나도 제대로 울고 슬퍼할 수 있을 거라고, 나는 생각했다.

32.

우리가 물건을 어떻게 구했는지는 기억나지 않는다. 친구 중의 한 명으로 추측할 뿐. 아니면 여럿이든지. 물건이 있다는 게 확인되면 먼저 위층의 작은 화장실부터 점거한 후, 놀랍도록 일사불란하게 작업 공정을 가동했다. 흡연자는 창문 옆 칸 변기에 가랑이를 벌리고 앉고, 두 번째 아이는 세면대에 기대어 기다리며, 세 번째와 네 번째는 빈 욕조에 앉아 다리를 흔들거리며 자기 순서를 기다렸다. 흡연자는 한두 모금을 빨아 창문 밖으로 내뱉고 다음 단계로 이동하고, 마리화나 담배 한 대를 다 필 때까지 이 순환 방식이 계속되었다. 흡연이 끝나면 우리 방 중에서 하나에 들어가 약에 취한 채로 새 프로그램 한두 회를 보며 낄낄거렸다. 패밀리 가이(Family Guy). 그중에서도 스튜이(Stewie)와 설명할 수 없는 유대감을 느꼈다. 존경받지 못하는 예언자 같은 느낌이랄까.

나도 이런 행동이 나쁘다는 건 알았다. 분명히 잘못된 것이었다. 친구들도 당연히 알았다. 우리는 마리화나에 취한 채로, 이것이 이튼에서의 공부를 갉아먹는 어리석은 행동이라는 얘기를 자주 했다. 그래서 약속을 한 적도 있었다. '트라이얼스(Trials)'라고 불리는 시험 기간이 시작될 때부터 끝날 때까지는 피우지 않기로 맹세했다. 하지만 바로 다음 날 밤 침대에 누워 있는데, 내 친구들이 복도에서 떠들고 속닥거리는 소리가 들렸다. 그 소리는 화장실로 향했다. 젠장, 벌써 약속을 깨는 건가! 나도 침대에서 빠져나와 친구들에게 합류했다. 욕조에서 세면대를 거쳐 변기에 이르기까지 작업 공정이 시작되고, 마리화나가 효과를 발휘하면서 우리는 고개를 흔들었다.

이런 걸 바꿀 수 있을 거라고 생각하다니, 우리가 얼마나 어리석었는지.

"이제 나한테 줘, 친구."

어느 날 밤, 변기에 앉아 마리화나 담배를 크게 한 모금 빨아들인 나는 고개를 들어 달을 바라보다가 다시 학교 운동장으로 시선을 옮겼다. 템즈 밸리의 경관 몇 명이 이리저리 다니는 모습이 눈에 들어왔다. 나 때문에 배치된 경관들이었다. 그 사람들 때문에 내가 안전하다는 느낌을 받지는 않았다. 오히려 갇혀 있다는 기분만 들 뿐이었다.

하지만 그들의 머리 위는 안전이 자리한 곳이었다. 저 바깥 세상은 모든 것이 평화롭고 고요했다. '정말 아름다워! 저 넓은 세상은 이렇게 평화로운

데… 누군가에게는. 자유로이 평화를 찾아 나설 수 있는 사람들에게는.'

바로 그때, 재빠르게 운동장을 가로지르는 무언가가 눈에 띄었다. 그 형체는 주황색 가로등 아래에 얼어붙은 듯 정지했다. 나도 꼼짝하지 않았다. 그리고 창밖으로 살짝 몸을 내밀었다.

"여우야! 나를 똑바로 쳐다보고 있어! 저기 봐!"

"뭐라고?"

"아무것도 아니야."

나는 여우를 향해 속삭였다. "안녕, 친구. 잘 지내?"

"뭐라는 거야?"

"아냐, 아냐."

아마 마리화나 때문이었을 것이다, 틀림없이. 하지만 그때 나는 여우와 강한 유대감을 느꼈다. 화장실에 있던 친구들, 이튼의 다른 친구들, 심지어 멀리 떨어진 성에 사는 윈저 일족과의 유대감보다 더 돈독한 느낌이었다. 사실 나에게는 이 작은 여우도, 보츠와나의 그 표범처럼 다른 세계로부터 나에게 보내진 메신저처럼 보였다.

아니면, 어쩌면 미래에서 왔을지도 모를.

누가 여우를 보냈는지 알 수 있었다면!

전하려던 메시지가 무엇인지도.

33.

학교에서 집으로 돌아와 있을 때마다 나는 숨었다.

위층 육아방에 숨거나, 새 비디오게임 속에 숨거나. 미국에 사는 자칭 '예언자(Prophet)'라는 사람과 쉼 없이 헤일로(Hallo) 게임을 했는데, 그는 나를 '빌런드바즈(BillandBaz)'라는 아이디로만 알고 있었다.

주로 형과 함께 하이그로브 별장의 지하실에 숨기도 했다.

우리는 그곳을 '클럽 H'라고 불렀다. 여기서 H는 해리(Harry)에서 따온 것으로 생각하는 사람이 많겠지만, 사실은 하이그로브(Highgrove)의 H이다.

이 지하실은 한때 방공호로 사용되던 곳이다. 그 깊은 곳으로 내려가려면 지상의 하얗고 무거운 문을 통과하여 가파른 돌계단을 내려가서, 눅눅한 석조바닥을 따라 더듬으며 나아가서 세 개의 계단을 더 내려간다. 낮은 아치형 지붕이 있는 길고 눅눅한 복도를 따라 카밀라의 최고급 와인들을 보관하는 여러 개의 와인 저장고와 냉동고를 지나, 외국 정부와 주요 인사들이 선물한 그림과 폴로 장비, 이외에도 터무니없는 선물들이 가득한 여러 곳의 저장실을 지나게 된다. (누구도 원하지는 않았지만, 이것들을 다시 선물하거나 기부하거나 버릴 수도 없었기 때문에 꼼꼼하게 기록한 후 봉인했다.) 마지막 저장실을 지나면 작은 황동 손잡이가 달린 두 개의 초록색 문이 보이고 그 맞은편에 클럽 H가 있다. 창문은 없지만 본화이트색 벽돌벽이 있어 폐쇄공포증을 느끼지 않도록 해 준다.

우리는 왕실의 다양하고 멋진 물건들을 활용하여 이 공간을 꾸몄다. 페르시아 양탄자, 빨간 모로코 소파, 나무 탁자, 전기 다트보드 등. 또 거대한 스테레오 시스템도 설치했는데, 음향은 훌륭했지만 너무 시끄러웠다. 한쪽 구석에는 잘 갖춰진 음료 운반대가 서 있었는데 어디서 빌린 건지 맥주와 다른 주류의 향이 항상 은은하게 배어 있었다. 게다가 원활하게 작동하는 커다란 환기구 덕분에 꽃향기도 늘 느껴졌다. 아버지의 정원에서 라벤더와 인동덩굴의 향과 함께 신선한 공기가 지속적으로 공급되기 때문이었다.

평범한 주말 저녁이면 형과 나는 인근 술집에 몰래 들어가서, 스네이크바이트 칵테일 몇 잔을 포함하여 여러 잔의 술을 마시며 친구들을 모아서는 그들을 데리고 클럽 H로 돌아왔다. 모두 합쳐 열다섯 명을 넘은 적은 없었는데, 그렇다고 열다섯보다 적었던 적도 없었던 것 같다.

지금도 그 무리의 이름이 떠오른다. 배저, 카스퍼, 니샤, 리지, 스키피, 엠마, 로즈, 올리비아, 침프, 펠 등등. 우리는 모두 사이좋게 지냈고, 어떤 때는 조금 더 각별하게 지내기도 했다. 음주 자체는 썩 순수하지 않았지만, 음주와 함께 순수한 키스와 포옹이 수없이 이어졌다. 럼과 콜라, 또는 보드카

등을 주로 텀블러에 담아 레드불을 자유롭게 섞어 마시기도 했다.

술에 취해 비틀거리거나 더러는 고꾸라지기도 했지만 누군가 그 자리에 마약을 반입하거나 투약하는 경우는 단 한 번도 없었다. 우리 경호원들이 항상 근처에 있었기에 우리가 무언가를 숨겨야 할 때도 있었지만, 마약은 차원이 다른 문제였다. 우리도 지켜야 할 선이 무엇인지 정도는 알고 있었다.

클럽 H는 십 대를 위한 완벽한 은신처였지만 특히 이런 십 대에게는 더더욱 훌륭한 곳이었다. 평온함을 원할 때 클럽 H가 이를 제공했다. 장난을 치고 싶을 때 클럽 H는 이를 실행할 가장 안전한 곳이었다. 홀로 있고 싶을 때 영국의 시골 한복판에 있는 방공호보다 나은 곳이 있을까?

형도 같은 느낌이었다. 형이 세상 어느 곳보다 저 아래에 있을 때 더 평온해 보인다는 생각을 나는 가끔씩 했다. 그곳에서는 나를 보고 모른 척할 필요가 없었기 때문에 형도 마음이 편했을 것이라고 나는 생각했다.

우리 둘만 있을 때는 게임도 하고 음악도 듣고 이야기도 나눴다. 이따금 형은 밥 말리나 팻보이 슬림, 디제이 사킨, 요만다 등의 음악을 배경으로 깔아둔 채로 어머니 이야기를 하려고 할 때도 있었다. 클럽 H는 이처럼 금기시되는 주제도 꺼낼 수 있을 만큼 안전한 장소로 느껴졌다.

다만, 한 가지 문제가 있었다. 내가 원치 않았다. 형에게서 그런 조짐이 보일 때마다… 나는 대화 주제를 바꿨고, 그럴 때마다 형은 언짢아했다. 하지만 나는 형의 그런 기분을 이해할 수 없었다. 더 정확히 말하면, 나는 그런 형의 감정을 인식할 수조차 없었다.

이렇게 둔하고, 이렇게 감정적으로 무딘 것은 나의 선택이 아니었다. 나는 그럴 능력조차 없었다. 나는 아직 준비가 되어 있지 않았었다.

늘 편안한 주제 중의 하나는 '남의 눈을 의식하지 않아도 될 때의 만족감'이었다. 왕실의 영광과 화려함, 사생활, 언론의 독사 같은 눈을 피해 보내는 한두 시간 등을 주제로 우리는 많은 얘기를 나눴다. 그 인간들이 절대로 우리를 찾을 수 없는, 하나뿐인 우리의 진정한 안식처에서.

마침내 그들이 우리를 찾아냈다.

2001년의 끝자락에서, 마르코가 이튼에 있던 나를 찾아왔다. 우리는 점심을 먹기 위해 마을 중심지의 한 카페에서 만나기로 했는데, 나는 꽤나 들떠 있었다. 학교를 벗어날 좋은 핑계였으니까. 내 얼굴은 희색이 만연했다.

그런데 그게 아니었다. 마르코는 엄한 표정을 지으며 결코 즐거운 외출이 아니라고 말했다.

"무슨 일 있어요, 마르코?"

"사실을 파악하라는 지시를 받았어요, 해리."

"무엇에 대해서요?"

아마도 내가 최근에 동정을 잃은 것을 말하는 것이라고 추측했다. 나이 많은 여자와의 명예롭지 못한 그 일화를. 그 여자는 말을 아주 좋아해서 나를 마치 어린 수말처럼 대했다. 후딱 말타기를 끝내고는, 내 엉덩이를 철썩 때리며 풀을 뜯게 밖으로 내보냈다. 그 사건과 관련하여 잘못된 게 한두 가지가 아니었지만, 무엇보다 복잡한 술집에서 시간을 보낸 뒤에 풀밭에서 일이 벌어졌다는 게 마음에 걸렸다.

분명히 누군가 우리를 지켜보았을 것이다.

"무슨 사실이요, 마르코?"

"약을 했는지 아닌지에 대한 사실 말이에요, 해리."

"뭐라고요?"

영국 최대 타블로이드지의 편집장이 최근에 아버지 사무실로 전화를 걸어 내가 클럽 H를 포함한 여러 곳에서 마약을 했다는 '증거'를 찾아냈다고 말한 모양이었다. 물론 술집 뒤의 자전거 보관소도 포함해서. (내가 동정을 잃은 사건의 그 술집은 아니다.) 아버지 사무실에서는 마르코를 급파하여 그 편집장의 대리인들과 조용한 호텔에서 은밀히 만나도록 했고, 이 자리에서 대리인들이 사건의 내용을 설명했다. 이제 마르코가 나에게 그 내용을 설명했다.

사실인지 아닌지 그가 나에게 되물었다.

"거짓말이에요." 내가 말했다. "전부 거짓말."

그는 편집장이 제시한 증거들을 조목조목 열거했고, 나는 그 모두를 반박했다. 아니야, 아니야, 아니야. 기본적인 사실관계나 세부적인 내용 모두 엉터리였다.

그런 다음 마르코에게 물었다.

"이 거지 같은 편집장이 도대체 누구예요?"

'역겨운 두꺼비.' 나는 얼굴을 찌푸렸다. 그 여자를 아는 사람들은 전적으로 동의한다. 인류애를 갉아먹는 오염된 고름 덩어리이며 언론인들에게도 지저분한 짐이라는 것을. 하지만 이런 것들은 중요치 않았다. 최고의 권력자 자리에 오르기 위해 꿈틀대던 그녀가 최근에 와서 그 모든 힘을 결집시키는 대상이 있었으니… 바로 나였다. 그녀는 노골적으로 예비용 왕자를 사냥하고 있었고 그와 관련하여 어떠한 사과도 없었다. 내 전부를 발가벗겨 자신의 사무실 벽에 못으로 박아두기 전까지는 멈추지 않을 태세였다.

나는 어찌할 바를 몰랐다.

"십 대들이 다들 하는 걸 가지고요, 마르코?"

"아, 아니에요. 아니에요."

마르코의 말로는, 이 여자는 나를 마약 중독자로 추측하는 것 같았다.

"뭐라고요?"

편집장이 어떤 식으로든 이 이야기를 세상에 알리려고 한다고 마르코는 말했다.

이 편집장이 그 이야기로 무슨 짓을 할지 모르니, 내가 마르코에게 한 가지 제의했다. 돌아가서 그 여자를 만나, 자신이 알고 있는 게 전부 엉터리라고 말하라고 했다.

마르코는 그렇게 하겠다고 답했다.

며칠 뒤에 나에게 전화를 한 마르코는 내가 시킨 대로 말했지만 편집장은 그 말을 믿지 않았고, 앞으로는 나뿐 아니라 마르코까지 걸고넘어질 것이라고 단언했다고 전해주었다.

"아버지가 분명 어떤 역할을 할 거예요." 내가 말했다. "그 여자를 막아야 하니까."

긴 침묵이 흘렀다.

"아니에요." 마르코가 말했다.

"아버지 사무실에서는 무언가… 다른 방법을 정한 것 같아요. 궁에서는 편집장에게 그만하라고 말리기보다 협조하기를 택했어요. 평화협정으로 가고 있는 거죠."

마르코가 그 이유를 나에게 말해주었을까? 아니면 이 지저분한 전략의 배후 세력이 아버지와 카밀라가 최근에 고용한 그 홍보전문가로, 과거에 우리와 카밀라 사이의 상세한 회담 내용을 유출한 바로 그 사람과 동일 인물이라는 사실을 나중에야 겨우 알게 된 것일까? 마르코의 말에 따르면, 이 홍보전문가는 이 상황에서 최선은 나를 망가뜨리는 것, 즉 모든 책임을 나에게 전가하는 것이 최선이라고 판단했다고 한다. 이 한 수로 편집장을 달래는 동시에 추락하는 아버지의 평판까지 되살릴 수 있을 것으로 본 것이다. 그 홍보전문가는 이 모든 억측과 억지와 지저분한 수법을 통해 아버지를 위한 한 줄기의 희망과 위로의 불빛을 발견했다. 이제 아버지는 가정에 불성실했던 모습에서 벗어나 약물에 중독된 아이를 보살피는 편부의 이미지로 세상에 새롭게 각인될 것이었다.

34.

이튼으로 돌아온 후로는 이 모두를 기억에서 없애고 학업에만 집중하려고 노력했다.

평온해지려고 노력했다.

내가 좋아하고 또 나에게 위로를 주는 '오카방고의 소리(Sounds of The Okavango)' CD를 듣고 또 들었다. 이 CD에는 마흔 개의 트랙이 있었다. 귀뚜라미, 개코원숭이, 비바람, 천둥, 새, 먹이를 뜯는 사자와 하이에나 등. 밤이면 모든 불을 끄고 플레이 버튼을 눌렀다. 내 방에서는 오카방고의 지류와 같은 소리가 났다. 이것이 내가 잠들 수 있는 유일한 방법이었다.

며칠이 지나자 마르코와 만났던 기억도 점차 희미해졌다. 그저 악몽처럼 느껴지기 시작했다.

그런데 어느 날 눈을 뜨자 그 악몽은 현실이 되어 있었다.

요란한 헤드라인이었다.

"해리의 마약 추문(Harry's Drugs Shame)"

2002년 1월, 신문은 마르코가 나에게 알려 준 온갖 거짓말 외에 다른 내용까지 덧붙여 무려 일곱 페이지를 도배했다. 그 기사는 나를 상습적인 마약 투약꾼으로 몰았을 뿐 아니라 내가 최근에 재활 시설까지 다녀온 것으로 만들었다. 재활 시설! 그 편집장은 왕자에게 주어진 봉사활동의 일환으로 몇 달 전에 마르코와 내가 교외의 한 재활 시설을 방문한 사진 몇 장을 입수하여, 자신이 지어낸 이야기의 시각 자료로 고의로 재활용했다.

사진을 보며 기사를 읽는 내내 충격에 휩싸였다. 역겨운 데다 무섭기까지 했다. 이런 쓰레기를 읽으며 사실로 받아들일 영연방의 모든 국민의 모습이 연상되었다. 영연방 전역에서 나를 험담하는 소리가 들리는 듯했다.

"정말, 저 애는 창피해."

"아빠가 불쌍하지… 결국 애는 끝장난 거잖아?"

게다가 이 모두가 나의 가족, 즉 내 친아버지와 미래의 새어머니가 부분적으로 참여하여 만든 작품이라는 사실에 더욱 가슴이 아팠다. 두 사람은 이 말도 안 되는 사건을 부추겼다. 무엇을 위해? 자신들의 삶을 조금 더 수월하게 만들기 위해?

나는 형에게 전화를 걸었다. 아무 말도 할 수가 없었다. 그건 형도 마찬가지였다. 형은 단순한 공감의 수준을 넘었다.

"이건 너무 부당한 일이야, 해롤드."

어떤 때는 이 모든 사건에 대해 나보다 더 화를 내기도 했다. 예비용 왕자를 공개적으로 희생시킨 주모자인 홍보전문가와 밀실거래에 관련하여 나보다 더 세부적인 정보를 알고 있었기 때문이다.

그럼에도 형은 특별히 할 수 있는 게 없다고 나를 다독였다. 이것이 아버지고, 이것이 카밀라이고, 이것이 왕실의 삶이었다.

이것이 우리의 삶이었다.

나는 마르코에게 전화했다. 그 역시 나를 위로했다.

나는 그에게 편집장의 이름을 다시 상기시켜달라고 했다. 마르코의 대답을 들은 나는 그 이름을 기억 속에 각인시켰다. 하지만 여러 해가 지나면서 그 이름을 언급하는 것을 피했으며 지금 여기서 다시 반복하고 싶지도 않다. 독자를 위해서도, 또 나 자신을 위해서도. 이외에도, 나더러 재활시설(rehab)에 갔다고 주장한 여자의 이름 철자를 바꾸니 리해버 쿡스(Rehabber Kooks)가 되는 것도 그저 우연의 일치일까? 여기에 대해 세상은 할 말이 없는가?

들으려 하지 않는 나는 또 누구인가?

이후 몇 주 동안 신문들은 리해버 쿡스의 모욕적인 기사를 우려먹는 데 그치지 않고, 클럽 H에서 벌어지는 온갖 새롭고 날조된 이야기들을 반복해서 다루었다. 우리 순수한 십 대들의 클럽하우스는 마치 칼리굴라 침실처럼 변질되었다.

이 무렵에 아버지의 절친한 지인 한 명이 하이그로브에 왔다. 그녀는 남편과 함께였다. 아버지는 두 사람이 별장을 구경하도록 나에게 안내를 맡겼다. 나는 두 사람과 함께 정원을 둘러보았지만 그들은 아버지의 라벤더나 인동덩굴 같은 것에 관심이 없었다.

여자가 간절하게 물었다. "클럽 H는 어디에 있나요?"

모든 신문을 열심히도 읽었나 보다.

나는 그녀를 문 앞으로 안내한 후 문을 열었다. 그리고 어두운 계단 아래쪽을 가리켰다.

여자는 깊이 숨을 들이쉬더니 미소를 지으며 말했다.

"아, 마리화나 냄새도 나네요!"

그건 마리화나 냄새가 아니었다. 눅눅한 흙과 돌, 이끼 냄새였다. 가지째 자른 꽃과 정화토, 여기에 아주 약한 맥주 냄새가 났을 수도. 완전 유기성의 향기로운 냄새였지만, 강력한 유인의 힘이 그녀를 제압해 버린 것이었다. 심지어 내가 저 아래에서는 마리화나도 없었고 마약을 한 적도 결코 없었다고 맹세했지만, 그녀는 그저 눈을 찡긋할 뿐이었다.

꼭 나에게 가방을 팔라고 말할 것 같은 느낌이었다.

35.

우리 가족은 더는 확장되기 어려웠다. 우리의 시야에는 새로운 배우자도, 새로운 아기도 없었다. 에드워드 삼촌과 소피 숙모, 앤드류 삼촌과 페기 숙모 사이에는 새로운 가족이 생길 수 없었다. 아버지도 마찬가지였고. 바야흐로 정체기에 접어든 것이다.

그러나 지금 2002년, 나와 가족 모두에게, 우리 가족도 결국은 변할 수밖에 없음을 알리는 순간이 찾아왔다. 우리 가족이 더 적어질 시간이 다가오고 있었다.

마거릿 공주와 외증조모(간간 할머니)의 상태가 좋지 않았다.

나는 마고 할머니로 불렀던 마거릿 공주에 대해 아는 게 없다. 그녀는 나의 작은할머니(종조모)이고 12퍼센트의 유전자를 나눴으며, 중요한 휴일에는 함께 시간을 보냈음에도 여전히 나에게는 낯선 사람이었다. 대다수의 영국인처럼 나도 종조모에 대해 대충 알 뿐이었다. 할머니가 살았던 슬픈 인생의 대략적인 윤곽만을 알았을 뿐. 궁에 의해 좌절된 놀라운 사랑들, 타블로이드지를 휩쓴 잇따른 자멸의 화려한 흔적들. 한 번의 성급했던 결혼, 처음에는 운명적으로 보였으나 종국에는 상상을 초월하는 비극을 맞이했다. 할머니의 남편도 독기 서린 메모를, 그녀의 잘못을 통렬하게 비판하는 목록을 집안 곳곳에 남겼다.

'내가 당신을 증오하는 스물네 가지 이유!'

나는 자라면서 작은할머니에 대해 약간의 연민과 엄청난 신경질 외에는 아무런 느낌도 없었다. 한번 째려보는 것만으로 화초를 죽일 수도 있는 사람이었다. 그래서 할머니가 주위에 있을 때면 나는 항상 거리를 유지했다. 아주 드물게 우리가 마주치거나 나를 알아보거나 말을 걸려고 할 때, 과연 나에 대해 조금이라도 알고 있는지 궁금했다. 그런 것 같지는 않았다. 할머니의 어투나 냉정한 태도를 감안할 때 나를 잘 모르는 것 같았다.

그러던 어느 크리스마스에 할머니 스스로 이 수수께끼를 해결했다. 늘 그렇듯이 크리스마스이브에는 온 가족이 모여 선물을 개봉했다. 이것은 독일 전통으로, 우리 가문의 성을 작센-코부르크-고타 (Saxe-Coburg-Gotha)에서 영어식인 윈저(Windsor)로 바꾼 이후에도 살아남았다. 샌드링엄 별장의 어느 큰 방 안이었는데, 흰 천으로 덮은 긴 테이블이 있고 그 위에 하얀 명함이 놓여 있었다. 밤이 시작되면 관례에 따라 각자의 자리를 찾아 산더미처럼 쌓인 선물들 앞에 섰다. 그런 다음, 모두가 동시에 선물을 개봉했다. 누구에게나 허용되는 선물을 차지하기 위해 수십 명의 가족이 일제히 소리를 내며 달려들어 포장지를 뜯었다.

선물더미 앞에 선 나는 가장 작은 상자부터 먼저 뜯기로 했다. 그 상자의 꼬리표에 이렇게 적혀 있었다.

"작은할머니 마고로부터."

나는 주변을 돌아보며 소리쳤다. "고맙습니다, 마고 할머니."

"마음에 들었으면 정말 좋겠어, 해리."

포장지를 뜯었다. 그것은…. 볼펜?

"아, 볼펜이네요. 와!"

"그래, 볼펜."

"정말 고맙습니다."

그런데 할머니가 지적한 대로, 그건 그냥 볼펜이 아니었다. 작은 고무 물고기가 볼펜을 감싸고 있었다.

"와, 물고기 볼펜. 좋아요." 그리고 혼자 중얼거렸다.

"내게 아무 감정도 없는 거네."

나이를 먹으면서 마고 할머니와 내가 친구가 되었으면 좋았을 거라는 생각이 종종 들었다. 두 예비용끼리. 마고 할머니와 친할머니와의 관계는 나와 윌리 형과의 관계와 정확히 똑같지는 않아도 꽤 비슷했다. (주로 나이 많은 형제자매 쪽에서 주도하는) 치열한 경쟁 구도, 그 모든 것이 익숙했다. 마고 할머니도 어머니와 그리 다르지 않았다. 둘 다 매력적인 요부의 꼬리표가 붙은 반역자와 같은 존재였다. (파블로 피카소도 마고 할머니에게 집착한 많은 남자들 중 하나였다.) 그래서 2002년 초에 마고 할머니가 병에 걸린 걸 알았을 때 처음 든 생각은 할머니에 대해 알아갈 시간이 조금만 더 있었으면 하는 것이었다. 그러나 이미 많이 지난 후였다. 할머니는 자신조차 감당하지 못했다. 목욕탕에서 발을 심하게 데인 후로 줄곧 휠체어에 의지할 수밖에 없었고, 그러면서 급격히 쇠약해지고 있다고 했다.

2002년 2월 9일, 마고 할머니가 사망했을 때 나는 이 소식이 역시 쇠약하던 간간 할머니에게 큰 타격이 되리라는 생각부터 들었다.

할머니는 간간 할머니에게 장례식에 참석하지 말 것을 설득했다. 하지만 간간 할머니는 스스로 병상을 박차고 나왔고 그 직후에 심각한 상태로 쓰러졌다.

간간 할머니가 로열 로지(Royal Lodge, 왕실 별장)의 침상에 누워 있다고 나에게 말해준 사람은 아버지였다. 할머니는 일생에서 마지막 오십 년 동안 이 드넓은 시골 별장을 수시로 드나들었는데, 주 거주지인 클래런스 하우스(Clarence House)에서 지내지 않을 때는 거의 이곳에 있었다. 로열 로지는 윈저성에서 오 킬로미터 정도 떨어져 있으며 지금도 영국 왕실 부동산(The Crown Estate)의 일부인 윈저 왕립공원(Windsor Great Park) 안에 있지만, 윈저성과 마찬가지로 다른 세상과 맞닿아 있는 느낌이다. 아찔하게 높은 천장과 생기 넘치는 정원을 조용히 휘감고 도는 자갈길까지.

이 별장은 크롬웰의 사망 직후에 지어졌다.

간간 할머니가 좋아하던 그곳에 있다는 소식에 나는 마음이 놓였다. 아버지 말로는, 할머니가 자신의 침대에 누워서 아무 고통 없이 지낸다고 했다.

친할머니도 가끔 간간 할머니와 함께했다.

며칠 뒤, 이튼에서 공부하다가 전화를 받았다. 건너편 목소리가 누구인지 기억나지 않는데, 아마 궁정 관리였던 것 같다. 부활절 직전이던 그날은 유난히 날씨가 밝고 따뜻했으며, 내 방 창으로 비스듬히 내리쬐는 햇빛이 실내를 환하게 비추고 있었다.

"전하, 왕대비께서 서거하셨습니다."

며칠 후, 형과 나의 장면. 검은색 정장에 무거운 표정, 기시감으로 가득한 두 눈. 우리는 관이 실린 포차의 뒤를 천천히 따라 걸었고, 백파이프 연주와 함께 수백 명이 뒤를 이었다. 그 소리는 나를 과거의 그때로 이끌었다.

온몸이 떨리기 시작했다.

다시 한번 웨스트민스터 사원으로 향하는 그 소름 끼치는 행렬이 만들어진 것이다. 그때 우리는 차 안으로 들어가 장례 행렬을 따랐다. 시내 중심가에서 화이트홀(White-hall) 거리를 따라 몰(The Mall) 거리를 지나 세인트 조지 예배당에 이르렀다.

그 아침 내내 내 시선은 간간 할머니의 관 위에 고정되었다. 그곳에 왕관이 놓여 있었다. 삼천 개의 다이아몬드와 보석으로 장식된 십자가가 봄 햇살을 받아 반짝였다. 십자가의 한가운데에는 크리켓 공만큼이나 큰 다이아몬드가 박혀 있었다. 단순한 다이아몬드가 아니라 코이누르(Koh-i-Noor)라고 불리는 세상에서 가장 큰 105캐럿의 괴물이었다. 현재까지 인간의 눈에 띈 가장 큰 다이아몬드이다. 이 다이아몬드는 대영제국의 전성기에 '취득한' 것이다. 하지만 일부에서는 '훔쳤다'고도 한다. 나는 이것이 매혹적이라는 말도 들었고, 저주받았다는 말도 들었다. 많은 남자들이 이 다이아몬드를 얻기 위해 싸우다 죽었으니, 저주는 남자들에게 내린다는 말도 있었다.

그래서인지 오직 여자들만이 이 왕관을 쓸 수 있었다.

36.

희한하게도, 그렇게 애통한 시간이 지나자 곧바로… 파티가 열렸다. 몇 개
월 뒤가 오십 주년이었다. 할머니가 재임한 지 오십 주년 기념일, 골든 주빌
리(Golden Jubilee).

2002년 여름, 형과 나는 나흘 넘게 항상 다른 말쑥한 복장을 하고, 항상
다른 검은색 차를 타고, 항상 다른 파티와 퍼레이드, 환영회 또는 경축 행사
에 참여하기 위해 항상 다른 현장으로 달려갔다.

영국은 온통 흥분의 도가니였다. 사람들이 길에서 춤을 추고, 발코니와
지붕에서 노래를 불렀다. 모두가 유니언 잭을 응용한 옷을 입었다. 감정 표
현을 삼가기로 유명한 나라에서 이 정도면 주체할 수 없는 기쁨의 놀라운
표현이라 할 수 있었다.

나로서도 놀랍기는 마찬가지였다. 할머니는 그리 놀랍지 않은 듯했다. 어
떻게 할머니는 놀라워하지 않는지 나는 그것이 놀라웠다. 할머니가 감정을
느끼지 못한다는 뜻이 아니었다. 그 반대로, 나는 할머니가 인간의 일반적
인 감정을 모두 경험했다고 생각했다. 할머니는 평범한 다른 사람들보다 감
정을 조절하는 방법에 훨씬 능숙했다.

나는 오십 주년을 기념하는 주말 내내 할머니의 옆이나 뒤에 서 있었다.
그러면서 생각했다. '이런 일로도 동요하지 않는다면 할머니는 정말로 침착
함의 대명사라고 해도 되겠어. 내가 그 상황이라면 애가 되고 말았을 거야.
신경쇠약에 걸렸을 테니까.'

내 신경을 예민하게 하는 것들이 여러 가지 있었지만, 그중에서 가장 거
슬리는 것은 당시에 떠돌던 추문이었다. 오십 주년 직전에 궁정 관리 한 명
이 자신의 작은 사무실로 나를 부르더니 다짜고짜 이렇게 물었다. "해리 왕
자님, 코카인을 하셨어요?"

마르코와 점심 먹던 때가 그림자처럼 스쳤다.

"뭐? 내가…? 어떻게…? 아니에요!"

"흠, 좋아요. 거기에 사진이 있을 수도 있나요? 누군가 어디에서 왕자님이 코카인을 흡입하는 사진을 가지고 있을 수도 있어요?"

"세상에, 아니에요. 말도 안 돼요. 대체 왜?"

그는 어느 신문 편집장이 자신에게 접근하여 해리 왕자가 코로 코카인 한 라인(line)*을 흡입하는 모습이 담긴 사진을 입수했다고 주장했다고 설명했다.

"거짓말쟁이예요. 사실이 아니라고요."

"압니다. 설령 그렇다 하더라도, 이 편집장은 그 사진을 영원히 자신의 금고 안에 봉인할 의향이 있어요. 하지만 그 대가로, 그는 왕자님과 마주 앉아 왕자님의 행동이 매우 위험하다는 것을 설명해주고 싶어 해요. 조금이라도 삶의 조언을 해 주고 싶다는 거죠."

"와, 정말 소름 끼치네요. 게다가 교활하기까지. 악마 같은 것들, 내가 그 대화에 응하면 사실상 죄지은 걸 인정하는 거잖아요."

"맞아요."

나는 혼자 중얼거렸다. "리해버 쿡스 이후로 모두가 날 노리고 있어. 그 여자는 나를 직격했고, 이제는 그녀의 경쟁자들이 다음 순서를 기다리며 줄을 서 있어."

언제면 끝이 날까?

그 편집장에게는 아무것도 없으며 그저 낚시질을 하고 있는 거라고 다시금 나 자신을 다독였다. 그는 분명 어떤 소문을 듣고서 무언가를 찾아내려 했을 것이다. 흔들릴 필요 없다고 나는 다짐했다. 그리고 궁정 관리에게 말했다. 할 테면 해보라고, 그의 주장에 강경하게 대응하고 어떤 거래도 거절할 것이며, 무엇보다 만나자는 제의도 거부하라고 했다.

"그따위 공갈에 눈 하나 까딱하지 않을 거예요."

---

* 코카인 1회 분량을 뜻한다.

궁정 관리도 고개를 끄덕였다. 그것으로 끝.

물론… 이 무렵에 나는 코카인에 손을 댔었다. 어느 별장에서 주말 사냥 (shooting weekend)을 하던 중에 누군가 한 라인을 내밀었고, 그 후로도 몇 번 더 경험했다. 주변 사람들처럼 그리 즐겁지도 않고 나를 행복하게 만들지도 않았지만, 그로 인해 새로운 느낌을 받았고 그것이 내가 코카인에 손을 댄 주된 목적이었다. 무언가 다른 느낌. 나는 지독하게 불행한 열일곱 살 소년이었고, 이런 현재를 바꿀 수만 있다면 무엇이라도 할 수 있었다.

어떻든 이런 식으로 나 자신에게 되뇌었다. 그래서 당시에는 그 궁정 관리에게 손쉽게 거짓말을 한 것처럼 나 자신에게도 거짓말을 할 수 있었다.

그러나 지금은 코카인이 그만한 가치가 없음을 깨달았다. 이득보다 위험이 훨씬 컸다. 폭로의 위험 속에서, 그리하여 자칫 할머니의 오십 주년을 망칠지 모르는 위험 속에서 나는 광분한 언론과 함께 칼날 위를 걸었다. 그보다 나은 방법은 없었다.

좋게 말하면, 나는 게임에 능했다. 할 테면 해보라고 했더니 그도 조용해졌다. 예상한 대로 그에게 사진은 없었고, 사기극이 통하지 않자 슬그머니 사라졌다. (꼭 그런 것도 아니다. 그 편집장은 클래런스 하우스로 슬그머니 들어가서 카밀라와 아버지와 절친한 사이가 되었다.) 나는 거짓말한 게 부끄러웠지만, 한편으로는 뿌듯했다. 엄중한 상황에서, 매우 우려스러운 위기에서 나는 할머니만큼 침착하지는 못했지만 적어도 그 감정 상태를 투영해 낼 수는 있었다. 나는 할머니가 지닌 초인적인 능력과 대담한 자제력을 어느 정도는 발휘한 것 같다. 궁정 관리에게 말도 안 되는 거짓말을 한 것이 후회되지만, 그러지 않았다면 상황이 열 배는 더 나빠졌을 것이다.

그래서… 잘한 일인가?

그러고 보면 나도 영 버려진 아이는 아니었나 보다.

37.

오십 주년의 절정을 이룬 화요일, 궁에서 교회로 향하는 할머니의 모습을 수백만 인파가 지켜보았다. 특별한 감사 의례였다. 할머니는 할아버지와 함께 황금마차로 이동했다. 이 마차는 모든 부분이 번뜩이는 황금으로 덮여 있었다. 황금 문, 황금 바퀴, 황금 지붕, 그 위에 황금으로 주조된 세 천사가 들고 있는 황금 왕관이 있었다. 이 마차는 미국 독립전쟁보다 십삼 년 앞서 만들어졌지만 지금도 잘 달렸다. 황금 마차가 할머니와 할아버지를 태우고 거리를 달릴 때면 저 멀리 어디선가 대규모 합창단이 부르는 대관식 찬가가 울려 퍼졌다. "기뻐하라! 기뻐하라! 우리가 해냈다! 우리가 해냈다!" 아무리 강경한 군주제 반대론자들도 이 순간만큼은 소름이 돋는 걸 어쩌지 못했다.

그날 오찬과 저녁 파티도 있었지만, 그 모두가 약간 기대에 미치지 못하는 느낌이었다. 본 행사는 모두가 인정하는 대로, 전날 밤에 버킹엄궁 외곽의 정원에서 열렸다. 금세기 최고의 음악가들이 개최한 공연이었다. 폴 매카트니가 '여왕 폐하(Her Majesty)'를 불렀다. 브라이언 메이는 옥상에서 '신이여, 여왕을 구원하소서(God Save the Queen)'를 연주했다. 많은 이들이 경탄을 금치 못했다. 게다가 할머니가 이 모든 모던 락 공연을 허락하고 심지어 즐길 정도로 개성 있고 현대적이라는 사실 또한 놀라웠다.

할머니 바로 뒤에 앉아 있던 나도 같은 기분이 들 수밖에 없었다. 할머니가 음악에 맞춰 발을 구르고 몸을 흔들 때, 살짝 안아주고 싶었지만 물론 그럴 수는 없었다. 있을 수 없는 일이었다. 지금껏 그런 적도 없었고, 그런 행동이 허용되는 상황을 상상조차 할 수 없었다.

어머니가 할머니를 안으려 했던 유명한 일화가 있다. 목격자들이 보기에는 포옹이라기보다 약간 다가서는 자세였지만, 할머니는 접촉을 피하려고 몸을 돌렸고 결국 서로 시선을 회피한 채 중얼거리며 사과하는 듯한 어색한 상황으로 종결되었다. 내가 이 상황을 상상할 때면 소매치기에 실패한 모습이나 럭비의 탭 태클 장면이 연상된다. 할머니가 브라이언 메이의 연주를 즐기는 모습을 보면서 아버지도 이런 적이 있는지 궁금해졌다. 아마 없었을 거다. 아버지가 대여섯 살 때 할머니가 여러 달 동안 왕실 순방을 떠난 적이 있는데, 순방에서 돌아온 할머니는 아버지와 손을 꼭 잡고 악수를 했다. 아마 할아버지와도 이렇게 손을 꼭 잡은 경우는 없었을 것이다. 실제로 할아버지는 너무 냉정한 분이었고 출장과 일로 늘 바빴던 탓에, 아버지가 태어나고도 몇 년 동안이나 마주한 적이 드물었다.

콘서트가 계속될수록 피로가 몰려들었다. 시끄러운 음악 소리와 지난 몇 주 동안의 스트레스로 머리가 지끈거렸다. 그럼에도 할머니는 돌아설 기미가 보이지 않았다. 여전히 신난 모습이었다. 여전히 구르고 흔들고.

갑자기, 나는 무언가를 뚫어져라 쳐다보았다. 할머니의 귀에 무언가가 있었다. 뭐지… 황금?

황금 마차 같은 황금, 황금 천사들 같은 황금.

나는 앞으로 몸을 숙여 쳐다보았다. 황금 같지는 않았다.

아니다. 그보다 훨씬 더 노란색이었다.

그래, 귓속에 꽂는 노란색 귀마개.

나는 무릎으로 시선을 떨구며 미소 지었다. 다시 고개를 들었을 때, 나는 할머니가 들을 수도 없는 음악 소리를 듣는 척하며 또는 나름대로 고안한 똑똑하고 영리한 '거리두기(distancing)' 방식으로 그 시간을 지키는 모습을 보며 흐뭇했다. 나름의 조절이랄까.

그 어느 때보다 할머니를 안아주고 싶은 순간이었다.

38.

그해 여름, 나는 아버지와 마주 앉았다. 아마 발모럴이었던 것 같다. 아니면 그 무렵에 아버지가 거의 상주하다시피 했던 클래런스 하우스일지도 모르겠다. 간간 할머니의 사망 직후에 우리는 이사를 했고 아버지가 사는 곳에 나도 함께 살았다.

내가 매너 하우스에서 살고 있지 않을 때에.

이튼에서의 마지막 해가 다가오자 아버지는 졸업 이후의 삶에 대해 어떤 생각을 하고 있는지 대화하고 싶어 했다. 친구들 대부분은 대학교로 진학할 터였다. 윌리 형은 이미 세인트 앤드루스 대학교에서 잘 지내고 있었다. 헤너스는 지금 막 해로우 스쿨(Harrow School)에서 A 레벨을 취득하고 뉴캐슬로 진학할 계획이었다.

"그럼 넌, 사랑하는 아들? 미래에 대해서⋯ 생각해 본 적 있어?"

"그럼요, 네." 나는 어머니가 우리를 데려간 적이 있는 레흐 암 알베르그(Lech am Arlberg)의 스키 리조트에서 일하는 것을 몇 년 동안 매우 진지하게 고려했다고 말했다. 정말 멋진 추억이었다. 더 구체적으로는 어머니가 좋아하던 마을 중심가의 퐁듀 가게에서 일하고 싶었다. 그 퐁듀는 사람의 인생을 바꿀 수도 있었다. (그만큼 나는 제정신이 아니었다.) 하지만 퐁듀 판타지 같은 건 이제 포기했다고 말하자 아버지도 안도의 한숨을 내쉬었다.

대신에 나는 스키 강사가 되고픈 생각에 사로잡혔다.

아버지는 다시금 긴장했다. "말도 안 되는 소리야."

"알았어요."

긴 침묵이 흘렀다.

"그럼⋯ 사파리 가이드는 어때요?"

"아냐, 사랑하는 아들."

쉽게 풀리기 어려운 대화였다.

내 한편에서는 상식적인 틀을 완전히 벗어난 무언가를 하고 싶은 강한 욕구가 있었다. 가족도, 국민도, 모두가 깜짝 놀라 '저게 뭐지?' 하고 말할 만한 무언가를 말이다. 또 한편에서는 그냥 사라지고픈 마음도 있었다. 어머니처럼, 다른 왕자들처럼. 오래전 인도에서도 궁을 박차고 나와 멋들어진 보리수나무 아래에 좌정했던 사람이 있지 않았던가? 학교에서도 그에 대해 읽은 기억이 난다. 아니면, 그렇게 강요받았든지.

그런데 또 다른 한편에서는 커다란 야망도 있었던 것 같다. 예비용은 야망을 품지 않거나 품어서는 안 된다고 사람들은 생각한다. 그리고 왕족이라면 직업적인 욕구와 걱정이 없을 것으로 생각하는 게 일반적이다. 왕족이면 알아서 다 해주는데, 무엇이 걱정이냐고? 그러나 나는 내 인생을 개척하고 이 세상에서의 존재 이유를 찾기 위해 많은 고민을 했다. 가족 모임에서 누구나 꺼리는, 칵테일이나 홀짝거리며 눈치를 살피는 게으름뱅이 중의 하나가 되고픈 마음은 없었다. 지난 수 세기 동안 우리 가족 중에는 이런 사람들이 많았다.

사실 아버지도 그럴 수 있었다. 아버지는 늘 힘든 일을 못 하는 것이 안타까웠다고 나에게 말했다. 계승자는 '너무 많이 해서도', 너무 열심히 하려 해서도 안 된다고 늘 배워왔다. 군주보다 더 뛰어나 보일까 우려했기 때문이다. 하지만 아버지는 거부했고, 내면의 소리를 들으며 자신을 흥분시킬 수 있는 일을 발견했다.

아버지는 내게서도 그걸 바랐다.

아버지가 나더러 대학에 진학하도록 압박하지 않은 이유도 여기에 있었다. 내 유전자에는 대학이 어울리지 않는다는 걸 안 것이다. 그렇다고 내가 본질적인 대학 반대론자는 아니다. 사실 브리스톨 대학교에 관심도 있었다. 이 학교에 대한 자료들을 꼼꼼히 살펴보고 미술사 강의를 유심히 고려한 적도 있었다. (예쁜 여자애들 상당수가 이 과목을 선택했다.) 그렇지만 몇 년 동안이나 책 위에 엎드려 있는 내 모습을 상상하기는 어려웠다. 이튼의 사감도 그랬다. 그는 나에게 있는 그대로 말했다. "해리, 넌 대학교 타입이 아니야." 이제 아버지도 동의했다. 그리고 내가 '왕족 장학생'이 아니라는 것도 더는 비밀이 아니라고 차분히 말했다.

아버지가 빈정거릴 목적으로 한 말은 아니지만, 어떻든 나는 위축되었다.

아버지와 나는 계속해서 대화를 이어 나갔고, 내 머릿속에서도 온갖 생각을 거듭하다가 대화 막바지에 우리는 군대라는 결론에 도달했다. 그럴듯한 결과였다. 틀을 벗어나 사라지고 싶은 내 욕망과도 어울렸다. 군대는 대중과 언론의 눈초리로부터 나를 벗어나게 해줄 기회였다. 다른 한편으로는, 무언가 다른 모습을 보이고 싶은 나의 희망에도 부합했다.

또 내 성격과도 맞았다. 어릴 때 내가 아끼던 장난감은 한결같이 모형 병정들이었다. 켄싱턴궁과 로즈마리 비어리가 디자인한 하이그로브의 가든에서, 대대적인 전투를 계획하고 수행하느라 엄청난 시간을 소비했다. 또 페인트볼 게임을 할 때마다 영연방의 미래가 달린 것처럼 진지하게 진행했다.

아버지가 웃었다. "그래, 사랑하는 아들. 군대가 맞는 듯하구나."

"하지만 먼저…." 아버지께서 덧붙였다.

많은 사람들이 갭 이어(gap year)*를 당연한 과정의 하나로 여겼다. 하지만 아버지는 이 시기를 사람의 일생에서 중요한 형성기의 하나로서 보았다.

"세상을 봐, 사랑하는 아들! 모험을 해."

나는 마르코와 자리를 함께하며 그 모험이 어떤 모습일지를 결정하려고 심사숙고했다. 그렇게 처음 내린 결정은 호주였다. 일단 농장에서 그해의 절반을 보내는 것으로.

탁월한 결정이었다.

그리고 나머지 절반은 아프리카로 정했다. 나는 마르코에게 에이즈와 맞서는 활동에 참여하고 싶다고 말했다. 이것이 어머니에게 경의를 표하고 어머니의 업적을 확실하게 이어 나가겠다는 의미임은 두말할 나위도 없었다.

자리를 떠난 마르코가 약간의 조사를 한 후 다시 돌아와서 말했다. "레소토가 좋겠네요."

나는 들어본 적도 없는 나라라고 솔직히 말했다.

---

* 주로 고교 졸업 후 일 년 정도 인생을 설계하는 기간.

그러자 마르코의 강의가 시작되었다. 내륙지대의 국가이고, 아름다운 국토를 지녔고, 남아프리카의 가장자리에 위치하고, 많은 도움이 필요하며 해야 할 일도 많은 나라라고….

무척 만족스러웠다. 이제 마지막으로… 계획 수립하기.

얼마 후 헤너스를 찾아갔다. 2002년 가을, 에든버러에서 일주일을 보냈다. 헤너스와 식당에 가서 모든 상황을 이야기했다. "잘됐네, 하즈!" 헤네스도 동아프리카에서 갭 이어를 보내고 있었다. 우간다로 기억하는데, 시골 학교에서 봉사하는 중이었다. 그런데 우리가 만난 그때는 러드그로브 스쿨에서 아르바이트를 하고 있었다. 보조(stooge)로서. (러드그로브에서는 '잡역부(handyman)'를 그렇게 불렀다.) 정말 좋은 일자리라고 그는 말했다. 아이들과 함께하고, 교정 전체를 다니며 온갖 것들을 수리한다고 했다.

"거기에다," 내가 그를 놀렸다. "언제든 따 먹을 수 있는 공짜 딸기와 당근도 가득하고 말이야!"

하지만 헤너스는 무척 진지했다. "나는 가르치는 일이 좋아, 하즈!"

"아!"

우리는 아프리카에 대해서 신나게 이야기하고 그곳에서 만날 계획도 세웠다. 우간다를 다녀와서 대학교를 마치면 헤너스도 아마 군대에 갈 것이다. 그리고 공군이 될 것이다. 결정을 했다기보다는, 그의 집안이 대대로 제복을 입었기 때문이다. 우리는 군대에서 만나자는 얘기도 했다. 어쩌면 미래의 어느 날 우리 두 사람이 나란히 전투에 참여하거나 지구 반대편에서 사람들을 돕게 될지도 모른다는 말도 했다.

미래에… 미래가 어떻게 펼쳐질지 우리는 궁금했다. 나는 걱정도 되었지만 헤너스는 그렇지 않았다. 그는 미래를 진지하게 생각지 않았을 뿐 아니라, 그 무엇도 심각하게 받아들이지 않았다. "순리대로 살아, 하즈." 이것이 헤너스의 방식이었다. 늘 그렇듯이 앞으로도. 이런 그의 여유로움이 나는 부러웠다.

그런데 지금 그는 에든버러의 어느 카지노로 향하고 있었다. 나에게 같이 가겠냐고 물었다. "아니, 그럴 수 없어." 내가 대답했다. 내가 카지노에 있는 모습을 보여서는 안 되었다. 그러면 큰 추문이 생길 테니까.

"아쉽네." 헤너스가 말했다.

"잘 지내." 서로 인사하고, 곧 다시 만나 이야기하기로 약속했다.

두 달 후, 2002년 크리스마스를 코앞에 둔 일요일 아침이었다. 전화로 소식을 전해 들은 것 같다. 전화기를 들고 몇 마디를 들은 기억이 어슴푸레하게 난다. 헤너스와 다른 친구 한 명이 러드그로브 인근의 파티장에서 돌아가다가 나무로 돌진했다는 소식이었다. 통화 내용은 흐릿하지만 내 반응은 명확하게 기억한다. 아버지가 어머니에 대해 이야기했을 때와 같은 상황이었다. "그래… 헤너스도 사고를 당한 모양이네. 하지만 병원에 있을 거야. 그래, 별일 없겠지?"

아니, 그렇지 않았다.

그리고 또 다른 친구, 운전을 한 친구는 중상을 입었다.

형과 내가 장례식에 참석했다. 헤너스가 자란 곳에서 멀지 않은 곳에 자리한 교구 교회에서였다. 삐걱거리는 나무 신도석에 빽빽이 앉아 있던 수백 명의 사람들이 기억난다. 그리고 장례식 뒤에 헤너스의 부모인 알렉스와 클레어, 형제인 토마스와 찰리를 만나 안아주기 위해 줄 서서 기다린 것도.

기다리는 도중에 이 사고에 대해 수군거리는 소리가 귓가에 들렸다.

안개가 많이 낀 날이었어, 그러니까….

그리 멀리 가지도 않았어….

그런데 어디로 가고 있었대?

게다가 그 늦은 밤에 말이야?

둘은 파티장에 있었고 음향 시스템이 망가졌대!

그래서 다른 걸 구하러 가던 거였대.

그게 아냐!

친구한테 CD 플레이어를 빌리러 갔어. 바로 가까이에 있는….

그래서 안전벨트도 안 했구나….

꼭 어머니와 같은 상황이었다.

하지만 어머니와 달리 이 사건을 실종으로 처리할 방법은 없었다. 명백한 사망 앞에서 두 가지 길이 있을 수는 없었다. 또한, 어머니와 달리 헤너스는 과속을 한 것도 아니다. 아무에게도 쫓기지 않았으니까.

시속 30킬로미터가 최고였다고 사람들은 입을 모았다. 그런데도 차는 곧장 오래된 나무를 들이받았다. 누가 설명하기를, 오래된 나무는 어린나무보다 훨씬 더 단단하다고 했다.

39.

연기를 하기 전에는 나를 이튼에서 내보내지 않으려고 했다. 공식 연극 하나에 참여해야 내 입장권에 구멍을 뚫고 야생으로 풀어주겠다는 말이었다.

엉뚱한 소리 같지만, 이튼에서는 연극이 무척 진지했다. 연극부는 해마다 여러 편의 작품을 선보였는데, 그중에서도 항상 연말 작품의 무게감이 가장 컸다.

2003년의 늦봄에는 셰익스피어의 '헛소동(Much Ado About Nothing)'을 공연했다.

나는 콘라드(Conrade) 역으로 캐스팅되었다. 단역으로. 콘라드는 술꾼에 주정뱅이였던 것 같다. 언론이 나를 술고래라고 부를 온갖 빌미를 이때 제공한 것이다.

"이게 뭐지? 일종의 타입캐스팅(typecasting)*인가?"

이야기는 그렇게 저절로 만들어졌다.

이튼의 연극 선생님은 나에게 그 배역을 맡기면서 타입캐스팅에 대해서

---

* 연기자의 외모 특성에 맞는 배역을 정하는 것.

는 어떤 말도 없었다. 그냥 콘라드 역할이라며 "잘 해봐, 해리."라고 말했고, 그런 선생님의 의도에 대해 나는 어떤 질문도 하지 않았다. 설령 그가 나쁜 생각을 가졌다고 의심되었더라도 나는 아무런 질문도 하지 않았을 것이다. 나는 이튼에서 나가는 것을, 연기까지 해야 하는 이튼에서 나가는 것을 절실히 바랐기 때문이다.

다른 것보다, 이 연극을 연구하면서 나는 콘라드의 음주에 집중하는 것은 잘못된 방향 설정이며 소모적이라는 사실을 깨달았다. 콘라드는 아주 매력적인 사람이었다. 충직하면서도, 부도덕하기도 했다. 많은 조언을 하지만, 본질적으로는 추종자였다. 무엇보다 그는 청중에게 한두 번의 웃음을 선사하는 것이 가장 중요한 역할인 악한이자 보조자였다. 나는 그 역할에 쉽게 몰입했고, 드레스 리허설 때는 나에게 숨어 있던 재능도 발견했다. 알고 보니, 왕족이 되는 것과 무대에 서는 것은 그리 다르지 않았다. 어떤 상상에서든, 연기는 그저 연기였다.

공연 당일 밤, 아버지는 파러 극장(Farrer Theatre)의 한가운데에 앉아서 그 누구보다 좋은 시간을 맞이했다. 여기, 드디어 아버지의 꿈이 이루어진다. 셰익스피어를 연기하는 아들. 본전을 뽑고도 남을 일이었다. 극이 흐르면서 아버지는 소리도 치고, 울부짖기도 하고, 박수도 보냈다. 그런데 누가 보더라도 명백히 맞지 않는 순간들이 있었다. 아버지의 타이밍은 이상하게 어긋났다. 남들이 웃을 때 아버지는 침묵했다. 그리고 남들이 침묵할 때 아버지는 웃었다. 눈에 띄는 정도가 아니라 다른 사람들에게도 많이 거슬렸다. 청중은 아버지를 숨은 배우로, 연기의 일부로 생각했다. "저기 이유 없이 웃는 사람이 누구야? 아… 왕세자인가?"

나중에 무대 뒤에서 아버지는 칭찬을 쏟아냈다. "아주 멋졌어, 사랑하는 아들!"

하지만 나는 언짢은 표정을 숨길 수 없었다.

"왜 그러니, 사랑하는 아들?"

"아버지, 웃는 시점이 다 틀렸어요."

아버지는 당황했다. 나도 마찬가지였고. 내가 무슨 말을 하는지 모를 리 없었을 테니까.

그 이유가 서서히 드러났다. 언젠가 아버지가 말하기를, 당신이 내 또래일 때 학교에서 셰익스피어 공연을 했는데 그때 할아버지가 나타나 정확히 같은 행동을 했다고 했다. 잘못된 시점에서 웃는 것. 그래서 사람들의 웃음거리가 되었다. 그럼 아버지도 할아버지를 모범으로 삼은 것일까? 부모가 되는 다른 방법을 몰라서? 아니면 잠재적이고 약간은 열성의 유전자가 스스로 발현된 것일까? 모든 세대는 지난 세대의 원죄를 무의식적으로 반복해야 하는 운명을 타고나는가? 알고 싶었고, 어쩌면 물어보았는지도 모르겠지만, 이런 건 아버지나 할아버지 앞에서 꺼낼 만한 종류의 주제는 아닌 것 같았다. 그래서 이건 마음에서 지워버리고 긍정적인 것에 집중하기로 했다.

"아버지가 여기 계셔." 나 혼자 중얼거렸다. "나를 자랑스러워하셔. 별것 아닌 게 아니야."

그건 보통의 아이들이 받는 사랑 그 이상이었다.

나는 아버지에게 와서 감사하다고 인사하며 두 볼에 키스했다.

콘라드의 대사처럼, "당신은 불만을 담아둘 수 있나요?"

40.

2003년 6월, 이튼에서의 교육 과정을 모두 마쳤다. 열심히 공부한 시간들, 아버지 덕분에 따로 배운 시간들 덕분이었다. 공부 머리도 없고 생각도 좁고 산만한 나에게는 결코 작지 않은 성취였다. 그리고 나 자신이 자랑스러워하지는 않았지만, 정확히 말하면 자랑스러워할 줄 몰랐지만, 그동안 끊임없이 이어져 온 내면의 자기비판이 확실히 멈춘 것을 느꼈다.

그런데 느닷없이 부정행위를 했다는 혐의를 받게 된다.

내가 부정행위를 했다며 어느 미술 교사가 증거를 제시했는데 그 증거는 사실이 아닌 것으로 판명되었다. 아무것도 아닌 것으로 드러나 시험감독위

원회에서도 곧 없던 일로 처리했다. 하지만 그 여파는 남았다. 비난의 화살이 쏟아졌다.

마음의 상처를 입은 나는 기자회견이라도 자청하여 하고 싶은 말을 세상에 쏟아내고 싶었다. "제 힘으로 해낸 일입니다! 결코 부정행위는 하지 않았습니다!"

하지만 궁에서 허락지 않았다. 다른 대다수의 경우처럼, 이번에도 궁은 왕실의 방침을 고수했다. '절대 불평하지 말고, 절대 설명하지 말라. 특히 불평하는 사람이 열여덟 살 소년이라면….'

덕분에 나는 매일같이 신문에서 나를 사기꾼이요 바보로 부르는 데도 한마디 대꾸도 못 하고 가만히 있어야 했다. (그 미술 과제 때문에! 도대체 미술 과제를 하는데 어떻게 '부정행위'를 할 수 있단 말인가?) 그 지저분한 제목의 공식적인 시발점은 바로 이것이었다. "아둔한 왕자!" 나와의 어떤 협의나 동의도 없이 콘라드 역으로 정해진 것처럼, 이번에는 이 역할로 캐스팅된 것이다. 차이가 있다면, '헛소동'은 사흘 밤에 걸쳐 공연했다는 것. 반면에 이번 역할은 평생 지속될 것처럼 보였다.

"해리 왕자? 아, 그래, 그리 똑똑하지 못한…."

"부정행위를 하지 않고는 간단한 시험도 통과할 수 없는…."

보이는 건 온통 이런 내용의 기사였다.

이 문제로 아버지와도 얘기했지만, 결과는 절망적이었다.

아버지는 늘 하던 말만 반복했다.

"사랑하는 아들, 그런 거 읽지 마!"

아버지는 정말 읽지 않았다. 셰익스피어에서 기후 변화와 관련된 백서까지 모든 것을 읽는 아버지였지만 뉴스만큼은 보지도 읽지도 않았다. (아버지는 BBC를 시청하다가 리모컨을 텔레비전에 던지는 일이 종종 있었다.) 문제는, 다른 사람들은 모두가 읽는다는 것이었다. 우리 가족 모두가 아버지처럼 아니라고 주장하더라도, 심지어 면전에 대고 아무리 아니라고 하더라도, 제복 입은 시종들이 여기저기 떠들고 다니는 바람에 영국의 언론들이 손쉽게 먹이를 얻는다.

스콘과 마멀레이드처럼 찰떡궁합이 되어….

41.

농장 이름이 툴룸빌라(Tooloombilla)라고 했다. 그곳을 소유한 사람은 힐스 (Hills) 부부였다.

노엘(Noel)과 애니(Annie). 이 부부는 어머니의 친구였다. (애니는 어머니가 아버지와 만나기 시작할 때 어머니의 아파트 룸메이트였다.) 두 사람을 찾는 데 마르코가 도움을 주었고, 내가 이곳에서 여름에 무급 수습생으로 일할 수 있도록 두 사람을 설득했다.

힐스 부부에게는 세 명의 자녀가 있었다. 니키(Nikki), 유스티(Eustie), 조지 (George). 제일 큰형인 조지는 나와 동갑이었는데도 나보다 훨씬 나이 들어 보였다. 호주의 뜨거운 햇살 아래에서 오랫동안 힘든 일을 한 탓으로 보인다. 농장에 도착하자마자 나는 조지가 나의 조언자이자 상사이자, 어떤 면에서는 교장이 되리란 것을 직감했다. 툴룸빌라는 이튼과 완전히 달랐다.

실제로 지금껏 한 번도 가본 적 없는 생소한 곳이었다.

나는 초록의 땅에서 왔다. 반면에 힐스 가족의 농장이 있는 곳은 갈색에 가까웠다. 나는 내 모든 움직임을 감시하고, 정리하고, 심판의 주제로 삼는 곳에서 왔다. 반면에 힐스 가족의 농장은 너무 넓고 외진 곳이어서 조지 외에 날마다 거의 하루 종일 나를 볼 수 있는 사람은 없었다. 희한하게 생긴 왈라비를 빼면.

무엇보다 나는 날씨가 온화하고 비가 자주 내리며, 화려한 곳에서 왔다. 반면에 힐스 가족의 농장은 무척 더웠다.

이 정도의 더위를 견딜 수 있을지 확신이 들지 않았다. 호주 오지(outback) 의 날씨는 내가 이해할 수도 없고 내 몸이 받아들일 수 있을지도 알 수 없는 수준이었다. 아버지처럼 나도 더위에 대해 '언급하는' 것만으로도 기운이 빠졌다. 활화산 꼭대기에 설치된 원자로, 그 원자로 속에 든 용광로, 그 용광로 속에 든 오븐의 열기를 어떻게 견뎌야 한다는 말인가?

나에게도 힘든 곳이지만, 내 경호원들에게는 더 큰 문제였다. 맡은 임무가 뭐든지 간에… 불쌍한 젊은이들. 게다가 경호원의 숙소는 농장 가장자리에 있던 별채였는데 이곳의 환경은 더욱 가혹했다. 그들을 볼 일이 거의 없었지만 이따금 상상은 했다. 바깥의 시끄러운 선풍기 앞에 반바지 차림으로 앉아 투덜거리며 이력서를 다듬는 모습을.

힐스 부부는 본채에서 자기 가족과 함께 잘 수 있도록 배려해 주었다. 하얀 널빤지로 이은 예쁘고 아담한 단층집, 너른 현관으로 이어지는 나무 계단, 문을 열 때마다 고양이처럼 삐익거리는 소리를 내고 세게 닫힐 때는 쾅소리를 내는 현관문. 현관문에는 새만큼이나 큰 모기를 막기 위한 튼튼한 방충망도 달려 있었다. 첫날 저녁을 먹을 때는 방충망을 향해 흡혈귀들이 박자 맞춰 달려드는 소리밖에 들리지 않았다.

다들 말이 없었다. 모두가 어색한 분위기에서 내가 왕자가 아니라 수습일꾼인 척했고, 애니 아줌마를 사랑했고 아줌마 또한 사랑했던 어머니에 대해서도 아무도 생각하지 않는 척했다. 애니 아줌마는 분명 어머니에 대해 말하고 싶어 했지만, 윌리 형과 마찬가지로 나도 그럴 수 없었다. 그래서 나는 음식을 퍼서 입에 넣으며 맛있다고 칭찬하고, 잠시 이것저것 물어보고, 분위기를 누그러뜨릴 만한 대화 주제를 찾느라 골몰했다. 하지만 아무것도 생각나지 않았다. 더위 때문에 내 인지 능력이 이미 손상된 것 같았다.

오지에서의 처음 며칠은 잠자리에 들 때마다 마르코의 모습을 떠올리며 걱정스럽게 묻곤 했다. "우리가 여기 오려고 정말 진지하게 고민한 거 맞죠, 아저씨?"

42.

모든 문제의 해결책은 늘 그렇듯이, 일에 몰두하는 것이었다. 열심히 땀흘리며, 쉼 없이 일하는 것. 그것이 힐스 가족이 나에게 만들어 주어야 할 조건이었고, 나도 꽤 많은 일을 했지만 그 정도로는 충분치 않았다. 일을 열심히 할수록 더위를 덜 느꼈고 말을 하든 않든 저녁 식사 자리도 더 편안해졌다.

그런데 이것은 단순한 의미의 일이 아니었다. 수습 일꾼에게는 지구력도 필요하지만, 특정한 예술적 능력도 확실히 필요했다. 동물들과 속삭여야 하니까. 하늘과 땅의 소리를 들어야 하니까.

거기에다 뛰어난 승마 기술도 있어야 했다. 말이라면 나도 꽤 안다고 생각하며 호주로 왔는데, 힐스 가족은 마치 안장에서 태어난 훈족 같았다. 노엘은 프로 폴로 선수의 아들이었다. (그래서 아버지의 폴로 코치를 맡았었다.) 애니는 말의 코를 쓰다듬으며 이 짐승이 무슨 생각을 하는지 설명해 줄 수 있었다. 그리고 조지는 사람들이 침대에 올라가는 것보다 손쉽게 안장에 올라앉았다.

일하는 날은 보통 한밤중에 일이 시작되었다. 해가 뜨기 몇 시간 전에 조지와 나는 비틀거리며 밖으로 나가 첫 번째 작업을 진행했는데, 해가 뜨기 전에 최대한 많은 일을 끝내려고 노력했다. 동이 트면 우리는 안장을 얹고 힐스 가족의 4만 에이커(발모럴의 두 배 면적) 농장의 가장자리까지 질주하여 몰이를 시작했다. 소 떼를 이곳에서 저곳으로 이동시키는 일이었다. 밤중에 길을 잃고 헤매던 소를 찾아 무리 속으로 돌려보내거나, 몇몇을 트레일러에 실어 다른 구역으로 보내는 일도 했다. 우리가 왜 소를 이동시켜야 하는지 정확히 이해가 되지 않았지만, 곧 결론에 도달했다.

소에게도 그들만의 공간이 필요하기 때문이다.

나는 소에게서 그걸 느꼈다.

조지와 나는 길 잃은 소 중에서도 어리고 반항적인 녀석들의 무리를 만날 때면 특히 힘이 들었다. 무리를 유지하는 것이 무엇보다 중요했다. 흩어지면 골치 아프게 되니까. 다시 모으는 데만 몇 시간이 걸리고 그날 하루가 온통 엉망이 되기 때문이다. 만약 한 마리가 나무 많은 곳으로 달리기라도 하면 조지나 나는 그 소를 따라 전속력으로 달렸다. 이렇게 소를 쫓다 보면 낮게 늘어진 나뭇가지에 부딪히며 안장에서 떨어져 정신을 잃을 수도 있다. 정신을 차리고 나면 부러진 뼈나 내상 여부를 살펴야 하며, 그런 몰이꾼의 모습을 말이 물끄러미 바라보고 있을 것이다.

추격을 너무 오래 하지 않는 것이 중요했다. 오랫동안 소를 쫓아 다니면 소도 지치고 체지방이 감소하여 시장 가치가 떨어졌다. 지방은 돈이며, 애초에 지방이 별로 없는 호주산 소들에게는 고민할 여지도 없었다. 물도 부족하고, 풀도 부족하고, 그나마 조금 있는 곳은 캥거루들이 다 파헤쳤다. 그래서 조지와 가족들이 캥거루를 바라보는 시선은 마치 우리가 쥐를 바라보는 것과 같았다.

조지가 무리에서 이탈한 소에게 소리치는 모습을 볼 때마다 나는 약간 움찔하다가도 웃음이 터져 나왔다. 조지는 소를 향해 한바탕 연설을 하고, 욕도 하고, 악담도 퍼붓고, 특히 많은 이들이 평생에 한 번도 사용하지 않는 저주의 말도 쏟아냈다. 욕을 않고는 채 오 분도 버티지 못했다. 대부분의 사람들은 이런 말을 들으면 탁자 밑으로 숨기에 급급하겠지만, 조지에게 이런 거친 말은 언어로 된 스위스 군용칼과 같았다. 활용법과 용도가 무궁무진했다. (특히 호주 억양으로 말하면 상당히 매력적으로 들리기도 했다.)

조지의 사전에는 이런 표현이 수십 개나 있었다. 예를 들면, 팻(fat)은 도축 준비가 된 포동포동한 소를 말했다. 스티어(steer)는 거세를 해야 하지만 아직 하지 못한 어린 수소를, 위너(weaner)는 어미에게서 갓 떼어 낸 송아지를, 스모코(smoko)는 담배 한 대 피울 시간을, 터커(tucker)는 음식을 각각 의미했다. 나는 2003년 하반기의 많은 시간을 높은 안장 위에 앉아 위너를 바라보고 스모코를 즐기며 다음 터커를 기대했다.

힘들기도 하고 지루할 때도 있으며, 몰이 중에 예상치 않게 감정이 튀어나올 수도 있었다. 어린 암소들은 쉬운 편이라서 사람이 밀어붙이는 곳으로 순순히 움직였지만, 어린 수소들은 사람이 뭘 하든 개의치 않으며 어미 소와 떨어지지 않으려 했다. 억지로 떼어놓으면 울부짖고 신음 소리를 내고, 더러는 사람을 공격하기도 했다. 거칠게 휘두르는 뿔에 받히면 팔다리에 상처를 입거나 동맥이 절단되는 경우도 생긴다. 하지만 나는 두렵지 않았다. 대신에… 나는 공감대를 느꼈다. 어린 수컷들은 다 그런가 보다.

내가 하지 않으려 했던 일, 내가 기피했던 어려운 일 중의 하나는 고환을 절제하는 것이었다. 조지가 그 길고 번뜩이는 칼날을 꺼낼 때마다 나는 두 손을 번쩍 들어올렸다.

"아냐. 야, 난 못 해."

"좋을 대로 해."

하루를 마무리하면 뜨거운 물로 샤워하고, 푸짐한 저녁을 먹고, 조지와 문간에 앉아 담배 연기를 내뿜으며 차가운 맥주를 홀짝거렸다. 가끔씩 조지의 CD 플레이어를 듣곤 했는데, 그럴 때면 아버지의 무선기기가 떠올랐다. 아니면 헤너스가. 헤너스와 다른 친구도 CD 플레이어를 빌리러 가던 길이었지….

바닥에 앉아 먼 곳을 바라볼 때도 있었다. 대지는 테이블 위처럼 워낙 평평해서 이곳에 도착하기까지 몇 시간 거리에서 몰아치는 천둥 번개도 볼 수 있었다. 저 먼 대지 위에서 첫 번째 번개가 거미줄처럼 번쩍였다. 그 번개의 모양새가 점점 두꺼워지고 가까워질수록 집 주변으로 바람이 휘몰아치며 커튼이 요동쳤다. 그러면 방 안에도 하얀 불빛들이 들이친다. 천둥소리가 울리기 시작하자 가구들도 흔들린다. 마지막은, 억수같이 쏟아지는 비. 조지는 안도의 한숨을 내쉬었다. 그의 부모도 마찬가지였다. 비는 풀이었고, 비는 비옥함이었다. 비는 돈이었다.

비가 그친다면 그 또한 축복으로 여겨졌다. 폭풍우가 지나간 뒤에는 하늘이 온통 별로 가득하기 때문이다. 나는 보츠와나의 그 무리들이 나에게 말해준 것들을 조지에게 그대로 전했다.

"달 옆에 밝은 별 보여? 그게 비너스야. 그리고 저쪽은 전갈자리고. 전갈자리는 남반구에서 제일 잘 보이지. 저기 플레이아데스도 있네. 또 저건 하늘에서 가장 밝은 별인 시리우스고. 그리고 사냥꾼, 오리온. 결국 모든 게 사냥으로 연결되지, 그렇지 않아? 사냥꾼들과… 쫓기는 사람들…."

"무슨 말이야, 해리?"

"아무것도 아니야, 친구."

내가 별에 한없이 빠져드는 이유는 그 별과의 실제 거리 때문이었다. 지금 눈에 보이는 빛은 수백 세기 전에 탄생했다. 따라서 별을 바라본다는 것은 당신이 알거나 사랑했던 사람이 살았던 시절보다 훨씬 먼 과거를 보고 있다는 뜻이다.

아니면 죽은 사람이거나.

아니면 사라진 사람이거나.

조지와 나는 보통 8시 30분경에 잠자리에 들었다. 가끔은 너무 피곤해서 옷을 벗을 힘조차 없었다. 이제 나는 어둠이 두렵지 않았다. 오히려 어둠을 갈망했다. 죽은 것처럼 잠이 들고 다시 태어나는 것처럼 일어났다. 온몸이 욱신거려도 더 많은 일을 할 준비가 되어 있었다.

쉬는 날은 없었다. 혹독한 일과 혹독한 더위와 혹독한 소 떼 사이에서, 내 몸은 매일같이 깎여나가는 느낌이었다. 아침마다 몸무게가 1킬로그램씩 줄어들고, 말수는 많이 사라지고. 심지어 내 영국 억양도 한 꺼풀씩 벗겨지는 것 같았다. 그렇게 6주가 지나자 내 말투는 형이나 아버지와 전혀 다르게 느껴졌다. 오히려 조지의 억양에 더 가깝게 들렸다.

옷 입는 것도 조지를 닮아갔다. 조지가 갖고 있는 약간 불량한 느낌의 카우보이모자를 썼다. 그리고 그의 낡은 가죽 채찍도 들고 다녔다.

마지막으로, 이 새로운 해리에게 어울리는 새로운 별명도 얻었다. 스파이크(Spike).

이런 일이 있었다. 이튼의 친구들이 내 머리카락을 깎은 후로 예전의 상태로 완전히 돌아오지 않았다. 일부는 한여름 풀처럼 삐죽이 솟아 있고 또 일부는 칠을 한 건초처럼 드러누워 있었다. 조지는 이런 내 머리를 가리키며 종종 한마디씩 던졌다. "정말 엉망진창이군!" 그런데 럭비 월드컵을 관람하러 시드니로 여행을 갔는데, 그곳 타롱가 동물원에서의 공식 일정 중에 사람들이 내게 바늘두더지라는 동물과 함께 포즈를 취해 달라고 요청했다.

고슴도치와 개미핥기 사이의 잡종인 바늘두더지는 딱딱하고 뾰족한 털을 가지고 있어 사육사들이 스파이크라는 이름을 붙였다. 조지 말처럼 그 털도 엉망진창이었다.

그런데 더 중요한 건, 나를 닮았다는 점이었다. 나와 아주 많이 닮았다. 그래서 내가 스파이크와 함께 찍은 사진을 우연히 본 조지가 소리치며 말했다.

"하즈, 저거 네 머리카락과 똑같아!"

그 이후로 조지는 나를 스파이크로 불렀다. 게다가 내 경호원들까지 합세했다. 실제로 경호원들이 무선으로 연락할 때 내 암호명을 스파이크로 사용했다. 일부 경호원들은 '스파이크 2003'이라고 인쇄된 티셔츠를 제작하여 나를 경호할 때 입기도 했다.

얼마 지나지 않아 집에 있던 아이들도 내 새 별명 소식을 듣고 그렇게 부르기 시작했다. 그래서 나는 하즈, 바즈, 수습 일꾼 왕자, 해롤드, 사랑하는 아들, 또는 궁의 일부 직원들의 나에게 붙인 별명인 말라깽이(Scrawny)로 불리지 않을 때는 스파이크가 되었다. 정체성이란 것이 늘 확정되어 있는 게 아니지만, 여섯 개의 공식 명칭과 열두 개의 별명 덕분에 나의 정체성은 거울의 방처럼 변했다.

평범한 날에는 사람들이 나를 뭐라고 부르든 개의치 않았다. 평범한 날에는 혼자 이렇게 생각했다. '해리 왕자가 아닌 새로운 누군가라면, 내가 누구이든 신경 쓰지 마.' 그러나 런던의 궁으로부터 공식 소포가 도착하는 순간 과거의 나, 과거의 삶, 왕족의 인생, 이런 것들이 순식간에 되돌아왔다.

소포는 매일 도착하는 우편물처럼 왔는데, 가끔 생소한 경호원의 손에 들려 올 때도 있었다. (경호원들은 2주 단위로 교체되었는데 심신의 건강을 유지하고 가족도 만나기 위해서였다.) 소포 안에는 아버지의 편지와 여러 문서, 나와 관련된 몇몇 자선기관들에 대한 간략한 소식 등이 들어 있었다. 모두 나의 공식 명칭의 직인이 찍혀 있었다. ATT HRH PRINCE HENRY OF WALES.

어느 날, 민감한 문제와 관련하여 궁의 공보팀에서 보낸 일련의 메모들이 소포에 담겨 있었다. 어머니의 전 집사가 모든 걸 털어놓는 글을 썼지만 실제로는 아무 쓸모없는 이야기뿐이었다. 그저 여러 사건에 대한 한 남자의 자기합리화와 자기중심적인 변명이었다. 어머니는 한때 이 집사를 소중한 친구로 부르며 전적으로 신뢰했다. 우리도 그랬다. 그러나 지금, 이 남자는 어머니의 실종을 이용해서 돈으로 단물을 빨아먹고 있었다. 피가 끓어올랐다. 당장 집으로 날아가서 그 인간과 마주하고 싶었다. 아버지에게 전화를 걸어 비행기를 타겠다고 알렸다. 호주에 와 있는 동안 아버지와 나눈 유일한 통화였다. 아버지, 그리고 곧이어 전화해 온 형이 나더러 그 일에서 손을 떼라고 했다.

우리가 할 수 있는 것은 우리의 합의된 성명서를 발표하는 것이라고, 두 사람은 입을 모았다.

그래서 우리는 그렇게 했다. 아니 두 사람만 그랬다. 애초에 나는 그 초안의 내용과 아무런 관련이 없었으니까. (사실 개인적으로 나갔다면, 그보다 훨씬 더 세게 나갔을 것이다.) 성명서에서는 차분한 어조로 집사의 변절을 비판하며, 그 동기를 밝히고 폭로 내용을 검토하기 위해 우리와 만날 것을 공식적으로 요구했다.

집사는 그런 만남이라면 얼마든지 환영한다고 공식적으로 답했다. 하지만 건설적인 의도는 아니었다. 그는 한 신문을 향해 이렇게 다짐했다. "제 솔직한 마음을 그분들께 전하고 싶습니다."

그가 우리에게 솔직한 마음을 전하고 싶다?

나는 그 만남을 애타게 기다렸다. 날짜까지 세면서.

물론 그런 일은 일어나지 않았다.

나는 이유를 알지 못했다. 궁에서 막은 게 아닌가 하는 생각을 했다.

속으로 말했다. '부끄러운 걸 알아야지.'

나는 그 남자를 그 여름에 무리에서 이탈한 고약한 스티어(수송아지)라고 생각했다.

43.

농장에 몰래 잠입하려 했던 첫 남자를 내가 어떻게 알게 되었는지 정확히 기억나지는 않는다. 조지가 알려주었나? 우리가 소를 몰던 동안에?

침입자를 체포하여 격리시킨 사람이 지역 경찰이라는 것은 분명히 기억한다.

2003년 12월.

경찰은 스스로 만족했다. 하지만 나는 우울했다. 앞으로 무슨 일이 벌어질지 알고 있었기 때문이다. 파파라치들은 개미와 같다. 절대 하나만 있는법이 없다.

아니나 다를까, 바로 다음 날 두 명이 더 농장으로 기어들어 왔다. 이제 떠나야 할 때인가 보다.

그동안 힐스 가족에게 너무 많은 빚을 졌기 때문에 그들의 삶을 망가뜨리는 식으로 은혜를 갚고 싶지는 않았다. 그들의 물보다도 소중한 자원인 사생활이 나로 인해 피해받는 것을 원치 않았다. 나는 내 인생에서 최고의 아홉 주를 보낼 수 있게 해준 힐스 가족에게 감사를 전하고 크리스마스 직전에 집으로 날아왔다.

집에 온 첫날 밤에 바로 클럽에 갔다. 그리고 다음 날 밤에도. 또 그다음 날도. 언론은 아직 내가 호주에 있다고 생각했고, 그들의 무지 덕분에 나에게는 자유 재량권이 생겼다고 생각했다.

어느 날 밤, 나는 한 소녀를 만나 술을 마시며 대화를 나눴다. 나는 그녀가 '페이지 쓰리 걸(page-three girl, 루퍼트 머독의 《The Sun》 3페이지에 매일 등장하는 상반신을 드러낸 젊은 여성을 대상으로 일반화된 혐오적 표현이다.)'이라고는 상상도 하지 못했다. 그 사실을 알았더라면 애초에 관심도 보이지 않았을 것이다. 그녀는 똑똑하고 재미있어 보였다.

나는 야구 모자를 쓴 채 클럽을 떠났다. 어디에나 파파라치는 있었다. 자유시간도 여기까지였다. 나는 군중 속으로 섞이려고 노력하며 경호원과 함께 별생각 없이 길을 따라 걸었다. 세인트 제임스 광장을 지나 표식 없는 경찰차에 올라탔다. 막 출발하는데 창문이 새까만 메르세데스 한 대가 인도를 뛰어넘어 우리 차 방향으로 달려오더니, 뒷좌석 문을 정면으로 들이받을 뻔했다. 우리는 그 차가 다가오는 것을 보고 있었는데, 그 차의 운전자는 앞을 제대로 보지도 않고 사진을 찍느라 여념이 없었다. 다음날 조간에는 해리 왕자가 무모한 파파라치 때문에 죽을 뻔했다는 내용이 등장했어야 했다. 그러나 기사에는 해리 왕자가 페이지 쓰리 걸과 만나 키스한 것으로 추정되는 내용이 실렸다. 예비용 왕자가 그런 타락한 여자와 데이트한 데 대해 깊은 우려를 전하는 광란의 논평과 함께.

"왕위 계승 서열 3위가… 그런 여자와 데이트를?"

이런 속물적인 편견은 나를 구역질 나게 했다. 뒤죽박죽된 우선순위도 나를 좌절시키기는 마찬가지였다. 하지만 이 모두는 도망갈 때의 기쁨과 안도감을 더욱 증폭시켰다. 다시 한번.

갭 이어 제2부.

며칠 뒤, 레소토로 향하는 비행기에 올랐다. 더 고마운 것은 친구와 함께한다는 사실이었다. 옛날 같았으면 그 계획을 헤너스와 함께 했을 것이다. 그 대신 지금 나는 조지에게 부탁했다.

44.

레소토는 아름다웠다. 하지만 지구상에서 가장 암울한 장소의 하나이기도 했다. 전 세계적인 에이즈 팬데믹의 진원지였고, 2004년에는 정부에서 의료 붕괴를 선언했다. 수만 명이 질병으로 쓰러지고, 국가는 하나의 거대한 고아원으로 변하고 있었다. 여기저기서 어린아이들이 무표정한 얼굴로 돌아다니는 모습이 보인다.

"아빠는 어디 있어? 엄마는 어디 있어?"

조지와 나는 여러 자선단체와 학교에 도움을 주기 위해 등록했다.

우리 둘 다 우리가 만난 사랑스러운 사람들과 그들의 쾌활함, 우아함, 용기, 수많은 어려움 속에서도 활기찬 모습에 깊은 인상을 받았다. 우리는 조지의 농장에서 일할 때처럼 기쁜 마음으로 열심히 일했다. 학교도 짓고 수리도 했다. 자갈에 시멘트를 부어 섞는 등 필요한 일은 무엇이든 했다.

이런 봉사 정신을 바탕으로 다른 식으로는 생각할 수도 없는 과제에 도전하기로 어느 날 동의했다. 인터뷰였다. 내가 진심으로 이곳의 현실에 등불을 비추려 한다면 다른 선택의 여지가 없었다. 껄끄러운 언론과도 협력해야만 했다.

하지만 이것은 협력 이상의 의미가 있었다. 이번 인터뷰는 내가 기자와 단독으로 만나는 첫 번째 사례였다.

어느 이른 아침, 우리는 풀이 무성한 언덕에서 만났다. 기자의 첫 질문은 이랬다. "왜 이곳이죠? 다른 곳도 많은데?"

레소토에는 곤경에 처한 아이들이 많고, 나는 아이들을 사랑하고 이해하기 때문에 자연스럽게 도움이 되고 싶었다고 말했다.

기자가 다그쳤다. 왜 내가 아이들을 사랑하게 되었냐고?

나는 머리를 굴려 생각했다. 내가 너무 미성숙해서?

그럴듯하게 둘러댔지만, 기자는 낄낄거리며 웃더니 다음 질문으로 넘어갔다. 아이들이라는 주제는 내 유년기를 주제로 하는 문을 열어젖혔고, 이것은 그 기자뿐 아니라 모든 사람이 나에게 정말로 묻고 싶은 주제로 향하는 입구이기도 했다.

"이런 일을 하며… 그녀를… 많이 생각하시나요?"

고개를 돌려 산비탈을 바라보며 장황하게 답하기 시작했다.

"안타깝지만 이제 많은 시간이 흘렀죠… 음… 저뿐 아니라 대다수 사람들에게도요… 어머니가 돌아가신 후 많은 시간이 흘렀지만… 하지만 그걸 공표하는 건 나쁜 짓이에요. 공표한 모든 것들… 이 모든 테이프 말이에요…."

나는 어머니가 돌아가시기 전에 녹음한 것들, 즉 고백에 가까운 내용이 담긴 테이프들을 언급한 것인데, 이 테이프들은 집사의 회고록 출간에 맞춰

언론에 막 배포된 상태였다. 쫓겨 다니다가 숨어버린 지 칠 년이 지난 지금
에 와서도 어머니는 쫓기며 명예를 훼손당하고 있었다. 용납할 수 없었다.
1997년에 전국적인 각성의 기회가 있었다. 모든 영국인들이 집단적으로 반
성하고 성찰하는 기간이었다. 언론이 괴물의 무리라는 데 모두가 공감했고
그 소비자들도 비판을 받아들였다. 우리 모두가 더 잘할 필요가 있다며 대
다수가 입을 모았다. 그로부터 여러 해가 지난 지금, 그 모두는 잊혔다. 역
사는 매일같이 반복되고 있었고 나는 기자에게 그건 '부끄러운 일'이었다고
말했다.

심각하게 선언한 것은 아니다. 하지만 그 인터뷰는 윌리 형이나 내가 어
머니에 대해 공식적으로 언급한 첫 사례였다. 내가 먼저여서 조금 놀랍기도
했다. 어떤 경우든 항상 형이 먼저 움직였으니까. 그리고 이번 일에 대해 형
과 이 세상과 특히 아버지가 어떻게 반응할지 궁금했다. (훗날 마르코는 나에게 바
람직하지 않다고 말했다. 아버지는 내가 그 주제로 언급하는 것을 극도로 싫어했다. 아들 중 누구도
어머니에 대해 말하는 것을 원치 않았다. 그로 인해 분란이 생기거나, 당신의 일에 방해를 받거나, 어
쩌면 카밀라에게 불똥이 튈까 염려했던 것 같다.)

마지막으로 나는 허세 가득한 모습으로 어깨를 으쓱하며 기자에게 말했
다. "나쁜 뉴스는 돈이 되죠. 간단하죠."

나쁜 뉴스를 말한다면… 그 기자는 이제 나의 가장 최근 추문을 언급했다.
물론 그 '페이지 쓰리 걸'에 대해서.

그는 내가 재활 시설을 방문하여 정말로 얻은 게 있는지 일부에서 궁금해
한다는 말을 했다. 내가 정말로 '회개(converted)'했냐고? 기자가 '회개'라는
단어를 실제로 사용했는지 기억나지는 않지만, 적어도 한 신문에서는 그 표
현을 썼다.

"해리는 회개할 필요가 있었는가?"

"해리는 이단아?"

갑자기 화가 치밀어 올라 기자의 얼굴을 똑바로 바라보기 어려웠다. 어떻
게 이런 이야기까지 하고 있단 말인가? 나는 '평범하지 않은 것'에 대해 불

쑥 말을 꺼냈고, 그 때문에 기자의 입이 쩍 벌어졌다. "계속해요." 기자는 자신의 헤드라인과 주요 표제들을 구상하고 있었다. 얼마나 머리를 굴리고 있었을까?

그리고 나는 중독자여야 했을까?

나는 평범하지 않은 게 어떤 의미인지 설명했다. 나는 평범한 삶을 영위하지 못했다. 평범하게 살 수 없었기 때문이다. 아버지도 나에게, 형과 나는 불행히도 평범하게 살 수 없다고 상기시켰다. 나는 기자에게 형을 제외한 그 누구도 이 초현실적인 어항에서 살아가는 것이 어떤지 알지 못한다고 말했다. 평범한 일이 비정상처럼 취급되고, 비정상이 일상처럼 평범해 보이는 이상한 어항에서.

그게 내가 처음부터 하고 싶은 이야기였다. 나는 다시 고개를 돌려 산비탈을 바라보았다. 가난, 질병, 고아… 죽음. 그것은 다른 모든 것을 부질없게 만들었다. 레소토에서는 당신이 어떤 일을 겪든 다른 사람들과 비교하면 잘 사는 편이다. 나는 갑자기 부끄러워졌고, 그 언론인도 부끄러움을 느낄 정도의 감정이 있는지 궁금해졌다. 이 모든 비참한 환경 속에서 겨우 페이지 쓰리 걸 얘기나 하고 있다니? 나 참….

인터뷰가 끝난 후에 조지를 만나 맥주를 마셨다. 아주 많이, 몇 리터를. 그날 밤에는 마리화나를 쇼핑백 통째로 피웠던 것 같다.

사람들에게 권하고 싶지는 않다.

그런데, 어쩌면 다른 날 밤이었는지도 모르겠다. 쇼핑백 가득 마리화나가 들어있었으니 정확히 기억하기 어려울 수밖에.

45.

조지와 나는 마르코를 포함하여 친구 몇몇을 만나기 위해 레소토에서 케이프타운으로 향하는 비행기에 올랐다.

2004년 3월.

우리는 총영사의 집에 머물렀는데, 어느 날 저녁 식사를 하며 우리 친구

몇 명을 초대하는 문제를 이야기하던 중이었다. 그런데 사소한 문제가 하나 있었다. 케이프타운에는 아는 친구가 하나도 없었다.

그런데, 잠시만… 꼭 그렇지는 않은 것 같았다. 몇 년 전에, 남아프리카 공화국에서 온 소녀를 만난 적이 있었다. 버크셔 폴로 클럽에서.

첼시(Chelsy). 내 기억에 그녀는 좀… 달랐다.

전화기를 뒤져 그녀의 번호를 찾아냈다. 전화해 보라고 마르코가 말했다.

"정말요?"

"그럼요."

놀랍게도 그 번호는 유효했다. 곧 첼시가 대답했다.

우물거리며 내가 누구인지 밝혔고, 내가 그녀의 동네에 와 있으며, 우리가 있는 곳에 와 줄 수 있는지… 물었다.

그녀는 머뭇거렸다. 정말 나인지 믿지 못하는 듯했다. 다급해진 나는 마르코에게 전화기를 건넸다. 마르코는 전화를 건 사람이 내가 맞고, 진지하게 초대하는 것도 맞으며, 절제된 저녁을 보낼 것이니 걱정할 필요는 없다고 납득시켰다. 힘든 일은 없을 거라고. 어쩌면 아주 재미있을지도.

첼시는 자기 여자친구와 오빠를 데려가도 되냐고 물었다.

"그럼! 많을수록 좋아!"

몇 시간 뒤, 첼시가 문으로 들어섰다. 다시 봐도, 내 기억은 틀리지 않았다. 그녀는 좀… 달랐다. 그녀를 처음 만났을 때 떠올랐던 단어가 지금도 곧바로 떠올랐고, 바비큐를 하는 내내 반복해서 떠올랐다. 다르다….

내가 아는 수많은 사람들과 달리 첼시는 겉모습이나 교양이나 왕족 같은 것에 전혀 개의치 않는 듯했다. 내가 만난 수많은 여자들과 달리, 그녀는 나와 악수하는 순간 시각적으로도 왕관과는 어울리지도 않았다. 게다가 이른바 왕관 증후군으로 불리는 일상적인 고통에 면역이 된 사람처럼 보였다. 마치 배우와 음악가들이 사람들에게 미치는 영향 같다고나 할까? 하지만 배우와 음악가들에게 영향력의 원천은 재능이다. 나에게는 재능이 없고, 지금껏 이런 말을 수도 없이 들었다. 따라서 나를 향한 모든 반응은 나와 전혀 관련이 없다. 그 반응들은 결국 내 가족과 내 지위 때문이므로 늘 나를 짜증 나게 했다. 불로소득 같은 것이니까.

나는 늘 궁금했다. 내 지위를 밝혔을 때 눈이 동그래지는 여자가 아니라, 나의 생각과 가슴이 담긴 내 본연의 모습에 눈이 동그래질 여자를 만났을 때의 기분이 어떠할지 말이다. 첼시라면 가능할 것도 같았다. 그녀는 내 지위에 관심이 없었을 뿐 아니라 오히려 따분하게 여기는 것 같았다. "와, 당신이 왕자님? 하암….(하품 소리)"

첼시는 내 일생에 대해서도, 우리 가족에 대해서도 전혀 아는 게 없었다. 할머니, 아버지, 윌리 형… 그게 다 누구지? 게다가 그녀는 놀랄 만큼 호기심이 많았다. 아마 내 어머니에 대해서도 몰랐을 것이다. 1997년 8월의 비극을 떠올리기에는 너무 어린 나이였을 테니까. 물론 이게 맞는지 확신할 수는 없었다. 워낙 특이한 친구라서 이런 이야기를 나눌 겨를도 없었기 때문이다. 대신에 우리는 서로의 공통점이라 할 수 있는 아프리카에 대해 이야기했다. 짐바브웨에서 태어나 자랐으며 지금은 케이프타운에서 살고 있는 첼시는 아프리카를 진심으로 사랑했다. 아버지는 넓은 체험 농장을 소유했고 그것이 그녀가 누리는 삶의 기반이었다. 첼시는 영국 기숙학교인 스토우(Stowe)에서 여러 해를 즐겁게 생활했지만, 방학이면 서둘러 집으로 돌아갔다. 나는 그 마음을 이해한다고 말했다. 그리고 나의 첫 성장 여행이었던 아프리카로의 여정을 통해 삶을 변화시킨 많은 경험과 표범이 뜻밖에 방문한 일화도 이야기했다. 첼시가 고개를 끄덕였다. 모두 공감했다. "대단해요. 당신이 준비만 되어 있다면, 아프리카는 언제는 그런 순간들을 선사해요. 당신이 그럴 자격이 있다면요."

저녁 어느 무렵, 나는 입대할 것이라고 첼시에게 말했다. 그녀의 반응을 판단하기가 어려웠다. 아무 느낌도 없었을까? 적어도 그 때문에 관계가 깨질 것 같지는 않았다.

그리고 나서 조지와 마르코와 나는 다음날 보츠와나로 떠날 것이라고 말했다. 거기 강 상류에서 보트를 타는 아디와 다른 몇 명을 만나기로 했다고.

"우리랑 같이 갈래?"

첼시는 수줍게 웃으며 잠시 생각했다. 그녀와 친구는 이미 다른 계획이 있던 상태였다.

"아, 너무 아쉽네."

하지만 두 사람은 그 계획을 취소하기로 했다고 첼시가 말했다. 둘 다 우리와 함께 가고 싶어 했다.

46.

우리는 함께 걷고, 웃고, 마시고, 어울리며 사흘을 보냈다. 야생동물뿐 아니라 우연히 뱀 조련사도 만났는데, 그는 우리에게 방울뱀과 코브라를 보여 주었다. 조련사는 이 뱀들이 자기 어깨와 팔 아래위로 움직이도록 조종하며 우리만을 위한 공연을 선사했다.

그날 밤이 이슥할 무렵, 첼시와 나는 수많은 별 아래에서 첫 키스를 했다.

조지도 첼시의 친구와 사랑에 흠뻑 빠졌다.

시간은 흘러 첼시와 친구가 집으로 돌아가고, 조지도 호주로, 마르코도 런던으로 돌아갈 때가 되자 주변은 온통 헤어짐의 인사로 가득했다.

갑작스레 수풀에 나 혼자 남았다. 아디와 함께.

"이제 뭘 하나?"

우리 근처에 야영지가 있다는 소식을 들었다. 두 명의 영화 제작자가 야생 다큐멘터리를 촬영하고 있었는데 자신들을 만나러 오라며 우리를 초청했다.

곧바로 랜드크루저에 올라탔고, 얼마 지나지 않아 소란스러운 수풀 파티 한복판에 있는 우리를 발견했다. 남자들과 여자들이 어울려 마시고 춤추는데, 모두가 마분지와 모루 철사로 만든 기괴한 모양의 동물 가면을 쓰고 있었다. 이른바 오카방고 카니발의 현장이었다.

이 광란의 주역은 삼십 대 커플인 티즈(Teej)와 마이크(Mike)였다. 그들은 영화 제작자들인데, 영화사 전체에다 이 야영지까지 소유하고 있었다. 나는 소개부터 한 뒤에 이처럼 멋진 파티를 열 수 있는 능력에 경의를 표했다. 그들은 미소를 지으며 비용은 내일 지불할 거라고 대답했다.

다음날의 일 때문에 두 사람은 일찍 일어나야 했다.

내가 따라가도 되겠냐고 물었다. 영화가 제작되는 과정을 직접 보고 싶었다.

두 사람은 나를 보고는 다시 서로를 물끄러미 쳐다보았다. 내가 누군지 잘 알았고 이 수풀에서 나를 만난 것도 놀라운 일이지만, 나를 도우미로 고용하는 것은 쉽지 않은 일이었다.

마이크가 말했다. "물론 같이 갈 수는 있습니다. 하지만 일을 해야 해요. 무거운 상자도 나르고 카메라도 들어야 해요."

이로써 우리도 마지막이 될 거라고 예상하는 것을 나는 두 사람의 표정에서 읽을 수 있었다.

나는 웃으며 대답했다. "네, 좋아요."

두 사람은 무척 놀랐다. 그리고 무척 흡족해했다.

첫눈에 사랑에 빠진 느낌이랄까, 양쪽 모두가.

티즈와 마이크는 아프리카 사람들이었다. 티즈는 케이프타운, 마이크는 나이로비 출신이었다. 그러나 티즈는 이탈리아에서 태어나 밀란에서 몇 해를 지냈으며, 자신의 감성적 원천인 밀라노 사람으로서의 뿌리에 특별한 자부심을 갖고 있다고 말했다. 이건 그녀에게서 좀처럼 듣기 어려운 자랑거리의 하나였다. 이탈리아어를 하면서 자랐지만 다 잊어버렸다며 안타까운 듯 말했다. 그렇지 않을 때를 제외하면. 병원에 가서 마취에서 깨어날 때면 유창한 이탈리아어로 사람들을 놀라게 했다.

농장에서 태어난 마이크는 걷기 시작한 지 얼마 지나지 않아 말 타는 법도 배웠다. 우연히 그의 옆집 이웃이 초창기 야생 영화 제작자 중의 한 사람이었다. 마이크는 시간이 날 때마다 옆집을 찾아가 그 이웃과 함께하며 질문을 퍼부었다. 이때부터 그는 자신의 진정한 소명을 찾았고 이웃 사람도 이를 인정하고 후원하기 시작했다.

티즈와 마이크 모두 유능하고 영리하며 야생에 전적으로 헌신해 왔다. 나는 이번 여행뿐 아니라 생활 전반에서 이 두 사람과 최대한 많은 시간을 보내고 싶었다. 다만, 두 사람이 나를 받아줄 것인지가 문제였다.

가끔씩 티즈가 내 쪽을 바라보며 나를 가늠하고 호기심 어린 미소를 짓는 것을 본 적이 있다. 예상치 않게 자신들의 야영지에 어슬렁거리며 들어 온 야생의 무언가를 본 것처럼 말이다. 하지만 나를 저격하거나 이용하던 사람들과 달리 그녀는 나에게 다가와 마음을 열어주었다. 수십 년간 야생을 관찰해 온 그녀는 야생을 향한 감성과, 야생을 하나의 미덕이자 더 나아가 기본권으로서 존중하는 마음을 갖게 되었다. 아울러 티즈와 마이크는 아직 내 속에 남아 있는 야생의 모습들, 아직 슬픔과 파파라치들에게서 벗어나지 못하는 것들까지 존중할 수 있는 최초의 사람들이었다. 두 사람은 이 마지막 파편까지 없애려 하는 사람들, 나를 새장에 집어넣으려 애쓰는 사람들에게 격분했다.

그 여행에서인지 아니면 다음번이었는지 정확하지 않지만, 나는 티즈와 마이크에게 서로 어떻게 만났는지 물었다. 둘은 겸연쩍은 듯이 웃었다.

"서로의 친구들이 소개했죠." 마이크가 웅얼거렸다.

"소개팅이에요." 티즈가 속삭였다.

장소는 작은 식당이었다. 마이크가 들어섰을 때 티즈는 이미 테이블에 앉아 있었다. 문을 등지고 앉았기에 마이크를 볼 수 없고 목소리만 들을 수 있었는데, 뒤를 돌아보기도 전에 마이크의 말투와 음색, 달라진 실내 온도를 통해 자신에게 큰일이 벌어지고 있음을 직감했다.

그들은 저녁 식사를 하며 멋진 시간을 보냈고, 다음날에는 티즈가 커피를 마시러 마이크의 집으로 갔다. 집에 들어선 티즈는 거의 기절할 뻔했다. 마이크의 책장 맨 위 칸에 저명한 과학자이자 수필가이자 저술가인, 티즈의 할아버지 로버트 아드리(Robert Ardrey)의 책이 꽂혀 있었기 때문이다. 마이크는 티즈 할아버지의 책 외에도 티즈가 좋아하는 책들을 티즈의 책장에서와 같은 순서로 꽂아 두었다. 티즈는 손바닥으로 입을 가리며 놀라워했다. 진정한 동기화였다. 진정한 계시였다. 티즈는 짐을 싸서 마이크의 아파트로 들어왔다. 그 이후로 두 사람은 계속 함께였다.

모닥불에 둘러앉아 이 이야기를 들었다. 마르코와 다른 사람들과 함께할 때는 모닥불이 중심이었지만, 티즈와 마이크와 함께할 때는 신성함으로 가득했다. 늘 같은 음료수를 돌리고 늘 같은 이야기들일 오갔지만, 훨씬 더 경건한 느낌이 들었다. 이처럼 진리에 더 가깝고 더욱 살아 있는 느낌이 드는 곳은 극히 드물 것이다.

티즈는 알았다. 내가 집에서 그들과 함께하며 느낀 것을 그녀는 설명할 수 있었다. 그녀는 말했다. "내가 보기에 당신 몸은 영국에서 태어났지만, 영혼은 이곳 아프리카에서 태어난 것 같아요."

아마도 지금껏 들은 최고의 칭찬이 아닐까 싶다.

며칠 동안 그들과 함께 걷고 함께 먹고 함께 사랑에 빠지며, 나는 무한한 평화를 느꼈다.

동시에 첼시를 다시 만나야 한다는 무한한 욕구도 찾아왔다.

'어떻게 하지?' 고민이었다. '어떻게 해야 첼시를 만나지? 어떻게 해야 언론의 눈에 띄어 일을 망치지 않고 케이프타운에 들어갈 수 있을까?'

아디가 말했다. "같이 운전해서 가요!"

"운전? 와, 그래. 기막힌 생각이야!"

무엇보다 시간이 이틀밖에 없었다.

우리는 곧바로 차에 뛰어올라 쉼 없이 달렸다. 위스키를 마시고, 에너지를 얻기 위해 초콜릿을 게걸스레 먹으면서. 이윽고 첼시네 현관에 섰다. 맨발에 꾀죄죄한 몰골, 지저분한 비니에 지저분한 얼굴이지만 웃음을 가득 머금은 채로.

첼시의 놀란 표정은… 이내 미소로 바뀌었다.

그리고… 문을 더 활짝 열었다.

47.

첼시와 나는 소중한 교훈을 얻었다. 아프리카는 아프리카요… 영국은 언제나 영국이라는 것을.

히스로 공항에 도착하자마자 우리는 파파라치들의 표적이 되었다. 즐거운 일은 아니지만, 딱히 놀라울 것도 없었다. 어머니가 사라진 이후로 몇 년 동안 파파라치들에게 거의 쫓기지 않던 시절도 있었지만, 이제는 쫓기는 게 일상이 되었다. 나는 첼시에게 이런 일은 늘 관리해야 하는 만성질환처럼 대하라고 조언했다.

하지만 첼시는 스스로 만성질환을 원하는지 확신이 없었다.

나는 이해한다고 말했다. 너무나 당연한 감정이므로. 하지만 그 대상이 내 인생이고, 그녀가 내 인생의 일부라도 공유하고자 한다면 이런 것조차 공유해야 했었다.

금방 익숙해질 거라고 내가 거짓말을 했다.

그 후로의 가능성을 나는 50 대 50이나 60 대 40 정도로 보았다. 다시 만날 가능성을 조금 더 높게. 문제는 내가 아끼는 또 한 사람을 언론이 희생양으로 삼을 수도 있다는 점이었다. 나는 괜찮다고, 어차피 그때는 연애할 시간도 사실 없다고 다시 한번 나 자신을 다독였다. 할 일이 있었기 때문이다.

먼저 샌드허스트 왕립육군사관학교에 입학하기 위한 시험을 앞두고 있었다. 나흘 동안 진행되는 이 시험은 이튼과는 완전히 딴판이었다. 서적이나 서술과 관련된 부분도 조금 있었지만, 대부분은 심리적 강인함과 리더십 역량에 대한 시험이었다.

나중에야 알게 됐지만… 나에게는 이 두 가지 요소가 모두 있었다. 나는 우수한 성적으로 통과했다.

무척 기뻤다. 부족한 집중력과 어머니를 향한 트라우마 중 어느 것도 문제가 되지 않았다. 영국 군대에서는 이런 것들이 이제는 나에게 해가 되지 않았다. 오히려 이런 것들이 나를 더욱 이상적인 존재로 만든다는 것을 깨달았다. 군대는 나와 같은 청년을 찾고 있었다.

"뭐라는 거야, 젊은이? 부모님이 이혼했다고? 어머니가 돌아가셨다고? 해결하지 못한 슬픔이나 심리적 트라우마가 있다고? 좋아, 이쪽으로!"

합격했다는 소식과 더불어 입대 날짜도 받았다. 아직 몇 개월의 여유가 있었다. 그동안 생각도 정리하고 마무리하지 못한 일들도 정리할 시간이 있다는 의미였다.

그리고 더 좋은 건⋯ 첼시와 보낼 시간이 있다는 것이었다. 그녀가 받아주기만 한다면⋯

첼시는 나를 받아주었다. 자기 부모도 만날 수 있도록 나를 케이프타운으로 초대했다.

나도 그랬다. 그리고 금방 좋아하게 되었다. 좋아하지 않는 게 불가능한 사람들이었다. 첼시의 가족은 재미있는 이야기와 진토닉, 맛있는 음식, 사냥을 늘 즐겼다. 아버지는 덩치가 곰처럼 크고 너른 어깨에, 귀여운 면도 있었지만 확실히 남자 중의 남자였다. 그리고 어머니는 왜소하고 남의 말을 경청하며 자주 안아주는 분이었다. 나는 미래가 어떻게 될지 알 수 없었기에 순리대로 행동할 필요가 있었다. 그러면서 이런 생각도 들었다. '장인, 장모가 될 사람들을 근본적으로 상상해 본다면 이 사람들보다 더 나은 그림을 그릴 수 있을까?'

48.

이상한 기운이 감돌았다. 내가 새로운 사랑을 시작하고 있을 바로 그때, 아버지도 결혼을 결심했다고 공표했다. 할머니에게 허가를 요청했고 할머니도 허가했다. 마지못해, 이 소식이 세상에 알려졌다.

결혼만 하지 말라고 형과 내가 그렇게 만류했는데도 아버지는 그저 당신의 길만 걸었다. 우리도 어쩔 수 없이 아버지 편에 서서 행운을 빌었다. 나쁜 감정은 없었다. 우리는 인정했다. 아버지가 결국은 당신이 사랑하던 여자와, 당신이 항상 사랑하던 그 여자와, 애초부터 아버지를 향한 운명을 가진 여자와 함께하리란 것을. 어머니의 이야기 속에서 또 하나의 인연이 정리되며 우리가 느꼈던 분노와 슬픔이 어떠하든, 이제 그 문제는 요점에서 벗어난 것임을 우리는 깨달았다.

또한, 부부로서의 아버지와 카밀라에 대해서도 공감이 되었다. 두 사람은 이제 새로운 차원으로 들어섰다. 오랫동안의 힘난한 갈망 끝에, 이제 두 사람은 행복에서 불과 몇 걸음 떨어진 곳까지 이르렀다… 반면에 새로운 장애물도 속속 등장했다. 무엇보다 의식의 성격에 대한 논란이 있었다. 궁정 관리들은 미래의 영국 국교회 수장이 될 아버지가 교회에서 이혼녀와 결혼할 수는 없으므로 결혼식을 시민 의례 형식으로 거행하자고 주장했다. 따라서 장소에 대한 논란도 격렬했다. 두 사람이 첫 번째로 꼽은 대로 시민 의례를 윈저성에서 거행한다면 먼저 윈저성을 시민 결혼식에 활용할 수 있는 면허가 필요했고, 설령 면허를 얻는다 해도 영국의 모든 사람이 그곳에서 시민 결혼식을 할 수 있도록 허가해야 했다. 이런 상황은 누구도 원치 않았다.

결혼식이 열릴 장소는 결국 윈저 길드홀(Winsor Guildhall)로 정해졌다.

그런데 그 무렵에 교황이 사망했다.

어리둥절한 내가 형에게 물었다. "교황과 아버지가 무슨 상관인데?"

부담스러웠던 것이다. 아버지와 카밀라는 교황이 영면에 드는 바로 그날 결혼하고 싶어 하지는 않았다. 악업을 짓는 일이고, 언론의 관심도 줄어들 테니. 무엇보다, 할머니가 당신을 대표하여 아버지가 장례식에 참석하기를 바랐다.

결혼 일정은 또다시 연기되었다.

연기되고 또 연기되면서… 가만히 귀를 기울이면 궁터를 떠도는 절망적인 비명과 불평이 들렸다. 그것이 누구의 소리인지는 입에 담을 수 없었다. 결혼 기획자인지, 아니면 카밀라(또는 아버지)의 소리인지.

안타깝다는 느낌 외에 나는 이 우주의 어떤 힘(혹시 엄마가?)이 두 사람의 결합을 축복하기보다 가로막고 있다는 생각을 지울 수 없었다. 우주가 허용한 일이 아니기에 미뤄지는 건 아닌지?

마침내—원래 참석하지 않기로 했던 할머니 없이—열린 결혼식은 나를 포함한 모든 사람에게 거의 카타르시스에 가까웠다. 성찬대 가까이 선 나는, 어머니의 장례식 때 그랬던 것처럼 거의 고개를 떨군 채로 바닥만 바라보았다. 하지만 가끔 얼굴을 들어 신랑과 신부의 얼굴을 꽤 오랫동안 훔쳐보며 속으로 생각했다. '잘 사세요.'

이건 또 이런 의미였다. '안녕!'

나는 이 결혼이 아버지를 우리에게서 빼앗을 것임을 의심치 않았다. 실제로 그렇게 느끼는 것도 아니고, 고의적이고 악의적인 방식을 생각하는 것도 아니지만, 그래도 어떻든 멀어지는 것은 분명했다. 아버지는 새로운 공간, 폐쇄된 공간, 밀폐된 공간으로 들어가고 있었다.

내 생각에 형과 나는 아버지를 덜 자주 보게 될 것이며, 그 때문에 복잡한 감정에 휩싸였다. 부모의 한쪽을 다시 잃고 싶지 않았던 데다, 자신을 홍보하기 위한 제단 위에 나를 올려놓은—나는 그렇게 믿고 있었다—사람이 새어머니가 된다는 생각에 마음이 복잡했다. 그래도 아버지의 미소를 보며 토를 달기는 어려웠고, 더군다나 그 미소의 출발점이 카밀라라는 점도 부인할 수 없었다. 나는 많은 것을 바랐지만, 내가 가장 바라는 것이 내 아버지의 행복이라는 사실을 결혼식에 참석해서야 발견하고는 더더욱 놀랐다.

재미있는 건, 카밀라도 행복하기를 바랐다는 점이다.

행복해지면 조금이나마 내게 덜 위험한 존재가 되리라고 생각해서였을까? 형과 내가 교회에서 몰래 빠져나와 두 사람의 차에 '방금 결혼했어요' 팻말을 걸었다는 공식 보도도 있었다. 나는 그런 기억이 없다.

아마 달았다면 이런 문구였을 것이다. '행복하세요'.

그 시점에 내가 그렇게 생각했더라면.

두 사람이 차를 타고 떠나는 모습을 보며 생각했던 기억이 선연하다.

'두 사람은 행복해. 두 사람은 정말 행복해.'

젠장, 우리 모두가 행복한 게 더 좋은데.

<h2 style="text-align:center">49.</h2>

아버지의 결혼 이전인지 이후인지 정확하지 않지만, 이 무렵에 나는 윌리 형과 함께 영국 해군특전단(SBS)에 훈련을 받으러 갔다. 공식 훈련은 아니고 젊은이들이 가볍고 재미있는 체험을 하는 곳이었다. 이 훈련은 아주 오래되고 엄숙한 전통에서 파생되었지만, 대부분은 그저 흥미로운 수준에 머물렀다.

우리 가족은 항상 영국 군대와 긴밀한 관계를 유지해 왔다. 그래서 공식적으로 방문할 때도 있고, 불규칙적으로 찾아가 점심 식사를 할 때도 있었다. 또 전장에서 집으로 돌아온 남성 및 여성들과 사적인 대화를 나누기도 했다. 반면에 매우 엄격한 훈련에 참여해야 할 때도 있었다. 군대를 향한 존경을 표시하는 최선의 방법은 실제 군인들이 하는 그대로 수행하거나 또는 시도하는 것이다.

이런 훈련은 늘 언론에는 비밀이었다. 그게 낫겠다고 군에서 판단했고, 당연히 왕실에서도 동의했다.

형과 나를 군사 훈련에 처음 데리고 간 사람은 어머니였다. 헤리퍼드셔(Herefordshire)에 있는 '인질 구출 시설(killing house)'이었다. 군인들은 우리 셋을 한 방에 몰아넣더니 움직이지 말라고 했다. 곧이어 방이 캄캄해졌다. 한 팀이 문을 걷어차 부수었다. 그러고는 섬광탄을 던져 우리 속의 두려움을 내쫓았다. 이것이 이 훈련의 목표였다. '혹시라도' 우리의 생명이 경각에 달렸을 때 대응하는 방법을 가르치려 한 것이다.

'혹시라도?' 이 말이 우리를 웃겼다. '혹시 우리 편지를 본 적이 있었나?'

하지만 이날, 형은 달랐다. 훨씬 열심히 움직이고 훨씬 적극적으로 참여했다. 교육 내용보다 훨씬 열정적으로 움직였다. 고속정을 타고 풀 하버(Poole Harbour)로 달려가 적의 전함을 급습하고, 페인트 볼 탄창이 장전된 9

밀리 기관단총(MP5)을 쏘며 케이블 사다리를 타고 전함 위로 올라갔다. 다른 훈련에서는 철제 계단을 따라 재빠르게 화물창으로 이동하는 연습도 했다. 이때 누군가 조명을 끄는 바람에 상황이 더욱 흥미진진했던 것 같다. 칠흑 같은 어둠 속에서 바닥까지 서너 단을 남겨두고 넘어지면 무릎을 찧었는데, 하필이면 바닥에 돌출된 고정 볼트에 찔리고 말았다.

극심한 통증이 밀려들었다.

겨우 일어나서 훈련을 계속하여 마지막까지 이르렀다. 하지만 훈련 막바지에 함정의 헬기 착륙장(helipad)에서 물로 뛰어들었는데 갑자기 무릎이 움직여지지 않았다. 다리 전체가 움직이지 않았다. 물 밖으로 나와 드라이슈트를 벗었을 때, 내 다리를 내려다보는 형의 얼굴이 하얗게 질렸다.

무릎이 온통 피범벅이었다.

몇 분 안에 의무대가 도착했다.

몇 주 후, 궁에서는 내 입대가 연기될 것이라고 발표했다. 무기한….

기자들이 그 이유를 궁금해했다.

궁 공보팀에서는 이렇게 설명했다. "해리 왕자께서 럭비 도중에 무릎을 다치셨습니다."

얼음으로 감싼 무릎을 높이 올린 채로 신문을 읽던 나는 고개를 뒤로 젖히며 웃음을 터트렸다. 처음으로, 신문들이 나와 관련된 거짓말을 사실 파악도 못 한 채 실은 것을 보며 나는 이 방종한 기쁨의 작은 부분까지도 즐기지 않을 수 없었다.

그러나 곧바로 복수가 시작되었다. 입대를 꺼리던 내가 엉터리 무릎 부상을 핑계 삼아 도망치려 한다는 기사를 내보내기 시작했다.

그들의 표현대로라면, 나는 겁쟁이였다.

50.

월리 형의 친구가 글로스터셔(Gloucestershire) 대학교와 가까운 교외에서 생일 파티를 열었다. 생일 파티라기보다 변장 파티라는 오글거리는 주제로 열렸다. 원주민이나 식민지 주민들 같은. 파티에 초대받은 사람들은 그에 맞는 변장이 필요했다.

2005년 1월.

나는 변장 파티를 좋아하지 않았다. 그 주제 자체를 참기 어려웠다. 지난번 형의 생일 파티나 그 전의 파티에서도 주제가 있는 변장 파티를 열었다.

'아웃 오브 아프리카(Out of Africa)', 이런 파티가 얼마나 황당하고 짜증 나는지 나는 곧 깨달았다. 나는 아프리카에 갈 때마다 티셔츠에 반바지 차림이었고, 어쩌다 키코이(kikoi)* 정도를 둘렀을 뿐이었다. "그걸로 되겠어, 형?" 하지만 이번 주제는 훨씬 더 별로였다.

내 옷장에 원주민이나 식민지 주민에게 어울리는 옷이라고는 한 점도 걸려 있지 않았다. 그때 나는 아버지와 카밀라와 함께 며칠은 세인트 제임스에서, 또 며칠은 하이그로브에서 지내는 등 돌아다니는 날이 많았기 때문에 옷 따위에 신경 쓸 겨를이 없었다. 그래서 평소의 복장이 마치 깜깜하고 정돈되지 않은 방에서 아무거나 꺼내 입은 것 같은 모습이다. 그런 나에게 '주제가 있는' 변장 파티라니, 그건 악몽이었다.

"빠질래. 난 정말 빠질래, 형."

하지만 형은 굽히지 않았다. "네가 입을 만한 걸 찾아볼게, 해롤드."

형의 새 여자친구가 도와주겠다고 약속했다.

나는 형의 새 여자친구가 마음에 들었다. 천진난만하고 상냥하며 친절한 사람이었다. 피렌체에서 갭 이어를 보냈고 사진과 미술, 옷에 대해서도 잘 알았다. 특히 옷에 관심이 많았다.

그녀의 이름은 케이트(Kate)였다. 파티에 어떤 원주민 혹은 어떤 식민지 주민들처럼 입고 왔는지는 기억나지 않지만, 그녀의 도움으로 형은 고양이 같은 모습의 의상을 골랐다. 피부에 달라붙는 쫄쫄이 복장에(이 기억도 정확한지 잘

---

* 주로 아프리카 동부 지역의 남자들이 몸에 두르는 크고 화려한 천.

모르겠다.) 탱탱한 꼬리가 달려 있었다. 우리에게 보여주려고 용기를 내어 옷을 입었는데, 티거*와 바리시니코프**의 중간쯤으로 보였다. 케이트와 나는 손가락으로 형을 가리키며 바닥을 뒹굴며 웃었다. 너무 우스꽝스러웠는데, 특히 삼면 거울로 보면 더 웃겼다. 하지만 우스꽝스러움은 다가오는 파티의 목표라고 두 사람은 입을 모았다.

나는 케이트의 웃는 얼굴을 보는 게 좋았다. 그보다 더 좋은 건, 내가 그녀를 웃게 만드는 것이었다. 꽤 소질도 있었다. 뻔히 드러나는 내 어리숙한 면과 철저히 가려진 그녀의 어리숙한 면이 묘하게 연결되었다. 케이트가 나에게서 형을 빼앗아 갈 사람의 하나라는 걱정이 들 때마다 나는 앞으로 우리가 함께 웃는 모습이 얼마나 보기 좋을지를 생각하며 나 자신을 위로했고, 나와 오래도록 함께 웃어 줄 진지한 여자친구가 생긴다면 우리 모두가 얼마나 더 행복해질지 혼잣말을 하곤 했다. 어쩌면 그 대상이 첼시일지도 몰랐다.

내 의상으로 케이트를 웃길 수도 있으리라는 생각도 했다.

'하지만 뭘 입어야 하지? 해롤드는 뭐가 되어야 하지?' 이것이 우리의 변함없는 숙제였다.

파티 당일에 이웃 마을인 네일스워스(Nailsworth)에 가기로 했다. 그곳에 유명한 의상 가게가 있다고 하니 나에게 맞는 무언가를 찾을 수 있으리라 기대했다.

흐릿한 기억 속에서도 몇 가지는 아주 또렷하게 되살아난다. 이 가게에서는 절대 잊지 못할 냄새가 났다. 퀴퀴한 곰팡이 냄새 같았는데 그 이면에는 무언가 다른, 무언가 규정할 수 없는, 수 세기에 걸쳐 수천 명의 사람들이 공유했던 수백 벌의 바지들이 보관된 밀폐된 방의 부산물처럼 떠도는 그런

---

* 만화 〈곰돌이 푸〉의 귀여운 호랑이 캐릭터.
** 미국으로 망명한 소련의 남자 무용수.

야릇한 냄새도 있었다.

줄지어 늘어선 옷걸이들을 이리저리 살펴보았지만, 어느 것도 마음에 들지 않았다. 시간이 얼마 남지 않아서 선택지를 두 가지로 좁혔다.

영국 공군 조종사의 제복.

그리고 황갈색의 나치 제복.

나치 완장과 나치 모자까지.

형과 케이트에게 전화를 걸어 어떤 것이 좋겠냐고 물었다.

"나치 제복." 두 사람이 대답했다.

의상에다 한심해 보이는 수염까지 빌려 집으로 돌아왔다. 모두 입어보았다. 둘 다 배꼽을 잡았다. 쫄쫄이 의상보다 더 어처구니가 없었다. 얼마나 한심해 보이는지!

하지만, 다시 말하지만 이것이 원래의 포인트였다.

그런데 수염은 조금 손을 볼 필요가 있어서 긴 부분을 끊어내고 히틀러 콧수염에 가깝게 손질했다. 거기에 카고바지를 더했다.

그렇게 차려입고 파티에 갔는데, 누구도 내 복장을 두 번 쳐다보지는 않았다. 모든 원주민과 식민지 주민들은 술 마시고 서로 더듬느라 여념이 없었다. 누구도 나를 주목하지 않자, 나는 이것을 작은 승리로 판단했다.

그런데 누군가 사진을 찍었다. 며칠 후, 이 누군가가 돈을 얻거나 또는 문제를 일으킬 요량으로 기자를 찾아갔다. "최근에 젊은 왕족들이 등장한 파티에서 찍은 사진이 있는데, 얼마나 주시겠소?" 그 사진 중에서 최고의 걸작은 당연히 쫄쫄이를 입은 형의 사진이라고 생각했다.

그러나 기자는 다른 무언가를 찾아냈다. "이봐요, 이건 누구예요? 예비용 왕자? 나치로?"

보도를 통해 들은 바로는 이 문제로 약간의 가격 협상이 있었다고 한다. 총 오천 파운드에서 합의가 이루어졌고, 몇 주 뒤에 이 사진은 무시무시한 헤드라인들을 달고 이 세상의 모든 신문에 등장했다.

"해리 만세(Heil Harry)!"

"정신 나간 계승자(Heir Aberrant)."

"왕족의 만세 환란(Royal Heil to Pay)."

대폭발이 뒤따랐다. 당시에는 이 폭발이 나를 삼켜버릴 것이라고 생각했다. 아니, 삼켜버려도 싸다고 생각했다. 이어진 몇 주에서 몇 달 동안은 창피해서 정말 죽을 것 같았다.

이 사진에 대한 전형적인 반응은 이랬다. "도대체 무슨 생각을 하고 있었던 거지?" 내 대답은 아주 간단했다. "아무 생각도 없었어요." 그 사진을 보면서 비로소 내 머리가 꺼져 있었고 어쩌면 꽤 오랫동안 꺼져 있었을지도 모른다는 걸 깨달았다. 나는 영국 전역을 가가호호 방문하여 사람들에게 설명하고 싶었다. "아무런 생각도 하지 않았어요. 나쁜 의도는 정말 없었어요." 하지만 그렇게 하더라도 달라질 건 없을 것 같았다. 심판은 빠르고, 가혹했다. 이제 나는 비밀 나치당원이거나 아니면 정신이상자였다.

형을 돌아보았다. 미안해하면서도 달리 할 말이 없었다. 아버지에게 전화를 걸었다. 놀랍게도 아버지는 평온했다. 처음에는 의심스러웠다. 나의 위기를 또다시 아버지를 홍보할 좋은 기회로 여기는 건지도 몰랐다. 하지만 너무도 자상하고 진심 어린 위로에 나는 곧바로 무장해제되었다. 그리고 감사했다.

아버지는 사실을 포장하지 않았다. "사랑하는 아들, 어떻게 그렇게 어리석을 수 있니?" 두 볼이 불타올랐다. "알아요, 저도 알아요." 하지만 아버지는 곧이어 말씀했다. 그건 젊은 시절의 어리석음 때문이라고, 당신도 젊은 시절의 실수로 공개적으로 비난받은 적이 있다고, 하지만 그건 옳지 않다고, 왜냐하면 젊음이란 아직 완성된 시기가 아니기 때문에. "넌 아직 성장하고 있고, 아직 변화하고 있고, 아직 배우고 있어."라고 아버지는 말했다. 아버지가 젊은 시절에 겪은 수치스러운 사건 중에 구체적으로 어느 것을 의미하는지 언급하지는 않았지만 나는 알 것 같았다. 매우 내밀한 대화들이 유출되며 아버지의 악의적인 발언들이 온 세상으로 퍼져나갔다. 과거의 여자

친구들이 심문을 당했고, 그들을 향한 아버지의 애정도가 순위로 매겨져 타블로이드뿐 아니라 책으로까지 확산했다. 그때 아버지는 수치심이 무엇인지를 제대로 배웠다.

아버지는 이 문제로 인한 분노도 사라지고 부끄러움도 희미해질 것이라고 약속했다. 나는 그 약속이 참 고마웠다. 물론 그렇지 않을 것임을 잘 알면서도. (또는 그렇기 때문에 더 고마웠을 수도) 부끄러움은 절대 희미해지지 않을 테니까. 그래서도 안 되고.

날이 흐를수록 추문은 더 커져만 갔다. 신문과 라디오와 텔레비전에서 날거의 찢어발겼다. 몇몇 의회 의원들은 과거의 형벌처럼 내 머리를 대못에박아야 한다고 요구했다. 또 누군가는 내가 샌드허스트 육군사관학교에 입대하는 것을 막아야 한다고 주장했다.

아버지의 직원들은 이 문제가 잠잠해지려면 약간의 도움이 필요할 것이라고 했다. 어떤 식으로든 내가 공개적인 사죄를 해야 한다는 것이었다.

나도 좋다고 말했다. 빠를수록 좋았다.

그래서 아버지는 나를 어느 성자에게 보냈다.

51.

덥수룩한 수염에 안경을 쓰고, 주름 깊은 얼굴에 짙고 지혜로운 눈을 가진 그 성자는, 나도 익히 들어서 잘 알고 있는 영국 최고 랍비(Chief Rabbi of Britain)였다. 하지만 내가 그에 대해 아는 건 지극히 일부임을 곧 깨달았다. 저명한 학자이자 종교 철학자이며 본인 이름으로 스물네 권 이상의 책을 출간한 다작 저술가인 그는, 창밖을 내다보며 슬픔과 악함과 증오의 근본 원인을 사색하는 데 생의 많은 부분을 할애했다.

그는 나에게 차 한 잔을 권하고는 바로 본론으로 들어갔다. 에두르지 않는 직설적 화법이었다. 먼저 그는 내 행동을 비판했다. 냉정한 사람은 아니지만 꼭 해야 할 말이었다. 다른 방법이 없었으니까. 그는 또한 나의 어리석음을 역사적 맥락에서 조명했다. 절멸당한 육백만 명을 언급했다. 유대인들, 폴란드인들, 반대자들, 지식인들, 동성애자들. 게다가 어린이, 아기, 노인들까지, 연기와 재로 변했다.

불과 얼마 지나지 않은 과거에.

그의 집에 도착할 때만 해도 나는 그저 부끄러운 느낌이었다. 하지만 지금은 조금 다른, 극도의 자기혐오를 느꼈다.

하지만 이것이 그 랍비의 목적은 아니었다. 내가 돌아갈 때 배워야 할 것이 분명 이건 아니었다. 그는 실수 때문에 좌절하지 말고 오히려 좋은 자극을 받으라고 격려했다. 그리고 정말로 지혜로운 사람들에게서 자주 발견되는 첫 번째 자질에 대해 이야기했다. 그것은 바로 용서였다. 많은 사람이 어리석은 말과 행동을 하지만, 그것이 꼭 그들의 본성이라고 할 수는 없다고 그는 강조했다. 그리고 나는 속죄하는 방법을 찾는 것으로써 나의 본성을 보여주고 있다고 덧붙였다. 사죄의 길을 구하는 것으로써.

그는 자신이 할 수 있고 또 자격이 되는 범위 내에서 나를 용서했다. 그리고 은혜를 베풀었다. 머리를 들고 앞으로 나아갈 것이며, 이번 경험을 더 나은 세상을 만드는 데 사용하도록 당부했다. 이 사건이 반면교사가 될 수 있도록. 헤너스도 그 말에 고개를 끄덕였을 것이다. 가르치는 일을 누구보다 사랑하던 그였기에.

내가 무엇을 했든, 입대는 안 된다는 요구의 목소리는 점점 커졌다. 하지만 수뇌부들의 입장은 달라지지 않았다. 해리 왕자가 군대에서 독재자 복장으로 나타났다면 징계를 받았을 것이라고 그들은 말했다.

그러면서 그는 아직 군인 신분이 아니라고 덧붙였다.

따라서 무엇을 하든 그의 자유라고.

52.

우리의 새 개인 비서가 될 사람의 이름은 제이미 로우더 핑커톤(Jamie Lowther-Pinkerton)이었다. 형과 나는 그를 JLP 이외의 다른 이름으로 불렀던 기억이 없다.

그냥 마르코 II나 아니면 마르코 2.0으로 부르는 게 더 나을 뻔했다. 그는 마르코의 대체자였지만, 우리의 편한 친구였던 마르코보다는 조금 더 공식적이고, 조금 더 세밀하며, 조금 더 영구적인 버전의 역할을 수행할 예정이었다.

마크코가 비공식적으로 하던 일들, 이를테면 보살핌이나 안내, 조언 등을 이제는 JLP가 공식적으로 하게 될 것이라고 들었다. 사실 JLP를 발굴하여 아버지에게 추천하고 훈련까지 시킨 장본인이 바로 마르코였다. 그래서 우리도 처음부터 그를 신뢰했다. 그는 가장 중요한 우리의 승인 도장을 이미 받은 셈이다. 마르코도 그가 좋은 사람이라고 말했다.

매우 차분하고 약간 딱딱한 면도 있는 JLP는 반짝이는 금빛 소매 단추와 금빛 인장 반지를 하고 다녔는데, 이 모두는 그의 성실함과 일관성, 확고한 스타일을 향한 불굴의 신념을 상징하는 것이었다. 대환란의 아침이 오더라도 그가 변함없이 이 부적 같은 것들을 장착하고 집을 나서는 모습을 누구나 연상할 만큼.

그러나 화려한 복장과 깔끔한 외모와 달리 JLP는 영국 최고의 군사 훈련을 받은 군인 출신이었다. 이 사실은 무엇보다 그가 지저분한 짓은 하지 않았다는 의미였다. 지저분한 것들은 주지도 받지도 않았으며, 그의 이런 점을 모르는 사람이 없는 듯했다. 영국의 관리들이 콜롬비아 마약 카르텔을 상대로 대대적인 공격에 착수했을 때 선봉으로 택한 사람이 바로 JLP였다. 영화배우 이완 맥그리거가 몽골에서 시베리아와 우크라이나를 거치는 삼 개월 동안의 오토바이 여행을 결정하면서 생존 훈련을 부탁한 사람도 JLP로 밝혀졌다.

내가 생각하는 JLP의 가장 뛰어난 점은 진실을 향한 존중과 전문성이었다. 그는 정부와 궁에서 일하는 많은 사람과 정반대였다. 그래서 그가 형과 나를 위한 업무를 시작한 지 얼마 되지 않았을 때, 내가 진실을 알려달라고 부탁한 적도 있었다. 어머니의 사고와 관련된 경찰 기밀 파일 같은 것을.

그는 아래를 내려다보더니 다시 머리를 돌렸다. 물론 형과 나를 위해 일하는 사람이지만, 우리를 돌보는 것뿐 아니라 지휘 체계라는 전통을 지키는 것도 중요했다. 그런데 내가 한 부탁은 자칫 셋 모두를 위태롭게 만들 수도 있었다. 그는 고민스러운 표정을 지으며 손으로 이마를 쓰다듬었다. (JLP는 머리숱이 많지 않아서 어디까지가 이마인지 경계가 분명치 않았다.) 마침내, 그가 머리 양옆에 남은 까만 머리카락을 부드럽게 뒤로 쓸어 넘기며 말했다. 만약 이런 파일을 실제로 확보한다면 내가 매우 혼란스러워질 거라고. "정말로 혼란스러울 거예요, 해리."

"예, 알아요. 그것도 문제긴 해요."

그가 고개를 끄덕였다. "아… 흠… 알겠습니다."

며칠 후, 그는 세인트제임스궁의 뒤 계단을 따라 올라가면 나오는 작은 사무실로 나를 데려가더니 '접지 마시오.'라고 적힌 갈색의 봉투를 내밀었다. 그는 경찰의 모든 파일을 나에게 보여주지는 않기로 결심했다는 말도 했다. 자신이 모두 검토하여 '문제가 있는 것들'은 걸러냈다고 했다. "왕자님을 위해서요!"

실망스러웠다. 하지만 항의하지는 않았다. 내가 감당할 수 없으리라고 그가 판단했다면, 아마 그게 맞을 것이다.

나를 보호해 준 그에게 감사의 뜻을 전했다.

그는 자료를 두고 가겠다고 말한 후 밖으로 나갔다.

몇 번의 심호흡을 하고 파일을 열었다.

외부 사진. 사고가 발생한 터널의 외부. 터널의 입구가 들여다보이는 사진.

내부 사진. 터널 안쪽으로 몇 걸음 들어간 사진.

깊은 내부 사진. 터널 안쪽으로 꽤 들어간 사진. 터널을 따라, 그리고 반대편 끝이 바라보이는 사진.

마지막으로, 찌부러진 메르세데스의 근접 사진. 자정 무렵에 터널로 진입한 후로 다시는 온전한 모습을 볼 수 없었다고 함.

모두가 경찰이 찍은 사진 같았다. 하지만 그 사진들의 대부분은 아니더라도 상당수는 현장에 있던 파파라치들과 다른 사진사들이 찍은 것이라는 걸 곧 깨달았다. 파리 경찰은 그들의 카메라를 압수했다. 몇몇 사진은 사고 직후에, 다른 몇몇은 한참 뒤에 찍힌 것이었다. 현장을 걸어 다니는 경찰관들의 사진도 있었고, 오락가락하며 현장을 구경하는 사람들의 사진도 있었다. 모든 사진에서 혼란스러운 느낌과, 명예롭지 못한 참극의 분위기가 가득했다.

메르세데스 안을 더 가까이서 더 선명하고 더 세밀하게 찍은 사진도 있었다. 지금에야 어머니의 남자친구라는 걸 알았지만 당시에는 그저 친구로만 알았던 남자의 시체가 거기 있었다. 사고에서 생존했지만 심각한 부상을 입은 어머니의 경호원도 있었다. 또 핸들 위로 엎어진 운전사의 모습도. 많은 사람이 사고의 원인으로 그 운전사를 비난했다. 혈액에서 알코올이 검출되었기 때문인데, 이미 사망했으니 대답을 들을 수는 없었다.

마침내 어머니의 사진에 이르렀다. 어머니 주변으로 빛이 보였다. 후광처럼 환한 아우라가. 놀라웠다. 빛의 색깔이 어머니의 머리카락 색과 같은 황금색이었다. 온갖 종류의 초자연적 현상들을 살펴보았지만 그 빛이 무엇인지 알 수 없었고 상상할 수도 없었다.

그 빛의 실체를 알았을 때는 속이 뒤집혔다.

플래시. 그건 카메라 플래시였다. 몇몇 플래시와 함께 유령 같은 형상과 절반만 보이는 형상, 파파라치, 매끄러운 금속 표면과 앞유리에 반사된 파파라치와 굴절된 파파라치들의 모습이 가득했다. 어머니를 쫓던 그 남자들… 그들은 어머니가 의식을 잃었거나 반쯤 잃은 채로 좌석 사이에 끼어 있는데도 사진 찍기를 멈추지 않았고, 그 광기의 현장에서 우연히 서로의 모습까지 사진에 담았던 것이다. 그 인간들은 찍고, 찍고, 또 찍었다.

전혀 몰랐던 사실이었다. 상상도 하지 못했다. 파파라치들이 어머니를 쫓아다닌다는 말도 들었고, 야생의 개떼처럼 어머니를 사냥한다는 말도 들었지만, 정말 야생의 개떼처럼 무방비한 어머니의 몸을 뜯어먹는 모습은 상상조차 할 수 없었다. 이 세상에서 어머니가 마지막으로 본 것이 플래시 전구라는 것을, 이 순간 전까지는 전혀 알지 못했다.

혹시 그게 아니라면….

이제 조금 더 자세히 어머니를 살펴보았다. 눈에 띄는 부상은 없었다. 어머니는 쓰러져 있었고, 정신이 혼미한 듯했지만, 전체적으로는… 괜찮았다. 아니 괜찮은 정도보다 더 나았다. 어머니의 검정 블레이저코트, 윤기 나는 머리카락, 밝은 피부… 어머니가 이송된 병원의 의사들은 어머니의 아름다움에 대해 끊임없이 칭송했다. 사진을 바라보며 눈물을 흘리려고도 해봤지만 그럴 수 없었다. 어머니는 너무도 사랑스럽고 너무도 생생한 모습이었기 때문이다.

아마 JLP가 나에게 보류했던 사진들이 조금 더 명확했을지도 모른다. 그 사진들은 더 명확한 언어로 죽음을 보여주었을지도 모른다. 그러나 나는 그 가능성을 너무 진지하게 고려하지 않았다. 나는 파일을 덮고 혼자 말했다. "엄마는 숨어 있어."

나는 증거를 찾을 목적으로 이 파일을 요청했는데, 정작 이 파일은 어머니가 자동차 사고를 당했는데 크게 다친 데는 없어 보였고 어머니를 쫓던 그 사람들이 끊임없이 어머니를 괴롭혔다는 사실 외에는 아무것도 입증하지 못했다. 그게 전부였다. 증거보다는 분노의 근거를 훨씬 더 많이 발견했다. 이 작은 사무실에서, 저 '접지 마시오.'라고 적힌 불쾌한 봉투 앞에 앉아 있자니, 분노가 치밀어 억수처럼 쏟아졌다.

53.

몇 가지 개인용품이 든 작은 여행용 가방과 표준 크기의 다리미판 하나를 서핑보드처럼 겨드랑이에 호기롭게 끼고 있었다. 육군에서 가져오라고 지시한 것들이다. 이곳에서는 셔츠와 바지에 구김이 없어야 하니까.

나는 전차 작동법 못지않게 다리미판 사용법에 대해서도 잘 알았다. (솔직히 말하면, 조금 덜.) 하지만 지금부터는 육군의 문제가 되었다. 이제 내가 육군의 문제가 되었기 때문에.

나는 그들의 행운을 빌었다.

아버지도 그랬다. 서리(Surrey)주 캠벌리에 위치한 샌드허스트 왕립육군사관학교에 나를 데려다준 장본인도 아버지였다.

2005년 5월.

아버지는 한쪽에 서서 내가 '웨일스(Wales)'라고 적힌 붉은 명찰을 착용하고 등록하는 모습을 지켜보았다. 그리고 기자들에게 자랑스럽지 않느냐고 너스레를 떨었다.

그러고는 손을 내밀었다. "이제 가거라, 사랑하는 아들!"

자, 카메라를 보시고… 찰칵!

나는 스물아홉 명의 남녀로 구성된 소대에 배치되었다. 다음 날 이른 아침, 새 전투복을 착용한 우리는 줄지어 고대의 방으로 들어갔다. 수백 년이나 된 방으로, 냄새에서 이미 역사가 느껴졌다. 나무판자로 이어진 벽에서 마치 증기처럼 냄새가 퍼져 나오는 듯했다. 우리는 여왕을 향한 선서를 했다. "나는 여왕과 국가에 충성을 맹세합니다…." 옆에 있던 친구가 팔꿈치로 내 갈비뼈를 툭 치며 말했다. "넌 여왕이 아니라 할머니라고 해야지!"

농담은 그게 마지막이었다. 남자든 여자든 앞으로 오 주 동안은 감히 농담할 엄두도 내지 못할 테니까. 장교 훈련소에 재미있는 일이 있을 리도 없고.

장교 훈련소. 무슨 일이 일어났는지를 아주 완곡하게 드러내는 명칭이다. 우리는 모두 신체적으로, 정신적으로, 영적으로도 한계에 내몰렸다. 게다가 교관(Color Sergeant)*이라고 불리는 냉혹한 가학주의자 집단에 의해 그 한계의 너머까지 끌려다니기도 했다. 그들은 덩치도 크고, 목소리도 크고, 남성미가 극에 달한 남자들인데도 모두가 작은 강아지를 키우고 있었다. 왜 그

---

* 상사, 부대 깃발을 수호하는 역할을 하는 부사관에서 유래함.

런지에 대한 설명을 들은 적도, 어딘가에서 읽은 적도 없었고, 누군가에게 감히 물어볼 생각도 할 수 없었다. 남성 호르몬으로 가득하며 대부분이 대머리인 이 괴물들이 푸들과 시추와 퍼그 같은 강아지들을 어르는 모습이 그저 기묘하게 보일 뿐이었다.

우리는 교관들이 우리를 개처럼 대한다는 말을 자주 했는데, 사실은 우리보다 개를 훨씬 더 우대했다. 우리에게 '귀여운 녀석!'이라고 말하는 법은 없었다. 그들은 면도 거품을 잔뜩 바른 채로 우리의 면전에 대고 고래고래 고함을 질렀다. 끝도 없이… 그렇게 우리를 얕보고, 괴롭히고, 소리를 지르며, 하고 싶은 말을 숨김없이 쏟아냈다. 마치 상대를 깨부수려는 듯이 말이다.

만약 교관들이 우리를 파괴할 수 없었다면, 훌륭하다. 입대를 환영한다! 만약 파괴할 수 있었다면, 더 훌륭하다. 적보다는 그들이 우리를 파괴하는 편이 나을 테니까.

교관들이 써먹는 수법은 다양했다. 신체적 압박, 심리적 위협, 그리고 유머까지? 한 교관이 나를 한쪽으로 따로 부른 기억이 난다. "미스터 웨일스, 언젠가 내가 윈저성에서 까만 털가죽 모자를 쓰고 경계를 서고 있었지. 그때 어떤 아이가 나에게 다가오더니 내 신발을 향해 돌을 걷어차는 거야. 그 아이가… 바로 너였어!"

농담으로 하는 말이었지만, 나는 웃어야 할지 몰랐고 그 말이 사실인지도 몰랐다. 나는 그가 누군지 알지 못했고, 근위병에게 돌을 찬 기억도 없었다. 하지만 그게 사실이라면, 내가 사과하고 서로 지난 일로 넘기고 싶었다.

두 주가 채 지나지 않아 몇몇 생도들이 퇴학당했다. 일어났더니 그들의 침대가 깔끔하게 정돈되어 있었고 물건은 모두 사라지고 없었다. 누구도 그들이 모자라다고 생각지 않았다. 이 일 자체가 모두에게 맞는 건 아니기 때문이다. 동료 생도 중 몇몇은 불이 꺼지기 전에 다음은 자기 차례가 되지 않을까 두렵다고 털어놓았다.

하지만 나는 그렇지 않았다. 나는 대체로 괜찮았다. 장교 훈련소는 결코 소풍이 아니었지만, 내가 있어야 하는 정확히 그곳에 있다는 신념은 조금도 흔들리지 않았다. 교관들이 나를 파괴할 수는 없다고 생각했다. 어쩌면, 이미 내가 파괴되어 있었기 때문이었을까?

게다가 그들이 우리에게 무슨 짓을 하든 언론이 없는 곳에서 일어나는 일이므로 적어도 나에게는 매일이 일종의 휴일이었다. 훈련소는 클럽 H 같았다. 교관들이 나에게 무엇을 요구하든 언제나, 언제나 파파라치들이 없다는 사실 자체가 큰 보상이었다. 언론이 나를 찾지 못하는 곳에서는 그 무엇도 나를 아프게 할 수 없었다.

그러다가 결국 그들은 나를 찾아냈다. 《더 선》의 한 기자가 가짜 폭탄을 들고 슬그머니 영내로 들어와 돌아다니며 무언가를 입증하려 했다. 무엇을? 아무도 알지 못했다. 《더 선》의 해명에 따르면, 엉터리 폭탄을 든 자사의 기자가 해리 왕자가 위험에 처해 있음을 입증하기 위해 훈련소의 허술한 보안 상태를 노출시키려 했다는 것이었다.

정말 무서운 것은 일부 독자들이 이런 헛소리를 실제로 믿었다는 점이다.

54.

우리는 매일 새벽 다섯 시에 일어나 커다란 물병에 든 물을 강제로 마셔야 했다. 물병은 육군에서 지급한 검정 플라스틱병으로, 보어 전쟁의 유물이었다. 그 속에 든 액체는 마치 일 세대 플라스틱 같은 맛이 났다. 게다가 오줌 맛도. 그것도 따뜻한 오줌 같은. 그래서 꿀꺽꿀꺽 마시고 나면 아침 달리기를 시작하기도 전에 땅바닥에 엎드려 곧바로 토해내는 생도들도 있었다.

그렇게 또 다음날이면 또 똑같은 플라스틱 물병의 오줌 같은 물을 마시고 그 자리에서 게워낸 후에 '구토 후 달리기'에 나섰다.

아, 달리기. 우리는 끊임없이 달렸다. 트랙을 따라 달리고, 길을 따라 달리고, 깊은 숲속으로 달리고, 초원을 가로질러 달리고, 때로는 40킬로그램을 등에 지고 달리고, 또 때로는 통나무를 메고 달렸다. 기절할 때까지 달리고 달리고 또 달렸는데, 달리는 도중에 정신이 나가는 경우도 더러 있었다. 그렇게 정신이 반쯤 나간 채로 드러누웠는데 다리는 여전히 아래위로 움직이고 있었다. 토끼 쫓는 꿈을 꾸며 자는 사냥개처럼.

달리기 중간에 밧줄을 타고 오르거나, 밧줄을 벽에 던지거나, 서로를 향해 부딪치는 훈련도 있었다. 밤이 되면 고통을 능가하는 무언가가 뼛속으로 스며들었다. 매우 심하고 몸서리쳐지는 욱신거림이었다. 이 욱신거림에서 살아남으려면 그 고통으로부터 자신을 분리하는 방법밖에 없었다. 내면을 향해 "그건 내가 아니야."라고 말하는 것으로. 자기로부터 자기를 분리해야 했다. 교관들은 이것도 자신들이 지향하는 목표의 하나라고 말했다. "자기를 죽여야 해."

"그러면 우리 모두가 하나가 될 수 있어. 그러면 우리는 진정한 '한 팀'이 되는 거야."

'자기'를 우선하는 것이 사라지면서 '복무'의 개념이 자리한다고 그들은 말했다.

"소대, 국가, 이런 게 자네들이 아는 전부지, 생도들? 그 정도만 알아도 아주 좋아."

교관들의 말에 다른 생도들이 어떻게 느꼈는지는 모르겠지만, 나는 완전히 빠져들었다. 자기? 나는 내가 가진 무게를 버릴 준비가 충분히 되어 있었다. 신분? 넣어 둬. 자기 자신과 자기 정체성에서 집착하는 사람에게는 이런 경험이 얼마나 가혹할지 짐작할 수 있었다. 나는 달랐다. 나는 천천히, 조금씩 즐기고 있었고, 나 자신의 본성으로 환원되고 불순물은 제거되고 오로지 정수만 남는 그런 느낌이었다.

툴룸빌라에서 경험한 것처럼. 아니 그보다 훨씬 더.

이 모두가 교관들과 영연방으로부터 받은 커다란 축복처럼 느껴졌다. 나는 그 모두를 사랑했다. 밤에는 잠에 빠지기 전에 감사의 인사를 했다.

55.

첫 오 주간의 장교 훈련이 끝나자 교관들도 자세를 누그러뜨렸다. 아주 조금. 더는 그렇게 큰소리도 치지 않았고, 우리를 군인으로 대접했다.

그러나 이제부터는 전투에 대해 배울 시점이었다. 어떻게 수행하고, 어떻게 이기는지. 이 과정에는 사람의 혼을 쏙 빼놓는 지루한 교실 수업도 포함되었다. 그보다 조금 나은 것으로는, 죽임을 당하는 다양한 방식을 모의 연습하는 과정도 있었다.

우리가 CBRN이라고 부르는 용어가 있다. 화학전, 생물학전, 방사능전, 원자전까지 아우르는 용어였다. 보호장구를 착용하고 벗고, 우리를 향해 던져지고 떨어지고 뿌려지는 독극물과 기타 오물을 제거하고 청소하는 방법도 연습했다. 또 수많은 참호를 파서 방독면을 쓰고 태아처럼 웅크리고 누워 요한계시록을 수도 없이 되뇌었다.

어느 날, 교관들이 CS 가스실로 만들어진 벽돌 건물 바깥으로 우리를 집합시켰다. 안으로 들어가라고 명령하고는 가스를 틀었다. 우리는 지시에 따라 방독면을 벗고 쓰고 다시 벗기를 반복했다. 동작이 신속하지 않으면 가스를 입과 폐에 한가득 들이마셔야 한다. 하지만 동작이 항상 재빠를 수는 없기에 누구나 결국은 가스를 마실 수밖에 없다. 이 훈련은 전쟁에 대비하기 위한 것이지만, 내가 느끼기에는 죽음에 대비하기 위한 것이었다. 육군 훈련의 궁극적인 동기는 죽음이다. 죽음을 어떻게 피할 것인지, 또 어떻게 정면으로 맞이할 것인지.

그러므로 우리를 버스에 태워 브룩우드 군인묘지로 데려가서는 묘지 앞에 도열시키고 누군가의 시 낭송을 듣게 하는 과정도 납득이 가고 꼭 필요하다는 생각도 든다.

그때 낭송한 시는 "쓰러진 이들을 위하여(For the Fallen)"였다.

20세기에 가장 잔혹했던 전쟁들로 거슬러 올라가는 이 시에는 여전히 순수의 흔적들이 남아 있다.

그들은 늙지 않을지니,
우리는 그렇게 늙어 가더라도…
They shall not grow old,
As we that are left grow old…

훈련소 초기의 훈련 중에서 시가 불쑥 끼어들고 시가 가미된 것들이 얼마나 되는지 알면 놀랄 것이다. 죽음의 영광, 죽음의 아름다움, 죽음의 필요성, 이런 관념들이 우리가 죽음을 피하는 기술을 배우는 과정에서 우리의 뇌리에 찾아들었다. 때로는 아주 분명하게, 또 때로는 바로 우리의 면전에서. 무리 지어 예배당에 갈 때마다 고개를 들어 돌에 새겨진 문구를 바라보았다.

"조국을 위해 죽는 것은 감미롭고 합당한 일이다."
"Dulce et decorum est pro patria mori."

방랑자였던 고대 로마의 한 시인이 처음 쓴 표현인데, 이후 조국을 위해 순직한 영국의 어느 젊은 군인이 이 표현을 전용했다. 반어적으로 전용된 표현임에도 누구도 우리에게 그 사실을 말해주지 않았다. 그 돌에 새겨질 때는 분명 반어적인 의미는 아니었을 것이다.

나는 역사보다는 시를 조금 더 좋아했다. 그리고 심리학도, 군사전략도. 패러데이 홀과 처칠 홀의 그 딱딱한 의자에 앉아 책을 읽으며 날짜들을 기억하고, 유명한 전투들을 분석하고, 군사전략의 가장 내밀한 개념에 대해 서술하던 그 긴 시간을 떠올리는 것만으로도 아찔한 느낌이 든다. 나에게 이 모두는 결국 샌드허스트에서의 시련이었다. 선택할 수만 있었다면, 장교훈련소에서 오 주 정도 더 있었을 것이다.

그렇게 처칠 홀에서 잠든 적도 여러 번이었다.

"거기, 미스터 웨일스! 졸고 있잖아!"

졸음이 쏟아질 때는 벌떡 일어나 피를 돌게 해야 한다는 충고도 들었다. 하지만 그건 너무 도발적으로 보였다. 서 있는 것 자체만으로도 내가 너무 지루하다는 걸 교관에게 알려주는 꼴이니까. 그랬다가 다음 시험에서 채점할 때 나에 대해 어떤 기분이 들겠는가?

몇 주가 쏜살같이 흘러갔다. 9주차인지 10주차였는지 정확하지 않지만, 아무튼 우리는 총검술을 배웠다. 겨울 아침. 웨일스 캐슬마틴의 들판. 교관들은 머리가 아플 정도로 펑크록 음악을 틀고 음량을 한껏 올리며 우리의 야성적 충동을 부추겼다. 곧이어 우리는 사람 모양의 모래주머니를 향해 달려가 총검으로 높이 찌르고 베며 괴성을 질렀다. 죽여! 죽여! 죽여!

호루라기가 울리며 훈련이 끝났을 때도 몇몇 동료들은 멈추질 못했다. 모래주머니를 계속해서 찌르고 또 찔렀다. 그때 인간의 어두운 본성이 언뜻 스쳤다. 곧이어 우리 모두는 방금 본 것을 보지 않은 척 웃음으로 덮었다.

12주차 아니면 13주차에는 총과 수류탄 훈련이 있었다. 나는 사냥을 꽤 잘했다. 열두 살 때부터 22구경으로 토끼와 비둘기, 다람쥐를 잡았다.

그런데 지금은 더 발전했다.

훨씬 더.

56.

늦여름에는 웨일스로 이동하여 '롱 리치(Long Reach)'라는 이름의 혹독한 훈련을 받았다. 며칠에 걸쳐 십 대 한 명의 몸무게에 해당하는 군장을 등에 메고 황무지를 쉼 없이 걷고 달리는 행군이었다. 설상가상으로, 그 무렵의 유럽은 역사적인 폭염으로 신음하고 있었던 데다 우리가 훈련하기로 정해진 날은 그해의 가장 무더운 날로 더위의 정점을 이루었다.

어느 금요일. 우리는 일요일 밤까지 훈련이 계속될 것이라는 말을 들었다.

토요일 늦은 오후, 강제로 주어진 유일한 휴식 시간에 우리는 군장을 멘 채로 흙길에 드러누워 잠을 잤다. 두어 시간 뒤, 천둥소리와 함께 쏟아지는 빗줄기에 잠을 깼다. 우리 팀은 다섯 명이었는데 모두가 떨어지는 비를 향해 얼굴을 들고 빗방울을 받아 마셨다. 너무 상쾌했다. 하지만 온몸이 젖었다. 그리고 다시 행군을 시작할 시간이 되었다.

흠뻑 젖은 채로 비는 계속 쏟아져, 이제 행군은 전혀 다른 무언가로 변했다. 우리는 투덜거리고, 헐떡거리고, 신음하고, 미끄러졌다. 나의 굳건하던 의지도 점점 무너지는 느낌이었다.

점검을 위해 잠시 멈추었을 때, 발바닥에 불이 나는 느낌이 들었다. 땅바닥에 주저앉아 오른쪽 군화와 양말을 벗었다. 발바닥이 벗겨져 있었다.

옆에 있던 동료가 머리를 가로저었다. "젠장, 더 걷긴 틀렸어."

처참한 기분이었다. 하지만, 솔직히 말해 안도감을 느끼기도 했다. 우리는 시골길에 있었고 근처 들판에는 구급차가 있었다. 구급차를 향해 비틀거리며 걸었다. 가까이 다가서자 의료진이 열려 있는 차량 뒷문으로 나를 끌어올렸다. 그들은 내 발바닥을 유심히 살펴보더니 행군이 어렵겠다고 말했다.

나는 고개를 끄덕이고는 앞으로 푹 고꾸라졌다.

우리 팀은 다시 출발한 준비를 하고 있었다. "안녕, 친구들. 막사에서 보자구."

그런데 그때 우리 교관 한 명이 등장했다. 스펜스 교관. 그가 나에게 할 말이 있다고 했다. 나는 뒷문으로 내려 그와 함께 절뚝거리며 근처의 나무로 향했다.

나무를 등진 채로 그가 조용히 말했다. 그가 나에게 소리치지 않고 말하는 건 몇 달 만에 처음이었다.

"미스터 웨일스. 이제 마지막 고비가 남았어. 이제 남은 거리는 9킬로미터에서 12킬로미터 사이가 전부야. 나도 알아, 잘 알아, 자네 발이 엉망이라는 거. 하지만 여기서 중단하지 말았으면 좋겠어. 난 자네가 할 수 있다는 걸 알아. 자네도 자신이 할 수 있다는 걸 알 거고. 밀어붙여. 그렇지 않으면 절대 자기를 용서할 수 없을 거야."

그렇게 교관은 떠나갔다.

절뚝거리며 구급차로 돌아온 나는 보유하고 있는 산화아연 테이프를 모두 달라고 요청했다. 그 테이프로 발을 칭칭 감고는 군화 안으로 다시 쑤셔 넣었다.

오르막길, 내리막길, 똑바른 길, 나는 고통으로부터 신경을 돌리기 위해 온갖 잡생각을 했다. 개울이 가까워졌다. 얼음장 같은 물이 도움이 되리라 생각했지만, 아니었다. 개울 바닥의 돌들이 내 맨살을 압박하는 고통만 있을 뿐이었다.

마지막 6킬로미터는 내가 이 지구상에서 내디딘 가장 힘든 발걸음이었다. 그렇게 도착 지점을 통과할 때는 안도감에 호흡이 가빠지기 시작했다.

한 시간 뒤 막사로 돌아와서는 모두가 운동화로 갈아 신었다. 그로부터 며칠 동안은 노인들처럼 다리를 질질 끌며 병영 내를 돌아다녔다. 하지만 자랑스러운 노인들처럼.

어느 순간, 나는 절뚝거리며 스펜스 교관에게 다가가서 감사의 인사를 했다. 그는 나에게 살짝 웃어 보이고는 제 갈 길을 갔다.

57.

많이 지치고 조금은 고독함에도 불구하고 나는 환한 느낌을 받았다. 나는 내 삶을 이끌어 가고 있었고, 보고 생각하는 것이 과거 어느 때보다 분명했다. 그건 마치 수도원에 들어가는 사람들이 묘사하는 표현이랑 다를 바 없었다. 모든 것이 환하게 밝아진 느낌이었다.

수사들이 그렇듯이 각 생도들도 자기만의 작은 방을 가졌다. 이 공간은 언제나 청결해야 했다. 우리의 침상은 깔끔하게 정돈해야 하고, 검은색 군화는 덜 마른 페인트처럼 빛이 나야 하며, 야간에 방문은 버팀목으로 항상 열어두어야 했다. 야간에 문을 닫을 수는 있어도 교관들이 언제든 들어갈 수 있고 실제로도 종종 그랬다.

일부 생도들은 심하게 불평했다. "사생활이 없잖아요!"

나는 그 말이 웃겼다. 사생활? 그게 뭔데?

하루의 일과가 끝나면 나는 방에 앉아 군화를 마구 괴롭혔다. 침을 뱉고, 문지르고, 짧은 머리가 비칠 정도의 거울처럼 만들었다. 살아오면 내가 어떤 기관에 소속되든, 늘 첫 번째로 하는 일은 머리부터 처참하게 깎는 거였나 보다. 그다음에는 첼시에게 문자메시지를 보냈다. (경호 문제 때문에 내가 휴대전화기를 보관하는 것은 허용되었다.) 내가 어떻게 지내고 있고, 그녀를 얼마나 그리워하는지 알렸다. 그러고는 여자친구나 남자친구에게 문자메시지를 보내려는 다른 생도들에게 전화기를 빌려주었다.

그다음은 소등.

문제없었다. 더는 어둠이 두렵지 않았으니까.

58.

이제 공식 직함이 생겼다. 나는 이제 해리 왕자로 불리지 않았다. 나는 영국 육군에서 두 번째로 오래된 연대이며 영국 기병대의 일원이며 왕실 근위대인 '블루스 앤 로열스(The Blues and Royals, 왕립 기병근위대)'의 웨일스 소위였다.

그들의 표현으로 '패싱 아웃(passing out, 퇴소)'은 2006년 4월 12일이었다. 이 자리에는 아버지와 카밀라, 할아버지, 티기와 마르코가 참석했다. 물론 할머니도 같이.

할머니는 수십 년 동안 퇴소 열병식에 참석한 적이 없었기 때문에 할머니의 등장만으로도 큰 영광이었다. 내가 행진하며 스쳐 갈 때 할머니는 모두를 향해 미소를 보내주었다.

그리고 형은 경례를 했다. 이제 형도 샌드허스트에 있었다. 동료 생도로서. (형은 대학에 먼저 갔기 때문에 샌드허스트에는 나보다 늦게 입대했다.) 형은 우리가 같은 학교에 다닐 때처럼 형도 평소처럼 행동할 수는 없었고, 나를 모르는 척하거나 또는 반항할 수도 없었다.

짧은 순간이나마 예비용 왕자가 계승자 위에 있었다.

할머니는 부대를 사열했다. 그러다가 나를 발견하고는 말씀하셨다. "오…
안녕!"

나도 미소를 지었다. 얼굴을 붉히며.

'올드 랭 사인' 연주에 이어 퇴소식이 진행되고, 학교 부교장이 자신의 백
마를 타고 올드 칼리지(The Old College) 건물의 계단을 오른다.

마지막은 올드 칼리지에서의 점심 식사였다. 이때 할머니가 멋진 연설도
했다. 날이 저물면서 어른들은 떠나고 진짜 파티가 시작되었다. 진탕 마시
고 목이 터져라 웃는 밤, 내 데이트 상대는 첼시였다. 결국 그렇게 두 번째
로 기절한 밤이었다. 다음 날 아침에는 약간의 두통과 함께 활짝 웃는 얼굴
로 일어났다.

"다음 정류장은," 나는 면도 거울을 향해 말했다. "이라크야."

구체적으로 이라크 남부였다. 우리 부대는 지난 몇 달간 고등 정찰 임무
를 수행해 온 부대와 교체할 예정이었다. 길가의 사제폭탄(IED)과 저격수들
을 끊임없이 피해야 하는 위험한 임무였다. 그달에만 영국군 열 명이, 지난
육 개월 동안 총 마흔 명이 피살당했다.

나는 마음을 가다듬었다. 두렵지 않았다. 단호했다. 열망했다. 전투든 죽
음이든 다른 무엇이든, 또 하나의 전장인 영국에 남는 것보다는 나았다. 그
무렵 신문들은 윌리 형이 첼시인 척하며 나에게 음성메시지를 남긴다는 내
용의 기사를 실었다. 또 내가 샌드허스트 연구 프로젝트와 관련하여 JLP에
게 도움을 요청한 내용도 실었다. 두 기사 모두 이번만큼은 사실이었다. 하
지만 의문스러운 점은, 이처럼 내밀한 개인사를 신문사들이 어떻게 알았느
냐는 것이었다.

편집증에 걸릴 것 같았다. 형도 그랬다. 덕분에 어머니의 이른바 편집증
이란 것에 대해서도 완전히 다른 각도에서 바라보게 되었다.

우리는 최측근들부터 살펴보기 시작했고, 우리가 가장 신뢰하는 친구들
과 그들의 친구들에게도 물었다. 최근에 어떤 사람들하고 대화를 나누었는
지, 누구에게 비밀을 털어놓았는지…. 하지만 누구도 그럴 수 없었기에 의

심하기는 어려웠다. 심지어 경호원들까지 의심했다. 그들은 우리가 늘 믿고 따르는 사람들이었다. (어쨌든, 이제는 나도 공식적으로 경호원이 되었다. 여왕의 경호원이.) 우리에게는 늘 큰형 같은 존재들이었지만, 지금은 그들도 용의선상에 올랐다.

아주 잠깐이지만 마르코도 의심했다. 의심은 독이 되어버렸다. 누구도 여기서 벗어나지 못했다. 나나 형과 아주 가까운 어떤 사람 또는 사람들이 신문에 무언가를 누설하고 있었다. 그러므로 모두가 고려의 대상일 수밖에 없었다.

그나마 다행스러운 것은, 내가 전장이라는 특수한 상황에 있었기 때문에 그 어느 것도 내 일상에 걸림돌이 되지는 못했다고 나는 생각했다.

부디, 명확한 교전 수칙이 존재하는 전장으로 나를 보내주시오!

제2부   피투성이가 되어서도, 굽히지 않은

1.

2007년 2월, 영국 국방부는 바스라 인근 이라크 국경 지대에서 활동하던 경전차 부대에 내가 배치되어 지휘관으로 복무할 것이라고 세상에 알렸다. 공식적인 발표였다. 그렇게 나는 전장으로 향했다.

대중의 반응은 독특했다. 절반의 영국인들은 여왕 막내 손자의 생명을 위험에 빠뜨리는 결정이라며 분노했다. 예비용이든 아니든, 왕족을 전쟁 지역에 보내는 것은 현명하지 못한 처사라고 그들은 말했다. (이런 일이 발생한 것은 25년 만에 처음이었다.)

반면에 나머지 절반은 쾌재를 불렀다. "왜 해리 왕자에게 특별대우를 해야 하는가? 그 청년을 군인으로 훈련시키고 활용하지 않으면 납세자의 돈을 허비하는 꼴이 아닌가?"

"죽으면, 죽는 거고." 그들은 말했다.

적들도 분명히 그렇게 느꼈을 것이다. 이라크 전역으로 내전을 확대하려던 반군조차도 그 청년을 자신들에게 보내라고 말했다. 반군 지도자 중 한 명은 같이 차를 마시기 위한 공식 초대장을 제시했다.

"우리는 젊고 잘생긴 응석받이 왕자가 도착하기를 숨죽이며 기다리고 있다…."

그 반군 지도자는 나를 위한 계획도 있다고 말했다. 나를 납치한 뒤에, 고문과 몸값 요구와 살해 등 무엇을 할지 결정할 것이라고 했다. 하지만 이런 계획과는 완전히 상반되게, 그는 잘생긴 왕자를 '귀 없는' 할머니에게 돌려보낼 것이라고 약속하며 마무리했다.

나는 그 말을 들으며 귓바퀴가 달아오르는 느낌이었다. 갑자기 어린 시절의 기억이 떠올랐다. 한 친구가 가족의 저주를 막거나 바로잡기 위해 내 귀를 수술하여 뒤로 고정하는 게 어떻겠냐고 제안했다. 그때 나는, 단호하게, 거부했다.

며칠 후, 또 다른 반군 지도자가 내 어머니를 거론했다. 그는 나를 향해, 어머니의 모범을 본받아 왕족에서 벗어나야 한다고 말했다. "대영 제국주의자들에게서 벗어나라, 해리!"

"그렇지 않으면," 그가 경고했다. "왕자의 피가 사막으로 흘러들 것이다."

첼시가 이런 말을 들을까 걱정했는데, 우리가 만나기 시작한 후로 줄곧 언론의 괴롭힘을 당한 첼시는 아예 연락 자체를 끊었다. 그녀에게 신문은 아예 존재하지 않았고, 인터넷도 접근 금지였다.

그러나 영국군은 민첩하게 대응했다. 나의 이라크 배치를 발표한 지 두 달이 지났을 때, 육군 참모총장 대넛(Dannatt) 장군은 갑자기 이를 취소했다. 영국 정보부는 반군 지도자들의 공개적 위협 외에도, 내 사진이 이라크 저격수 팀에 배포되었으며 내가 '최우선 저격 목표'라는 지시까지 하달되었다는 정보를 입수했다. 이 저격수들은 최정예 요원들로서 최근에만 여섯 명의 영국군을 쓰러뜨렸다. 따라서 그 임무는 나뿐 아니라 내 옆에 서 있어야 하는 불운한 동료들까지 위험하게 만들 수 있었다. 대넛 장군을 비롯한 많은 사람은 내가 '총알받이'가 될까 우려했다. 그리고 그는 모든 원인이 언론에 있다고 말했다. 나의 배치를 취소하는 공식 성명에서 그는 기자들의 과장 보도와 억측으로 위협 수준을 '악화시켰다'고 맹비난했다.

아버지 사무실에서도 내가 "실망하고 있다"는 내용의 공식 성명을 내놓았다. 이건 사실과 달랐다. 나는 실망 정도가 아니라 완전히 절망했다. 그 소식을 처음 접했을 때, 나는 윈저의 막사에서 내 동료들과 함께 앉아 있었다. 잠시 마음을 가라앉힌 후 그 달갑지 않은 소식을 동료들에게 전했다. 지난 몇 달간 함께 여행하고 훈련하며 진정한 전우가 되었는데, 이젠 나 혼자 남을 상황이었다.

단순히 그들에게 미안한 게 문제가 아니었다. 나는 팀이 걱정되었다. 누군가 내 임무를 대신해야 할 것이고, 나는 그 불안감과 죄책감을 평생 안고 살아야 할 것이다. '우리 전우들이 잘못되면 어떡하지?'

다음 주에는 몇몇 신문이 내가 심한 우울증에 빠졌다고 보도했다. 그런데 한두 신문은 내 배치와 관련된 급작스러운 변경이 나 자신의 결정에서 비롯되었다고 보도했다. 비겁한 말들이 다시 떠돌기 시작한 것이다. 그들은 또다시, 내가 막후에서 상관들에게 결정을 되돌리라고 압박했다고 떠벌렸다.

2.

육군에서 나가는 게 나을는지 심각하게 고민했다. 진정한 군인이 될 수 없다면 군에 남아 있는 게 무슨 의미가 있겠는가?

첼시와도 이 문제로 대화를 나눴다. 그녀도 혼란스러워했다. 한편으로는 안도감을 숨기지 못하면서도, 다른 한편으로는 내가 팀을 위해 남기를 얼마나 간절히 바라는지 잘 알았다. 내가 언론으로부터 얼마나 오랫동안 괴롭힘을 당해왔으며, 이런 내가 발견한 건강한 출구가 육군이라는 사실도 잘 아는 그녀였다.

그리고 나의 특별한 사명감에 대해서도 첼시는 누구보다 잘 알았다.

형과도 이야기했다. 형도 복잡한 감정이기는 마찬가지였다. 무엇보다 형은 같은 군인으로서 공감했다. 그러면 형제로서는? 경쟁심 강한 형으로서는? 형으로서는 이처럼 뒤바뀐 상황들에 대해 완전한 유감을 표명할 수는 없었다.

살아가면서 형과 내가 계승자와 예비용 왕자라는 무의미한 관계에 대해 이러쿵저러쿵하는 일은 거의 없었다. 하지만 불현듯 이런 생각이 들 때도 있었다. 어느 수준에서는 이런 일이 형에게 아주 중요할 수도 있겠다는 것을 말이다. 직업적으로, 또 개인적으로도 형은 내가 어디에서 무엇을 하고 있는지 신경을 써야 했다.

어느 구석에서도 위안을 얻지 못한 나는 보드카와 레드불을 찾아다녔다. 그리고 진토닉도. 이 무렵에는 술집과 클럽과 하우스 파티에서 새벽까지 들락거리는 모습이 사진에 많이 찍혔다.

일어나자마자 타블로이드 일 면에 실린 내 사진을 보는 일은 결코 유쾌하지 않았다. 그보다 더 참기 어려운 것은 사진이 찍힐 때의 그 소리였다. 어깨너머나 등 뒤에서, 또는 주변 시야에서 들려오는 그 소름 끼치는 찰칵 소리는 늘 나를 자극하고 심장박동을 솟구치게 했다. 하지만 샌드허스트 이후로 그 소리는 빈 총의 격발 소리나 숨어 있던 칼날이 튕겨 나올 때의 소리처럼 들렸다. 게다가 나를 더 힘들고 하고 더 큰 충격을 안기는 것은 눈부신 플래시 불빛이었다.

'그래 좋아.' 나는 생각했다. 군은 나로 하여금 위협을 인지하고, 위협을 감지하고, 위협에 맞서 흥분하도록 만들어 놓고, 지금은 나를 내팽개치려 하고 있었다.

나는 정말로 어려운 상황이었다.

파파라치들도 어떻게든 알아냈다. 이 무렵에는 나를 자극할 목적으로 카메라로 일부러 나를 때렸다. 나의 앙갚음을 기대하며 일부러 스치듯 건드리고, 손바닥으로 찰싹 때리고, 밀치고, 심지어 그냥 세게 쥐어박기도 했다. 내가 반응을 보여야 더 좋은 사진이 나오고, 그래야 주머니에 더 많은 돈이 들어오기 때문이다. 2007년에는 나를 찍은 스냅사진이 약 삼만 파운드에 거래되었다. 아파트 계약금 수준으로. 그러면 내가 공격적인 행동을 하는 사진은 어땠을까? 아마도 교외 저택의 계약금 수준은 되었을 것이다.

한번은 내가 휘말렸던 주먹다짐 사건이 뉴스에 크게 보도된 적이 있었다. 내 코가 퉁퉁 부었고 경호원도 멍이 들었다. "파파라치들을 부자로 만드셨네요, 해리! 좋아요!"

좋냐고? "천만에." 내가 말했다. "좋을 리가 있나요."

파파라치들은 평소에도 기괴한 사람들이지만 내가 성장기로 접어들 때는 더욱 심해졌다. 그들의 눈빛과 몸짓 언어를 보면 누구나 알 수 있었다. 그들은 더욱 대담해지고 더욱 급진적으로 변했다. 마치 이라크의 젊은이들이 급진적으로 변모해 온 것처럼. 그들의 대장은 편집장들로, 어머니의 사망 이후 더 주의하겠다고 맹세한 바로 그 사람들이었다. 그때 편집장들은 다시는 사진사들이 사람들을 쫓지 않도록 하겠다고 공개적으로 약속했지만, 십 년이 지난 지금은 예전의 방식으로 되돌아갔다. 자사의 사진사들을 더는 직접 보내지 않는다며 합리화했지만, 그 대신에 파파라치 에이전시와 계약을 맺고 에이전시에서 사진사들을 내보내는 방식으로 전환했다. 과거와 다를 게 뭐란 말인가! 지금도 편집장들은 왕족을 포함하여 유명하거나 뉴스 가치가 있는 불운한 사람들을 쫓아다니도록 청부업자들을 부추기고 보상도 후하게 한다.

그런데 아무도 개의치 않는 것 같았다. 런던에서 클럽을 나서다가 스무 명 정도의 파파라치들에게 둘러싸인 적이 있었다. 그들은 나를 둘러싸더니 내가 탄 경찰차까지 에워쌌다. 모두가 얼굴에 축구 스카프를 하고 머리에도 두건을 둘렀으며 테러범들 복장을 하고는 보닛 위로 몸을 던지기도 했다. 내 인생에서 가장 무서운 순간에 나는 깨달았다. 아무도 나에게 신경 쓰지 않는다는 것을. "치러야 할 대가야." 사람들이 이런 말을 했는데 나는 그 의미를 전혀 알아차리지 못했다.

무엇을 위한 대가라고?

경호원 중에 특히 절친한 사람이 있었다. 빌리(Billy). 나는 그를 '돌덩이 빌리(Billy the Rock)'라고 불렀다. 그만큼 체격이 단단하고 믿음직스러웠다. 한번은 군중 속에서 누군가 나에게 던진 수류탄을 향해 그가 몸을 던졌다. 다행히 수류탄은 진짜가 아니었다. 나는 앞으로는 파파라치들을 밀치며 자극하지 않겠다고 빌리에게 약속했다. 하지만 그들의 매복 속으로 순순히 들어갈 수도 없었다. 그래서 내가 빌리에게 말했다. "클럽을 떠날 때 나를 차 트렁크에 태워요, 빌리."

빌리는 동그래진 눈으로 나를 쳐다보았다. "정말이에요?"

"그 사람들과 맞서고픈 유혹을 피하려면 그 방법밖에 없어요. 그러면 나를 통해 돈을 벌기도 어려워질 테고."

서로에게 이득인 방법이었다.

나는 어머니도 이 방법을 써먹었다는 말은 빌리에게 하지 않았다.

그 뒤로 우리 사이에 아주 독특한 일상이 만들어졌다. 2007년에 술집이나 클럽을 나설 때면, 뒷골목이나 지하 주차장에서 차를 대고 내가 트렁크에 들어가면 빌리가 문을 닫았다. 어둠 속에서 가슴에 손을 얹고 누워 있으면 빌리와 다른 경호원들이 집까지 나를 수송했다. 관 속에 들어가 있는 느낌이었지만, 개의치 않았다.

3.

어머니의 사망 10주기를 추모하기 위해 윌리 형과 내가 콘서트를 기획했다. 수익금은 어머니가 평소에 아끼던 자선단체들과 내가 막 시작한 새로운 자선단체인 센테발레(Sentebale)에 전달될 예정이었다. 이 단체의 설립 취지는 이랬다. "레소토에서, 특히 어린이들의 HIV(인간 면역결핍 바이러스)에 맞서 싸운다." (센테발레(Sentebale)는 어머니가 좋아하던 '물망초'의 세소토(Sesotho)어 단어다.)

콘서트를 준비하는 내내 형과 나는 무덤덤하게 일했다. 이건 일이었다. 추모일을 맞이했고, 이 일을 해야 했고, 할 일이 엄청나게 많았고, 그게 전부였다. 공연장은 충분히 넓어야 했고(웸블리 스타디움), 입장권 가격은 적당해야 했고(45파운드), 연예인들은 A급이어야 했다(엘튼 존, 듀란 듀란, P.디디). 공연 당일 밤, 무대 뒤에 서서 그 모든 이들의 얼굴을 바라보며, 그 고동치는 에너지와 어머니를 향한 울적한 사랑과 그리움을 느끼며 우리 둘은 주저앉고 말았다.

이윽고 엘튼 존이 무대로 걸어 나갔다. 그가 그랜드 피아노 앞에 앉자 공연장은 미친 듯이 열광했다. 나는 그에게 "바람 속의 촛불(Candle in the Wind)"을 부탁했지만, 그는 거절했다. 분위기가 너무 가라앉을까 우려해서다. 대신에 그는 "당신의 노래(Your Song)"를 선택했다.

내가 써 내려간 이 가사들이

당신 마음에 들었으면 좋겠어요

당신이 세상에 있어 삶은 너무나 아름다워요

I hope you don't mind

That I put down in words

How wonderful life is while you're in the world

그는 아름다운 추억에 휩싸인 듯 미소 띤 얼굴로 경쾌하게 노래했다. 형과 나도 같은 에너지를 받으려 했지만, 그 순간 대형 화면에 어머니의 사진이 번갈아 등장했다. 하나하나가 더욱 찬란하게. 주저앉아 있던 우리도 벅찬 감동에 휩싸였다.

노래가 끝나자 엘튼 존이 벌떡 일어나서는 우리를 소개했다. "윌리엄 왕자 전하, 해리 왕자 전하!" 지금껏 듣지 못한, 귀가 먹먹할 정도로 큰 박수가 쏟아졌다. 길거리에서, 폴로 경기에서, 퍼레이드에서, 오페라에서, 수없이 많은 박수를 받았지만 이렇게 동굴처럼 소리가 울리는 곳에서 이렇게 열렬한 박수를 받은 적은 처음이었다. 형이 앞서고 나도 뒤따라 무대로 나갔다. 우리 둘 다 학교 댄스파티에 가는 것처럼 블레이저코트에 오픈 셔츠를 입고 있었다. 둘 다 심하게 긴장했다. 어떤 주제에 대해서든, 특히 어머니라는 주제에 대해서라면 더더욱 우리 둘 다 공개적인 연설에 익숙지 않았다. (사실 어머니와 관련해서는 사적인 대화조차도 쉽지 않았다.) 그런데 6만 5천 명의 관객과 전 세계 140개 국가에서 5억 명이 생방송으로 지켜본다고 생각하니 온몸이 마비되는 듯했다.

우리가 사실상… 아무 말도 하지 않은 이유도 아마 거기에 있었을 것이다. 지금 그 비디오를 보아도 무척 놀랍다. 그 속에는 어머니에 대해 설명하고, 더 깊이 파고 들어가 어머니의 진정한 모습을 세상에 상기시킬 표현을 찾아내고, 천 년에 한 번쯤 있을 법한 마법(어머니의 소멸)에 대해서도 설명할 수 있는, 그런 순간도 있었다. 하지만 우리는 그러지 않았다. 아주 거창한 추모까지는 아니더라고, 아주 작고 개인적인 경의의 표현은 어땠을까?

우리는 그런 표현조차도 하지 않았다.

아직도 너무 부담스러웠고, 너무 노골적인 듯했다.

내가 유일하게 했던 말은 가슴에서 우러난 진심이었다. 바로 우리 팀을 위한 외침이었다. "나는 이 기회를 빌려 바로 이 순간에도 이라크에서 복무하고 있는 왕실기병대, A 기병대대 전우들 모두에게 인사를 전합니다. 여러분과 함께하기를 간절히 바랍니다. 당장은 함께하지 못해 죄송합니다. 하지만 여러분과 바로 이 순간에도 작전 중인 모든 분들께 우리 두 사람이 꼭 말씀드리고 싶습니다. 부디 조심하세요!"

4.

며칠 뒤, 나는 첼시와 함께 보츠와나에 있었다. 우리는 티즈와 마이크도 만나러 갔다. 아디도 거기 있었다. 내 인생에서 특별한 네 사람이 처음으로 한곳에 모였다. 마치 첼시를 집으로 데려와 아버지와 어머니, 형에게 인사시키는 느낌이었다. 누구나 겪는, 살아가면서 중요한 순간.

다행히 티즈와 마이크, 아디 모두 첼시를 마음에 들어했다. 그리고 첼시도 그들이 얼마나 특별한 사람들인지 곧 이해했다.

어느 오후, 모두가 산책 준비를 하고 있을 때 티즈가 나에게 잔소리를 했다.

"모자 가져와!"

"네, 네."

"그리고 자외선 차단제! 듬뿍, 많이! 스파이크, 그 연한 피부가 다 타버릴 거야!"

"알았어요, 알았어요."

"스파이크~."

"네~ 엄마!"

나도 모르게 그 소리가 튀어나왔다. 내가 한 소리를 내가 듣고, 그 자리에 멈췄다. 티즈도 그 소리를 듣고 멈췄다. 하지만 나는 수정하지 않았다. 티즈는 놀란 표정이면서도 감동받았다. 나도 마찬가지였다. 그 뒤로 나는 그녀를 늘 엄마라고 불렀다. 기분이 좋았다. 우리 둘 다. 다만 한 가지 짚고 넘어가자면, 나는 그녀를 'Mum(친엄마에게 쓰던 호칭)'이 아니라 'Mom'으로 불렀다.

내 엄마(Mum)는 단 한 사람뿐이니까.

대체로 행복하게 지낸 시간이었다. 하지만 미묘한 긴장감도 늘 있었다. 그 이유는, 생각할 것도 없이 내가 술을 너무 많이 마시는 것 때문이었다.

한번은 첼시와 내가 보트를 타고 강을 오르내렸는데, 내 기억에 가장 선명하게 남은 것은 서든 컴포트(Southern Comfort) 위스키와 삼부카(Sambuca) 리큐르였다. (낮에는 삼부카 골드, 밤에는 삼부카 블랙으로.) 얼굴을 베개에 파묻은 채로 아침에 잠에서 깨었는데 머리가 목이 따로 노는 듯했던 기억이 난다. 나는 분명 즐겁게 지냈다. 하지만 전장에서 소대원들을 이끌지 못하는 분노와 죄책감을 늘 안고 견뎌야 했다. 게다가 제대로 견뎌내지도 못했다. 첼시와 아디, 티즈와 마이크는 아무 말도 하지 않았다. 어쩌면 아무것도 눈치채지 못했을 수도 있다. 그 모두를 아닌 척하고 위장하는 데는 내가 일가견이 있었으니까. 겉으로 보기에 내 음주는 그저 즐기기 위한 음주처럼 보였을 것이다. 나 자신에게도 늘 그렇게 말했고. 하지만 마음속 깊은 어딘가에서는, 알고 있었다.

무언가 달라져야 했다. 이렇게 지내서는 안 된다는 걸 나도 알고 있었다. 그래서 영국으로 돌아오자마자 내 지휘관인 에드 스미스-오스본(Ed Smyth-Osbourne) 대령과의 면담을 요청했다.

나는 에드 대령을 존경했고, 그에게 매료되었다. 그는 다른 남자들과는 달랐다. 말이 나왔으니 하는 말이지만, 그는 지금껏 내가 만난 어떤 사람과도 달랐다. 기본 성분부터 달랐다. 쇳조각들, 쇠로 된 털, 사자의 피로 만들어진 사람 같은. 외모도 달랐다. 얼굴은 말처럼 길쭉해도 말처럼 부드럽지는 않았고 두 볼에는 특이한 털 뭉치가 있었다. 눈은 크고 조용했으며 지혜와 금욕의 힘을 담은 듯했다. 이와 대조적으로 나의 눈은 오카방고에서의 방탕함으로 인해 아직도 충혈되어 있었고, 그의 환심을 사려는 말을 늘어놓는 중에도 내 시선은 사방을 헤맸다.

"대령님, 작전에 다시 참여하거나 아니면 육군에서 나가야 할 것 같습니다."

에드 대령이 내 으름장을 믿었는지는 분명치 않다. 나 역시도 확실치 않았으니까. 그렇더라도 정치적으로, 외교적으로, 전략적으로 그가 나의 요청을 완전히 무시하기는 어려웠다. 군에서 왕자의 존재는 커다란 홍보 자산이며 강력한 모병 수단이었다. 게다가 내가 군을 완전히 벗어나면 상관이 그를 비난할 것이고, 그 위의 상관도 그럴 것이며 그렇게 계속 위계질서에 영향을 미칠 것을 그도 무시하기 어려웠다.

다른 한편으로 그날 나는 에드 대령의 여러 모습에서 진정한 인간미를 느꼈다. 그는 알았다. 군인으로서 그는 나에게 연민을 느꼈다. 쓰레기 같은 생활에서 나를 구제할 수 있다는 생각에 깊은 관심을 보였다. 정말로 나를 돕고 싶어 했다.

"해리, 방법이 있을 수도 있어."

이라크는 이제 영원히 논외라고 그는 말했다. "안타깝지만, 그 문제는 다른 대안이 없어."

"그러나 어쩌면," 그가 말을 이었다. "아프가니스탄이 대안이 될 수도 있어."

나는 눈을 껌뻑이며 물었다. "아프가니스탄이요?"

어찌 보면 '더 안전한 선택'이 될 수 있다고 그는 중얼거렸다.

"그래… 더 안전한…."

이게 도대체 무슨 황당한 소리지? 아프가니스탄은 이라크보다도 더 위험한 세상이었다. 당시에는 칠천 명의 영국군이 아프가니스탄에 주둔했는데, 그들은 2차 세계대전 이후 가장 치열한 교전 상황에 처할 때가 자주 있었다.

하지만 지금 나랑 대화하는 사람이 누구인가? 에드 대령이 안전하다고 생각한다면, 그래서 나를 그곳으로 보내고 싶어 한다면, 나도 좋았다.

"아프가니스탄에서는 제가 어떤 보직을 맡을 수 있죠, 대령님?"

"FAC. 전방항공통제관."

나는 눈을 끔벅거렸다.

매우 인기 있는 보직이라고 그가 설명했다. 전방항공통제관은 모든 항공 전력을 조율하고 지상 병력을 지원하며 공급을 요청하는 임무를 수행한다. 이외에도 인명 구조, 항공 응급 수송 등 기본 임무의 종류도 다양하다. 새롭게 등장한 보직은 아니지만, 전투의 양상이 바뀌면서 이 역할의 중요성이 더욱 부각되고 있었다.

"왜 그렇죠, 대령님?"

"잔인한 탈레반이 곳곳에 숨어 있기 때문이지! 없는 곳이 없어!"

"자네가 그들을 찾기는 어려울 거야." 대령이 말했다. 지형이 워낙 험한 데다 너무 외진 지역이었다. 산과 사막에는 터널과 동굴이 벌집처럼 도사리고 있었다. 산양을, 아니면 유령을 사냥하는 것처럼 탈레반을 찾아내기는 어려웠다. 그래서 높은 공중에서 지상을 샅샅이 주시하는 새의 눈을 가져야 했다.

탈레반은 공군이 없고 한 대의 비행기도 없었기 때문에 그나마 다행이었다. 우리 영국은 미국과 함께 공중을 장악했다. 통제관은 그 이점을 최대한 활용하도록 돕는다.

정찰 중인 비행 중대에서 주변의 위협 요소에 대한 정보를 원한다고 가정하자. 이때 통제관은 드론과 전투기 조종사, 헬리콥터, 자신의 최첨단 노트북 등 다양한 대상들과 협력하여 360도의 전장 영상을 구축한다.

동일 비행 중대가 갑자기 공격받는 상황도 가정해 보자. 통제관은 아파치 헬리콥터, 토네이도 전투기, 미라지 전투기, F-15, F-16, A-10 등으로 구성된 메뉴 중에서 그 상황에 가장 적합한 최적의 항공기에 지시하여 적진으로 유도한다. 통제관은 최첨단 하드웨어를 운용함으로써 적군의 머리 위뿐 아니라 적진을 중심으로 왕관 모양으로 폭탄을 쏟아붓는다.

이어서 그는, 전방항공통제관들은 호크(Hawk) 전투기에 올라 하늘을 누비는 경험을 하게 된다고 했다.

에드 애령의 설명이 끝나자 나는 군침을 흘렸다. "전방항공통제관이 딱이네요, 대령님. 언제 떠나면 되죠?"

"서두를 것 없어."

전방항공통제관은 모두가 선망하는 보직이었다. 모두가 그 자리를 원했다. 그래서 준비도 필요했다. 대단히 복잡한 임무이기도 했다. 모든 기술과 책임을 수행하려면 상당히 많은 훈련이 필요했다.

"가장 우선적으로," 대령이 말했다. "어려운 자격 과정부터 통과해야 해."

"어디에서요, 대령님?"

"영국 공군 리밍 기지(RAF Leeming)에서."

"요크셔 데일즈에 있는… 곳에서요?"

5.

초가을이었다. 돌담, 조각조각 나뉜 들판, 초록의 비탈면에서 풀을 뜯는 양 떼. 인상적인 석회암 절벽과 울퉁불퉁한 바위들, 그리고 돌 더미. 사방으로 펼쳐진 보랏빛의 아름다운 광야. 바로 서편에 있는 레이크 디스트릭트(Lake District)*보다는 덜 유명하지만, 그 풍경은 여전히 놀라웠고 영국 역사 속의 위대한 예술가들에게 영감을 주기에 충분했다. 대표적인 인물인 워즈워스(Wordsworth). 학교에서 그 노신사의 시를 읽는 일은 요령껏 피했지만, 이처럼 아름다운 광경을 바라보며 시간을 보낸 시인이라면 대단히 뛰어날 수밖에 없으리라.

---

* 영국 북서부의 호수 지대, 국립공원.

이런 광경이 내려다보이는 절벽 위에 서서 그 아름다움을 애써 지우려는 건 신성모독처럼 느껴졌다.

물론 그조차도 거짓된 지우기에 불과하겠지만. 실제로 나는 단 하나의 계곡에 대해서도 과장하지 않았다. 하지만 하루가 끝날 무렵에는 그랬다는 느낌을 피할 수 없었다. 나는 파괴의 미학을 배우고 있었는데, 가장 먼저 처음 배운 것은 '파괴도 부분적으로는 창조'라는 것이었다. 파괴는 상상으로 시작된다. 무언가를 파괴하기 전에 파괴된 모습을 상상해 봄으로써, 나는 이 계곡 지대를 안개 낀 지옥의 풍경으로 멋지게 그리고 있었다.

훈련은 매일 똑같았다. 새벽에 일어나 오렌지주스 한 잔과 오트밀 죽 한 그릇, 영국식 조식 정식, 그리고 들판으로 향하기. 첫 햇살이 지평선 너머로 쏟아질 때 나는 항공기와의 대화를 시작한다. 기종은 주로 호크(Hawk). 항공기는 5~8해리쯤 떨어진 최초 진입지점(IP)에 도달하면 내가 목표와 항로 신호를 보낸다. 항공기는 방향을 바꿔 움직인다. 나는 다양한 육상 지표(Landmark)를 활용하여 공중으로, 저 건너 지역으로 정보를 전달한다. 육상 지표로는 L자 모양의 숲, T자 모양의 제방, 은색 창고 등이 있었다, 육상 지표를 선정할 때는 큰 것에서 시작하여 중간 크기를 거쳐 작은 것의 순서를 따르라고 훈련받았다. 세상을 다층구조로 상상하라는 말과 함께.

"다층구조라고요? 제가 처리할 수 있을 것 같습니다."

내가 육상 지표를 보낼 때마다 조종사는 이렇게 회신했다. "확인."

또는 "시야 확인."이라고 했다. 나는 이 말이 좋았다.

그 속의 운율과 시상과 사색적 말투 모두가 좋았다. 그리고 이 훈련 속에 담긴 깊은 의미도 찾아냈다. 이따금 생각했다. '이건 전부 게임이야, 그렇지 않아? 내가 보는 대로 사람들이 세상을 바라보도록 하고 있지? 게다가 본 것을 전부 다시 나에게 말하게 하고 말이야?'

일반적으로 조종사들은 150미터 정도의 마치 동트는 해와 같은 고도로 비행하는데, 가끔은 내가 더 낮게 날려 시야에 갑자기 튀어나오게 만들기도 한다. 내 지시에 따라 음속으로 비행하던 조종사는 조종간을 당기며 45도 위를 향해 사격을 한다. 그러면 내가 새로운 지시 사항을 잇따라 상세하게 알린다. 정점까지 상승한 조종사는 날개를 돌리며 수평 상태를 이루다가 곧바로 반중력가속도를 느끼기 시작한다. 이때 조종사는 내가 방금 그린 그림 속의 세상을 바라보며 급강하한다.

조종사가 갑자기 소리쳤다. "표적 일치!" 이어서, "모의 사격!"

그러면 내가 답한다. "모의 임무 완료!"

말하자면 그의 폭탄은 공중으로 녹아드는 군인정신이었다.

그리고 나서 나는 가상의 폭발에 집중하며 기다렸다.

그렇게 몇 주가 쏜살같이 지나갔다.

6.

전방항공통제관(FAC) 훈련을 받은 나는 이제 전투 준비를 갖춰야 했다. 그러기 위해서는 스물여덟 가지의 다양한 전투 '통제법'을 터득해야 했다. 통제란 기본적으로 항공기와의 상호작용이었다. 각각의 통제법은 하나의 시나리오이며 작은 연극이라고 할 수 있었다.

예를 들어 두 대의 항공기가 우리의 공역으로 들어온다고 가정하자. "안녕하십니까, 여기는 듀드 제로 원과 듀드 제로 투. 우리는 F-15s 한 쌍으로 PGM(정밀유도병기) 두 발과 JDAM(합동직격탄) 한 발을 장착하고 있으며, 작전 시간은 90분, 현재 비행고도 150으로 귀하의 위치에서 동쪽으로 2해리 거리에서, 연락을 기다리고 있습니다."

나는 조종사들의 말을 정확하게 알아듣고 그들의 용어로 정확하게 대응하는 방법을 알아야 했다.

아쉽지만 나는 일반적인 훈련 지역에서 이런 내용을 수행할 수 없었다. 솔즈베리 평원 같은 일반 지역은 지나치게 개방되어 있었다. 누군가 나를 알아보고 언론에 일러바치면 곧바로 내 얼굴이 표지를 장식하고, 그러면 나는 처음으로 되돌아가야 했다. 그래서 에드 대령과 나는 외딴 장소에서 통제법을 배우기로 했다.

이를테면… 샌드링엄 별장 같은 곳에서.

이 생각을 떠올리며 우리는 함께 미소를 지었다. 그리고 웃음을 터트렸다. 해리 왕자가 스스로 전투 준비를 할 것이라고 누구나 생각할 수 있는 최적의 장소, 할머니의 영지.

나는 샌드링엄 근처의 작은 호텔에 숙소를 마련했다. 나이츠 힐(Knights Hill) 호텔. 평생 알고 지낸 곳으로, 그 앞을 지나친 횟수만 백만 번도 넘을 것이다. 크리스마스에 할머니를 방문할 때면 우리의 경호원들이 늘 이곳에서 묵었다. 스탠다드룸에서, 백 파운드에.

여름이면 나이츠 힐이 조류 전문가들과 결혼식 파티에 온 사람들로 북적대곤 했다. 하지만 이 무렵인 가을에는 주로 비어 있었다.

호텔과 연결된 술집의 노부인만 아니었다면 내 사생활이 더 짜릿하고 완벽했을 것이다. 노부인은 내가 지나갈 때마다 눈을 부릅뜨고 나를 바라보았다.

혼자서, 아는 사람이고는 거의 아무도 없이, 내 존재는 흥미로운 과제 하나에 수렴되었고 이런 현실이 너무도 만족스러웠다. 저녁에 첼시에게 전화했을 때는 이런 말을 하지 않으려 했지만, 나에게는 도저히 숨길 수 없을 만큼 큰 행복이었다.

힘들었던 대화가 기억난다. "우린 뭘 하는 거지? 뭘 향해 가고 있는 거야?"

내가 자기를 아낀다는 걸 첼시도 알고 있었다. 하지만 그녀는 자기 존재가 희미하다고 느꼈다. 내가 보이지 않으니까.

내가 얼마나 전장에 가고 싶어 하는지 첼시는 잘 알았다. 그런 그녀이기에 내가 잠시 멀어진다고 해도 당연히 이해해 주지 않을까? 그런데 나는 깜짝 놀랐다.

나는 이것이 내가 해야 하는 일이고, 평생에 걸쳐 하고 싶어 했으며, 내 마음과 영혼을 다 바쳐서 해야 한다고 설명했다. 그 때문에 다른 것 혹은 다른 사람에게로 향할 마음과 영혼이 조금 줄어든다면, 그건 물론… 미안한 일이지만.

7.

아버지는 내가 나이츠 힐에서 지내고 있고 여기서 무엇을 하는지 알고 있었다. 그리고 꽤 오래 머무를 목적으로 샌드링엄으로 향했다. 하지만 내가 있는 곳을 찾지는 않았다. 나를 성가시게 하지 않으려는 듯했다.

결혼하고 두 해가 지났지만, 아버지는 여전히 신혼이었다.

그러던 어느 날, 하늘을 바라보던 아버지의 눈에 타이푼 항공기가 방파제를 따라 낮게 날아가는 모습이 보였고, 분명히 나일 것이라고 추측했다. 그래서 서둘러 당신의 아우디 승용차를 몰고 나에게로 향했다.

아버지는 습지에서 사륜 오토바이를 타고서 몇 킬로미터 떨어진 위치의 타이푼 항공기와 교신하는 나를 발견했다. 머리 위 공중으로 타이푼이 나타나기를 기다리며 아버지와 짧은 대화를 나눴다. 아버지는 내가 새로 맡은 임무를 잘 해내고 있는 모습을 보고 반갑다고 말했다. 무엇보다, 내가 열심히 일하는 모습을 직접 볼 수 있어 더더욱 흡족해했다.

아버지는 늘 일을 하는 분이었다. 노동의 가치를 믿는 분이었다. 누구나 일을 해야 한다는 말을 자주 했다. 이 행성을 구하기 위해 누구보다 열심히 노력하는 아버지에게 일은 하나의 종교와도 같았다. 언론이 부화뇌동하여 잔인하게 조롱하는데도 아버지는 절대 꺾이지 않고 기후 변화의 위험을 대중에게 경고하기 위해 수십 년 동안 싸워왔다.

늦은 밤, 형과 나는 파란색 우편물이 산더미처럼 쌓인 책상 앞에 있는 아버지의 모습을 수없이 보았다. 모두 아버지의 서신이었다. 책상에 엎드려 잠든 아버지를 발견한 것도 여러 번이었다. 어깨를 흔들어 아버지를 깨웠더니 이마에 떡하니 종이 한 장을 붙인 채 몸을 일으켰다.

아버지는 일의 중요성과 더불어 비행의 마법도 추앙하는 분이었다. 헬리콥터 조종사 출신인 탓에 내가 늪지 평원 위를 무서운 속도로 날아가는 제트기를 조정하는 모습을 보는 걸 특히 좋아했다. 나는 울버튼의 훌륭한 시민들이 아버지의 이런 열정을 공유하지 못하는 게 안타깝다고 말했다. 10톤도 더 되는 제트기가 기와지붕 바로 위를 굉음을 내며 날아가는 광경은 결코 사람들의 환호를 유도하지 못했다. 영국 공군 마햄 기지(RAF Marham)에는 십여 건의 시민 청원이 접수되었다. 애초에 샌드링엄이 비행 금지 구역으로 설정된 탓이다.

청원 내용은 모두가 이랬다. "전쟁 난 줄 알았잖아요."

나를 아버지를 보고만 있어도 좋았고, 아버지의 자부심을 느낄 수 있어서 좋았고, 아버지의 칭찬에 의욕도 생겼지만, 곧 하던 일로 돌아가야 했다. 한창 통제하던 중에 타이푼을 향해 잠시 기다려달라고 부탁할 수는 없었다.

"오, 그래. 사랑하는 아들, 어서 가 봐."

아버지는 차를 몰고 떠났다. 아버지가 길을 따라 내려갈 때 나는 타이푼을 향해 말했다. "신규 표적 등장. 회색 아우디. 내 위치에서 남동쪽 길을 따라 주행 중. 동서쪽의 대형 은색 창고 방면으로."

타이푼은 아버지를 추적했고, 아우디 바로 위를 저공으로 지나가는 바람에 창문이 박살 날 뻔했다.

그래도 아버지를 살려는 드렸다! 내 지시에 따라.

대신, 계속된 포격으로 은색 창고는 산산조각이 났다.

8.

잉글랜드는 2007년에 열린 럭비 월드컵에서 준결승까지 진출했다. 누구도 예측하지 못한 결과였다. 이번에는 아무도 잉글랜드 전력이 뛰어나다고 믿지 않았는데, 이제는 바야흐로 우승을 목전에 두고 있었다. 나를 포함하여 수백만의 영국인들이 럭비 광풍에 휩싸였다. 그래서 10월의 준결승 경기에 초대받았을 때 나는 조금도 망설이지 않았다. 곧바로 가겠다고 대답했다.

거기에 더해서 그해 준결승이 열리는 곳은 내가 아직 한 번도 가본 적이 없는 도시, 파리였다. 월드컵 조직위원회에서는 나에게 운전사까지 제공했는데, 그 빛의 도시에서 보내던 첫날 밤에 나는 운전사에게 어머니가 …한 터널을 아느냐고 물었다.

그의 눈이 휘둥그레지는 모습을 나는 뒷좌석에서 룸미러로 바라보았다.

친절하고 정직해 보이는 얼굴의 아일랜드 출신 운전사였는데, 나는 그가 무슨 생각을 하는지 쉽게 읽을 수 있었다. '뭐야 도대체? 이러려고 일을 맡은 게 아닌데.'

"이름이 '알마다리(Pont de l'Alma) 터널'이라고 들었는데요." 내가 운전사에게 말했다.

"네, 네." 그도 알고 있었다.

"거기를 지나가 보고 싶네요."

"터널을 통과하고 싶다고요?"

"정확히, 시속 65마일(약 105킬로미터)로요."

"65마일요?"

"네."

시속 65마일은 사고 당시에 경찰에서 추정한 어머니 차의 정확한 속도였다. 원래 언론에서 제시했던 시속 120마일(약 193킬로미터)은 엉터리였다.

운전사가 조수석으로 고개를 돌렸다. '돌덩이 빌리'가 고개를 끄덕였다. "가봅시다." 빌리는 운전사를 향해, 만약 우리가 부탁한 사실을 다른 누군가에게 폭로한다면 우리가 그 사람을 찾아 혹독한 대가를 치르게 할 것이라는 말도 덧붙였다.

운전사는 무거운 표정으로 고개를 끄덕였다.

8월의 그날, 우리는 늘어선 차들을 헤치며 어머니와 남자친구가 마지막 식사를 한 리츠 호텔을 지나쳐 빠르게 나아갔다. 마침내 터널 입구에 이르렀다. 우리는 계속 직진하며, 어머니가 탄 메르세데스의 차선 이탈을 야기했다고 추정되는 터널 입구의 과속방지턱을 지나갔다.

그런데 과속방지턱은 아무것도 아니었다. 있는지조차 거의 느끼지 못할 정도였다.

차가 터널로 진입할 때 나는 앞으로 몸을 숙여 전방의 불빛이 싱싱한 오렌지색처럼 변하는 모습과 콘크리트 기둥들이 깜빡이듯 빠르게 스치는 모습을 지켜보았다. 기둥의 개수를 헤아리고 내 심장박동 수도 헤아리는데, 몇 초도 채 지나지 않아 터널 반대편으로 나왔다.

등받이에 다시 기대어 앉았다. 그리고 조용히 물었다. "이게 다예요? 이건… 아무것도 아니잖아요. 그냥 똑바른 터널이네요."

나는 그 터널이 원래부터 위험한 길일 거라고 생각했는데, 실제로는 그냥 짧고 단순하며 아무 문제도 없는 터널이었다.

"이런 곳에서 사람이 죽어야 할 이유가 있나요?"

운전사와 돌덩이 빌리는 대답이 없었다.

창밖을 내다보며 말했다. "한 번 더."

운전사는 룸미러로 나를 바라보았다. "한 번 더요?"

"네, 부탁합니다."

그렇게 다시 터널을 통과했다.

"이제 됐어요. 감사합니다."

아주 좋지 못한 생각이었다. 스물세 해를 살아오면서 좋지 못한 생각을 참 많이 했지만, 이번은 특별히 더 잘못된 느낌이었다. 나는 늘 종지부를 찍었으면 좋겠다고 혼자 되뇌었지만 실제로는 그렇지 않았다. 마음 깊은 곳에서는 JLP가 가져다준 경찰 파일을 보았을 때의 그 느낌을 터널 속에서 확인하고 싶었다. 불신과 의심을. 하지만 모든 의심이 그날 밤 사라져버렸다.

어머니는 돌아가셨다고 나는 생각했다.

'정말로, 엄마가 영원히 떠나버렸어.'

그동안 내가 찾는 척했던 그 종지부를 결국 찍은 셈이다. 그것도 아주 확실하게. 게다가 이제는 돌이킬 수도 없게 되었다.

터널을 직접 통과함으로써 혹독한 고통의 십 년에도 종지부를 찍을 수 있으리라 생각했다. 하지만 그게 아니었다. 터널은 새로운 고통의 출발점이었다. 제2부가 시작된 것이다.

새벽 한 시가 가까워졌다. 운전사는 나와 빌리를 술집에 내려주었고 거기서 나는 마시고 또 마셨다. 주변에 몇몇 지인들이 있었는데, 그들과 술을 마시다가 몇 명에게 일부러 시비를 걸었다. 그렇게 술집에서 쫓겨났고, 돌덩이 빌리가 나를 호텔에 데려다줄 때는 그와도 싸우려 했다. 소리를 지르고, 주먹을 휘두르고, 머리를 찰싹 때리기까지 했다.

빌리는 아무런 반응도 보이지 않았다. 초인적인 인내심을 지닌 부모처럼 살짝 찡그린 표정을 할 뿐이었다.

그를 다시 한번 때렸다. 나는 그를 좋아했지만, 지금은 그를 다치게 하고 싶었다.

빌리는 과거에도 이런 내 모습을 본 적이 있었다. 한 번, 아니면 두 번이던가. 그가 다른 경호원에게 하는 말도 들었다. "오늘 밤에는 영 까칠하네."

"진짜 까칠한 거 보고 싶어? 잘 봐, 이런 게 까칠한 거야."

빌리와 다른 경호원이 어찌어찌해서 나를 방으로 데려가 침대에 들이부었다. 하지만 두 사람이 떠난 후 나는 곧장 일어났다.

방 안을 둘러보았다. 해가 막 솟아오르고 있었다. 밖으로 나와 복도로 향했다. 문 옆 의자에 경호원이 앉아 있었지만 아주 숙면 중이었다. 발끝으로 살금살금 지나쳐 승강기를 타고 호텔을 빠져나갔다.

내 인생의 모든 규칙 중에서도 이번이 가장 심각한 위반 행위였다. '절대 경호원에게서 벗어나지 말라! 어디든 혼자 다니지 말라, 특히 외국의 도시에서는 절대로!'

센강을 따라 걸었다. 멀리 샹젤리제 거리가 눈에 들어왔다. 대관람차 옆에 섰다. 자그마한 책 가판대를 지나 커피를 마시고, 크루아상을 먹는 사람들 곁을 지나쳐 걸었다. 시선이 불안정한 상태로 담배를 피우면서. 몇몇 사람들이 나를 알아보고 쳐다본 듯한 기억이 희미하게 있지만, 고맙게도 이때는 스마트폰의 시대 이전이었다. 사진을 찍으려고 나를 멈춰 세우는 사람은 없었다.

나중에, 한숨 잔 이후에 나는 형에게 전화를 걸어 그날 밤에 있었던 일을 이야기했다. 어느 것도 형에게는 새로운 소식이 아니었다. 나중에야 알았지만, 형도 이미 터널을 지나간 적이 있었다. 형은 럭비 결승전을 앞두고 파리에 올 예정이었다. 그때 둘이 같이 가보기로 했다.

그 뒤에 우리는 난생처음 사고에 대해 이야기했다. 최근의 조사보고서에 대해서도. '헛소리!' 우리 둘 다 공감했다. 최종 보고서는 모욕적이었다. 기본적인 사실도 엉터리고 논리적으로도 허점투성이인 기괴한 문서였다. 설명을 하기보다 의문을 더 많이 야기하는 내용이었다.

"여러 해가 흘렀는데," 우리가 말했다. "그 많은 돈은 대체 어디서?"

무엇보다 어머니의 운전사가 술을 마셨고 이것이 사고의 유일한 원인이라는 최종 결론은 너무나 편의적이고 황당했다. 운전사가 아무리 술을 많이 마시고 아무리 얼굴이 망가졌더라도, 그 짧은 터널을 지나가는 데 무슨 문제가 있다는 말인가?

파파라치들이 쫓아가서 운전사의 눈을 가리지 않았다면.

왜 파파라치들은 더 심하게 비난받지 않을까?

왜 그들은 감옥에 가지 않았을까?

누가 그들을 보냈고, 왜 그들은 감옥에 가지 않았을까?

부패와 은폐가 일상이 되지 않고서는 어떻게 이런 일이 가능하단 말인가?

우리는 이 모든 것들뿐 아니라 다음에 이행할 단계들에 대해서도 생각을 같이했다. 우리가 공동으로 성명을 발표하고 재조사를 공식적으로 요청하거나 아니면 기자회견을 열 수도 있었다.

하지만 권력자들의 설득으로 그 모두를 포기할 수밖에 없었다.

9.

한 달 후, 영국 공군 브라이즈 노턴 기지(RAF Brize Norton)로 가서 C-17 수송기에 탑승했다. 비행기에는 수십 명의 다른 군인들이 있었지만 나만 유일한 밀항자였다. 에드 대령과 JLP의 도움으로 남몰래 탑승하여 조종실 뒤편 구석으로 살금살금 들어갔다.

이곳에는 밤을 새워 운항하는 승무원들을 위한 이층침대가 놓여 있었다. 주 엔진이 가동하면서 비행기는 활주로에서 굉음을 쏟아냈다. 나는 들고 온 작은 배낭을 베개 삼아 아래층 침대에 누웠다. 그 아래의 화물칸 어딘가에는 카모 바지 세 벌과 깨끗한 티셔츠 세 벌, 고글 하나, 공기 침대 하나, 소형 노트북 하나, 선크림 하나가 가지런히 정리된 베르겐 가방이 있을 것이다. 그 정도면 충분할 듯했다.

솔직히 말해, 안전한 곳에 보관해 둔 어머니의 보석 몇 점과 파란색 작은 상자에 든 어머니 머리카락, 이튼에서 늘 책상에 두었던 은테의 어머니 사진 액자를 빼면, 내 삶에 필요하거나 원하는 것들은 아무것도 남아 있지 않았다. 무기도 마찬가지였다. 9밀리 권총과 SA8oA 소총은 근엄한 표정의 사무원이 인계받아 철제 상자에 넣어 화물칸 어딘가에 보관하고 있을 것이다. 나는 그 무기들의 부재를 절실히 느꼈다. 파리에서 정신없이 아침 거리를 헤맸던 이후로 나는 난생처음 무장 경호원 없이 드넓은 세상으로 모험을 떠날 예정이었기 때문이다.

비행은 끝이 보이지 않았다. 일곱 시간? 아홉 시간? 단정하기도 어려웠다. 한 일주일쯤 걸린 듯했다. 눈을 붙이려고 애를 썼지만, 머릿속이 너무 복잡했다. 비행 시간 대부분을 무언가를 응시하며 보냈다. 침대 이 층을 응시하고, 내 발을 응시하고. 엔진 소리를 듣고, 탑승한 군인들의 소리도 듣고. 살아온 날들을 되돌려 보고, 아버지와 형도 생각하고. 그리고 첼시도.

신문은 우리 관계가 끝났다고 보도했다. ("야호, 해리 차였다."라는 실제 헤드라인도 있었다.) 두 사람의 거리도, 삶의 목표도 너무 멀었다면서. 같은 나라 안에서도 쉽지 않은데, 심지어 내가 전장에 나가야 하니 관계를 유지하기가 어려웠다면서. 물론, 어느 것도 사실이 아니었다. 우리는 깨지지 않았다. 그녀는 나에게 감동적이고 다정하게 작별 인사를 하고 기다리겠다는 약속도 했다.

첼시도 이별에 대한 나의 반응을 다룬 신문 기사를 무시해야 한다는 것을 잘 알고 있었다. 어느 신문은 내가 술집에 가서 수십 잔의 보드카를 마시고 비틀거리며 대기 차량에 올랐다고 보도했다. 또 다른 신문은 최근에 전사한 병사의 어머니를 찾아가 대중에게 공개된 나의 술 취한 모습에 대해 어떻게 생각하는지 물었다.

당연히 그 어머니는 부정적이었다.

내가 만약 아프가니스탄에서 죽는다면 적어도 이런 엉터리 헤드라인을 볼 필요도, 나에 대해 모욕적인 거짓말을 실은 기사를 읽을 필요도 없을 거라고 생각했다.

비행하는 내내 죽음에 대해 많은 생각을 했다. 죽음은 어떤 의미일까? 나는 죽음을 두려워하는가? 내 장례식을 그려보았다. 국장으로 치러질까? 아니면 개인적으로? 아마도 이런 헤드라인도 달릴 것이다.

"안녕, 해리!"

역사에는 내가 어떻게 기억될까? 헤드라인의 내용대로? 아니면 실제의 내 모습으로?

형이 내 관 뒤를 따를까? 할아버지와 아버지는?

비행기에 오르기 전에 JLP가 나를 앉혀놓고 유언장 내용을 수정해야 한다고 말했다.

"내 뜻대로? 정말요?"

만약의 일이 발생했을 때, 얼마 안 되는 내 소지품들을 어떻게 처리하고 싶으며 어디에 묻고 싶은지 궁에서 알아야 한다고 했다. 그의 질문은 마치 어디서 점심을 먹고 싶은지를 묻는 것처럼 평온하고 차분했다. 그래도 그것도 그의 선물이었다. 진실만이 진실하며, 진실에서 멀어지면 아무런 의미도 없었다.

나는 시선을 돌렸다. 내세를 보내고 싶은 장소를 떠올리기는 쉽지 않았다. 신성한 장소라면 알소프만 한 곳도 없는데 그곳은 생각조차 할 수 없었다. 그래서 나는 말했다. "프로그모어 정원?"

아름답고, 모든 것에서 약간 떨어진 곳. 평화롭고.

JLP도 고개를 끄덕였다. 그리고 그렇게 처리할 것이다.

한창 이런 생각을 하다가, 몇 분 동안 깜빡 잠에 빠졌다 눈을 떠보니 비행기는 칸다하르 공항을 향해 급강하하고 있었다.

방탄복을 착용할 시간이었다. 케블라를 착용할 시간.

다른 사람들이 내리고 있을 때, 내가 있던 구석 자리로 특수부대원들이 나왔다. 그들은 내 무기를 돌려주었고, 늘 휴대하라며 모르핀 약병도 주었다. 이제 우리는 고통과 부상과 트라우마가 상존하는 곳에 와 있었다. 나를 급히 비행기에서 내리게 한 그들은 곧바로 까만 유리에 의자에는 먼지가 잔뜩 쌓인 사륜구동 차량에 태웠다. 우리는 차를 몰아 기지의 다른 편으로 접근하여 재빠르게 간이건물(Portakabin)로 들어갔다.

비어 있었다. 한 사람도 없이.

'다들 어디 갔지? 젠장, 내가 하늘을 나는 사이에 평화 협정이라도 체결된 건가?'

아니, 기지 전체가 임무를 수행하는 중이었다.

주변을 둘러보았다. 식사하다가 자리를 떠난 것이 분명했다. 테이블 위에는 반쯤 빈 피자 상자들이 즐비했다. 비행기에서 뭘 먹었는지 떠올리려 노력했다. 아무것도 없었다. 나는 식은 피자를 입안에 욱여넣기 시작했다.

전방항공통제관이 되는 마지막 단계로서, 직무에 대해 얼마나 잘 알고 있는지를 마지막으로 평가하는 극장 테스트*를 받았다. 얼마 뒤, 나는 치누크

---

* 극장과 유사한 환경에서 관객석의 심사관들로부터 받는 평가.

헬리콥터에 올라타고 약 80킬로미터를 날아 조금 더 작은 기지로 이동했다. 드와이어 전진작전기지(FOB Dwyer). 모래주머니로 쌓은 모래성 같은 것을 뜻하는 길고 복잡한 이름이었다.

모래투성이 병사 한 명이 나에게 이 지역을 안내하라는 명령을 받고 나를 맞이했다.

"드와이어에 오신 것을 환영합니다."

"고맙네."

나는 지금의 이름이 어떻게 생긴 것인지 물었다.

"저희 동료의 이름이었습니다. 작전 중 전사했습니다. 지뢰 폭발로 차량이 완파되면서….."

빠르게 둘러본 드와이어 기지는 치누크에서 바라보던 것보다 훨씬 열악했다. 난방도 안 되고, 조명도 거의 없고, 물도 충분히 않았다. 배관 같은 게 있지만 막히거나 얼어서 사용하지 못하는 게 다반사였다. '샤워 구역'이라고 부르는 곳도 있지만 '위험을 무릅써야 한다'는 충고를 들었다.

나를 안내한 병사의 결론은 이랬다. "청결은 포기하십시오. 그리고 체온을 유지하는 데 신경 쓰셔야 합니다."

"여기가 그렇게 춥나?"

병사는 킬킬거리며 웃었다.

드와이어 기지에는 약 오십 명의 병사들이 있었는데 대부분 포병과 왕실 기병대 소속이었다. 나는 그들을 두세 명 단위로 만났다. 그들의 머리는 모래 모양이었다. 머리카락이 온통 모래로 엉켜 있었다. 얼굴과 목과 눈썹도 모래를 잔뜩 뒤집어썼다. 기름에 튀기기 전에 빵가루를 잔뜩 입힌 생선 살 같았다.

한 시간도 채 지나지 않아 나도 그 모양이 되었지만.

드와이어의 사람들과 모든 것들은 모래로 뭉쳐져 있거나, 모래가 흩뿌려져 있거나, 모래로 칠해져 있었다. 그리고 모래색 텐트와 모래주머니와 모래 벽 너머에는 망망대해와 같은 모래 바다가 펼쳐져 있었다. 베이비파우더처럼 곱디고운 모래. 병사들은 그 모래를 응시하며 하루의 대부분을 보냈다. 따라서 둘러보기를 마치고 내 간이침대를 마련하고 약간의 음식을 먹은 나도 그들과 같은 생활을 시작했다.

적을 탐지하는 것이 우리의 임무였고 우리는 그 임무를 충실히 수행했다. 그러나 그 많은 모래 알갱이를 바라보고 있노라면 영원에 대한 생각을 떨칠 수 없었다. 여기저기 날아다니고 소용돌이치는 모래는, 마치 이 넓은 우주에서 우리가 가진 아주 하찮은 위상에 대해 무언가를 말해주는 듯했다. 결국은 재에서 재로, 모래에서 모래로 돌아가는 존재인 것을. 철제 간이침대에 누워 잠을 청하면서도 내 머릿속은 온통 모래로 가득했다. 밖에 있는 내내 그 소리를 들었고 모래와 속삭이듯 대화했다. 혀에서 모래 알갱이 하나가 느껴졌다. 동공에서도. 꿈에서도, 모래가 나왔다.

그리고 아침에 눈을 떴더니 입안에 모래가 한 숟가락이나 들어 있었다.

10.

드와이어 기지의 한복판에는 대충 만든 넬슨 기념탑 모양의 우뚝한 기둥이 있었다. 거기에는 수십 개의 화살표가 못으로 고정되어 각각의 장소를 가리켰는데, 그 화살표 중에는 드와이어에서 근무하는 몇몇 병사들의 고향 이름이 새겨진 것들도 있었다.

시드니, 호주, 7223마일.

글래스고, 3654마일.

브리지워터, 서머셋, 3610마일.

첫날 아침, 탑을 지나쳐 걷다가 문득 이런 생각이 들었다. '나도 저기에 고향을 적어 붙여야 하나?'

클래런스 하우스, 3456마일

사람들이 많이 웃을 것 같았다.

하지만 아니야. 우리 중 누구도 탈레반의 시선을 끌고 싶지 않았던 것처럼 나 역시 동료 전우들의 관심을 끌고 싶지 않았다. 내 목표는 그들 속에 녹아 들어가는 것이었으니까.

화살표 중의 하나는 아무도 이용하지 않는 샤워 구역 뒤편에 있는 두 대의 155밀리 '대포'를 가리켰다. 드와이어 기지에서는 거의 매일, 하루에 몇 차례씩 이 대포들을 발사했고, 거대한 포탄들이 내뿜는 연기는 포물선 궤적을 그리며 탈레반의 진지로 날아갔다. 그 소리는 심장을 멈추고 뇌를 태워 버릴 정도로 강력했다. (어느 날은 백 발 이상의 포탄을 발사했다.) 그 소리의 잔상은 내 여생과 늘 함께할 것이며, 내 존재의 한 부분으로서 영원히 반복될 것임을 나는 알고 있었다. 그리고 대포 소리가 완전히 멈추었을 때의 그 인상적인 침묵도 영원히 잊지 못할 것이다.

11.

드와이어 기지의 작전실은 모래 빛 위장막으로 덮인 커다란 상자를 닮았다. 바닥은 그림 퍼즐처럼 연결된 검은색의 두꺼운 플라스틱으로 되어 있었다. 그래서 바닥을 가로질러 걸을 때마다 특이한 소리가 났다. 이 방, 아니 그 자체가 하나의 막사라 할 수 있는 이 작전실에서도 눈에 띄는 부분은 헬만드주 전체의 지도에 전투부대별 편제 단위를 핀(노랑, 오렌지, 초록, 파랑)으로 표시한 벽이었다.

나를 맞이한 사람은 백스터 부사관이었다. 나보다 나이는 많았는데, 머리 색깔이 나와 똑같았다. 우리는 원치 않게 '빨간 머리 신사 협회' 회원이 될 수밖에 없었던 현실에 대해 몇 마디의 쓰디쓴 농담과 서글픈 미소를 교환했다. 물론 탈모 협회도. 백스터도 나처럼 정수리 부분의 분포율이 급격히 떨어지고 있었다.

나는 백스터에게 어디 출신이냐고 물었다.

"안트림 카운티입니다."

"아일랜드 출신이라고?"

"그렇습니다."

강하고 독특한 억양 때문에 자칫 놀림을 받을 수 있겠다는 생각이 들었다. 나는 아일랜드에 대해 짓궂은 농담을 했고, 웃으며 되받아치는 그의 파란 눈동자 속에는 불안함도 없지 않았다. '맙소사, 내가 영국 왕자를 놀리고 있다니!'

우리는 다시 업무로 돌아갔다. 그는 지도 아래의 책상 위에 도열해 있는 무전기 여러 개를 보여주었다. 또 원격영상수신(ROVER) 단말기로 사용되는 약간 두꺼운 랩톱 컴퓨터도 보여주었는데, 그 가장자리에는 나침반 방위점이 찍혀 있었다. '이 무전기들이 귀고, 로버는 눈이구나.' 이것들을 통해 나는 전장의 그림을 그릴 것이고, 하늘과 땅에서 일어나는 일들을 통제하려는 노력도 가능할 것이다. 어찌 보면 히드로 공항의 항공교통 관제사들과 다를 게 없었다. 제트기들을 이리저리 안내하며 시간을 보내는 게 내 일이니까. 하지만 이 일이 그리 매력적이지 못할 때도 있다. 정찰기에서 무인기에 이르기까지 다양한 기종에 장착된 수십 개의 카메라에서 들어오는 정보를 감시하는 보안요원 같은 역할을 할 때처럼. 이때 내가 치르는 유일한 전투는 잠자고 싶은 욕구에 맞서는 것이었다.

"이리 와서 앉으세요. 웨일스 중위님."

나는 헛기침을 하고 의자에 앉았다. 로버를 보고, 또 보고.

몇 분이 흘렀다. 무전기들의 음량을 높였다가, 낮췄다가.

백스터가 싱글벙글 웃었다. "그게 일이에요. 전쟁터에 오신 걸 환영합니다!"

12.

로버는 다른 이름으로도 불렸는데, 육군의 모든 것들은 이처럼 별명이 필요했다.

킬 티비(Kill TV).

이를테면,

"뭐 하고 있어?"

"킬 티비 보고 있어요."

내가 보기에는 참 역설적인 이름이었다. 아니면 노골적인 거짓 광고든지. 왜냐하면 진짜 죽는 건 시간밖에 없었으니까.

탈레반이 사용한 것으로 생각되는 버려진 건물을 보았다고?

아무 일도 일어나지 않았다.

탈레반이 사용한 것으로 추정되는 터널 구조를 보았다고?

아무 일도 일어나지 않았다.

모래 언덕을 바라보고, 또 모래 언덕을 바라볼 뿐이다.

페인트가 마르기를 기다리는 것보다 지루한 일이 있다면, 그건 사막을… 사막을 보는 일일 것이다. 백스터가 미치지 않은 게 신기할 정도였으니까.

그래서 내가 물었다.

백스터는 몇 시간 뒤에 무언가 일어날 것이라고 말했다. 그때까지 정신을 바짝 차리고 있어야 한다고 했다.

킬 티비가 지루하다면 킬 라디오(Kill Radio, 무전기)는 미쳤다. 탁자에 늘어선 모든 수화기는 제각기 개성이 다른 것은 말할 것도 없고 영국, 미국, 네덜란드, 프랑스 등 십여 개 국가의 억양으로 끊임없이 주절거리는 소리를 쏟아냈다.

나는 그 억양과 호출 부호를 맞춰보려고 노력했다. 미국 조종사들의 호출 부호는 듀드(Dude)였다. 네덜란드 조종사는 래밋(Rammit), 프랑스는 미라지(Mirage) 또는 레이즈(Rage), 영국은 베이퍼(Vapor)였다.

아파치 헬리콥터는 어글리(Ugly)로 불렸다.

나의 개인 호출 부호는 위도우 식스 세븐(Widow Six Seven)이었다.

백스터는 나에게 수화기를 들고 인사하라고 했다. "자기소개하세요." 시키는 대로 했더니 모든 목소리가 활기를 띠더니 나에게 주목했다. 먹이를 달라고 조르는 아기 새들 같았다. 그들이 원하는 먹이는 정보였다.

"누구지? 거기 아래에서 무슨 일이 있는 거지? 나는 어디로 가고 있어?"

정보 외에 그들이 가장 원하는 것이 '허가'인 경우도 종종 있다. 내가 관할하는 공역에 들어오거나 나가기 위해서. 안전하다거나, 전투가 벌어지고 있지 않다거나, 드와이어에서 중화기를 발사하고 있지 않다는 확신이 없을 때는 규칙상 조종사들이 머리 위를 지날 수 없도록 금지했다. 바꾸어 말하면, 뜨거운 작전 제한 구역(ROZ)이었다고 할까? 아니면 차가운? 전쟁과 관련된 모든 것들이 이와 같은 이분법적인 질문을 토대로 이행된다. 교전, 날씨, 물, 음식 – 뜨겁게 혹은 차갑게?

나는 이 작전 제한 구역의 수호자 역할이 마음에 들었다. 내가 고도로 훈련받은 이 남녀들의 눈과 귀가 되어주고, 지상과의 마지막 교신을 수행하며, 그들의 처음과 끝 모두를 책임지면서, 이 뛰어난 조종사들과 긴밀하게 협력한다는 개념 자체가 좋았다. 그들에게 나는 곧… 대지였다.

나를 향한 그들의 필요와 의존성은 즉각적인 유대감을 창출했다. 야릇한 감정이 흐르고, 이상한 친밀감이 형성되었다.

"어이 거기, 위도우 식스 세븐."

"어이, 듀드."

"오늘 하루 어때?"

"아직까지는 조용해, 듀드."

우리는 즉각 친구가 되었다. 동지로서. 이런 느낌 다들 알 것이다.

이렇게 나와의 교신이 끝나면, 내가 그들을 가까운 강변 마을인 가름시르(Garmsir)의 전방항공통제관(FAC)에게 인계한다.

"고마워, 위도우 식스 세븐. 저녁 잘 보내."

"알았어, 듀드. 안전하게 비행하도록."

13.

나의 공역을 지나가도 좋다는 허가를 받은 조종사가 항상 평소처럼 순항하는 것은 아니다. 쏜살같이 지나갈 때도 있고, 가끔은 지상의 상황을 긴급하게 알아야 할 때도 있었다. 매초가 중요했다. 나의 손에 생사가 달렸다. 탄산음료와 볼펜을 들고 차분하게 앉은 순간도 한창 임무를 수행하는 중이었다. 내가 훈련받은 것들은 무척 흥미로우면서도 한편으로는 무섭기도 했다. 내가 도착하기 직전에 어느 통제관이 F-15 전투기에 지리 좌표를 읽어 주며 숫자 하나를 틀린 적이 있었다. 그 결과, 적이 아니라 영국군에 폭탄이 잘못 투하되어 병사 세 명이 사망하고 두 명이 중상을 입었다. 따라서 내가 말하는 모든 단어와 숫자는 그에 맞는 결과를 낳는다. 우리는 '지원한다'는 표현을 늘 사용하는데, 나는 이 말이 얼마나 완곡한 표현인지 실감했다. 조종사들 못지않게 우리도 때때로 죽음을 배달했으며, 죽음에 관한 한 삶에 관한 것보다 정확해야 했다.

그럼에도 나는 솔직히, 행복했다. 이것은 중요한 일이었고 애국하는 일이었다. 내가 지금 수행하는 기능들은 데일즈에서, 또 샌드링엄에서부터 연마한 것들로서 내 소년 시절까지 거슬러 올라간다. 어쩌면 발모럴까지도. 샌디와 함께했던 스토킹 사냥과 지금 여기에서의 임무 사이에는 분명한 연결고리가 있었다. 나는 전장에 선 영국 군인이며, 이것이 내가 평생을 준비해 온 역할이었다.

또한 나는 위도우 식스 세븐이었다. 지금껏 여러 개의 별명이 있었지만, 나의 또 다른 이름처럼 느껴지는 별명은 이게 처음이었다. 나는 정말로, 진심으로 그 뒤에 숨을 수 있었다. 난생처음으로 나는 그냥 이름이었고, 임의의 이름이었고, 임의의 숫자였다. 직함도 없었다. 경호원도 없었다. "다른 사람들이 매일같이 느끼는 게 이런 건가?" 나는 평범함을 음미하고, 그 속에서 탐닉하였으며, 이것을 찾기 위해 얼마나 먼 여정을 거쳐야 했는지를 생각했다. 아프가니스탄 중부, 생기 없는 겨울, 한밤중, 전쟁의 한복판에서, 일만오천 피트 상공에 있는 남자와의 대화. 이런 곳에서 처음으로 평범함을 느꼈다면 그 사람의 삶은 얼마나 비정상이란 말인가?

모든 임무가 종료되면 휴식이 주어졌는데, 가끔은 이 시간이 심리적으로 더 힘겨웠다. 지루함은 적이었다. 그래서 화장지에 테이프를 잔뜩 감아서 만든 공으로 럭비를 하거나 현장에서 조깅을 하면서 지루함과 맞서 싸웠다. 이외에도 팔굽혀펴기를 천 번씩 하고, 원시적인 역도 장비를 만들고,

나무상자를 테이프로 금속 막대기에 감기도 했다. 더플 천으로 펀치백도 만들었다. 책을 읽고, 마라톤 체스 경기를 조직하고, 고양이처럼 잠을 자고. 심지어 다 큰 남자들이 하루에 열두 시간이나 자는 기록적인 장면도 보았다.

게다가 우리는 먹고 또 먹었다. 드와이어의 주방에는 없는 게 없었다. 파스타, 감자 칩, 콩… 매주 삼십 분씩 위성 전화로 통화도 할 수 있었다. 패러다임이라고 불리는 전화카드의 뒷면에 코드가 있는데 이 숫자를 키패드에 누르면 되었다. 그러면 듣기 좋은 여자 목소리의 로봇이 몇 분 남았는지 가르쳐준다. 그다음에는 다들 아는 목소리가….

"스파이크, 자기야?"

첼시였다.

전파를 타고 등장한, 과거의 삶. 그 소리는 늘 심장을 떨리게 한다. 집을 생각하는 건 여러 복잡한 이유로 쉽지가 않다. 집 소식을 듣는 것은 가슴 아픈 일이었다.

첼시에게 전화하지 않았다면, 아버지에게 했을 것이다.

"어떻게 지내니, 사랑하는 아들?"

"그냥, 그럭저럭요."

하지만 아버지는 전화보다 편지를 쓰라고 했다. 아버지는 내가 쓴 편지를 좋아했다.

편지가 훨씬 좋다고 하면서.

14.

가끔은 진짜 전투를 놓치고 있는 게 아닌가 하는 걱정이 들었다. 줄곧 전투 대기실에만 앉아 있는 건 아닌지…. 내가 우려하던 실제 전투는 저 멀리 계곡 아래에서 벌어졌다. 짙게 피어오르는 연기와 폭발로 인한 버섯구름 등 대부분이 가름시르 안과 부근에서 일어나는 것을 내 눈으로 목격했다. 전략적으로 대단히 중요한 지역이었다. 보급물자와 특히 총기가 탈레반으로 흘러 들어가는 중요한 통로이자 강 포구였다. 게다가 새로운 전사들의 진입로이기도 했다. 그들에게는 AK-47 한 정과 한 움큼의 탄약이 지급되었고, 미로 같은 참호를 통해 우리에게 접근하라는 명령이 하달되었다. 이것은 일종의 신병 시험으로, 탈레반은 이를 '피 맛보기(Blooding)'라고 불렀다.

'샌디와 티기도 탈레반 편이었을까?'

이런 일이 자주 일어났다. 탈레반 신병이 느닷없이 튀어나와 우리에게 총격을 가하면 우리는 거의 스무 배의 화력으로 되갚았다. 이 포화 속에서 살아남은 탈레반 신병은 게레슈크(Gereshk)나 또는 일부에서 라슈베이거스라고 부르는 라슈카르가(Lashkar Gah) 같은 큰 도시로 가서 싸우다가 죽었다. 대부분이 살아남지 못했다. 탈레반은 그들의 시체를 썩게 내버려 두었다. 나는 전장에서 늑대만 한 개가 신병들을 뜯어먹는 모습을 여러 번 지켜보았다.

나는 지휘관들에게 간청하기 시작했다. "제발 여기서 저를 내보내 주세요." 몇몇 동료들이 나와 같은 요청을 했지만 이유는 제각기 달랐다. 나는 일선으로 더 가까이 보내 달라는 요청이었다. "저를 가름시르로 보내주세요."

마침내, 2007년 크리스마스이브에 내 요청이 수락되었다. 나는 가름시르의 버려진 학교 안에 있는 델리 전진작전기지(Delhi FOB)에서 전출되는 어느 전방항공통제관과 교체될 예정이었다.

자갈로 덮인 작은 뜰, 물결 모양의 양철 지붕. 이 학교는 원래 농업대학교라고 누군가 말했다. 다른 누군가는 마드라사(madrassa, 이슬람 교육기관)가 있던 곳이라고 했다. 그러나 현재는 영연방의 일부였다. 나의 새로운 집이기도 하고.

네팔에서, 그것도 히말라야 산기슭을 따라 가장 외딴 마을에서 모집한 구르카족(The Gurkhas)은 지난 두 세기에 걸쳐 영국의 모든 전쟁에서 싸웠고 그때마다 두각을 나타냈다. 그들은 호랑이처럼 달려들어 적을 무너뜨렸고, 절대 포기하는 법이 없었으며, 그 결과 영국 육군에서 특별한 지위를 누렸다. 내 마음속에서도 마찬가지였다. 소년 시절부터 구르카족에 대한 이야기를 들었을 뿐 아니라, 내가 처음으로 입은 제복 중의 하나도 구르카족의 제복이었다. 샌드허스트에서 모의 훈련을 할 때면 늘 구르카족이 적군의 역할을 맡았는데, 항상 사랑받던 그들에게 이런 역할을 맡기는 것이 조금 엉뚱하게 느껴졌다.

훈련이 끝나면 구르카 병사가 변함없이 나를 찾아와 핫초코 한 잔을 내밀었다. 그들은 왕족에게 엄숙하게 예의를 갖췄다. 그들의 의식 속에 왕은 신성한 존재였다. (그들의 왕은 환생한 힌두교 신 비슈누라는 믿음이 있었다.) 그러므로 왕자도 다를 바 없었다. 나는 자라면서 그걸 느꼈고, 지금에 와서 다시금 느끼고 있었다. 내가 델리 기지를 돌아다닐 때면 구르카족 모두가 허리를 굽혔다. 그들은 나를 사브(saab)라고 불렀다.

"네, 사브."

"아닙니다. 사브."

나는 그러지 말라고 간곡히 말했다. 나는 그저 웨일스 중위일 뿐이라고. 그저 위도우 식스 세븐일 뿐이라고.

하지만 그들은 웃으며 말했다. "천만에요, 사브!"

나 혼자서 어딘가를 가도록 내버려두는 것을, 그들은 상상조차 할 수 없었다. 왕족의 일원에게는 왕족의 경호가 필요했다. 식당에 가거나, 심지어 화장실에 갈 때도 내 오른쪽에는 언제나 그림자 하나가 따라다녔다. 당연히 왼쪽에도 또 하나가 있었고. "안녕하세요, 사브?" 감동적이지만 한편으로는 쑥스러웠다. 나는 구르카족에게 많은 양의 닭과 염소를 팔고 조리법에 대해 이러쿵저러쿵 농담도 주고받는 아프간 현지인들만큼이나 그들을 존중했다. 영국 육군은 아프간 사람들의 '마음과 정신'을 설득해야 한다는 말을 자주 강조했다. 이것은 곧 현지인들을 민주주의와 자유의 세계로 이끌어야 한다는 의미였다. 그러나 실제로 이런 역할을 하는 존재는 구르카족인 것 같았다.

나를 호위하지 않을 때는 자꾸만 살을 찌우려 했다. 그들에게 음식은 사랑의 언어였다. 구르카 사람들은 하나같이 자신을 오성급 호텔의 셰프처럼 생각했는데, 특히 그들에게는 공통된 특기가 하나 있었다. 염소 카레.

어느 날 머리 위에서 헬리콥터 소리가 들렸던 적이 있다. 나는 위를 올려다보았다. 기지에 있던 모두가 하늘을 쳐다보았다. 헬리콥터가 천천히 내려오고 있었다. 그물에 싸인 무언가가 스키드(skid)*에 매달려 있었는데, 염소였다. 구르카족을 위한 크리스마스 선물.

어마어마한 먼지를 일으키며 헬리콥터가 착륙했다. 마치 영국군 장교를 연상시키는, 금발에 머리숱이 적은 한 남자가 뛰어내렸다.

어딘가 안면이 있는 사람이었다.

"내가 아는 사람인데." 내가 큰 소리로 말했다.

그리고 손가락을 튕겼다. "착한 베번(Bevan) 아저씨네!"

베번은 몇 년 동안 아버지 곁에서 일한 사람이다. 클로스터스(Klosters)에서 어느 겨울을 보낼 때 우리를 호위한 적도 있었다. 바버(Barbour) 재킷을 입고 스키를 타는 모습이 기억나는데, 전형적인 귀족의 풍모가 느껴졌다. 알고 보니, 이제 그는 여단의 2인자였다. 그래서 소중한 구르카족에게 여단장을 대신하여 염소를 전달하러 온 것이다.

나는 이렇게 그와 마주하게 되어 어리둥절했는데, 정작 그는 별로 놀라거나 관심 있는 표정이 아니었다. 그의 정신은 온통 염소들에게 쏠려 있었다. 그물 속의 한 마리 외에도 그가 비행 내내 다리 사이에 끼워서 데려온 한 마리가 더 있었는데, 코커스패니얼처럼 작은 그 녀석의 목줄을 끌어 구르카족에게 인계했다.

가엾은 베번. 나는 그가 그 염소와 무척 친밀한 사이이며, 앞으로 닥쳐올

---

* 헬리콥터가 착륙할 때 지면에 닿는 부분.

일에 준비되어 있지 않았음을 알 수 있었다.

구르카 전사 하나가 자신의 쿠크리 칼(kukri)을 꺼내더니 단숨에 염소의 목을 베었다. 황갈색의 수염 달린 머리가 마치 우리가 럭비공으로 사용하는 테이프로 칭칭 감은 두루마리 휴지처럼 땅바닥에 떨어졌다.

전사는 깔끔하고 전문적인 손놀림으로 염소의 피를 컵에 받았다. 한 방울도 흘리지 않고.

두 번째 염소의 차례가 되자 구르카 전사는 나에게 쿠크리를 내밀더니, 영예롭게 한번 해보라고 권유했다.

집에 이미 여러 개의 쿠크리가 있었다. 구르카족에게서 선물도 받은 것들이다. 어떻게 다루는지도 나는 알았다. 하지만 아니야, 지금은 아니라고, 고맙지만 여기서는 아니라고, 지금 당장은 아니라고, 나는 간곡하게 말했다.

왜 아니라고 했는지 나도 잘 모르겠다. 아마도 더 많은 죽음을 더하지 않더라도 내 주변에는 이미 충분히 많은 죽음이 널려 있어서일 것이다. 문득 송아지의 고환을 자르지 않겠다고 조지에게 말하던 순간이 뇌리를 스쳤다. 나는 어디까지 선을 그었던가?

바로 그 지점 때문에 고통스러웠다. 그 염소를 상대로 허세를 부리고 싶지는 않았다. 내가 그 기술에 능숙하지 않은 게 가장 큰 이유였다. 실수로 놓치거나 계산을 잘못했을 때 그 가엾은 생명이 얼마나 고통스럽겠는가?

구르카 전사도 고개를 끄덕였다. "좋을 대로 하세요, 사브."

그러고는 쿠크리를 휘둘렀다.

염소의 머리가 땅바닥에 떨어진 뒤에도 노란 눈이 끔뻑거리던 모습을 나는 잊을 수가 없다.

15.

델리 기지에서의 내 임무는 드와이어에서와 비슷했다. 근무시간이 수시로 달라졌을 뿐이다. 계속해서. 델리에서는 밤낮으로 호출을 받았다.

작전실은 교실로 쓰이던 곳이었다. 아프가니스탄의 다른 모든 것들이 그렇듯이, 델리 기지가 들어선 이 학교도 폭격을 받았다. 흔들거리는 나무 들보, 쓰러진 책상, 흩어진 종이와 책으로 가득한 바닥 등. 작전실은 폭격의 현장처럼, 대재앙의 현장처럼 보였다. 그나마 좋은 점이 있다면 야간에 근무할 때 벽에 뚫린 수많은 구멍을 통해 별들이 이루는 환상적인 광경을 볼 수 있었다는 것이었다.

새벽 한 시쯤의 교대 조 근무가 기억난다. 머리 위를 지나는 조종사에게 호출부호를 확인하여 내 로버에 입력하고 그의 피드(feed)를 볼 수 있었다.

조종사는 내가 잘못하고 있다고 불쾌하게 반응했다.

"뭘 못 했다고?"

"로버가 아니야, 롱혼(Longhorn)이지."

"롱… 뭐?"

"당신 신참이지, 응?"

그는 누구도 나에게 신경 써서 알려주지 않았던 기계인 롱혼에 대해 설명했다. 주변을 둘러보니 그게 있었다. 먼지로 뒤덮인 크고 까만 브리프케이스 컴퓨터. 먼지를 털어내고 전원을 켰다. 조종사는 기기 작동법을 알려주었다. 로버 대신에 롱혼을 써야 하는 이유가 궁금했지만, 괜히 물었다가 조종사를 짜증 나게 만들고 싶지 않았다.

이 경험으로 유대가 형성되었다. 그와 내가 친해진 것이다. 그의 호출부호는 매직(Magic)이었다.

매직과 밤을 새워 채팅할 때도 있었다. 그와 동료들은 떠들고 웃고 먹는 것을 무척 좋아했다. (어느 밤에 그들이 신선한 게살을 먹으며 떠들고 놀던 기억이 희미하게 난다.) 무엇보다 진짜 같은 농담을 좋아했다. 어느 날 출격을 다녀온 매직이 자기 카메라를 확대하여 나더러 보라고 했다. 나는 내 화면을 바라보았다. 이만 피트 상공에서 바라보는 지구의 곡률은 정말 놀라운 광경이었다.

천천히, 그가 카메라를 돌렸다.

그러자 내 화면은 거대한 유방으로 가득 찼다.

포르노 잡지였다.

"아, 당했네, 매직."

조종사 중에는 여성도 있었다. 그들과의 교신은 사뭇 색달랐다. 어느 밤에는 달이 얼마나 아름다운지에 대해 영국인 여성 조종사와 대화하는 나를 발견하기도 했다.

"보름달이야." 그녀가 말했다. "당신도 봤어야 하는데, 위도우 식스 세븐."

"나도 보고 있어. 벽에 뚫린 총구멍으로. 예쁘네."

갑자기 무전기에서 잡음이 쏟아졌다. 시끄러운 합창처럼. 드와이어의 친구들이 '방 잡으라고' 아우성이었다. 얼굴이 화끈거렸다. 부디 그 여성 조종사가 내가 한 말을 유혹하는 말로 듣지 않았기를 바랐다. 지금도 그러기를 바라고. 무엇보다 그녀뿐 아니라 모든 조종사들이 내 정체를 모르기를 바랐다. 내가 전투를 빌미로 여자들을 꾄다는 말이 영국 언론에 전해지면 곤란하니까. 그리고 언론도 그녀를, 과거에 나와 관련되었던 다른 여자들처럼 대하지 말기를 바랐다.

하지만 근무 교대를 하기 전에 그 조종사와 나는 짧은 순간의 어색함을 이겨내고 본연의 임무를 함께 충실히 이행했다. 그녀는 델리 기지 담벼락에서 그리 멀지 않은 중간지대 한복판에 위치한 탈레반 벙커를 감시하는 내 일에 도움을 주었다. 벙커 주변에서는 인간 형체의 적외선 신호가 감지되었다. 열두 명 정도, 아니면 열다섯 명가량으로 추정되었다.

탈레반이라고 확신했다. 탈레반이 아니면 누가 그 참호에서 어슬렁거리겠는가?

확실하게 하기 위해 체크리스트를 살펴보았다. 육군에서는 이를 '생활수칙(Pattern of Life)'이라고 불렀다. "여성이 보이는가? 아이들이 보이는가? 개가 보이는가? 고양이는? 이 표적이 병원 옆에 있을 수 있음을 나타내는 어떠한 지표라도 있는가? 학교는?"

"민간인은 없는가?"

없었다. 전혀.

모든 정황이 탈레반으로 귀결되었다. 오로지 탈레반뿐.

나는 다음날의 공습을 계획했다. 그리고 두 명의 조종사와 함께 이 문제를 해결하라는 임무를 받았다. 듀드 제로 원과 듀드 제로 투와 함께. 나는 그들에게 표적에 대해 간략히 설명하고 2,000파운드 합동직격탄(JDAM)을 사용했으면 좋겠다고 말했다. 한편으로 왜 이런 거추장스러운 이름을 사용하는지 의구심이 들었다. 그냥 폭탄이라고 하면 안 되나? 아마도 이것이 평범한 폭탄이 아니라서 그럴 것이다. 레이더로 제어하는 유도 시스템이 장착되었으니까. 게다가 무게도 엄청났다. 검은 코뿔소만큼이나 무거운 폭탄이었다.

탈레반 전사들이 드문드문 있을 때는 500파운드 정도가 일반적인 요청이었다. 그러나 내 화면에 보이는 이 요새화된 벙커를 관통하려면 그 정도로는 충분하지 않을 것으로 판단했다.

물론 통제관들도 500파운드로는 충분치 않다고 생각했다. 우리는 늘 2,000파운드를 원했다. "모 아니면 도지." 우리는 이 말을 입에 달고 살았다. 지금의 상황에서는 큰 것만이 목표를 해결할 수 있다는 강한 확신이 들었다. 아울러 나는 벙커 위를 직격할 2,000파운드 JDAM뿐 아니라, 다음 전투기에서 20밀리 기관포로 참호에서 도망치는 사람들까지 처치하기를 바랐다.

하지만 듀드 제로 원은, 부정적이라고 말했다.

두 미국인은 2,000파운드 폭탄까지는 필요 없다고 생각했다.

"우린 500파운드 폭탄 두 개를 투하하고 싶어, 위도우 식스 세븐."

정말 미국인답지 않았다.

나는 내가 옳다는 확신이 있었고 논쟁도 환영했지만, 아직 신입이라서 자신감이 부족했다. 이번이 나의 첫 공습이었다. 그래서 말했다.

"알았어."

새해 전야. 나는 F-15 전투기들의 엔진 소음이 표적에 위협을 주지 않도록 약 8킬로미터 외곽 지역에 머물게 했다. 그러다가 모든 조건이 갖추어지고 안정된 상황에서 나는 그들을 호출했다.

"위도우 식스 세븐, 준비 완료."

"듀드 제로 원, 듀드 제로 투, 공습 허가."

"공습 허가."

두 전투기가 표적을 향해 질주했다. 내 화면에서 조종사의 십자선이 벙커에 고정되는 모습을 지켜보았다.

일 초.

이 초.

하얀 섬광. 큰 폭발음. 작전실 벽이 휘청거렸다. 천장에서도 먼지와 돌 조각들이 떨어져 내리고.

듀드 제로 원의 목소리가 들렸다. "델타 호텔(명중). 전투 대기 평가(BDA) 대기."

사막에서 먼지구름이 피어올랐다.

몇 분 뒤… 내가 우려한 대로 탈레반이 진지에서 뛰쳐나오기 시작했다. 무거운 마음으로 로버를 지켜보다가 밖으로 나갔다.

공기는 싸늘하고 하늘은 파랗게 빛났다. 듀드 제로 원과 듀드 제로 투가 점점 멀어지는 소리가 머리 위에서 들렸다. 폭탄들의 메아리도 함께. 그리고 온 세상이 조용해졌다.

'모두가 도망가지는 않았겠지.' 하고 나 자신을 위로했다. 적어도 열 명 정도는 참호 밖으로 나오지 못했다.

여전히 나는, 제대로 목적을 달성하려면 더 큰 폭탄을 사용했어야 한다고 믿었다.

"다음에는," 스스로 다짐했다. "다음에는 내 직감을 믿어야지."

16.

승진했다. 그것도 승진이라면 승진이랄까. 전장 높은 곳에 위치한 작은 망루로 옮겼으니. 이 망루 때문에 상당한 기간 탈레반을 힘들게 했다. 우리가 가진 망루를 탈레반도 원했고, 가질 수 없다면 파괴하는 것밖에 방법이 없었다. 그래서 내가 도착하기 전에도 여러 달 동안 수십 차례나 공격이 이어졌다.

내가 망루에 도착한 지 몇 시간 지나지 않아 다시 그들이 찾아왔다.

수많은 AK-47의 격발 소리와 함께 총알이 사방으로 날아다녔다. 누가 우리 창문으로 벌집을 던져 넣은 것 같았다. 나와 함께 네 명의 구르카 전사들이 있었는데, 그들은 총알이 날아오는 방향으로 재블린 미사일을 발사했다.

그러고는 나더러 50-CAL 기관총 뒷자리에 앉으라고 했다. "어서요, 사브."

사수석에 올라앉아 커다란 손잡이를 움켜쥐었다. 귀마개를 쑤셔 넣고, 창문에 걸린 위장망을 통해 바깥을 조준했다. 그리고 방아쇠를 당겼다. 가슴 한가운데로 기차가 관통하는 느낌이었다. 소리도 꼭 기차 같았다. 츄카 츄카 츄카. 기관총은 사막을 가로지르며 총알을 뿜어냈고 탄피가 팝콘처럼 망루 주변으로 날아올랐다. 50-CAL 기관총을 사용한 것은 이번이 처음이었다. 정말 믿기 어려울 정도의 위력이었다.

버려진 농토와 도랑, 나무 등이 시야에 들어왔다. 내가 그 모두를 불바다로 만들었다. 그곳에는 개구리 눈을 닮은 두 개의 반구형 덮개가 달린 낡은 건물이 있었다. 나는 그 돔을 향해서도 후춧가루를 마구 뿌렸다.

그러는 사이에 드와이어에서는 중화기를 쏘아대고 있었다.

그야말로 무차별 포격이었다.

그 이후의 기억은 별로 없고, 굳이 기억할 필요도 없었다. 비디오 영상이 있었으니까. 기자들이 늘 내 옆에 따라다니면 촬영을 했다. 그들이 거기에 있는 게 싫었지만, 외부에 나갈 때는 항상 그들을 데리고 다니라는 명령을 받았다. 대신에, 내가 그 나라를 떠날 때까지는 그들이 확보한 영상과 정보를 공개하지 않기로 합의했다.

우리가 적군을 얼마나 많이 죽였는지 기자들이 알고 싶어 했다.

우리도 정확히 알 수 없었다.

그래서 불확실하다고만 말했다.

그 망루에서 꽤 오랫동안 머무를 것으로 생각했다. 하지만 그날 직후에 나는 북쪽의 에든버러 전진작전기지(FOB Edinburgh)로 소환되었다. 우편물 가방으로 가득한 치누크 헬기에 탑승하여 짐 속에 몸을 숨기고 드러누웠다. 사십 분 뒤에 헬기에서 뛰어내렸는데 바닥이 무릎까지 빠질 만큼 진흙탕이었다. '비가 언제 이렇게 왔지?' 모래주머니로 둘러싸인 막사 안의 내 숙소로 이동했다. 작은 침대가 하나 있었다.

그리고 룸메이트도 한 명. 에스토니아 출신의 신호 장교(Signal Officer)였다.

우리는 잘 맞았다. 그는 환영 선물로 자신의 배지 하나를 나에게 건넸다.

8킬로미터쯤 떨어진 곳에 한때 탈레반의 요새가 있던 마을인 무사 칼라(Musa Qala)가 있었다. 2006년, 지난 반세기 동안 영국군이 목격한 최악의 전투 끝에 이 지역을 장악했다. 그때 사망한 탈레반의 수는 천 명이 넘었다. 이처럼 막대한 대가를 치렀지만 이 마을은 순식간에, 그것도 부주의로 다시 빼앗기고 말았다. 이제 두 번째로 점령했으니 남은 목표는 잘 지키는 것이었다.

이 일도 쉽지는 않았다. 조금 전에도 동료 한 명이 사제폭탄에 산화했다.

게다가 우리는 마을 안팎에서 경멸당했다. 우리에게 협조한 현지인들은 고문을 당했고, 그들의 머리가 마을의 벽을 따라 못 박혀 있었다. 머리든 가슴이든 우리가 얻을 방법은 없었다.

17.

정찰을 나갔다. 에든버러 기지에서 무사 칼라를 거쳐 그 너머까지 시미터 전차의 호송차와 함께 돌았다. 길은 우리를 와디(wadi)*로 안내했고 얼마 지나지 않아 그곳에서 사제폭탄을 발견했다.

내가 직접 마주친 첫 사제폭탄이었다.

폭탄 전문가를 호출하는 것은 내 일이었다. 한 시간 후에 치누크가 도착했다. 착륙하기에 안전한 장소를 찾은 나는, 최적 지점을 표시하고 바람 방향을 알려주기 위해 연막수류탄을 투척했다.

폭탄 전문팀이 뛰어내리더니 곧바로 폭탄에 다가갔다. 더디고 고된 작업이 이어졌다. 끝이 없어 보였다. 그러는 사이에 우리는 무방비로 노출되었다. 언제든 탈레반과 맞닥뜨릴 수 있는 상황이었다. 아니나 다를까, 우리 주변으로 오토바이 소리가 윙윙거렸다. 분명 탈레반 정찰병이었다. 우리의 위치를 계측하는. 오토바이 소리가 점점 가까워지자 우리는 경고의 표시로 신호탄을 발사했다.

저 멀리 양귀비밭이 있었다. 나는 고개를 돌리며 유명한 시구를 떠올렸다. "플랜더스 들판에서 양귀비꽃이 흩날리네(In Flanders fields the poppies blow)." 영국에서는 양귀비가 기억의 상징이지만 이곳에서는 왕국의 돈줄일 뿐이었다. 모든 양귀비는 머잖아 헤로인으로 가공되고, 여기서 벌어들인 수입으로 우리를 향해 쏘는 탈레반의 총알과 우리를 노리고 도로와 와디에 매설한 사제폭탄의 비용을 감당했다.

이번처럼.

마침내 폭탄 전문가들이 사제폭탄을 폭파했다. 버섯구름이 공중으로 솟구치고 대기는 짙은 먼지로 자욱했다.

---

* 우기 외에는 물이 흐르지 않는 곳.

서둘러 짐을 정리한 우리는 북쪽을 향해, 사막 속으로 깊이 더 깊이, 계속해서 나아갔다.

18.

우리는 수송 수단들을 네모 모양으로 배열한 후 피신처라고 불렀다. 다음 날도, 그다음 날도, 그렇게 계속 마을 주변을 정찰했다.

존재감을 보여주라고 했다.

계속해서 움직이라고 했다.

탈레반을 헷갈리게 만들라고 했다. 동요하도록.

그러나 우리의 기본 임무는 진행 중인 미국의 공격을 지원하는 것이었다. 머리 위에서 미군 전투기들의 굉음과 인근 마을에서의 폭발음이 끊임없이 들렸다. 우리는 미군과 매우 긴밀하게 협력하고 있었으며 탈레반과도 자주 총격전을 벌였다.

피신처를 만든 지 하루나 이틀 후, 우리는 높은 곳에 올라가 멀리 양치기들을 바라보고 있었다. 몇 킬로미터 주변에서 눈에 띄는 것이라고는 이 양치들과 양 떼뿐이었다. 너무도 순수한 광경이었다. 그런데 양치기들이 미군과 점점 가까워지면서 그들을 당혹스럽게 했다. 미군에서 여러 차례 경고 사격을 했다. 그러다가 불가피하게 양치기 한 명을 쓰러뜨렸다. 그는 오토바이를 타고 있었다. 그 장면이 단순한 사고인지 아니면 의도적인지, 멀리서는 구분하기 어려웠다. 양 떼가 흩어지고 미군들이 달려가서 그 양치기를 들어 올리는 모습도 보았다.

미군들이 돌아간 후에 나는 피지 병사들과 함께 들판으로 가서 그 오토바이를 집었다. 나는 오토바이를 구석구석 청소한 후 한쪽에 보관했다. 고장 난 곳이 있는지도 살펴보고. 몇 명의 미군이 양치기에게 질문을 하더니 붕대를 감아주고 풀어주었다. 그는 곧장 우리에게로 왔다.

양치기는 우리가 자기 오토바이를 가져온 것에 놀라워했다.

깨끗하게 청소한 것을 보더니 또 한 번 놀랐다.

게다가 오토바이를 돌려주었을 때는 기절할 듯이 놀랐다.

19.

다음 날, 어쩌면 그다음 날에, 우리 호위대에 기자 세 명이 합류했다. 그들을 데리고 전장을 구경시키되, 뉴스 엠바고(embargo, 보도 금지 조치)가 여전히 유효함을 기자들에게 분명히 인지시키라는 명령을 받았다.

호위대 앞의 스파르탄 전차에 오른 나는 그 속에 기자들도 태웠다. 기자들은 불쑥불쑥 질문을 하며 나를 귀찮게 했다. 밖에 나가서 사진을 찍고 싶어 했고 약간의 필름도 챙겨 왔다. 하지만 바깥은 안전하지 않았다. 아직도 미군들이 정리 중인 지역이었다.

내가 전차의 포탑부에 서 있는데 기자 한 명이 내 다리를 툭툭 치며 나가게 허락해 달라고 다시금 요청했다.

나는 한숨을 쉬며 말했다. "좋아요. 하지만 지뢰를 조심해야 합니다. 그리고 가까이 붙어 있어야 해요."

세 명 모두가 전차에서 나와 카메라를 설치하기 시작했다.

몇 분 뒤, 우리 앞에 있던 사람들이 공격을 받았다. 여러 발의 총알이 윙윙거리며 머리 위로 날아갔다.

기자들은 바짝 얼어붙은 채로 어쩔 줄 몰라 하며 나를 바라보았다.

"거기 서 있으면 안 돼요! 다시 타요!"

나는 처음부터 기자들이 거기에 있는 게 마땅치 않았고, 특히 내가 호위하는 와중에 사건이 생기는 것은 더더욱 원치 않았다. 내 사전에 기자들의 목숨이 기록되는 것은 바라지 않던 일이다. 매우 역설적이기는 하지만.

가까운 마을에 미군이 헬파이어 미사일을 발사했다는 소식을 들은 것은 그로부터 몇 시간 혹은 며칠 뒤였다. 많은 사람이 다쳤다. 한 소년이 손수레를 타고 다리를 축 늘어뜨린 채 마을 밖 산등성이로 옮겨졌다. 다리가 만신창이였다.

두 남자가 손수레를 밀고 우리에게로 곧장 달려왔다. 소년과 어떤 관계인지는 알 수 없었다. 가족? 친구? 우리에게 도착했지만 영어를 몰라 아무도 설명하지 못했다. 하지만 소년은 누가 봐도 매우 위독한 상황이어서 우리 의무팀이 긴급하게 치료를 시작했다.

테르프(통역사) 한 명이 소년을 진정시키려 애를 쓰는 한편으로 소년을 데려온 사람들에게 무슨 일이 있었는지 알아내려 했다.

"무슨 일이 있었던 거죠?"

"미군들이에요."

내가 가까이 다가갔지만, 부사관 하나가 나를 저지했다. "아뇨, 중위님. 보지 않는 게 나을 겁니다. 보고 나면 평생 머릿속에서 지워지지 않을 거예요."

그 말에 나는 물러섰다.

몇 분 후, 휘파람 소리가 들리고, 무언가 스쳐 가는 소리. 우리 뒤에서 커다란 폭발이 일어났다.

뇌가 흔들릴 정도였다.

주변을 돌아보았다. 모두가 바짝 엎드려 있었다. 나와, 다른 두 명만 빼고.

"어디서 날아오는 거지?"

대원 몇 명이 저 먼 곳을 가리켰다. 그리고 필사적으로 반격하기 위해 나의 허가를 요청했다.

"좋아!"

하지만 우리를 공격했던 탈레반은 이미 떠난 후였다. 기회를 놓친 것이다.

우리는 아드레날린이 잦아들고, 귀를 울리던 소리도 멈추기를 기다렸다. 꽤 많은 시간이 걸렸다. 그때 우리 대원 중 한 명이 중얼거리던 소리가 지금도 기억에 남아 있다. "젠장, 큰일 날 뻔했어."

그동안 무슨 일이 일어난 건지를 정리하느라 꽤 많은 시간을 보냈다. 우리 중 몇몇은 미군이 소년을 다치게 했다고 생각했고, 다른 몇몇은 소년이 탈레반의 전형적인 기만전술에 희생된 것이라고 했다. 그 수레도, 우리를 현혹하여 언덕에서 꼼짝 못 하게 함으로써 탈레반이 우리의 위치를 확정할 수 있도록 기획된 작은 속임수였다. 적들은 소년을 엉망으로 만들어 수레에 태워 보내고서는 미끼로 활용했다.

"소년과 그 남자들은 왜 그러기로 한 거지?"

"거절했다가는 죽임을 당하니까요. 사랑하는 사람들과 함께…."

20.

멀리서 무사 칼라의 불빛이 보였다. 2008년 2월.

우리의 전차는 피신처 안에 있었고, 배낭에서 꺼낸 것들로 저녁을 먹으며 낮은 목소리로 대화했다. 자정쯤 식사가 끝난 후, 나는 무전을 엿듣기 시작했다. 스파르탄의 뒷좌석에 앉아 큰 문을 연 채로 탁자를 내리고는 무전 내용을 받아 메모했다. 유일한 불빛이라고는 머리 위 철망 보호구 안에 있는 희미한 전구가 전부였다. 사막 하늘의 별빛이 이 전구보다 더 밝고 더 가깝게 느껴졌다.

스파르탄의 배터리를 이용하여 무전기를 가동했기 때문에 배터리를 충전하기 위해서는 주기적으로 스파르탄의 시동을 켜야 했다. 탈레반의 관심을 끌까 봐 소음을 내고 싶지 않았지만 어쩔 수 없었다.

잠시 뒤, 나는 스파르탄을 정리하고 보온병에서 핫초코 한 잔을 따랐지만, 몸을 데울 정도는 아니었다. 어느 것으로도 어려웠다. 사막이 점점 추워지고 있었던 탓이다. 사막 전투복과 사막 군화와 녹색 패딩과 양모 비니를 착용했지만, 여전히 몸이 떨렸다.

나는 무전기의 음량을 조절하며 끽끽거리는 소리 사이의 음성을 포착하려고 신경을 집중했다. 임무 내용이 하달되는 중이었다. 우편물 배달 정보도 있었다. 전투단 네트워크를 통해 전달한 메시지 중에서 우리 부대와 관련된 내용은 없었다.

새벽 한 시쯤에 몇몇 사람들이 레드 폭스(Red Fox)에 대해 이야기하는 내용을 들은 기억이 난다.

지휘관인 제로 알파(Zero Alpha)가 누군가에게 레드 폭스가 어쩌구저쩌구 하고 말했고… 나도 몇 마디를 메모했다. 그러다가 메모를 멈추고 하늘의 수많은 별을 올려다보고 있는데, 그때 사람들이 언급하는 소리를 들었다. C 부대.

그 목소리로 판단할 때 레드 폭스가 곤란한 상황에 처한 게 분명했다. 그리고 레드 폭스가 사람이라는 것도 알아냈다. 그가 뭘 잘못한 것일까?

아니었다.

그럼 다른 사람들이 그를 해치려는 것일까?

그랬다.

어조를 통해 판단하건대 레드 폭스는 곧 살해될 것 같았다. 핫초코를 한 모금 삼키고 무전기를 응시하던 나는, 그 레드 폭스가 바로 나라는 사실을 확신했다.

이제 목소리들이 더욱 적나라해졌다. 레드 폭스의 정체가 탄로나 적들에게 노출되었으니 곧바로 그를 빼내야 한다고 말했다.

"웃기시네." 나는 중얼거렸다. "웃기지들 마."

불현듯 이튼에서의 기억이 스쳤다. 마리화나에 취한 채로 화장실 창문 너머로 힐끗 바라보았던 그 여우. 그는 정말로 미래에서 온 전령이었다. "언젠가 넌 혼자가 될 것이고, 늦은 밤에, 어둠 속에서, 나처럼 사냥을 당할 거야… 어떤 기분인지 잘 느껴봐."

다음날 우리는 정찰에 나섰다. 강박증에 사로잡힌 나는 누가 나를 알아볼까 봐 전전긍긍했다. 쉬마그(shemagh)*로 얼굴 전체를 감싸고, 검은색 스키 고글을 쓰고, 머리를 이리저리 움직이며 손가락은 기관총 방아쇠에 밀착시켰다.

---

* 아랍인들이 주로 사용하는 두건.

해 질 무렵, 특수부대원들이 나를 치누크 헬기에 태우고는, 평소에 무전기로 수다를 떨던 아파치 두 대의 호위를 받으며 이동했다. 계곡을 가로질러 에든버러 기지로 돌아갔다. 어둠 속에 도착한 탓에 아무것도 눈에 보이지 않았다. 기지로 달려가 초록색 캔버스 천막 안으로 들어섰다. 그 안은 훨씬 더 어두웠다.

무언가 삐걱거리는 소리가 들리더니 작은 불빛이 켜졌다.

내 앞에 선 한 남자가 지붕에 달린 소켓에 작은 전구를 끼워 넣고 있었다.

에드 대령.

그의 긴 얼굴은 내가 기억하던 것보다 더 길어 보였고, 초록색의 긴 코트를 입고 있어 마치 1차 세계대전에서 막 튀어나온 사람 같았다. 무슨 일이 일어난 건지 그가 퍼즐을 맞춰 주었다. 호주의 한 잡지에서 내가 아프가니스탄에 있다고 온 세상에 떠들었다. 별로 인지도가 없는 잡지라서 처음에는 아무도 알아채지 못했지만, 미국의 일부 막돼먹은 인간들이 이 이야기를 포착하여 자신들의 너저분한 웹사이트에 올리고, 이를 다른 거지 같은 인간들이 가져다 쓰는 식이었다. 이제 이 소식은 도처에 퍼졌다. 이 은하계에서 품고 있는 최악의 비밀은 헬만드주에서 해리 왕자와 비슷한 사람이 출현했다는 소식이었다.

"유감스럽게도, 신분이 노출되었어."

에드 대령이 나에게 사과했다. 그는 내가 이런 시기에 이런 방식으로 군 복무를 끝내고 싶어 하지는 않았다는 사실을 잘 알았다. 다른 한편으로, 에드 대령의 상관들이 나를 전출시키려고 몇 주 동안이나 압박했다는 그의 말로 미루어 볼 때, 그나마 복무 기간이 더 짧아지지 않은 것만 해도 행운이었다. 나는 나의 지위와 탈레반이라는 존재 모두와 거리를 두고, 적지 않은 시간 동안 꽤 괜찮은 성과를 기록하며 지내왔다.

머물게 해달라고 간청하고 싶었지만, 그럴 수 없으리라는 것도 잘 알았다. 나의 존재로 인해 내 주변의 사람들을 심각한 위험에 빠뜨릴 수도 있었기 때문이다. 에드 대령도 마찬가지였고. 이제 탈레반은 내가 이 나라에 있으며 어디쯤 있는지까지 알게 되었으므로, 나를 죽이기 위해 할 수 있는 전부를 쏟아낼 것이다. 육군은 내가 죽는 것을 바라지 않았고, 일 년 전의 상황과 달라진 건 없었다. 나로 인해 다른 군인들이 죽지 않도록 육군에서 각별히 유의하고 있다는 점 말이다.

이런 우려에는 나도 공감했다.

에드 대령과 악수를 하고 텐트에서 나왔다. 몇 가지 소지품을 챙기고 몇몇 짧은 인사를 나눈 후, 아직도 열심히 날개를 돌리고 있는 치누크에 다시 올라탔다.

한 시간 만에 칸다하르도 돌아왔다.

샤워하고, 면도하고, 영국행 대형 비행기에 탑승할 준비를 했다. 같이 비행기에 오르기 위해 대기하며 오락가락하는 다른 군인들도 있었다. 그들의 마음은 나와 사뭇 달랐다. 그들은 모두 기쁨으로 가득했다. 집으로 돌아가는 거니까.

나는 바닥을 응시했다.

탑승 수속에 너무 많은 시간이 걸리는 것을 모두가 알아차리기 시작했다.

"왜 이렇게 지연되죠?" 우리가 조바심을 내며 물었다.

마지막 승객을 기다리고 있다고 한 승무원이 대답했다.

"누군데요?"

"덴마크 군인의 관을 화물칸에 싣고 있어요."

우리 모두는 숙연해졌다.

이윽고 모두가 탑승하여 이륙했을 때, 비행기 앞부분의 커튼이 흔들리며 그 속의 광경이 잠시 비쳤다. 병상에 누워 있는 세 남자가 보였다. 나는 안전벨트를 풀고 통로로 걸어가서 중상을 입은 영국군 세 명을 발견했다. 한 명은 나도 기억하는데, 사제폭탄으로 끔찍한 상해를 입은 환자였다. 또 한 명은 머리부터 발끝까지 깁스한 상태였다. 의식은 없어도 자신의 목과 머리에서 제거된 파편이 든 시험관을 단단히 쥐고 있었다.

그들을 보살피는 의무관과 이야기하며 살아날 수 있을지 물었다. 확답하지 못했다. 설령 살아난다 하더라도 앞으로 매우 험난한 길을 걸어야 할 것이라고 의무관은 말했다.

그동안 너무 내 생각만 하고 산 것 같은 자괴감이 들었다. 비행하는 내내 비슷한 모습으로 집으로 돌아가는 남녀 군인들과 영영 돌아갈 수 없는 모든 이들에 대해 생각했다. 그리고 이 전쟁에 대해 전혀 모르는 사람들, 본인의 의지로, 아무런 관심도 없이 집에서 편안하게 살아가는 사람들에 대해서도 생각했다. 많은 사람이 전쟁에 반대하지만, 그 실체를 제대로 아는 사람은 거의 없었다. 나는 그 이유가 궁금했다.

사람들에게 이런 걸 알려주는 일은 누가 해야 할까?

'그래.' 나는 생각했다. '언론이지.'

21.

2008년 3월 1일 도착.

식사로 제대로 하기 전에 기자회견이 예정되어 있었다. 숨을 가다듬고, 내가 지명한 기자의 질문에 차근차근 대답했다. 그는 나에게 영웅이란 단어를 사용했지만, 나는 그 표현에 동의하지 않았다. "진짜 영웅은 비행기 안에 있는 사람들입니다. 델리와 드와이어, 에든버러 기지에 있는 사람들은 말할 것도 없고요."

기자회견실에서 나온 나는 곧바로 형과 아버지에게로 향했다. 형이 나를 안아주었다. 아버지의 두 볼에 키스도 했고. 아버지가 내 어깨를 꼭 껴안은 것 같기도 하다. 떨어져서 보는 여느 가족의 평범한 인사와 대화처럼 보였겠지만, 전례 없고 화려하기까지 한 육체적 애정의 과시 장면이었다.

그러더니 두 사람 다 눈을 동그랗게 뜨고 나를 바라보았다. 내가 초췌해 보였나 보다. 무언가에 시달린 것처럼.

"어른스러워 보이는구나, 해롤드." 아버지가 말했다.

"네."

아버지의 아우디를 타고 하이그로브를 향해 달렸다. 가는 내내 우리는 마치 도서관에 있는 것처럼 이야기했다. 아주 정숙하게.

"잘 지냈어, 해롤드?"

"아, 글쎄. 형은?"

"그럭저럭."

"케이트는 잘 지내?"

"응, 잘 지내."

"잘됐네."

"내가 뭐 알아야 할 게 있어?"

"아니, 늘 똑같아."

창을 내리고 스쳐 지나가는 들판을 바라보았다. 그 모든 색깔, 그 모든 초록을 내 눈에 다 담기는 어려웠다. 신선한 공기를 한껏 들이마시며 어느 게 꿈인지 생각했다. 아프가니스탄에서 보낸 몇 달인지, 아니면 이 차에 타고 있는 지금인지. 드와이어의 살상 무기들, 목 잘린 염소들, 손수레로 운반된 소년… 이게 모두 현실이었던가? 아니면 이 부드러운 가죽시트와 아버지의 향수 냄새가?

22.

한 달의 휴가가 생겼다. 처음 시간들은 친구들과 보냈다. 내가 돌아왔다는 소식을 들은 친구들이 전화해서, 밖에 나가 술을 마시자고 했다.

"좋아, 하지만 한 번만이야."

캣 앤 커스터드 팟(Cat and Custard Pot) 주점이었다.

나, 어두운 구석에 앉아 진토닉을 홀짝거렸다.

그들, 웃고 떠들며 여행과 프로젝트와 연휴와 관련된 온갖 계획을 세우고 있었다.

모두들 시끄러웠다. 어떻게 늘 저렇게 시끄러울 수가 있는지. 친구들은 늘 나더러 조용하다고 했다. 그래, 그랬지. 그랬던 것 같아.

"무슨 일 있어?"

"아니, 없어."

그냥 조용히 있고 싶었다.

혼자 동떨어진 듯한, 약간의 거리감이 느껴졌다. 가끔은 당황스럽기까지 했다. 또 어떤 때는 화가 났다. '너희들, 지금 이 순간 지구 반대편에서 무슨 일이 벌어지고 있는지 알아?'

하루 이틀 후 나는 첼시에게 전화를 걸어 만나자고 했다. 애원하듯이. 그 때 첼시는 케이프타운에 있었다.

그녀가 나를 초대했다.

'좋아.' 당장 나에게 필요한 건 이거였다. 첼시와 그 가족들과 하루나 이틀을 보내는 것.

이후 첼시와 나는 보츠와나로 달려가 그 친구들과 재회했다. 일단은 티즈와 마이크의 집에서 머물기로 했다. 문 앞에 도착하자마자 그들은 나를 와락 껴안으며 키스를 퍼부었다. 나를 진심으로 걱정했다. 그러고는 음식을 잔뜩 내어왔고 마이크가 마실 것도 권했다. 내가 가장 사랑하던 하늘 아래에, 내가 가장 사랑하던 곳에 있었기에 어느 순간 자칫 눈물이 흐를까 염려될 만큼 너무나 행복했다.

하루 이틀 뒤에 첼시와 나는 빌린 보트를 타고 상류로 거슬러 올라갔다. 쿠부 퀸(The Kubu Queen) 하우스보트를 타고. 우리는 몇 가지 간단한 요리를 해 먹고, 보트 위층 갑판에서 별을 바라보며 잠을 청했다. 오리온 띠 성군과 소북두칠성 자리를 바라보며 긴장을 풀어보려 했지만 쉽지 않았다. 언론이 우리의 여행 냄새를 맡았는지, 보트가 강변에 접근할 때마다 끊임없이 우리를 자극했다.

일주일쯤 뒤에 우리는 다시 마운으로 가서 티즈와 마이크 커플과 송별회를 했다. 모두들 일찍 잠자리에 들었지만, 나는 티즈와 함께 이런저런 대화를 나누며 전투 이야기도 살짝 했다. 아주 살짝. 집에 돌아온 후로 이런 이야기를 하는 건 처음이었다.

형과 아버지도 물었지만, 티즈와는 묻는 방식이 달랐다.

첼시도 그랬다. 아직도 내가 전장에 가는 게 싫어서 그 주제에 대해 그렇게 조심스러웠던 걸까? 아니면 내가 그 이야기를 꺼내는 걸 싫어한다고 생각했기 때문일까? 나도 확실치 않았고, 첼시도 그렇게 느꼈다. 결국 우리 둘 다 어느 것에도 확실치 않았다.

티즈와 나는 이 문제에 대해서도 이야기했다.

"첼시는 날 좋아해요." 내가 말했다. "날 사랑한다고 생각해요. 하지만 나로 인해 동반되는 짐을 싫어해요. 왕족이기 때문에 생기는 문제들, 특히 언론 같은 것들을 싫어해요. 하지만 이런 문제들은 달라지지 않아요. 그런데도 우리 사이에 희망이 있을까요?"

티즈는 내가 첼시와 결혼하는 모습을 상상할 수 있겠냐며 직설적으로 물었다.

나는 설명하려고 애썼다. 사실 나는 첼시의 낙천적이고 진솔한 영혼이 좋았다. 누가 어떻게 생각하든 그녀는 개의치 않았다. 짧은 스커트를 입고, 높은 부츠를 신고, 신나게 춤추고, 나만큼 테킬라를 마시고. 나는 그녀에 대한 모든 것들이 좋았지만… 할머니는, 또 영국의 대중은 그런 것들을 어떻게 생각할지 걱정스러웠다. 그래서 내가 바라는 것은 첼시가 이 모두를 받아들일 수 있도록 달라지는 것이었다.

나는 남편이 되고 싶고 아버지가 되고 싶었다. 하지만 확신은 없었다.

"그 모든 눈초리를 감당하라면 웬만한 사람으로는 어려워요. 첼시가 그걸 극복할 수 있을지 모르겠어요. 내가 그녀에게 그걸 감당하라고 요구하고 싶은지도 모르겠고…."

23.

언론에서는 우리가 언제 영국에 돌아왔고, 리즈(Leeds)에 있는 첼시의 캠퍼스 밖 아파트로 어떻게 달려갔고, 첼시는 내가 신뢰하는, 그리고 더 중요한 건 나를 신뢰하는 두 여성과 그 아파트에서 함께 살았다. 내가 후드 티와 야구모자로 변장하고 아파트에 몰래 들어가 첼시의 친구들에게 웃음을 주고, 내가 대학생인 척하고 피자를 먹으러 가고 술집에 가서 노는 걸 얼마나 좋아하는지, 심지어 내가 대학을 포기한 결정을 후회한다는 식의 기사들을 연일 쏟아냈다. 그중 어느 것도 사실이 아니었다.

나는 리즈에 있는 첼시의 아파트에 딱 두 번 갔었다.

룸메이트들에 대해서는 아는 게 거의 없었다.

그리고 대학을 포기한 결정에 대해서는 단 한 번도 후회한 적이 없었다.

하지만 언론은 점점 도를 넘었다. 그들은 이제 환상과 공상을 마구 퍼 나르며 나와 내 주변 사람들을 물리적으로 스토킹하고 괴롭혔다. 첼시는 파파라치들이 강의실까지 쫓아왔다고 말했다. 그리고 나더러 무언가 조치해 달라고 부탁했다.

나는 노력하겠다고 말했다. 그리고 미안하다는 말도 함께.

케이프타운으로 돌아갔을 때도 나에게 전화를 걸어 그들이 어디에나 쫓아다니며 자기를 미치게 한다고 하소연했다. 자기가 어디에 있고 어디로 갈 것인지를 그 사람들이 도대체 어떻게 알고 있는지 황당하다고 했다. 첼시는 제정신이 아니었다. 나와 이 문제를 놓고 상의한 마르코는, 첼시의 오빠에게 자동차 하부를 잘 살펴보게 시키라고 나에게 조언했다.

역시나, 추적 장치가 달려 있었다.

마르코와 나는 무엇을 확인하고 어디서 확인해야 하는지를 첼시의 오빠에게 정확히 설명했다. 이미 내 주변 사람들에게서 이런 일이 자주 일어나고 있었기 때문이다.

첼시는 이런 일들을 감당할 수 있을지 확신이 없다고 나에게 재차 말했다. 어떻게 평생 스토킹을 당하냐면서.

내가 무슨 말을 할 수 있을까?

무척 그리울 것이다. 하지만 자유를 향한 그녀의 갈망을 나는 완벽하게 이해했다.

나에게도 선택권이 있다면, 나도 결코 지금의 삶을 바라지는 않을 것이다.

24.

플랙(Flack). 사람들은 그녀를 그렇게 불렀다.

유쾌하고, 다정하며, 시원시원한 여성이었다. 첼시와 내가 각자의 삶으로 돌아간 지 몇 달 후, 친구들과 어느 식당에서 그녀를 만났다.

"스파이크, 여긴 플랙이야."

"안녕하세요, 처음 뵙겠습니다. 플랙?"

그녀는 텔레비전에 출연한다고 설명했다. TV 진행자였다.

"죄송합니다." 내가 말했다. "제가 텔레비전을 많이 보지 않아서."

자신이 누구이고 무슨 일을 하는지 내가 전혀 알아보지 못하는데도 그녀는 조금도 당황하지 않았고, 나는 그녀의 이런 모습이 좋았다. 자존심을 크게 내세우지 않는 사람이었다.

심지어 그녀가 자신이 누구이고 무슨 일을 하는지 설명한 이후에도 나는 확신이 들지 않았다.

"전체 이름을 한 번만 더 말씀해 주시겠어요?"

"캐롤라인 플랙(Caroline Flack)."

며칠 뒤, 우리는 저녁 식사도 하고 게임도 즐기려고 다시 만났다. 브럼햄 가든스(Bramham Gardens)에 있는 마르코의 아파트에서 포커의 밤을 보내기로 했다. 한 시간쯤 뒤, 나는 마르코의 카우보이모자로 위장하고는 돌덩이 빌리와 대화하러 밖으로 나갔다. 건물을 나서면서 담배에 불을 붙이고 오른쪽을 보았다. 그곳, 주차된 차 뒤에서… 두 쌍의 발이 보였다.

그리고 두 개의 까딱거리는 머리도.

그들이 누구든 마르코의 모자를 쓴 나를 알아보지는 못했다. 그래서 나도 자연스럽게 빌리에게로 다가가서 그의 경찰차에 기대어 조용히 속삭였다. "3시 방향, 적기 출현."

"뭐라고요? 설마."

"빌리, 저들이 어떻게 알았을까요?"

"전 모릅니다."

"내가 여기 있는 건 아무도 몰라요. 날 추적하고 있을까요? 내 전화기를 도청했을까요? 아니면 플랙의 전화기를?"

빌리는 급히 차에서 내려 길모퉁이로 달려가 두 파파라치들을 깜짝 놀라게 했다. 빌리가 그들에게 소리를 질렀다. 그러자 그들도 되받아 소리를 쳤다. 그만하면 꽤나 용감한 친구들이었다.

그날 밤 파파라치들은 원하는 사진을 얻지 못했지만, 작은 승리는 거두었다. 불과 얼마 후 그들은 나와 플랙을 쫓아다녔고, 그렇게 찍은 사진들이 광풍을 일으켰다. 몇 시간 지나지 않아 플랙의 부모 집과 모든 친구의 집, 할머니의 집 앞에까지 그 패거리들이 진을 쳤다. 플랙은 한때 공장 같은 곳에서 일한 적이 있었기 때문에 한 신문에서는 그녀에 대해 '조금 거친'이라는 표현을 사용했다.

'세상에.' 나는 생각했다. '이곳이 이렇게 역겨운 속물들의 나라란 말인가?' 나는 간헐적으로 플랙과 만났지만 더는 자유롭다는 느낌이 들지 않았다. 우리가 계속해서 만남을 유지한 이유는 서로와 함께하는 것이 진정으로 즐거웠고, 저런 쓰레기들로 인해 패배를 인정하고 싶지 않았기 때문이었던 것 같다. 하지만 우리의 관계는 되돌리기 어려울 정도로 오염되었고 극심한 슬픔과 괴롭힘을 감수할 만큼의 가치는 없다는 데 둘 다 동의했다.

무엇보다 그녀의 가족을 위해서라도.

"안녕." 서로에게 말했다. "잘 지내요. 행운을 빌어요."

25.

대녓 장군과 칵테일을 마시러 JLP와 함께 켄싱턴궁으로 갔다. 장군의 아파트 문을 두드릴 때는 전장으로 떠날 때보다 더 긴장되는 느낌이었다.

장군과 그의 아내 피파(Pippa)가 우리를 따뜻하게 맞이했고, 나의 군 복무에 대해 축하 인사도 덧붙였다.

나는 미소를 지었지만, 곧 표정이 무거워졌다. 그 의미를 이 부부는 잘 알았다. 그리고 나의 복무 기간이 단축된 것에 유감을 표했다.

"언론이, 그 사람들이 다 망쳤죠. 그렇지 않아요?"

"그래, 분명히 그래."

장군이 나에게 진토닉을 따라주었다. 모두가 의자에 둘러앉았다. 크게 한 모금 들이킨 진이 식도를 따라 내려가는 것을 느끼며, 나는 전장으로 돌아가야겠다고 불쑥 말했다. 돌아가서 끝날 때까지 제대로 임기를 마쳐야겠다고.

장군이 나를 물끄러미 바라보았다. "아, 알겠네. 그럼 이런 경우에는…."

장군은 여러 대안을 골똘히 고민하며 각 대안의 정치적, 현실적 파장을 분석했다.

"헬리콥터 조종사를 해보는 건… 어떨까?"

와우! 나는 몸을 뒤로 젖히며 환호했다. 한 번도 생각하지 못한 아이디어였다. 아마도 형과 아버지, 또 할아버지와 앤드류 삼촌도 조종사였기 때문일 것이다. 나는 언제나 나만의 길과 나만의 무언가를 추구하는 데 열중했지만, 지금 대녓 장군은 이것이 최선이라고 강조했다. 유일한 길이라고. 말하자면 전장 위 구름 속에 있는 편이 훨씬 안전할 것이라면서. 내가 아프가니스탄으로 돌아간 것을 언론이 안다고 해도, 그들이 또다시 멍청한 짓을 했다고 해도, 그런들 어쩌겠는가? 탈레반은 내가 어디에 있는지 알지 몰라도, 언론은 하늘에 있는 나를 무슨 재주로 찾을 것인가?

"조종사 자격을 갖추려면 시간이 얼마나 걸릴까요, 장군님?"

"2년 정도."

나는 고개를 가로저었다. "너무 기네요, 장군님."

그가 어깨를 으쓱했다. "필요한 일은 시간이 걸리는 법이지. 당연히."

그리고 책상에 앉아 공부할 것도 무척 많을 것이라고 그는 말했다. 젠장. 인생의 전환점을 맞이할 때마다 교실로 다시 끌고 가다니⋯. 나는 장군에게 감사하다고 인사하며, 충분히 생각해 보겠다고 말했다.

26.

하지만 2008년의 그 여름에는 이런 생각을 하지 않고 지냈다. 집으로 돌아가는 비행기 안에서도, 함께 탑승한 부상 군인들 외에는 별다른 생각을 하지 않았다. 다른 사람들도 이 군인들을 생각하고 말하기를 바랐다. 전장에서 돌아오는 영국 군인들을 생각하는 사람은 그리 많지 않았다.

여유가 생길 때마다 나는 이것을 바꾸려고 고민했다.

그러는 사이에 궁이 나를 바쁘게 만들었다. 나는 미국으로 보내졌는데, 그것이 나의 첫 공식 출장이었다. (과거에 어머니와 콜로라도에 가고, 급류 래프팅을 하고, 디즈니월드를 방문한 적이 있었다.)

여정을 짤 때 JLP가 함께했는데, 그는 내가 무엇을 원하는지 정확히 알았다. 나는 부상 군인들을 방문하고 세계무역센터 현장에 헌화하고 싶었다. 그리고 2001년 9월 11일에 사망한 사람들의 가족도 만나고 싶었다. JLP가 그 모든 일을 현실로 만들었다.

그 순간들 외에는 출장에서 특별히 기억에 남는 게 없다. 돌이켜보면 내가 가는 곳마다 과거 어머니의 아찔한 토론과 관련된 여러 가지 이야기들이 들렸는데, 그 대부분은 미국을 향한 어머니의 사랑과 역사적인 미국 방문에 기인했다. 그렇지만 가장 기억에 남는 것은 부상 군인들과 함께 자리하고, 군인묘지를 방문하고, 슬픔에 잠긴 가족들과 대화하던 순간들이다.

나는 그들의 손을 잡고 고개를 끄덕이며 공감을 표현했다. 모두가 함께여서 마음도 조금 더 누그러지는 듯했다. 슬픔이야말로 나누기에 가장 좋은 것이니까.

나는 테러와의 전쟁으로 피해를 입은 모든 이들을 위해 더 많은 배려가 필요하다는 확신을 갖고 영국으로 돌아왔다. 그렇게 나 자신을 강하게 몰아붙였다. 너무 강하게. 결국 탈진 상태에 이르렀는데도 그것을 깨닫지 못했고, 아침에 눈을 뜨며 심한 피로감을 느낄 때가 많았다. 그러나 너무 많은 사람들이 도움을 요청하고 있었기 때문에 속도를 늦출 방법을 찾을 수가 없었다. 너무 많은 사람들이 고통받고 있었기 때문에.

이 무렵에 "영웅들에게 도움을(Help for Heroes)"이라는 새로 설립된 자선단체를 알게 되었다. 나는 그들이 하는 사업과 군인들이 처한 어려움을 바라보는 인식이 마음에 들었다. 형과 내가 그 단체에 손을 내밀었다. "우리가 무엇을 하면 좋을까요?"

"도와주실 일이 있어요." 영국 군인들의 부모들로 구성된 설립자들이 우리에게 전했다. "우리의 손목밴드를 착용해 주시겠어요?"

"당연하죠!" 우리는 케이트와 함께 축구 경기를 관람하며 밴드를 착용했는데 그 효과는 실로 놀라웠다. 손목밴드 수요가 폭발하고 기부가 쏟아지기 시작했다. 길고 의미 있는 관계의 출발점이었다. 더욱이 이 사건은 우리가 가진 기반(platform)의 위력을 적나라하게 보여주었다.

그런데도 나는 대부분의 일을 보이지 않는 곳에서 진행했다. 셀리 오크 병원(Selly Oak Hospital)과 해들리 코트(Headley Court) 자활센터에서 여러 날을 보내며 군인들과 대화하고, 그들의 이야기를 들어주고, 잠시라도 평화롭고 즐거운 시간을 선물하려고 노력했다. 언론에는 절대 알리지 않았고 궁에서는 한 번 정도 소개했던 것 같다. 기자들이 이 사람들과 가까이하는 것도 바라지 않았다. 이 군인들과 나는 겉으로는 평범한 사이로 보일지 몰라도 실제로는 매우 돈독한 관계였다.

"당신도 헬만드주에서 근무했어요?"

"아, 네."

"거기서 잃어버린 사람들도 있어요?"

"네, 안타깝게도."

"제가 도와드릴 일이 있어요?"

"이미 돕고 있어요, 친구."

심각한 상태의 남녀 동료들의 곁을 지키며, 가끔은 그 가족들과도 함께했다. 한 젊은이는 머리부터 발끝까지 붕대로 감긴 채 혼수상태에 빠져 있었다. 그의 아버지와 어머니도 그곳에 있었는데, 회복하는 과정을 하나하나 일기로 기록하고 있다며 나에게 읽어보라고 했다. 일기를 읽은 나는 두 사람의 허락을 받아 젊은이가 깨어났을 때 읽을 수 있도록 글을 남겼다. 그 후 우리는 서로를 안아주고 작별 인사를 했다. 우리는 이미 가족이었다.

마지막으로 공식 업무차 어느 신체 재활 센터를 방문했다가 집으로 돌아오는 비행기에서 한 군인을 만났다. 이름이 벤(Ben)이라고 했다. 벤은 사제 폭탄 때문에 자신의 왼팔과 오른쪽 다리를 절단했다고 나에게 말했다. 끓어오르듯이 뜨거웠던 날이라고 했다. 달리는 도중에 폭발 소리를 들었고 자신의 몸이 공중으로 오륙 미터는 날아오른 느낌이 들었다고 했다.

벤은 다리가 몸에서 떨어져 나가는 장면을 바라보았다고 기억했다.

굳건한 표정에 옅은 미소를 지으며 말했다.

내가 방문하기 전날 벤은 새 의족을 받았다. 나도 그 의족을 훑어보았다. "아주 매끈해요, 친구. 엄청 단단해 보여!" 나중에 다시 보자고 벤이 말했다. 재활 프로그램에 따라 그날은 인공암벽을 오르내리는 연습을 하러 가야 했다.

나도 따라가서 그를 지켜보았다. 보호장구를 착용하고 줄을 거머쥐더니 성큼성큼 위로 올라갔다. 꼭대기까지 올라가 환호성을 지르며 환희를 만끽하고는 아래를 향해 손짓하더니 다시 내려왔다.

놀라운 광경이었다. 영국인으로서, 군인의 한 사람으로서, 그의 전우로서 이렇게 뿌듯할 수가 없었다. 벤에게 그대로 말했다. 그리고 꼭대기까지 오른 것을 축하하는 의미로 맥주 한 잔을 사주겠다고 했다. 아니, 아니지, 맥주 한 상자는 돼야지.

벤이 웃었다. "절대 사양하지 않아요, 친구."

그는 마라톤을 뛰고 싶다는 생각도 말했다.

나는, 정말 그렇게 한다면, 그래서 마라톤 대회에 나간다면, 내가 결승선에서 기다리고 있을 것이라고 말했다.

27.

그해 여름 막바지에는 보츠와나에 가서 티즈와 마이크를 만났다. 최근 두 사람은 대표작이라 할 수 있는 데이비드 에튼버러(David Attenborough) 시리즈인 〈플래닛 어스(Planet Earth)〉와 다른 몇 편의 BBC 영화를 완성하고, 현재는 코끼리에 대한 또 한 편의 영화를 촬영하고 있었다. 서식지 침범과 가뭄 때문에 스트레스를 받은 몇몇 코끼리 무리가 먹을 것을 찾아 나미비아로 몰려드는 바람에, AK-47 소총으로 무장한 밀렵꾼 수백 명의 표적이 되고 있었다. 티즈와 마이크는 이 영화가 현재 벌어지고 있는 코끼리 대학살을 조명할 수 있기를 바랐다.

나도 도움이 될 수 있겠냐고 물었다. 그들은 마다하지 않았다. "그럼 고맙지, 스파이크."

두 사람은 나를 급여 없이 명예 카메라맨으로 고용하겠다고 제의했다. 첫날부터 내가 얼마나 달라 보였는지 그들은 두고두고 입에 올렸다. 내가 원래부터 부지런한 사람은 아니지만, 육군에서 생활하면서 명령을 수행하는 법을 확실하게 배웠다. 그래서 그들도 나에게 두 번 말할 필요가 없었다.

촬영하는 내내 우리는 여러 차례 촬영 트럭을 타고 수풀 지대를 돌아다녔다. 그러다가 나는 잠시 시선을 거둔 채 이런 생각을 했다. '참, 모를 일이네.' 나는 평생 사진사들을 경멸했다. 그들은 다른 이들의 자유를 훔치는 데 특화된 존재들이기 때문이다. 하지만 지금은 내가 사진사로 일하며 이 웅장한 동물들의 자유를 보호하기 위해 싸우고 있다. 더불어 이 과정에서 나 자신도 훨씬 자유로워지는 느낌이었다.

더 역설적인 것은, 수의사들이 코끼리들에게 추적 장치를 붙이는 모습을 내가 촬영하고 있었다는 점이었다. (이 장치는 동물 연구자들이 코끼리 무리의 이동 양식을 이해하는 데 도움을 줄 것이다.) 하지만 지금까지 나는 이 추적 장치와 별로 사이가 좋지 못했다.

어느 날, 우리는 한 수의사가 거대한 수컷 코끼리에게 마취 다트를 쏘아 목에 추적 목걸이를 거는 장면을 촬영하고 있었다. 그런데 마취 다트가 코끼리의 두꺼운 가죽에 꽂히자, 정신을 차린 코끼리가 질주하기 시작했다.

마이크가 소리쳤다. "카메라를 잡아, 스파이크! 뛰어!"

코끼리는 무성한 덤불을 헤치며 주로 모랫길을 따라 거침없이 내달렸고, 아예 길이 없는 곳으로 향하기도 했다. 수의사와 나는 발자국을 놓치지 않으려 집중했다. 이 거대한 동물의 속도는 실로 믿을 수 없을 정도였다. 무려 팔 킬로미터를 달린 끝에 속도가 점점 느려지더니 그 자리에 멈췄다. 나는 일정한 거리를 유지한 채, 수의사가 코끼리에게 다가가 또 한 발의 다트를 쏘는 모습을 카메라에 담았다. 마침내 거대한 녀석이 땅바닥에 뻗었다.

잠시 후, 마이크가 촬영 트럭에서 소리를 질렀다. "잘했어, 스파이크!"

나는 무릎에 손을 얹고 헐떡이며 땀을 비 오듯 흘렸다. 마이크가 갑자기 놀란 표정으로 아래를 쳐다보았다.

"스파이크, 신발은 어딨어?"

"아, 네. 트럭에 두고 왔어요. 신발까지 챙길 시간이 없어서."

"신발도 없이… 덤불을 가로질러… 팔 킬로미터를 달렸다고?"

나는 미소를 지었다. "나보고 달리라고 했잖아요? 당신 말처럼, 육군은 나에게 명령을 수행하는 법을 가르쳐 줬어요."

28.

2009년 새해가 밝자마자 영상 하나가 퍼져나갔다. 삼 년 전, 사관학교 생도였던 내가 다른 생도들과 공항에 앉아 있는 장면이었다. 키프로스였던가? 아니면 키프로스로 가는 비행기를 기다리던 중이었던가?

그 영상을 찍은 장본인은 나였다. 탑승하기까지 남는 시간 동안 돌아다니며 동료들과 장난도 치고 한 명 한 명과 이야기도 나눴다. 그러다가 파키스탄 출신의 친한 친구이자 동료생도인 아흐메드 라자 칸(Ahmed Raza Kahn)과 마주쳤을 때 나는 이렇게 말했다. "오, 우리 귀여운 파키(Paki) 친구…."

그때는 '파키'가 혐오 표현이란 것을 알지 못했다. 자라면서 많은 사람이 이 표현을 사용하는 것을 보았지만 누구도 움찔하거나 위축되는 모습을 보지 못했기에, 한 번도 그 사람들을 인종차별주의자로 의심한 적이 없었다. 게다가 무의식적 편견에 대해서도 나는 아무런 지식이 없었다. 그때 나는 홀로 고립되어 특권 속에서 살아가던 스물한 살의 청년이었다. 그런 나였기에 '파키'란 단어에 굳이 어떤 생각을 했다면, 그저 '오지(Aussie, 호주 사람)'와 다름없는 표현이라고 여겼을 것이다. 해로운 의도가 전혀 없는.

나는 동료들과의 단란한 한때를 촬영한 그 영상을 연말 영상을 제작하던 한 동료에게 보냈다. 그 후 이 영상이 유포되어 컴퓨터에서 컴퓨터로 옮겨 다녔고, 결국 누군가 돈을 받고 《뉴스 오브 더 월드(The News of the World)》에 팔아먹었다.

무자비한 비난이 쏟아지기 시작했다. 사람들은 나더러 못 배웠다고 했다. 나치 사태 이후로 전혀 성숙하지 못했다고 했다. 해리 왕자는 바보보다도 얼뜨고 놀고먹는 아이보다도 고약한, 인종차별주의자라고 했다. 토리당(Tory Party)* 영수(領袖)도 나를 비난했다. 어느 각료는 텔레비전에 나와서 나를 매질했다. 아흐메드의 삼촌도 BBC에 나를 꾸짖었다.

나는 하이그로브에서 앉아 격정적으로 쏟아지는 분노를 지켜보았지만, 딱히 할 수 있는 게 없었다. 아버지 사무실에서 나를 대신해 사과문을 발표했다. 나도 그러고 싶었지만, 궁정 관리들은 반대 의견을 권고했다.

"좋은 전략이 아닙니다, 전하."

---

* 1600~1700년대 영국에 존재하던 당(黨)의 하나로, 현재는 보수적인 성향의 지지자를 뜻하는 속어로 사용된다.

"전략 따윈 집어치워요." 나는 전략 같은 것에 개의치 않았다. 사람들이 나를 인종차별주의자로 생각지 않는 것이 중요했다. 내가 인종차별주의자가 되지 않는 것이 중요했다. 무엇보다, 아흐메드가 중요했다. 그에게 직접 연락하여 사과했다. 그는 내가 인종차별주의자가 아니라는 것을 알고 있다고 했다. 별일 아니라고 했다.

하지만 별일이 아닌 게 아니었다. 그리고 그의 용서와 쉬운 은혜는 나를 더욱 비참하게 만들 뿐이었다.

29.

논란이 계속되자 나는 영국 공군의 바크스턴 히스 기지(RAF Barkston Heath)로 떠났다. 비행 훈련을 하기에도, 어떤 종류의 훈련에도 어중간한 시간이었다. 선천적으로 약했던 나의 집중력도 이제는 그렇지 않았다. 어쩌면 지금이 최적의 시점일지 모른다고 혼잣말을 했다. 나는 인간들의 눈에 띄지 않도록 이 행성을 떠나고 싶었지만, 로켓을 이용할 수 없으니 비행기라도 있으면 좋을 듯했다.

그러나 비행기에 오르기 전에, 육군은 내 상태가 온전한지부터 확인해야 했다. 육군은 그로부터 몇 주 동안 내 몸에 여러 차례 구멍을 내고 정신 상태도 점검했다.

약물이 검출되지 않았다는 결과가 나왔다. 그들도 놀라워하는 눈치였다. 게다가 상반된 여러 영상에도 불구하고 내가 영 바보는 아닌 것으로 밝혀졌다. 그래서… 절차는 계속 진행되었다.

내 첫 비행기는 반딧불이(Firefly)라고 그들이 말했다. 밝은 노란색, 고정익, 단발 프로펠러. 매우 단순한 장치라고 내 첫 조종 교관인 불리(Booley) 주임원사가 말했다.

나는 비행기는 올라 생각했다. '이게? 나한테는 단순하지 않은데.'

불리 원사를 돌아보며 그를 관찰했다. 그 역시 단순하지 않아 보였다. 짧은 키에 탄탄하고 강인한 모습, 이라크와 발칸 반도에서 전투에 참여한 경력이 있으며, 이 모든 상황에서 보고 겪은 것들을 감안하면 그는 매우 까다로운 유형의 사람이어야 할 것이다. 하지만 그는 그 모든 전투 경력에서도 악영향을 받지 않은 듯 보였다. 오히려 그는 부드럽기 그지없었다.

그래야 할 필요도 있었다. 생각이 너무 많다 보니, 나는 머릿속이 복잡한 채로 첫 수업을 시작했고 그것이 고스란히 결과로 드러났다. 불리 원사가 인내심을 잃고 나에게 고함을 치기 시작하리라고 예상했지만, 그렇지 않았다. 도리어 첫 훈련이 끝난 후에 원사가 나에게 오토바이를 같이 타자며 초대했다. "가서 머리 좀 식히죠, 웨일스 중위님."

마법처럼 효과가 있었다. 멋들어진 트라이엄프 675 오토바이는 이 비행 수업 중에 내가 추구하던 것들을 적시에 일깨워 주었다. 속도와 힘, 그리고 자유.

하지만 우리가 자유롭지 않음을 곧 깨달았다. 가는 곳마다 기자들은 따라다녔고 불리 원사의 집 밖에서도 우리를 촬영했다.

반딧불이의 조종석과 조종간에 적응하는 시간이 지나고 드디어 비행을 시작했다. 둘이서 비행을 함께한 지 겨우 몇 차례 지났을 때, 불리 원사가 경고도 없이 시동을 꺼버렸다. 왼쪽 날개가 급강하면서 어지러움과 공황으로 구역질이 날 뻔했는데, 수십 초 같은 그 몇 초가 지나자 그가 다시 기체를 복구하고 날개를 수평으로 맞췄다.

내가 그를 빤히 바라보며 물었다. "도대체 뭐죠?"

자살 비행을 하려던 것일까?

"아닙니다." 그가 부드럽게 말했다. "제 훈련의 다음 단계였습니다."

공중에서는 수많은 잘못된 일이 벌어질 수 있으므로, 내가 무엇을 해야 하고 동시에 어떻게 대처해야 하는지 자신이 직접 보여줄 필요가 있었다고 그가 설명했다.

"침착함을 유지해야 합니다."

다음번 비행에서도 그는 똑같은 묘기를 부렸지만, 이번에는 기체가 회복되지 않았다. 뱅글뱅글 돌면서 지상으로 곤두박질치고 있을 때 그가 소리쳤다. "지금이에요."

"지금 뭐요?"

"중위님이… 해보세요."

그가 눈으로 조종간을 가리켰다. 나는 조종간을 잡고, 다시 시동을 걸고, 아슬아슬하게 기체를 회복했다. 불리 원사를 바라보며 축하의 말을 기대했지만….

없었다. 아무 반응도.

시동을 끄고 자유낙하 하는 이 과정을 이후로도 반복했다. 정지한 엔진의 삐걱거리는 금속 소음과 시끄러운 백색소음에 귀가 먹먹해질 무렵, 그가 침착하게 왼쪽을 돌아보며 말했다. "지금이에요."

"지금?"

"통제하세요."

"통제합니다."

출력을 회복하고 무사히 기지로 돌아온 후에도 축하 같은 건 없었다. 별다른 말도 없었다. 불리 원사의 조종석에는 당연히 할 일을 한 사람에게 줄 메달 따위는 없었다.

이윽고 어느 화창한 아침, 여느 때처럼 비행장 상공을 여러 차례 선회한 후 지상에 부드럽게 착륙했는데, 불리 원사가 비행기에 불이라도 난 것처럼 급히 뛰어내렸다.

"왜 그래요?"

"때가 됐어요, 웨일스 중위님."

"때요?"

"혼자 할 때가."

"아, 좋습니다."

혼자 다시 날아올랐다. (처음으로 내 낙하산 장착을 확인한 후에.) 비행장 상공을 한두 차례 선회하는 내내 혼잣말을 했다. "전속력으로. 바퀴를 흰 선에 맞추고. 위로 당겨… 천천히! 기수를 아래로. 속도 줄이지 말고. 상승 전환. 수평 유지. 좋아, 이제 하강한다. 관제탑과 교신하고. 지상 표지 확인하고."

"착륙 전 확인."

"출력 하향."

"선회하여 하강 시작."

"좋다, 이제 안정적 유지."

"착륙 활주, 정렬, 정렬."

"3도 주행 경로, 기수를 피아노 키로."

"착륙 허가 요청."

"착륙 위치 지정 바람."

이제 내가 조종사가 된 건가? 아직은. 하지만 그 길을 열심히 걷고 있었다.

나는 비행기에서 뛰어나와 불리 원사에게 향했다. 너무 흥분하여, 그와 하이파이브를 하고 밖으로 나가 술을 마시고 싶었지만 그건 말도 안 되는 일이었다.

내가 정말로 하고 싶지 않았던 일 중의 하나가 그와의 작별 인사였지만, 그 순간은 이미 코앞에 닥쳐 있었다. 이제 혼자서 비행하였으니 다음 단계의 훈련에 돌입해야 했다.

불리 원사가 입버릇처럼 하던 말처럼, 드디어 때가 왔다.

30.

영국 공군 쇼버리 기지(RAF Shawbery)로 이동한 나는 헬리콥터가 반딧불이보다 훨씬 복잡하다는 것은 깨달았다.

비행 전에 확인할 것도 훨씬 광범위했다.

수많은 토글(toggle)과 스위치들로 이루어진 은하계를 응시하며 생각했다. '이걸 다 어떻게 외우지?'

어떻게든 나는 해냈다. 두 명의 새로운 교관인 레이젤(Lazel)과 미첼

(Mitchell) 주임원사의 지도에 따라 천천히 모든 것을 습득해 나갔다.

불과 얼마 지나지 않아 우리는 이륙에 나섰는데, 회전익(rotors)이 뿌연 구름을 두들기는 소리는 사람이 경험할 수 있는 최고의 물리적 흥분을 선사했다. 여러모로 가장 단순한 형태의 비행이었다. 처음으로 수직 상승하며 나는 생각했다.

'그래, 이걸 위해 태어난 거야.'

사실 헬리콥터 조종은 배우고 보니 그리 힘든 일이 아니었다. 정작 문제는 호버링(hovering)이었다. 처음에는 쉽게 들렸지만 금세 불가능해 보일 정도로 어렵게 다가왔고, 이 한 가지 기술을 배우기 위해 무려 여섯 번의 긴 수업을 들어야 했다. 실제로 호버링은 연습하면 할수록 더 어렵게 느껴졌다.

가장 큰 이유는 '호버 원숭이(hover monkeys)'로 불리는 현상 때문이었다. 헬리콥터는 지상 바로 위에서 기류와 하강 기류, 중력 등 여러 요인이 험악하게 얽힌 상황에 빠진다. 보이지 않는 원숭이들이 양쪽 스키드에 매달려 몸부림치는 것처럼 흔들리고, 진동하고, 앞으로 고꾸라지고, 옆으로 흔들리기를 반복한다. 헬리콥터를 착륙시키려면 이 호버 원숭이들을 털어내야 하는데, 그러기 위해서는 원숭이들을 무시하는 것이 유일한 방법이다.

물론 말은 쉽다. 그 후로도 계속해서 호버 원숭이들이 나를 갖고 놀았고, 나와 같이 훈련을 받던 다른 조종사들도 원숭이들의 놀림감이 되었다는 것이 그나마 위안거리였다. 우리는 이 조그만 녀석들, 이 보이지 않는 개구쟁이들에 대해 많은 대화를 나눴다. 그럴수록 원숭이들을 향한 증오심은 더 커졌고, 계속해서 그들에게 놀아날 때마다 수치심과 분노로 몸을 떨었다. 어떡해야 기체의 균형을 회복하여 파손 없이, 또는 스키드에 긁힌 자국을 남기지 않고 착륙할 것인지 우리 중 누구도 방법을 찾지 못했다. 활주로 바닥에 찍힌 길고 기분 나쁜 자국을 뒤로하고 착륙장에서 걸어 나오는 것은… 더없는 굴욕이었다.

첫 단독 비행의 날이 되자 우리는 공황상태에 빠졌다. 호버 원숭이, 호버 원숭이… 주전자와 커피포트 주변에서는 온통 이 소리밖에 들리지 않았다. 내 차례가 되자 헬리콥터에 올라 기도를 하고 관제탑에 허가를 요청했고, 곧바로 허가가 떨어졌다. 시동을 걸고 이륙한 후, 강풍이 불었지만 별문제 없이 비행장 주변을 몇 바퀴 선회했다.

드디어 운명의 시간이 다가왔다.

착륙장에는 여덟 개의 원이 있었고 그중 하나에 착륙해야 했다. 착륙장 왼쪽에는 커다란 유리창이 있는 주황색 벽돌 건물이 있었는데, 다른 조종사와 연습생들이 그 안에서 순서를 기다렸다. 호버 원숭이들의 활동을 체감될 무렵, 그 유리창 안에서도 모두가 일어서서 나를 지켜보고 있다는 것을 알았다. 기체가 흔들렸다. "꺼져." 내가 소리쳤다. "날 내버려 둬!"

조종간과의 싸움 끝에 원 하나에 헬리콥터를 안착시켰다.

주황색 건물 안으로 들어가서 가슴을 내밀고 뿌듯한 표정으로 창가에 앉으며 다른 사람들을 쳐다보았다. 진땀을 흘린 듯하지만 모두 웃고 있었다.

몇몇 조종사 연습생들은 그날 착륙에 실패했다. 한 명은 근처의 풀밭에 착륙했다. 또 한 명은 너무 급하고 불안정하게 착륙하는 바람에 소방차와 구급차까지 현장으로 쇄도했다.

주황색 건물로 들어선 그의 눈을 보며 나는 동병상련의 아픔을 느꼈다. 아마도 그는 차라리 추락하여 불타 죽었으면 하는 생각도 했을 것이다.

31.

이 시기에 나는, 역시 조종사가 되려고 훈련받던 윌리 형과 슈롭셔 (Shropshire)에서 지내고 있었다. 형이 기지에서 십 분 거리에 있는 누군가의 땅에서 시골집 하나를 발견하고는 나와 함께 살자고 요청했다. 아니면 내가 자청했을 수도….

시골집은 아늑하고 매력적이었으며, 바로 아래에는 좁은 시골길이 있었고 앞으로는 제법 울창하게 하늘을 덮은 나무들도 있었다. 냉장고 속에는 아버지의 요리사가 보내준 진공포장 음식들이 가득 들어있었다. 크리미 치킨과 밥, 소고기 카레 등. 집 뒤로는 멋진 마구간도 있었는데 그 때문에 모든 방에서 말똥 냄새가 났다.

같이 살게 되어 둘 다 좋았다. 이튼 이후로 우리가 함께 생활하는 것은 처음이었다. 즐거운 시간이었다. 게다가, 머독의 미디어 제국이 무너지는 결정적인 순간을 우리가 함께 지켜볼 수 있어 더 좋았다. 몇 달에 걸친 조사 끝에 머독의 쓰레기 신문사에서 일하던 깡패 같은 기자들과 편집장들의 신원이 밝혀지고 수갑이 채워져 체포되었으며, 정치인과 유명인사들 그리고 왕족들을 괴롭힌 혐의로 기소되었다. 결국 위법 행위들이 드러나면서 처벌이 임박한 것이다.

곧 드러날 악한들 중에는 그 엄지 기자도 포함되었다. 오래전 이튼에서 내가 엄지손가락 부상을 입은 일을 두고 터무니없는 기사를 쏟아낸 바로 그 기자였다. 내 부상은 깔끔하게 치료되었지만, 그 엄지 기자는 자기의 방식을 전혀 바로잡지 못했다. 오히려 더 사악해졌다. 신문업계에서 그의 지위는 점점 높아져 우두머리가 되었고, 자신의 직속 엄지 팀도 거느렸으며(엄지손가락으로 지휘했을까?), 그들 중 상당수는 마구잡이로 사람들의 휴대전화기를 해킹했다. 엄지는 아는 바 없다며 턱도 없는 소리를 늘어놓았지만, 누가 보아도 노골적인 행위였다.

그와 함께 몰락하던 또 한 사람, 리해버 쿡스! 허구의 재활원 기사를 꾸며낸 그 역겨운 편집장. 그녀 역시 사임했다. 그리고 이틀 뒤에 경찰에 체포되었다.

'아!' 그 소식에 우리는 큰 위로를 받았다. 우리와 우리의 조국에도.

다른 사람들, 그 모든 음모론자와 스토커, 거짓말쟁이들도 곧 비슷한 운명에 처할 것이었다. 그리고 얼마 지나지 않아 영국 역사상 가장 야만적인 범죄의 시대에 그들이 부당하게 축적한 재산마저 모두 잃게 될 것이다.

정의!

정말 기뻤다. 형도 마찬가지였다. 게다가 우리에게 덧씌워진 혐의가 정확히 소명되고 가까운 지인들도 명예를 되찾게 된 점, 그리고 우리가 마치 정신 나간 사람처럼 비치지 않은 것도 감사한 일이었다.

그런데 상황이 꼬여버렸다. 늘 의심하던 대로 또다시 배신당했다. 이번엔 경호원이나 절친한 친구 때문이 아니었다. 플리트 스트리트(Fleet Street, 영국 신문업계)의 교활한 인간들이 다시 움직였다. 게다가 런던 경찰도 명백한 범법자들을 조사하고 체포하기를 몇 번이나 거부하는 등 본연의 직무를 유기하는 이해할 수 없는 태도를 보였다.

문제는 왜 그랬냐는 점이다. 받아먹은 게 있어서? 공모자라서? 두려워서? 우리가 조만간 밝혀낼 것이다.

대중도 경악했다. 언론인들이 자신들에게 부여된 막강한 권력을 악의적으로 이용한다면 민주주의는 퇴보할 수밖에 없다. 게다가 언론인들이 유명 인사와 정부 관계자들의 안전에 필요한 보안 조치들을 파악하여 무력화할 수 있다면, 결과적으로 테러리스트들에게 그 방법을 가르쳐 주는 것과 다를 바 없다. 그러고 나면 누구나 이 방법을 배우게 되고, 결국 누구도 안전하지 못한 세상이 될 것이다.

여러 세대에 걸쳐 영국인들은 쓴웃음을 지으며 이렇게 말했다. "아, 그렇지. 물론 우리 신문들은 형편없지. 하지만 뭘 어떡하겠냐고?" 이제 대중은 웃지 않는다. 그리고 사회적 합의도 만들어졌다. 이제는 우리가 무언가를 해야 한다는….

가장 인기 있는 토요신문인 머독의 《뉴스 오브 더 월드》에서조차 임종 직전의 가래 끓는 소리가 들렸다. 해킹 스캔들의 주모자로 지목되면서 이 신문의 존립이 불확실해졌다. 광고주들은 도망갈 궁리를 하고 독자들은 불매 운동을 이야기했다. 이게 가능했냐고? 머독의 아기, 머리 둘 달린 기괴한 서커스 베이비가 결국 사라질까?

새로운 시대가 도래한 것일까?

이상했다. 이 모든 일로 형과 나의 기분은 밝아졌지만, 그 부분에 대해 대놓고 많은 이야기를 하지는 않았다. 그 집에 살면서 많이 웃었고, 온갖 것들을 주제로 오래도록 이야기하며 행복한 시간도 보냈지만, 그 이야기만큼은 거의 하지 않았다. 그런 이야기 자체가 너무 고통스러워서일 수도 있고, 아니면 아직 해결되지 않은 문제여서일 수도 있었다. 어쩌면 또 다른 징크스를 만들 수도 있었기에, 리해버 쿡스와 엄지가 감방을 같이 쓰는 사진을 보기 전까지는 섣불리 샴페인을 터트릴 수 없었기 때문일지도. 아니면, 우리 둘 사이에 존재하는 보이지 않는 긴장감이 있었는데 내가 그것을 충분히 이해하지 못했기 때문일지도 모른다.

시골집을 함께 쓰는 동안 쇼버리 기지의 비행기 격납고에서 보기 드문 합동 인터뷰를 하기로 했다. 이 자리에서 형은 끊임없이 나의 습관을 물고 늘어졌다.

"해리는 지저분해요." "해리는 코를 골아요."

고개를 돌려 형을 빤히 쳐다보았다. 농담하는 거겠지?

나는 뒷정리도 잘하고 코도 골지 않았다. 게다가 우리 방은 두꺼운 벽으로 분리되어 있어서 내가 아무리 심하게 코를 골아도 형의 방까지 들릴 리 없었다. 이런 얘기를 들으며 기자들이 킬킬거리며 웃자 결국 내가 끼어들었다. "거짓말이에요, 거짓말!"

이것이 오히려 그들을 더 크게 웃게 만들었다. 형까지도.

나도 같이 웃었다. 평소에도 우리는 그렇게 농담을 주고받고 했으니까. 하지만 지금에 와서 돌이켜보면, 형의 마음속에 다른 무언가가 있었을지도 모른다는 의심을 지울 수 없다. 나는 전선으로 가려고 훈련을 받고 있었고 같은 곳에서 형 역시 훈련을 받고 있었지만, 궁은 형의 계획을 무산시켰다. 물론 예비용 왕자라면 머리 잘린 닭처럼 전장을 뛰어다니도록 내버려 두어도 문제 될 게 없었다. 그게 형이 바라는 바라면.

하지만 계승자라면? 있을 수 없는 일이었다.

그래서 형은 수색 및 구조 전문 조종사로서의 훈련을 받고 있었는데, 표현하지는 않았지만 어쩌면 그 때문에 무척 실망했을지도 모른다. 정말로 그렇게 생각했다면 그건 형이 크게 잘못 생각하는 것이었다. 형은 매주 사람의 생명을 구하기 위해 훌륭하고도 중요한 일을 하고 있다고 나는 생각했다. 나는 그런 형이 자랑스러웠고, 형이 그 준비를 하느라 진심으로 최선을 다하는 모습에 깊은 존경심마저 들었다.

그때 형의 기분을 잘 헤아렸어야 했다. 몇 년에 걸쳐 준비한 전투에서 갑자기 철수할 때의 절망감을 누구보다 잘 아는 나였으니까.

32.

쇼버리에서 미들 월롭(Middle Wallop)으로 자리를 옮겼다. 이제 나는 헬리콥터 조종법을 익혔고 군에서도 인정했다. 다음으로는 전술적 조종법을 배워야 했다. 그것도 다른 일을 하면서.

'다른 일'은 무척 많았는데, 독도법, 표적 설정, 미사일 발사, 무전 교신, 봉투에 소변하기 등이었다. 공중에서 140노트(시속 약 260킬로미터)로 비행하며 여러 가지 작업을 동시에 처리하는 것이 누구에게나 쉬운 일은 아니다. 이처럼 제다이 수준의 정신 능력을 갖추려면 먼저 내 두뇌를 재구성하고, 신경 회로를 재연결해야 하며, 이 거대한 신경 공학에서 나이젤(Nigel)은 나의 요다가 되어줄 사람이었다.

그는 통칭 나이지(Nige)라고 불렸고, 나의 네 번째이자 가장 중요한 비행 교관이라는 탐탁지 않은 역할을 맡은 사람이었다.

훈련을 진행할 기종은 '다람쥐(Squirrel)'였다. 영국 훈련생 대부분을 교육하는 데 사용된 이 프랑스제 단발 엔진 헬리콥터를 우리는 다람쥐라고 불렀다. 그런데 나이지는 우리가 앉아 있는 다람쥐보다 우리 머릿속에 그려진 다람쥐에 더 집중했다. 머릿속 다람쥐야말로 인간의 집중을 파괴하는 오래된 적이라고 그가 나에게 강조했다. 내가 그 사실을 깨닫지 못했다면, 다람쥐들이 내 의식 속에 자리를 잡는다. 나이지는 이 머릿속 다람쥐들이 호버 원숭이보다 교활하고 훨씬 더 위험하다고 말했다.

그는 머릿속 다람쥐를 없애는 유일한 방법은 철저한 단련밖에 없다고 힘주어 말했다. 헬리콥터는 손쉽게 익힐 수 있지만, 머리는 훨씬 많은 시간과 인내가 필요하기 때문이다.

시간과 인내, 나에게는 둘 다 버거운 대상이다.

'나는 이것 둘 다 모자란 사람이니, 나이지 교관, 우리 같이 시작해 봅시다….'

또 나이지는 일종의 자기애도 필요하며 이것이 자신감으로 확장된다고 말했다. "자신감입니다, 웨일스 중위. 자신을 믿으세요… 그것이 전부입니다."

그의 말 속에서 진실을 보았지만, 그 진실을 실행으로 옮기는 것은 상상하기도 어려웠다. 사실 나는 나 자신조차 믿지 못했고 나뿐 아니라 다른 어떤 것도 믿지 않았다. 그래서 실수를 할 때면, 꽤 흔한 일이었지만, 나 자신을 상당히 가혹하게 대했다. 내 정신은 과열된 엔진처럼 들러붙고, 분노가 극으로 치달아 생각도 기능도 모두 정지했다.

"그러면 안 돼요." 이런 일이 생길 때마다 나이지는 부드럽게 말했다. "실수 하나로 이 비행을 망치지 말아요, 웨일스 중위."

하지만 한 번의 실수로 비행을 망쳐버린 일이 꽤 많았다.

가끔은 내 자기혐오의 불똥이 엉뚱하게 나이지에게 튀기도 했다. 나한테 화를 내고서 나이지에게도 화를 내곤 했다.

"빌어먹을, 당신이 조종해 봐요!"

그는 머리를 가로저었다. "웨일스 중위, 나는 조종간에 손대지 않을 거예요. 우리는 지상에 착륙할 것이고, 당신이 그렇게 해 주어야 하며, 그다음 일에 대해서는 차분히 대화로 해결할 거예요."

그는 놀라운 의지력의 소유자였다. 겉모습만 보고는 누구도 알아차릴 수 없을 것이다. 보통의 키에 보통의 체격, 한쪽으로 깔끔하게 빗겨 넘긴 회색의 머리. 녹색의 깔끔한 작업복을 입고 투명한 안경을 썼다.

그는 해군 군무원이며, 항해를 좋아하는 다정한 할아버지였다. 한마디로 최고의 사나이였다. 그런 그의 속에는 닌자의 심장도 있었다.

그 순간, 나에게 필요한 것이 바로 닌자였다.

33.

닌자 나이지는 다른 할 일이 많이, 헤아릴 수 없을 만큼 많이 있었는데도 몇 개월에 걸쳐 나에게 헬리콥터 조종법을 가르쳤고, 그 와중에 자기애(自己愛)로 다가가는 법도 보여주었다. 비행 수업이었지만, 돌이켜보면 인생 수업이기도 했고 시간이 흐를수록 부정적인 것보다 긍정적인 것들이 더 많아졌다.

좋든 싫든, 나이지의 다람쥐 교육장에서의 90분짜리 수업을 들을 때마다 나는 기진맥진했다. 헬리콥터에서 내릴 때마다 생각했다.

'한숨 자야겠어.'

하지만 먼저, 결과 보고부터 들어야 했다.

닌자 나이지가 나를 정말 힘들게 한 부분이 바로 이것이었다. 사탕발림이라고는 모르는 사람이었기 때문이다. 퉁명스러운 말투로 별 것 아닌 양 상처를 주었다. 내가 귀담아들어야 하는 대목도 있었기에 되도록 그의 어투에는 개의치 않았다.

나는 수세적이었다.

그는 압박했다.

나는 증오의 눈빛을 쏘았다.

그는 압박했다.

나는 응수했다. "예, 예, 알았어요."

.그는 압박했다.

나는 듣지 않았다.

가엾은 나이지… 그는 압박했다.

하지만… 지금에 와서 생각해 보면, 나이지 교관은 내가 아는 가장 진실한 사람의 하나였고, 많은 이들이 받아들이길 꺼리는 진실과 관련된 비밀, 즉 진실은 고통스러울 때가 많다는 사실을 누구보다 잘 아는 사람이었다. 그는 내가 나 자신을 믿기를 바랐지만, 그 믿음이 결코 그릇된 약속이나 거짓된 칭찬에 기반해서는 안 된다고 믿었다. 정통하기 위한 왕도는 사실만으로 포장되어야 한다.

그렇다고 그가 무조건 칭찬에 반대한 건 아니다. 어느 날, 거의 지나가는 듯한 말투로 그가 나에게 겁이 없어 보인다는 말을 했다. "웨일스 중위, 당신은 죽는 것에 별로 두려움이 없는 것 같네요."

사실이었다.

나는 열두 살 이후로 죽음을 두려워한 적이 없다고 말했다.

그는 고개를 한 번 끄덕이더니, 이해했다는 듯 가던 길을 갔다.

34.

나이지 교관은 결국 나를 풀어주었다. 상처를 입었다가 건강을 회복한 새처럼 나를 자유롭게 했다. 동시에 그가 발급한 인증서를 바탕으로 육군은 내가 아파치(Apache)를 조종할 준비가 되었다고 판단했다.

하지만 아니었다. 그건 눈속임이었다. 나는 아파치를 조종하러 갈 계획이 아니었다. 창문도 없는 교실에 앉아 아파치에 대해 공부할 예정이었다.

"이렇게 잔인할 수가! 헬리콥터를 약속해 놓고 숙제만 잔뜩 안기다니!"

삼 개월 동안 계속된 수업에 나는 거의 정신 줄을 놓을 뻔했다. 매일 밤지친 몸을 이끌고 감방 같은 장교 숙소로 돌아와 친구나 경호원에게 전화를 걸어 하소연했다. 이 수업 과정을 아예 포기할까 하는 생각도 했다. 아파치를 조종하고픈 생각은 없다고 사람들에게 투덜거리기도 했다. 나는 링스(Lynx)*를 타고 싶었다. 배우기도 더 간단하고, 전장으로 빨리 돌아갈 수 있어서였다. 하지만 내 지휘관인 데이비드 마이어(David Meyer) 대령은 이런 내 생각을 만류했다. "절대로 안 돼, 해리!"

---

* 영국과 프랑스가 공동개발한 다목적 군용 헬리콥터.

"왜입니까, 대령님!"

"자네는 지상 정찰 작전 경험이 있고, 아주 훌륭한 전방항공통제관(FAC)이었어. 게다가 대단히 좋은 조종사이기도 해."

"그렇지만…."

"자네의 비행하는 방식과 지형을 읽는 방식을 통해서도 말할 수 있듯이, 이건 자네에게 주어진 운명 같은 거야."

"운명이요? 이 과정은 제게 고문입니다!"

그래도 나는 항상 시간 맞춰 참석했다. 아파치 엔진에 대한 정보로 가득한 링 바인더 여러 개를 들고 와서 강의를 듣고 기억하려고 매우 열심히 노력했다. 불리부터 나이지까지 비행 교관들로부터 배운 모든 것을 총동원했고 강의실을 추락하는 비행기로 간주했다. 이 비행기의 통제력을 회복하는 것이 나의 임무였다.

그러던 어느 날… 드디어 끝이 났다. 긴 노력 끝에 드디어 내가 진짜 아파치와 하나가 될 인가를 얻었다고 했다.

"지상 활주부터…."

"농담하세요?"

네 번의 수업을 더 들어야 한다고 그들이 말했다.

"네 번이나요…? 활주하는 데에?"

결론적으로, 네 번의 수업으로는 그 거대한 새를 지상에서 활주하는 데 필요한 모든 것을 습득하기에 충분치 않았다. 활주하는 동안 기체가 마치 푹신한 젤리 침대 위의 지지대에 놓인 느낌이 들었다. 잘해 낼 수 있을지, 전체 여정을 시작도 하기 전에 여기서 끝나는 건 아닌지, 의구심도 들었다.

일이 잘 안 풀릴 때는 좌석 배치를 탓하기도 했다. 반딧불이나 다람쥐에서는 교관이 늘 바로 옆에 있었다. 여차하면 손을 뻗어 내 실수를 바로잡거나 시범을 보여주곤 했다. 불리가 조종간에 손을 올리거나 나이지가 페달을 밟으면 나도 따라 하면 되었다. 살아가면서 배운 많은 것들이 이런 식의 모델링을 통해 얻은 것임을 깨달았다. 세상 누구보다도 나에게는 안내자와 권위자, 즉 나와 함께해 줄 파트너가 필요했다.

그러나 아파치에서는 교관이 저 앞 아니며 저 뒤, 보이지 않는 어딘가에 있었다.

나는 철저히 혼자였다.

35.

좌석 배치는 결국 큰 문제가 되지 않았다. 시간이 지날수록 아파치와의 거리감이 점점 줄어들었고 어떤 날은 편안하기까지 했다.

그곳에 혼자 있고, 혼자 생각하고, 혼자 수행하는 법을 배웠다. 이 크고, 빠르고, 험악하고, 아름다운 야수와 소통하고, 야수의 언어로 말하고, 야수의 말을 경청하는 법을 배웠다. 두 손으로 한 세트의 조종 기술을 수행하는 동시에 두 발로 또 다른 기술을 수행하는 법도 배웠다. 상상할 수 없을 정도로 무거우면서도 발레처럼 유연하게 움직이는, 이 놀라운 기계에 경의를 표하는 법도 배웠다. 기술적으로 세상에서 가장 복잡한 헬리콥터이면서도 동시에 가장 민첩하다. 아파치 조종법을 아는 사람이 왜 극소수에 불과한지, 한 명을 훈련시키는 데 왜 수백만 달러나 드는지 이해가 갔다.

그리고 이제… 그 모든 것을 실행할 밤이 왔다.

우리는 '가방(The bag)'이라고 불리는 훈련으로 시작했는데, 말 그대로였다. 아파치의 창은 가려져 있어 마치 갈색 종이 가방 안에 있는 것 같은 느낌이 들었다. 따라서 기체 외부의 상황에 대한 모든 데이터를 오로지 계기와 게이지를 통해 수집해야 했다. 무시무시하고 불편하지만, 매우 효율적이다. 조종사는 이렇게 두 번째 시야를 계발해야 한다.

다음으로, 우리는 아파치를 타고 실제 밤하늘로 올라가 기지를 둘러본 후 그 너머로 천천히 범위를 넓혔다. 처음으로 솔즈베리 평원을 가로지를 때는 약간의 전율도 느꼈는데, 그곳은 초창기 훈련 때 어슬렁거리고 다니던 황량한 계곡과 수풀 지대 위였다. 이어서 사람들이 조금 더 많이 사는 지역의 상공을 통과했다. 그다음은 런던. 어둠 속에서 반짝이는 템스강. 별을 향해 윙크하는 밀레니엄 휠. 국회의사당, 의사당 시계탑의 시종(Big Ben), 그리고 궁전들까지. 할머니가 궁에 있는지, 아직 안 주무시는지 궁금했다. 웰시코기들은 내가 그 솜털 같은 머리 위로 우아한 나선을 그리며 비행하는 동안 놀라지는 않았을까?

국기는 걸려 있는가?

어둠 속에서 비행하며, 나는 아파치 기술력의 가장 놀랍고도 상징적인 요소라 할 수 있는 단안경에 완전히 익숙해졌다. 아파치 기수 부분에 있는 센서에서 유선으로 영상을 조종실로 전송하면, 헬멧에 부착하여 내 오른쪽 안구 바로 앞에 고정된 단안경으로 전달되었다. 나는 이 단안경을 통해 외부 세계의 모든 정보를 수집했다. 나의 모든 감각이 그 작은 입구에 집중되었다. 처음에는 발가락으로 글을 쓰거나 귀로 숨을 쉬는 것처럼 어색했지만, 시간이 지나면서 또 하나의 천성으로 자리했다. 그런 것도 나중에는 신비로웠다.

어느 날 밤, 런던 상공을 선회하던 나는 갑자기 시야가 깜깜해지며 아주 잠깐이지만 템즈강으로 떨어질지도 모른다는 생각이 들었다. 그때 에메랄드 색깔의 밝은 빛이 눈에 들어왔다. 몇 초 뒤에야 깨달았다. 지상의 누군가가 레이저 펜으로 우리를 쏜 것임을. 황당함과 동시에 화가 치밀었다. 그렇지만 이런 일도, 이런 실제 경험도 고마운 일이라고 나 자신을 다독였다. 또 이 일로 인해 잃어버렸던 기억을 되찾은 것에 대해서도 얄밉지만 감사했다. 모하메드 알 파예드가 자기 소유의 해로즈(Harrods) 백화점에서 형과 나에게 레이저 펜을 선물했던 일이 떠오른 것이다. 그는 우리 어머니의 남자친구의 아버지였으니 아마도 우리의 환심을 사려고 그랬던 것 같다. 그랬다면, 성공이었다. 우리에게는 그 레이저가 매우 특별했다.

마치 광선검인 양 휘두르며 놀았으니까.

36.

서퍽(Suffolk)주의 와티샴 비행기지(Wattisham Airfield)에서 거의 마지막 아파치 훈련이 있었는데, 이때 교관 한 명이 추가되었다.

훈련의 마무리가 이 교관의 임무였다.

첫 만남에서 악수를 하며 그가 나를 아는 듯이 미소를 지었다.

나도 미소로 화답했다.

그가 계속 미소짓고 있었다.

나도 계속 화답했지만 조금 의아했다. '뭐지?'

나를 칭찬하려고 그러는 줄 알았다. 아니면 부탁을 하든지.

그런데 그는 자기 목소리를 기억하느냐고 물었다.

"아뇨."

그는 나를 전출한 바로 그 팀의 일원이라고 말했다.

"아, 2008년 그때?"

"그래요."

그날 밤 우리는 무전으로 짧은 대화를 나눴다.

"그때 중위님이 얼마나 속상해했는지 생생히 기억해요."

"네."

"목소리에서 알 수 있었어요."

"네, 정말 좌절했었습니다."

그가 활짝 웃었다. "지금은 몰라보겠군요."

37.

이제 며칠 후면 스물다섯 살이 되는데, 이번엔 보통 생일과는 느낌이 달랐다. 동료들은 스물다섯이 분수령의 시기, 즉 젊은 남녀들의 인생 여정에서 갈림길에 봉착하는 순간이라고들 말했다. 이 무렵에 젊은이들은 앞을 향해 구체적이고 현실적인 발걸음을 내딛든지… 아니면 뒤처지기 시작할 수도 있다. 나는 앞으로 나아갈 준비가 되어 있었다. 여러모로 나는 지난 수년 동안 열심히 달려왔다.

그건 우리 가문의 내력이기도 하며, 스물다섯 살은 우리 가족 중 많은 이들에게 특히 중요한 한 해였다. 그중에서도 할머니. 할머니는 스물다섯에 영국 역사상 예순한 번째 군주로 등극했다.

그래서 나는 이 의미 있는 생일을 여행으로 기념하기로 했다.

또 보츠와나였다.

친구들은 여전히 그곳에 있었고, 케이크와 칵테일을 오가며 내가 많이 달라 보인다는 말도 했다. 늘 그랬듯이. 첫 전투 경험 이후로 나는 조금 더 나이 들고 조금 더 단단해 보였다. 그런데 지금은 조금 더 확고해진 느낌이라고 그들은 말했다.

어리둥절했다. 비행 훈련을 통해… 내가 더 확고해진 느낌이다?

티즈와 마이크처럼 나를 많이 칭찬한 사람은 없었다. 그러던 어느 늦은 저녁, 마이크가 나를 앞혀놓고 진지하게 대화를 나누었다. 식탁에서는 나와 아프리카에 관계에 대해 장황한 이야기를 늘어놓던 그였지만, 이제는 그 관계에 변화가 필요한 때라고 했다. 그때까지만 해도 아프리카에서 영국인들의 입장이란 늘 얻고, 얻고, 얻는, 매우 전형적인 역학에 지나지 않았다. 하지만 이제는 되돌려줄 때가 되었다. 그동안 티즈와 마이크, 그리고 다른 사람들로부터 이 지역이 위기에 처했다는 푸념의 말을 수도 없이 들었다. 기후 변화, 밀렵, 가뭄, 화재. 그들에게 나는 일종의 영향력, 세상을 향한 일종의 확성기를 가진 유일한 사람, 무언가를 실행할 수 있는 유일한 사람이었다.

"내가 어떻게 하면 될까요, 마이크?"

"빛을 비춰줘."

38.

　나를 포함한 한 무리의 사람들이 바닥이 납작한 보트를 타고 강 상류로 거슬러 올라갔다. 지난 며칠간 야영을 하며 몇몇 외딴 섬들을 탐사했다. 주변 몇 킬로미터 안에 아무도 없었다.

　어느 오후, 킹피셔(Kingfisher)섬에 내린 우리는 음료를 섞어 마시며 지는 해를 감상했다. 비가 내리면서 햇빛은 핑크빛으로 변했다. 음악을 들으며, 감미롭고 몽환적인 분위기에 취하여 시간 가는 줄 몰랐다. 다시 강으로 돌아가려고 채비를 하는 도중에 갑자기 두 가지 심각한 문제에 봉착했다.

　어둠, 그리고 심한 폭풍우.

　어느 하나만 해도 오카방고에서는 달갑지 않은 손님이었다. 하지만 두 가지가 동시에? 상당히 곤란한 지경에 빠졌다.

　게다가 바람까지 거세지기 시작했다.

　어둠 속에서, 대혼란 속에서 강을 헤쳐나가기는 불가능했다. 강물은 곤두박질치듯 출렁이고 심지어 보트 운전사마저 탈진했다. 보트는 계속해서 모래톱에 처박혔다. 오늘 밤에 이 강에서 운명을 달리할지도 모른다는 생각마저 들었다.

　그때, 내가 큰 소리로 운전대를 잡겠다고 외쳤다.

　번개가 번쩍이고 천둥소리가 세상을 뒤흔들었다. 보트 두 척에 열두 명이 타고 있었지만 누구도 말을 꺼내지 않았다. 가장 경험 많은 아프리카 일꾼들마저도 표정이 굳었고, 그럼에도 우리는 음악을 크게 틀어놓고 이 상황을 통제하고 있는 척했다.

　갑자기 강폭이 줄어들었다. 그러더니 급격히 휘어졌다. 필사적으로 되돌리고 싶었지만, 인내심이 필요한 순간이었다. 강에 순응하라! 강이 이끄는 곳으로 향하라!

　바로 그때, 거대한 섬광이 일었다. 약 2초 동안 온 세상이 대낮처럼 환하더니, 저만치 떨어진 곳에, 우리가 향하고 있는 바로 그 방향에, 강 한복판에 거대한 코끼리들이 무리 지어 서 있었다.

섬광 속에서 그중 한 마리와 눈이 마주쳤다. 솟구쳐 오른 순백의 어금니가 보였고, 젖어 있는 짙은 색 피부의 주름 하나하나가 다 보였고, 어깨 위에서 튀는 굵은 물방울도 보였다. 천사의 날개 같은, 거대한 귀도 보였다.

누군가 속삭였다. "큰일이네."

누군가 음악을 껐다.

두 운전사 모두 시동을 껐다.

완전한 침묵 속에서 요동치는 강에 뜬 채로 다음 섬광을 기다렸다. 이윽고 세상이 다시 환해졌을 때, 그 웅장한 생명체들은 거기에 그대로 있었다. 이번에는, 나랑 가장 가까이에 있는 코끼리의 눈동자를 가만히 들여다보았는데 그 코끼리도 나의 눈을 지그시 바라보았다. 그때 내 머릿속에는 아파치의 전시안(all-seeing eye)이, 코이누르의 다이아몬드가, 그 코끼리의 눈만큼 볼록하고 맑은 카메라 렌즈가 떠올랐다. 카메라 렌즈는 항상 나를 괴롭히던 존재였지만 그 눈은 나를 편안하게 했다. 그 눈은 나를 판단하지 않았고, 나를 촬영하지도 않았다. 그냥 거기 있을 뿐이었다. 오히려 그 눈은 약간… 슬퍼 보였다. 그럴 수도 있을까?

코끼리도 눈물을 흘리는 것으로 알려져 있다. 코끼리도 사랑하는 이들을 위해 장례를 치르고, 수풀에서 죽은 코끼리 사체를 보면 가던 길을 멈추고 경의를 표한다. 우리 보트가 그런 의식 사이에 불쑥 끼어든 것일까? 그냥 단순한 모임의 하나였을까? 아니면 어떤 종류의 예행연습을 방해한 것일까? 예로부터 전해오는 이야기에 따르면, 어느 코끼리가 앞으로 있을 행진에서 선보일 복잡한 발동작을 혼자 연습하다가 사람들의 눈에 띈 적이 있다고 한다.

폭풍우는 점점 심해졌다. 우리도 나아가야 했다. 다시 시동을 걸고 코끼리들과 거리를 유지하며 움직였다. 안녕! 우리는 코끼리 무리를 향해 나직이 인사했다. 강의 본류로 복귀하여 담배에 불을 붙이며, 이 만남을 꼭 붙들라고 내 기억에게 말했다. 나와 외부 세계 사이의 경계가 흐릿해지거나 완전히 사라져 버린 이 비현실적인 순간을.

찰나의 순간 동안, 모든 것이 하나였다. 모든 것이 이해되었다.

"삶은 언제나 좋은 것은 아니지만, 언제나 나쁜 것도 아니다."라는 진리에 가까이 다가간 느낌이 어떤지 잊지 않으려 했다.

그리고 또 하나, 마이크의 "빛을 비춰줘."라는 말이 어떤 의미인지를 이해했을 때의 느낌이 어떤지도 잊지 않으려 했다.

39.

드디어 날개 휘장을 받았다. 육군 항공단 명예 연대장 자격으로 아버지께서 직접 내 가슴에 달아주었다.

2010년 5월.

행복한 날이었다. 파란 베레모를 쓴 아버지가 공식적으로 내 것을 선물했다. 나는 모자를 착용한 후 아버지와 마주 보고 경례했다. 포옹보다도 친밀하게 느껴지는 순간이었다.

카밀라도 가까이 있었다. 이모들도. 그리고 첼시도. 우리는 다시 만났다. 하지만 곧 다시 헤어졌다.

또 한 번 느꼈지만 선택의 여지가 없었다. 과거와 똑같은 문제들이 있었지만, 어느 것도 해결되지 않았다. 첼시는 여행하고, 즐기고, 풋풋하게 지내고 싶었지만, 나는 다시 전장으로 떠나야 했다. 곧 출발해야 하는 처지였다. 우리 사이를 지속한다면 앞으로 이 년 동안 운이 좋아도 몇 번밖에 만나지 못할 것인데, 그걸 만남이라고 하기는 어려웠다. 감정적으로 막다른 골목에 이른 것을 둘 다 똑같이 느꼈을 때, 우리 중 누구도 그리 놀라지 않았다.

"안녕, 첼시."

"안녕, 하자(Hazza)."

내가 날개를 얻은 날, 그녀도 자기 날개를 얻었다.

우리는 마지막으로 함께 보츠와나에 갔다. 마지막으로 함께 강을 거슬러 올라갔고, 마지막으로 함께 티즈와 마이크를 찾아갔다.

함께하는 시간이 너무 즐거워, 헤어지자는 결정도 자연스레 흔들렸다. 이 만남을 유지할 다른 방법이 없는지 나는 수시로 고민하고 이야기했다. 첼시도 마찬가지였다. 우리가 너무나 분명하고 의도적으로 상황을 회피하려는 바람에 티즈가 개입의 필요성을 느꼈다.

"다 끝났어, 얘들아. 너희는 불가피한 결정을 늦추고 있을 뿐이야. 그 과정에서 자신들을 얼빠진 사람으로 만들면서…."

우리는 티즈의 정원에 있는 텐트에서 지냈다. 그녀는 텐트 안으로 들어와 우리의 손을 맞잡고 이 어려운 진실을 전했다. 우리의 눈을 바라보며 이번 헤어짐이 마지막이 되도록 하자고 힘주어 말했다.

"가장 소중한, 시간을 허비하지 마."

그녀가 옳다는 것을 나도 알았다. 불리 원사의 말처럼, "지금이었다."

그래서 나는 이 관계를, 사실상 모든 이성 관계를 머리에서 강제로 지우려고 애썼다. 바쁘게 살자고 보츠와나를 떠나오는 비행기에서 스스로 다짐했다. 아프가니스탄으로 떠나기 전의 잠시 동안에도 무작정 바쁘게 살자고.

그렇게 바삐 살기 위해 형과 함께 레소토로 향했다. 우리는 센테발레 (Sentebale)에서 설립한 학교도 여러 곳 방문했다. 세이소(Seeiso) 왕자도 우리와 동행했다. 그는 친어머니를 잃은 직후인 2006년에 나와 함께 이 구호단체를 공동으로 설립했다. (그의 어머니 역시 HIV와의 전쟁에서 활약한 투사였다.) 세이소 왕자는 우리를 수십 명의 아이들에게 안내했는데, 이 아이들은 하나같이 고통스러운 사연을 안고 있었다. 그 무렵 레소토의 평균 기대수명은 마흔 살 남짓에 불과했던 반면에 영국에서는 남성 79세, 여성 82세였다. 레소토에서의 아동은 맨체스터의 중년과 비슷했고, 그 이유는 여러 가지가 복잡하게 얽혀 있겠지만 주된 이유는 역시 HIV였다.

레소토 성인 인구의 1/4이 HIV 양성이었다.

이삼일 뒤에 우리는 세이소 왕자와 함께 더 오지에 있는 학교들을 찾아 출발했다. 그는 여행 중에 짬짬이 우리를 태워줄 야생 조랑말과 추위에 대비한 부족 전통의 담요를 우리에게 선물했다. 우리는 그 담요를 망토처럼 둘렀다.

처음으로 들른 곳은 얼어붙은 구름 속 마을, 세몽콩(Semonkong)이었다. 해발 약 2,100미터 고도의 눈 덮인 산들 사이에 자리하고 있었다. 말을 위로 밀어 올릴 때마다 코에서 따뜻한 김이 뿜어져 나왔는데, 경사가 너무 가팔라지자 아예 트럭으로 갈아탔다.

도착하자마자 곧장 학교로 들어갔다. 양치기 소년들이 일주일에 두 번씩 이곳에 와서 더운 음식을 먹고 수업도 듣곤 했다. 우리는 파라핀 램프 옆 그늘에 앉아 수업을 참관했고, 나중에는 여덟 살 정도의 남자아이들 십여 명과 같이 바닥에 앉았다. 아이들이 매일같이 학교에 오기 위해 거쳐야 하는 험난한 여정에 대해 들었다. 믿기지 않았다. 열두 시간 동안 소와 양을 돌본 후에, 단지 수학과 읽기, 쓰기를 배우려고 산길을 두 시간이나 걸어야 한다고 설명했다. 배우고 싶은 갈망 때문이었다. 발도 아프고 날씨도 추웠지만, 아이들은 더 힘든 것도 용감하게 견뎌냈다. 그런데 더 큰 문제들이 있었다. 아이들은 위험한 산길과 매서운 자연에 노출되었고 몇몇은 번개 때문에 사망했다. 유기견에게 공격당한 아이들도 많았다. 또 어슬렁거리고 돌아다니는 사람들이나 방랑자, 유목민, 또는 다른 남자아이들에 의해 성적 학대를 당하는 아이들도 있다며 몇몇이 목소리를 낮춰 우리에게 전했다.

아이들의 이야기를 들으면서 학교에 대해 불평하던 나 자신이 부끄러웠다. 어떤 불평도.

그동안 겪어온 아픔에도 불구하고 아이들은 역시 아이들이었다. 따뜻한 코트와 양모, 비니 등 우리가 들고 간 선물에 아이들은 좋아서 어쩔 줄 몰랐다. 선물을 입어보고 춤추고 노래하고, 우리도 아이들과 함께 놀았다.

한쪽 구석에 한 소년이 앉아 있었다. 둥글고 정직해 보이는 얼굴의 아이였다. 그의 가슴에도 분명히 큰 짐이 있겠지만, 물어보는 것도 머뭇거려졌다.

가방에서 손전등 하나를 꺼내 소년에게 선물로 주었다.

이 손전등이 매일 등굣길을 밝혀주었으면 좋겠다고 하니 소년이 미소지었다. 그 미소 덕분에 내 얼굴도 밝아진 것 같다고, 소년이 알아듣도록 말해주고 싶었다.

아, 어설픈 내 소토어(Sesotho)* 실력이라니….

40.

영국으로 돌아온 직후에 궁에서는 윌리 형이 곧 결혼할 것이라고 발표했다.

2010년 11월.

나에게도 놀라운 소식이었다. 레소토에서 내내 함께 있었는데도 형은 나에게 한마디도 언급하지 않았다.

신문에는 온갖 억측이 난무했다. 형과 케이트가 잘 어울린다고 내가 인정했다는 기사, 내가 두 사람의 사랑의 깊이를 확인하고 어머니에게서 물려받은 전설의 사파이어 반지를 형에게 선물했다는 기사, 두 형제의 따뜻한 순간을 다룬 기사, 우리 셋의 특별한 유대를 담은 기사, 게다가 말도 안 되는 쓰레기 기사까지. 하지만 어느 것도 진실이 아니었다. 내가 형에게 반지를 준 적도 없었다. 애초부터 내 것이 아니었기 때문이다. 반지는 이미 형이 가지고 있었다. 어머니가 돌아가신 뒤에 형이 그 반지를 달라고 했고, 나도 기꺼이 형에게 건넸다.

형이 결혼 준비에 집중하고 있는 지금, 나는 형의 행복을 비는 한편으로 나 자신을 냉철하게 바라보았다. 나의 독신생활에 대해 오랫동안 곰곰이 생각했다. 나는 항상 내가 먼저 결혼할 것으로 생각했고, 무척이나 그러고 싶었다. 젊은 남편, 젊은 아버지가 되기를 항상 바랐다. 나의 아버지처럼 나이

---

* 남아프리카공화국과 레소토의 공용어.

든 아버지가 되고 싶지 않아서였다.

아버지는 너무 나이가 많았는데, 이것 때문에 문제가 생기고 부자간에도 걸림돌이 된다고 항상 느꼈다. 중년으로 접어들자 아버지는 더 움직이려 하지 않고 타성에 빠져들었다. 아버지는 기계적인 일과를 좋아했다. 술래잡기를 끝없이 하거나 해가 저문 뒤에도 한참이나 공 던지기를 하는 그런 부류의 아버지가 아니었다. 아버지도 한때는 그런 적이 있었다. 샌드링엄 하우스 구석구석까지 우리를 쫓아다니거나 재미있는 놀이도 함께했다. 이불로 우리를 핫도그처럼 말았다가 우리가 웃다가 지쳐 소리를 지르면, 이불의 한쪽 끝을 당겨 우리를 반대로 튕겨내는 놀이도 했다. 형과 내가 그때처럼 많이 웃었던 적도 없는 듯하다. 그러나 우리가 준비되기 오래전에 아버지는 이미 그런 종류의 몸으로 하는 놀이를 그만두었다. 아무런 열정도 없었다.

하지만 나는 늘 속으로 다짐했다. 나는 해낼 거라고.

그런데 지금은 확신이 없다. 내가 그렇게 할 수 있을까?

젊은 아버지가 되겠다고 약속한 사람이 진짜 나였을까? 아니면 내가 누구인지 끊임없이 탐구하면서 올바른 사람, 올바른 배우자를 찾겠다고 애쓰는 사람이 진짜 나였을까?

내가 그렇게 간절하게 바라던 일은 왜 일어나지 않는 걸까?

그리고 만약 이런 일이 일어나지 않는다면? 내 인생의 의미는 무엇일까? 내 존재의 궁극적인 목적은 무엇일까?

전쟁, 나는 떠올렸다. 다른 모든 것이 어긋나더라도, 늘 그래왔듯이 나는 여전히 군인으로 복무하는 중이었다. (배치 날짜만 받는다면.)

이 전쟁이 종식되면, 그때 나에게는 자선사업 부문의 일이 기다리고 있을 것이다. 레소토에 다녀온 이후로 나는 어머니의 대의를 유지하는 일에 그 어느 때보다 열정을 갖게 되었다. 아울러 마이크가 부엌 테이블에서 나에게 부여한 대의도 받아들이기로 다짐했다.

그래서 상이군인 단체에서 북극으로의 트래킹을 계획하고 있다는 소식을 들었을 때도, 마치 나의 온갖 생각들이 하나로 합쳐져 우연처럼 등장한 느낌이었다. 그들은 '상이군인과 함께 걷기(Walking With The Wounded)' 프로그램을 위해 수백만 파운드를 모금하고, 보조장비 없이 처음으로 북극에 도달한 최초의 사지 절단 상이군인들이 되겠다는 희망을 품고 있었다. 그런 그들이 나에게 합류해 달라고 요청했다.

당연히 그러겠다고 말하고 싶었다. 그렇게 대답하고 싶어 죽을 지경이었다. 하지만 문제가 하나 있었다. 트래킹은 사월 초로 예정되었는데, 윌리 형이 공표한 결혼식 날짜와 위험하리만치 근접했다.

더군다나 북극은 아무런 문제 없이 오갈 수 있는 그런 곳이 아니었다. 북극은 무한한 장해의 땅이다. 주로 날씨와 관련된 온갖 변수들이 도사리는 곳이다. 그래서 합류 가능성을 두고 나는 예민해졌고, 궁은 두 배로 긴장했다.

JLP에게 조언을 구하자, 그는 미소를 지으며 말했다.

"일생일대의 기회입니다."

"네, 그래요."

"가야 해요."

하지만 먼저, 그는 내가 들를 곳이 한 군데 있다고 말했다.

그와 나는 과거의 나치 사건 직후부터 오 년 동안 긴밀하게 소통하며 베를린으로의 여행을 계획했다.

그렇게 2010년 12월, 혹독하게 추웠던 그날.

마지막 한 명까지 싸울 것이라는 히틀러의 정신 나간 맹세의 상흔이 아직도 선명하게 남아 있는 도시 성벽의 총탄 구멍을 손가락 끝으로 만지고 있었다. 나치 친위대의 고문실이 있던 베를린 장벽의 옛터에 서 있으니, 바람결에 고통스러운 비명이 메아리 치며 들리는 듯했다. 그 시대에 아우슈비츠로 끌려간 여성을 만났다. 그녀는 자신이 감금되었던 상황과 보고 듣고 냄새로 느꼈던 공포를 묘사했다. 생사를 넘나드는 이야기인 만큼 듣기에도 힘이 들었다. 그 이야기를 내가 다시 언급하지는 않을 것이다. 내가 언급할 처지는 아니므로.

과거 나치 제복을 입었던 내 사진은 생각의 결핍, 인격의 결핍 등 다양한 결핍의 결과물이라는 것을 오래전부터 깨닫고 있었다. 그런데 이 문제는 교육의 결핍과도 관련이 있었다. 학교 교육만이 아니라 자기 교육에서도. 나는 나치에 대해 제대로 알지 못했고, 나 자신을 제대로 가르치지도 못했으며, 선생님이나 가족이나 생존자들에게 제대로 물어보지도 못했다.

나는 이것을 바꾸기로 다짐했다.

바꾸기 전까지는 내가 바라는 사람이 될 수 없을 것이다.

41.

내가 탄 비행기가 스발바르(Svalbard)라는 노르웨이령 군도에 착륙했다. 2011년 3월.

비행기에서 내린 나는 사방을 천천히 돌아보며 온 세상을 만끽했다. 하얗고, 하얗고, 더 하얗고. 시야가 미치는 곳은 온통 상앗빛의, 눈 덮인 하얀 세상뿐이었다. 하얀 산, 하얀 눈 더미, 하얀 언덕, 그 사이로 몇 가닥 되지 않는 좁고 하얀 길들이 얽혀 있었다. 이천여 명의 현지 주민들 대부분은 자동차가 아니라 설상차를 소유했다. 풍경은 지극히 단조로웠고, 지극히 여유로웠다. '여기로 이사 올까?' 하고 생각했다.

'어쩌면 여기 온 목적이 이사일지도.'

그때 나는 총 없이는 마을을 벗어날 수 없다는 현지 법에 대해 들었다. 저 언덕 너머에는 굶주린 북극곰들이 늘 어슬렁거리고 다니기 때문이다. 나는 또 생각했다. '이사 올 데는 아닌 듯.'

우리는 차를 타고 지구 극점에서 불과 1,300킬로미터가량 떨어진 최북단 마을 롱위에아르비엔(Longyearbyen)으로 들어섰다. 여기서 동료 트래커들을 만났다. 대전차로켓(RPG)에 오른쪽 다리 아랫부분을 잃은 기병, 가이 디즈니 대위. 총상을 입고 팔이 마비된 공수부대원, 마틴 휴이트 대위. 또 다른 공수부대원으로서 RPG 공격에 왼쪽 다리 대부분과 왼팔의 절반을 잃은 제이코 반 가스 병사. (그는 왼팔의 남은 부분을 '니모'라는 재미있는 별명으로 불러 우리를 웃음을 선사했다.) 웨일스 출신의 스티브 영 중사는 사제폭탄(IED)에 등뼈가 부러졌다. 의사는 다시는 걸을 수 없을 것이라고 말했지만, 지금 그는 90킬로그램의 썰매를 끌고 북극으로 곧 출발할 참이었다.

감동적인 사람들이었다. 나는 그들과 함께할 수 있어 영광이고, 그들 사이에 낄 수 있는 것만으로도 영광이며, 영하 30도 정도의 기온은 문제도 아니라고 말했다. 사실, 날씨가 너무 나빠서 출발이 지연되고 있었다.

'아, 형 결혼식!' 나는 두 손에 얼굴을 묻고서 생각했다.

우리는 기다리는 며칠 동안 훈련도 하고, 동네 주점에서 피자와 감자칩을 먹으며 보냈다. 혹독한 추위에 적응하려고 몇 가지 훈련도 했다. 오렌지색 방수복을 입고 북극해에 뛰어들기도 했다. 잔인할 만치 차가운 공기에 비해 물속은 얼마나 따뜻한지 깜짝 놀랐다.

이 과정에서 우리는 서로를 잘 알게 되고 친분도 생겼다.

마침내 날씨가 풀리자 우리는 안토노프(Antonov) 수송기를 타고 임시 빙상 캠프로 날아간 다음, 다시 헬리콥터로 바꿔 타고 북극점에서 약 320킬로미터 떨어진 지역으로 이동했다. 우리가 도착한 시간은 새벽 한 시 무렵이었는데도 세상은 사막의 한낮처럼 밝았다. 어디에서도 어둠을 찾아볼 수는 없었다. 마치 어둠이 쫓겨난 듯했다. 우리는 헬리콥터를 향해 손을 흔들어 작별 인사를 하고는 트래킹을 시작했다.

북극 환경 전문가들은 땀을 흘리지 않도록 조심하라고 팀원들에게 강조했다. 북극에서는 어떤 형태의 습기든 순식간에 얼어버리는 바람에 여러 문제를 일으키기 때문이다. 그런데 나에게는 아무도 그 말을 해주지 않았다. 전문가들과의 훈련에 내가 참여하지 못했기 때문이다. 그래서 첫날에 무거운 썰매를 끌며 땀을 흠뻑 흘렸더니, 당연히 내 옷 모두가 단단한 얼음으로 변했다. 더 놀라운 것은 내 손가락과 귀에 무언가 문제가 발생하고 있었다는 사실이었다.

동상.

나는 불평하지 않았다. 저 사람들 속에서 어떻게 내가? 불평하고 싶은 마음도 없었다. 불편함보다는 저 영웅들과 함께할 수 있고, 소중한 대의를 위해 헌신할 수 있고, 극소수의 사람들만이 바라볼 수 있는 경관을 본다는 것만으로 그저 감사할 뿐이었다. 4일 차, 떠나야 할 시간이 되었지만 떠나고 싶지 않았다. 게다가 북극점에 아직 도달하지도 못한 상태였다.

하지만 선택의 여지가 없었다. 지금 떠나거나 아니면 형의 결혼식을 놓치거나, 둘 중 하나였다.

헬리콥터에 올라 바르네오 비행기지(Barneo Airfield)로 향했다. 여기서 비행기를 갈아타고 이륙할 예정이었다.

그런데 조종사가 머뭇거렸다. 출발 전에 북극점을 꼭 봐야 한다고 그가 주장했다.

"여기까지 와서 그걸 안 볼 수는 없어요." 그가 말했다. 그래서 그가 나를 헬리콥터로 북극점까지 태워주었고, 우리는 화이트아웃* 상태의 지상으로 뛰어내렸다. 그리고 GPS를 활용하여 정확한 극점을 찾아냈다.

드디어 세상의 꼭대기에 섰다.

나 혼자.

유니언 잭을 들고서.

다시 헬리콥터에 올라 바르네오로 향했다. 그런데 바로 그때, 강력한 폭풍이 지구의 이 극지방을 휩쓸면서 내 비행기뿐 아니라 모든 비행 일정이 취소되었다. 강력한 바람에 활주로마저 균열이 생겼다.

복구 작업이 필요했다.

기다리는 동안 여러 분야의 엔지니어들과 어울렸다. 함께 보드카를 마시고, 임시 사우나에 앉았다가 얼음처럼 차가운 바다에 뛰어들었다. 고개를

---

* 방향감각을 상실할 정도로 주변이 온통 하얀 상태.

젖히며 맛있는 보드카를 여러 잔 들이키고, 또다시 한 잔을 따르며 다짐했다. 활주로 때문에, 결혼식 때문에, 다른 어떤 것 때문에라도 더는 스트레스를 받지 않겠다고.

폭풍이 지나가고 활주로도 복구되었는지, 아니면 옮겼는지 잘 기억이 나지 않는다. 내가 탄 비행기는 빙판을 향해 굉음을 토해내며 푸른 하늘로 나를 들어 올렸다. 창밖으로 손을 흔들었다. 안녕, 나의 형제들!

42.

결혼식 전날, 형과 나는 아버지와 클래런스 하우스에서 저녁 식사를 했다. 형의 들러리인 제임스와 토마스도 함께였다.

내가 형의 들러리를 설 거라는 소식이 대중에게 알려졌는데 그건 의도적인 거짓말이었다. 대중이 내가 형의 들러리로 서기를 기대했고, 그래서 궁에서도 내가 그러리라고 발표하는 것 외에 달리 방법이 없었다. 사실, 내가 들러리로 연설하는 것을 형은 바라지 않았다. 라이브 마이크를 나에게 넘겨주었다가 대본에도 없는 말을 할까 봐 불안해했다. 어쩌면 내가 부적절한 말들을 거침없이 쏟아낼지도 모른다고 생각한 것이다.

틀린 생각은 아니었다.

궁의 의도적인 거짓말 덕분에 두 명의 순진한 민간인인 제임스와 토마스의 존재가 숨겨졌다. 두 사람이 형의 들러리로서 노출되었다면 민첩한 기자들이 곧바로 따라붙어 추적하고, 해킹하고, 조사하고, 가족들의 삶까지 망가뜨렸을 것이다. 두 친구 모두 수줍음이 많고 조용한 성격이었다. 그런 두 사람이 언론의 맹공을 버텨낼 리 만무하며, 그럴 수 있으리라는 기대조차 할 수 없었다.

윌리 형이 이 모든 사정을 나에게 설명했지만 나는 눈도 깜짝하지 않았다. 다 이해했다. 심지어 들러리 연설에서 내가 할지도 모를 부적절한 말들의 예를 추측하며 한바탕 웃기도 했다. 덕분에 신랑들이 결혼 직전에 겪는 전형적인 불안 증세로 형이 눈에 띄게 초조해하는 와중에도 결혼 전야의 만찬은 무척이나 유쾌했다.

토마스와 제임스가 럼과 콜라를 섞어 형에게 강제로 먹였는데, 그래서인지 형의 긴장이 꽤 줄어든 것 같았다. 그 사이에 나는 북극에 다녀온 이야기로 그들을 흥미롭게 만들었다. 아버지는 많은 관심을 보이며, 특히 동상에 걸린 귀와 볼의 불편함에 마음 아파했다. 그리고 귀와 볼처럼 연약한 부분인 성기의 문제에 대해서도 과하지 않은 정도로 아버지에게 말씀드렸다. 집에 도착하고서 내 아랫부분 역시 동상에 걸렸음을 발견하고서 깜짝 놀랐다. 귀와 볼은 이미 나아가고 있었지만, 음경은 그렇지 않았다.

날이 갈수록 문제가 심각해졌다.

그 자리에 참석한 아버지와 다른 신사들 앞에서 내 성기 얘기를 군이 머뭇거려야 할 이유가 없었다. 내 성기 문제는 이미 공문서화되었고 일부 대중의 관심사이기도 했다. 언론에서는 심층 기사까지 내보냈다. 그리고 형과 내가 포경수술을 하지 않았다는 이야기들이 책과 신문—《뉴욕 타임스》를 포함하여—에 수도 없이 실렸다. 하나같이 어머니가 수술을 금지했다고 적었다. 포경수술을 하지 않으면 음경 동상에 걸릴 가능성이 높아지는 것은 맞지만, 그 많은 이야기는 모두 엉터리였다. 나는 유아기에 이미 포경수술을 했다.

저녁 식사가 끝난 후에는 TV 방으로 옮겨 뉴스를 시청했다. 기자들은 결혼식 맨 앞자리에 앉을지도 모른다는 희망으로 클래런스 하우스 밖에서 야영하는 사람들과 인터뷰를 하고 있었다. 우리는 창가로 가서 버킹엄궁과 트라팔가 광장을 잇는 더 몰(The Mall) 거리의 곳곳에 텐트와 침낭으로 진을 친 수천 명의 사람들을 바라보았다. 많은 사람들이 술을 마시고 노래를 부르고 있었다. 일부는 휴대용 스토브로 음식을 조리했다. 또 다른 일부는 마치 자신들이 다음 날 아침에 결혼하는 사람들인 양 오락가락하고, 노래하고, 축하하고, 그랬다.

럼에 취한 형이 갑자기 소리쳤다. "저기 가서 저 사람들 만나야 해!"

경호팀에 연락하더니 그러고 싶다고 했다.

경호팀에서 답했다. "그러지 마시기를 강력하게 권고합니다."

"아니에요." 형이 되받았다. "그게 옳은 일이에요. 저기로 나가고 싶어요. 저 사람들을 만나야 해요!"

나더러 함께 가자고 했다. 애걸하듯이.

형의 눈에서 럼이 불타오르고 있는 것을 보았다. 형에게는 조력자가 필요했다.

나에게는 고통스러우리만치 익숙한 역할이었다. 하지만 괜찮았다.

우리는 거리로 나가서 군중의 가장자리로 걸으며 악수를 했다. 사람들은 형의 건투를 빌며 사랑한다고, 케이트도 사랑한다고 말했다. 그 사람들은 1997년 8월 그날에 우리가 보았던 것과 똑같은 눈물을 머금고 미소와 사랑과 연민의 모습을 보내주었다. 나는 고개를 저을 수밖에 없었다. 형에게 매우 중요한 날의 전야가, 형의 인생에서 가장 행복한 하루가, 형에게 그리고 우리에게 최악이었던 그날의 반향을 피할 수 없었기 때문이다.

형을 여러 번 돌아보았다. 동상에 걸린 것처럼 볼이 밝은 진홍빛으로 물들어 있었다. 군중을 향해 서둘러 작별 인사를 하고 들어간 이유도 그 때문이었던 것 같다. 형은 취해 있었다.

비단 그뿐 아니라, 그날 우리는 감정적으로, 육체적으로, 둘 다 기진맥진한 상태였다. 우리에게는 휴식이 필요했다.

아침에 형을 데리러 갔는데, 형이 한숨도 못 잔 몰골을 하고 있어서 충격을 받았다. 얼굴은 수척하고 눈은 충혈되어 있었다.

"형, 괜찮아?"

"어, 어, 괜찮아."

괜찮지 않았다.

형은 왕실기병대 프록코트 제복이 아니라 아일랜드 근위대(Irish Guards, 근위보병 제4연대)의 밝은 적색 제복을 입고 있었다. 이것이 문제가 되는지 나는 궁금했다. 과거에 형이 할머니에게 왕실기병대 제복을 착용하면 안 되느냐고 물었을 때 할머니는 단칼에 거절했다. 계승자로서 제1 행사복(Number One Ceremonial)을 입어야 한다고 정해주었다. 형은 자기 결혼식에서 입을 옷에 대해서조차 제대로 발언하지 못할 정도로 자기결정권이 위축된 상황 때문에 우울해했다. 좌절감을 느낀다는 말도 내게 여러 차례 했다.

나는 형에게 크라운 임페리얼(Crown Imperial) 문양과 연대 표어인 "Quis Separabit(누가 우리를 갈라놓을 것인가)?", 거기에 더불어 아일랜드 하프 문양까지 있어 무척 멋있어 보인다고 확신시켰다.

하지만 그리 인상적이지는 않았던 모양이다.

반면에, 나는 규약에 따라 왕실 기병근위대 제복을 입었는데 멋있게 보이기는커녕 편하지도 않았다. 과거에도 입은 적이 없었고 앞으로도 입을 일이 없기를 바란다. 어깨 패드도 너무 크고 소맷부리도 커서 사람들이 저 멍청이는 누구냐고 손가락질할 것 같았다. 조니 브라운(Johnny Bravo)*의 싸구려 버전이랄까.

우리는 자두색 벤틀리에 올랐다. 운전기사가 차를 움직일 때를 기다리며 우리 둘 다 아무 말도 하지 않았다.

마침내 차가 움직이기 시작하자 내가 긴 침묵을 깼다.

"형, 냄새가 너무 심해."

지난밤에 마신 럼의 여파였다.

내가 두 손가락으로 코를 막고 장난으로 창문을 부수려는 시늉을 하자, 그 모습에 형의 입꼬리가 살짝 올라갔다.

2분 뒤, 벤틀리가 멈췄다.

"짧은 여행이군." 내가 창밖을 내다보며 말했다.

웨스트민스터 사원.

---

* 제임스 딘의 얼굴에 아놀드 슈워제네거의 상체를 지닌 만화 캐릭터.

늘 그렇듯, 속이 울렁거렸다. 나는 생각했다.

'엄마의 장례식을 치른 곳에서 결혼하는 게 최고지.'

형을 힐끗 쳐다보았다. 형도 나랑 같은 생각을 하고 있었을까?

우리는 어깨를 나란히 하고 안으로 들어갔다. 나는 형의 제복과 모자를 다시 훑어보았다. '누가 우리를 갈라놓을 것인가?' 우리는 군인이고 성인이지만, 어머니의 관을 따라 걸을 때와 똑같이 머뭇거리며 천진한 걸음걸이로 들어갔다. '어른들은 우리에게 왜 그런 짓을 했을까?' 통로를 따라 성당 안으로 들어가서 '성당 내실(Crypt)'이라고 불리는 성찬대 옆의 작은 방으로 들어갔다. 그 건물의 모든 것들은 죽음을 말하고 있었다.

어머니의 장례식에 대해 기억만이 아니었다. 우리의 아래와 뒤로, 삼천여 구의 시신들이 안치되어 있었다. 그 시신들은 마치 벽 안으로 밀어 넣은 모양으로 신도석 아래에 잠들어 있었다. 전쟁 영웅과 시인, 과학자와 성인, 영연방을 상징하는 인물들. 아이작 뉴턴, 찰스 디킨스, 초서, 이외에도 열세 명의 왕과 열여덟 명의 왕비들이 모두 이곳에 묻혔다.

사후세계에 존재하는 어머니를 상상하기란 여전히 어려웠다. 존 트라볼타와 춤추고, 엘튼 존과 티격태격하고, 레이건 부부를 경탄케 한 어머니가, 정말 저승에서 뉴턴과 초서(Chaucer)*의 영혼과 함께 있을 거라고?

어머니와 죽음에 대한 생각들과 동상 걸린 성기 사이에서 나는 술이 덜 깬 신랑만큼이나 불안한 지경에 빠졌다. 나는 긴장을 풀려고 팔을 흔들며 몸을 풀기 시작했고, 신도석에서도 웅성거리는 소리가 들렸다. 그 사람들은 우리가 도착하기 두 시간 전부터 앉아 있었다.

"오줌 마려운 사람들이 얼마나 많겠어." 긴장을 풀어볼 요량으로 내가 형에게 말했지만, 형은 아무런 반응 없이 뻣뻣하게 서 있다가 나처럼 슬슬 몸

---

* 영국의 시인이자 소설가, 철학자이자 관료. 《캔터베리 이야기》의 저자이다.

을 풀기 시작했다.

나는 다시 장난을 쳤다. "아! 결혼반지! 아, 안 돼. 어딨지? 그 중요한 걸 어디 뒀더라?"

그러면서 슬그머니 반지를 꺼냈다. "휴!"

형이 나를 향해 미소를 짓더니 다시 몸을 풀었다.

반지를 잃어버리고 싶어도 그럴 수 없었다. 내 상의 안에는 캥거루 주머니 같은 특별한 주머니가 덧대어져 있었다. 내 아이디어였다. 반지를 지키는 것이 얼마나 엄숙한 의무이며 얼마나 영예로운 일인지 너무도 잘 알았기에.

이제 주머니에서 반지를 꺼내 불빛에 비추어보았다. 웨일스산 금으로 만든 얇은 밴드 모양의 반지로, 거의 한 세기 전에 영국 왕실에 바쳐진 금덩이를 깎아 만들었다. 할머니와 마거릿 공주의 결혼식 때도 같은 금덩이에서 반지를 제작했지만, 지금은 거의 다 닳았다는 말을 들었다. 내가 결혼할 때는, 만약 결혼을 하게 된다면 아마 남아 있는 게 없을 듯하다.

내실에서 나온 기억이 없다. 성찬대로 걸어간 기억도 없다. 낭독을 하거나, 반지를 꺼내거나, 형에게 전달한 기억도 없다. 결혼식 대부분이 내 기억 속에 비어 있다. 케이트가 놀라울 만큼 아름다운 자태로 통로를 걷던 기억이 있다. 형이 그 뒤를 따라 걷던 기억도 있다. 그리고 두 사람이 문을 거쳐 자신들을 버킹엄궁으로 인도할 마차 안으로, 두 사람이 서명한 영원한 동반자 관계 속으로 사라지던 모습을 바라보며, 나는 생각했다. '안녕!'

나는 새로 가족이 된 형수님이 좋았다. 형수님이라기보다, 한 번도 있던 적이 없었고 늘 바랐던 누이 같은 느낌이었다. 그런 그녀가 영원의 형의 곁에 있을 터이니 나도 무척 기뻤다. 형과도 참 잘 어울렸다. 두 사람은 서로를 눈에 띄게 행복하게 해주었고, 그래서 나도 행복했다. 하지만 이 만남이 이 끔찍한 지붕 아래에서 또 하나의 이별을 의미하리라는 본능적인 느낌도 지울 수 없었다. 또 한 번의 결별. 그날 아침에 내가 웨스트민스터 사원까지 안내했던 형은 이제 영원히 사라졌다. 누가 부인할 수 있겠는가? 다시는 앞

장서는 윌리 형이 될 수 없을 것이다. 다시는 망토를 펄럭이며 레소토의 시골길을 함께 달리는 일은 없을 것이다. 다시는 비행 연습을 하며 말똥 냄새 나는 시골집에서 함께 사는 일은 없을 것이다.

'누가 우리를 갈라놓을 것인가?'

인생. 그것이 '누구'이다.

아버지의 결혼식에서도 같은 느낌과 같은 예감이 들었는데 모두가 현실이 되지 않았던가? 내가 예상한 대로, 카밀라의 시대로 접어들면서 아버지를 만날 일이 점점 줄었다. 결혼식은 분명 즐거운 일이지만, 서약하는 순간부터 사람들이 사라지는 경향이 있어 조용한 장례식이기도 하다.

문득 신분은 계층구조라는 생각이 들었다. 주된 신분이 하나 있는데, 나중에는 다른 것이 되고, 또 다른 것으로, 그렇게 연속해서 죽을 때까지… 승계가 이루어진다. 각각의 새로운 신분이 자아의 왕좌를 차지하면, 이것이 반복될수록 원래의 자아, 아마도 근본적 자아인 '아이'로부터 점점 멀어진다. 그렇다. 진화와 성숙과 지혜를 향한 길은 모두가 자연스럽게 건강하지만, 이것이 반복될 때마다 유년의 순수는 점점 옅어진다. 점점 깎여 사라지는 그 금덩이처럼.

그날은 그냥 그런 생각을 했다. 나의 형 윌리는 그동안 변화를 거듭해 왔고, 서열을 따라 올라갔고, 그리하여 먼저 남편이 되고, 그다음에는 아버지가 되고, 그다음에는 할아버지가 되고, 그렇게… 형은 새로운 사람이 될 것이고, 여러 가지 새로운 사람이 될 것이지만, 그중 누구도 본연의 윌리가 될 수는 없을 것이다. 형은 할머니가 형을 위해 선택한 직함인 케임브리지 공작(The Duke of Cambridge)이 될 것이다. 형에게는 좋은 일이라고 생각했다. 아주 좋은 일이라고. 하지만 늘 그렇듯, 내게는 손실이었다.

나의 이런 반응은 아파치 내부에 처음 올라탔을 때의 느낌을 연상시켰다. 내 옆에 누군가가 있다는 것, 모범이 될 누군가가 있다는 것에 익숙해 있다가 어느 순간 철저히 혼자된 나를 발견했다.

게다가 덤으로, 거세될 뻔한.

내 형을 데려가는 동시에 내 성기까지 가져가는 이 우주는 도대체 무엇을 증명하고 싶은 것일까?

몇 시간 뒤의 피로연에서 나는 몇 마디의 짧은 언급을 했다. 연설은 아니고, 신랑의 진정한 들러리로서 하는 2분 정도의 짧은 축사였다. 형은 나더러 '콩페르(compère, 사회자)'처럼 하라고 여러 번 당부했다.

그 단어가 무슨 뜻인지도 찾아봐야 했다.

언론에서는 내가 이 축사를 준비하면서 첼시에게 전화를 걸어 문장마다 일일이 검토했다는 둥, 케이트의 '건강한 다리'에 대한 언급을 자제하라는 그녀의 요청에 내가 결국 굴복했다는 둥 장황한 기사들을 쏟아냈지만, 모두가 헛소리였다. 나는 이 문제로 첼시와 통화한 적도 없고, 그녀와 내가 정기적으로 연락하지도 않았기 때문에 형도 첼시를 결혼식에 초대하는 문제로 나와 미리 상의했다. 형은 우리 중 어느 쪽이든 불편해지는 상황을 원치 않았다.

굳이 진실을 말하자면, 몇몇 문장을 두고 JLP와 잠시 논의한 적은 있지만 대부분은 내가 직접 작성했다. 형과 나의 어린 시절에 대한 몇 가지 우스갯소리와 형이 수구를 할 때 있었던 흥미로운 일화를 소개하고, 일반 대중이 보내준 편지에서 재미있는 부분들을 발췌하여 읽었다.

미국의 한 남성은 새 케임브리지 공작부인을 위해 무언가 특별한 선물을 하고 싶어서, 일반적으로 왕족의 모피로 불리는 담비 모피 일 톤을 마련하기로 마음먹었다고 했다. 열정이 과했던 이 미국인은 자신이 구상한 의상에 필요한 담비 천 마리를 잡으려고 계획했지만(천 마리나? 텐트를 만들려고 했을까?), 불행히도 겨우 두 마리밖에 잡지 못했다고 했다.

"담비들에게는 혹독한 한 해였겠네요." 내가 말했다.

이 미국인은, 미국 사람들이 흔히 그렇듯이 즉흥적으로 가장 효과적인 방법을 고안해 냈다. 자신이 확보한 모피를 기워서 내가 들고 있는 이것을 만들어 냈다고 말하며, 그 물건을 치켜들었다.

피로연장은 일순간 "헉!" 소리에 휩싸였다.

그것은… 모피 T팬티였다.

내 상의 안쪽의 반지 주머니보다 크지 않은 V자 모양의 담비 모피 주머니에, 부드럽고 복슬복슬한 T팬티 몇 장이 담겨 있었다.

그제야 호흡을 가다듬은 사람들에게서 따뜻하고 만족스러운 웃음소리가 배어 나왔다.

사람들의 웃음소리가 잦아들 무렵, 나는 어조를 진중하게 바꾸고 말했다. "어머니, 이 자리에 계셨더라면 얼마나 기뻐하셨을까요? 케이트를 얼마나 사랑하셨을 것이며, 여러분 모두가 확인한 이 사랑을 보고 얼마나 기뻐하셨을까요?"

이 말을 끝으로 고개를 들지 않았다. 아버지와 카밀라와, 무엇보다 윌리형과 시선을 마주치는 위험을 감수하고 싶지 않았다. 어머니 장례식 이후로 눈물을 보인 적이 없었는데 그 흐름을 지금 이 순간에 깨고 싶지도 않았다.

또 어머니 이외에 어느 누구의 얼굴도 보고 싶지 않았다. 형의 결혼식 날에 환하게 웃는 어머니의 모습을, 그 담비 T팬티에 대해서도 살짝 미소짓는 어머니의 모습을, 마음속에 선명하게 떠올렸다.

43.

세상의 극점에 도달한 네 명의 상이군인들은 샴페인 한 병을 따서 할머니의 안녕을 기리며 마셨다. 그들은 친절하게도 나에게 전화해서 그 기쁜 소식을 전했다.

그 군인들은 세계기록을 세웠고, 부상 입은 퇴역군인들을 위한 한 트럭 분량의 현금을 모금했으며, 그 혹독한 북극점까지 도달했다. 엄청난 성공이었다. 나는 그들을 축하하고 보고 싶다고 말하며, 함께했더라면 더 좋았을 것이라고 했다.

물론 선의의 거짓말이었다. 그 무렵 내 성기는 극도의 예민함과 트라우마의 경계 사이에서 오락가락하고 있었다. 내가 마지막으로 가고 싶은 곳은 프로스트니피스탄(Frostnipistan)*이었다.

나는 친구가 추천한 방법을 포함하여 집에서 할 수 있는 몇 가지 요법을 시도했다. 여성인 그 친구는 엘리자베스 아덴 크림을 발라보라고 권했다.

"엄마가 이 크림을 입술에 바르곤 했는데. 이걸 내 성기에 바르라고?"

"효과 있어, 해리. 날 믿어."

튜브를 찾아 뚜껑을 여는 순간, 그 냄새가 나를 시간 속으로 데려갔다. 마치 어머니가 방 안에 있는 것처럼 느껴졌다.

크림을 조금 덜어서 거기 아래에… 발랐다.

'이상하다'는 말만으로는 그 느낌을 정확하게 표현하기 어려웠다.

최대한 빨리 의사를 만나는 편이 나을 것 같았다. 하지만 적합한 의사를 찾아달라고 궁에 요청하기도 곤란했다. 어떤 관리가 내 상황을 눈치채고 언론에 흘려서 다음날 온 신문의 일면을 내 성기 이야기로 도배할지도 모르니까. 게다가 나 혼자 임의로 의사를 부를 수도 없었다. 정상적인 상황에서도 쉽지 않은 일인데, 당연히 지금은 훨씬 더 어려웠다.

"안녕하세요, 해리 왕자입니다… 들어보세요. 제 아랫부분에 문제가 있는 것 같은데 혹시 제가 잠시 들러서…."

나는 다른 친구에게 연락하여 특정 기관과… 특정 인물들에 특화된 피부과 전문의가 있는지 아주 조심스럽게 알아봐 달라고 부탁했다. 어려운 주문이었다.

그럼에도 그 친구가 내게 연락해서 자기 아버지가 딱 맞는 의사를 알고 있다고 말했다. 그가 알려준 이름과 주소를 들고 경호원들과 함께 차에 올랐다. 우리는 많은 의사가 주로 거주하는 할리 스트리트(Harley Street)에 자리한 어느 특징 없는 건물로 급히 들어갔다. 경호원 한 명이 뒷문을 통해 남몰

---

* 특이한 동상 치료법을 의미한다.

래 나를 진료실로 안내했다. 그곳에 의사가 있었다. 커다란 나무 책상에 앉아 앞서 진료한 환자의 것으로 보이는 무언가를 기록하고 있었다. 그는 메모에서 눈을 떼지 않은 채로 말했다. "네, 네, 들어오세요."

안으로 들어가자 의사는 비정상적으로 오랫동안 무언가를 기록하고 있었다. 내 앞에서 진료한 그 가엾은 친구에게 분명 문제가 많았던 모양이다.

의사는 여전히 고개도 들지 않은 채로, 나더러 커튼 뒤로 가서 옷을 벗으라고 했다. 자기도 곧 오겠다며.

잠시 후 커튼이 걷히고 의사가 나타났다.

그는 나를 바라보며 눈을 한 번 깜빡이고는 말했다.

"아, 네. 당신이군요."

"네, 연락을 받으신 줄 알았는데, 아닌가 보네요."

"맞네요, 당신이군요. 좋아요. 흠… 무슨 문제가 있다고 하셨죠?"

엘리자베스 아덴으로 부드러워진 내 성기를 보여주었다.

하지만 의사는 아무런 문제도 발견하지 못했다.

눈으로는 보이지 않는다고 내가 설명했다. 보이지 않는 형벌이었다. 이유가 무엇이든, 나의 특별한 동상 사례는 극도로 예민해진 감각의 형태로 나타났다.

"어떻게 된 거죠?" 의사가 알고 싶어 했다.

"북극이요." 내가 설명했다. "북극에 다녀왔는데 지금은 남극이 고장났네요."

'점점 더 궁금해지는데….' 그의 얼굴이 이렇게 말하는 듯했다.

나는 시원하게 소변을 보기도 어렵다고 말했다. "모든 것이 어렵습니다, 선생님. 앉기도, 걷기도." 섹스는 생각할 수도 없다고 덧붙였다. 설상가상으로, 내 성기에서는 계속해서 섹스를 하고 있는 듯한 느낌이 들었다. 아니면 준비할 때 같은. 점점 기능을 잃어가는 것 같다고 의사에게 말했다. 이 문제로 괜히 인터넷 검색을 하다가 생각하기도 싫은, 음경 절제술이라는 무서운 이야기를 읽기도 했다. 자신의 증상을 인터넷으로 검색하는 사람이라면 절대 보고 싶지 않은 표현이다. 의사는 그런 종류의 수술이 내게는 필요치 않을 거라고 납득시켰다.

"필요하지 않을 거라고요?"

그는 다른 불필요한 것들은 배제할 것이라고 말했다. 그러고는 외과적인 범위를 넘어 전체적으로 검진했다. 말하자면, 할 수 있는 건 다 했다.

마침내 그는, 가장 현실적인 치료법은 시간일 거라고 말했다.

"무슨 말씀이시죠? 시간이요?"

"시간이," 그가 말했다. "해결해 줄 겁니다."

"정말요, 선생님?" 하지만 이후의 내 경험은 그렇지 않았다.

44.

형의 결혼식에서 첼시를 바라보고 있기가 무척 힘들었다. 우리 사이에는 아직도 많은 감정이 남아 있었다. 그중에는 내가 억눌렀던 감정도, 미처 알아차리지 못한 감정도 있었다. 굶주려 보이는 남자들이 그녀를 쫓아다니고, 주위를 에워싸고, 춤을 추자며 성가시게 구는 모습을 바라보며 야릇한 느낌이 들었다.

그날 밤, 질투심에 사로잡힌 나는 첼시에게 내 생각을 그대로 전했고 그 때문에 기분은 더 나빠졌다. 한심한 느낌마저 들었다.

나도 앞으로는 지금의 상황에서 벗어나 새로운 누군가를 만나야 했다. 의사가 전망한 대로, 시간이 지나면 내 성기는 고쳐질 것이다. 그 시간이 내 가슴에 마법을 부릴 때는 언제쯤일까?

친구들이 나를 도우려 애를 썼다. 여러 이름들을 언급하며 만남을 주선했지만, 아무것도 성사되지 않았다. 그래서 2011년 여름에 친구들이 또 다른 이름을 언급할 때도 나는 거의 개의치 않았다. 친구들은 똑똑하고, 예쁘고, 멋지다는 등 그녀의 특징을 몇 가지 설명하며 현재의 연애 상태에 대해서도 말했다. 최근에 남자친구와 헤어졌다고.

"하지만 오랫동안 혼자로 지내지는 않을 거야, 스파이크!"

"그녀는 자유로워, 친구. 너도 자유롭고."

"내가?"

"그리고 두 사람이 잘 어울려! 분명 둘이 잘 맞을 거야."

나는 마뜩잖았다. 이 예측은 또 언제쯤에나 성사될 수 있을까?

그런데, 놀랍게도, 성사되었다.

우리는 술집에 앉아 웃고 떠들었고, 우리와 함께한 친구들도 술과 바텐더와 함께 허물어지고 있었다. 이윽고 내가 친구들 모두에게 클래런스 하우스에 가서 한잔 더 하자고 권했다.

모두가 둘러앉아 이야기하고 음악도 들었다. 생기 넘치는 사람들. 유쾌한 사람들. 마침내 파티가 끝나고 모두가 돌아갈 때 나는 그녀를 집까지 바래다주었다. 플로렌스(Florence), 그녀의 이름이었다. 다들 플리(Flea)라고 불렀지만.

그녀는 노팅 힐(Notting Hill)에서 산다고 말했다. 조용한 거리에서. 아파트 밖에 차를 세우자 그녀가 차 한 잔 마시자며 나를 초대했다. 나도 좋다고 했다.

경호원들에게는 이 블록을 몇백 바퀴만 돌고 있으라고 했다.

플리가 먼 조상에 대해 이야기한 때가 그날 밤이었던가, 아니면 다른 날이었던가? 아마 둘 다 아닐 것이다. 훗날 한 친구가 내게 말해준 게 맞는 것 같다. 아무튼 그 조상은 크림반도에서 러시아 포대에 맞서 진격한, 이른바 '경기병 여단의 돌격(Charge of the Light Brigade)'을 지휘한 인물이다. 무능하고 정신 나간 짓으로 백여 명의 병사들을 죽음으로 내몰았다. '로커스 드리프트 전투'와는 완전히 상반되는 수치스러운 광경이었으며, 지금 나도 그의 책에서 한 페이지를 빌려와서 무소처럼 앞으로 나아가보려 하던 참이었다. 얼그레이 첫 잔을 마시며 생각했다. '그녀가 나의 사람이 될 수 있을까?'

그만큼 강한 유대감을 느꼈다.

하지만 그만큼 내가 미쳐 있기도 했다. 게다가 그녀도 숨길 수 없는 내 표정에서 그것을 읽었으리라는 것도 알았다. 다만 그것을 매력으로 봐주기를 바랄 뿐이었다.

사실 그랬다. 이후 몇 주 동안은 무척이나 목가적인 분위기였다. 종종 만나고, 많이 웃고… 하지만 아무도 몰랐다.

희망이 점점 솟았다.

그러다가 언론에서 눈치를 챘고, 우리의 목가적인 만남도 막을 내렸다.

플리가 울면서 내게 전화했다. "아파트 밖에 파파라치가 여덟 명이나 있어." 파파라치들은 런던 거의 전역에서 그녀를 쫓아다녔다.

그 무렵 플리는 한 신문에서 자신을 '속옷 모델'로 묘사한 것을 보았다. 몇 년 전에 찍은 사진 한 장이 발단이었다! 자신의 인생이 그 사진 한 장에 담겨버렸다고 말했다. 너무나 비하적이고 너무나 모욕적이었다.

"그래." 내가 곧바로 대답했다. "그 기분, 나도 잘 알아."

파파라치들은 플리가 아는 모든 사람을 파고, 파헤치고, 전화까지 걸었다. 그녀의 가족도 이미 쫓고 있었다. 또 플리를 마치 캐롤라인 플랙처럼 다루면서, 동시에 캐롤라인도 여전히 놓아주지 않았다.

플리가 반복해서 말했다. "나는 못 할 것 같아."

스물네 시간 감시를 받고 있다고 했다. 범죄자들처럼. 그때 전화기 너머로 사이렌 소리도 들렸다. 그녀는 속상해서 눈물을 터트렸고, 나도 그러고 싶은 마음이었지만 당연히 울지는 않았다.

그녀가 마지막으로 말했다. "더는 못 하겠어, 해리."

전화기 소리를 스피커로 바꿨다. 나는 아름다운 가구들로 장식된 클래런스 하우스 이 층의 창가에 서 있었다. 화려한 방. 등불은 은은하고, 발밑의 러그는 예술작품이었다. 차가운 유리창에 얼굴을 대고 플리에게, 한 번만 더 나를 만나서 그 문제를 상의하자고 부탁했다.

군인들이 저택을 지나 행진했다. 근무 교대를 하는 시간인가보다.

"아니."

그녀는 단호했다.

몇 주 뒤, 술집에서 우리를 만나게 해준 바로 그 친구들 중 한 명에게서 전화가 왔다.

"너 들었어? 플리가 옛 남자친구에게 돌아갔대."

"그랬어?"

"인연이 아닌가 봐."

"그래."

그 친구가 듣기로는, 플리에게 끝내라고 말한 사람은 어머니였고 자칫하면 언론이 딸의 삶을 망칠 수도 있다고 경고했다고 한다. "그놈들은 지옥문 앞까지 널 쫓아다닐 거야." 어머니가 이렇게 말했다고 한다.

"그래." 내가 친구에게 말했다. "엄마들이 제일 잘 알지."

45.

잠을 안 잤다. 그냥 안 잤다. 너무 실망하고, 너무 심하게 낙담하여 밤이면 밤마다 서성거리며 생각하느라 잠을 잘 수 없었다. 텔레비전이라도 있으면 좋을 거라고 생각하면서.

하지만 지금의 나는 감방 같은 군사기지에서 생활하고 있었다. 그러다가 아침이 되면 뜬눈으로 밤을 지새운 채 아파치를 조종한 적도 많았다. 재앙의 지름길이었다.

잠을 들이려 약초 요법도 시도했다. 조금 효과가 있어 한두 시간은 잘 수 있었지만, 아침이 되면 뇌가 정지한 느낌이 들었다.

그 무렵에 상부로부터 출장 명령을 받았다. 연속되는 작전과 훈련을 수행하기 위해서.

'그래 이걸지도 몰라.' 나는 생각했다. '이 지옥에서 나를 빼낼 줄 것은.'

아니면 마지막 지푸라기일 수도.

처음에는 나를 미국 남서부 지역으로 보냈다. 길라 벤드(Gila Bend)라는 황량한 땅에서 일주일 정도 머물며 이 지역 상공을 날아다녔다. 이곳의 환경은 아프가니스탄과 비슷하다고 들었다. 나는 아파치 조종에 더욱 능숙해졌고, 미사일과 더불어 더욱 치명적인 존재로 거듭났다. 먼지에도 더 익숙해졌다. 선인장을 수도 없이 날렸다. 솔직히 재미가 없지는 않았다.

다음에는 콘월(Cornwall)로 갔다. 보드민 무어(Bodmin Moor)라는 황무지로.

2012년 1월.

이글거리는 더위에서 매서운 추위까지. 이 황무지 지대는 1월에는 항상 춥지만, 때마침 내가 도착할 때는 매서운 겨울 폭풍이 불어닥치고 있었다.

나는 스무 명의 다른 군인들과 함께 숙소를 배정받았고, 처음 며칠은 적응하는 데 집중했다. 새벽 다섯 시에 기상하여 구보와 구토로 준비운동을 한 다음, 교실에 모여 악당들이 사람을 납치하려고 고안한 최신 기법들에 대해 배웠다. 앞으로 며칠에 걸쳐 이 혹독한 황무지를 가로지르는 긴 행군을 하는 동안 이 기법들 중에서도 여러 가지가 우리에게 불리하게 사용될 것이다. 이 훈련의 명칭은 '탈출과 회피(Escape and Evasion)'로, 배치 전 항공 승무원과 조종사들 앞에 놓인 마지막 장애물 중 하나였다.

트럭이 우리를 고립된 장소에 내려놓으면, 그곳에서 현장 학습을 하고 생존 기술도 배웠다. 닭을 잡아 죽여서 털을 뽑고 먹었다. 그러다 비가 내리기 시작했다. 곧바로 흠뻑 젖었다. 그리고 지쳤다. 그런 우리를 교관들은 재미있다는 듯 바라보았다.

그들은 나와 다른 두 명을 트럭에 싣더니 더 외딴곳으로 데려갔다.

"내려."

지형과 하늘을 훑어보았다. "네? 여기요?"

차갑고 세찬 비가 뿌리기 시작했다. 교관들은 우리가 탄 헬리콥터가 지금 막 적진에 추락했고 우리에게 주어진 유일한 희망은 이 황량한 지대의 끝에서 끝까지 약 16킬로미터를 걸어서 통과하는 것뿐이라고 소리쳤다. 그리고 우리에게 거대 담론(meta narrative)* 하나를 제시했는데, 지금 돌이켜보면 그 내용은 이랬다. '우리는 무슬림에 동조하는 민병대와 맞서 싸우는 하느님의 군대이다.'

우리의 임무: 적을 회피하고, 금지 구역에서 탈출한다.

출발!

트럭이 굉음을 내며 떠났다.

축축하고, 춥고… 주변을 둘러보고, 서로를 바라보았다.

"이것 참, 짜증 나네."

우리에게는 지도와 나침반이 있었고 들어가 잘 수 있는 신체 크기의 방수 비비백도 하나씩 지급되었다. 하지만 음식은 금지였다.

"어느 쪽이지?"

"이쪽입니다."

"좋아."

보드민은 일반적으로 사람이 거주하지 않는 황량한 지역으로 알려져 있지만, 저 멀리 드문드문 농가들이 보였다. 불 켜진 창, 벽돌 굴뚝에서 피어오르는 연기. 그 문을 얼마나 두드리고 싶었는지. 시절 좋던 과거에는 주민들이 훈련하는 군인들을 도와주기도 했지만, 지금은 많은 것이 달라졌다. 육군으로부터 여러 차례 잔소리를 들은 주민들이 지금은 비비백을 든 낯선 사람들에게 문을 열어주면 안 된다고 알고 있었다.

내가 지휘하는 팀의 구성원 두 명 중 한 명의 이름은 필(Phil)이 있었다. 나는 원래 필을 좋아했지만, 이번에는 다른 한 친구에게 무한한 신뢰를 느끼기 시작했다. 그는 어느 여름에 이곳에서 트래킹을 한 적이 있어서 우리의 위치를 잘 알고 있다고 했다. 그뿐 아니라 우리를 어떻게 구해낼 것인지도 알고 있었다.

---

* 상위의 포괄적 담론으로, 여기서는 일종의 강령을 의미함.

그가 이끌고, 우리는 아이들처럼 그를 따라 어둠을 뚫고 내일을 향해 나아갔다.

새벽녘에 이르러 전나무 숲을 발견했다. 기온은 영하에 가까워지고, 비는 더욱 거세게 내렸다. 혼자 뒤집어쓰는 비비백 따위는 집어치우고, 함께 웅크리고 앉아 서로에게 달라붙어 따뜻한 안쪽으로 조금이라도 깊이 들어가려고 애를 썼다. 필과는 잘 아는 사이였으므로 꼭 붙어 있어도 별로 이상할 게 없었고 오히려 편안했다. 하지만 다른 친구에게는 좀 어색했다. "미안해, 거기 머리였어?" 그렇게 몇 시간 동안 잠 같지 않은 잠을 청하고는 서로에게서 벗어나 다시 긴 행군을 시작했다.

이 훈련에서는 몇 곳의 중간 점검소에서 멈춰 각각의 과제를 완수했다. 우리는 그럭저럭 모든 점검소를 통과했고, 과제도 모두 완수했다. 그리고 일종의 안전가옥인 마지막 점검소에서 훈련이 끝났다는 말을 들었다.

한밤중이었다. 칠흑 같은 밤. 지휘팀이 나타나 공표했다. "모두들, 잘했다! 다들 완수했어!"

나는 거의 기절할 뻔했다.

지휘관들은 우리를 트럭에 태워 기지로 돌아갈 것이라고 말했다. 그때 느닷없이 야전 상의에 검정 복면을 착용한 한 무리의 남자들이 나타났다. 언뜻 든 생각은, 아일랜드 무장단체 IRA의 습격을 받은 마운트배튼 경이었다. 왜 그랬는지는 나도 모른다. 완전히 다른 상황이지만, 어쩌면 내 DNA 속에 깊이 자리한 테러와 관련된 오랜 기억들 때문인지도 모르겠다.

폭발음과 총성이 들리고, 사람들이 트럭을 습격하여 우리에게 아래를 보라고 소리를 질렀다. 그들은 앞이 보이지 않는 새까만 스키 고글로 우리의 눈을 가리고 플라스틱 끈으로 손목을 묶은 뒤 우리를 끌고 나갔다.

그들은 지하벙커 시스템 같은 곳으로 우리를 밀어넣었다. 눅눅하고 축축한 벽들. 울리는 소리. 이 방에서 저 방으로 끌려다녔다. 우리의 머리를 씌웠던 봉투 같은 것을 찢더니 다시 씌우기도 했다. 어떤 방에서는 호의적으로 대했고 또 어떤 방에서는 쓰레기처럼 대했다. 감정이 극에서 극으로 치달았다. 잠시 물 한 잔을 권하더니, 곧 무릎을 꿇고 손을 머리 위로 올리라고 명령했다. 삼십 분. 한 시간. 스트레스 포지션*을 바꿔가면서.

정말로 72시간 동안 제대로 잠을 잘 수 없었다. 그들이 우리에게 한 행동의 상당수는 제네바 협약의 규정에 따라 불법이었고, 이것이 그들의 목적이었다.

그러다가 눈을 가린 채로 어느 방으로 들어갔는데 그곳은 왠지 나 혼자가 아닌 듯한 느낌이었다. 필이 나와 같이 있는 느낌이었지만 다른 사람일 수도 있었다. 아니면 다른 팀에서 온 사람이든지. 감히 물어볼 수도 없었다.

이제 위인지 아래인지 분명치 않지만, 건물 내부의 어디에선가 희미한 목소리가 들렸다. 그러더니 물이 흐르는 것 같은 이상한 소리도 들렸다. 그들은 우리를 혼란스럽게 만들어 방향감각을 잃게 만들려 했다.

나는 극도로 추웠다. 그런 추위는 처음 느껴보았다. 북극보다도 훨씬 추웠다. 추위와 함께 감각이 무뎌지고 졸음이 쏟아졌다. 갑자기 문이 거칠게 열리더니 납치범들이 뛰어 들어오면서 나도 정신을 되찾았다. 그들이 눈가리개를 벗겼다. 내가 맞았다. 필이 거기 있었다. 그리고 다른 친구도. 옷을 벗으라는 명령을 받았다. 그들은 우리의 몸과 힘없이 늘어진 물건을 가리켰다. 저렇게 작을 수 있냐며 계속해서 떠들었다. 나도 한마디 하고 싶었다. "내 물건에 어떤 문제가 있는지 니들이 알아?"라고.

그들이 우리를 심문했다. 하지만 아무것도 얻지 못했다.

각자 다른 방으로 끌고 가더니 얼마간 더 심문을 이어갔다.

무릎을 꿇으라는 말을 들었다. 두 남자가 들어오더니 마구 소리를 지르고는 떠났다.

이상한 음악이 흘러나왔다. 성난 두 살배기 아이가 바이올린을 마구 긁어

---

* 체중을 버티는 자세로 고통을 주는 고문 기법.

대는 소리 같은.

"저게 뭡니까?"

어떤 목소리가 답했다. "조용히 해!"

나는 이 음악이 녹음된 것이 아니라 실제 아이의 소리라고 확신하며, 어쩌면 이곳에 갇혀 있는지도 모른다고 생각했다. 도대체 이 아이는 바이올린으로 무슨 짓을 하는 건지? 게다가, 그 사람들은 아이에게 무슨 짓을 하는 걸까?

남자들이 돌아왔다. 필을 데리고 있었다. 그들은 필의 소셜미디어를 파헤치며 그에 대해 연구했고, 그의 가족과 여자친구에 대해서도 말하며 필을 놀라게 했다. 놀라울 만큼 많은 것을 알고 있었다. 완벽한 타인들이 어떻게 그렇게 잘 알 수 있을까?

나는 웃었다. "파티에 온 걸 환영해, 친구."

나는 이 상황을 별로 심각하게 여기지 않았다. 그런데 남자들 중 하나가 나를 붙잡더니 벽으로 밀어붙였다. 검은 복면을 하고 있었다. 그는 팔뚝으로 내 목을 누르고 아무 말이나 마구 지껄이더니, 내 어깨를 콘크리트에 대고 사정없이 눌렀다. 그러고는 벽에서 1미터 정도 떨어져 서서, 손을 머리 위로 올리고, 열 손가락 끝을 벽에 대라고 명령했다.

다시 스트레스 포지션.

2분이 흐르고.

10분.

어깨가 떨리기 시작했다.

숨 쉬기도 힘들었다.

한 여자가 들어왔다. 얼굴에 쉬마그 두건을 했다. 무언가를 계속 이야기하는데 나는 도무지 알아들을 수 없었다. 전혀.

그러다가 깨달았다. 어머니였다. 그 여자는 나의 어머니에 대해 말하고 있었다.

"네 엄마는 죽을 때 임신 중이었어, 알아? 너의 형제를! 무슬림 아기를 말이야!"

그 여자의 얼굴을 보려고 고개를 돌렸다. 아무 말도 하지 않았지만, 눈으로 날카롭게 쏘아보았다. '날 위해 이러는 거야, 아니면 널 위해서? 이게 훈련이라고? 아니면 싸구려 스릴을 즐기는 거야?'

여자가 급히 나갔다. 납치범 중 한 명이 내 얼굴에 침을 뱉었다.

그리고 총소리가 들렸다. 이어서 헬리콥터 소리까지.

우리는 다른 방으로 이끌렸고 거기서 누군가 소리쳤다. "좋아, 됐어. 훈련 끝."

종료 보고가 있었다. 그중에 교관 한 명이 어머니와 관련된 내용으로 나에게 어설픈 사과를 했다.

"우리가 알고 있으면 자네에게 충격적일 수 있는 무언가를 찾기가 어려워서 그렇게 되었네."

나는 아무런 답도 하지 않았다.

"우린 자네가 시험을 거칠 필요가 있다고 생각했네."

나는 대답하지 않았다.

"하지만 이건 좀 지나쳤던 것 같아."

"좀 많이요."

나중에 들은 이야기인데, 이 훈련에 참여했던 다른 두 명의 군인은 정신적인 문제가 생겼다고 했다.

46.

할머니로부터 소식이 전해졌을 때 나는 보드민 무어의 여파에서 간신히 몸과 마음을 추스르고 있었다. 할머니는 내가 카리브해로 가기를 바랐다. 재위 60주년을 기념하는 2주간의 여행이며, 할머니를 대표하는 나의 첫 왕실 공식 순방이었다.

손가락 한 번 까딱하듯, 육군에서의 의무에서, 특히 부대 배치가 임박한 시점에서 그렇게 갑작스럽게 호출을 당하니 의아한 느낌도 있었다. 하지만 전혀 의아할 게 없다는 것을 곧 깨달았다.

할머니는 결과적으로 나의 최고사령관이니까.

2012년 3월. 비행기를 타고 벨리즈(Belize)에 도착하여, 공항에서 첫 행사장까지 표지판과 깃발을 흔드는 환영 인파로 가득한 도로를 따라 차로 이동했다. 첫 번째 행사장과 이후의 모든 행사장에서도 직접 만든 술로 할머니와 주최 측을 향한 축배를 들었고, 푼타(punta)라고 불리는 전통춤도 여러 번 추었다.

또 우족 수프도 처음 맛보았는데, 수제 술보다 훨씬 자극적인 맛이었다.

어느 행사장에서 나는 군중을 향해 이렇게 말했다. "우노 컴, 메크 위 구 파티(Uno come, mek we goo paati)." 크리올(Creole) 언어로 "모두, 파티를 즐겨요!"라는 뜻이었다. 군중은 열렬히 환호했다.

사람들은 내 이름을 연호하고 소리쳐 불렀는데, 어머니의 이름을 부르는 사람도 많았다. 어느 곳에서는 한 여성이 나를 포옹하더니 울면서 말했다. "다이애나 아기!" 그러고는 기절했다.

수난투니치(Xunantunich)라는 잃어버린 도시도 방문했다. 수 세기 전에 번성했던 마야의 대도시였다고 안내자가 설명했다. 상형 문자와 띠 모양의 장식, 얼굴 등이 새겨진 석조 신전인 엘 카스티요(El Castillo)에도 올라갔다. 나라 전체를 통틀어 이곳이 가장 높다고 누군가 말했다. 멋진 광경이었지만 내 시선은 아래를 향하지 않을 수 없었다. 저 아래에는 마야 왕족의 유골이 셀 수 없이 많았다. 마야의 웨스트민스터 사원이었다.

바하마에서는 관료들, 음악가, 언론인, 운동선수, 성직자 등 많은 사람을 만났다. 교회 예배, 거리 축제, 국빈 만찬 등에 참석하여 축배도 많이 들었다. 쾌속정을 타고 하버섬(Harbour Island)으로 향하던 도중에 배가 고장 나 물이 새기 시작했다. 물이 들어오고 있을 때 기자들이 탄 배가 다가왔다. 단연코 거절하고 싶었지만, 그 배에 타든지 아니면 수영하든지 선택해야 했다.

이곳에서 아버지의 대녀(代女)이며 어머니의 들러리 중 한 사람인 인디아 힉스(India Hicks)를 만났다. 그녀는 나를 하버섬 해변으로 데리고 갔다. 모래가 밝은 분홍색이었다. 분홍색 모래? 매혹적이면서 전혀 불쾌하지 않았다. 모래가 분홍색인 이유를 그녀가 과학적으로 설명했지만 나는 이해하지 못했다.

어느 때는 아이들로 가득한 경기장을 방문했다. 극도의 가난 속에서 살아가며 매일같이 위기를 겪는 아이들이었지만 환호와 웃음으로 나를 맞이했다. 우리는 함께 놀고, 춤추고, 장난으로 복싱도 했다. 평소에도 아이들을 좋아하는 나였지만, 최근에는 마르코의 아들 재스퍼의 대부가 된 탓에 이 아이들과도 더욱 끈끈한 유대를 나눌 수 있었다. 대단히 영예로운 시간이었다. 그리고 이 순간이 내가 남자로 진화하는 과정에서 중요한 이정표가 되리라고 생각했고 또 희망했다.

방문 일정이 끝날 무렵, 바하마 아이들이 내 주위로 오더니 선물을 주었다. 은색의 거대한 왕관과 역시 거대한 붉은 망토였다.

그중 한 아이가 말했다. "여왕 폐하께 드려요."

"내가 꼭 전해 드리마."

경기장을 나오면서 많은 아이를 안아주었고, 다음 목적지로 이동하는 비행기 안에서 그 왕관을 뽐내며 썼다. 부활절 바구니만큼 큰 왕관을 보고 직원들이 미친 듯이 깔깔거렸다.

"완전 바보 같아요, 왕자님."

"그렇겠죠. 하지만 다음 도착지에서 이걸 쓸 겁니다."

"아, 안 돼요, 안 돼. 왕자님, 제발!"

직원들이 뭐라고 나를 설득했는지 지금도 기억이 나지 않는다.

자메이카로 가서 총리와 인사를 하고, 우사인 볼트와 달리기를 했다. (내가 이기긴 했지만, 다 장난이었다.) 밥 말리의 '원 러브(One Love)'에 맞춰 한 여성과 춤도 추었다.

다 같이 모여 이 성스러운 아마겟돈에서 함께 싸우자(하나의 사랑)

Let's get together to fight this holy Armagiddyon (one love)

어딘가에 들를 때마다 나무를 한 그루 또는 여러 그루 심었다. 왕실의 전통이었는데, 나는 이것을 조금 바꾸었다. 보통 식수 현장에 도착하면 나무는 이미 땅에 묻혀 있고 그 구멍에 기념으로 흙을 조금만 뿌리는 게 관례였다. 하지만 나는 고집스럽게 실제 나무를 심고, 뿌리를 덮고, 물을 조금 주었다. 관례를 깨는 모습에 사람들은 충격을 받은 듯했다. 그들은 이런 모습이 급진적이라고 표현했다.

나는 그들에게 이렇게 말했다. "저는 그저 이 나무가 잘 살도록 하고 싶었을 뿐입니다."

47.

집에 돌아와서 호평을 들었다. 궁정 관리들은 내가 왕실의 대표 역할을 훌륭하게 수행했다고 말했다. 할머니에 가서 이번 여정에 대해 보고했다.

"훌륭해. 잘했어." 할머니가 말했다.

나도 축하하고 싶었고, 축하받을 자격도 있다고 생각했다. 게다가 곧 전쟁이 벌어질 수도 있는 상황이어서 지금 축하하지 않으면 영원히 기회가 없을지도 몰랐다.

파티와 클럽과 주점까지 그해 봄에는 유독 외출이 잦았다. 어디를 가더라도 늘 따라다니는 두 명의 파파라치들을 나는 되도록 신경 쓰지 않으려고 노력했다. 안타까워 보이는, 너무나 끔찍한 두 파파라치들, '쌍둥이 덤 & 쌍둥이 더머(Tweedle Dumb and Tweedle Dumber).'

내 성인기의 대부분은 공공장소 밖에서 늘 나를 기다리는 파파라치들과 함께했다. 때로는 한 무더기가, 때로는 몇몇이. 얼굴은 늘 다양했지만, 얼굴조차 볼 수 없는 경우도 많았다. 그러나 최근에는 이 두 얼굴이 항상 선명하게 눈에 들어왔다. 군중 속에서 그들은 한가운데에 자리했다. 다른 사람들이 없을 때는 둘이서만 자리를 지켰다.

공공장소만이 아니었다. 저 골목길을 걷고 싶다고 불과 몇 초 전에 결정하고서 실제로 그 길을 따라 걸어 내려가는데, 두 파파라치는 어느새 공중

전화 부스나 주차된 차량 아래에 숨었다가 느닷없이 튀어 나왔다. 내가 어디에 있는지 누구도 모를 거라고 확신하며 친구의 아파트를 나섰는데, 그들은 건물 밖의 길 한복판에 떡하니 서 있었다.

둘은 어디서든 보였을 뿐 아니라 다른 파파라치들보다 훨씬 무자비하고 공격적이었다. 내 길을 막는 건 고사하고 내가 탄 경찰차까지 쫓아왔다. 심지어 내가 차에 타지 못하도록 가로막더니 차를 따라 길거리까지 쫓아왔다.

그들은 누굴까? 어떻게 이런 짓까지 할 수 있을까? 나는 그들이 육감이나 초감각적 지각을 가졌다고는 생각지 않았다. 오히려 그들의 전두엽에 문제가 있는 것 같았다. 그렇다면 그들의 숨겨진 장치는 무엇일까? 눈에 띄지 않는 추적기? 경찰 내부의 정보원?

그 사람들은 형도 쫓아다녔다. 그해에 형과 나는 그들에 대해 많은 이야기를 했다. 그들의 불안정한 모습, 교차하는 잔인함과 멍청함, 무자비한 방식까지. 하지만 우리가 주로 나눈 대화는 그들의 편재성(遍在性, omnipresence)에 관해서였다.

"도대체 어떻게 아는 거지? 어떻게 해서 항상 알고 있는 걸까?"

윌리 형도 이유는 몰랐지만, 꼭 알아내겠다고 다짐했다.

돌덩이 빌리도 똑같이 다짐했다. 그들은 두 파파라치에게 여러 차례 다가가서 물어보고 눈빛을 깊이 관찰했다. 그러면서 무언가를 직감했다. 둘 중 나이가 많은 쌍둥이 텀은 검은색의 짧은 머리에 오싹한 미소를 띤 창백한 얼굴의 사나이라고 했다. 반면에 쌍둥이 더머는 거의 웃지도, 말하지도 않았다고 했다. 일종의 견습생처럼 보였다. 지금 막 일을 시작한 것 같은.

진짜 원하는 게 뭘까? 빌리도 알지 못했다.

사방으로 나를 쫓아다니며 괴롭히고 돈을 뜯어내는 것만으로는 충분하지 않았다. 그들은 나를 약 올리는 것도 좋아했다. 내 주변을 따라다니며 나를 조롱하고는, 카메라 셔터를 눌러 10초 사이에 200장의 사진을 찍어댔다. 많은 파파라치들이 나의 반응과 대드는 장면을 원했지만, 이 두 파파라치는 내가 죽기 살기로 싸우는 장면을 바라는 것 같았다. 나는 눈을 감은 채로 둘을 때려눕히는 모습을 상상했다. 그러다가 심호흡을 하며 나 자신에게 상기시켰다. '그러면 안 돼. 그게 저들이 원하는 거야. 그래야 날 고소해서 유명해질 수 있으니까.'

결국 이것이 그들의 목적이라고 판단했다. 유명하지 않은 두 인간이 유명해지면 엄청나게 멋질 거라는 생각에, 유명한 누군가의 삶을 공격하고 망치는 식으로 자신들이 유명해지려 애쓰는 것.

그 사람들은 왜 유명해지고 싶어 했을까? 내가 이해할 수 없는 부분이었다. 유명세가 궁극적인 자유를 의미해서? 헛소리. 몇몇 유형의 유명세를 통해 자유로움을 조금 더 얻을지 몰라도, 왕족으로서의 유명세는 화려한 속박에 지나지 않는다.

파파라치 쌍둥이는 이것을 이해할 수 없었다. 그들은 이처럼 미묘한 무언가를 이해할 능력이 안 되는 아이들에 불과했다. 그들의 단순한 우주관에서는 이렇게 바라본다. "넌 왕이야. 그러니까 이건 네가 궁전에서 살아가는 대가라고."

가끔은 내가 그들에게, 나는 궁에서 살지 않았고 할머니가 궁에서 살았으며 사실상 파파라치 쌍둥이가 나보다 훨씬 호화로운 라이프스타일을 누려왔다고 차분하게 설명하면 어떨까 하는 생각도 했다. 빌리가 그들의 재무 상태에 대해 상세하게 파악한 적이 있어서 나는 잘 알고 있었다. 두 파파라치는 나와 내 가족을 찍은 사진을 내다 팔아 몇 채의 집과 여러 대의 고급 승용차를 소유하고 있었다. (여기에다, 대표적으로 머독과 4대 로더미어 자작인 조나단 함스워스 같은 미디어 거물들이 후원자로 연계된 해외은행 계좌도 있었다.)

머독이 사악하다고 생각하기 시작한 것도 이 무렵이었다. 아니, 취소. 그가 사악한 것을 이때부터 알고 있었다. 직접적으로. 복잡한 현대의 도시 거리에서 누군가의 졸개들에게 쫓긴 경험이 있는 사람이라면, 그들이 도덕성의 스펙트럼에서 어디쯤 자리할지 고민조차 하지 않았을 것이다.

평생에 걸쳐 왕실의 부적절한 행위와 수 세기에 걸친 근친결혼 사이의 관련성에 대한 우스갯소리를 들으며 자란 나였지만, 그때 분명하게 깨달았다. 유전적 다양성의 부족은 언론의 가스라이팅과 비교하면 아무것도 아니라는 것을. 사촌과 결혼하는 것은 머독 제국의 수익처가 되는 것보다 훨씬 덜 위험하다는 것을.

사실 나는 탈레반과 정반대로 오른쪽에 치우쳐 있는 머독의 술수에 별 관심도 없었다. 그리고 그가 매일같이 진실에 가하는 해악과 객관적 사실에 대한 잔인한 모독이 거슬렸다. 실제로 나는 삼십만 년에 걸친 이 종족의 역사에서, 우리의 집단적 현실감각에 머독만큼 단 한 명이 그토록 큰 피해를 입힌 사례를 보지 못했다. 그런데 2012년에 들어 나를 더 아프고 두렵게 한 것은, 끝없이 확장하는 머독의 추종자 집단이었다. 머독의 사악한 미소를 얻기 위해 필요하다면 무슨 일이든 기꺼이 할 수 있는, 젊고 절망적이며 필사적인 젊은이들이 점점 늘어나고 있었기 때문이다. 그리고 그 집단의 한가운데에… 그 두 명의 멍청한 쌍둥이가 있었다.

파파라치 쌍둥이와의 악몽 같은 만남은 수도 없이 많았지만, 그중에서도 가장 두드러지는 사건이 있었다. 한 친구의 결혼식에서 벽으로 둘러싸여 완전히 격리된 정원이었다. 나는 새소리와 나뭇잎에 스치는 바람 소리를 들으며 몇 명의 하객들과 담소를 나누고 있었다. 그런데 이 고즈넉한 소리들 속에서 느닷없이 작은… 찰칵 소리가 들렸다.

돌아보았다. 소리의 진원지는 관목 덤불 속이었다.

한쪽 눈, 그리고 유리 렌즈 하나.

그리고, 그 통통한 얼굴.

그리고, 그 악마처럼 벌린 하관.

쌍둥이 덤이었다.

48.

쌍둥이 덤과 쌍둥이 더머 덕분에 좋았던 것 하나는, 나를 전투에 대비하도록 만들었다는 점이었다. 그들은 끓어오르는 분노로 나를 가득 채웠고,

이것은 항상 전투의 훌륭한 선봉장이 되었다. 또 영국이 아닌 다른 곳으로 가고 싶게끔 만들기도 했다.

"내 명령서는 도대체 어디 있는 거야?"

"제발 명령서를 보내주세요."

그래놓고는 물론, 종종 그랬듯이… 어딘가로 향하곤 했다.

어느 음악 축제에 갔을 때 사촌이 내 어깨를 두드리며 말했다.

"해리, 여긴 내 친구 크레시다(Cressida)야."

"어, 음. 안녕하세요."

썩 바람직하지 않은 환경이었다. 사람들이 넘쳐나고 사생활 보장은 꿈도 꿀 수 없었다. 게다가 내가 헤어진 지 얼마 되지 않았을 때였다. 반면에 경치는 아름다웠고, 음악도 훌륭했으며, 날씨도 쾌청했다.

불꽃이 튀었다.

그날로부터 얼마 지나지 않아 우리는 저녁 식사를 함께했다. 그녀는 지금껏 지내온 시간과 가족, 꿈에 대해 많은 이야기를 했다. 그리고 배우가 되고 싶다고 했다. 상냥하고 수줍음 많은 그녀에게 연기는 상상하기 어려운 직업 같이 느껴졌고, 나는 있는 그대로 말했다. 하지만 그녀는 연기를 하면 살아 있는 느낌이 든다고 고백했다. 자유로워진다고, 마치 하늘을 날아다니는 것 같다고.

몇 주 뒤, 또 한 번의 데이트를 마치고 그녀를 집에 데려다주었다. "지금 막 킹스 로드를 빠져나왔어." 나는 크레시다가 가리키는 대로 깔끔한 거리에 있는 한 저택 앞에 차를 세웠다.

"여기 살아? 여기가 집이야?"

"아니."

며칠 동안 이모네 집에서 지내고 있다고 설명했다.

계단 위로 크레시다를 바래다주었다. 하지만 들어오라는 말은 없었다. 그러기를 기대하지도 않았고, 바라지도 않았다. 천천히, 신중한 게 낫다고 생각했다. 몸을 숙여 키스를 하려 했지만, 빗나갔다. 헬파이어 미사일로 5킬로미터 떨어진 선인장은 맞춰도, 크레시다의 입술을 찾기는 꽤 까다로웠다. 그녀가 돌아섰고, 나는 다시 한번 시도했지만 스치듯이 지나치고 말았다. 민망해 죽을 뻔했다.

다음 날 아침, 사촌에게 전화했다. 낙담한 나는 데이트를 잘 마쳤다고 말하면서도 결말에 대한 아쉬움을 숨길 수는 없었다. 사촌의 생각도 다르지 않았다. 이미 크레시다와 이야기를 나눈 상태라며, 한숨을 내쉬었다. 민망하게….

하지만 곧 좋은 소식이 들렸다. 크레시다는 나와 다시 만날 의향이 있다고 했고 그렇게 며칠 후, 우리는 다시 만나 저녁을 먹었다.

공교롭게도 그녀의 룸메이트가 나의 오랜 친구인 찰리와 만나고 있었다. 찰리는 사망한 내 친구 헤너스의 형제였다.

내가 농담처럼 말했다.

"이건 분명 운명인가 봐. 우리 넷이 정말 좋은 추억을 만들 수 있을 거야."

하지만 내 말은 그저 그런 농담이 아니었다.

우리는 다시 한번 키스를 나누었다. 이제는 그리 민망하지 않았다. 희망이 생겼다.

다음 데이트에는 크레시다와 룸메이트가 찰리와 나를 집으로 불렀다. 마음껏 마시고 웃었다. 미처 깨닫기도 전에 우리는 더 친밀한 관계로 나아가고 있었다.

안타깝게도 나는 주말에만 크레스(크레시다의 약칭)를 만날 수 있었다. 부대 배치를 위한 마지막 준비를 하느라 어느 때보다 부산했다. 그러다가 공식 명령이 떨어지고 실제 배치 일자도 확정되면서 이제 시간은 시끄럽게 요동치고 있었다. 만난 지 얼마 되지도 않은 젊은 여성에게, 살아오면서 두 번째로, 곧 전장으로 떠날 거라고 말해야 한다니.

"기다릴게." 그녀가 말했다. "하지만 영원히는 안 돼." 재빨리 덧붙였다. "무슨 일이 일어날지 누가 알겠어, 하즈?"

"그래, 누가 알겠어?"

"나 자신이든, 다른 사람들에게든, 우리는 끝났다고 말하는 게 낫겠어."

"그래, 내 생각에도 그게 더 나을 듯해."

"그러다가 네가 돌아왔을 때는….""

돌아왔을 때. 그녀는 '돌아왔을 때'를 말했다. '만약에'가 아니라.

나는 고마웠다.

'만약에'라고 말하는 사람도 있었으니까.

49.

친구들이 와서 계획을 상기시켰다.

"계획?"

"알잖아, 스파이크? 우리 계획 말이야."

몇 달 전에 이런 얘기를 한 적이 있었다. 하지만 지금은 확신이 없었다.

친구들이 적극적으로 나를 설득했다.

"넌 곧 전장으로 가야 해. 죽음이 코앞에 와 있다고."

"그래, 맞아."

"넌 살아야 할 의무가 있어. 지금 당장. 오늘을 즐겨야 해."

"즐기라고?"

"카르페 디엠(Carpe diem). 오늘을 즐겨라!"

"아, 그럼 둘 다 같은 말이네."

"라스베이거스, 스파이크! 기억해? 그 계획."

"그럼, 그럼. 그 계획, 기억하지. 하지만 좀 위험해 보여."

"즐기라고…!"

"오늘을… 알았어."

카르페 디엠이라는 말이 공허한 수사가 아니라는 것을, 순 엉터리가 아니라는 사실을 일깨워주는 사건을 최근에 경험했다. 그해 봄, 센테발레의 기금 마련을 목적으로 브라질에서 폴로 경기를 하던 중에 한 선수가 말에서 심각하게 낙마하는 모습을 목격했다. 어렸을 때 아버지가 꼭 그렇게 낙마한 적이 있었다. 말이 쓰러지면서 땅이 아버지를 후려갈기며 집어삼키는 듯했다. 그때 이런 생각이 들었던 기억이 난다. '아빠가 왜 코를 골지?' 그때 누군가 소리쳤다. "혀를 삼켰어요!" 신속하게 판단한 한 선수가 말에서 뛰어내려 아버지의 생명을 살렸다.

지금 이 상황에서도 나는 그때의 기억을 떠올리며 무의식적으로 그와 비슷하게 행동했다. 말에서 신속하게 내려서, 그 남자에게 달려가 혀를 끄집어냈다. 남자는 기침을 하더니 다시 호흡을 시작했다. 남자는 그날 오후에 센테발레에 상당한 수준의 수표를 적어주었을 것으로 확신한다.

하지만 나도 그에 못지않은 교훈을 얻었다. 가능하면 오늘을 즐기자!

그래서 친구들에게 말했다. "좋아, 라스베이거스. 가자고!"

일 년 전, 애리조나의 길라 벤드에서 훈련을 마친 나는 친구들과 할리데이비슨을 빌려 피닉스에서 라스베이거스까지 달렸다. 여행 대부분 누구의 눈에도 띄지 않았다. 그래서 크레스와 작별의 주말을 보낸 지금, 나는 다시 그걸 하려고 네바다행 비행기에 올랐다.

그때와 같은 호텔의, 같은 스위트룸에 묵었다.

엘비스와 웨인 뉴턴이 팔짱을 끼고 내려올 듯한 분위기의 웅장한 흰색 대리석 계단으로 연결된 복층 구조의 스위트룸이었다. 하지만 승강기가 있어서 굳이 계단을 오를 필요는 없었다. 그리고 당구대도 있었다.

가장 마음에 들었던 곳은 거실이었다. 환락가가 내려다보이는 여섯 개의 커다란 창문과 그 앞으로 낮은 L자 형태로 소파가 놓여 있어 주변 환락가와 먼 산, 벽에 달린 거대한 플라즈마 TV를 볼 수 있었다. 정말 화려했다. 살아오면서 여러 궁전을 경험했지만, 여기야말로 진짜 궁전 같았다.

첫날 밤인지 둘째 날인지 기억이 흐릿하지만, 누군가 음식을 주문하고 다른 누군가는 칵테일을 주문하고 그렇게 모두가 둘러앉아 시끌벅적하게 떠들었다. 지난번 라스베이거스를 다녀간 이후로 모두들 어떻게 지냈는지….

"그래서, 웨일스 중위, 전쟁터로 다시 가고 싶어?"

"그래, 정말로."

모두들 놀란 표정이었다.

저녁에는 스테이크하우스에 가서 왕의 만찬처럼 먹었다. 뉴욕스트립, 세 종류의 파스타, 대단히 훌륭한 레드 와인까지. 식사 후에는 카지노에 가서 블랙잭과 룰렛을 했다. 물론 잃었지만. 피곤해진 나는 친구들에게 양해를 구하고 스위트룸으로 돌아갔다.

누구보다 일찍 잠자리에 들며 모두에게 조용히 하라고 말하는 그런 사람이 된 듯한 기분에, 나는 한숨을 쉬며 이불 속으로 미끄러져 들어갔다.

다음 날 아침 식사에는 블러디 메리(Bloody Mary) 칵테일을 주문했다. 그리고 모두 수영장으로 향했다. 이 시기가 라스베이거스에서는 풀파티(pool-party) 시즌이라서 호텔에서도 성대한 파티가 열리고 있었다. 우리도 분위기를 띄워볼 요량으로 비치볼 오십 개를 사서 주변에 나눠주었다.

우리는 정말 어설펐다. 게다가 옆구리가 시렸다.

말하자면, 친구들이 그랬단 얘기다. 나는 새로운 친구들을 사귈 마음이 없었다. 여자친구가 있었고 그 관계를 잘 유지하려 했다. 수영장에서도 여러 번 문자메시지를 보내며 그녀를 안심시켰다.

그런데 사람들이 계속 술을 권했다. 해가 산자락으로 넘어갈 무렵에는 제법 걸걸한 모습으로 바뀌어 있었고, 머릿속으로 온갖 아이디어들이 넘쳐났다.

이 순간을 기념할 무언가가 필요하다고 생각했다. 이 자유를 향한, 카르페 디엠을 향한 나의 감성을 상징할 무언가를.

이를테면… 문신 같은 거?

그래! 그거야!

어깨에?

아냐, 너무 눈에 띄어.

허리에?

아냐, 너무… 외설적이야.

발은?

그래. 발바닥! 전에 피부가 벗겨졌던 곳에. 상징 위에 또 다른 상징을 쌓는 것!

이제, 문신은 어떤 걸로 하지?

생각하고 또 생각했다. 내게 소중한 게 무엇이지? 신성한 것은?

당연히… 보츠와나.

아래 블록에 문신 가게가 있었다. 보츠와나가 명확하게 보이는 좋은 지도가 있었으면 하고 바랐다. 나는 돌덩이 빌리에게 가서 우리가 어디로 갈 건지 말했다. 그는 살며시 웃었다.

"안 돼요."

친구들도 빌리에게 동조했다. "절대 안 돼."

친구들은 나를 물리적으로 막을 거라고 다짐했다. 보츠와나 발 문신이고 뭐고 간에, 자신들이 보고 있는 한 문신 같은 건 절대 할 수 없을 거라고. 그리고 필요하면 나를 제압하거나 때려눕힐지도 모른다면서.

"문신은 평생 남는 거야, 스파이크! 영원히!"

그날 밤의 마지막 기억 중에서 지금까지 확실하게 남아 있는 것이 바로 친구들의 설득과 으름장이다.

아무튼, 내가 졌다. 문신은 다음 날로 미루었다.

대신에 우리는 단체로 클럽으로 가서 긴 가죽 의자의 한쪽 구석에 앉아 젊은 여성들이 무리 지어 오가는 모습을 바라보며 수다를 떨었다. 나는 그 중 한두 명에게 말을 걸어 우리 친구들에게도 관심을 가져 달라고 했다. 하지만 클럽에 있는 내내, 나는 허공을 응시하며 문신의 꿈을 포기하도록 설득당한 상황을 생각했다.

우리는 새벽 두 시쯤 스위트룸으로 돌아왔다. 친구들은 호텔에서 일하는 여성 네다섯 명과 블랙잭 테이블에서 만난 두 명도 함께 초대했다. 곧 누군가 내기 당구를 치자고 제안했다. 재미있을 것 같았다. 나는 당구공을 놓고 경호원들과 에이트 볼(eight-ball)을 치기 시작했다.

그러다가 블랙잭 여성들이 머뭇거리는 모습을 발견했다. 무언가 미심쩍은 느낌도 있었다. 하지만 그 여성들이 함께 당구를 쳐도 되느냐고 묻기에 나도 굳이 무례하게 대하고 싶지 않았다. 그렇게 순서가 돌았지만, 그리 잘치는 사람은 아무도 없었다.

내가 내기를 키우자고 제안했다. 옷 벗기 당구로.

열광적인 환호가 쏟아졌다.

십 분 후, 계속 지는 바람에 내 옷이 팬티밖에 남지 않았다. 그러다 팬티마저 잃었다. 그래도 별일 없이 순수하게 마무리한 걸로 생각했다. 다음 날 아침까지만 해도. 호텔 밖에서 눈부신 사막의 햇빛을 받으며 서 있다가 돌아보니, 친구 하나가 입을 쩍 벌린 채 휴대전화기를 뚫어지게 바라보고 있었다. 그가 내게 말했다. "스파이크, 블랙잭 여자들 중 하나가 사진 몇 장을 몰래 찍어… 팔았나 봐."

"스파이크… 네 사진이 사방에 깔렸어, 친구."

구체적으로 말하면, 내 엉덩이가 온 세상에 깔렸다는 말이었다. 세상 사람들 눈앞에서 벌거벗은 채로… 오늘을 즐기고 있었다.

그제야 휴대전화기를 살펴보던 돌덩이 빌리가 반복해서 말했다.

"이건 아닌데…."

내게 상당히 부담될 문제라는 것을 그는 알았다. 물론 자신을 비롯하여 다른 경호원들에게도 좋은 일이 아니라는 것을 모를 리 없었다. 이 일로 순식간에 일자리를 잃을지도 몰랐다.

자책했다. 이렇게까지 되도록 내버려 두었다니? 이렇게 어리석었다니? 왜 사람들을 믿었는지? 나는 낯선 이들의 선의를 신뢰했고, 그 미심쩍었던 여성들도 최소한의 품의는 지켜줄 것으로 믿었는데, 이제는 내가 그 대가를 평생 짊어져야 했다. 그 사진들은 결코 사라지지 않을 것이다. 영원히. 보츠와나 발 문신이 먹물을 뒤집어쓴 것처럼 모든 게 엉망이 되었다.

죄책감과 수치심으로 깨끗한 공기를 들이마시는 것조차 부끄러운 순간이었다. 한편 고국의 신문들은 이미 나를 산 채로 발가벗기기 시작했다.

"만세 해리의 귀환. 멍청이 왕자, 또다시 사고 치다.(The Return of Hooray Harry. Prince Thicko Strikes Again.)"

기사를 읽을 크레스를 떠올렸다. 육군의 내 상관들도.

'누가 먼저 나를 손절할까?'

소식을 기다리면서, 나는 스코틀랜드로 날아가서 발모럴에 있던 가족을 만났다. 8월이라 가족들이 모두 거기에 있었다.

'그래. 맞아.' 나는 생각했다. 이 부조리하고 절망적인(Kafkaesque)인 악몽에서 유일한 예외는 발모럴이었고, 그곳에서의 모든 기억과 며칠 앞으로 다가온 어머니의 기일이었다.

도착하자마자 인근 버크홀(Birkhall)*에서 아버지를 만났다. 놀랍고도 다행스럽게도 아버지는 평온했다. 심지어 깊은 생각에 잠긴 듯했다. 아버지는, 비록 당신은 알몸으로 일면에 등장한 적이 없지만 마치 거기 있었던 것 같다며 나를 이해한다고 말했다. 하지만 그건 사실이 아니었다. 내가 여덟 살이었을 때 독일의 어느 신문에서 프랑스에서 휴가를 보내던 아버지를 망원렌즈로 촬영하여 나체 사진을 게재한 적이 있었다.

하지만 나와 아버지 모두 그 사진들을 기억에서 지웠다.

지금껏 아버지도 세상 앞에 발가벗겨진 느낌을 받은 적이 여러 번이었고, 그것이 우리의 공감대를 형성했다. 우리는 창가에 앉아 잔디 위를 내달리는 버크홀의 붉은 다람쥐들을 바라보며, 우리라는 특이한 존재에 대해 오랫동안 이야기를 나눴다.

오늘을 즐겨, 다람쥐들아!

★ 발모럴 영지 내 저택.

50.

아버지와 마찬가지로 육군의 내 상관들도 어리둥절하기는 마찬가지였다. 하지만 내가 벌거벗었든 아니든, 사생활 영역에 해당하는 호텔 방에서 당구를 친 것에 대해서는 개의치 않았다. 내 지위도 달라질 게 없다고 말했다. 모두가 그대로라고.

동료 군인들도 나를 지지했다. 제복을 입은 전 세계의 남녀 군인들이 나체 또는 그와 가까운 모습으로 헬멧과 무기, 베레모 등으로 중요 부위를 가린 사진을 찍어 온라인에 게시하며 해리 왕자와의 연대를 과시했다.

크레스도, 나의 조심스럽고 부끄러운 설명을 듣고 난 후에는 같은 결론에 도달했다. 내가 방탕했던 게 아니라 어리석었던 것으로.

그렇게 그녀를 난처하게 만든 데 대해 진심으로 사과했다.

무엇보다, 해고되거나 징계를 받은 경호원이 아무도 없었다는 게 다행이었다. 당구를 치던 그 시간에 경호원들이 내 주변에 있었다는 사실을 내가 비밀로 한 이유도 컸을 것이다.

그런데도 영국의 신문들은 내가 곧 전장으로 떠날 것을 알면서도 내가 심각한 범죄를 저지른 것처럼 계속 떠들어댔다.

떠나기에 좋은 시점이었다.

2012년 9월. 늘 똑같이 기약 없는 비행에 나섰지만, 이번에는 그래도 밀항자 같은 신세는 아니었다. 구석진 공간도, 비밀스러운 이층침대도 없었다. 이번에는 다른 군인들과 함께 앉을 수 있어서 팀의 일원이라는 느낌을 받았다.

그러나 캠프 바스티온(Camp Bastion)에 도착하자 내가 다른 군인들과 꽤 다르다는 것을 실감했다. 일부는 잔뜩 긴장한 듯 옷깃을 야무지게 여미고 목젖도 툭 튀어나와 보였다. 나도 그 느낌을 기억하지만, 지금 내게는 마치 집에 돌아온 것처럼 익숙했다. 4개월 넘게 흐른 후에, 모든 역경을 딛고 마침

내 내가 돌아온 것이다. 대위로서. (첫 파병 이후에 진급했다.)

이번에는 숙소도 나아졌다. 실제로 마지막 파병 때와 비교하면 거의 라스베이거스 수준이었다. 조종사들은—모두가 사용하는 그 단어처럼—왕과 같은 대우를 받았다. 푹신한 침대, 깨끗한 방. 게다가 방은 참호나 텐트가 아니라 진짜 방이었고, 방마다 냉방 장치도 있었다.

바스티온 기지에 익숙해지고 시차에도 적응하도록 일주일의 시간이 주어졌다. 바스티온의 다른 동료들도 기꺼이 이런저런 요령을 알려주며 우리를 도왔다.

"웨일스 대위님, 여기가 화장실입니다."

"웨일스 대위님, 여기서 뜨거운 피자를 드실 수 있습니다."

일종의 현장체험 같은 느낌이었다. 그렇게 스물여덟 번째 생일 전날 밤에 내 방에서 이것저것 정리를 하고 있는데 느닷없이 사이렌이 울렸다. 문을 열고 밖을 내다보았다. 복도를 따라 다른 문들이 잇따라 열리면서 다른 머리들이 튀어나왔다.

그때 내 경호원 두 명이 달려왔다. 마지막 파병 때와 달리 이번에는 경호원들을 대동했다. 이번에는 적합한 숙소도 있었고, 다른 군인들과도 쉽게 융화할 수 있었다. 나와 함께 생활하는 인원이 수천 명이나 되었기 때문이다.

누군가 소리쳤다. "공격받고 있어요!"

멀리 떨어진, 항공기 격납고 근처에서 폭발음이 들렸다. 나는 아파치가 있는 곳으로 달리기 시작했는데 경호원들이 제지했다.

"지금은 너무 위험합니다."

밖에서 고함이 들렸다. "전투 준비! 전투 준비!"

우리 모두는 방탄조끼를 착용하고 출입구에 서서 다음 지시를 기다렸다. 내가 조끼와 헬멧을 다시 점검하는 사이에 경호원 한 명이 계속해서 지껄였다. "저는 이럴 줄 알았어요, 알고 있었다고요. 그래서 모두에게 말했는데, 아무도 제 말을 듣지 않았어요. 입 닫으라더군요. 그래서 말했어요. 해리 왕자가 다칠 거라고. 그랬더니 헛소리 집어치우라고 하더군요. 결국 이 지경이 되었잖아요."

그는 스코틀랜드 출신으로 굵은 수염에 가끔은 숀 코너리처럼 들리는 목소리를 지녔는데, 평소 같으면 매력적이었겠지만 지금은 공황발작을 일으킨 숀 코너리 같았다. 나는 인정받지 못한 예언자 카산드라처럼 주절거리는 그의 말을 끊고는 입 닥치라고 했다.

벌거벗은 느낌이었다. 9밀리 권총은 있었지만 SA80A 소총은 잠겨 있었다. 경호원이 있었지만, 내게 필요한 것은 아파치였다. 아파치만이 내가 안전함을 느끼는 유일하고, 유용한 공간이었다. 누구든 공격자들을 향해 불벼락을 퍼부어야 했다.

더 많은 폭발, 더 큰 폭발이 이어졌다. 창문이 흔들거렸다. 이제는 화염도 보였다. 미국의 코브라들이 굉음을 내며 다가오자 건물 전체가 휘청거렸다. 코브라들이 발사했다. 아파치들도 발사했다. 어마어마한 폭발음이 방안을 가득 메웠다. 두려움 속에서도 아드레날린이 솟았다. 특히 우리 아파치 조종사들은 더 흥분하여 조종석으로 뛰어들고 싶어 안달이 났다.

바스티온 기지는 레딩(Reading)*의 면적과 비슷하다고 누군가 내게 상기시켰다. 이런 곳에서 포격을 받는 도중에 지도도 없이 헬리콥터까지 어떻게 찾아간단 말인가?

바로 그때 '공습경보 해제' 소리가 들렸다.

사이렌도 멈췄다. 회전익의 굉음도 점차 희미해졌다.

바스티온은 다시 안전해졌다.

그러나 끔찍한 대가를 치렀다는 걸, 나중에 알았다. 두 명의 미군이 전사했다. 그리고 열일곱 명의 영국군과 미군이 부상했다.

---

* 영국 버크셔의 도시로 면적은 약 40km² 정도이다.

그날과 그다음 날까지, 우리는 무슨 일이 벌어졌는지 세세하게 파악했다. 미군 군복을 입수하여 착용한 탈레반 전사들이 방벽에 구멍을 뚫어 침입했다.

"방벽에 구멍을 뚫었다고?"

"예."

"왜?"

결국, 나 때문이었다.

해리 왕자를 찾고 있었다고 했다.

실제로 탈레반에서 해리 왕자가 표적이라는 성명까지 발표했었다. 그리고 공격 날짜까지 신중하게 정한 것이다.

나의 생일에 맞춰 날짜를 정했다고 주장하기도 했다.

그 말을 믿어야 할까?

믿고 싶지 않았다.

그러나 한 가지만큼은 논란의 여지도 없었다. 탈레반은 그 주에 영국 언론의 잇따른 보도를 통해 내가 바스티온 기지에 있다는 사실뿐 아니라 이 파병과 관련된 깨알 같은 세부내용까지 파악했다.

51.

적의 습격 이후로 나를 전장에서 철수시키자는 논의가 있었다. 또다시. 나는 그런 발상을 견딜 수 없었다. 생각만 해도 불쾌하기 짝이 없었다. 그런 가능성 자체를 생각하지 않으려고 일에 더 몰두하고 임무의 흐름을 잃지 않으려고 집중했다.

나의 일정은 꽤나 빡빡했다. 이틀은 계획된 작전에, 그리고 사흘은 VHR(Very High Readiness, 신속대응태세)을 유지하는 것이었다. 쉽게 말해, 텐트 주변에 앉아 호출에 대비하는 것이었다.

VHR 텐트는 대학교 기숙사와 비슷한 모습과 분위기를 풍겼다. 동료애가 있고, 지루함도 있고… 때때로 정신없는 것까지도. 가죽이 갈라진 여러 개의 소파가 놓여 있고 벽에는 커다란 유니언 잭이 걸렸으며, 곳곳에 간식거리가 있었다. 그곳에서 우리는 FIFA 게임을 하거나, 커피를 몇 리터씩 마시거나, 남성 잡지나 넘기며 시간을 보냈다. (《로디드(Loaded)》도 꽤 인기가 있었다.) 그러다가 경보가 울리는 순간, 나의 학창시절뿐 아니라 내 인생의 다른 모든 시절도 아득히 멀어졌다.

어느 동료는 우리가 소방관과 다를 게 없다고 말했다. 틀린 말은 아니었다. 푹 잘 수도, 푹 쉴 수도 없었고, 언제나 준비태세를 유지해야 했다. 차 한 잔을 홀짝거리고, 아이스크림을 먹고, 여자 때문에 울고, 축구와 관련하여 수다를 떨 때도 우리의 신경은 늘 예민하게, 근육도 긴장한 채로 경보를 기다렸다.

경보는 전화기 소리였다. 버튼도 다이얼도 없이 본체와 수화기만 있는 빨간색의 평범한 전화기였다. 벨 소리는 거의 골동품 수준이며 완전히 영국적이었다. 브르르랑… 왠지 모르게 익숙한 소리여서 처음에는 그 소리를 어디서 들었는지 기억나지 않았다. 그러다가 결국 기억해 냈다. 샌드링엄 별장에서 할머니가 사용하던 커다란 방에서 브리지 게임을 하다가 중간중간 통화하던, 큰 책상에 놓인 바로 그 전화기였다.

VHR 텐트에는 항상 우리 넷이 있었다. 조종사와 사수, 두 명으로 이루어진 두 비행팀이었다. 나는 사수였고 내 조종사는 데이브(Dave)였다. 데이브는 키가 크고 호리호리하며 장거리 마라토너 같은 체격이었는데, 실제로도 달리기를 잘했다. 또 검고 짧은 머리에 사막에서 생활하며 피부도 멋지게 그을렸다.

무엇보다 두드러진 점은 그가 가진 불가사의한 유머 감각이었다. 나는 하루에도 몇 번씩 되물었다. 데이브가 말하는 게 진짜일까? 비꼬는 건가? 알 수 없었다. 이 친구를 파악하려면 시간이 좀 걸릴 것 같았다. 하지만 나는 그러지 않았다.

빨간 전화기가 울리자마자 우리 셋은 만사를 제쳐놓고 아파치를 향해 달렸고, 네 번째 동료가 전화에 응답하며 저쪽 편에서 들리는 목소리로부터 상세한 작전 정보를 하달받았다. 부상자 후송(의무 후송)이나 교전(TIC, Troops in Contact) 상황도 있다. 후자의 경우, 교전 부대가 얼마나 멀리 떨어져 있고 우리가 얼마나 빨리 도착해야 하는지 등이 중요하다.

일단 아파치 안에 들어가면 에어컨을 켜고 안전벨트와 방탄복을 착용했다. 그리고 네 개의 무전기 중 하나를 눌러 임무와 관련된 상세 정보를 확인하고, GPS 좌표를 탑재 컴퓨터에 입력한다. 아파치에 처음 시동을 거는 사람은 '비행 전 점검'에 적어도 한 시간은 소요된다. 데이브와 나는 바스티온에서 몇 주를 보내며 이 시간을 8분으로 단축했다. 그래도 이 순간은 영원처럼 길게 느껴졌다.

아파치는 늘 무거웠다. 연료를 가득 채우고, 미사일도 가득 장착하고, 콘크리트 아파트 건물을 스위스 치즈처럼 만들어 버릴 정도로 충분한 양의 30밀리 탄약까지. 우리를 지구에 묶어두기에 충분할 만큼 무겁게 느껴졌다. 난생 첫 임무였던 교전 상황(TIC)에 대처하던 나는 우리의 긴박함에 대비되는 지구의 중력이 야속하게만 느껴졌다.

바스티온의 방호벽을 몇 센티미터 차이로 아슬아슬하게 스쳐 지나갔던 기억이 난다. 조금이라도 머뭇거리거나 뒷일을 생각할 겨를이 없었다. 해야 할 일이 있었고 구해야 할 목숨들이 있었기 때문이다. 그런데 불과 얼마 뒤에 조종석 경고들이 반짝이기 시작했다.

"ENG CHIPS."

의미는 "당장, 착륙하라."였다.

제기랄. 탈레반 지역에 착륙해야 했다. 나는 보드민 무어를 떠올리기 시작했다. 그리고 생각했다… 경고등을 그냥 무시해 버릴까?

아니, 데이브는 이미 우리를 바스티온으로 되돌리고 있었다.

그는 훨씬 노련한 조종사였다. 이미 세 번의 파병 근무를 마쳤고, 모든 경고등의 의미를 잘 알고 있었다. 일부 무시해도 되는 것들도 있었다. 그래도 계속해서 울리면 아예 퓨즈를 뽑아서 꺼버리면 그만이었다. 하지만 이번은 아니었다.

속은 느낌이 들었다. 나는 가고, 또 가고, 또 가고 싶었다. 추락하든, 포로가 되든, 무엇이든 위험을 감수할 생각이 있었다. 플리의 증조할아버지의 말인지 아니면 알프레드 테니슨(Alfred Tennyson)의 시구인지 모르겠지만, 누구였든 간에 우리에게는 이유를 따질 겨를이 없었다. 중요한 것은 서둘러 교두보를 마련하는 것이었다.

52.

나는 아파치의 빠른 속도를 완전히 극복하지 못했다. 우리는 목표지역 상공을 보통 70노트(시속 약 130킬로미터) 정도의 준수한 속도로 비행했다. 그러나 목표지역으로 신속하게 이동해야 할 때는 145노트(시속 약 270킬로미터)까지 속도를 끌어올렸다. 지상에 바짝 붙어서 비행할 때는 속도가 세 배나 빠르게 느껴졌다. 이런 근원적인 힘을 경험할 수 있고 또 우리를 위해 사용할 수 있다는 것은 엄청난 특권이라는 생각도 들었다.

초저공비행도 일상적인 작전 절차였다. 탈레반 전사들은 접근하는 아파치를 발견할 수 없다. 차라리 동네 꼬마들이 돌을 던져 우리를 맞히는 편이 더 쉬울 것이다. 실제로도 그랬다. 실제로 러시아제 지대공 미사일(SAM)을 제외하면, 아이들이 우리에게 던지는 돌멩이가 사실상 탈레반이 지닌 대공 역량의 전부라고 하고 과언이 아니었다.

문제는 탈레반을 피하는 게 아니라 찾는 일이었다. 나의 첫 파병 이후로 4년 동안 탈레반의 회피 능력은 한층 더 발전했다. 인간은 적응의 동물이며 전투에서는 더더욱 그렇다. 탈레반은 우리 부대와 처음 맞닥뜨린 후 우리 기갑부대가 지평선에 나타나기까지의 시간을 정확히 계산하여, 최대한 많은 인원이 사격을 가한 후에 재빨리 도망갔다.

탈레반은 숨는 능력도 발전시켰다. 마을 속으로 자연스럽게 융화되거나, 민간인들 속에 섞이거나, 터널 망 속으로 증발해 버리기도 한다. 그들은 도망가지 않았다. 그보다 훨씬 신비롭고 훨씬 교묘하게 분산되어 있었다.

우리는 수색을 쉽게 포기하지 않았다. 두 시간씩이나 여기저기를 휩쓸며 선회할 때도 있었다. (아파치는 두 시간이면 연료가 떨어졌다.) 더러는 두 시간이 지났는데도 포기하고 싶지 않을 때도 있어 연료를 재급유했다. 어느 날은 세 번이나 재급유하며 총 여덟 시간을 공중에 머무른 적도 있었다.

마침내 기지로 복귀했을 때는 상황이 무척 급박했다. 소변 주머니가 하나도 남아 있지 않아서….

53.

분노에 휩싸여 방아쇠를 당긴 사람은 우리 부대에서 내가 처음일 것이다.

내 인생의 어떤 사건 못지않게 그날 밤을 똑똑히 기억한다. VHR 텐트에서 대기하는데 느닷없이 빨간 전화기가 울렸고, 모두가 헬리콥터를 향해 달렸다. 데이브와 나는 비행 전 점검을 신속하게 진행하며 세부적인 임무 내용을 파악했다. 바스티온에서 가까운 통제소 중 한 곳이 소형 화기로 공격을 받았다고 했다. 따라서 우리가 최대한 빨리 그곳으로 이동하여 공격의 진원지를 찾아내야 했다. 이륙하여 방호벽을 넘어 수직으로 1,500피트(약 450미터)까지 상승했다. 잠시 후, 나는 야간조준기로 목표지역을 탐색했다.

"저기야!"

8킬로미터 떨어진 곳에 여덟 개의 열점이 포착되었다. 열점은, 교전이 있었던 곳으로부터 걸어서 멀어지고 있다.

데이브가 말했다. "그놈들일 거야!"

"그래, 여기는 순찰 중인 아군이 없어. 특히 이 시간에는 말도 안 되지."

"확인해 보자. 방호벽 밖으로 순찰이 전혀 없는지."

내가 합동최종공격통제관(J-TAC)과 교신했다. "확인, 순찰 없음."

우리는 여덟 개의 열점 위로 날아갔다. 그들도 재빠르게 네 명씩 두 집단으로 나뉘었다. 일정한 간격을 유지하며 길을 따라 천천히 이동했다. 그런데 그건 우리의 순찰 기법이었다. 저들이 우리를 흉내 내는 것인가?

이제 그들은 전동자전거에 올랐다. 몇 개는 2인승이고 몇 개는 1인승이었다. 나는 통제관에게 여덟 개의 표적이 시야에 있다고 말하며 제거를 위한 발포 허가를 요청했다. 자위권 발동이나 급박한 위험 상황이 아니면 언제든 교전 전에 반드시 허가를 받아야 했다.

내 좌석 아래에는 30밀리 기관포가 장착되어 있고, 옆 날개에는 두 발의 헬파이어 미사일이 있었으며, 다양한 탄두를 탑재할 수 있는 50킬로그램 유도미사일도 여러 대 있었는데, 그중 하나는 고가의 표적들을 파괴하는 데 특화되었다. 헬파이어 외에도 몇 대의 무유도 공대지 로켓도 있었는데, 우리 아파치에는 특별하게 플레셰트탄(flechette)*도 장착되어 있었다. 플레셰트탄을 발사할 때는 헬리콥터 앞부분을 정확한 각도로 기울여야 한다. 그러면 플레셰트탄이 적을 향해 다트 화살을 구름처럼 쏟아낸다. 한 발당 5인치(12.7센티미터) 크기의 텅스텐 다트 화살 80개를 쏟아내는 치명적인 폭발을 일으킨다. 가름시르에서 근무할 때, 우리 군이 플레셰트탄으로 공격한 후에 나무에 박힌 탈레반 친구들을 일일이 뽑아내야 했다는 말을 들은 기억이 있다.

데이브와 나는 플레셰트탄을 발사할 준비를 마쳤다. 하지만 아직 허가가 떨어지지 않았다.

기다렸다. 또 기다렸다. 그리고 탈레반이 다른 방향으로 속도를 높이는 모습을 지켜보았다.

내가 데이브에게 말했다. "이러다가 놓쳐버린 놈들 중의 하나가 나중에 우리 동료들을 다치게 하거나 죽인다면…."

우리는 오토바이 두 대를 쫓아서 바람 부는 도로를 따라 내려갔다.

이제 두 대가 방향을 달리했다.

우리는 한 대를 골라 계속 쫓아갔다.

---

* 다트 화살 모양의 수많은 파편으로 채워진 폭탄.

마침내 통제관에게서 회신이 왔다.

"당신들이 쫓고 있는 사람들… 그들은 어떤 상황인가?"

나는 머리를 가로저으며 생각했다. '그렇게 느려터졌으니, 다들 도망갔지.'

내가 대답했다. "두 대가 흩어졌고, 우리는 그중 하나를 쫓고 있다."

"발포 허가."

데이브는 헬파이어를 사용하라고 했다. 하지만 나는 그 말에 머뭇거렸다. 대신에 30밀리 기관포를 쏘았다.

실수였다. 오토바이를 맞췄다. 한 명이 쓰러졌는데, 아마 죽은 듯했다. 하지만 다른 한 명은 뛰어내려 건물로 달려 들어갔다.

우리는 주변을 선회하며 지상군에 연락했다.

"당신 말이 맞았어." 내가 데이브에게 말했다. "헬파이어를 썼어야 했어."

"신경 쓰지 마." 데이브가 말했다. "오늘이 처음이잖아."

기지로 귀환하고 한참 지나 일종의 자가 심리진단을 했다. 과거에도 전투에 나가 사람을 죽였지만, 이번에는 다른 어느 때보다도 적과 밀접하게 접촉했다. 다른 교전은 비대면이었다. 하지만 이번은 표적을 눈으로 보고 손가락으로 방아쇠를 당겨 발사했다.

그때의 기분이 어땠는지 나 자신에게 물었다.

"심리적 충격을 받았나?"

"아니."

"슬펐나?"

"아니."

"놀랐나?"

아니었다. 어떤 식으로든 준비가 되어 있었다. 내 일을 하는 것이고. 훈련받은 대로.

냉정해진 건지, 무뎌진 건지, 나 자신에게 다시 물었다. 그리고 이런 나의 무반응이 죽음에 대해 오랫동안 느껴온 양면성과도 관련이 있는지 물었다.

그렇지는 않았다.

정말 단순한 논리였다. 그들은 우리 사람들에게 나쁜 짓을 가하는 나쁜 사람들이었다. 이 세상에도 나쁜 짓을 했다. 내가 방금 전장에서 제거한 그 사람이 아직 영국 군인을 죽인 적이 없더라도 조만간 그렇게 했을 것이다. 그를 제거하는 것은 영국인의 생명을 구하고 영국의 가족들을 보살핀다는 의미였다. 그를 제거하는 것은 4년 전에 내가 비행기에서 만났던 친구들, 셀리 오크 병원을 비롯한 여러 병원을 방문했을 때 만났던 남녀 상이군인들, 북극점을 향해 전진하던 용감한 팀원들처럼, 미라처럼 싸인 채로 병원 침대에 눕혀져 고향으로 향하는 젊은 남녀 군인들의 수가 그만큼 줄어든다는 의미였다.

그래서 결론적으로 든 생각은, 통제관의 회신이 조금 더 빨라서 발사 허가가 조금 더 빨리 이루어졌더라면 나머지 일곱 명도 제거할 수 있었으리라는 것이었다.

그런데도, 그렇더라도… 한참 뒤에 이 일을 두고 동료와 이야기할 때 그가 이렇게 물었다. "그때 그 살인자들이 오토바이를 타고 있었다는 것이 자네의 감정에 어떤 영향을 미쳤어? 전 세계 파파라치들이 사용하는 바로 그 운송수단 말이야? 조금 더 직접적으로 말하면, 그때 오토바이 무리를 쫓고 있을 때, 과거에 파리 터널에서 메르세데스를 쫓던 그 오토바이 무리에 대한 생각이 조금도 들지 않았냐고?"

아니면, 수천 번 넘게 나를 쫓아오던 그 오토바이 무리는?

뭐라고 대답할 수가 없었다.

54.

우리가 띄운 드론 중의 하나가 탈레반 전사들의 훈련 모습을 감시해왔다.

일반적인 예상과 달리 탈레반은 상당히 좋은 장비를 보유하고 있었다. 우리 수준과는 비교할 수 없어도 꽤 훌륭하고 효율적인 장비였다. 사용만 제대로 한다면. 그래서 훈련 속도를 높일 필요가 있었다. 사막에서 자주 교육

이 이루어졌는데, 러시아와 이란에서 들여온 신형 장비로 교관들이 시범을 보였다. 그날 포착된 장면도 이런 수업으로 보였다. 사격 훈련.

빨간 전화기가 울렸다. 커피잔과 플레이스테이션 컨트롤러를 내려놓았다. 곧장 아파치로 달려가 지상 25피트(약 7.6미터) 높이로 상승하여 북쪽으로 신속하게 이동했다.

어둠이 깔리기 시작했다. 통제관으로부터 8킬로미터 떨어진 지점에서 대기하라는 명령을 받았다.

황혼이 점점 깊어지면서 목포 지역도 우리의 시야에서 점점 사라졌다. 움직이는 그림자만이 눈에 들어올 뿐이었다.

벽에 기대어 있는 오토바이들.

"잠깐." 소리가 들렸다.

우리는 계속 선회했다.

"잠깐."

숨을 죽이고…

이제 신호가 왔다. "사격 수업 끝. 자, 서둘러. 이동, 이동."

고급 표적인 교관은 오토바이를 탔고 학생 중 하나가 그 뒷자리에 앉았다. 우리는 아파치 안에서 그들을 향해 소리를 질렀고, 그중 한 명이 아직도 총열이 뜨거운 PKM 기관총을 들고 시속 40킬로미터 속도로 이동하는 것을 확인했다. 나는 커서(cursor) 위에 엄지손가락을 올리고, 화면을 주시하며, 기다렸다. "저기야!" 방아쇠 하나를 당겨 표적 지시 레이저를 발사하고, 다른 방아쇠를 당겨 미사일을 발사했다.

방금 내가 발사한 엄지조이스틱(thumbstick)은 조금 전에 내가 가지고 놀던 플레이스테이션 게임의 조이스틱과 놀랄 정도로 유사했다.

날아간 미사일은 오토바이의 바큇살 부분에 정확히 떨어졌다. 교과서적인 공격. 조준하라고 배운 그대로였다. 너무 높으면 머리 위로 지나칠 수 있고, 너무 낮으면 흙과 모래만 날려버릴 수도 있기 때문이다.

"델타 호텔(Delta Hotel)." 명중이었다.

30밀리 기관포로 후속 공격을 했다.

오토바이가 있던 자리는 이제 연기와 불꽃으로 뿌옇게 뒤덮였다.

"잘했어." 데이브가 말했다.

우리는 신속하게 캠프로 돌아와서 영상을 검토했다.

완벽한 공격.

우리는 플레이스테이션을 조금 더 갖고 놀다가, 일찌감치 잠자리에 들었다.

55.

헬파이어로 표적을 정확히 맞추기는 상당히 어려울 수도 있다. 아파치는 엄청난 속도로 비행하므로 조준 자체가 어렵다. 어떤 식으로든 쉽지 않은 게 사실이다. 그럼에도 나는 술집에서 다트를 던지듯이 조준의 정확도를 향상시켰다.

내 표적도 빠르게 움직이기는 마찬가지였다. 내가 쏜 가장 빠른 오토바이는 시속 약 50킬로미터였다. 오토바이 운전자는 온종일 우리에게 공격을 지시하던 탈레반 지휘관으로, 핸들 쪽으로 상체를 바짝 붙인 채로 고개를 돌려 뒤따라오는 우리를 쳐다보았다. 그는 민간인들을 방패 삼아 의도적으로 마을에서 속도를 높여 달렸다. 노인들과 아이들도 그에게 소품에 지나지 않았다.

그가 마을과 마을 사이를 통과하는 1분이 우리에게 주어진 기회의 창이었다.

데이브가 소리치던 게 기억난다. "위험지역까지 200미터 남았어."

다시 말해, 200미터를 지나면 이 탈레반 지휘관이 다른 아이들 뒤로 숨어버린다는 말이었다.

다시 데이브의 목소리가 들렸다. "왼쪽에 나무, 오른쪽에 벽."

"수신 완료(Roser)."

데이브는 다섯 시 방향으로 전환하고 600피트(약 182미터) 지점까지 하강했다.

이윽고… 발사했다. 헬파이어에 정통으로 맞은 오토바이는 작은 수풀로 날아가 떨어졌다. 데이브는 수풀 위로 이동했고, 연기 사이로 불덩이가 보였다. 오토바이도. 하지만 사람은 보이지 않았다.

나는 30밀리 기관포로 그 지역을 후속 사격할 준비를 했지만, 포격 대상이 보이지 않았다.

상공을 돌고 또 돌았다. 나도 무척 예민해졌다. "그놈이 도망갔을까, 친구?"

"저기 있네!"

오토바이 오른쪽으로 50피트(약 15미터) 지점. 땅바닥에 널브러진 시체가 있었다.

확인 완료.

신속하게 벗어났다.

56.

복잡한 고속도로가 내려다보이는 곳에 줄지어 늘어선 벙커, 우리는 이 황량한 곳으로 세 번이나 출동 호출을 받았다. 탈레반 전사들이 이곳에 주기적으로 모인다는 정보를 확보했다. RPG 미사일과 기관총을 실은 고물 자동차 세 대를 끌고 와서 자리를 잡고 화물차들이 도로를 따라 내려오기를 기다렸다.

통제관들은 그들이 적어도 한 대 이상의 호송 차량을 폭파하는 장면을 목격했다. 호송 차량에는 대여섯 명이 탈 때도 있고, 서른 명 이상 타는 경우도 있었다.

탈레반이 분명했다.

그러나 교전을 예상하고 세 번이나 출동했지만 세 번 모두 발포 허가를 얻는 데 실패했다. 이유를 알 수 없었다.

그래도 이번에는 다를 거라고 확신했다.

우리는 신속하게 이동하여 고속도로를 따라 내려오는 화물차를 발견했고, 이를 조준하는 사람들도 보았다. 나쁜 일이 벌어지려는 순간이었다. 우리가 뭔가를 하지 않으면 저 화물차는 끝장이라고 우리끼리 말했다.

교전 허가를 요청했지만 거부되었다.

다시 요청했다. "지상통제소, 적대적 표적에 대한 교전 허가를 요청한다!"

"대기하라…."

쾅! 도로에서 커다란 섬광과 함께 폭발음이 들렸다.

우리는 고함을 치며 허가를 요청했다.

"대기하라… 지상 사령관의 승인을 기다려라."

소리를 지르며 가까지 다가가 보니 화물차는 폭발로 산산조각이 났고, 자동차와 오토바이에 올라타는 사람들이 보였다. 우리는 두 대의 오토바이를 쫓으며 발포 허가를 구걸하다시피 했다. 그러다가 다른 종류의 허가를 요청했다. 행위를 중단시키기 위한 허가가 아니라, 방금 목격한 행위를 처단할 허가를.

이런 종류의 허가를 429 알파(Alpha)라고 불렀다.

"교전을 위한 포 투 나인 알파, 허가 바람?"

"대기하라…."

계속해서 오토바이 두 대를 쫓아가면서도, 전투 현장에서의 관료주의와 훈련받은 대로 일하도록 내버려 두지 않는 상관들이라는 엄연한 현실을 실감했다. 그 현실 속에는 우리도 다른 모든 전투의 군인들과 다르지 않다는 점도 포함될 것이다. 우리는 싸우고 싶었다. 하지만 그 이면에 깔린 더 큰 화제들, 지정학적인 문제들까지는 이해하지 못했다. 큰 그림까지는.

일부 지휘관들은 탈레반 한 명이 죽으면 보통 세 명이 더 생긴다는 점을 우려하며 각별히 주의할 수밖에 없다고 공식적 또는 사적인 자리에서 언급했다. 지휘관들의 이런 말에 우리도 공감했다. 따지고 보면 우리가 더 많은 탈레반을 양성하고 있었던 셈이다. 그렇지만 죄 없는 사람들이 학살당하는데도 그 근처를 배회할 수밖에 없는 현실에 대해서는 분명 더 나은 해답이 있어야 했다.

5분이 10분이 되고, 다시 20분이 흘렀다.

그날 우리는 끝까지 허가를 얻지 못했다.

57.

모든 사살 장면이 영상으로 녹화되었다.

아파치는 전부 지켜보았다. 기수 부분에 장착된 카메라로 모든 것을 녹화했다. 그래서 임무가 끝날 때마다 그 영상을 면밀하게 검토했다.

바스티온으로 돌아와서 총포영상실에 들어가 비디오를 기계에 넣으면, 벽에 걸린 플라스마 TV에서 사살 장면이 투영된다. 우리 부대장은 화면에 얼굴을 들이대고 뭐라고 중얼거리며 유심히 관찰하고는 코를 찡그리곤 했다. 그는 단순히 실수를 찾는 정도가 아니라, 실수에 목말라 있었다. 우리의 실수를 잡아내고 싶어 했다.

그가 없는 곳에서 우리는 그를 끔찍한 호칭으로 불렀다. 그의 면전에서 그렇게 부를 뻔한 적도 있었다.

"이봐요, 당신은 누구 편이에요?"

하지만 그게 그가 원하는 바였다. 그는 우리를 자극해서 입에 담을 수 없는 말을 하도록 유도했다.

왜일까?

우리는 질투 때문이라고 판단했다.

전투에서 한 번도 방아쇠를 당겨본 적이 없다는 사실이 그를 괴롭혔다. 적을 공격한 적이 한 번도 없었다. 그래서 우리를 공격한 것이다.

최선을 다했음에도 부대장은 우리의 사살 장면에서 규정 위반을 찾아내지 못했다. 나는 사람의 생명을 빼앗는 것으로 끝난 임무에 여섯 번 참여했는데, 그 모든 작전은 우리를 십자가에 못 박고 싶어 하던 사람 덕분에 오히려 정당화되었다. 나 또한 당연히 그렇게 생각했다.

부대장의 태도가 이렇게 밉살스러웠던 이유는, 그가 현실적이고 합당한 공포를 이용하고 있었기 때문이다. 모두가 함께 짊어져야 했던 그 공포를 말이다. 아프가니스탄은 실수의 전쟁이며 엄청난 부수적 피해를 낳은 전쟁이었다. 수천 명의 무고한 사람들이 살해되거나 불구가 되었고, 그 사실이 항상 우리를 괴롭혔다. 그래서 내가 도착한 첫날부터의 목표는 내가 올바르게 임무를 수행했는지, 표적은 정확했는지, 근처의 민간인이 아니라 오로지 탈레반만을 향해 발사했는지 등의 측면에서 의심 없이 잠자리에 들도록 하자는 것이었다. 나는 사지가 멀쩡하게 영국으로 돌아가고 싶었지만, 그보다 중요한 것은 양심에 어긋나지 않게 집으로 돌아가는 것이었다. 그러려면 내가 무엇을 하고 있고 왜 그래야 하는지를 항상 제대로 인식하고 있어야 했다.

대다수 군인들은 자신의 사살 명부에 몇 명이나 들어있는지 정확히 모른다. 전투 상황에 따라 무차별적인 교전이 이루어질 때도 많기 때문이다. 그러나 아파치와 랩톱의 시대에 접어들어서는 두 번의 전투에서 내가 수행한 모든 행위가 시간과 함께 녹화되었다. 그래서 내가 사살한 적군의 수가 얼마인지 언제든 정확하게 말할 수 있었다. 또한, 그 숫자를 부끄러워해서는 절대 안 된다고 생각했다. 그동안 내가 육군에서 배운 많은 것들의 목록에서 책임감이야말로 거의 최상위에 자리한다.

그래서, 나의 숫자는 25였다. 만족스러운 수준은 아니다. 그렇다고 수치스럽게 느낄 정도도 아니다. 내 마음속의 복무 이력에는 당연히 이 숫자가 기록되지 않았으면 더 좋았겠지만, 마찬가지로 탈레반이 없는 세상, 전쟁이 없는 세상에서 살고 싶었다. 하지만 나처럼 가끔씩 이런 마법 같은 꿈을 꾸는 사람들에게도 결코 바뀔 수 없는 엄연한 현실이 존재했다.

치열한 전투의 열기와 화염 속에서 나는 그 숫자를 사람으로 생각하지 않았다. 사람으로 생각하면 죽일 수 없다. 사람으로 생각한다면 해를 끼칠 수 없다. 그들은 체스판에서 제거되는 말과 같았다. 좋은 것을 빼앗기기 전에 나쁜 것을 먼저 빼앗아야 했다. 나는 그들을 '타자화(other-ize)'하도록 아주 잘 훈련받았다. 이처럼 감정을 분리하는 학습이 어떤 점에서는 문제가 있을 수도 있지만, 군인의 임무를 수행하는 과정에서는 부분적으로 불가피하다는 생각도 들었다.

바뀔 수 없는 또 하나의 현실.

그렇다고 내가 기계적으로 행동하는 사람은 아니었다. 파란 문이 달린 이튼의 TV방에서 쌍둥이 빌딩이 무너지고 사람들이 옥상과 고층 창문에서 뛰어내리던 장면을 시청하던 때를 결코 잊지 않았다. 압사하거나 증발하거나 산 채로 불에 타 죽은 엄마와 아빠의 사진을 쥐고 있던, 뉴욕에서 만났던 부모들과 배우자들과 아이들을 결코 잊지 않았다. 9·11은 비열하고 씻을 수 없는 범죄이며, 그 동조자들과 조력자, 동맹 세력, 후임자들을 포함하여 그 사건에 책임 있는 모든 사람은 단지 우리의 적일 뿐 아니라 인류의 적이다. 그들과 맞서 싸우는 것은 세계 역사에서 가장 극악무도한 범죄에 대한 앙갚음이며 다시는 그런 일이 일어나지 않도록 예방하는 의미였다.

2012년 크리스마스가 다가오면서 내 파병 시간도 막바지로 향하고 있을 무렵, 나는 여전히 전쟁에 대해 의문과 고민이 많았지만 그중 어느 것도 도덕적인 문제라고는 할 수 없었다. 나는 나에게 주어진 소명을 여전히 믿었으며, 내가 발포하면서 두 번 고민한 적은 발포하지 않은 경우밖에 없었다. 예를 들어 구르카족 몇 명을 구출하기 위해 우리가 호출된 밤이 있었다. 그들은 탈레반 전사들의 소굴에 갇혀 있었는데, 우리가 도착했을 때는 통신이 끊어져 도움을 제공하기 어려웠다. 그 순간은 아직도 나를 괴롭힌다. 무전으로 도움을 요청하는 구르카 형제들의 절규를 들으며, 모두가 내가 잘 알고 사랑하는 형제들인데도, 아무것도 할 수 없도록 제지당한 현실이 너무 괴로웠다.

가방을 묶고 작별 인사를 하면서 나 자신에게 솔직해졌다. 나는 많은 아쉬움이 남은 것을 인정했다. 하지만 그건 건강한 종류의 아쉬움이었다. 하지 않은 것에 대한 아쉬움, 도울 수 없었던 영국군과 미군에 대한 아쉬움.

그리고 내 임무를 완수하지 못한 데 따른 아쉬움.

무엇보다, 이제 떠날 시간이 되었다는 아쉬움이 컸다.

58.

베르겐 가방에 흙 묻은 옷가지와 선물 두 개를 넣었다. 하나는 시장에서 산 러그이고, 또 하나는 30밀리 탄피였다.

2013년의 첫 주.

동료 군인들과 비행기에 오르기 전에 텐트에 들어가 빈 의자에 앉았다. 의무적으로 해야 하는 퇴소 인터뷰 때문이었다.

선발된 기자가 아프가니스탄에서 무슨 일을 했는지 물었다.

여러 가지를 설명했다.

이번에는, 적에게 발포한 적이 있는지 물었다.

"뭐라고요? 아, 네."

그의 고개가 뒤로 젖혀졌다. 놀란 모양이다.

기자는 우리가 여기서 뭘 한다고 생각했을까? 잡지 구독권 판매?

다시 나보고 사람을 죽인 적이 있는지 물었다.

"그렇습니다…."

또다시, 놀란 듯했다.

내가 애써 설명했다. "이곳은 전쟁터입니다, 당신도 아시죠?"

화제는 언론으로 이어졌다. 나는 그 기자에게 영국 언론은 쓰레기라고 생각한다고 말했다. 특히 최근에 임신 사실을 발표하면서 지속해서 언론의 공격을 받는 형과 케이트를 생각하면.

"두 사람은 평화롭게 아기를 가질 자격이 있어요."라고 내가 말했다.

아버지가 나에게 언론에 대해 생각도 하지 말고 신문도 읽지 말라고 말한 적이 있다고 인정했다. 그럼에도 신문을 읽을 때마다 죄책감을 느꼈다고도 말했다. 그 행위 자체가 나를 공모자로 만들었기 때문이다. "누구나 신문을 사면서 죄책감을 느낍니다. 부디 그 속에 담긴 내용을 실제로 믿는 사람이 없기를 바랍니다."

하지만 당연히 그렇지 않았다. 사람들은 그 내용을 믿었고, 그게 가장 큰 문제였다. 영국인들은 이 지구에서 읽고 쓰는 능력이 가장 뛰어난 반면에 가장 잘 속는 사람들이기도 하다. 모든 걸 다 믿는 건 아니지만 의구심의 잔재를 항상 품고 있다.

"흠, 아니 땐 굴뚝에서 연기가 나겠어…?"

거짓이 반박되고 의심의 여지가 없도록 밝혀지더라도 의구심의 찌꺼기는 여전히 남는다. 그 거짓이 부정적인 내용일 때는 더더욱 그렇다. 인간의 모든 편견 중에서도 '부정적 편견'이야말로 잘 지워지지 않는다. 우리의 뇌에 각인되기 때문이다. 부정적인 것에 특권을 주고 부정적인 것을 우선하며, 이것이 우리 선조들이 생존해 온 방식이다. 이 지독한 신문들이 의존해 온 방식도 바로 이것이라고, 나는 말하고 싶었다.

하지만 그러지 않았다. 이 인터뷰는 그런 종류의 토론이 아니었다. 전혀 토론은 아니었다. 기자는 화제를 바꿔 라스베이거스에 대해 묻고 싶어 했다. 사고뭉치 해리, 만세 해리… 그런 것들을.

아프가니스탄과 작별하는 데 따른 복잡한 감정이 교차했지만, 먼저 이 기자 친구와 작별부터 하고 싶었다.

부대원들과 비행기를 타고 키프로스로 향했는데, 육군에서는 이를 '감압 (decompression, 減壓)'이라고 불렀다. 나는 지난 파병 이후로 공식적인 감압의 기회가 없었으므로, 우리 경호원들만큼은 아니었지만 그래도 꽤 흥분되었다. "드디어! 우리가 기막히게 시원한 맥주를 손에 넣었노라!"

모두에게 두 캔씩 배정되었다. 더는 금지. 맥주를 별로 즐기지 않는 나는 나보다 더 좋아할 것 같은 동료에게 내 것을 건넸다. 그는 마치 롤렉스 시계라도 받은 것처럼 화들짝 놀랐다.

그다음에는 코미디 쇼를 관람하러 이동했다. 참석은 거의 강제였다. 좋은 의도로 기획했겠지만, 지옥 관광을 다녀온 사람들에게 썩 어울리는 것 같지는 않았다. 더러 웃는 동료도 있었지만 대부분은 그렇지 않았다. 우리 모두는 내면의 싸움을 벌이고 있으면서도 그런 사실조차 인지하지 못했다. 처리해야 할 기억들, 치유해야 할 정신적 상처들, 정리해야 할 실존적 의문들과. (상담이 필요한 사람은 목사를 만날 수 있다고 들었지만, 내 기억에는 아무도 그 근처에도 가지 않았다.) 그래서 VHR 텐트에 앉았던 것처럼 어쩔 수 없이 코미디 쇼 관람석을 지킬 수밖에 없었다. 모두들 정지된 애니메이션처럼 반응이 없었다. 다시 시작되기를 멍하니 기다리는 표정처럼.

코미디언들이 안타까웠다. 얼마나 힘들었을까.

키프로스를 떠나기도 전에 내가 온갖 신문에 도배되었다고 누군가 말했다.

"아, 그래?"

인터뷰 내용이었다.

"젠장, 깜빡하고 있었네."

전장에서, 내가 사람을 죽였다고 인정한 것 때문에 꽤 파장이 일었던 것 같았다.

"내가 살인자가 되었다고… 비난한다고?"

"더군다나 그걸 즐기듯이 말했다고?"

지나가는 말로, 아파치의 조작법이 비디오 게임의 조작을 연상시킨다고 말한 적이 있었다. 그 덕분에 이런 기사들이 쏟아졌다.

"살인을 비디오 게임에 빗댄 해리!"

나는 신문을 집어던지며 말했다.

"목사님은 어딨어요?"

59.

크레스에게 문자메시지를 보내서 내가 집에 돌아왔다고 알렸다. 그녀는 이제 마음이 놓인다고 답장을 했고, 그 말에 나도 마음이 놓였다. 어떤 대답이 돌아올지 전혀 예상할 수 없었기 때문이다.

보고 싶었다. 하지만 우린 아직 아무런 계획도 없었다. 첫 번째 연락에서는 그랬다. 약간의 거리감도 느껴졌고, 약간 경직된 느낌도 있었다.

"목소리가 달라졌어, 해리."

"그래? 난 그렇지 않은데."

내가 달라졌다고 느끼는 게 달갑지 않았다.

일주일 뒤, 몇몇 친구들이 내 친구 아서의 집에서 저녁 파티를 열었다. "돌아온 것을 환영해, 스파이크!"

크레스도 내 사촌인 유지니(Eugenie, 줄여서 유지(Euge)라고 불렀다.)와 함께 참석했다. 두 사람과 포옹했는데, 둘 다 무언가 충격을 받은 듯한 표정이었다.

둘은 내가 완전히 다른 사람 같다고 했다.

"단단해 보여? 더 건장해 보여? 나이 들어 보여?"

"그래, 그래, 전부 다."

하지만 두 사람이 언급할 수 없는 다른 표현도 있었다.

그게 무엇이든, 크레스는 놀랍고 당혹스러워 보였다.

우리는 이 만남이 재회가 아니라는 데 동감했다. 그럴 수는 없는 일이었다. 잘 모르는 사람과 재회라는 단어를 쓸 수는 없으니까. 우리가 앞으로 계속 만나고 싶다면, 나는 분명히 그랬지만, 처음부터 다시 시작해야 했다.

"안녕, 난 크레스야."

"안녕, 난 하즈. 만나서 반가워."

60.

매일 일어나 기지로 가서 할 일을 했지만 어느 것도 즐겁지 않고 무의미하게 느껴졌다. 그리고 지루했다. 지루해서 눈물이 날 지경이었다. 더욱이, 몇 년 만에 처음으로, 목적을 상실했다. 목표를.

"다음은 뭐지?" 매일 밤 나 자신에게 물었다.

지휘관들을 찾아가서 돌려보내 달라고 간청했다.

"돌려보내? 어디로?"

"전장으로요."

"오!" 그들은 웃으며 말했다.

"하하, 안 돼."

2003년 3월, 나를 다시 왕실 순방에 보내고 싶다는 전갈을 궁에서 받았다. 카리브해 이후로 처음이었다. 이번에는, 미국으로.

단조로운 일상에서 벗어날 수 있어서 기뻤다. 다른 한편으로 범죄 현장으로 돌아간다는 부담도 있었다. 날이면 날마다 라스베이거스와 관련된 질문을 받는 모습을 상상했다.

"그럴 리 없어요." 궁정 관리들이 나에게 설명했다. "불가능합니다." 시간과 전쟁 덕분에 라스베이거스 사건도 희미해졌다. 이번 순방은 영국과 미국 상이군인들의 재활을 돕기 위한 선의의 순방이었다. "누구도 라스베이거스 같은 소리를 입에 올리지 못할 겁니다, 전하."

2013년 5월로 건너뛰어, 나는 허리케인 샌디로 초토화된 현장을 뉴저지 주지사 크리스 크리스티(Chris Christie)와 함께 돌아보고 있었다. 그때 주지사가 파란색 플리스 자켓을 나에게 선물했는데, 언론은 또 이를 두고 주지사가 자기 방식대로 내게 옷을 입혔다고 떠들었다. 게다가 주지사 자신도 그렇게 동조하고 다녔다. 한 기자가 그에게 나의 라스베이거스 사건에 대해 어떻게 생각하느냐고 물었을 때, 그는 내가 하루 종일 자신과 시간을 보냈다면 "아무도 알몸이 되지는 않았을 것"이라고 확신했다.

뉴저지에 오기 전에는 워싱턴 DC를 방문하여 버락 오바마 대통령과 미셸 오바마 영부인을 만나고, 알링턴 국립묘지를 방문하고, '무명용사의 묘'에 헌화했다.

그동안 헌화를 십여 차례 했지만 미국의 관례는 조금 달랐다. 화환을 나혼자 묘에 놓는 것이 아니라, 흰 장갑을 낀 군인이 함께 놓아주면 내가 그 화환 위에 혼자서 잠시 손을 잠시 올리고 추모하는 방식이었다. 살아 있는 다른 군인이 나를 도와 함께 추모하는 방식이 특히 감동적이었다. 화환에 손을 댄 그 몇 초 사이에 무언가 울컥하는 느낌이 들었다. 그리고 머릿속에는 조국을 위해 헌신한 많은 남성과 여성들의 모습이 홍수처럼 떠올랐다. 헬만드주에서 허리케인 샌디, 알마 터널까지, 죽음과 부상과 슬픔에 대해 생각했다. 그리고 의심과 혼란으로 가득한 나와 달리, 다른 사람들은 어떻게 삶을 영위하고 있는지도 궁금했다.

'뭐지?' 나는 궁금했다.

'슬픔?'

'무감각?'

무어라 딱히 이름이 떠오르지 않았다. 이름 지을 수는 없었지만, 어떤 현기증 같은 것이 엄습했다.

'내게 무슨 일이 일어나고 있는 거지?'

전체 미국 방문 일정은 겨우 닷새로, 모든 일정이 매우 빡빡하게 돌아갔다. 많은 장면들, 많은 얼굴들, 그리고 인상적인 순간들. 하지만 돌아오는 비행기 안에서는 오로지 한 장면만 떠올렸다.

콜로라도에서 방문했던 곳. 워리어 게임(The Warrior Games)으로 불리던 상이군인 체육대회였다. 상이군인들의 올림픽 같은 대회였는데, 참가한 이백 명의 남녀 군인들 한 사람 한 사람이 내게 깊은 인상을 남겼다.

나는 그들을 주의 깊게 관찰했고, 모두가 유쾌한 시간을 보내는 모습을 보았고, 최선을 다해 경기하는 모습도 보았다. 의아해서 내가 물었다. "어떻게…?"

"스포츠잖아요." 군인들이 대답했다. "최고의 치유 방법이죠."

대부분이 타고난 운동선수였으며, 그들에게는 이 대회가 부상에도 불구하고 자신들의 신체적 재능을 재발견하고 표출할 매우 드문 기회라고 말했다. 대회 덕분에 그들은 정신적 및 신체적 상처 모두를 잊었다고 했다. 한순간 또는 단 하루에 지나지 않더라도, 그것으로 충분했다. 아주 충분했다. 시간이 얼마든 일단 상처가 사라지게 하면, 더는 관리에 연연할 필요가 없다.

'그래 맞아.' 나도 공감했다.

영국으로 돌아오는 비행기 안에서 그 경기들을 계속 곱씹으며, 영국에서도 비슷한 무언가를 할 수 있지 않을까 생각했다. 상이군인 체육대회와 비슷하면서도 더 많은 군인이 참가하고, 더 많은 관중이 지켜보고, 참가자들에게 더 많은 혜택을 부여하는 또 다른 버전 말이다. 나는 종이에 몇 가지 메모를 했고, 비행기가 도착할 무렵에는 중요한 아이디어의 밑그림이 그려졌다.

전 세계의 군인들을 위한 패럴림픽! 런던의 올림픽 파크에서! 런던 올림픽이 개최된 바로 그곳에서!

궁으로부터 전폭적인 지원과 협조를 받아서! 아마도 그렇게 되겠지?

큰 요구였다. 하지만 그동안 나도 정치적 자본을 어느 정도 쌓았다고 생각했다. 라스베이거스 사건에도, 나를 전쟁 범죄자처럼 몰아가는 기사가 여러 건 이상 나왔음에도, 방탕한 아이로서의 온갖 사건들에도 불구하고 영국인들은 예비용 왕자에 대해 대체로 관대한 시각을 가지고 있는 것 같았다. 원래의 내 자리로 돌아가고 있는 느낌이었다. 또한, 대다수 영국인들은 전쟁을 싫어하면서도 군대에 대해서는 비교적 긍정적으로 바라보았다. 그러므로 군인들과 그 가족을 돕기 위한 노력이라면 대중도 지지할 것으로 믿었다.

가장 먼저 할 일은 나의 자선사업과 윌리 형과 케이트의 활동을 감독하는 왕립 재단 이사회에 내 계획을 설명하는 것이었다. 우리의 재단인 만큼 별 문제 없을 것으로 생각했다.

게다가 시간도 내 편이었다. 2013년 초여름. 첫아기의 출산을 몇 주 앞둔 윌리 형과 케이트는 당분간 일을 하기 어려운 상황이었다. 따라서 재단에서 진행 중인 사업도 없었다. 하는 일 없이 방치된 기금만 거의 칠백만 파운드에 달했다. 세계 상이군인 체육대회(International Warrior Games)가 성공하면 재단의 인지도도 높아져 기부가 촉진되고 재단의 지갑도 몇 배나 많이 채워질 것이다. 그러면 형과 케이트가 상근직으로 복귀했을 때 더 다양한 분야로 눈을 돌릴 수 있을 것이다. 따라서 설명회를 며칠 앞둔 나는 자신감으로 가득했다.

하지만 설명회 당일에는 그렇지 못했다. 이 일은 군인들과 그 가족들을 위해서, 그리고 솔직히 말하면 나 자신을 위해서도 내가 아주 간절하게 바라던 것이었다. 그런데 갑작스럽게 긴장감이 몰아치면서 최선을 발휘하지 못했다. 그래도 끝까지 버텼고, 이사회에서도 허가했다.

짜릿한 전율을 느끼며 형에게로 달려갔다. 형도 나처럼 기뻐하리라 기대하면서.

그런데 형이 굉장히 예민하게 반응했다. 모든 내용을 자신에게 먼저 알렸어야 했다고 말했다.

나는 다른 사람들이 이미 형에게 알렸을 것으로 생각했다고 말했다.

형은 내가 왕립 재단의 기금을 바닥낼 거라고 불평했다.

나는 터무니 없는 소리라고 되받았다. 대회를 개최하는 데는 재단 기금의 극히 일부인 오십 만 파운드 정도면 충분할 것으로 들었다. 그중 상당액은 내가 재향군인들의 자활을 돕는다는 구체적인 목적으로 만든 재단의 지부인 인데버 펀드(Endeavour Fund)에서 나오는 돈이었다. 그리고 나머지는 기부와 후원으로 충당될 터였다.

'지금 우리가 뭘 하고 있는 거지?' 나는 의아했다.

그리고 곧바로 깨달았다. '세상에, 이런 게 형제간 알력이라는 거구나!'

나는 손으로 얼굴을 덮었다. 우리가 아직도 이래야 하나? 계승자와 예비용의 갈등을? 어린 시절의 그 지겨웠던 역학 관계를 지금에 와서 되풀이하기에는 너무 늦은 것 아닌가?

설령 형이 이 경쟁을 고집하고, 우리 형제간의 우애를 사적인 올림픽 대회처럼 만들었다 해도, 형은 나로서는 따라잡을 수 없는 우위를 이미 점유하고 있지 않은가? 형은 결혼했고 곧 아이도 생길 것인데 반해, 나는 여전히 싱크대에서 배달음식이나 먹고 있지 않은가? 그것도 아버지의 싱크대에서!

나는 여전히 아버지와 함께 살았으니까.

게임은 이미 끝났어, 형. 형의 승리야.

61.

마법을 기대했다. 세계 상이군인 체육대회(IWG)를 조직한다는 도전적이고도 고상한 과제는 전역 후의 나를 한 단계 도약시킬 원동력이 되어주리라고 기대했다. 하지만 생각만큼 잘 풀리지 않았다. 오히려 날이 갈수록 뒤처지는 느낌이었다. 점점 더 절망적이었고, 점점 더 흔들렸다.

2013년 늦여름에는 몸을 가누기 힘들 정도의 무기력증과 끔찍한 공황발작을 오가며 힘든 시간을 보냈다.

나의 공적인 삶은 사람들 앞에 서서 연설이나 대화를 하고 인터뷰를 하는 등 대중과 함께하는 것이었지만, 이때의 내 상태는 이런 기본적인 역할도 충실히 수행하기 어려울 정도로 피폐해졌다. 연설하거나 대중 앞에 모습을 드러내기 몇 시간 전부터 내 몸은 땀으로 흠뻑 젖었다. 그러다가 행사 도중에 두려움과 도망치고픈 환상에 사로잡혀 정신이 혼미해지고 아무 생각도 할 수 없었다.

몇 번이고 달아나고 싶은 충동을 간신히 억눌렀다. 하지만 언젠가는 아무것도 할 수 없는 날이, 실제로 무대에서 달아나거나 방에서 뛰쳐나가는 날이 올 수도 있으리라고 상상했다. 그날은 매우 빨리 다가오고 있는 것 같았고, 떠들썩한 헤드라인이 난무할 것을 상상하자 불안감은 몇 배로 더 심해졌다.

공황은 아침에 처음 정장을 입을 때부터 불쑥 찾아오곤 했다.

정장. 희한하게, 이 정장이 방아쇠였다. 셔츠 단추를 채우자마자 혈압이 치솟는 것을 느꼈다. 넥타이를 맬 때는 목이 막히는 것 같았다. 그리고 상의를 입고 스마트 슈즈의 끈을 묶을 때는 이미 두 볼과 등에서 땀이 흘러내렸다.

나는 아버지처럼 늘 더위에 민감했다. 아버지와 나는 이 문제로 농담도 자주 했다. 우리는 녹아내리는 눈사람처럼 이 세상에 맞게 만들어진 사람이 아니라고 했다. 한 예로 샌드링엄의 식당은 '단테의 지옥(Dante's Inferno)'을 우리식으로 바꿔놓은 듯했다. 샌드링엄은 대체로 쾌적한 곳이었지만 식당만큼은 아열대였다. 아버지와 나는 할머니가 시선을 돌리기를 기다렸다가 둘 중 한 사람이 재빨리 창가로 달려가서 살짝 공기를 통하게 했다. '아, 이 시원하고 고마운 공기!' 하지만 코기들이 늘 우리를 배신했다. 시원한 공기를 맡은 녀석들이 낑낑거리면 할머니도 그제야 눈치를 챘다. "어디 문이 열렸나?" 그러면 시종이 즉시 창문을 닫았다. (창문이 워낙 오래되어서 쿵 소리가 크게 났는데, 그 소리 때문에 늘 감옥의 문이 닫히는 느낌이 들었다.) 그런데 지금은, 장소를 불문하고 공식 석상에 모습을 보이려 할 때마다 그곳이 꼭 샌드링엄의 식당 같았다. 연설할 때도 너무 열이 올라서 모든 청중이 이를 눈치채고 수군거리는 것 같았다. 술을 곁들인 환영회에서도 나처럼 열이 솟구치는 사람이 있는지 미친 듯이 찾아 헤맸다. 나만 그런 게 아니라는 확신을 얻기 위해서였다.

하지만, 없었다.

두려움이란 것이 자주 그러하듯이, 내 속의 두려움도 다른 곳으로 전이되었다. 공식적인 자리에서뿐 아니라 대중과 함께하는 모든 곳에서 그랬다. 누가 됐든 군중과 함께라면. 심지어 주변에 그냥 다른 사람들이 있을 때조차도 그랬다.

무엇보다 카메라가 무서웠다. 물론 한 번도 카메라를 좋아한 적은 없지만, 지금은 전혀 견딜 수 없을 정도였다. 셔터가 열리고 닫힐 때마다 나는 찰칵 소리는 하루 종일 나를 혼란스럽게 했다.

선택의 여지가 없었다. 나는 집에만 있었다. 매일, 밤마다, 배달음식을 먹으며 TV 시리즈 〈24〉를 시청했다. 아니면 〈프렌즈(Friends)〉를 보든지. 특히 프렌즈는 2013년의 전편을 모두 본 것 같다.

나는 챈들러(Chandler)와 닮고 싶었다.

내 실제 친구들이 내가 나 같지 않다는 말을 무심코 할 때도 있었다. 마치 독감에 걸린 것처럼. 가끔은 내가 정말 내가 아닐 수도 있다는 생각을 했다. 지금 여기서 일어나고 있는 일이 그래서일 수도. 이것이 일종의 변태 과정일 수도. 새로운 자아가 나타나고 있고, 남은 삶은 이 새로운 사람으로, 이 겁 많은 사람으로 살아야 할지도.

아니면 원래부터 그랬던 내 모습이 지금에 와서 드러나고 있는 걸까? 나의 정신은 물처럼 제 수위를 찾아가고 있었다.

해답을 구하려고 검색 포털을 샅샅이 뒤졌다. 다양한 검색 엔진에 내 증상을 입력했다. 반복해서 자가진단을 하며, 나에게 어떤 문제가 있는지 그 원인을 찾았다. 그런데 해답은 코앞에 있었다. 나는 외상 후 스트레스에 시달리는 수많은 군인들, 수많은 남성과 여성들을 만나 이야기를 들었다. 집을 떠나는 것이 얼마나 어려운 일인지, 다른 사람들과 함께 있는 것이 얼마나 불편한지, 공공장소, 특히 시끄러운 곳에 있는 것이 얼마나 고통스러운지 생생하게 묘사하는 것을 들었다. 또 그들은 가게나 슈퍼마켓에 가는 시간을 신중하게 선택하며, 군중과 소음을 피하려고 폐점 시간 직전에 간다는 말도 했다. 나는 그들에게 깊이 공감하면서도 인간관계를 맺지는 못했다. 나도 외상 후 스트레스에 시달리고 있다는 생각조차 하지 못한 것이다. 상이군인들과의 모든 활동에도 불구하고, 그들 편에서의 모든 노력에도 불구하고, 그들이 처한 상황을 조명할 체육대회를 만들기 위한 온갖 분투에도 불구하고, 나 역시 상이군인이란 사실을 한 번도 깨닫지 못했다.

그리고 나의 전쟁은 아프가니스탄에서 시작된 것이 아니었다.

시작은 1997년 8월이었다.

62.

어느 날 저녁에 친구 토마스에게 전화를 했다. 토마스, 절친한 친구인 헤너스의 형. 토마스, 재미있고 재치있는 친구. 토마스, 웃음을 전염시키는 친구.

토마스, 좋은 시절을 일깨워 주는 살아 있는 존재.

나는 클래런스 하우스의 TV 방 바닥에 앉아 있었다. 프렌즈를 보고 있었던 것 같다.

"헤이, 부스(Boose), 뭐 하고 있었어?"

그가 웃었다. 그를 부스라고 부르는 사람은 나밖에 없었다.

"해르이스(Harr-eese)! 안녕!"

나도 웃었다. 나를 해르이스라고 부르는 사람 역시 그밖에 없었다.

사업상 저녁을 먹고 막 나오는 길이라고 했다. 집으로 돌아가는 길에 수다 떨 사람이 생겨 좋다는 말도 했다.

토마스의 목소리는 그의 동생과 마찬가지로 내게 즉각적인 안정을 주었다. 자기는 행복하지 않을지 몰라도, 나는 그 목소리에 행복해졌다. 그 역시 고군분투 중이라고 했다. 이혼 절차를 밟고 있는 데다 다른 문제까지 있다면서.

우리의 대화는 최초의 도전이며 모든 도전의 근원인 헤너스에게로 자연스럽게 향했다. 토마스도 동생을 무척 그리워했다. 나 역시 그렇다고 했다.

"나도 그래, 친구."

토마스는 '헤너스 자선기금 마련 행사'에서 연설을 해준 나에게 감사를 표했다.

"나도 빼먹지 않을게. 그게 친구잖아."

나도 그 행사를 떠올렸다. 행사 직전에 공황발작이 일어났던 것도. 그다음부터는 무작위로 추억에 잠겼다. 토마스와 헤너스, 윌리 형과 나, 어머니와 텔레비전을 보고 빈둥거리며 트림 대결을 하던 그 토요일 아침.

"엄마는 꼭 십 대 소년 같았어!"

"그랬지, 친구."

어머니와 함께 앤드류 로이드 웨버 공연을 보러 갔던 때.

나와 헤너스가 러드그로브에서 보안 카메라를 멍하니 쳐다보던 모습.

우리 둘 다 웃음을 터트렸다.

토마스는 헤너스와 내가 너무 친해서 사람들이 우리를 강아지 품종인 잭과 러셀로 불렀던 기억도 상기시켰다. 윌리 형과 내가 잭 러셀 강아지들을 데리고 있어서 그랬을까? 헤너스는 어디에 있을까? 엄마와 함께 있을까? 아프가니스탄에서 온 사망자들과 함께 있을까? 간간 할머니도 거기 계실까?

갑자기 들린 토마스의 비명에 나는 이 생각의 연쇄에서 퍼뜩 깨어났다.
"부스, 야, 괜찮아?"

화난 목소리들, 몸싸움, 치고받는 소리. 나는 전화기를 스피커로 전환하고 복도를 지나 위층으로 올라가 경관실로 뛰어 들어갔다. 내 친구가 위험하다고 소리쳤다. 우리는 전화기에 귀를 기울였지만 통화는 이미 끊긴 후였다.

토마스가 강도를 당한 게 분명했다. 다행히 그는 저녁을 먹은 식당 이름을 말했었다. 배터시(Battersea)에 있는 식당이었다. 게다가 나는 토마스가 어디에 사는지도 알고 있었다. 지도를 보니 두 지점으로 이어지는 논리적인 경로는 하나뿐이었다. 경호원 몇 명과 내가 그곳으로 달려갔고 길가에서 토마스를 발견했다. 앨버트 브리지(Albert Bridge) 근처였다. 구타를 당해 떨고 있었다. 우리는 토마스를 가까운 경찰서로 데려가 진술서를 작성했다. 그리고 집까지 태워주었다.

가는 길에 토마스는 자신을 구하러 와줘서 고맙다고 여러 번 말했다.

나는 그를 꼭 껴안았다. "그게 친구잖아."

63.

와티샴 비행기지에서, 내가 무척이나 싫어하는 책상 하나를 내주었다. 책상을 바란 적은 없었다. 책상에 앉아 있는 걸 견딜 수도 없었다. 아버지는 책상을 좋아했고, 책과 우편물에 둘러싸인 채로 무언가에 홀딱 빠진 듯 꼼짝 않고 앉아 있었다. 하지만 나는 절대 그런 사람이 아니었다.

새 임무도 주어졌다. 아파치에 대한 지식을 정리하라고 했다. 아마도 교관이 되기 위한 과정을 밟는 듯했다. 흥미로운 일일 것 같다는 생각은 했다. 누군가에게 나는 법을 가르치는 것이.

하지만 그렇지 않았다. 나의 소명이라고 느껴지지는 않았다.

다시 전장으로 돌아가고 싶다고 요청했다. 다시, 어렵다는 단호한 입장만 돌아왔다. 설령 육군에서 나를 보내려고 해도 아프가니스탄에서의 전쟁은 마무리 단계에 있었다.

대신 리비아가 타오르고 있었다. "그쪽은 어떻습니까?"

역시 육군은 공식적으로든 비공식적으로든 그들이 아는 모든 방법을 동원하여 나의 요청을 거부했다.

이제 전쟁터에 간 해리 왕자에 대해서는 누구나 잘 알고 있었다.

하루의 일과가 끝나면, 나는 와티샴을 떠나 켄싱턴궁으로 돌아갔다. 이제는 아버지와 카밀라와 함께 살지 않았다. 켄싱턴궁의 '조금 낮은 층', 다시 말하면 반지하 층에 내가 거주할 아파트가 배정되었다.

이 아파트에는 높은 창문이 세 개나 있었지만, 햇빛이 거의 들지 않아서 새벽이나 해 질 녘이나 한낮이나 별 차이가 없었다. 가끔은 바로 위층에 살던 R 씨 때문에 이런 논의조차 무의미해졌다. 그는 자신의 거대한 회색 디스커버리 자동차를 우리 창문 바로 옆에 주차하는 바람에 그나마 조금 들던 햇빛마저 완전히 막아버렸다.

나는 그 사람에게 차를 앞으로 조금만 옮겨달라는 내용의 메모를 작성하여 정중히 전달했다. 그는 나더러 헛소리 말라고 되받아쳤다. 그러더니 할머니를 찾아가서, 방금 나에게 말한 그대로 전해달라고 말했다고 한다.

할머니가 내게 그런 소리를 할 리는 없지만, R 씨가 나를 모욕하는 말을 국왕에게 하고서도 불안해하지 않거나 오히려 국왕의 지지를 받는다고 생각했다는 것 자체가, 이 왕실의 서열에서 나의 진정한 위치가 어디쯤인지 여실히 드러냈다. 그는 할머니의 시종무관 중 한 명이었다.

나는 싸워야 한다고 다짐했다. 그 남자와 얼굴을 맞대고 맞서야 했다. 하지만 곧, 그게 아님을 깨달았다. 사실 이 아파트는 내 기분과도 잘 맞았다. 정오까지도 어두침침한 것이 내 기분에 꼭 맞았다.

게다가 아버지의 집이 아닌 다른 곳에서 나 혼자 생활하는 것도 처음이어서 특별한 불만도 없었다.

어느 날 친구를 초대했다. 그는 내 아파트가 오소리 굴 같다고 말했다. 아니면 내가 그랬는지도 모르겠다. 어느 쪽이든 그건 사실이었고, 나는 개의치 않았다.

친구와 술을 마시며 잡담을 하고 있는데 갑자기 창문 앞으로 천 같은 것이 떨어졌다. 그러더니 천이 흔들렸다. 친구가 일어나 창가로 다가가서 말했다. "스파이크… 이게 대체 뭐지?" 천에서 무언가가 쏟아졌다. "갈색 색종이 조각 같은데?"

"아냐."

"반짝이?"

"아냐."

친구가 말했다. "스파이크, 이거 머리카락이야?"

그랬다. 미세스 R이 아들의 머리카락을 손질하면서 모아둔 머리카락이 담긴 천은 털어내고 있었던 것이다. 그런데 진짜 문제는 유리창 세 개가 모두 열려 있었던 데다 바람까지 시원하게 불고 있었다는 사실이었다. 미세한 머리카락이 아파트 안으로 폭포처럼 밀려들었다. 친구는 나는 기침을 하면서도 어이가 없어 웃다가 혀에 달라붙은 잔해들을 떼어냈다.

아파트 안으로 들어오지 않은 머리카락들은 민트와 로즈마리가 한창 만발하던 정원으로 한여름 비처럼 쏟아졌다.

며칠 동안 머리를 굴려가며 미세스 R에게 보낼 혹독한 내용의 메모를 구상했다. 하지만 보내지 않았다. 정당하지 않았기 때문이다. 나를 괴롭힌다는 사실조차 인지하지 못하는 사람에게 이런 걸 보낼 수는 없었다. 게다가 그녀는 내가 자기를 혐오하는 진짜 이유도 알지 못했다. 그녀는 남편과는 비교도 안 될 정도로 무시무시한 차량 범죄를 저질렀다. 매일같이 예전 어머니의 주차구역에 차를 댔기 때문이다.

어머니의 초록색 BMW가 있던 바로 그 자리에 그녀는 요즘도 미끄러지듯 차를 붙인다. 내가 잘못 생각하는 것이고, 나도 그걸 알았지만, 그럼에도 미세스 R을 비난하고픈 마음이 완전히 사라지지는 않았다.

64.

나도 삼촌이 되었다. 윌리 형과 케이트가 너무나도 예쁜 첫아기 조지 (George)를 맞이한 것이다. 하루빨리 조지에게 럭비와 로크스 드리프트와 비행하는 법과 복도 크리켓까지 몽땅 가르쳐 주고, 가능하다면 온 세상이 바라보는 곳에서 생존하는 방법에 대해 몇 가지 조언도 덧붙이고 싶었다.

그러나 기자들은 이 즐거운 사건조차 기회로 삼아 나에게 질문을 던졌다. 비참한 기분이 들지 않느냐고….

"뭐라고요?"

갓 태어난 아기는 왕위 계승 서열에서 나를 한 단계 더 밀어내려, 세 번째가 아니라 네 번째로 만들었다. 그래서 기자들이 물었다. "참 불운하지요, 네?"

"농담하는 거죠?"

"불안하지 않아요?"

"너무 행복해요."

"글쎄요."

형과 케이트가 기뻐하니 나도 기뻤고, 나의 승계 서열 따위에는 전혀 관심이 없었다.

하지만 둘 중 어느 것과도 거리가 먼 나로서는 어디에서도 행복에 다가서기는 어려웠다.

65.

앙골라. 전쟁으로 황폐화된 나라를 방문했다. 공식 방문이었고, 특히 아프리카에서 지뢰가 가장 많이 매설된 마을을 포함하여 지뢰 때문에 일상이 무너진 여러 지역을 찾아갔다.

2013년 8월.

나는 어머니가 앙골라를 방문했던 그 역사적인 날에 입었던 것과 같은 보호 장비를 착용했다. 그뿐 아니라 어머니가 방문했던 구호단체인 헤일로 트러스트(Halo)와도 교류했다. 단체의 임원진과 현장 활동가들로부터, 어머니가 역점을 두었던 활동들과 실제로 어머니가 설립을 지원했던 그 모든 세계적인 개혁 운동들이 지금은 중단되었다는 소식을 듣고 무척 안타까웠다. 자원이 부족하고 결단력이 부족한 탓이었다.

이 일은 어머니가 마지막에 가장 열정을 쏟았던 소명이었다. (어머니는 1997년 8월에 파리로 향하기 3주 전에 보스니아로 갔다.) 어머니가 실제 지뢰밭으로 혼자 걸어 들어가서 리모컨으로 지뢰 하나를 터트리고는, "하나 제거, 천칠백만 개 남았어요."라고 용감하게 외치던 장면을 지금도 많은 사람들이 기억한다. 그때만 해도 지뢰 없는 세상이라는 어머니의 꿈이 가시권처럼 보였다. 하지만 지금의 세상은 거꾸로 가고 있었다.

어머니의 소명을 짊어진 나도 직접 지뢰를 터트리며 어머니와 더 가까워지고 힘과 희망을 얻는 것 같았다. 아주 짧은 순간 동안은. 하지만 전체적으로는 그렇지 못했다. 매일 같이 심리적, 감성적 지뢰밭을 걷고 있는 느낌이었다. 다음 공황발작이 언제 터질지 전혀 알 수 없었다.

영국으로 돌아온 후로 다시 검색에 집중했다. 원인과 치료법을 찾으려고 필사적으로 매달렸다. 아버지에게도 다 털어놓았다. "아버지, 저 공황발작과 불안증세 때문에 너무 힘들어요." 아버지는 나를 한 의사에게 보냈는데, 좋은 사람이었지만 지식도 아이디어도 부족한 일반의였다. 그는 나에게 약을 처방하려 했다.

나는 약을 먹고 싶지는 않았다.

유사 요법까지 포함하여 다른 요법들을 시도해 보기 전에는. 열심히 찾다 보니 마그네슘이 정말 효과가 있다면서 추천하는 사람들이 많았다. 실제로 그렇긴 했다. 하지만 과량으로 복용하면 설사를 유발하는 부작용도 있었는데, 친구의 결혼식에 갔다가 그 사실을 뼈저리게 경험했다.

어느 날 밤, 하이그로브에서 아버지와 식사를 하며 그동안 내가 겪은 고통에 대해 꽤 오랫동안 대화를 나눴다. 구체적인 상황들과 실제로 겪은 많은 사례를 일일이 설명했다. 식사가 끝날 때쯤 아버지께서 접시를 내려다보시며 나직이 말했다.

"내 잘못 같아. 몇 년 전에 네게 필요한 도움을 주었어야 했는데."

나는 아버지의 잘못이 아니라고 강조했다. 하지만 그 사과는 고마웠다.

가을이 다가오고 이십 대의 마지막 생일이 임박하면서 불안증세는 극에 달했다. '내 청춘의 찌꺼기인지….' 나는 생각했다. 전형적인 모든 의심과 두려움에 사로잡힌 나는, 사람이 나이가 들면서 하게 되는 모든 기본적인 질문들을 되뇌었다. 나는 누구인가? 어디로 가고 있는가? "정상이야." 혼잣말을 했다. "언론이 나의 자아 성찰을 병적으로 공명시키는 것만 빼면."

"해리 왕자… 그는 왜 결혼하지 않는 것일까?"

언론은 내가 맺었던 모든 인간관계와 내가 만났던 모든 여자를 샅샅이 파헤쳐서 믹서기에 집어넣고는, 돌팔이 전문가들을 고용하여 무언가 의미를 만들어 내려 했다. 나에 관한 책들은 주로 나의 연애사를 파고들며, 사랑의 실패와 위기의 순간들을 집중적으로 조명했다. 카메론 디아즈와의 관계를 파헤친 글이 특히 기억에 남는다. "해리는 그녀와 함께하는 자신을 볼 수 없을 것이다."라고 이 글을 쓴 사람이 자신 있게 주장했다. 실제로 나는 그럴 수 없었다. 우리는 만난 적이 없었으니까. 나는 미스 디아즈의 반경 오십 미터 이내에 들어가 본 적이 없으며, 이런 헛소리를 읽는 걸 좋아하는 사람들에게는 왕실 전기가 제격이라고 말해주고 싶다.

나를 향한 이 모든 절망적인 서사의 이면에는 단순한 헛소리 이상의 본질적인 무언가가 도사리고 있었다. 그것은 결혼을 기반으로 하는 군주제의 근간을 향하고 있었다. 수세기에 걸친 왕과 여왕에 대한 논란은 일반적으로 누구와 결혼했고, 누구와 결혼하지 않았는지, 그렇게 연합하여 누구를 낳았는지에 집중되었다. 결혼하기 전까지는 왕실의 진정한 일원이 아니며 진정한 한 인간이라고도 할 수 없었다. 16개 국가의 수장인 할머니가 모든 연설을 이렇게 시작하는 것도 우연이 아니다.

"저의 남편과 저는….”

윌리 형과 케이트는 결혼하면서 케임브리지 공작과 공작부인이 되었지만, 그보다 더 중요한 것은 더 많은 직원과 더 많은 자동차와 더 큰 집과 더 큰 사무실과 잉여 자원과 인쇄된 문장을 누릴 자격이 있는 더 큰 가문이 되었다는 의미였다. 나는 그런 특혜에는 관심이 없었지만, 존중받고 싶은 마음은 있었다. 미혼 남자인 나는 아웃사이더였고, 나의 가문에서는 인간 대접을 받지 못했다. 이런 상황을 바꾸려면 결혼할 수밖에 없었다. 단순한 이치였다.

이 모든 문제들로 내 스물아홉 번째 생일은 복잡한 사건이 되어버렸고 며칠 동안 편두통에 시달렸다.

게다가 그다음 생일은 또 어떨는지를 생각하면 몸서리가 쳐졌다.

서른, 청춘이 저무는 나이. 서른이라는 나이에서 비롯되는 유산은 말할 것도 없다. 서른이 되면 어머니가 남긴 막대한 유산의 막대한 지분을 얻을 것이다. 상속을 앞두고도 우울해하는 나 자신을 질책했다. 많은 사람이 재산을 물려받기 온갖 짓을 하지 않는가? 그렇지만 나에게 상속은 어머니의 부재를 상기시키는 또 하나의 고리이며, 어머니가 떠난 이후의 공허함을 드러내는 또 하나의 신호이며, 이것을 파운드나 유로로는 결코 채울 수 없다.

그렇다면 최선의 방법은 생일에서 벗어나는 것, 모든 것에서 벗어나는 것이라고 나는 판단했다. 지구 끝까지 여행하는 것으로 내가 이 지구에 온 날을 기념하기로 결정했다. 북극에는 이미 다녀왔다. 이제 남쪽으로 향할 시간이었다.

'상이군인과 함께 걷기(Walking With The Wounded)' 일원으로서의 또 다른 트래킹.

사람들은 남극이 북극보다 더 춥다며 내게 주의를 주었다. 나는 그냥 웃었다. 그게 어떻게 가능하단 말인가? "내 성기는 이미 얼어버렸어, 친구. 그보다 나쁜 시나리오가 또 있겠어?"

게다가 이번에는 적절히 사전조치를 하는 방법도 알고 있었다. 속에 옷을 더 껴입고, 더 따뜻한 방한복을 챙기는 등. 덧붙여 절친한 친구가 재봉사까지 고용하여 맞춤형 성기 쿠션까지 제작해 주었다. 네모나고 보호 기능이 탁월한 이 쿠션은 매우 부드러운 양모 조각들을 바느질하여 만들었다.

이 정도면 충분하겠지.

66.

극점 도전을 준비하는 사이사이에 나의 새로운 개인 비서인 에드 레인 폭스(Ed Lene Fox)와 마주했다. 줄여서 엘프(Elf)라고 불렀다.

2013년 11월.

한때 왕실기병대장을 지낸 엘프는 단정하고 깔끔하고 영리하며 단정했다. 그를 보면 가끔 윌리 형의 사람들이 떠오르곤 했는데, 아마도 그의 성향보다는 머리 모양 때문인 것 같다. 그리고 내가 보기에는 형보다 경주견이 떠오르기도 했다. 그레이하운드처럼 그는 절대 멈추는 법이 없었다. 그는 시간이 끝나는 순간까지 토끼를 쫓는 사람이었다. 다시 말하면, 언제 어떤 것이든 대의를 위해 절대적으로 헌신하는 사람이었다.

다른 한편으로 그의 가장 뛰어난 재능은 대상의 본질을 꿰뚫고, 상황과 문제를 계량화하여 단순화하는 능력이라고 할 수 있었다. 따라서 세계 상이군인 체육대회라는 야심 찬 계획을 실행하는 데 더없이 완벽한 사람이었다.

엘프는 어느 정도의 자금을 확보했으니 다음으로 할 일은 이 정도 규모의 사업을 맡을 수 있는 비범한 조직 운영력과 사회적, 정치적 인맥을 갖춘 사람을 발굴하는 것이라고 조언했다. 아울러 그런 사람을 딱 한 명 알고 있다고 했다.

키이스 밀스 경(Sir Keith Mills).

"좋죠." 내가 말했다. 키이스 경은 2012년 런던 올림픽 조직위원회를 이끌며 대성공을 거두었다.

"정말이에요, 그보다 나은 사람이 또 있을까요?"

"키이스 경을 켄싱턴궁으로 초대하여 차를 한 잔 하시죠."

<h2 style="text-align:center">67.</h2>

그 응접실의 축소판도 만들 수 있을 정도였다. 두 개의 큰 창과 작은 붉은 소파, 유화로 그려진 말 그림을 배경으로 부드러이 흔들리는 샹들리에까지. 전에도 이곳에서 회의한 적이 있었다. 그렇지만 그날은 들어서는 순간부터 내 인생에서 가장 중요한 회의의 하나가 될 것이라는 예감과 함께, 내부의 모든 세세한 장면들이 내게 뚜렷한 인상을 남겼다.

나는 최대한 침착함을 유지하며 키이스 경에게 자리를 권하고 차를 어떻게 마시는지 물었다.

몇 분의 사담이 끝나고, 내가 본론을 꺼냈다.

키이스 경은 눈을 부릅뜨고 내 말을 경청했는데, 말이 끝나자 '음… 아….' 소리를 냈다.

그는 모든 설명이 훌륭하지만, 자신은 거의 은퇴 상태라고 말했다. 예상하듯이, 사업을 줄이는 중이었다. 삶을 효율화하고 원하는 것에 역점을 맞춰, 중요한 일을 중심으로 꾸려가고 싶어 했다. 예를 들면 아메리카 컵(America's Cup) 요트 대회 같은 것들 위주로.

게다가 바로 다음 날부터 휴가였다.

휴가를 불과 몇 시간 앞둔 사람에게 소매를 걷어붙이고 불가능한 사업을 맡아달라고 어떻게 설득할 수 있을까?

말도 안 된다고 생각했다.

그러나 이 대회의 초점은 '절대 포기하지 않는다'에 맞춰져 있었다. 그래서 나도 계속 밀어붙였다. 나는 그에게 다가가서 그동안 내가 만난 군인들과 그들의 이야기와 약간의 내 이야기까지 덧붙여 말했다. 전장에서 보냈던 시간에 대해 누군가에게 이렇게 자세하게 소개한 것은 이번이 처음이었다.

나의 뜨거운 열정이 서서히 키이스 경의 방어막에 균열을 만드는 것을 느꼈다.

그는 이마에 주름을 지으며 말했다. "그럼… 지금까지 누가 이 사업에 참여했나요?"

나를 엘프를 바라보았다. 엘프도 나를 바라보았다.

"그게 핵심입니다, 키이스 경. 짐작하시겠지만… 당신이 처음입니다."

그가 껄껄 웃었다. "영리하네요."

"아뇨, 정말 아닙니다. 원하신다면 멤버를 새로 구성하셔도 됩니다. 경께서 바라시는 사람들로요."

뻔한 상술이지만 내가 하는 말에는 많은 진실이 담겨 있었다. 우리는 아직 이 사업에 아무도 합류시키지 못했기 때문에 사실상 그에게 백지위임을 한 것과 같았다. 원하는 사람들로 참모진을 구성하고, 성공한 올림픽에서 도움을 준 모든 사람을 끌어들일 수도 있었다.

그가 고개를 끄덕였다. "언제 대회를 열 생각인가요?"

"9월입니다."

"네?"

"9월요."

"지금부터 10개월 후에요?"

"네."

"말도 안 돼요."

"해야만 합니다."

나는 1차 세계대전 100주년 기념일에 맞춰 대회를 진행하고 싶었다. 그 연결고리가 무엇보다 중요했다.

그는 한숨을 쉬고는 생각해 보겠노라고 약속했다.

그 말이 어떤 의미인지 나는 잘 알았다.

68.

몇 주 뒤, 우리는 남극으로 날아가 오두막과 간이건물들이 들어선 작은 마을이자 연구 기지인 노볼라자렘스카야(Novolazarevskaya)에 착륙했다. 그곳에서 생활하는 강인한 영혼들은 모두가 환상적인 주인들이었다. 우리에게 잠자리와 먹을거리를 제공했는데, 특히 수프는 놀라울 정도였다. 아무리 먹어도 질리지 않았다.

영하 35도의 날씨 때문이었을까?

"펄펄 끓는 닭고기 수프 더 먹을래요, 해리?"

"네, 감사합니다."

팀원들과 나는 한두 주 동안 탄수화물을 집중적으로 섭취하며(carb-loading) 대장정을 준비했다. 물론 보드카도 빠뜨리지 않았다. 눈발이 날리던 어느 아침… 우리는 마침내 출발했다. 비행기에 올라 거대한 빙붕으로 날아가서 연료를 채우려고 멈췄다. 마치 꿈결처럼 새하얗고 단단한 설원에 비행기가 착륙했다. 어느 방향을 보아도 몇 개의 거대한 연료통 외에는 아무것도 보이지 않았다. 비행기가 서서히 연료통으로 다가갔고, 조종사가 연료를 채우는 동안 나는 잠시 밖으로 나왔다. 새 소리도, 자동차 소리도, 나뭇가지 소리도 들리지 않은 침묵은 성스럽기까지 했지만, 그조차도 모두를 아우르는 거대한 공허(nothingness)의 일부일 뿐이었다. 냄새도, 바람도, 날카로운 모서리나 시선을 잡아끄는 독특한 그 무엇도 없이, 무한히 펼쳐진 비정상적으로 아름다운 광경이 전부였다.

잠시 걸으며 혼자만의 시간을 보냈다. 지금껏 이보다 평화로운 곳은 보지 못했다. 기쁨에 못 이겨 물구나무를 섰다. 몇 달을 괴롭히던 불안도 사라졌다… 몇 분 동안은.

다시 비행기에 올라 트래킹의 출발 지점으로 날아갔다. 걷기 시작하면서, 깜박했던 걸 기억해 냈다.

'아, 맞아. 발가락이 부러졌었지.'

불과 얼마 전의 일이었다. 노퍽에서 보낸 남자들만의 주말. 동틀 무렵까지 술과 담배로 파티를 즐기고, 파티를 위해 재배치했던 방 하나를 원래대로 정리하다가 놋쇠 바퀴가 달린 무거운 의자가 넘어지며 내 발을 찧었다.

참 한심한 부상이었다. 그런데 생각보다 심각했다. 걷기가 어려웠다. 어떻든, 팀원들을 실망시키지 않으려고 마음을 다잡았다.

약 200파운드(약 90킬로그램)의 썰매를 끌고 하루 아홉 시간씩 동료 트래커들과 겨우겨우 보조를 맞춰 걸었다. 눈 위에서 썰매를 끄는 일은 누구나 힘겨웠지만, 바람이 깎아놓은 울퉁불퉁하고 미끄러운 면이 내게는 특히나 힘들었다. 이렇게 바람에 깎인 물결 모양의 빙원을 노르웨이어로 '사스트루기 (sastrugi)'라고 부른다. 발가락이 부러진 채로 사스트루기를 헤치면서 트래킹을 한다? 이건 국제 군인 대회의 이벤트로 어울리겠다는 생각이 들었다. 그렇지만 아픈 발가락과 극심한 피로감 등 하소연하고픈 유혹을 느낄 때마다 같이 걷고 있는 동료들을 바라보았다. 내 바로 앞에는 다리가 없는 스코틀랜드 출신의 던컨이 있었다. 바로 뒤에 있는 미국 출신의 이반은 눈이 보이지 않았다. 그러니 나도 우는 소리 하지 말자고 다짐했다.

아울러 경험 많은 어느 극지방 전문 가이드는 영국 출발을 앞둔 나에게, 이번 트래킹을 "하드 드라이브 청소에 활용하라."고 조언했다. 그게 요점이었다.

"반복적인 움직임을 활용하고, 살을 에는 추위를 활용하고, 그 지역 특유의 공허와 단조로움을 활용하여 마음이 무아지경에 이를 때까지 초점을 좁혀보세요. 그게 명상입니다."

나는 그 조언을 그대로 따랐다. 나 자신에 현재에 집중하라고 말했다. 눈이 되고, 추위가 되고, 모든 걸음이 되고…. 효과가 있었다.

세상에서 가장 아름다운 무아지경에 빠져들었고, 심지어 어두운 생각이

들 때도 그것을 응시할 수 있었고 점차 사라지는 것을 지켜보았다. 때로는 이런저런 생각들이 서로 연결되다가, 그 모든 생각의 연결고리가 갑자기 이해가 될 때도 있었다. 예컨대 북극, 육군 훈련, 어머니의 관을 따라 무덤까지 걷는 것 등 지금껏 살아오면서 겪었던 험난했던 순간들을 떠올리다 보면, 그 기억들은 분명 고통스러우면서도 그 속에는 내가 전혀 짐작할 수 없었던 연속성과 구조, 일종의 서사적 중추가 자리했다. 삶은 하나의 긴 여정이다. 그래서 이해할 수 있다. 삶은 아름답다. 모든 것이 서로 의지하고 얽혀 있다….

현기증이 일었다.

남극은 해발 고도가 거의 삼천 미터에 이를 정도로 높아서 고산병이 매우 위험하다. 한 참가자가 벌써 트래킹에서 낙오했는데 나는 이제야 그 이유를 깨달았다. 그 느낌이 서서히 찾아왔지만 나는 무시했다. 그러다가 갑자기 쓰러졌다. 머리가 빙빙 돌고, 편두통이 뒤따랐으며, 양 뇌의 압력이 높아졌다. 멈추고 싶지 않았지만, 이미 내게는 선택권이 없었다. 내 몸이 말했다. "고마워, 이제 좀 쉬자고." 무릎이 꺾이고, 상반신도 고꾸라졌다.

눈이 돌무더기처럼 나를 때렸다.

의료진이 텐트를 치고, 나를 눕히고, 무슨 편두통 예방주사 같은 것을 투여했다. 엉덩이에서 느낌이 왔다. 스테로이드라고들 말했다. 정신을 차리자 반쯤 살아난 느낌이 들었다. 그렇게 다시 팀원들을 따라잡았고, 다시 무아지경으로 돌아갈 방법도 찾았다.

추위가 되어라, 눈이 되어라….

극점에 근접하자 우리 모두 하나가 되어 환호했다. 얼음으로 뒤덮인 눈썹 사이로 거기, 바로 그곳을 볼 수 있었다. 그리고 달리기 시작했다.

"멈춰요!"

가이드는 야영지를 만들 시간이라고 우리에게 말했다.

"야영지? 무슨 야영지요? 결승선이 바로 저기잖아요?"

"극점에서는 야영이 허락되지 않아요! 오늘 밤에는 여기서 야영을 하고, 극점에는 내일 아침에 출발해야 해요."

극점 언저리에 야영지를 설치한 탓에 아무도 잠을 이루지 못했다. 너무 흥분했다. 그래서 파티를 열었다. 약간의 술을 마시며 난폭한 놀이도 했다. 우리의 웃음소리가 세상 저 아래로 울려 퍼졌다.

마침내 2013년 12월 13일 동틀 무렵, 우리는 극점을 향해 돌격했다. 정확한 극점 위치와 그 부근으로, 남극 조약을 체결한 12개 서명국을 대표하는 국기들이 거대한 원을 그리고 있었다. 우리는 지쳤지만 안도하면서, 조금은 어리둥절한 상태로 국기들 앞에 섰다.

"왜 유니언 잭은 관 위에 있는 거지?"

우리는 서로를 껴안았다. 일부 언론 보도에서는 참가 군인들 중 한 명이 다리를 떼어내 잔으로 삼아 샴페인을 부어 마셨다고 했는데, 맞는 말 같지만 나는 기억이 없다. 살아오면서 여러 개의 의족으로 술을 마신 적이 있지만, 이때도 그랬는지는 확실치 않다.

깃발 너머로 지금껏 본 가장 형편없는 모양의 거대한 건물이 서 있었다. 창문 없는 상자 모양의 건물로, 미국인들이 연구 센터라고 지어놓은 것이었다. 아마도 이 못생긴 건물을 설계한 건축가는 같은 인간과 지구와 남극을 향한 증오심으로 가득한 게 아닌가 하는 생각도 했다. 이렇게 꼴사나운 건물이 이 순수한 땅을 지배하고 있다니, 가슴이 미어졌다. 그럼에도 불구하고 나는 동료들과 서둘러 그 못생긴 건물 안으로 들어가서 몸을 데우고, 볼일을 보고, 코코아도 조금 마셨다.

그곳에는 큰 카페도 있었는데, 우리는 모두 굶주린 상태였다. "죄송합니다." 이런 말이 들렸다. "카페는 문을 닫았습니다. 물 한 잔 드릴까요?"

"물? 네, 좋아요."

모두에게 물이 한 잔씩 건네졌다.

그리고 기념품도. 그건 시험관이었고 작은 코르크 뚜껑도 있었다.

옆면 라벨에 이렇게 인쇄되어 있었다. "세상에서 가장 *깨끗한 공기.*"

69.

남극에서 샌드링엄으로 직행했다.

크리스마스는 가족과 함께.

그해 '호텔 할머니(Hotel Granny)'는 가족들로 넘쳐났고, 그래서 나에게는 아버지 직원들의 사무실 중 하나인, 뒤편의 좁은 복도에 있는 작은 방 하나가 배정되었다. 한 번도 그곳에서 묵은 적은 없었다. 발을 들여놓은 적도 없었다. (특별할 것도 없었다. 할머니의 거주지는 워낙 방대해서 구석구석을 다 보려면 평생이 걸릴 정도였으니.) 미지의 영역을 바라보고 탐험한다는 관념 자체는 좋았다. 나는 경험 많은 극지방 탐험가였으니까! 하지만 제대로 대접받지 못한다는 느낌도 약간 있었다. 조금 덜 사랑받는 것 같은, 뒷방으로 밀려난 듯한.

이 시간을 최대한 잘 이용하여 내가 극점에서 얻은 평정심을 잃지 않도록 해야 한다고 스스로 다짐했다. 나의 하드 드라이브는 깨끗이 청소된 상태였지만, 안타깝게도 당시의 내 가족들은 아주 끔찍한 악성코드에 감염되어 있었다.

그건 왕실의 개별 구성원이 직전 연도에 수행한 '공식 일정'을 정리한 연간 기록인 궁정 회보(The Court Circular)와 직결되었다. 사악한 문서. 연말에 이르러 모든 수치가 정리되면 언론에서 본격적인 비교에 돌입한다.

"아, 이 사람이 저 사람보다 바빴군."

"아, 이 사람은 게으름뱅이군."

궁정 회보는 유서 깊은 문서지만, 최근에는 서로를 향한 총질을 부추겨왔다. 왕실 가족들 사이의 경쟁심을 만들었다기보다 이를 더욱 강화하고 무기화하는 역할을 했다. 우리 중 누구도 궁정 회보에 대해 직접 말하거나 그 명칭을 언급하지는 않았지만, 그로 인해 수면 아래에서 긴장감이 더해지고 한 해의 마지막 날이 다가올수록 보이지 않게 증폭되었다. 궁정 회보에 집착하는 일부 가족들은 매년 제일 많은 공식 일정을 회보에 수록하기 위해 필사적으로 매달렸고, 엄밀히 말하면 일정이라고 할 수 없는, 형과 내가 일정으로 기록하겠다고 생각조차 하지 못했던 아주 사소한 공적 관계들까지 목록에 끼워 넣어 만족스러운 결과를 얻기도 했다. 궁정 회보가 웃음거리가 되는 이유도 여기에 있었다. 모두가 자기진단이며, 모두가 주관적이었다. 아홉 명의 퇴역군인들을 개인적으로 만나 정신건강에 도움을 주었다? 빵점. 헬리콥터를 타고 말 농장에 가서 테이프 커팅식에 참여했다? 인정!

그러나 궁정 회보가 말장난이고 속임수에 불과한 근본적인 이유는 애초부터 누구도 자신이 수행할 일정의 양을 정한 적이 없었기 때문이다. 결정은 할머니나 할아버지가 했다. 우리가 할 일에 얼마만큼을 자원(돈)을 지원할지 정해지는 대로. 결국은 돈이 모든 걸 결정했다. 형과 나의 경우에는 아버지가 유일한 결정권자였다. 아버지 혼자서 우리의 자금을 관리했고, 우리는 아버지로부터 얻는 자원 예산의 범위 이내에서 가능한 일만 할 수 있었다. 아버지가 허용해야 가능한 업무 범위를 두고 공개적으로 채찍질을 하는 것은 매우 부당하다고 느꼈다. 한마디로 사기였다.

어쩌면 이 모두를 둘러싼 갈등은 군주제 자체를 둘러싼 근본적인 갈등에서 비롯된 것일 수도 있다. 왕실은 군주제가 시대에 뒤떨어지고 비용이 많이 든다는 비평가들의 외침을 경청하며, 세계적인 변화의 물결을 감지하고 있다. 또 왕실은 언론의 파괴와 약탈 행위를 용인하는 것과 같은 이유로, 궁정 회보의 헛소리도 인내하고 심지어 여기에 기대기도 한다. 언론에 대한 두려움. 대중에 대한 두려움. 미래에 대한 두려움. 온 국가가 이렇게 외칠 그날에 대한 두려움. "그만 됐어. 이젠 없애버려." 그래서 2013년 크리스마스이브 무렵에 나는 뒤쪽 복도의 작은 방에서 아이패드로 남극 사진을 보며 꽤 만족스러운 시간을 보냈다.

작은 시험관을 바라보면서.

"세상에서 가장 깨끗한 공기."

코르크 마개를 열고 한 번에 들이마셨다.

하아.

70.

오소리 굴을 벗어나 일명 노트 코트(Nott Cott)로 불리는 노팅엄 코티지(Nottingham Cottage)로 갔다. 형과 케이트가 그곳에서 살았었는데 이제는 더 큰 공간이 필요했다. 그래서 길 건너편에 있는 마거릿 공주의 옛집으로 이사하면서 내게 열쇠를 건넸다.

오소리 굴에서 벗어나서 좋았다. 그보다 형과 케이트의 집과 길을 마주하고 산다는 것이 더 좋았다. 언제든 들를 수 있기를 기대했다.

"와! 해리 삼촌이야!"

"안녕! 그냥 생각나서 들렀어."

와인 한 병과 애들 선물을 잔뜩 들고서. 꼬마 조지는 바닥을 구르며 레슬링을 하고.

"저녁 같이 먹을래, 해롤드?"

"좋지!"

하지만 그런 일은 일어나지 않았다.

그들은 축구장 절반 거리의 돌로 된 마당 너머에 살았는데, 유모가 유모차를 끌고 돌아다니는 모습이 바로 보이고 무언가를 세밀하게 수리하는 소리도 들릴 정도로 가까운 거리였다. 조만간 나를 부를 것이라고 생각했다. 언제가 됐든.

그러나 며칠이 지나도 그런 일은 일어나지 않았다.

'알겠어.' 나는 생각했다. '너무 바쁜 거야! 가정을 꾸려야 하니까!'

'아니면… 어쩌면… 쓸모없는 사람은 원치 않아서일까?'

'혹시라도 내가 결혼하면, 상황이 좀 달라질까?'

두 사람 모두 크레시다를 무척 좋아한다고, 꼭 집어서, 반복해서 말하곤 했다.

71.

2014년 3월, 웸블리 아레나에서 열린 콘서트. 무대로 걸어 나가면서 공황발작이 재발했다. 무대 중앙으로 가서 주먹을 불끈 쥐고 준비한 연설을 토해냈다. 내 앞에는 '위 데이(We Day)' 행사에 모인 만사천 명의 젊은 얼굴들이 있었다. 그들에게 더 집중했더라면 나의 긴장감도 조금 줄어들었을 수도 있었겠지만, 나는 이 지붕 아래서 연설한 게 언제였는지를 생각하며 '나의 날(Me Day)'에 사로잡혀 있었다.

어머니의 10주년 추모일.

그때도 나는 긴장했었지만, 지금처럼은 아니었다.

서둘러 밖으로 나갔다. 얼굴에 번들거리는 땀을 닦으며 크레스 옆의 내 자리를 향해 비틀거리며 걸어갔다.

그녀가 나를 보며 얼굴이 새파래졌다. "괜찮아?"

"그래, 그래."

하지만 크레스는 알았다.

우리는 다른 연사들을 바라보았다. 다시 말해 크레스는 그들을 보고 있고, 나는 숨을 쉬기 위해 애쓰고 있었다.

다음날 우리의 사진이 모든 신문에 도배되고 온라인으로도 사방으로 퍼져나갔다. 누군가 왕실 전담 기자들에게 우리의 위치를 귀띔했고, 그렇게 우리의 사이가 공개되었다. 2년 가까운 비밀 연애 끝에 커플로서의 모습이 노출된 것이다.

이것이 왜 그렇게 큰 뉴스가 되어야 하는지 우리는 의아했다. 과거에 베르비에(Verbier)에서 함께 스키 타는 모습이 찍힌 적도 있었다. 그렇지만 이번 사진은 달랐다. 아마도 왕실 일정에 그녀가 함께한 것이 처음이라서 그런 모양이었다.

결과적으로 우리는 조금 덜 숨겨도 되었고, 그 부분은 장점이었던 것 같다. 며칠 뒤에는 트위크넘(Twickenham)에 가서 잉글랜드와 웨일스의 럭비 경기를 관람했고, 파파라치들이 연신 셔터를 눌러댔지만 우리는 별로 개의치 않았다. 얼마 뒤에는 친구들과 카자흐스탄으로 스키 휴가를 떠났는데, 여기서도 파파라치들이 등장했지만 우리는 전혀 몰랐다. 미친 듯이 스키만 탔다.

나에게 스키 타기는 무척 신성하고 상징적이었다. 특히 과거에 스위스에서 둘이 함께 스키 휴가를 보낼 때, 크레스가 기적적으로 나에게 스키의 눈을 뜨게 해준 이후로 그랬던 것 같다.

그 어느 날 밤, 슬로프에서 긴 하루를 보내고 함께 모여 즐거운 시간을 보낸 뒤였다. 우리는 내 사촌의 샬레(chalet)*로 가서 잠시 머물렀다. 내가 욕조 가장자리에 앉아 있고 크레스는 세수를 하고 양치를 했다. 특별한 주제 없이 이런저런 이야기를 나눈 걸로 기억하는데, 그때 크레스가 불쑥 어머니에 대해 물었다.

특이했다. 어머니에 대해 물어보는 여자친구. 묻는 방식도 그랬다. 호기심과 연민이 적절히 배합된 어조랄까. 나의 대답에 반응하는 방식 역시 적절했다. 그저 놀라고, 걱정하고, 아무런 판단도 없이.

아마 다른 요인들도 함께 작용했을 것이다. 육체적 피로와 스위스의 따뜻한 환대가 어우러진, 신선한 공기와 술. 어쩌면 발이 푹푹 빠지는 창밖의 포근한 눈이나, 아니면 17년 동안 억눌렀던 슬픔이 정점에 달했는지도. 또는 성숙함 때문인지. 이유가 무엇이든, 또는 어떤 이유들이 얽혀 있든, 나는 있는 그대로 대답하다가 눈물을 쏟기 시작했다.

그러면서 생각했다. '아, 내가 울고 있네.'

그녀에게도 말했다. "이러는 거… 처음이야."

크레스가 내게 기대며 말했다. "무슨 말이야… 처음이라니?"

"장례식 이후로 엄마와 관련해서 우는 건 이번이 처음이라고."

---

* 알프스 지방에서 흔히 보이는 목조 주택.

나는 눈물을 닦으며 크레스에게 감사의 인사를 했다. 내가 벽을 넘어서 눈물을 풀어놓도록 도와준 최초의 사람이었다. 그것은 카타르시스였고, 우리의 유대를 급진전시켰으며, 기존의 관계에서는 보기 드물었던 요소를 하나 더했다. 바로 무한한 감사였다. 그때 나는 크레스에게 큰 빚을 졌다. 카자흐스탄에서 돌아오면서 너무나 비참한 느낌이 든 것도 바로 그 때문이었다. 스키 여행을 하며 몇몇 부분에서 우리가 잘 맞지 않는다는 것을 발견하면서.

나는 당연히 알았다. 그리고 크레스도 잘 알 것이라고 생각했다. 우리에게는 서로를 향한 엄청난 애정과 깊고 오랜 신의가 있었지만… 영원한 사랑은 아니었다. 그녀는 왕족으로서의 스트레스를 감당하고 싶지 않다고 항상 말했었고, 나도 강요하고 싶은 마음은 없었다. 한동안 수면 아래로 잠복해 있던 이 변할 수 없는 사실이 카자흐스탄 슬로프에서 더는 부인할 수 없게 되어버린 것이다.

갑자기 모든 게 분명해졌다. '이렇게는 안 돼.'

'참 희한하네.' 나는 생각했다.

'스키를 타러 갈 때마다… 큰 사건이 터지니.'

카자흐스탄에서 집으로 돌아온 다음 날, 나는 크레스와 가까운 친구에게 전화를 걸었다. 내 감정을 솔직하게 설명하고 그의 조언을 구했다. 친구는 조금의 망설임도 없이, 그런 상황이라면 최대한 빨리 끝내야 한다고 말했다. 나는 곧장 크레스를 만나려고 차에 올랐다.

그녀는 친구와 함께 지내고 있었다. 침실은 일 층에 있었고 창문으로 거리가 내다보였다. 지나가는 자동차와 행인들의 소리가 들리는 가운데, 나는 침대에 조심스레 앉아 내 생각을 설명했다.

크레스는 고개를 끄덕였다. 어느 것에도 그녀는 놀라워하지 않았다. 그녀 역시 이런 염두에 두고 있었다.

"너한테서 참 많은 걸 배웠어, 크레스."

그녀가 다시 고개를 끄덕였다. 바닥을 향해 고개를 떨구었고, 그녀의 두 볼을 타고 눈물이 흘러내렸다.

'제길.' 나는 생각했다.

크레스는 내가 울 수 있게 해준 사람이다. 그리고 이제는 내가 눈물짓는 그녀를 떠나야 했다.

72.

내 친구 가이(Guy)가 결혼식을 앞두고 있었다. 결혼식에 참석하고픈 기분은 아니었지만, 주인공이 가이였다. 다재다능하고 좋은 녀석. 형과 나의 오랜 친구. 난 그가 좋았다. 신세 진 것도 있었고. 나 때문에 불미스러운 일에 연루되어 그의 이름이 언론에 여러 번 오르내렸다.

결혼식이 열리는 곳은 미국의 최남단 지역인 딥 사우스(Deep South)였다. 내가 그곳에 도착하자 온갖 말들이 쏟아졌다.

무엇에 대해서?

라스베이거스.

나는 생각했다. '이렇게 많은 시간이 지났는데도? 정말? 내 벌거벗은 엉덩이가 그렇게 인상적이었나?'

"뭐 어쩌겠어." 혼잣말을 했다. 라스베이거스에 대해 저들이 뭐라고 떠들던 나는 가이의 결혼식에만 집중하겠다고 생각했다.

우리 일행은 가이의 총각 파티로 향하던 길에 잠시 마이애미에 들렀다. 여기서 멋진 식사를 하고 클럽 몇 곳을 찾아다니며 자정이 훨씬 넘도록 춤을 추었다. 그 와중에 가이는 술에 취해 뻗었다. 다음날에는 우리 모두 테네시로 날아갔다. 빡빡한 결혼식 일정에도 우리는 시간을 내어 엘비스 프레슬리의 옛집이 있는 그레이스랜드(Graceland)를 돌아본 기억도 난다. (원래는 어머니를 위해 구입한 집이라고 한다.)

모두들 입을 모아 말했다. "아, 여기가 황제가 살았던 곳이군."

"황제?"

"그래 황제. 엘비스 프레슬리 말이야."

"아하, 황제. 맞네."

사람들은 그 집을 성, 저택, 궁 등 다양한 이름으로 불렀지만, 나는 왠지 오소리 굴이 떠올랐다. 어둡고 숨 막히는 곳. 내가 주변을 돌아보며 말했다. "황제가 여기서 살았다고? 진짜야?"

요란한 가구들과 털 카펫으로 장식된 작은 방에 들어서서 생각했다. '황제의 실내 디자이너가 약에 취했었나 보군.'

신부 측 파티에 참석한 친구들 모두는 엘비스를 기리는 의미에서 파란색 스웨이드 신발을 신었다. 피로연에서도 파란 신발을 신은 젊은 영국 남녀들이 음정이나 박자에 구애받지 않고 술에 취해 신나게 춤추고 노래했다. 시끌벅적하고 우스꽝스러웠지만 가이는 그 어느 때보다 행복해 보였다.

그는 늘 우리의 보조 역할로 등장했지만, 지금만큼은 아니었다. 그와 그의 신부는 이 멋진 쇼의 스타였고 모든 관심을 한몸에 받았으며, 내 오랜 친구도 이 순간을 마음껏 즐기고 있었다. 행복해하는 가이를 보며 나도 행복했다. 하지만 커플들이 둘씩 짝을 짓고 연인들이 구석에 앉아 속삭이거나 비욘세와 아델의 노래에 맞춰 흔들거리는 모습을 보며, 나는 테이블 주변을 어슬렁거리면서 생각했다. '내 차례는 언제쯤일까? 정말로 결혼하고 싶고 가정을 갖고 싶은 사람에게는 그런 일이 절대 일어나지 않을 거야. 참 얄궂은 일이지. 세상은 공평하지 않아.'

73.

그런데 세상이 이제 막 따뜻해지고 있었다. 내가 영국으로 돌아온 지 얼마 지나지 않아, 전화 해킹 스캔들의 우두머리 악당인 리해버 쿡스가 재판에서 무죄 판결을 받았다.

2014년 6월.

증거가 확실하다고 모두가 말했다.

반면에 배심원단은 증거가 불충분하다고 보았다. 배심원들은 리해버 쿡스가 순진한 자신들을 기만하고 있음에도, 그녀가 증인석에서 증언한 말을 곧이곧대로 믿었다. 배심원들을 완전히 속인 것이다. 그녀는 과거에 빨강머리의 십 대 왕족을 다루듯이 배심원들을 다루었다.

그녀의 남편도 마찬가지였다. 경찰이 사무실을 수색하기 불과 몇 시간 전에, 컴퓨터와 USB 플래시 드라이브뿐 아니라 소장 중인 포르노 컬렉션 등 개인 소지품으로 가득한 까만 쓰레기봉투를 차고의 쓰레기통에 던지는 장면이 비디오에 포착되었다. 그런데도 그는 이 모두가 우연의 일치일 뿐이라고 맹세했다. 그리고 사법당국은 여기서 증거 조작은 발견되지 않았다고 밝혔다.

나는 읽은 내용을 믿지 않았을 뿐 아니라 도무지 믿을 수도 없었다. 그 여자를 풀어준다고? 일반 대중의 항의는 없었나? 사람들은 이 문제가 비단 왕실만의 문제가 아니라 개인의 프라이버시와 공공의 안전을 위협할 수 있음을 깨닫지 못했단 말인가? 사실 휴대전화기 해킹 사례가 처음 세상에 널리 알려진 것은 유괴되어 살해당한 가엾은 십 대 소녀 밀리 다울러(Milly Dowler)에 의해서였다. 밀리의 실종 신고 이후에 리해버 쿡스의 하수인들이 그녀의 전화기를 해킹했다. 그리하여 더할 수 없는 고통에 잠긴 부모에게, "밀리의 메시지를 누군가 확인했다는 이유를 내세워 소녀가 살아 있을지도 모른다."는 그릇된 희망을 심어주며 더욱 혼란스럽게 만들었다. 부모는 리해버의 팀이 엿듣고 있다는 사실을 알지 못했다. 만약 이 기자들이 다울러 가족의 가장 어두운 순간까지 쫓아갔다가 정보만 듣고 유유히 빠져나갈 정도의 악당들이었다면, 우리 중 누군들 안전할 수 있을까?

대중은 아무도 신경 쓰지 않았을까?

그랬다. 신경 쓰지 않았다.

그 여자가 무죄로 석방될 때 사법체계 전반에 대한 내 믿음은 심각한 타격을 받았다. 그 믿음을 새로이 설정할 필요가 있었다. 내가 항상 다녔던 오카방고에서 티즈와 마이크와 며칠의 회복 기간을 보냈고, 그것은 도움이 되었다.

그러나 영국으로 돌아와서는 노트 코트에 바리케이드를 쳤다.

74.

외출을 거의 하지 않았다. 이따금 만찬회에 참석하는 정도. 그리고 하우스 파티에 몇 번 정도.

클럽을 들락거릴 때도 있었지만 그만한 가치가 없었다. 집을 나서면 늘 똑같은 광경이었으니까. 여기도 파파라치, 저기도 파파라치, 어디에나 파파라치. 똑같이 반복되는 일상.

밖에서 하룻밤을 보내면서 얻는 어설픈 즐거움은 이만한 수고를 감내할 값어치에 미치지 못했지만, 나는 생각했다.

'밖에 나가지 않고서 어떻게 사람을 만나겠어?'

그래서 다시 한번 도전했다.

그리고 또다시, 똑같이 반복되는 일상.

어느 날 밤, 클럽을 나서는데 모퉁이를 돌아 달려오는 두 남자를 보았다. 두 사람은 나를 향해 곧장 달려왔고, 한 사람은 엉덩이에 손을 대고 있었다.

누군가 소리쳤다. "총이야!"

나는 생각했다. '그래, 모두들, 그동안 고마웠어요.'

돌덩이 빌리가 총을 들고 앞으로 달려나갔다. 두 사람을 향해 방아쇠를 당기기 직전이었다.

그런데 두 사람은 쌍둥이 텀과 더머였다. 총도 없었는데, 손은 왜 엉덩이에 대고 있었는지 이해가 가지 않았다. 빌리는 그를 붙잡아 얼굴에 대고 소리쳤다. "도대체 몇 번이나 말해야 돼? 당신들 때문에 다른 사람이 죽을 수도 있다고."

그래도 둘은 개의치 않았다. 전혀 개의치 않았다.

75.

런던 타워, 형과 케이트와 함께, 2014년 8월.

방문 이유는 설치 미술을 관람하기 위해서였다. 마른 해자를 따라 수십만 송이의 붉고 빛나는 세라믹 양귀비꽃이 펼쳐졌다. 기획 의도는 1차 세계대전에서 전사한 영연방 소속 군인 한 명당 한 송이씩, 총 882,246송이의 양귀비꽃을 설치하는 것이었다. 전쟁 발발 100주년 기념행사가 유럽 전역에서 열리고 있었다.

이 작품은 뛰어난 아름다움 외에도 전쟁에서의 대량 학살을, 사실상 죽음 자체를 색다른 방식으로 시각화했다. 충격적이었다. 그 모든 생명들. 그 모든 가족들.

이번 타워 방문이 어머니의 추모일 사흘 전이라거나, 어머니의 생일이 7월 1일이어서 영국 육군 역사상 가장 치열하고 피비린내 진동하던 솜강 전투(The Battle of Somme)의 시작일과 같다며 늘 혼자 연결하며 생각하던 것도 아무 의미가 없었다.

플랑드르 들판에 양귀비꽃이 붉게 핀다 하여도….

타워 밖에서 누군가 앞으로 나서서 나에게 양귀비꽃을 건네며 제자리에 놓아달라고 말했을 때, 내 가슴과 머리는 온통 이런 생각들로 가득했다. (이 작품을 기획한 예술가들은 모든 양귀비꽃을 살아 있는 사람들이 직접 설치하기를 바랐고, 그래서 지금까지 수천 명의 자원봉사자들이 참여했다.) 형과 케이트에게도 물론 원하는 곳 아무 데나 놓아도 된다는 말과 함께 꽃이 전달되었다.

설치가 끝나고 우리 셋은 뒤로 물러서서 각자의 생각에 잠겼다.

바로 그때였던 것 같다. 타워를 관리하는 경관 같은 사람이 나타나 우리에게 반갑게 인사하더니 양귀비꽃이 어떻게 해서 영국에서 전쟁의 상징이 되었는지 설명해 주었다. 선혈이 낭자한 전쟁터에서 유일하게 피어난 꽃이었다고 말했는데, 자세히 보니 그 경관은 다름 아닌 대넛 장군이었다.

나를 다시 전장으로 돌려보낸 그 장군.

순간, 모든 것이 떠올랐다.

그는 우리에게 타워를 잠시 둘러볼 수 있겠느냐고 물었다.

"당연하죠." 우리가 답했다.

우리는 타워의 가파른 계단을 오르락내리락하며 어두운 구석까지 들여다 보았고, 머잖아 두꺼운 유리로 된 상자 앞에 섰다.

그 안에는 화려한 보석들이 있었다. 왕관과 함께….

세상에! 왕관이라니!

1953년 대관식 때 할머니의 머리에 올려졌던 바로 그 왕관이었다.

한순간, 간간 할머니의 관이 거리를 지날 때 관 위에 있던 그 왕관이 이 왕관과 같은 게 아닐까 하는 생각을 했다. 같은 것처럼 보이지만, 그때 누군가가 몇 가지 중요한 차이점을 설명해 주었다.

아, 그렇지! 이건 할머니의 왕관이고, 할머니만의 것이고, 할머니의 머리에 처음 올려졌을 때 믿기지 않을 정도로 무거웠다고 말씀하시던 할머니의 모습이 지금도 생생히 기억났다.

무척 무거워 보였다. 마법의 왕관 같기도 했다. 뚫어지게 바라볼수록 더 밝아지는 느낌이 드는데, 이게 가능한가? 그 빛은 마치 내부에서 뿜어져 나오는 것 같았다. 보석들도 한몫을 했지만, 왕관은 보석들로 장식된 띠와 황금색 백합 문양, 십자형 아치, 빛나는 십자가 등 각 부분들의 합을 능가하는 무언가 특별한 내면의 에너지원을 갖고 있는 듯했다. 물론 아랫부분의 담비 모피까지 포함해서. 한밤중에 타워 내부에서 유령을 만난다면, 아마 그 유령도 이런 광채를 뿜어내지 않을까 싶다. 나는 아래로부터 위로 천천히 시선을 옮기며 경탄을 금치 못했다. 왕관도 양귀비꽃과 다르지 않게 경이롭고 뛰어나며 과거를 떠올리게 하는 예술작품이었지만, 그 순간 나는 이 왕관이 타워 안에 갇혀 있을 수밖에 없다는 사실이 너무나 비극적으로 느껴졌다.

또 하나의 죄수처럼.

"버려진 느낌이네." 형과 케이트를 보고 말했지만 두 사람은 아무런 말도 없었다. 어쩌면 담비 모피로 된 띠를 바라보며 내가 했던 결혼식 축사를 떠올리고 있는지도.

아니면 말고.

76.

몇 주 후, 일 년여의 대화와 계획과 고민과 우려 끝에 퀸 엘리자베스 올림픽 파크에서 열리는 개막식에 칠천 명의 팬들이 운집했다. 상이군인들의 체육대회, 인빅터스 게임(The Invictus Games)이 탄생한 것이다.

이 명칭은 세계 상이군인 체육대회(IWG)란 용어가 너무 길고 어려운 탓에 탄생했다. 어느 영리한 영국 해병대원이 이보다 효과적인 표현을 창안한 것이다.

그가 이 명칭을 제안하자 우리 모두가 환호했다.

"좋아요! 윌리엄 어니스트 헨리의 시를 따라!"

영국인치고 그 시를 모르는 사람은 없다. 많이 이들이 그 첫 행을 가슴에 담고 있다.

나를 휘감는 어둠 속에서
Out of the night that covers me...

그리고 그 격조 있는 마지막 시구들을 한두 번 이상 접하지 않은 남녀 학생들이 있을까?

나는 내 운명의 주인이요
나는 내 영혼의 선장이니
I am the master of my fate
I am the captain of my soul

개막식 연설을 몇 분 앞두고, 나는 눈에 띄게 떨리는 손에 메모지를 들고 무대 가장자리에 서 있었다. 내 앞에 있는 연단이 마치 교수대처럼 보였다. 내가 메모지를 반복해서 읽으며 생각을 가다듬는 사이에 아홉 대의 레드 애로우(Red Arrows, 영국 공군 특수비행팀)가 빨간색, 흰색, 파란색의 연기를 내뿜으며 분열 비행을 했다, 그 다음에는 영화배우 이드리스 엘바(Idris Elba)가 시 '인빅터스(Invictus)'를 낭송했고, 뒤를 이어 미국 대통령 부인 미셸 오바마가 위성으로 이번 대회의 의미를 감동적으로 소개했다. 이윽고 그녀가 나를 소개했다.

연단까지 무척 멀게 느껴졌다. 레드카펫이 깔린 굽이진 길. 내 뺨도 카펫처럼 붉게 물들어 보였다. 미소는 얼어붙었고, 공격·도피(fight-or-flight) 반응이 최대치로 발동했다. 이러고 있는 나 자신을 조용히 꾸짖었다. 이 대회는 사지를 잃은 자신의 몸을 극한까지 밀어붙인 남성과 여성들에게 경의를 표하기 위해 만들어졌는데, 이 하찮은 연설 때문에 벌벌 떨고 있다니.

그러나 내 잘못이 아니었다. 이 시점에서는 불안이 내 몸과 내 삶을 지배하고 있었다. 그리고 이 연설이 수없이 많은 사람들에게 크나큰 영향을 미칠 것이라는 생각에 내 상태를 더욱 악화시켰다.

또 하나, 프로듀서가 무대로 걸어가는 나를 향해 시간이 촉박하다고 말했다. '아, 좋았어, 관심을 돌릴 게 하나 생겼네. 고마워요.'

내가 사전에 직접 신중하게 배치한 연단에 서는 순간 자책했다. 참가 선수들의 모습이 너무나 완벽하게 보이는 곳에 연단을 배치한 것이다. 나를 향한 믿음과 기대로 가득한 얼굴들. 시선을 돌리고 아무것도 보지 말라고 스스로 다그쳤다. 허둥지둥하며, 시간을 민감하게 의식하며 말을 쏟아냈다.

"일부 참가자들에게는 이 대회가 엘리트 스포츠로 가는 디딤돌이 되어 줄 것입니다. 그러나 다른 사람들에게는 이 대회가 그동안 이어온 재활의 한 장을 끝내고 새로운 장을 시작하는 전환점이 될 것입니다."

아래쪽 앞 열에 있는 내 자리를 찾아가 앉았다. 아버지 옆자리였다. 아버지는 내 어깨에 손을 올리며 말씀했다. "잘했어, 사랑하는 아들." 다정한 음성이었다. 아버지는 내가 연설을 서두른다는 걸 알았다. 이번만큼은 아버지로부터 생생한 진실을 듣지 않아서 다행이라고 생각했다.

수치로만 보면 인빅터스 게임은 대성공이었다. 개막식을 이백만 명이 텔레비전으로 시청했고, 종목별로 수천 명이 경기장을 메웠다. 그중에서도 하이라이트는 영국과 미국의 휠체어 럭비 결승전이었는데, 영국을 응원하는 수천 명의 팬들이 코퍼 박스 아레나(Copper Box)에 운집했다.

그 주에는 내가 가는 곳마다 사람들이 다가와 악수를 청하고 자신들의 이야기를 해주었다. 아이들, 부모들, 조부모들, 모두가 눈물을 머금으며 이 대회 덕분에 영원히 잃어버릴지 몰라 걱정하던 것을 되찾았다고 했다. 그것은 바로 아들과 딸과 형제와 자매와 엄마와 아빠의, 살아 있는 정신이었다. 한 여성은 대회 덕분에 남편의 미소가 되살아났다고 어깨를 토닥이며 말했다.

"아, 그 미소." 그녀가 말했다. "남편이 다친 뒤로는 한 번도 보지 못했어요."

인빅터스 게임이 세상에 무언가 유익한 영향을 끼칠 것이라고 늘 생각은 했지만, 인정과 감사와 기쁨의 물결이 감당하기 어려울 정도로 밀려들 줄은 몰랐다.

이메일도 쇄도했다. 수천 통이, 하나하나 감동적인 사연을 담고서.

"지난 오 년 동안 척추가 부러진 채로 살아왔지만, 이 용감한 남녀 용사들을 보면서 오늘 드디어 소파를 벗어났습니다. 이제 다시 시작할 준비가 되었습니다."

"저는 아프가니스탄에서 돌아온 후로 우울증에 시달렸는데, 인간의 용기와 복원력을 보여준 이 대회 덕분에 저도⋯."

폐막식에서 내가 데이브 그롤(Dave Grohl)과 그의 그룹 푸 파이터스(Foo Fighters)를 소개한 직후에, 한 남성과 여성이 자신들 사이에 어린 딸을 데리고 다가왔다. 핑크빛 후드티와 오렌지색 귀마개를 착용하고 있던 딸이 나를 올려다보며 말했다.

"아빠를⋯ 다시 아빠로 만들어 줘서 고마워요."

아빠는 금메달을 메고 있었다.

그런데 한 가지 문제가 있다고 했다.

"푸 파이터스를 볼 수가 없어요."

"아, 그래? 그럼 안 되지!"

나는 소녀를 번쩍 들어 어깨에 앉혔고, 우리 넷은 함께 보고 춤추고 노래하고 살아 있음에 감사했다.

그날이 내 서른 번째 생일이었다.

77.

대회 직후, 나는 육군을 떠날 것이라고 궁에 알렸다. 엘프와 함께 공식 발표문을 준비했는데, 대중에게 설명하기에 적절한 문구를 찾기가 쉽지 않았다. 아마도 나 자신에게조차 제대로 설명하기 어려웠던 탓이었을 게다. 지금 돌이켜보더라도 설명하기 어려운 결정이었다. 사실 그건 결정이라고 할 수 없었다. 그저 시간이 되었을 뿐이었기에.

하지만 그 시간이, 육군을 떠나는 것 말고 정확히 무엇을 위한 시간을 말하는 것이었을까? 이제부터 나도 지금껏 경험하지 못한 무언가가 되려 했다. 전업 왕족으로서.

어떻게 하면 되는 걸까?

정말로 내가 그걸 바랐을까?

평생을 실존적 위기 속에서 살아온 나에게 진짜 왕족의 삶은 쉽지 않은 일이었다. 항상 그렇게 살아왔고 그렇게 살려고 훈련까지 받아왔는데, 더는 그것이 될 수 없다면, 그럼 내 존재는 무엇이란 말인가?

그러던 어느 날, 그 해답이 언뜻 뇌리를 스쳤다.

상쾌한 화요일, 런던 타워 부근이었다. 길 한복판에 서 있는데 갑자기 그가 나타났다. 길을 따라 허겁지겁 내게 달려온 씩씩한 벤(Ben), 2008년에 아프가니스탄에서 돌아온 후에 만났던 군인이었다. 재활센터에 방문했을 때 그가 새 의족을 하고 벽을 오르던 모습을 보며 내가 응원했던 바로 그 친구였다. 그로부터 6년이 흐른 지금, 벤은 약속대로 마라톤을 하고 있었다. 런던 마라톤은 아니지만, 그것만으로도 자신에게는 기적 같은 일이었다. 벤은 런던 시내의 양귀비꽃 길을 따라 직접 설계한 경로로 자기만의 마라톤을 즐기고 있었다.

벤은 무려 31마일(약 50킬로미터)을 완주하며 기부금을 조성하고 인지도도 쌓았다. 그리고 심박수까지.

"깜짝 놀랐어요." 그곳에서 나를 발견했으니 그럴 법도 했다.

"너만 놀랐겠어?" 내가 답했다. "우리 둘 다 놀랐지."

그곳에서 그를 물끄러미 보고 있으니, 그는 더는 군인이 아니었음에도 여전히 군인이었다. 그 모습에서 나는 오랫동안 고민해 온 수수께끼의 해답을 얻었다.

질문: 늘 군인이었거나 군인이고 싶은 상황에서, 어떻게 군인이기를 그만둘 수 있을까?

해답: 그럴 수 없다.

군인의 길을 그만둔 상황에서도 군인이기를 그만둘 필요는 없다. 절대로.

78.

세인트 폴 대성당에서 열린 아프가니스탄 전쟁 추모 예배에 참석하고, 런던시 공사 주최로 길드홀(Guidlhall)에서 열린 환영회에 참석하고, '영국 상이 군인들의 걸음으로 함께 걷기(Walking With The Wounded's Walk Of Britain)'를 발족하고, 잉글랜드 럭비팀을 방문하고, 프랑스와의 경기에 대비하여 선수들의 훈련 모습을 참관하고, 선수들을 따라 트위크넘으로 이동하여 응원하고, 영국 역사상 가장 뛰어난 올림픽 승마선수 리처드 미드(Richard Meade)를 추모하고, 아버지와 함께 튀르크로 가서 갈리폴리(Gallipoli) 전투 100주년 기념식에 참석해 그 웅장한 전투에 참전했던 용사들의 후손들을 만나고, 다시 런던으로 돌아와 런던 마라톤 선수들에게 메달을 수여하는 일정들이 이어졌다.

이것이 내 2015년의 시작이었다.

하이라이트만 소개하여.

신문에는 윌리 형이 게으르다는 기사들이 넘쳐났고, 형을 '일하기 싫어하는 윌스(Work-shy Wills)'라고 불렀다. 하지만 이건 너무 추잡하고 부당한 표현이었다. 당시 형은 아이를 돌보고 가족을 건사하느라 무척 바빴고—케이트는 두 번째 아이를 임신한 상태였다—형은 자금줄을 쥐고 있는 아버지에게 여전히 신세를 지고 있었다.

형은 아버지가 원하시는 만큼만 일했고 더러는 그 일조차 그리 많지 않았다. 아버지와 카밀라는 형과 케이트가 유명세를 얻는 것을 바라지 않았기 때문이다. 아버지와 카밀라는 자신들이나 자신들의 일에 대한 대중의 관심을 형과 케이트가 앗아가는 것을 싫어했다. 그래서 공개적으로 꾸짖은 것도 여러 번이었다.

극명한 사례를 하나 소개한다. 아버지 사무실의 언론 담당관이 형의 사무팀을 질책한 일이 있었다. 아버지의 약혼식 당일에 케이트가 어느 테니스 클럽을 방문하는 일정이 있었기 때문이다. 방문을 취소하기에는 너무 늦었다는 말을 들은 언론 담당관은 이렇게 경고했다. "어떤 사진에서든 공작부인께서 테니스 라켓을 쥔 모습이 보이지 않게 하세요!"

케이트가 라켓을 거머쥔 매력적인 장면이 아버지와 카밀라를 일면에서 밀어낼 것은 의심의 여지가 없었다. 그리고 그건 용납할 수 없는 일이었다.

윌리 형도 자신과 케이트 모두 언론과 아버지와 카밀라로부터 부당하게 핍박받으며 갇혀 있는 느낌이라고 했다. 그래서 나는 2015년에는 우리 셋 모두를 위해 어떻게든 행동할 필요성을 느꼈다. 그렇지만 이기적이게도, 나 역시 언론의 공격이 달갑지 않았다. 게으른 사람이라고? 넌덜머리가 났다. 내 이름에 그런 수식어가 붙는 걸 용납할 수 없었다. 언론은 평생 나를 향해 멍청이, 사고뭉치, 인종차별주의자 같은 표현을 사용했는데, 거기에도 게으르기까지 하다고? 당장 플리트 스트리트로 달려가 책상에서 끌어내지 않겠다고 보장하지는 못하겠다.

언론이 형을 겨냥한 이유가 더 있다는 것을 알아챈 것은 몇 달이 더 지난 후였다. 무엇보다, 형은 언론이 원하는 대로 해주지 않았고 자기 가족을 향한 자유로운 접근까지 차단함으로써 그들의 심기를 건드렸다. 또 마치 경력 많은 경주마처럼 케이트를 보여달라는 요구도 여러 번 거부함으로써 서로의 관계가 돌아오기 어려운 다리를 건넌 듯이 보였다.

그러다가 별생각 없이 브렉시트 반대 연설을 하는 무모한 행동이 그들을 정말로 성나게 만들었다. 브렉시트는 그들의 생계였다. 그런데 어떻게 형 같은 사람이 감히 그것을 엉터리라고 주장할 수 있단 말인가?

79.

군사 훈련 때문에 호주에 갔다가 형과 케이트가 둘째를 얻었다는 소식을 들었다. 샬럿(Charlotte). 나는 또 한 번 삼촌이 되었고, 그 사실이 너무 행복했다.

하지만 예상대로 그날인가 그다음 날인가 진행된 한 인터뷰에서 기자는 내가 마치 시한부 진단이라도 받은 듯이 질문했다.

"천만에요, 정말 기뻤어요."

"하지만 당신은 승계 서열에서 한 단계 더 내려왔네요."

"형과 케이트에게는 더없이 행복한 일이죠."

그런데도 기자는 계속 압박했다.

"다섯 번째예요. 예비용 중의 예비용도 안 된다고요."

나는 속으로 응수했다. '무엇보다, 화산의 중심에서는 멀리 떨어질수록 좋은 거야. 둘째로, 이 세상에 온 새 생명을 맞이하는 상황에서 어떤 괴물이 승계 서열에서 자기나 자기 위치 따위를 생각하고 있겠어?'

언젠가 어느 궁정 관리가 승계 서열에서 다섯 번째나 여섯 번째라는 것은 비행기가 추락하기 직전이나 다름없다고 말하는 것을 들은 적이 있다. 나는 그런 삶을 상상하고 싶지 않았다.

기자는 계속 추궁했다.

"그 출산으로 인해 당신에게도 무언가 선택의 필요성이 생기지 않았나요?"

"선택이요?"

"이제 정착할 때도 되지 않았나요?"

"글쎄요, 음."

"사람들이 당신을 브리짓 존스와 비교하고 있어요."

나는 생각했다. '정말로, 사람들이? 브리짓 존스, 어?'

기자가 잠시 기다렸다.

"그럴 수도 있겠네요." 그인지 그녀인지 얼굴도 기억나지 않고, 말 같잖은 질문만 잔뜩 늘어놓은 기자에게 맞장구를 쳐주었다.

"그럼, 언제쯤 결혼하실 계획인가요?"

"때가 되면 하겠죠." 결혼하라고 닦달하는 이모를 안심시키듯 말했다.

무덤덤한 표정의 기자는 그저 안타깝다는 듯 나를 바라보았다.

"그렇게 될까요?"

80.

워낙 화려하게 사는 탓에 내가 독신생활에 집착하는 것 아니냐며 억측을 하는 사람들도 있다. 밤이면 이런 생각이 들 때가 많았다. '지금의 내 모습을 보고도 그런 생각이 들까?'

그러다가 속옷을 다시 정리하고 '모니카와 챈들러의 결혼식'을 보았다.

빨래(주로 라디에이터에 널어 말렸다.) 외에도 온갖 허드렛일과 요리, 식료품 쇼핑 등도 혼자서 했다. 궁에서 가까운 곳에 있는 슈퍼마켓을 일주일에 한 번 이상 필요할 때마다 찾아갔다.

물론 슈퍼마켓에 갈 때도 무사 칼라 마을을 순찰하듯 치밀하게 계획을 짰다. 언론을 피해 방문 시간도 무작위로 바꾸었다. 야구 모자를 쓰고 헐렁한 코트를 걸치는 등 변장도 했다. 통로를 따라 재빠르게 이동하며 내가 좋아하는 연어 필레와 선호하는 요구르트 브랜드를 집어 들었다. (매장 구조를 훤히 꿰고 있었다.) 그래니 스미스(Granny Smith) 사과와 바나나도 샀고, 물론 감자칩도 조금 샀다.

그러고는 신속하게 계산대로 이동했다. 아파치에서 '비행 전 점검' 시간을 단축했듯이, 이제 식료품을 구입하는 시간도 십 분 이내로 줄였다. 그런데 하루는 물건을 사러 가서 통로를 이리저리 다니는데 모든 것들의 위치가 달라져 있었다.

곧바로 직원에게 달려가 물었다.

"왜 이런 거죠?"

"무슨 말씀이신지…?"

"전부 다 어딨는 거예요?"

"어디 있다뇨…?"

"물건들 위치를 왜 다 옮겼냐고요?"

"진심으로 물어보시는 거예요?"

"네, 진심으로."

"사람들이 더 오래 머물도록 하기 위해서예요. 그래야 하나라도 더 살 테니까요."

나는 깜짝 놀랐다. "그런 게 가능해요? 법적으로?"

조금 당황한 나는 통로를 오락가락하며 카트에 최대한 효과적으로 물건을 채운 다음 시계를 보다가 계산대로 달려갔다. 이 부분이 늘 까다로웠는데, 계산 시간은 다른 사람들이 얼마나 있느냐에 따라 달라질 뿐 내가 시간을 줄일 수 있는 게 아니었기 때문이다. 게다가 계산대 바로 옆의 뉴스 진열대에는 영국의 모든 타블로이드 신문과 잡지들이 있었는데, 그중 절반의 일면과 잡지 표지에는 우리 가족의 사진이 실려 있었다. 또는 엄마, 또는 나의 사진이.

슈퍼마켓을 찾은 고객들이 나에 대한 기사를 읽고 이러쿵저러쿵 말하는 것을 엿들은 적도 여러 번이다. 2015년에는 내가 결혼할지 말지를 두고 토론하는 장면도 자주 목격했다. 내가 행복한지 아닌지에 대해서도. 내가 동성연애자인지 아닌지에 대해서도. 그럴 때마다 그 사람들의 어깨를 툭툭 치며 "안녕하세요!"라고 말하며 놀래키고 싶었다.

어느 날 밤, 역시 변장한 채로 사람들이 내 삶의 선택에 대해 왈가왈부하는 모습을 지켜보다가, 대기 행렬 맨 앞에서 고성이 오가는 것을 들었다. 노부부가 계산원에게 심한 말을 하고 있었다. 처음에는 기분 나쁜 정도였지만 나중에는 그냥 두고 볼 수가 없었다.

앞으로 걸어가서 얼굴을 보이며 목을 가다듬으며 말했다. "실례합니다. 무슨 일인지는 잘 모르겠지만, 여성분에게 그런 식으로 말씀하시는 건 아닌 것 같네요."

계산원의 눈에서 눈물이 떨어지기 직전이었다. 그녀를 학대하던 부부가 돌아보더니 나를 알아보았다. 하지만 두 사람은 조금도 놀라지 않았다. 자신들의 학대 행위를 지적받은 것에 대해 기분 나빠했을 뿐이었다.

노부부가 떠나고 내가 계산할 차례가 되자 그 계산원은 아보카도를 봉투에 담으며 감사함을 표현하려고 애를 썼다. 나는 그 인사말을 다 듣고 있을 겨를이 없었다. 너무 마음에 담아두지 말라고 전하고는, 내 물건을 집어 들고 그린 호넷처럼 쏜살같이 달렸다.

옷 쇼핑은 조금 덜 복잡했다.

나는 대체로 옷에 별 관심이 없었다. 근본적으로 패션이란 것을 신뢰하지 않았고, 왜 사람들이 그러는지 이해할 수도 없었다. 소셜미디어에서 내 복장이 이상하다거나 신발이 너무 낡았다는 조롱을 듣기도 했다. 글을 쓴 사람들은 내 사진을 게시하며, 내 바지가 왜 이렇게 길고 셔츠는 또 왜 이렇게 구겨졌는지 의아해했다. (라디에이터에서 말렸다는 사실은 꿈에도 생각지 못했을 것이다.)

"전혀 왕자답지 못하게."라고 그들은 말했다.

'당신들이 옳아.' 나도 그렇게 생각했다.

아버지도 노력했다. 매우 고급스러운 검은색 가죽 단화를 주었다. 예술작품이었다. 볼링공만큼이나 무거웠다. 나는 이 신발의 밑창에 구멍이 날 때까지 신었고, 구멍 난 신발을 신는다고 놀림을 받고서야 수선해 신었다.

해마다 아버지로부터 공식적인 의복 수당을 받았는데, 이 돈은 정장에 한정되었다. 정장과 넥타이 같은 예복에만. 평상복은 주로 할인점인 티케이막스(T.K. Maxx)에서 구입했다.

특히 연례세일 행사를 좋아했는데, 이때는 철이 지났거나 약간의 흠이 있는 상품들로 넘쳐났고 특히 갭(Gap)이나 제이크루(J.Crew) 상품이 많았다. 세일 첫날에 시간을 잘 맞추면 다른 사람들이 번화가에서 최고가에 사 입는 것과 동일한 옷을 거머쥘 수도 있었다. 200파운드(한화 약 33만 원) 정도면 패션 전문가(fashion plate)처럼 행세할 수 있었다.

여기서 나만의 시스템도 있었다. 먼저, 폐점 15분 전에 매장에 간다. 빨간 쇼핑바구니를 집고 재빨리 꼭대기 층으로 올라간다. 이 매대에서 저 매대로 체계적으로 훑는다.

마음에 드는 무언가를 발견하면 거울 앞에 서서 가슴이나 다리에 올려본다. 색상이나 스타일 때문에 꾸물거려서는 안 되고 탈의실 근처에는 절대 가지 않는다. 멋지고 편안해 보이면 바로 바구니에 담는다. 무언가 미심쩍으면 돌덩이 빌리에게 물어본다. 그는 밤이슬을 즐기는 나의 스타일리스트였다.

폐점 시간이 되면 우리는 커다란 쇼핑백 두 개를 들고 의기양양하게 달려나간다. 이제 어떤 언론도 나더러 꾀죄죄하다는 말을 하지 못할 것이다. 적어도 한동안은.

그리고 더 좋은 건, 앞으로 6개월은 옷 때문에 고민할 필요가 없으리라는 사실이었다.

81.

2015년에는 이따금 쇼핑하는 것 외에 전혀 밖으로 나가지 않고 외출을 거의 중단했다. 친구들과의 저녁 자리에도, 하우스 파티에도, 클럽에도, 아무 데도 가지 않았다.

매일 저녁 일이 끝나면 바로 집으로 가서 싱크대에서 밥을 대충 먹고, 서류 작업을 하고, 혼자서 조용히 〈프렌즈〉를 시청했다.

아버지의 셰프가 가끔 내 냉장고에 치킨 파이와 코티지 파이를 채워주기도 했다. 그 덕분에 슈퍼마켓에 자주 가서 모험할 필요가 없어서 고마웠다. 이 파이들을 보면 구르카족과 그들이 해준 염소고기 스튜가 떠올랐는데, 아마도 강하지 않은 맛 때문인 것 같았다.

구르카족도 그립고 육군도 그리웠다. 전장도 그리웠다.

저녁을 먹고 마리화나 담배를 한 대 피웠다. 물론 연기가 이웃집 정원으로 넘어가지 않도록 주의했다. 그 이웃은 바로 켄트 공작이었다.

그리고 일찍 잠자리에 들었다.

고독한 삶, 기묘한 삶. 외로웠지만 공황보다는 나았다. 공황을 해결할 건강한 치료법을 몇 가지 찾아내기 시작했지만, 조금 더 확신을 얻고 조금 더 확실한 근거를 검증할 때까지는 이 건전하지 못한 치료법에 의존하고 있었다.

회피.

나는 광장공포증 환자였다.

나의 공적인 역할을 감안하면 있을 수 없는 일이었다.

피할 수도 취소할 수도 없어서 연설을 한번 하고 나면 나는 거의 기절하기 직전까지 갔고, 윌리 형이 무대 뒤에서 다가와 웃으며 말했다.

"해롤드! 네 꼴을 좀 봐! 흠뻑 젖었어."

나는 형의 이런 반응을 도무지 이해할 수 없었다. 다른 사람도 아닌 형이. 내가 처음으로 공황발작을 일으켰을 때 형이 케이트와 함께 바로 곁에 있었다.

글로스터셔에서 열리는 폴로 경기를 보려고 형의 레인지로버를 타고 함께 이동하던 중이었다. 뒷자리에 앉은 나를 형이 룸미러로 힐끗 쳐다보았다. 땀을 흘리고 있는 나를 형도 알아챘다. "너 괜찮아, 해롤드?" 아니, 괜찮지 않았다. 차로 몇 시간이 걸리는 여정이었는데, 나는 몇 마일마다 뛰어내려서 숨을 쉬게 해달라고 형에게 부탁하고 싶었다.

형은 무언가 안 좋은 일이 일어나고 있는 걸 알았다. 그날인지 며칠 후인지 정확하지는 않지만, 형은 나에게 도움이 필요하다고 말했었다. 그런데 지금 이렇게 나를 놀리고 있다니? 어떻게 이렇게 무심할 수 있는지 이해가 되지 않았다.

하지만 내 잘못도 있었다. 무너지고 있는 나의 감성적, 정신적 상태가 무엇 때문인지 우리 둘 다 조금 더 잘 알고 확인해야 했었다. 공교롭게도 그 무렵에 우리 둘은 정신건강을 둘러싼 이해도를 높이기 위한 공공 캠페인을 시작하려고 첫발을 떼던 상황이었다.

82.

설립 150주년을 기념하고 최근의 리모델링 공사의 마무리를 축하하려고 이스트 런던의 마일드메이 선교병원(Mildmay Mission Hospital)을 방문했다. 어머니도 이 병원을 찾아 화제가 된 적이 있었다. 어머니가 HIV 양성인 남성 환자의 손을 잡는 장면은 세상에 큰 반향을 일으켰다. HIV는 나병도 아니요, 저주도 아니라는 것을 어머니가 몸소 입증했다. 질병이 사람들로부터 사랑과 존엄을 박탈할 수 없다는 것을 어머니는 입증했다. 또 존중과 연민은 선물이 아니며, 우리가 서로에게 진 최소한의 빚이라는 것을 전 세계에 상기시켰다.

나는 어머니의 그 유명했던 방문 사례가 수많은 방문 중의 한 번에 지나지 않았다는 사실을 새로 알았다. 병원의 어느 관계자가 나를 따로 부르더니, 어머니는 언제든 병원에 살그머니 들어왔다가 나가곤 했다고 말했다. 환영 행사도 없었고, 사진도 없었다. 그냥 들어와서 몇몇 사람들에게 활력을 불어넣고는 다시 집으로 갔다고 했다.

또 한 여성은, 어머니가 그렇게 수시로 병원을 찾을 때 자신은 환자였다고 했다. HIV 양성으로 태어난 이 여성은 어머니의 무릎에 앉았던 기억이 있다고 했다. 그때 겨우 두 살에 불과했지만 똑똑히 기억한다고 말했다.

"제가 그분을 꼭 안고 있었어요. 왕자님의 엄마를요. 정말 그랬어요."

내 얼굴이 뜨거워졌다. 부러움마저 들었다.

"그랬어요?"

"네, 그랬어요, 정말 그랬어요. 너무 행복했어요. 너무 따뜻하게 저를 꼭 안아주었어요."

"그래요, 저도 기억나요."

사실, 기억나지 않았다.

아무리 기억하려 애를 써도, 거의 기억이 나지 않았다.

83.

보츠와나에 가서 티즈와 마이크와 며칠을 보냈다. 나는 그들을 갈망했다. 마이크와 함께 돌아다니고 싶고, 한 번 더 티즈의 무릎에 머리를 대고 이야기하고 싶고, 대화하고, 편안한 느낌을 받고 싶었다.

집에 온 것처럼….

2015년 말.

나는 불안과 싸우는 나만의 내밀한 이야기를 그들에게 털어놓았다. 우리는 이런 대화를 하기에 최적의 환경인 모닥불 곁에 앉아 있었다. 그래도 꽤 효과가 있는 몇 가지 방법을 최근에 알아냈다고 그들에게 말했다.

따라서… 희망이 있었다.

치료도 그중 하나였다. 윌리 형의 제안에 따라 치료를 받았는데, 썩 마음에 드는 의사를 찾지는 못했지만 몇몇 의사들과 상담하는 것만으로도 가능성이 보이는 듯했다.

한 의사는 내가 외상 후 스트레스 장애를 겪고 있는 게 분명하다고 무심코 얘기했는데, 그 말에 정신이 번쩍 들었다. 그 한마디에 내가 방향을 제대로 잡아 나아가고 있다는 확신이 들었다.

또 하나의 효과적인 방법은 명상이었다. 명상은 나의 불안정한 마음을 가라앉히고 어느 정도의 평안을 가져다주었다. 나는 절실하게 기도하는 부류는 아니었고, 나의 신은 언제나 자연이었다. 하지만 최악의 순간이 찾아왔을 때는 나는 눈을 감고 가만히 있었다. 가끔은 누구에게 그래야 하는지는 모르겠지만, 아무튼 마음속으로 도움을 요청하기도 했다.

그런데 응답이 찾아왔음을 느낀 경우도 여러 번 있었다.

환각제도 나에게는 어느 정도 효과가 있었다. 재미로 여러 해 동안 환각제를 실험했는데, 이제는 치료 목적으로, 의학적으로 사용하기 시작했다. 환각제는 단순히 현실에서 잠시 도피하도록 도와준 게 아니라, 현실을 '새로운 관점에서 바라보도록(redefine)' 해주었다. 이런 물질의 영향 속에서 나는 경직된 선입견에서 벗어나, 너무 촘촘하게 여과된 나의 감각 너머에 있는 또 다른 세상을 볼 수 있게 했다. 그 세상은 똑같이 현실적이고 두 배는 더 아름다운 곳이며, 극도의 분노도 존재하지 않고 그럴 이유도 없는 곳이었다. 그곳에는 오로지 진실만 존재했다.

환각 효과가 사라진 후에도 그 세상에 대한 기억은 남아 있었다. 이 세상이 전부가 아니라는.

위대한 모든 선지자와 철학자들은 우리의 일상이 환상이라고 말한다. 나는 항상 그 말이 진리라고 느꼈다. 하지만 그 사실을 직접 체험하겠다고 버섯을 뜯어 먹거나 아야와스카(ayahuasca)*를 섭취해보면, 이쪽이 얼마나 안심이 되었는지….

그중에서도 가장 효과적이라고 입증된 것은 바로 '일'이었다. 다른 사람

---

* 주로 아마존의 일부 원주민이 사용하는 것으로 알려진 환각 작용이 있는 음료의 일종.

들을 돕고, 세상에 무언가 유익할 일을 하고, 안이 아닌 밖을 바라보는 것. 그것이 길이었다. 아프리카와 인빅터스는 오래도록 나의 가슴과 가장 가까운 대의였다. 그리고 이제는 더 깊이 들어가고 싶었다. 지난 일 년여 동안 헬리콥터 조종사, 수의사, 삼림감시원 등 많은 사람과 대화를 했는데 그들은 하나 같이 전쟁이 벌어지고 있다고, 이 지구를 구하기 위한 전쟁이 벌어지고 있다고 말했다.

"전쟁이라고 했어요?"

"저도 동참할게요."

작은 문제가 하나 있었다. 윌리 형이었다. 아프리카는 자기 소관이라고 늘 말했다. 형은 계승자인 만큼 그렇게 생각하거나 그렇게 말할 권리가 있었다. 내 결정을 거부할 권한 역시 항상 형에게 있었고, 그 거부권을 행사하고 심지어 그 힘을 과시할 마음도 항상 지니고 있었다.

우리는 그 문제로 여러 번 다툰 적이 있다고 티즈와 마이크에게 말했다. 하루는 에밀리와 휴 부부의 아들들이며 우리의 어릴 적 친구들 앞에서 주먹다짐을 할 뻔한 적도 있었다. 그때 둘 중 하나가 물었다.

"아프리카 일을 둘이 같이하면 되잖아?"

그 말에 격분한 형은 감히 그런 제안을 한 아이를 심하게 다그쳤다.

"왜냐하면 코뿔소도 코끼리도 다 내 것이기 때문이야!"

모든 게 분명해졌다. 형은 그곳에서 자기만의 목적이나 열정을 찾기보다는 나와의 오랜 경쟁에서 이기는 것을 더 중요하게 여긴 것이다.

열띤 논쟁을 몇 차례 더 하다 보니, 내가 북극에 갔을 때도 안타깝지만 형이 분노했다는 것을 알게 되었다. 자기를 초대하지 않은 것 때문에 무시당했다고 생각한 것이다. 그런 와중에도 형은 자기가 호탕하게 한발 양보한 덕분에 내가 북극에 갈 수 있었다고 말했고, 실제로 나와 상이군인들 사이의 모든 교류에도 형의 허락이 있었다. "나는 형에게 참전군인들을 양보했는데, 형은 왜 내게 아프리카 코끼리와 코뿔소를 양보하지 않는 거야?"

내가 마침내 나의 길을 찾았는데, 군 복무 이후로 나의 가슴에 남은 구멍을 메울 수 있는 더 지속 가능한 무언가를 찾아냈는데, 형이 나의 길을 가로막고 있다고 나는 티즈와 마이크에게 하소연했고 두 사람도 놀라워했다.

"싸워야 해." 그들이 말했다.

"아프리카에는 두 사람 모두를 위한 공간이 있어. 아프리카는 두 사람 다 필요해."

두 사람의 격려에 힘을 얻은 나는 상아 전쟁(the ivory war)의 진실을 스스로 배우고 사실 확인을 위해 4개월의 대장정에 나섰다.

보츠와나로, 나미비아로, 탄자니아로, 남아프리카 공화국으로.

이윽고 이스라엘 정도 면적의 메마르고 척박한 땅이 광활하게 펼쳐진 크루거 국립공원(Kruger National Park)으로 향했다. 이곳은 밀렵꾼과의 전쟁에서 두말할 나위 없는 최전방이었다. 중국과 베트남 범죄 조직의 지원을 받는 밀렵꾼들 때문에 검은코뿔소와 흰코뿔소 모두 개체 수가 급감했다. 코뿔소 뿔 하나로 엄청난 돈을 벌 수 있었기 때문에, 밀렵꾼 한 명이 체포되면 그 자리를 노리는 다른 다섯 명이 대기하고 있었다.

검은코뿔소는 희귀해서 더 가치가 높았다. 게다가 더 위험했다. 초식동물들처럼 검은코뿔소도 우거진 수풀에서 살기 때문에 그들을 따라 수풀로 들어갔다는 치명적인 결과를 초래할 수 있다. 코뿔소들은 사람들이 자기들을 도우려고 온 것을 모른다. 나도 몇 번 공격받은 적이 있는데 다행히 들이받히지 않고 탈출했다. (유용한 정보 : 여차하면 나뭇가지 위로 올라가야 할 수 있으니 가까운 곳의 늘어진 나뭇가지 위치를 파악해 두어야 한다.)

흰코뿔소는 훨씬 유순하고 개체 수도 많지만, 그 유순함 때문에 도리어 오래 가지 못할 수도 있다. 초식동물이라서 탁 트인 풀밭에서 살아야 하므로 눈에도 잘 띄고 공격에도 취약하다.

나는 밀렵 예방 순찰에도 수없이 참여했다. 크루거에서 며칠을 보낼 때, 우리는 늘 한발 늦었다. 몸에 총알이 박힌 코뿔소 사체를 적어도 마흔 마리는 본 듯하다.

남아프리카 공화국의 다른 지역에서는 항상 총을 사용하지만은 않는다는 것도 알았다. 총알은 비싸고, 총을 쏘면 위치가 발각된다. 그래서 마취제가 든 다트를 쏜 다음 코뿔소가 정신을 잃었을 때 뿔을 베어 도망간다. 얼굴의 일부가 사라진 채로 깨어난 코뿔소는 수풀로 비틀거리며 들어가 결국 죽고 만다.

한번은 희망(Hope)이라는 이름의 코뿔소의 얼굴 수술을 도운 적이 있다. 뿔이 잘린 자리에 난 구멍 안쪽의 노출된 피막을 봉합하는 수술인데 상당히 많은 시간이 걸렸다. 나뿐 아니라 모든 수술팀이 심한 마음의 상처를 받았다. 이 가엾은 동물에게 우리가 올바른 일을 하고 있는 건지 의심도 들었다. 코뿔소는 너무도 고통스러워했다.

하지만 우리는 이 동물을 그냥 떠나보낼 수 없었다.

84.

어느 아침, 명확한 징후를 찾아 헬리콥터를 타고 크루거 상공으로 긴 선회비행을 하던 중이었다. 갑자기 내 눈에 무엇보다 확실한 징후가 포착되었다.

"저기요." 내가 말했다.

"독수리들."

우리는 신속하게 하강했다.

우리가 땅에 착륙하자마자 독수리 떼가 날아올랐다.

모두가 뛰어내렸고, 먼지 사이로 어지러운 발자국들과 햇빛을 받아 번들거리는 탄피를 발견했다. 주변은 온통 피투성이였다. 자국을 따라 수풀로 들어가자 거대한 흰코뿔소가 쓰러져 있는데 뿔이 베어진 자리에 큰 구멍이 나 있었다. 등 전체도 온통 상처투성이였다. 내게 세어 본 상처만 열다섯 군데였다.

옆에는 겨우 6개월 된 새끼 코뿔소가 어미 옆에 누워 있었다. 죽은 채로.

우리는 여러 정황을 조합하여 그날 무슨 일이 있었는지 추정했다. 밀렵꾼들이 어미를 쏘았다. 어미와 새끼는 도망쳤고, 이 지점까지 밀렵꾼들이 쫓아왔다. 어미는 새끼를 보호할 힘이 아직 남아 있었기 때문에 밀렵꾼들은 손도끼로 어미의 척추를 내리쳐 움직이지 못하게 했다. 그렇게 피를 흘리면서도 살아 있는 동안 밀렵꾼들은 뿔을 베었다.

나는 무어라 말을 할 수가 없었다. 뜨겁고 파란 하늘에서 햇살이 쏟아져 내렸다.

내 경호원이 감시원에게 물었다. "어느 게 먼저 죽은 겁니까? 새끼와 어미 중에?"

"단정하기 어려워요."

내가 물었다. "밀렵꾼들이 아직 근처에 있을까요? 찾을 수 있을까요?"

"불가능합니다."

설령 주변에 있다 하더라도… 건초 더미에서 바늘 찾기였다.

85.

사막 코뿔소를 찾아 나미비아의 북부 사막을 횡단하던 중에 사막 사자를 추적하던 상냥한 의사를 만났다. 그 지역에서는 사막 사자들이 농경지를 침범하는 경우가 많아 사람들로부터 심한 박해를 받고 있었다. 그 의사는 사자 몇 마리를 마취하여 건강 상태와 이동 경로 등을 연구했다. 우리가 건넨 전화번호를 받은 그는 무언가 발견하는 대로 연락하겠다고 했다.

그날 밤에는 마른 시냇가에 야영지를 설치했다. 다른 사람들 모두가 텐트나 트럭에 있었지만, 나는 모닥불 옆에 매트를 펴고 얇은 이불로 몸을 감싸고 있었다.

팀원들은 모두 내가 장난을 하는 줄 알았다. "여긴 사자가 많아요, 대장."

나는 괜찮다고 했다. "백만 번도 더 겪은 일이에요."

자정 무렵에 무전기가 울렸다. 그 의사였다. 4킬로미터 떨어진 곳에서 사자 두 마리를 막 마취했다고 했다.

우리는 재빨리 랜드크루저에 뛰어올라 길을 따라 달렸다. 정부에서 우리에게 파견한 나미비아 군인들도 같이 가겠다고 고집을 부렸다. 그 지역의 경찰도 마찬가지였다. 칠흑 같은 어둠 속에서도 우리는 의사를 쉽게 찾아냈다. 그는 두 마리의 거대한 사자 옆에 서 있었다. 두 마리 모두 배를 드러내고, 머리는 커다란 앞발 위에 올린 채로 누워 있었다. 의사가 등불을 들이댔다. 사자의 가슴이 오르락내리락하는 게 보였다. 얕은 숨을 쉬고 있었다.

나는 암컷 옆에 무릎을 꿇고 앉아서 피부를 만져보고 반쯤 감긴 황갈색의 눈도 바라보았다. 설명할 수도 없고, 항변할 수도 없지만… 왠지 내가 아는 사자 같은 느낌이었다.

나미비아 군인 한 명이 나를 스쳐 지나더니 다른 사자 옆에 웅크리고 앉았다. 덩치 큰 수컷이었다. 그 군인은 AK-47 소총을 집어 들더니 동료에게 사진을 찍어달라고 했다. 자기가 사자를 죽인 것처럼.

내가 한마디 하려는데, 돌덩이 빌리가 나를 툭 치더니 그 군인에게 당장 사자에게서 떨어지라고 말했다. 군인은 풀이 죽은 듯 슬그머니 자리를 옮겼다.

의사에게 뭐라고 말을 하려고 고개를 돌렸다. 그때 무언가 번쩍였다. 어디서 온 불빛인지 확인하려고 다시 돌아보았다. 어느 군인의 휴대전화기 카메라 플래시였다. 그런데 어느 순간 주변 남자들이 숨을 죽였다.

그쪽을 돌아보자 암사자가 내 앞에 서 있었다. 부활한 듯이.

암사자는 앞으로 비틀거렸다.

"괜찮아요." 의사가 반복해서 말했다. "괜찮아요."

암사자는 바로 내 발 앞에 다시 쓰러졌다.

"잘 자요, 귀여운 공주님."

좌우를 살펴보았다. 내 가까이에는 아무도 없었다. 군인들은 모두 트럭으로 돌아갔다. AK-47을 든 친구가 창문을 올리고 있었다. 빌리도 반걸음 물러섰다.

의사가 말했다. "아까는 미안했어요."

"별말씀을요."

우리는 야영지로 돌아왔다. 모두가 다시 텐트와 트럭으로 들어갔다. 나만 빼고.

나도 모닥불 옆의 매트로 돌아왔다.

"또 장난쳐요?" 사람들이 말했다. "사자가 나타나면 어쩌려고요? 이곳에 사자가 있다는 증거를 방금 봤잖아요, 대장?"

"그 참… 절 믿어요. 저 암사자는 아무도 해치지 않을 거예요."

어쩌면 저 사자가 우리를 지켜주고 있었는지도 모른다.

86.

2016년 1월, 다시 미국에 갔다. 좋은 친구 둘과 함께.

친구 토마스는 로스앤젤레스에서 사는 여자친구와 사귀고 있어서 우리의 첫 방문지가 그녀의 집이었다. 그녀는 우리를 위해 환영 파티를 열고 다른 친구들도 몇 명 초대했다. 술에 관해서라면 모두가 비슷한 입장이었다. 다시 말해, 짧은 시간에 다량의 음주를 선호하는 친구들이었다.

다만 술의 종류에 관해서는 서로 생각이 달랐다.

나는 전형적인 영국인답게 진토닉을 주문했다.

"이봐요, 그건 아니죠." 미국 친구들이 웃으며 말했다. "지금은 미국에 있으니까, 친구, 진짜 술을 마셔야죠. 테킬라를 마셔봐요."

테킬라는 나도 익숙했다. 하지만 대부분 클럽 테킬라였다. 한밤중의 테킬라. 하지만 지금 나오는 것은 진짜 테킬라, 화려하고 멋진 테킬라였고, 테킬라를 마시는 온갖 방법에 대해 친구들로부터 수업을 들었다. 온갖 방식의 테킬라를 담은 잔들이 나를 향해 물밀듯이 밀려들었다. 산뜻한 맛 테킬라, 얼음에 부은 테킬라, 마가리타, 소다와 라임을 섞은 테킬라.

이 모두를 한 방울도 남김없이 다 마시자 기분이 아주 좋아졌다.

그러면서 생각했다. '이 미국 친구들 마음에 드네. 아주 좋은 친구들이야.'

미국과 가까워지기에 좋은 시절은 아니었다. 세상 대부분이 그랬다. 특히 영국은 더더욱. 많은 영국인들이 미국의 아프가니스탄 전쟁을 혐오스럽게 여겼고, 이 전쟁에 말려드는 것에 분개했다. 일부 반미주의자들의 적개심은 더욱 활활 타올랐다. 어린 시절에 사람들이 나에게 미국인들을 항상 주의해야 한다고 경고하던 기억도 났다. 너무 시끄럽고, 너무 있는 척하고, 너무 행복한 척하는 사람들. 너무 오만하고, 너무 직접적이고, 더러는 너무 솔직한 사람들.

"아냐."

내 생각은 조금 달랐다. 미국인들은 말을 빙빙 돌리지 않으며, 본론을 꺼내기 전에 점잔을 빼거나 목청을 가다듬는 법이 없었다. 그들은 상황에 따라 문제가 될 수 있더라도 생각하는 걸 재채기하듯 그대로 내뱉으며, 나는 이런 말하기 방식이 차라리 그렇지 않은 경우보다 낫다고 생각했다.

느끼는 것을 솔직하게 말하는 사람은 없으니까.

남들이 어떻게 느끼는지 듣고 싶어 하는 사람은 없으니까.

나는 열두 살에 이걸 경험했다. 그리고 서른한 살이 된 지금은 더 자주 경험하고 있다.

그날 나는 테킬라에 취하여 핑크빛 구름 위를 떠다니고 있었다. 아니, 떠다닌다는 말은 틀린 것 같다. 나는 핑크빛 구름 위를 조종하며 다녔고, 착륙—교과서적인 착륙이었다—한 뒤에는 숙취 없이 깨어났다. 기적처럼.

다음날도 그다음 날도, 우리는 몇 가지 이유로 계속 옮겨 다녔다. 토마스의 여자친구 집에서 코트니 콕스(Courteney Cox)의 집으로 갔다. 코트니는 토마스의 여자친구의 친구로서 집에 방이 여러 개였다. 그리고 일 때문에 출장 중이라서 우리가 그녀의 집에서 머물러도 상관없다고 했다.

내게 불만이 있을 리 없었다. 프렌즈의 광팬인 나로서는 극 중 모니카의 집에서 지낸다는 생각은 그야말로 환상적이었다. 게다가 무척 재미있을 것 같았다. 그런데 그때… 코트니가 나타났다. 나는 어리둥절했다. "일이 잘못됐어요?" 솔직히 내가 그런 걸 물어볼 입장은 아니었다. 나는 한술 더 떴다.

"우린 이제 나가야 하는 거예요?"

그녀가 웃으며 말했다. "당연히 아니죠, 해리. 방은 많아요."

"다행이네요." 그렇지만 나는 여전히 혼란스러웠다. 그녀가… 모니카였기 때문에. 게다가 나는 챈들러 같은 남자였고, 용기를 내어 그녀에게 말을 붙여도 될지 망설였다. 다행히 캘리포니아는 나에게 용기를 심어줄 테킬라가 아주 많은 곳이었다.

코트니가 집에 온 지 얼마 안 되어 더 많은 사람을 초대했다. 또 한 번의 파티가 시작된 것이다. 새로 온 사람들 중에 낯익은 얼굴이 있었다.

"영화배우야." 친구가 말했다.

"그래, 영화배우라는 거 나도 알아. 근데 저 사람 이름이 뭐지?"

친구도 기억하지 못했다.

나는 그 배우에게 다가가서 대화를 나누었다. 친근한 모습에 곧바로 마음이 끌렸다. 여전히 얼굴도 이름도 제대로 기억나지 않았지만, 그의 목소리는 훨씬 더 익숙하게 들렸다.

친구에게 귓속말로 물었다. "저 사람을 어디서 봤더라?"

친구가 미소 띤 얼굴로 말했다. "배트맨."

"뭐라고?"

"배트맨."

테킬라를 서너 잔째 들이켜다 보니 이 엄청난 새 정보를 이해하고 처리하는 데에도 꽤 시간이 걸렸다.

"아… 그래! 배트맨 레고 무비." 나는 그 배우를 돌아보며 물었다.

"지트(Zit) 맞죠?"

"뭐가… 맞다고요?"

"당신이 그 사람 맞죠?"

"제가 누구…?"

"배트맨."

그가 웃었다. "네."

어떻게 이런 일이! 내가 애타게 부탁했다.

"한 번만 부탁드려요!"

"뭘요?"

"목소리요."

그가 눈을 감았다. 거절하고 싶었지만, 무례해 보일까 봐 고민하는 듯했다. 아니면 내가 포기하지 않을 걸 눈치챘든지. 그는 맑고 푸른 눈으로 나를 응시하며 목을 가다듬더니 걸걸한 완벽한 배트맨 목소리로 말했다. "안녕, 해리."

환상적이었다. "한 번만 더요."

그가 다시 말했다. 이번엔 더 환상적이었다.

우리 둘 다 폭소했다.

우리를 그만 떼어내려 했던 것인지, 그는 우리를 냉장고로 안내하더니 음료수를 꺼내어 권했다. 열린 냉장고 문 사이로 커다란 블랙 다이아몬드 버섯 모양 초콜릿 상자가 눈에 띄었다.

모두를 위한 초콜릿이라고 우리 뒤에 있던 누군가가 말했다.

"마음껏 드세요, 친구들."

친구와 나는 여러 개를 집어 꿀꺽 삼키고는 테킬라로 씻어 내렸다. 우리는 배트맨도 먹기를 기다렸다. 그런데 그는 먹지 않았다. 별로 내키지 않는 모양이었다.

"저거 좋아하지 않아요?"

우리가 말했다. 하지만 그 사람은 우리가 스스로 꺼져주기를 바랐다.

우리는 밖으로 나가 화덕 옆에 앉아서 기다렸다. 내 기억에는, 잠시 후에 일어나 화장실을 이용하려고 다시 집으로 들어갔던 것 같다.

네모만 현대식 가구와 깨끗한 유리면으로 된 그 집은 한눈에 들어오지 않았다. 게다가 불도 많이 꺼져 있었다. 다행히 너무 늦지 않게 화장실을 찾았다.

'멋진 화장실이네.' 문을 닫으며 생각했다.

주변을 둘러보았다. 예쁜 비누, 깨끗하고 하얀 수건, 노출된 나무 들보, 무드 조명까지. 미국인들다웠다.

변기 옆에는 뚜껑을 여는 풋페달 같은 게 달린 둥근 은색의 휴지통이 있었다. 휴지통을 쳐다보았다. 휴지통도 나를 쳐다보았다.

'뭘 봐?'

그랬더니 그것이 머리로 변했다.

내가 페달을 밟았더니 그 머리는 아가리를 쩍 벌렸다. 거대한 아가리를 벌리고 씩 웃었다. 나도 웃고는 돌아서서 소변을 보았다.

이제는 변기가 머리가 되었다. 변기 안쪽은 크게 벌린 아가리였고, 시트의 이음매는 강렬한 은색의 눈이었다.

"아…." 하고 아가리를 벌리고 있었다.

일을 끝내고, 물을 내리고, 아가리를 닫았다.

은색 휴지통으로 돌아가, 페달을 밟고, 주머니에 있던 빈 담뱃갑을 먹였다.

"아가리 크게 벌려."

"아… 고마워, 친구."

"천만에, 친구."

킬킬거리며 화장실을 나와 곧장 친구에게로 갔다.

"뭐가 그렇게 재밌어?"

나는 당장 화장실에 가서 일생일대의 경험을 해보라고 말했다.

"무슨 경험 말이야?"

"설명하기 어려워. 직접 느껴봐야 해. 배트맨 만난 것 정도는 비교도 안 될걸."

친구는 내가 북극과 남극에 갔을 때 입었던 것과 정확히 똑같은, 모피 칼라가 달린 큰 패딩 점퍼를 입고 있었다. 그는 옷도 벗지 않고 바로 화장실로 걸어갔다.

나는 테킬라를 한 잔 더 하러 갔다.

몇 분 뒤, 친구가 내 옆에 나타났다. 얼굴이 침대 시트처럼 하얗게 질려 있었다.

"무슨 일이야?"

"말하고 싶지 않아."

"말해봐."

"내 패딩 점퍼가… 용으로 변했어."

"용? 화장실에서?"

"그리고 날 잡아먹으려 했어."

"세상에."

"네가 날 용의 소굴로 보냈어."

"이런. 미안해, 친구."

나의 행복했던 여행이 친구에게는 지옥이 되었다.

안타깝고도, 흥미로웠다.

친구를 데리고 천천히 밖으로 나와서 다 괜찮을 거라고 다독였다.

87.

다음날도 우리는 또 다른 하우스 파티에 참석했다. 내륙지방인데도 공기에서는 바다 냄새가 났다.

더 많은 테킬라를 마시고, 더 많은 이름들과 맞닥뜨렸다.

버섯 모양 초콜릿도 더 많이.

우리는 다 같이 제스처 게임 같은 놀이를 했다. 그러다가 누군가 마리화나 담배를 건넸다. 한 대를 피우며 맑은 구름이 깔린 파란 하늘을 바라보았다. 그때 누군가 내 어깨를 툭툭 치더니 크리스티나 아길레라를 만나보라고 말했다.

"아, 안녕하세요? 크리스티나."

그런데 여자가 아니라 남자처럼 보였다. '이런, 내가 잘못 들었구나.' 그 사람은 크리스티나 아길레라가 아니라 그녀의 노래를 공동으로 작사한 남자였다.

"지니 인 어 보틀(Genie in a Bottle)."

내가 알고 있었는지 아니면 그 남자가 말해준 건지 모르겠지만, 가사에 이런 부분이 있었다.

나는 병 속의 지니야
네가 날 제대로 문질러줘야 해
I'm a genie in a bottle
You gotta rub me the right way

그는 이 가사들로 어마어마한 돈을 벌어 화려한 생활을 하고 있다.

"훌륭하네요."

나는 그를 떠나 마당을 가로질러 파티장에서 벗어났고, 그 이후의 기억은 흐릿하다. 그날인가, 다음 날인가, 또 다른 하우스 파티가 있었던 것 같기도 하고….

어쩌다 보니 우리는 다시 모니카의 집으로 돌아갔다. 코트니의 집으로. 밤이었다. 그녀의 집에서 해변으로 이어진 몇 개의 계단을 내려가 바다에 발을 담그고, 넘실거리는 파도가 밀려들었다가 빠졌다가 다시 밀려드는 모습을 꽤 오랫동안 지켜보았다. 물가에서 하늘을 이리저리 쳐다보았다.

그러다가 달에 시선이 멈췄다.

나에게 말을 걸고 있었다. 휴지통과 변기처럼.

무슨 말을 하는 거지?

앞으로는 다 잘 될 거라고….

"어떻게 잘 될 건데?"

"무언가 크게."

"정말?"

"크게."

"늘 고만고만한 게 아니고?"

"아냐, 무언가 특별하게?"

"정말이야? 달 친구?"

"약속해."

"거짓말하면 안 돼?"

어느덧 나도 아버지가 결혼했던 나이와 가까워졌다. 아버지는 늘 대기만 성형의 사람으로 치부되었다. 서른둘이라는 나이에도 배우자를 구할 능력이 없거나 의지가 없다며 비웃음을 사곤 했다.

서른둘의 내 얼굴을 빤히 쳐다보았다.

"무언가 달라져야겠지, 그렇지?"

"그럴 거야."

나는 입을 열었다. 하늘을 향해, 달을 향해,

그리고 미래를 향해.

"아아!"

제3부　　내 영혼의 주인

1.

노트 코트 주변에 앉아 인스타그램을 훑어보고 있었다. 내 피드에서 영상 하나를 보았다. 내 친구 바이올렛(Violet)과 어느 젊은 여성이 등장했다.

두 사람은 사진에 우스꽝스러운 필터를 입히는 새로운 앱으로 장난을 치고 있었다. 강아지 귀와 강아지 코를 하고, 길고 붉은 강아지 혀를 축 늘어뜨리고 있는 모습이 보였다.

강아지 모습으로 덧씌워져 있었지만, 나는 몸을 벌떡 일으켰다.

바이올렛과 함께 있는 이 여자… 맙소사!

영상을 몇 번이나 다시 보고, 겨우 전화기를 내려놓았다.

하지만 잠시 후에 다시 전화기를 들어 영상을 바라보았다.

나는 세계 곳곳을 말 그대로 누비고 다녔다. 다니지 않은 대륙이 없었다. 그동안 수십만 명의 사람들을 만났으며, 이 지구상의 70억 인구 중에서 내가 만난 사람들의 비중도 어마어마하게 클 것이다. 지난 32년 동안 컨베이어벨트처럼 스쳐 지나가는 얼굴들이 수도 없이 많았으며, 그중에서 다시 쳐다본 얼굴은 극소수에 불과했다. 그런데 한 여성이 컨베이어벨트를 멈췄다. 이 여성이 컨베이어벨트를 박살내 버렸다.

이렇게 아름다운 여성은 본 적이 없었다.

아름다운 여성을 보았는데 왜 목을 얻어맞은 듯 얼얼할까? 정리된 것을 바라는 우리 인간 내면의 갈망과도 관련이 있을까? 과학자들이 이런 말을 하지 않던가? 예술가들도? 아름다움은 균형을 이루고 있어서 혼돈으로부터의 구원을 상징한다고?

이 시점까지 나의 삶은 혼돈 그 자체였다. 질서를 향한 갈망, 약간의 아름다움을 향한 갈증, 나는 이를 부인할 수 없다. 그 시기는 내가 아버지와 형과 케이트와 함께 프랑스를 방문하고 돌아온 직후였다. 프랑스에서 우리는 솜강 전투 기념식에 참석하여 영국인 전몰군인들을 추모했고, 나는 늘 내 머릿속에 맴돌던 '전투에 앞서(Before Action)'라는 시도 낭송했다. 이 시는 어느 병사가 전투 중 사망하기 이틀 전에 공개한 것으로, 마지막 시구의 내용은 이랬다.

주님, 제가 죽을 수 있게 도와주세요.
Help me to die, O Lord.

이 구절을 읽던 중에, 갑자기 죽고 싶지 않다는 생각이 들었다. 나는 살고 싶었다. 그 무렵의 나로서는 상당히 놀라운 발견이었다.

하지만 이 여성의 아름다움과 그에 대한 나의 반응은 단순한 균형감 때문은 아니었다. 그녀에게는 활력과 천진한 기쁨과 장난스러움이 있었다. 웃는 방식, 바이올렛과 주고받는 방식, 카메라를 바라보는 방식에 무언가 특별한 게 있었다. 자신 있고, 자유로운. 그녀는 삶이 거대한 하나의 모험이라고 믿었으며, 내 눈에도 그렇게 보였다. 그 여정에 나도 함께할 수 있다면 얼마나 영예로울까 하는 생각이 들었다.

나는 그녀의 얼굴에서 그 모든 걸 파악했다. 환한 천사 같은 얼굴에서. '이 세상에서 우리 두 사람에게 부여된 존재는 오직 한 사람뿐일까?' 이 의미심장한 질문에 나는 확답할 수 없었다. 그러나 그 순간의 나에게는 오직 하나의 얼굴밖에 존재하지 않는 듯한 느낌이었다.

바로 이 얼굴이.

바이올렛에게 메시지를 보냈다. "이… 여자는… 누구야?"

바로 답이 날아왔다.

"와, 이 질문을 한 남자가 여섯 명이 더 있어."

'그거 대단한데.' 하고 생각했다.

"누구야, 바이올렛?"

"여배우야. 슈츠(Suits)라는 TV 드라마에 출연 중이야."

변호사들과 관련된 드라마였고, 그 여성은 젊은 변호사 보조원 역할이었다.

"미국인?"

"그래."

"런던에서 뭐 하고 있어?"

"테니스 치러 왔어."

"랄프 로렌에서는 뭐 하는 거야?"

바이올렛은 랄프 로렌에서 일하고 있었다.

"옷 입어보고 있어. 원하면 나중에 연결해 줄게."

"아, 그래. 부탁해!"

바이올렛은 이 젊은 미국인 여성에게 내 인스타그램 계정을 알려줘도 괜찮은지 물었다.

"당연하지."

그날이 7월 1일 금요일이었다. 다음 날 아침에는 런던을 떠나 키이스 밀스 경의 집으로 갈 예정이었다. 그의 요트를 타고 와이트섬 주변에서 열리는 요트 대회에 참가하기 위해서였다. 마지막 물건 몇 가지를 여행 가방에 주섬주섬 챙겨 넣다가 전화기를 힐끔 쳐다보았다.

인스타그램 메시지가 떴다. 그 미국인 여성으로부터.

"안녕하세요!"

바이올렛에게서 내 얘기를 들었다고 말했다. 내 인스타그램 페이지에 대해 칭찬도 했다. 사진들이 아름답다고.

"고마워요."

대부분 아프리카에서 찍은 사진이었다. 나는 그녀의 인스타그램 페이지를 통해 르완다에서 고릴라들과 시간을 보내는 사진을 보고 그녀 역시 아프리카에 간 적이 있다는 걸 알았다.

　그녀도 아프리카에서 구호 활동에 참여했다고 말했다. 아이들과 함께. 그렇게 우리는 아프리카와 사진과 여행에 대해 많은 생각을 공유했다.

　마침내 우리는 전화번호를 교환하고 밤늦게까지 문자메시지로 대화를 계속했다. 아침이 되어 노트 코트에서 차로 이동할 때에도 멈추지 않고 메시지를 교환했다. 키이스 경의 집을 향한 긴 이동 시간 내내 문자메시지를 주고받았고, 키이스 경과 인사하며 그의 집 응접실을 지나 계단을 올라가 객실에 들어가서는 아예 문을 잠그고 틀어박혀서 메시지를 주고받았다. 키이스 경과 그의 가족과 함께 저녁을 먹을 때까지 십 대처럼 침대에 앉아 메시지에 집중했다. 식사가 끝나고 후식을 먹고 나서는 재빨리 객실로 와서 다시 메시지를 주고받기 시작했다.

　나의 문자 입력 속도는 그리 빠르지 못했다. 엄지에 경련도 일었다. 우리는 서로 다른 세계에서 살았는데도 할 말도 너무 많고 공감하는 것도 너무 많았다.

　그녀는 미국인이고, 나는 영국인이었다. 그녀는 교육을 많이 받았지만, 나는 그렇지 못했다. 그녀는 새처럼 자유로웠지만, 나는 화려한 새장 안에서 살았다. 하지만 그 어떤 차이든 중요하지도, 결격 사유가 되지도 않았다. 오히려 그 차이들이 무언가 유기적이며 활력을 느끼게 했다. 이런 모순된 느낌이랄까….

"안녕, 나 당신을 알아요."

동시에, "나 당신을 알고 싶어요."

"안녕, 난 언제나 당신을 알고 있었어요."

동시에, "난 언제나 당신을 찾고 있었어요."

"안녕, 드디어 당신이 와주었네요."

동시에, "왜 그렇게 오래 걸렸어요?"

키이스 경의 객실은 강어귀를 마주하고 있었다. 메시지를 작성하는 도중에 여러 번 창가로 가서 밖을 내다보았다. 그 광경은 오카방고를 떠올렸다. 그리고 운명과 우연에 대해 생각게 했다. 강과 바다, 대지와 하늘이 맞닿는 곳은 무언가 거대한 것이 다가오고 있다는 막연한 느낌을 불러일으키기에 충분했다.

이 마라톤 대화가 2016년 7월 1일에 시작되었다는 사실에 나는 너무나 신비하고, 초현실적이고, 기이한 느낌마저 들었다.

어머니의 쉰다섯 번째 생일이었기 때문이다.

밤늦게 그녀의 다음 문자메시지를 기다리며, 나는 구글에 이 미국 여성의 이름을 입력했다. 수백 장의 사진이 펼쳐졌다. 하나같이 눈부신 모습들. 그녀도 나에 대해 검색하고 있을지 궁금했다. 그러지 않기를 바라면서.

불을 끄기 전에, 나는 그녀에게 런던에서 얼마나 머물 것인지 물었다. 제길, 곧 떠난다고 했다. 촬영을 재개하기 위해 캐나다로 돌아가야 한다고 했다.

떠나기 전에 그녀를 볼 수 있을지 물었다.

답을 기다리며 전화기만 내려다보았다. 끝없이 이어지는 말줄임표만 바라보면서.

…

이윽고, "물론이죠!"

다행이다. "어디서 볼까요?"

내가 있는 곳을 제안했다.

"당신이 있는 곳이요? 첫 데이트에서? 그건 좀 아닌 것 같아요."

"아뇨, 그런 뜻이 아니에요."

왕족이 된다는 것은 방사능 물질을 둘러쓴다는 의미이며, 내가 커피숍이나 술집에서 만날 수는 없다는 것을 그녀는 알지 못했다. 이 모두를 설명하고 싶지는 않았던 나는 노출의 위험성에 대해 에둘러서 설명하려 했다. 하지만 그리 야무지게 설명하지는 못했다.

그녀가 대안을 제시했다. 딘 스트리트 76번지(76 Dean Street)의 소호 하우스(Soho House). 런던에 올 때마다 그녀의 본부 역할을 하는 곳이었다. 그녀가 조용한 객실의 테이블 하나를 예약했다.

주변에는 아무도 없을 것이다.

테이블은 그녀의 이름으로 예약했을 것이고.

메건 마클(Meghan Markle)로.

2.

꼭두새벽까지 문자메시지를 주고받던 나는 새벽 알람이 울리자 신음 소리를 내며 깨어났다. 키이스 경의 요트에 탑승할 시간이었다. 한편으로는 감사했다. 요트 대회는 내가 휴대전화기를 내려놓을 유일한 길이었다.

그리고 차분히 마음을 가다듬으려면 잠시라도 전화기를 내려놓아야 했다. 나의 속도를 유지하기 위해서.

키이스 경의 요트 이름은 '인빅터스(Invictus)'였다. 대회에 경의를 표하며, 신의 가호가 함께하기를! 그날 승무원은 모두 열한 명으로, 그중에는 실제 대회에서 경쟁한 선두들도 한두 명 있었다. 다섯 시간에 걸친 항해로 우리는 녹초가 되었고 바람도 거세게 불었다. 너무 심한 바람에 상당수의 요트가 중도에 탈락했다.

과거에도 여러 번 요트로 항해에 나선 적이 있었고, 어느 황금 휴가 때 헤너스와 함께 소형 레이저 요트를 타다가 뒤집어지는 바람에 둘이 실컷 웃었던 기억도 났다. 그러나 이번은 달랐다. 금방이라도 폭풍이 몰아칠 것 같은 망망대해를 달리는 건 처음이었다. 파도가 점점 높아졌다. 지금껏 죽음을 두려워한 적이 없었는데, 지금의 나는 이런 생각을 하고 있었다.

'제발 중요한 데이트를 앞두고 물에 빠져 죽지 않게 해주세요!'

그런데 또 다른 공포가 나를 휘감았다. 요트에 화장실이 없다는 두려움이었다. 최대한 오랫동안 담아두는 것 외에 다른 방법이 없었다. 그러다가 넘실거리는 바다를 향해 몸을 돌렸지만… 일을 볼 수는 없었다. 무대 공포증 때문인 것 같았다. 나를 바라보는 모든 승무원의 눈초리 때문에.

결국 내 위치로 돌아와 수줍게 밧줄을 붙들고는 바지에 소변을 보았다.

그러면서 생각했다. "미즈 마클이 지금 내 모습을 본다면…."

내가 탄 요트는 우리 등급에서 우승을 차지했고 전체에서는 두 번째였다. "만세!" 나는 환호하며 키이스 경과 다른 승무원들을 축하했다. 이제 남은 걱정은 물로 뛰어 들어가 바지에 묻은 오줌을 씻어내고 런던으로 돌아가는 것이었다. 곧 시작될 더 큰 대회, 궁극의 대회를 위하여.

3.

교통 상황은 끔찍했다. 일요일 저녁, 교외에서 주말을 보내고 런던으로 몰려드는 사람들의 줄이 끝이 없었다. 게다가 나는 그 시간대에는 악몽과 다름없는 피카딜리 서커스(Piccadilly Circus)*를 통과해야 했다. 병목 현상, 공사, 사고, 정체 등 운전하면서 상상할 수 있는 모든 장애물에 부딪혔다. 경호원들과 나는 도로에 완전히 정지하여 앉은 채로 멍하니 기다리기를 여러 차례 반복했다. 오 분, 십 분…. 힘들어하며, 땀도 흘리며, 움직이지 않는 차들을 향해 속으로 소리쳤다.

'제발! 가자고!'

결국 피할 수 없는 시점에 이르렀다. 문자메시지를 보냈다.

"조금 늦어지고 있어요, 미안해요."

그녀는 이미 도착해 있었다.

나는 사과했다. "차가 너무 많이 밀려요."

답장이 왔다. "괜찮아요."

나는 속으로 생각했다. '그냥 가버릴지도 몰라.'

---

* 여섯 개 거리가 교차하는 지점에 있는 런던의 원형 광장.

그리고 경호원들에게 말했다. "가버릴 것 같아요."

식당을 향해 한걸음 움직이면 다시 메시지를 보냈다. "움직이는데, 너무 느려요."

"그냥 차에서 내리면 안 돼요?"

뭐라고 설명해야 했을까? 아니, 설명할 수 없었다. 내가 런던 거리를 뛰어다닐 수는 없었다. 그건 낙타가 거리를 활보하는 것과 다를 바 없었다. 그렇게 사람들의 시선을 끌면 보안은 악몽이 될 것이고, 당연하게도 언론의 눈독이야 말할 것도 없다. 즐거움을 찾아 소호 하우스를 향해 달려가는 모습이 발견되는 순간, 잠시나마 누리던 사생활도 끝장날 것이다.

게다가 내 옆에는 세 명의 경호원이 있었다. 그들에게 느닷없이 같이 뛰자고 부탁할 수는 없었다.

그러나 문자메시지로는 이 모든 내용을 전달할 수 없었다. 그래서 그냥… 답을 하지 않았다. 그 때문에 분명히 기분이 상했을 것이다.

마침내 도착했다. 볼이 빨개지고, 숨을 헐떡이고, 땀을 흘리며, 삼십 분 늦게 레스토랑의 그 조용한 방으로 달려가 그녀를 찾았다.

그녀는 낮은 커피 테이블 앞에 놓인 낮은 벨벳 소파의 작은 공간에 앉아 있다가 나를 올려다보고 미소를 지었다.

나는 사과부터 했다. 온갖 이유를 들이대며. 이 여자와의 약속에 늦는 사람이 과연 얼마나 될까?

소파에 앉으며 한 번 더 사과했다.

그녀는 괜찮다고 말했다.

그녀는 맥주를 마시고 있었는데 아마도 IPA(India pale ale) 종류인 것 같았다. 나는 페로니(Peroni)를 주문했다. 사실 나는 맥주가 내키지 않았지만 그 자리에서는 그게 나을 듯했다.

잠시 침묵. 시원하게 한 잔 들이켰다.

그녀는 검정 스웨터에 청바지, 힐을 착용하고 있었다. 옷에 대해 잘 모르는 나였지만 그 모습이 상당히 멋져 보였다. 그뿐 아니라, 그녀라면 모든 걸 멋지게 보이도록 만들 수 있다는 것도 알았다. 야영 텐트까지도. 그 자리에서 내가 발견한 가장 큰 특징은 인터넷과 실제 사이의 괴리였다. 패션 화보나 텔레비전 화면에서 본 그녀의 사진들은 모두가 매혹적이고 화려했는데, 여기 있는 그녀의 육체에서는 어떠한 화려함이나 가식도 느껴지지 않았고… 훨씬 더 아름다웠다. 심장이 멎을 정도로 아름다웠다. 나의 순환계와 신경계에서 무슨 일이 벌어지고 있는지 이해하려고 애쓰고, 이 모든 정보를 처리해 보려 노력했지만, 결국 나의 뇌는 더 이상의 데이터를 감당하지 못했다. 대화, 농담, 영국식 정통 영어, 이 모두가 무용지물이었다.

괴리를 메운 쪽은 그녀였다. 그녀는 런던에 대해 이야기했다. 늘 이곳에 있었다고 했다. 몇 주 동안이나 소호 하우스에 짐을 내버려 두어도 아무런 문제 없이 짐을 보관해 주었다고, 그곳 사람들은 마치 가족 같았다고 했다.

나는 생각했다. '늘 런던에 있었다고요? 어떻게 한 번도 못 봤을까요?' 런던에 구백만 명이 산다는 사실이나 내가 집을 거의 떠나지 않는다는 점을 감안하더라도, 그녀가 여기에 있었다면 내가 몰랐을 리 없다고 생각했다. 어떻게든 알았어야 했다!

"여기는 무슨 일로 그렇게 자주 오세요?"

"친구들이 있고, 일도 있어요."

"아? 일 때문에?"

그녀는 배우가 자신을 세상에 알린 주된 직업이라고 했지만, 그 외에도 여러 가지 이력이 있었다. 라이프스타일 작가, 여행 작가, 기업 대변인, 사업가, 사회운동가, 모델 등. 세계 곳곳을 다니며 여러 나라에서 거주했고, 아르헨티나 주재 미국 대사관에서 일하기도 했다. 그녀의 이력은 한마디로 어지러울 정도였다.

그녀는 모두가 계획의 일환이라고 말했다.

"계획이요?"

"사람들을 돕고, 무언가 좋은 일을 하고, 자유롭기 위해서죠."

웨이트리스가 다시 나타났다. 우리에게 자기 이름을 소개했다. 미샤 (Mischa). 동유럽 억양에 수줍은 미소, 곳곳에 보이는 문신까지. 그게 다 무언지 물었더니, 미샤는 더없이 상냥하게 설명해 주었다. 그녀의 완충 역할 덕분에 우리는 잠시 여유를 갖고 숨을 돌렸다. 미샤도 이 역할을 인지하고 기꺼이 받아들인 듯했다. 그 점이 참 고마웠다.

미샤가 떠나면서 우리의 대화가 본격적으로 시작되었다. 처음의 어색함은 어느새 사라지고 문자메시지를 주고받을 때의 훈훈함이 다시 느껴졌다. 우리 둘 다 첫 데이트에서는 늘 할 말이 없어 어색해하던 사람들이었는데, 지금의 우리 둘은 할 말이 너무 많을 뿐 아니라 해야 할 말을 다 쏟아내기에는 시간이 넉넉지 않다는 점에서 특별한 전율을 느꼈다.

그러나 시간이… 우리에게 주어진 시간이 다 되었다. 그녀가 짐을 챙겼다.

"미안해요, 가봐야 해요."

"가요? 이렇게 빨리?"

"저녁 계획이 있어요."

내가 늦지 않았더라면 조금 더 여유가 있었을 텐데. 나는 자책하며 자리에서 일어났다.

짧은 이별의 포옹.

내가 계산하겠다고 말했더니, 그녀가 그럼 바이올렛에게 고마움을 전할 꽃다발의 비용을 자신이 내겠다고 했다.

"작약이에요." 그녀가 말했다.

나는 미소를 지어 보였다. "그래요, 안녕."

"안녕."

휙… 하고 그녀는 사라졌다.

그녀에 비하면, 신데렐라는 아주 긴 작별의 여왕이었다.

4.

그러고 나서 친구와 약속을 잡았다. 전화를 걸어서 지금 가는 중이라고 말하고, 반 시간 정도 뒤에 킹스 로드에 있는 그의 집으로 달려 들어갔다.

그가 내 얼굴을 보더니 물었다. "무슨 일이야?"

나는 말하고 싶지 않았다. 계속 속으로 다짐했다.

'말하면 안 돼. 말하면 안 돼. 말하면 안 돼.'

결국 말했다.

그날 있었던 데이트 상황 전부를 설명하고는 애원하듯 말했다.

"야, 나 이제 어떡해야 하지?"

테킬라가 나왔고, 마리화나도 나왔다. 우리는 마시고, 피우고, 보았다… 〈인사이드 아웃(Inside Out)〉.

감정을 다룬 애니메이션 영화. 완벽했다. 나는 완전히 뒤집어진 상태였다.

그러다가 평화롭게 둔감해졌다. "역시 좋은 녀석이야."

그때 전화기가 울렸다.

"이런, 젠장." 전화기를 친구에게 보여주었다. "그 여자야."

"누구?"

"그 여자."

그냥 전화가 아니었다. 영상통화였다.

"안녕?"

"안녕."

"뭐 하고 있었어요?"

"어, 친구랑 있어요."

"뒤에 있는 그건 뭐예요?"

"어… 그…."

"만화 보고 있어요?"

"아니, 그러니까, 그런 비슷한 거요. 그… 인사이드 아웃?"

나는 조용한 구석으로 자리를 옮겼다. 그녀는 호텔에 도착해서 세수를 했다. "세상에, 당신 주근깨가 너무 사랑스러워요."

그녀가 순간 멈칫했다. 그리고는 사진을 찍을 때마다 이 주근깨들을 보정한다고 말했다.

"말도 안 돼요. 너무 예쁜데."

그녀는 도망쳐서 미안하다고 했다. 그리고 혹시라도 나를 만나 자신이 즐겁지 않았으리라고 생각지는 말라고 나에게 당부했다.

언제 다시 볼 수 있겠냐고 내가 물었다. "화요일?"

"화요일에 떠나요."

"아, 그럼 내일?"

잠시 침묵.

"좋아요."

7월 4일.

우리는 또 한 번의 데이트 약속을 잡았다. 다시 소호 하우스에서.

5.

윔블던 경기장에 간 그녀는 친구인 세레나 윌리엄스의 관중석에서 하루 종일 세레나를 응원했다. 마지막 세트가 끝나고 호텔로 돌아가면서 나에게 문자메시지를 보냈고, 옷을 갈아입으면서도 보냈고, 소호 하우스로 달려오면서도 보냈다.

이번에는 내가 먼저 가서 기다리고 있었다. 그런 나 자신을 자랑스러워하며 미소를 띤 채로.

하얀 핀스트라이프 무늬가 들어간 파란색의 예쁜 여름 원피스를 입은 그녀가 걸어 들어왔다. 환하게 빛이 났다.

내가 일어나며 말했다. "선물이 있어요."

핑크색 상자를 내밀었다.

그녀가 상자를 들고는 흔들었다. "이거 뭐예요?"

"아니, 아니, 흔들지 말아요!" 그 소리에 둘 다 웃음을 터트렸다.

그녀가 상자를 열었다. 컵케이크. 정확히 말하면, 빨간색과 흰색과 파란색의 컵케이크였다. 독립기념일을 기념하는 의미에서. 영국인들이 독립기념일을 바라보는 시각은 미국인들과 많이 다르다고 말하면서도, 아무튼 좋다고 했다.

그녀는 선물이 멋지다고 했다.

첫 데이트에서의 그 웨이트리스가 등장했다. 미샤. 두 번째 데이트에서 우리를 다시 보게 되어 진심으로 기뻐하는 듯이 보였다. 미샤는 우리에게 일어나는 일들을 알고 있었고, 자신이 목격자라는 것도 알았으며, 우리의 개인적 신화의 일부로서 영원히 남을 것이었다. 그녀는 우리에게 술 한 잔씩을 건네고 나가서는 한참 동안 돌아오지 않았다.

그 사이에 우리는 키스에 한창 열중하고 있었다.

이때가 처음은 아니었지만.

메건은 내 셔츠 깃을 잡고 자기 쪽으로 끌어당겨서는 바짝 붙었다. 그때 미샤를 본 메건이 즉시 나를 풀어주었고, 모두가 멋쩍게 웃었다.

"실례했습니다."

"괜찮아요. 한 잔 더요?"

다시 대화가 흐르고, 딱딱거리는 소리가 나고, 먹지 않은 버거 조각이 오락가락했다. 서곡, 전주곡, 북소리, 제1장의 위압적인 느낌에 이어, 결말의 기운마저도 느낄 수 있었다. 내 인생의 한 단계—전반전?—가 서서히 저물고 있었다.

밤이 끝자락을 향하고 있을 무렵, 우리는 아주 솔직한 대화를 나누었다. 달리 선택의 여지가 없어 보였다.

메건은 손으로 내 볼을 어루만지며 말했다.

"우린 이제 어디로 가는 거지?"

"잘해 나가야지."

"그건 무슨 말이야? 나는 캐나다에서 사는데. 내일 돌아간다고!"

"다시 만날 거야. 아주 오랜만에. 올여름에."

"내 여름 계획은 이미 세웠어."

"나도 그래."

그래도 여름 전부를 통틀어 우리가 함께할 시간이 조금은 있을 거라고 생각했다.

메건은 머리를 가로저었다. 그녀는 《먹고 기도하고 사랑하기(Eat Pray Love)》를 실천하려고 계획하고 있었다.

"지금 뭘 먹겠다고?"

"그 책 말이야."

"아, 미안. 난 책을 별로 안 좋아해."

무언가 위축되는 느낌이었다. 메건은 나와 정반대였다. 그녀는 책을 읽고, 교양이 있었다.

"그런 건 중요치 않아." 그녀가 웃으며 말했다.

요점은 메건이 세 명의 여자친구들과 스페인에 가고, 그다음에는 두 명의 여자친구와 이탈리아에 가고, 그다음엔 또….

그녀가 일정을 다시 살펴보았다. 나도 내 일정을 다시 보았다.

그러더니 눈을 동그랗게 뜨며 웃었다.

"뭐야? 말해봐."

"작은 창이 하나 보이긴 하는데."

메건의 설명에 따르면, 동료 출연자 한 명이 자신에게 '먹고, 기도하고, 사랑하기'에 여름을 몽땅 쏟아붓지는 말라고 조언했다고 했다. 그러면서 일주일 정도는 마법의 순간을 위해 비워두라고 했다. 그래서 메건은 모든 제의를 거절한 채 일주일을 비웠고, 심지어 프랑스 남부의 라벤더 들판을 가로지르는 꿈같은 자전거 여행도 거절했다고 말했다.

나도 일정을 살펴보고 말했다. "나도 일주일 정도 비네."

"그게 같은 주라면?"

"그렇다면?"

"가능해?"

"그러면 얼마나 좋을까?"

놀랍게도 같은 주였다.

나는 보츠와나에서 지내면 어떻겠냐고 제의했다. 보츠와나의 멋진 모습을 구구절절 설명하면서. 인류의 발상지이고, 세상에서 사람이 가장 적은 나라 중 하나이고, 국토의 40퍼센트가 자연 그대로인 진정한 에덴의 동산이고…. 거기에다, 세상에서 코끼리가 가장 많은 나라.

무엇보다 그곳은 나 자신을 발견한 곳이고, 항상 나 자신을 새롭게 발견하는 곳이고, 마법과도 가장 가깝다고 느끼던 곳이었다. 메건이 마법에 관심이 있다면 나와 함께 가서 나와 함께 경험하면 되리라고 생각했다. 어디에나 있으며, 어딘지도 모르는 곳, 수많은 별이 내려다보는 야영지에서.

그녀가 물끄러미 나를 바라보았다.

"물론 무모하다는 거 나도 알아. 사실 이 모든 게 정말 무모한 거지."

6.

같이 비행기를 타고 갈 수는 없었다. 일단 나는 먼저 아프리카로 가 있을 예정이었다. 말라위에서 동물보호단체 아프리칸 파크(African Parks)와 함께 환경보호 활동에 참여할 일정이 잡혀 있었다.

그리고 또 다른 이유가 있었지만 메건에게 말하지는 않았다. 우리가 함께 있는 모습이 노출되어 언론이 우리를 찾아다니는 위험을 무릅쓰고 싶지 않았기 때문이다. 아직은 아니었다.

그래서 메건은 '먹고 기도하고 사랑하기' 일정을 마치고 런던에서 요하네스버그로 날아간 다음, 내가 그녀를 돌봐달라고 부탁한 티즈를 만나려고 다시 마운으로 향했다. (내가 직접 맞이하고 싶었지만, 노출 없이는 불가능한 일이었다.)

세 시간에 이르는 요하네스버거에서의 경유 시간을 포함하여 비행 후 다시 차를 타고 집까지 고속으로 달려야 하는 등 총 열한 시간의 대장정을 마친 메건으로서는 투정을 부릴 법도 했지만, 그녀는 그러지 않았다. 초롱초롱한 눈망울에 적극적인 태도로 무엇이든 감당할 준비가 되어 있었다.

외모도… 완벽했다. 컷오프 청반바지에 인기 있는 하이킹 부츠, 그녀의 인스타그램에 본 적이 있는 구김 있는 파나마 모자까지.

나는 티즈와 마이크의 집으로 들어가면서 랩에 싸인 치킨샐러드 샌드위치를 메건에게 건넸다.

"배고플 거 같아서."

문득 이 보잘것없는 샐러드 말고도 꽃이나 선물을 준비했으면 더 좋았겠다는 생각이 들었다. 포옹하면서 조금 어색했는데, 그건 샌드위치 때문이 아니라 어쩔 수 없는 긴장감 탓이었다. 처음 몇 번의 데이트 이후로 수없이 많은 대화와 영상통화를 했지만, 이번 포옹은 완전히 새롭고 색다른 느낌이었다. 조금 생소한 느낌도.

우리는 같은 생각을 했다.

'다른 대륙에 가서도… 우리의 감정이 여전할까?'

비행은 어땠는지 내가 물었다. 메건은 보츠와나 항공 승무원들을 언급하며 웃었다. 슈츠의 광팬이라면서 사진을 요청했다고 했다.

"와우!" 나는 맞장구를 치면서도 속으로는 걱정했다. '어휴, 승무원 중 한 명이라도 그 사진을 게시했다가는 다 들통나겠군.'

우리는 마이크가 운전하는 3열 트럭에 타고 출발했고 경호원들이 뒤를 따랐다. 태양을 향해 곧바로 달렸다. 한 시간 동안 아스팔트 도로를 달리고 나니 앞으로 네 시간을 더 달려야 하는 비포장도로가 나타났다. 시간이 조금이라도 빨리 흐르기를 바라는 마음에서 내가 메건에게 꽃과 식물, 새 이름을 하나하나 알려주었다.

"저건 자고새야. 저건 코뿔새라고 해. 라이언 킹의 자주(Zazu)를 닮았어. 저건 분홍가슴파랑새인데, 지금 짝짓기를 하는 것 같아."

꽤 많은 시간이 흐르고, 나는 그녀의 손을 잡았다.

그리고, 길이 조금 더 평탄해지자 나는 키스를 시도했다.

우리 둘 다 기억하는 그대로.

오십 미터 뒤에 있던 경호원들은 못 본 척했다.

수풀이 더 깊어지고 오카방고에 가까워지면서 동물군이 변하기 시작했다.

"저기! 저기 봐!"

"오, 세상에. 저거⋯ 기린이야!"

"저기도, 봐!"

혹멧돼지 가족이었다.

번식 중인 코끼리 무리도 보았다. 아빠들과 엄마들, 새끼들까지.

"안녕, 얘들아." 방화 도로를 따라 걷기 시작했는데 새들이 미친 듯이 푸드덕거리는 바람에 등골이 오싹해졌다.

"사자가 주변에 있다는 말이야."

"말도 안 돼." 그녀가 말했다.

무언가 나를 뒤돌아보게 했다. 아니나 다를까, 꼬리 하나가 흔들거렸다. 나는 마이크에게 멈추라고 소리쳤다. 그는 브레이크를 밟고 트럭을 후진으로 돌렸다. 그러자, 바로 거기에 거대한 녀석이 떡하니 서 있었다. 아빠 사자였다. 그리고 거기에, 네 마리의 새끼들이 그늘진 수풀 아래에 널브러져 있었다. 엄마 사자들과 함께.

우리는 잠시 경탄하며 바라보다가 다시 운행을 시작했다.

해가 떨어지기 직전에, 티즈와 마이크가 만들어 둔 소규모 위성 야영지에 도착했다. 나는 커다란 소시지 나무 옆에 있던 벨 텐트(bell tent)로 우리 가방을 모두 옮겼다. 야영지는 넓은 숲의 가장자리에 있었고, 완만한 경사면을 따라 강이 내려다보였으며, 그 너머에는 생명으로 가득한 범람원이 있었다.

메건—지금부터 멕(Meg)이라 부른다—은 많이 놀란 것 같았다. 너무도 선명한 색깔. 깨끗하고 신선한 공기. 그녀도 여행을 많이 다녔지만 이런 장면을 본 적은 없었다. 이곳은 세상이 만들어지기 이전의 세상이었다.

멕이 작은 여행 가방을 열었다. 무언가를 가져가야 했다. 거울과 헤어드라이어, 화장품 세트, 푹신한 이불, 여남은 켤레의 신발 등이 아닐까 생각했다. 하지만 그건, 부끄럽게도 나의 편견이었다. 미국의 여배우는 디바(diva)와 같은 존재라고 생각했다. 여행 가방 속에는 놀랍게도, 그리고 기쁘게도 거의 다 생필품뿐이었다. 반바지, 찢어진 청바지, 간식. 그리고 요가 매트.

캔버스 의자에 앉은 채로 해가 지고 달이 떠오르는 광경을 지켜보았다. 사바나 칵테일도 홀짝거렸다. 위스키에 강물 한 잔을 섞은 칵테일. 티즈는 멕에게 와인 한 잔을 건네며, 플라스틱 물병의 끝을 잘라내고 술잔으로 만드는 방법도 보여주었다. 그렇게 우리는 이야기를 나누며 참 많이 웃었고다. 그러다가 티즈와 마이크가 우리를 위해 정성스러운 저녁을 준비했다.

우리는 모닥불 주위에 둘러앉아 하늘의 별을 바라보며 음식을 먹었다. 잠자리에 들 시간이 되었을 때는 내가 어둠을 헤치고 멕을 텐트로 안내했다.

"플래시는 어딨어?" 멕이 물었다.

"횃불 말이야?"

둘 다 웃음을 터트렸다.

텐트는 너무 작은 데다 무척 불편했다. 그녀가 글램핑을 꿈꾸고 왔다면 이제 그 환상에서 깨어날 시간이었다. 우리는 텐트 안에서 등을 마주 대고, 그 순간을 느끼고 또 많은 생각을 했다.

우리에게는 각자의 침낭이 있었다. 여러 가지를 고려하고 티즈와도 많은 상담 끝에 내린 결론이었다. 경솔한 모습을 보이고 싶지도 않았다.

우리는 함께 침낭을 밀어내고 어깨를 맞대고 누웠다. 그리고 텐트 천장을 응시하며 서로 귀 기울이며 대화하고, 나일론 너머로 어른거리는 달그림자를 바라보았다.

그때, 무언가 우적거리는 소리가 들렸다.

멕이 벌떡 일어났다. "무슨 소리야?"

"코끼리야." 내가 말했다.

내가 생각하기에는 한 마리였다. 바로 바깥에서, 우리 주변의 관목에서 평화롭게 식사를 하고 있었다.

"우리를 해치지 않아."

"해치지 않는다고?"

조금 뒤, 으르릉거리는 큰 소리에 텐트가 흔들렸다.

사자들이었다.

"우리 괜찮은 거야?"

"그래, 걱정 안 해도 돼."

그녀는 내 가슴에 얼굴을 대로 누웠다.

"날 믿어." 내가 말했다. "내가 안전하게 지켜줄게."

7.

나는 동이 트기 직전에 일어나 조용히 텐트를 열고 살그머니 빠져나왔다. 보츠와나의 고요한 아침. 아프리카 난쟁이 원앙 무리가 강 위를 날고, 영양들이 물가에서 아침의 갈증을 해결하는 모습을 바라보았다.

새들의 노래도 놀라웠다.

해가 떠오르자 나는 오늘 하루를 주심에 감사하며 주 야영지로 가서 토스트 한 조각을 먹었다. 돌아와 보니 멕이 강변에 요가 매트를 놓고 스트레칭을 하고 있었다. 전사(warrior) 자세, 다운독(downward dog) 자세, 차일드(child's) 자세.

요가가 끝났을 때 내가 큰소리로 알렸다.

"아침 식사가 준비되었습니다~!"

우리는 아카시아 아래서 식사를 했고, 멕은 들뜬 표정으로 오늘의 계획을 물었다.

"놀랄 일들이 많아."

아침 드라이브가 시작되었다. 우리는 마이크의 낡고 문이 없는 트럭에 올라타고 수풀 속으로 달렸다. 두 볼에 햇빛이 쏟아지고, 바람에 머리카락을 흩날리며, 개울을 건너고 언덕을 넘어, 짙은 초원에서 사자들을 몰아냈다.

"어젯밤에 그렇게 시끄럽게 떠들어줘서 고마워, 얘들아!"

나무 꼭대기의 풀을 뜯고 있는 기린 대가족을 만났는데, 속눈썹이 꼭 갈퀴를 닮았다. 기린들도 고개를 끄덕여 아침 인사를 했다.

하지만 모두가 그렇게 친절하지는 않았다. 거대한 물웅덩이 옆을 배회하고 있는데 바로 앞에서 먼지구름이 일었다. 심술궂은 멧돼지 한 마리가 우리 앞에 떡하니 서 있었다. 우리가 꼼짝 않고 자리를 지키니 멧돼지도 살금살금 물러났다. 하마들도 심기가 불편하다는 듯 코를 벌름거렸다. 우리는 손을 흔들고 물러나서 다시 트럭에 올랐다.

암사자 두 마리에게서 버팔로 사체를 도둑질하려는 들개 무리에게 훼방을 놓았는데, 뜻대로 되지 않았다. 그래서 그냥 내버려 두고 떠났다.

황금빛 초원이 바람에 일렁였다. "지금은 건기야." 내가 멕에게 설명했다. 따뜻하고 깨끗한 공기 덕분에 숨 쉬는 것마저 즐거웠다. 소풍 도시락을 꺼내 사바나 사이다 몇 잔을 곁들여 식사를 했다. 그리고 강어귀로 가서 악어와의 거리를 유지하며 수영을 했다.

"깊은 곳으로 들어가면 안 돼."

이 물은 전부 파피루스로 여과해서 세상에서 가장 깨끗하고 순수하다고 그녀에게 말했다. 발모럴의 고대 욕조 속의 물보다도 향기롭지만… 그래, 발모럴은 생각지도 않는 게 낫겠다.

기념일이 불과 몇 주 남지 않았다.

황혼이 다가오자 우리는 트럭 보닛에 누워 하늘을 바라보았다. 그러다가 박쥐들이 활동을 시작할 무렵 우리는 티즈와 마이크에게로 찾아갔다. 음악을 틀어놓고 웃고 떠들고 노래하다가 모닥불 주변에 옹기종기 모여 식사를 했다. 멕은 그동안 살아온 이야기들을 잠시 우리와 나눴다. 로스앤젤레스에서 성장한 과정, 배우가 되기 위한 노력, 오디션이 끝나자마자 재빠르게 의상을 갈아입고 다른 오디션에 참가하던 일, 늘 문이 제대로 작동하지 않던 SUV 자동차 때문에 트렁크로 들어갈 수밖에 없었던 사건 등. 또 수만 명의 구독자를 보유한 라이프스타일 웹사이트를 운영하는 사업가로서의 성장 이력에 대해서도 소개했다. 그리고 시간 여유가 있을 때는 자선 활동에도 참여하며, 특히 여성 문제에 관심이 많다고 했다.

나는 그녀가 하는 모든 말에 매료되었고, 주위에서 어렴풋한 속삭임이 들리는 같았다.

"완벽한 여자야, 완벽한 여자야, 완벽한 여자야."

첼시와 크레스는 나의 '지킬과 하이드' 같은 모습을 종종 거론했었다. 보츠와나의 행복한 스파이크는 런던의 해리 왕자를 든든하게 감싸고 있었다. 내가 이 둘을 조율하지 못하는 바람에 저들도 힘들고 나도 힘들었지만, 이 여인과 함께라면 할 수 있을 것 같은 생각이 들었다. 언제나 행복한 스파이크가 될 수 있을 것 같았다. 멕이 나를 스파이크라고 부르지 않은 것만 빼고. 이제 그녀는 나를 하즈로 부르기 시작했다.

그 한 주 동안은 모든 순간이 계시이자 축복이었다. 반면에 모든 순간이 우리를 헤어짐이라는 애달픈 순간에 더 가까이 이끌었다. 다른 방법이 없었다. 멕은 돌아가야 했다. 나 또한 보츠와나 대통령을 만나 환경 보존 문제를 논의하려고 수도 가보로네로 날아가야 했고, 그 후에는 몇 달 동안 계획한 남자들만의 여행을 시작할 예정이었다.

"내가 취소하면 그 친구들이 나를 용서하지 않을 거야."라고 멕에게 말했다. 그리고 작별 인사를 하는데 그녀가 눈물을 보였다.

"언제 다시 볼 수 있어?"

"머잖아."

"더 빨리는 안 되고?"

"그래, 어려울 거야."

티즈가 멕의 팔을 감싸며, 몇 시간 뒤에 무사히 비행기에 오를 수 있도록 돌봐 주겠다고 약속했다.

그렇게 마지막 키스를 나누고, 손을 흔들었다.

마이크와 나는 그의 하얀색 크루저에 올라 마운 공항으로 향했다. 그곳에서는 작은 프로펠러 비행기를 타고, 아픈 가슴을 다독이며 비행을 시작했다.

8.

우리는 모두 열한 명이었다. 마르코는 물론이고, 아디도 당연히. 두 명의 마이크, 브렌트, 비더스, 데이비드, 재키, 스키피, 비브.

이들이 악당들의 전부였다. 그들 모두를 마운에서 만났다. 우리는 은색의 평저선 세 대에 나눠 타고 출발했다. 며칠을 물 위에 떠다니며 낚시하고 춤도 추었다. 밤이면 꽤나 시끄럽고 장난스럽게 놀았다. 아침이 되면 베이컨과 계란을 모닥불에 구워 먹고 찬물에 들어가 수영을 했다. 역시 사바나 칵테일과 아프리카 맥주도 빠지지 않았으며 특정 규제 약물도 섭취했다.

날씨가 더 더워지자 우리는 제트스키를 타기로 했다. 나는 타기 전에 전화기를 주머니에서 꺼내 제트스키 콘솔에 보관할 만큼 차분했고, 그런 신중함을 스스로 칭찬했다. 제트스키 뒷자리에 아디가 뛰어올랐고, 그 뒤에 다시 재키가 대책 없이 매달렸다.

인원이 너무 많아 불안했던 내가 재키에게 내리라고 했다.

"너무 많아."

하지만 재키는 들으려 하지 않았고, 더 어찌할 수가 없어 그대로 출발했다.

하마들을 피해 주변을 선회하며 웃고 즐겼다. 굉음을 내며 모래톱을 지나치는데 햇살 아래에 잠들어 있는 거의 3미터 길이의 악어가 눈에 들어왔다. 제트스키를 왼쪽으로 틀며 선회할 때, 눈을 뜨고 물속으로 미끄러지듯 들어가는 악어의 모습을 보았다.

그 직후, 아디의 모자가 날아갔다.

"돌아가요, 돌아가." 아디가 소리쳤다.

나는 유턴을 시도했지만 세 명이나 타고 있어 간단치 않았다. 겨우 모자

가까이 다가가자 아디가 모자를 주우려고 몸을 숙였다. 그때 재키도 도와주려고 몸을 숙이는 바람에 모두 강에 빠졌다.

선글라스가 내 얼굴에서 미끄러지듯 빠지더니 곧장 물속으로 잠겼다. 그걸 잡으러 잠수했다가 올라오자마자, 아까 보았던 악어가 떠올랐다.

아디와 재키도 같은 생각을 하는 눈치였다. 곧바로 제트스키를 바라보았다. 옆으로 누워 있었다. 젠장!

내 아이폰! 사진까지 몽땅! 전화번호도!

멕!

제트스키가 모래톱에 걸려 있었다. 우리는 제트스키를 똑바로 세웠고, 나는 콘솔에서 전화기를 꺼내 쥐었다. 젖었다. 망가졌다. 멕과 내가 찍은 사진도!

게다가 우리의 문자메시지도 전부!

남자들만의 여행이 매우 거치리라는 걸 염두에 두고 조심하는 차원에서 일부 사진을 미리 멕과 몇몇 친구들에게 보냈었다. 하지만 나머지는 확실히 잃었다고 생각해야 했다.

더욱이 멕과 연락할 방법도 없었다.

아디는 쌀 속에 전화기를 넣어두면 확실하게 말릴 수 있다며 걱정하지 말라고 했다.

몇 시간 뒤, 야영지로 돌아오자마자 우리가 한 일이 바로 그것이었다. 하얀 생쌀이 가득 든 양동이에 전화기를 깊숙이 넣었다.

나는 무척 의심스러운 눈빛으로 내려다보았다.

"얼마나 걸릴까요?"

"하루나 이틀요."

"안 돼요. 당장 해결책이 필요해요."

마이크와 내가 한 가지 계획을 세웠다. 내가 멕에게 편지를 쓰면 마이크가 그걸 들고 마운에 있는 집으로 향하고, 티즈가 그 편지를 사진으로 찍어 문자메시지로 멕에게 보내는 것이었다. (티즈의 전화기에 멕의 번호가 있었다. 티즈가 공항으로 처음 멕을 마중하러 갈 때 연락하도록 내가 전화번호를 주었다.)

이제 내가 편지를 쓸 차례였다.

가장 큰 과제는 이 무지렁이들 속에서 펜을 찾는 일이었다.

"누구 펜 있어요?"

"뭐라고요?"

"펜."

"제게 에피펜(EpiPen, 알러지용 응급 주사기)이 있어요."

"아니, 펜. 볼펜 말이에요! 제발 볼펜 하나만!"

"아, 볼펜. 와우."

어찌어찌 볼펜 하나를 찾았다. 다음 과제는 글을 쓸 장소를 찾는 것이었다. 나무 아래로 가서 잠시 허공을 바라보며 생각하고는 쓰기 시작했다.

"안녕, 예쁜 자기. 그래, 자기한테 사로잡혔나 봐. 잠시도 자기 생각을 멈출 수가 없어. 보고 싶어, 아주 많이. 전화기가 강에 빠졌어. 슬픈 표정… 그건 그렇고, 여기서는 환상적인 시간을 보내고 있어. 자기도 있었으면 좋았을걸."

마이크가 편지를 들고 떠났다.

며칠 뒤, 남자들만의 여행에서 보트 편을 마무리하고 모두 마운으로 돌아왔다. 티즈와 만나자마자 이렇게 말했다.

"걱정 마, 이미 답장을 받았으니까."

꿈이 아니었다. 멕은 실제였다. 그 모두가 실제였다.

다른 것보다도, 멕은 무척 나와 연락을 하고 싶었다고 답장에서 밝혔다.

들뜬 마음으로 남자들 여행의 두 번째 편인 모레미(Moremi) 숲으로 떠났다. 이번에는 위성전화기를 가져갔다. 모두가 저녁 식사를 하는 사이에 나는 개간지를 찾아가 가장 높은 나무에 올라갔다. 높은 곳이 수신도 더 잘 될 거라고 생각해서였다.

멕의 번호를 누르자 그녀가 전화를 받았다.

내가 미처 말도 꺼내기 전에 그녀가 불쑥 말했다.

"이런 말 하면 안 되는데, 나 자기가 너무 보고 싶어!"

"이런 말 하면 안 되는데, 나도 자기가 너무 보고 싶어!"

그러고는 둘 다 웃으며 서로의 숨소리에 귀를 기울였다.

9.

다음날, 두 번째 편지를 쓰려고 앉았지만 심한 부담감을 느꼈다. 글이 막혀 아무것도 할 수가 없었다. 이 설레는 마음과 행복감, 간절함, 앞으로의 희망을 표현할 단어가 떠오르지 않았다. 서정이 배제된 상황에서 내가 할 수 있는 차선책은 편지를 물리적으로 아름답게 만드는 것이었다. 하지만 안타깝게도 나는 미술이나 공예 방면에 일가견이 있다고 할 정도는 아니었다.

남자들 여행은 이제 세 번째 단계로 접어들어, 여덟 시간 동안 어딘가로 차를 달리며 체험하는 것이었다.

'뭘 하지?'

잠시 쉬는 시간이 되자, 나는 트럭에서 뛰어내려 수풀로 달려 들어갔다.

"스파이크, 어디 가?"

나는 대답하지 않았다.

"왜 저래?"

이 지역에서 배회하는 것은 권할 만한 일이 아니었다. 사자의 나라 깊숙이 들어와 있었다. 그렇지만 나는 무언가를 필사적으로 찾아다녔다.

어딘가에 걸려 넘어지고 휘청거리며 나아갔지만, 눈에 보이는 것은 끝없이 펼쳐진 갈색의 초원뿐이었다.

'우리가 그 무시무시한 오지에 들어온 건가?'

사막에서 꽃을 찾는 법을 가르쳐준 사람은 아디였다. 가시덤불에서는 가장 높은 가지를 살펴보라고 늘 말했었다. 그대로 했더니, 빙고! 가시덤불에 올라가 꽃 몇 송이를 따서는 등에 메고 있던 작은 가방에 넣었다.

드라이브 막바지에 모파니(mopani) 군락지대에 들어섰는데, 이곳에서 밝은 핑크빛의 임팔라 백합 두 송이를 발견해 그 두 송이도 가방에 넣었다.

이렇게 해서 얼마 지나지 않아 작은 꽃다발을 만들 수 있었다.

이제 우리는 최근의 화재로 그을린 숲의 한 영역에 도착했다. 숯처럼 까맣게 변한 대지에서 재미있게 생긴 리드우드(leadwood) 껍질 조각을 발견했다. 그것도 주워서 가방에 집어넣었다.

해가 거의 저물어서야 야영지로 돌아왔다. 두 번째 편지를 쓰고, 편지지 가장자리를 살짝 태운 뒤에 꽃으로 둘러싸서, 그을린 리드우드 껍질 안에 넣고는 아디의 전화기로 사진을 찍었다. 이 편지를 멕에게 보낸 뒤, '당신의 여자로부터'라고 적힌 답장이 도착할 때를 간절하게 기다렸다.

임기응변과 결단력 덕분에 남자들의 여행 내내 어떻게든 그녀와 계속 연락할 수 있었다. 이윽고 영국으로 돌아왔을 때는 상당한 성취감도 느꼈다. 물에 빠진 전화기, 술 취한 친구들, 전화기 수신 불능. 그 외에도 많은 장애물이 있었지만, 이 아름다운 출발을 꺾지는 못했다.

'뭐라고 해야 하나?'

가방들로 둘러싸인 채로 노트 코트에 앉아, 벽을 응시하며 나 자신에게 물었다.

'이건 뭐지? 뭐라고 해야 하지?'

'이건….'

'하나라고 해야 할까?'

'드디어 그녀를 찾은 건가?'

'마침내, 오랜 기다림 끝에?'

나는 늘 인간관계에는 확고한 규칙이 있다고 생각했다. 특히 왕족과 관련된 경우에서 첫 번째 규칙은 그 여성과 결혼하기 전에 반드시 삼 년은 사귀어 보아야 한다는 점이었다. 그렇지 않고서 어떻게 그 사람을 알 수 있겠는가? 그렇지 않고서 어떻게 그녀 역시 나와 왕실 생활을 알 수 있겠는가? 그렇지 않고서 어떻게 우리 두 사람이 이 삶을 원하고, 함께 이겨낼 수 있을지 확신할 수 있겠는가?

물론 모든 사람에게 해당하는 건 아니었다.

그런데 멕은 이 규칙에서 특별한 예외 같았다. 모든 규칙에서.

나는 곧바로 그녀를 알아보았고, 그녀 역시 나를 알아보았다. 진정한 나의 존재를. 경솔하게 보일 수도 있고 비논리적으로 보일 수도 있다고 생각하지만, 그건 사실이었다. 사실상 처음으로, 나 자신이 참된 삶을 살고 있다는 느낌이 들었다.

10.

문자메시지와 영상통화가 폭풍처럼 몰아쳤다. 수천 마일이나 떨어져 있었지만, 사실상 우리는 한시도 떨어져 있지 않았다. 일어나자마자 문자를 보냈고, 즉시 답장이 날아왔다.

그리고 또, 문자, 문자, 문자.

그리고 점심 먹고 나서는 또, 영상통화.

그리고 오후 내내, 문자, 문자, 문자.

그리고 저녁 늦게는, 또다시 마라톤 영상통화.

그런데도 아직 부족했다. 여전히 서로를 갈망했다. 다음 만남까지 열흘 정도 남은 8월의 마지막 날들을 동그라미로 표시했다.

멕이 런던으로 오는 것이 최선이라고 서로 동의했다.

만남 당일, 런던에 막 도착한 그녀가 소호 하우스의 객실로 들어서며 나에게 전화를 했다.

"지금 도착했어. 어서 와!"

"지금은 안 돼. 차 안이야….."

"뭐 하는데?"

"엄마를 위해 뭘 하고 있어."

"네 엄마? 어디서?"

"알소프."

"알소프가 뭐야?"

"찰스 삼촌이 사는 곳이야."

나중에 자세히 설명하겠다고 말했다. 하지만 아직까지도 그 이야기는 다 하지 못했다.

역시 나에 대한 검색을 별로 하지 않는다는 느낌이 강하게 들었다. 늘 질문을 하는 걸 보면. 오히려 아는 게 거의 없다는 게 더 신선했다. 그건 멕이 왕실에 별다른 감흥이 없다는 뜻이며, 나는 이것이야말로 생존의 첫걸음이라고 생각했다. 게다가 그녀는 문헌과 공적 자료에 대해서도 깊이 몰두하지 않기 때문에 엉터리 정보로 머리를 가득 채울 일도 없었다.

윌리 형과 나는 어머니 무덤에 헌화하고 함께 차를 타고 런던으로 돌아왔다. 그 사이 멕에게 전화를 걸어 돌아가는 중이라고 했다. 형에게 우리 관계를 들키지 않으려고 최대한 무덤덤하게 말하려고 노력했다.

"호텔로 들어가는 비밀 통로가 있어." 그녀가 말했다. "화물용 승강기를 이용하면 돼."

소호 하우스에서 일하는 멕의 친구 바네사가 나를 맞이하여 안내해 줄 거라고 했다.

모든 일이 계획대로 진행되었다. 그 친구를 만나 소호 하우스의 미로 같은 통로를 통과하여 마침내 멕의 객실 문 앞에 도달했다.

노크를 하고 숨을 죽인 채 기다리자 문이 열렸다.

바로 그 미소.

머리카락이 눈을 일부 가린 채였다. 그녀의 팔이 내게 닿았다. 마치 하나의 동작처럼, 나를 안으로 끌어들이며 친구에게 감사의 인사를 하고는 다른 사람 눈에 띄지 않게 재빨리 문을 탁 닫았다.

문에 '방해하지 마시오' 표지를 걸었으면 좋았겠지만, 그럴 시간조차 없었던 것 같다.

11.

아침에 먹을거리가 필요해서 전화로 룸서비스를 불렀다. 직원들이 문을 두드렸을 때, 나는 숨을 곳을 찾아 필사적으로 두리번거렸다.

객실에는 아무것도 없었다. 칸막이도, 옷장도, 벽장도 없었다.

그래서 침대에 누운 채로 이불을 머리까지 끌어올렸다. 멕이 화장실로 가라고 속삭였지만 나는 지금 숨은 곳이 더 좋았다.

그런데… 아침을 들고 온 사람은 잘 모르는 일반 웨이터가 아니었다. 멕을 좋아하고 멕 또한 좋아했던 호텔 부매니저가 직접 음식을 들고 와서 이야기를 나누고 싶어 했다. 식판에 2인분의 음식이 있다는 것을 그는 알지 못했다. 또한, 왕자처럼 생긴 덩어리가 이불 속에 있다는 것도 눈치채지 못했다. 그는 끊임없이 수다를 떨며 새로운 소식으로 멕의 환심을 사려 했고, 그 사이 이불 동굴에 갇힌 나는 숨이 막히기 시작했다. 빌리의 경찰차 트렁크에 타고 운행한 경험이 있어 참으로 다행이었다.

그 남자가 떠나자, 나는 헐떡거리며 일어나 앉았다.

그리고 우리 둘 다 헐떡거렸다. 너무 심하게 웃느라.

저녁에는 내가 있는 곳으로 친구들을 초대하여 저녁을 먹기로 했다. 요리도 하고. 재밌겠다고 기대했지만, 그러려면 먼저 음식 재료부터 사야 했다. 냉장고에는 포도와 코티지 파이 외에는 아무것도 없었다.

"웨이트로즈(Waitrose)로 가면 돼." 내가 말했다.

물론 둘이서 같이 갈 수는 없었다. 그랬다가는 난리가 날 테니까. 그래서 우리는 변장을 하고 동시에 나란히 쇼핑을 하되 서로 모르는 척하기로 계획을 세웠다.

멕이 나보다 먼저 도착했다. 면 셔츠와 펑퍼짐한 외투에 비니를 쓰고 있었는데, 놀랍게도 아무도 알아보지 못했다. 분명 많은 영국인들이 슈츠를 보았을 것인데 아무도 그녀를 쳐다보지 않았다. 나라면 수천 명의 인파 속에서도 단번에 알아봤을 것인데.

그뿐 아니라 멕의 카트를 두 번 쳐다보는 사람도 없었다. 그 속에는 여러 개의 여행 가방과 호텔에서 체크아웃할 때 구입한 부드러운 드레싱 가운이 든 두 개의 커다란 소호 하우스 쇼핑백까지 들어 있었다.

나 역시 누구의 관심도 받지 않은 채로 바구니를 들고 통로 여기저기를 자유롭게 돌아다녔다. 과일과 채소 코너에서 멕이 내 옆을 산책하듯 지나쳤다. 사실 산책한다기보다 여유롭게 거니는 느낌이었다. 그것도 아주 요염하게. 자연스럽게 서로의 눈으로 시선이 향했지만, 곧바로 멀어졌다.

멕은 〈푸드 & 와인(Food & Wine)〉에서 구운 연어 조리법을 오려왔고, 우리는 이것을 바탕으로 재료 목록을 만들어 두 부분으로 구분했다. 멕은 베이킹 시트를 찾고 나는 유산지를 찾기로 했다.

내가 문자메시지를 보냈다.

"유산지라는 게 도대체 뭐야?"

멕은 아예 목표물의 위치를 알려주었다.

"네 머리 위에."

나는 위를 올려다보며 뱅글뱅글 돌았다. 그 모습을 그녀가 불과 두어 걸음 떨어진 옆 진열대에 숨어 지켜보고 있었다.

함께 웃음을 터트렸다.

진열대를 뒤돌아보며 물었다.

"이거?"

"아니, 그 옆에."

그러면서 또 키득거렸다.

목록을 다 확인하고 계산을 마친 다음, 멕에게 만날 장소를 문자로 알렸다. "주차 램프를 따라 매장 아래쪽으로 내려가면 까만 창으로 가려진 미니 밴이 있어." 잠시 뒤, 쇼핑한 물건들을 트렁크에 넣고, 돌덩이 빌리가 운전하여 주차장을 빠져나와 노트 코트로 향했다. 지나치는 도시, 모든 집과 사람들을 바라보며 내가 속으로 외쳤다.

'여러분 모두가 어서 멕을 만날 수 있었으면 좋겠어요.'

12.

멕을 내 집에서 맞이하게 되어 기쁘면서도 한편으로는 부담스러운 점도 있었다. 노트 코트는 궁이 아니었기 때문이다. 노트 코트는 궁의 부속 건물이라고 표현하는 게 적절할 듯하다. 나는 멕이 하얀색 말뚝 울타리를 지나 정면 통로로 걸어오는 모습을 보았다. 다행히 실망하거나 당황하는 징후는 보지 못했다. 안으로 들어올 때까지는. 그리고는 남성 사교클럽(frat house) 같다기에 나도 주변을 둘러보았더니, 영 틀린 말은 아니었다.

구석에 있는 유니언 잭(북극점에서 흔들었던 국기), 텔레비전 스탠드에 놓인 낡은 소총(오만을 공식 방문했을 때 받은 선물), 엑스박스 콘솔 등.

"그냥 내 물건을 보관하는 곳이야." 서류 몇 가지와 옷을 옮기며 내가 설명했다. "여기에는 많이 머무르지 않아."

이 건물 역시 보잘것없는 사람들, 한물간 시대의 사람들을 위해 지어진 곳이었다. 그래서 방도 작고 천장도 인형의 집처럼 낮았다. 약 삼십 초 정도 간단하게 건물을 소개했다. "머리 조심해!"

그때까지만 해도 가구가 이렇게 낡았는지 깨닫지 못했었다. 갈색의 소파, 누렇게 변한 빈백 의자. 멕은 그 빈백 의자 앞에서 멈칫했다.

"알아, 알아."

저녁 손님들은 내 사촌 유지(Euge)와 남자친구 잭(Jack), 그리고 내 친구 찰리(Charlie)였다. 연어 요리가 완벽하게 준비되자 모두들 멕의 요리 실력을 칭찬했다. 손님들은 멕의 이야기에도 열광했다. 슈츠에 관해 모든 걸 알고 싶어 했다. 그녀의 여행에 대해서도. 나는 그런 친구들의 관심과 따뜻함이 고마웠다.

친구들만큼이나 와인도 훌륭했고 많이 준비되어 있었다. 저녁 식사가 끝나고 술자리로 옮겨 음악을 틀고 우스꽝스러운 모자를 쓰고 춤도 추었다. 기억은 흐릿하지만, 내가 찰리와 바닥을 뒹구는 모습을 가까이 앉아 바라보며 웃고 있는 멕의 모습이 담긴 흐릿한 영상이 내 전화기에 남아 있었다.

이윽고 테킬라의 시간이 시작되었다.

유지가 멕을 자매처럼 포옹하고 있던 장면이 기억난다. 찰리가 나를 향해 엄지손가락을 치켜들었던 장면도. 그리고 이런 생각을 했던 기억도 있다. 다른 가족과의 만남도 이렇다면 모든 일이 순조로울 텐데… 그때 멕의 표정이 좋지 않은 것을 발견했다. 배가 아프다고 했는데, 표정도 몹시 창백했다.

문득 이런 생각이 들었다. '어… 술이 이렇게 약했었나?'

멕은 침대가 가서 쉬고 싶다고 했다. 막잔을 마시고 손님들이 나가는 모습을 지켜보는 조금 정리를 했다. 자정 무렵 침대에 눕자마자 곯아떨어졌다가 새벽 두 시쯤 깨어보니 멕이 화장실에 있었다. 내가 상상했던 술 취한 모습이 아니라 정말로 아팠다. 무언가 생각지 못한 일이 전개되고 있었다.

식중독.

멕은 식당에서 점심으로 오징어를 먹었다고 말했다.

영국산 오징어! 미스터리가 풀렸다.

그녀가 바닥에 누워 나직이 말했다. "내가 구토할 때 굳이 머리카락을 잡아줄 필요는 없어."

"응, 그럴게."

나는 멕의 등을 문지르다가 다시 침대에 누웠다. 눈물까지 흘리며 마음이 약해진 그녀는 네 번째 데이트의 결말이 이런 모습일 거라고는 상상도 못했다고 말했다.

"괜찮아." 내가 말했다. "서로를 염려하고 있잖아. 그게 중요한 거지."

이런 게 사랑이라고 생각했다. 그 단어를 애써 밖으로 꺼내지는 않았지만.

13.

멕이 캐나다로 돌아가기 직전에 함께 프로그모어 정원에서 산책했다.

공항으로 향하던 길이었다.

"내가 제일 좋아하는 곳이야." 내 말에, 그녀도 이곳이 좋다고 했다. 특히 백조를 좋아했는데, 그중에서도 심술궂게 생긴 한 녀석을 더 좋아했다. (우리가 스티브라고 부르는 녀석이었다.) 백조들 대부분이 심술궂다고 내가 말했다. 근엄하지만, 비뚤어진 녀석들이라고.

나는 늘 궁금했다. 영국의 모든 백조가 여왕의 소유이므로 백조를 학대하는 것 역시 범죄 행위로 간주하는데, 왜 그렇게 된 건지….

우리는 멕이 호감을 느꼈던 유지와 잭에 대해서도 이야기했다. 멕의 작품에 대해서도, 또 나에 대해서도 이야기했다. 하지만 무엇보다 우리의 관계에 대해 가장 많은 이야기를 나누었는데, 이 주제야말로 너무 방대해서 아무리 이야기해도 끝이 없었다. 차로 돌아와 공항으로 향하는 길에도 계속 대화했고, 주차장에서 남모르게 내려줄 때도 끊이지 않았다. 그래서 우리 자신에게 진짜 기회를 주려면 그만큼 신중한 계획이 필요하다는 데 둘 다 동의했다. 무엇보다, 만나지 않고 보내는 시간이 2주를 넘지 않도록 하자고 약속했다.

우리 둘 다 장거리 연애를 해봤지만, 이것이 쉽지 않은 이유 중의 하나는 신중한 계획이 없어서였다. 노력이 필요했다. 먼 거리와 싸워서, 먼 거리를 이겨내야 했다. 여행이 필요했다. 많이, 아주 많이.

불행히도 나의 움직임은 언론으로부터 더 많은 관심을 끌었다. 국경을 넘을 때는 그 나라 정부와 지역 경찰에도 알려야 했다. 내 경호원들도 전부 조율해야 했다. 따라서 그 부담이 고스란히 멕에게 전가되었다. 초창기에는 슈츠 촬영을 하는 도중에도 비행기를 타거나 바다를 가로지르느라 많은 시간을 소비해야 했다. 그리고 그녀를 세트장으로 데려가는 차가 새벽 4시 15분에 도착하는 날도 많았다.

그 모든 부담을 멕의 어깨에 지우는 것은 분명 온당치 않음에도, 그녀는 기꺼이 감당하겠다고 말했다. 다른 선택의 여지가 없다고 했다. 그 대안은 나를 만나지 않는 것인데, 그건 불가능한 일이었으니까. 아니면 견딜 수 없거나.

7월 1일 이후로 백 번도 더, 내 가슴이 미어졌다.

다시 헤어져야 할 시간이었다.

"2주 뒤에 다시 만나."

"2주, 세상에. 알았어."

14.

그날 이후 얼마 지나지 않아 윌리 형과 케이트가 나를 저녁 식사에 초대했다.

두 사람은 나에게 어떤 일이 벌어지고 있다는 것을 알고 있었고, 구체적인 내용을 알고 싶어 했다.

말할 준비가 되었는지 나로서도 확신이 없었다. 아직 다른 사람에게 알리고 싶지 않은 건 아닌지, 그조차 확실치 않았다. 하지만 아이들은 잠자리에 들었고 우리가 TV 방에 둘러앉아 있던 그 순간이 적절한 시점이라는 느낌이 들었다.

나는 내 인생에 새로운 여자가 생겼다고… 가볍게 말했다.

두 사람이 흥분한 듯 물었다. "그 사람이 누구야?"

"말할게요. 하지만 제발, 제발, 제발, 두 사람 다 비밀로 해줘야 해요."

"그래, 해롤드, 그래, 그래. 누구야?"

"배우야."

"그래?"

"미국인이고."

"응."

"슈츠에 출연하는."

두 사람은 입을 다물지 못한 채로 서로를 바라보았다.

그러다가 형이 나를 보고는 말했다. "놀고 있네."

"뭐?"

"말도 안 된다고."

"뭐라고?"

"불가능하다고!"

맥이 탁 풀렸다. 윌리 형과 케이트가 슈츠의 열광적인, 아니 종교적 수준으로 광적인 시청자라고 설명하기 전까지는.

'좋아.' 속으로 웃었다. 그동안 엉뚱한 걱정을 하고 있었던 셈이다. 사실 나는 형과 케이트가 멕을 우리 가족으로 받아들이지 않을지도 모른다고 생각했는데, 지금 보니 그녀에게 사인해 달라고 쫓아다닐까 봐 걱정해야 하는 상황이었다.

두 사람이 질문을 퍼부었다. 나는 우리가 어떻게 만났는지와 보츠와나에서 있었던 일, 웨이트로즈에 갔던 일, 내가 반했던 기억 등에 대해 말했지만, 대부분 편집하고 일부만 설명했다. 너무 많은 것을 알려주고 싶지 않았다.

아울러 조만간 두 사람이 멕을 만났으면 좋겠다고 말하면서, 우리 넷이 함께 많은 시간을 보낼 수 있기를 기대한다고 했다. 동등한 파트너로서 그들과 함께하는 것, 이것이 내가 오랫동안 수없이 꿈꾸어 온 그림이라며 솔직하게 털어놓았다. 4인조가 되는 것. 그동안 형에게 이런 말을 여러 번 했지만, 형은 늘 이렇게 대답했다.

"그럴 일 없을 거야, 해롤드! 넌 거기에 만족해야 해."

하지만 지금은 그럴 수도 있을 것 같아 형에게 말했는데, 여전히 그는 차분히 생각하라는 말뿐이었다.

"그녀는 미국의 여배우잖아, 해롤드. 어떤 일이 벌어질지 모르는 거라고."

나는 고개를 끄덕이면서도 약간 상처를 받았다. 그렇게 형과 케이트와 포옹하고 자리를 떠났다.

15.

일주일 뒤, 멕이 런던으로 돌아왔다.

2016년 10월.

우리는 마르코와 그의 가족과 함께 점심을 먹었고, 나와 절친한 몇 사람을 그녀에게 소개했다. 모두 좋았다. 모두가 멕을 좋아했다.

용기를 얻은 나는 이제 멕이 내 가족을 만날 때가 되었다고 느꼈고, 그녀도 동의했다.

첫 정거장은 로열 로지(Royal Lodge)였다. 퍼기(Fergie) 숙모를 만나기 위해서. 멕은 퍼기 숙모의 딸인 유지와 남자친구 잭을 이미 만났기 때문에 그녀부터 만나는 것이 논리적으로 조금 손쉬운 시작으로 보였다. 그런데 우리가 로열 로지에 가까워졌을 때 전화가 왔다.

할머니가 그곳에 있었다.

교회에서 성으로 돌아오던 길에 갑자기 들른 것이다.

멕이 말했다. "재밌을 거 같아! 난 할머니들을 좋아해."

나는 멕에게 여왕에게 하는 커트시 인사법(curtsy, 여성이 무릎을 낮추는 인사법)을 아느냐고 물었다. 멕은 아는 것 같다고 말하면서도, 내가 얼마나 진지하게 하는 말인지 깨닫지 못했다.

"여왕을 알현하는 거야."

"알아, 하지만 네 할머니잖아."

우리는 대문에서 현관까지 진입하여 자갈길을 가로질러 녹색의 커다란 방호벽 옆에 차를 세웠다.

퍼기 숙모가 약간 들뜬 모습으로 밖으로 나와 멕에게 말했다.

"여왕께 인사하는 법을 알아요?"

멕이 머리를 가로젓자 퍼기 숙모가 시범을 보였다. 멕도 곧바로 따라했지만 더 자세하게 가르칠 시간이 없었다. 할머니를 계속 기다리게 할 수는 없었기 때문이다.

문으로 걸어가는 동안 숙모와 내가 멕에게 몸을 기울여 속성으로 계속 속삭였다. 잊어버리지 않도록.

"여왕을 처음 만나면 '폐하(Your Majesty)'라고 부르세요. 그 후에는 '맴(Ma'am)'이라고 하면 돼요. 햄(Ham)과 리듬이 같아요."

"그냥, 어떤 경우에도, 여왕에 대해서는 아무 말도 하지 마세요."

우리 둘 다 서로 힘주어 말했다.

우리는 정면의 넓은 응접실로 들어갔는데, 그곳에 계셨다. 할머니가, 군주께서, 엘리자베스 2세 여왕께서, 응접실의 한가운데에 서 있었다. 할머니가 천천히 돌아보았다. 멕은 곧바로 할머니에게 다가가 실수 없이 무릎을 깊이 낮추고 인사했다.

"폐하, 뵙게 되어 영광입니다."

유지와 잭도 할머니 가까이에 있었지만 멕을 모르는 척했다. 두 사람은 매우 조용하고 매우 정중하게 행동했다. 각자 멕에게 가벼운 볼 키스를 했지만, 이것은 순수한 왕실의 예법이었다. 순수한 영국의 방식으로.

할머니의 반대편에 어떤 남자가 서 있었는데 안면이 없었다. 속으로 생각했다. '열두 시 방향에 적기 출현.' 이 남자의 정체에 대한 실마리를 달라고 멕이 눈짓을 했지만, 나는 전혀 도움을 주지 못했다. 나도 처음 보는 사람이었으니까. 유지가 슬며시 내 귀에 대고 엄마의 친구라고 알려주었다. "아, 그렇구나." 나는 그를 유심히 쳐다보며 생각했다. '멋지네요. 내 인생에서 가장 중대한 순간을 함께하게 되어 기쁩니다.'

할머니는 교회 복식을 하고 있었다. 밝은 색상의 드레스와 잘 어울리는 모자까지. 무슨 색상이었는지 떠올리고 싶어도 기억나지는 않지만, 아무튼 화사하게 밝은색 계열이었다. 멕이 청바지에 검정 스웨터를 입고 온 것을 민망해하는 모습도 보였다.

나 역시 허름한 바지를 입은 것이 민망했다. 계획에 없던 일이라 할머니에게 설명하고 싶었지만, 할머니는 멕의 방문에 대해 이것저것 묻느라 바빴다.

"좋아요." 우리가 말했다. "너무 훌륭해요."

교회에서의 예배는 어땠는지 우리가 물었다.

"아주 좋았어."

무척 유쾌한 분위기였다. 심지어 할머니는 멕에게 도널드 트럼프 대통령에 대해 어떻게 생각하는지 묻기도 했다. (이때는 2016년 대통령 선거 직전이었으므로, 전 세계의 사람들이 공화당 후보에 대해 생각하고 말하고 그랬던 것 같다.) 멕은 정치야말로 승자 없는 게임이라고 생각했기 때문에 화제를 캐나다로 바꾸었다.

할머니께서 곁눈질로 멕을 바라보았다. "미국인인 줄 알았는데."

"그렇습니다. 하지만 일 때문에 캐나다에서 칠 년 동안 지냈습니다."

할머니의 표정이 밝아졌다. "같은 영연방이지. 좋아, 훌륭해."

20분이 지나자 할머니가 가야 한다고 말했다. 옆에서 핸드백을 들고 있던 앤드류 삼촌이 할머니를 배웅했다. 유지도 따라 나갔다. 문을 나서기 전에 할머니는 잭과 퍼기 숙모의 친구에게 작별 인사를 하려고 뒤를 돌아보셨다.

그리고 멕과 눈을 맞추고 손을 흔들며 따듯한 미소를 보내셨다.

"안녕!"

"안녕히 가세요. 뵙게 되어 영광이었습니다, 맴." 다시 몸을 낮춰 인사를 했다.

할머니의 차가 떠나자 모두가 방으로 밀려들었다. 방 분위기가 완전히 달라졌다. 유지와 잭은 예전의 모습으로 돌아갔고, 누군가 술을 마시자고 했다.

"네, 좋아요."

누군가 멕의 인사법을 칭찬했다.

"너무 훌륭했어요! 아주 정중했고!"

잠시 후 멕이 여왕의 비서에 대해 물었다.

누구 얘기냐고 내가 되물었다.

"지갑을 들고 있던 분 말이야. 할머니를 모시고 문밖으로 나가던 남자."

"그 사람은 할머니 비서가 아니야."

"누군데?"

"할머니의 둘째 아들, 앤드류 왕자."

멕은 확실히 우리에 대해 검색을 하지 않았나 보다.

<h1 style="text-align:center">16.</h1>

다음은 윌리 형이었다. 오래 있다가는 형에게 큰 곤욕을 치를 거라고 생각했다. 그래서 형과 내가 사냥을 하러 나가기 직전인 어느 오후에 멕과 내가 잠시 방문하기로 했다. 마당을 지나 거대한 아치 아래로 난 길을 따라 1A 아파트로 올라가는데, 할머니를 만날 때보다 더 긴장되었다.

왜 그런지 곰곰이 생각했는데 답이 떠오르지 않았다.

회색의 돌계단을 올라 초인종을 눌렀다.

대답이 없었다.

잠시 후, 문이 열리더니 살짝 갖춰 입은 형이 등장했다. 멋진 바지에 멋진 셔츠, 오픈 칼라. 내가 멕을 소개하자 그녀는 몸을 기울여 포옹을 하며 형을 깜짝 놀라게 했다.

형은 주춤거렸다.

형은 낯선 사람과는 대부분 포옹을 하지 않았다. 반면에 멕은 낯선 사람들과도 대부분 포옹을 했다. 그 순간은 손전등과 횃불이 마주하는 듯한 전형적인 문화 충돌의 순간이었고, 내게는 재미있으면서도 매력적인 모습이었다. 그렇지만 나중에 돌이켜보니 단순한 문화 충돌 이상이었다는 생각도 들었다. 형도 멕에게서 커트시 인사를 바랐을까? 왕실의 일원을 처음 만날 때의 예법이기는 하지만, 멕은 그걸 몰랐고 나도 말해주지 않았다. 할머니를 만날 때는 이분이 여왕 폐하라는 사실을 확실하게 인지시켰다. 하지만 이번은 내 형제를 만나는 것이고, 대상이 그저 슈츠를 좋아하는 나의 형일 뿐이었다.

어쨌든 형은 무난하게 넘겼다. 문 바로 안쪽의 체크 무늬 현관 바닥에 서서 따뜻하게 몇 마디를 나눴다. 그때 형의 스패니얼 애완견인 루포가 우리가 마치 도둑인 양 짖어댔다. 그러자 형이 루포를 제지했다.

"케이트는 어디 있어?"

"애들과 밖에 나갔어."

"아, 아쉽네. 다음에 만나야겠네."

이제 작별 인사를 할 시간이었다. 형이 짐을 마무리하는 대로 우리도 떠나야 했다. 나에게 키스한 멕은 형과 나에게 주말 사냥(shooting weekend)을 즐겁게 하라고 인사하고는, 노트 코트에서 처음으로 혼자 밤을 보내기 위해 떠났다.

그로부터 며칠 동안 멕에 대한 이야기를 끊임없이 했다. 멕과 할머니가 만났고, 형도 만났으니 멕이 더는 우리 가족에게 비밀이 아닌 만큼 나도 할 이야기가 엄청나게 많았다. 형은 늘 옅은 미소를 지으며 유심히 내 말을 경청했다. 넋 나간 사람처럼 끊임없이 쏟아내는 말을 듣기도 무척 지루했겠지만, 그래도 나는 멈출 수 없었다.

다행히 형은 놀리지도, 입 닥치라는 소리도 하지 않았다. 오히려 그 반대로 내가 기대하고 필요로 했던 그 말을 해주었다.

"정말 잘됐네, 해롤드."

17.

몇 주 뒤, 멕과 나를 태운 차량이 정문을 지나 클래런스 하우스의 푸르른 정원으로 들어서자 멕은 경탄을 금치 못했다.

"봄에 꼭 여길 와봐야 해. 아버지가 직접 설계한 곳이야."

이어서 덧붙였다. '간간 할머니를 추모하는 뜻에서 말야. 할머니가 아버지보다 앞서 여기서 살았거든.'

이제 멕 앞에서 간간 할머니도 언급했다. 그리고 나도 열아홉 살부터 스물여덟 살 무렵까지 이곳 클래런스 하우스에서 주로 살았다는 말도 했다. 내가 떠난 후로는 카밀라가 내 침실을 자기 드레스룸으로 바꾸었다. 나는 신경 쓰지 않으려 했지만, 처음 그 모습을 보았을 때는 신경을 쓰지 않을 수 없었다.

현관문 앞에서 잠시 대기했다. 다섯 시 정각. 늦어서는 안 된다.

멕은 아름다웠고 내가 그렇게 말해주었다. 꽃무늬가 수 놓인 널찍한 치마의 흑백 드레스를 입었는데, 등에 손을 올리면 드레스 소재가 얼마나 부드러운지 느낄 수 있었다. 드레스 위로 풀어 늘어뜨린 머리카락, 내가 그렇게 하라고 시켰다.

"아버지는 여성이 머리를 길게 늘어뜨린 모습을 좋아하셔."

할머니도 그랬고. 할머니는 "케이트의 머리가 참 예쁘구나."라고 가끔씩 얘기했다.

멕은 화장도 옅게 했는데, 그것 역시 내가 제안했다. 아버지는 화장이 짙은 여성을 좋아하지 않았기 때문이다.

문이 열리자 아버지의 구르카족 출신 집사가 우리를 맞이했다. 그리고 아버지 옆에서 오랫동안 일했으며 간간 할머니도 보살폈던 건물관리인 레슬리(Leslie)도 우리에게 인사했다. 두 사람이 우리를 안내했다. 긴 복도를 따라, 대형 그림과 금박 테두리의 거울들을 지나, 진홍빛 긴 융단과 카펫을 따라, 반짝이는 도자기와 우아한 가보로 가득한 대형 유리 캐비닛을 거쳐, 삐걱거리는 계단 세 칸을 올라 오른쪽으로 꺾어, 다시 열두 계단을 올라, 한 번 더 오른쪽으로 꺾었다. 마침내 그곳에, 우리보다 높은 곳의 층계참에, 아버지가 서 있었다.

아버지 곁에 선 카밀라도 보였다.

멕과 나는 이 순간에 대비하여 여러 번 연습했다.

"아버지에게는 무릎 굽히고 인사하고, '전하(Your Royal Highness) 또는 서(Sir)'라고 부르면 돼. 아버지가 몸을 숙이면 두 볼에 키스하고, 그렇지 않으면 악수를 하면 되고. 카밀라에게는 커트시 인사를 하지 마. 그럴 필요 없어. 그냥 짧은 키스나 악수로."

"커트시 인사를 안 한다고? 진심이야?"

물론 적절하다고 생각지는 않았다.

우리 모두 넓은 응접실로 이동했다. 가는 도중에 아버지는 멕이 정말 듣던 대로 미국 소프 오페라(soap opera)* 스타가 맞냐고 물어보았다. 멕은 미소를 지었다. 나도 그랬다. 내가 이렇게 말하고픈 충동을 겨우 억눌렀다.

"소프 오페라요? 아뇨, 우리 가족이 진짜 드라마죠, 아버지."

멕은 저녁에 방송되는 케이블 드라마에 출연한다고 설명했다. 변호사들의 삶을 다룬, 슈츠라는 드라마에.

"놀랍네." 아버지의 반응이었다. "아주 멋져!"

하얀 천으로 덮인 테이블 옆에 왔다. 그 옆에는 차가 담긴 손수레가 있었는데, 거기에는 허니 케이크와 플랩잭, 샌드위치, 따뜻한 크럼펫, 크림 스프레드가 든 크래커, 바질 조각 등 아버지가 좋아하는 것들이 잔뜩 있었다. 그 모두가 수술 도구처럼 나란히 배치되어 있었다. 아버지는 불을 지피는 곳에서 최대한 멀리 떨어져 창을 등진 채로 앉았다. 카밀라는 불을 등지고 아버지 건너편에 앉았다. 멕과 나는 두 사람 사이에서 서로 마주 보고 앉았다.

나는 수프와 크럼펫을 게걸스럽게 먹었고, 멕은 훈제연어 티 샌드위치 두 개를 먹었다. 우리는 무척 배가 고팠다. 하루 종일 긴장해서 아무것도 먹지 못했던 탓이다.

아버지가 멕에게 플랩잭을 권하니 멕도 맛있게 먹었다.

카밀라는 멕이 차를 '진하게 또는 연하게' 중 어떻게 마시는지 물었고, 멕은 잘 모르겠다며 사과했다. "차는 그냥 차라고 생각했습니다." 이 대화는 다양한 주제에 대한 흥미진진한 대화를 촉발시켰다.

차와 와인, 기타 술 종류, 영국식 어법과 미국식 화법 등에 대해 이야기하다가, 곧이어 '모두가 좋아하는 것'이라는 더 광범위한 주제로 넘어가 애완견으로 화제가 집중되었다. 멕은 구조견 출신인 보가트(Bogart)와 가이(Guy)

---

* TV 연속극을 뜻하며, 드라마 초창기에 비누 회사에서 광고를 많이 해서 붙여진 이름.

라는 두 마리의 털복숭이 애완견에 대해 이야기했다. 가이에게는 특히 안타까운 사연이 있었다. 입양되지 못한 유기견을 안락사시키는(kill shelter) 켄터키의 어느 동물보호소에서 발견한 가이는, 깊은 숲속에서 음식이나 물도 없이 주인에게 버려진 상황이었다. 켄터키에서는 다른 주보다 유독 비글의 안락사가 많았는데, 멕은 이 보호소의 웹사이트에서 가이를 발견하자마자 사랑에 빠졌다고 말했다.

그때 카밀라의 어두워진 표정이 눈에 들어왔다. 배터시 도그스 & 캣츠 홈(Battersea Dogs & Cats Home)의 후원자인 그녀는 이런 종류의 이야기에 늘 가슴 아파했다. 아버지도 마찬가지였다. 아버지는 고통받는 동물을 보면 늘 힘겨워했다. 멕의 이야기를 들으며, 아버지는 아끼던 애완견인 푸를 스코틀랜드의 황무지에서 잃어버리고 다시는 발견하지 못했던 기억을 떠올렸을 것이다. 푸는 아마도 토끼굴로 들어간 것 같았다.

편안한 대화가 이어졌고 네 명이 동시에 말하기도 했다. 그러다가 아버지와 멕이 조용히 대화에 몰두하고 있을 때 나는 카밀라를 힐끔 쳐다보았다. 그녀는 의붓아들과 대화하기보다 남들의 이야기를 엿듣는 데 더 열중하는 것 같았는데, 불행히도 앉은 자리는 나에게서 더 가까웠다.

곧 모두가 자리 배치를 달리했다. 할머니와의 국빈 만찬에서와 동일한 관례대로 본능처럼 자기 자리를 찾아가는 모습이 참으로 기이했다.

결국 대화는 네 명 모두에게로 확장되었다. 우리는 연기와 예술 전반을 주제로 이야기했다. 아버지는 이런 분야에서 자기의 길을 개척하는 것이 얼마나 힘든지 말했다. 멕의 이력에 대해 궁금증이 많았고, 그녀가 대답하는 모습에서 깊은 인상을 받았다. 그녀의 자신감과 총명함이 부지불식간에 아버지를 사로잡은 것 같았다.

이제 시간이 다 되었다. 아버지와 카밀라는 다음에 다시 만나자고 약속했다. 왕실 생활이란 늘 엄격한 통제와 과중한 업무로 점철된 것이라서.

나는 나중에 이 모든 걸 멕에게 설명해야겠다고 생각했다.

모두 자리에서 일어났다. 멕이 아버지를 향해 몸을 기울였다. 순간 나는 움찔했다. 형과 마찬가지로 아버지도 포옹을 좋아하지 않는 분이었다. 다행히 멕은 영국 표준의 볼 인사를 했고 아버지도 이를 마음에 들어 하는 듯했다.

멕을 데리고 클래런스 하우스에서 푸르고 향기로운 정원으로 걸어 나오면서 의기양양해졌다.

'그래, 이제 된 거 같아.' 나는 생각했다. '가족이 된 걸 환영해.'

18.

2016년 10월 말, 토론토로 날아갔다.

멕은 자신의 삶과 자신의 애완견들과, 자신이 무척 아끼는 작은 집을 내게 보여주겠다며 무척 들떠 있었다. 나 또한 그 모두를 보고 싶었고, 그녀와 관련된 사소한 모든 것들까지 알고 싶었다. (과거에 남모르게 잠시 캐나다에 들른 적은 있었지만, 정식으로 방문하는 것은 이번이 처음이었다.) 우리는 웅장하고 광활한 협곡과 유원지에서 강아지들을 산책시켰다. 그리고 멕의 집에서 가까우면서 인구 밀도가 낮고 외진 지역들도 탐험했다. 토론토는 런던과 달랐지만, 또한 보츠와나와도 달랐다. 그래서 항상 주의해야 한다고 서로 말했다. 얼굴을 가리고, 변장도 필요했다.

변장 얘기가 나와서 하는 말인데, 이번 할로윈에 유지와 잭을 초대했다. 또 멕과 절친한 마커스(Markus)도. 토론토의 소호 하우스에서 큰 파티가 열리고 있었는데 그 주제가 '계시(Apocalypse)'였다. 그에 맞춰 의상도 준비해야 하고.

나는 주제가 있는 코스튬 파티에서 별 재미를 못 느꼈다고 멕에게 중얼거리면서도 다시 도전하겠다고 말했다. 의상 도움을 받으려고 집을 떠나기 전에 내 지인인 영화배우 톰 하디에게 미리 부탁했었다. 그에게 전화를 걸어 매드 맥스(Mad Max)에서 그가 입었던 의상을 빌릴 수 있는지 물었다.

"전부 다?"

"네, 부탁해요. 세트 전체를."

그리하여 내가 영국을 떠나기 전에 받은 의상을 지금 멕의 조그만 화장실에서 입어보는 중이었다. 밖으로 나오자 멕이 폭소를 터트렸다.

우스꽝스러웠다. 약간 무섭기도 하고. 하지만 더 중요한 건, 나를 알아볼 수 없다는 사실이었다.

한편 멕은 찢어진 검정 반바지에 카모 탑, 망사 스타킹을 착용했다. '이것이 세상의 종말을 부르는 계시로군.' 나는 생각했다.

파티는 시끄럽고, 어둡고, 취해 있었다. 아주 이상적으로. 멕이 방을 지나칠 때 여러 사람이 다시 바라보곤 했지만, 그녀의 암울한 데이트 상대에게 두 번 눈길을 주는 사람은 없었다. 이 변장을 매일 했으면 좋겠다는 생각마저 들었다. 다음 날에도 이렇게 변장을 하고 그녀의 슈츠 촬영장을 방문할 수 있다면….

하지만 다시 생각해 보니 별로 좋은 생각 같지 않았다. 인터넷 검색을 하다가 멕이 사랑을 나누는 장면을 온라인으로 본 적이 있었다. 그녀와 파트너 배우가 사무실이나 회의실 등에서 격렬하게 애정표현을 하는 장면이었다… 그 모습들을 머리에서 지우려면 전기충격이 필요할 듯했다. 그런 장면을 눈앞에서 보고 싶지는 않았다. 그런데, 꼭 그렇지도 않았다. 다음날은 토요일이고, 따라서 멕이 일하는 날은 아니었으니까.

하지만 다음 날이 되자 그 모든 생각이 무의미하게 상황이 돌변했다. 우리의 관계를 폭로하는 뉴스가 온 세상에 공개된 것이다.

"어쩌겠어." 근심스레 전화기를 보며 우리는 말했다. "언젠가는 터질 일인데 뭐."

사실 우리는 이런 날이 오리란 걸 직감하고 있었다. 할로윈의 계시로 떠나오기 전에 또 다른 계시가 곧 찾아올지도 모른다고. 이 우주가 사악한 유머 감각을 지니고 있다는 또 하나의 증거였다.

"멕, 앞으로 벌어질 일들에 각오가 되어 있어?"

"뭐, 그럭저럭. 당신은?"

"나도."

멕의 소파에 앉았다가 나는 곧 공항으로 향했다.

"두려워?"

"응. 아니, 잘 모르겠어."

"우리는 사냥을 당할 거야. 다른 길은 없어."

"난 그냥 우리가 덤불 속에서 있을 때처럼 받아들일게."

멕은 보츠와나에서 사자가 으르렁거릴 때 내가 했던 말을 상기시켜 주었다. "날 믿어. 내가 안전하게 지켜줄게."라고 했던 그 말을.

그때 그녀는 나를 믿었고, 지금도 나를 믿는다고 말했다.

내가 히드로 공항에 착륙할 즈음에는 그 이야기가 슬그머니 사라져 있었다. 아무것도 확인된 것도 없고 사진도 없으니, 보도를 계속할 동력이 없었기 때문이다.

'잠깐의 유예? 어쩌면 모든 게 좋아질지도….' 하고 생각했지만, 아니. 그것은 폭풍의 전야였다.

19.

2016년 11월의 첫 몇 시간과 첫 며칠간은 정말 몇 분 단위로 모욕에 모욕을 거듭 당했다. 충격적이었고, 충격을 받고 있는 나 자신을 책망했다. 그리고 지금껏 아무런 준비도 하지 않은 것에 대해서도. 일상적인 광기나 일반적인 비방에 대해서는 면역이 되어 있었지만, 이 정도로 무지막지한 거짓말은 상상도 하지 못했다.

무엇보다 인종 차별은 전혀 예상치 못했다. 특정 표적을 겨냥한 우회적인 (dog-whistle) 인종 차별이나 노골적이고 저속한 인종 차별 모두를.

그중에서 《데일리 메일》이 선봉에 섰다.

헤드라인: "해리의 여자는 거의 콤프턴 출신*이다."

---

* 미국 캘리포니아주 남부의 도시. 흑인이 많이 살며 슬럼이 형성되어 있는 지역이다.

부제: "그녀 어머니의 집이 폭력단에 훼손된 것으로 드러나… 그래도 그가 들러서 차를 마실 것인가?"

다른 타블로이드도 이 시끄러운 소동에 가세했다.

"폭력단 왕족과 결혼하려는 해리?"

내 얼굴이 굳었다. 피가 멈춘 듯했다. 화가 났고, 그보다 부끄러웠다. 내 조국에서 이런 일이 벌어지다니? 그녀에게? 우리에게? 이게 사실인가?

이 정도로의 헤드라인으로도 충분히 모욕적이지 않았는지, 《데일리 메일》은 지난주에만 콤프턴에서 47건의 범죄가 발생했다고 잇따라 보도했다. 47건, 상상해 보라. 멕은 콤프턴에서 산 적도 없을뿐더러 근처에도 가지 않았다는 것은 모른다고 치자. 그녀는 버킹엄궁에서 원저성만큼의 거리와 비슷하게, 콤프턴에서 차로 30분가량 떨어진 곳에서 살고 있었다. 하지만 이 사실도 잊었다고 하자. 몇 년 전이든 지금이든, 콤프턴에서 살았다고 한들 그게 어쨌다고? 멕이 범죄를 저지른 적도 없는데, 콤프턴에서 몇 건의 범죄가 일어났든 그게 무슨 상관이란 말인가?

하루나 이틀 뒤, 이 신문이 이번에는 런던 시장을 역임한 보리스 존슨의 누이가 쓴 에세이를 소개하며, 멕이 왕족에게… 유전적으로… 무언가를 할 것으로 예상된다고 압박했다.

"소문대로 그녀가 해리 왕자와 결혼하여 어떤 문제가 발생한다면, 원저가의 푸른 피(blue blood, 귀족 또는 상류층 혈통)와 스펜서가의 창백한 표정과 적갈색 머리에 조금 더 짙고 이국적인 DNA를 더하게 될 것이다."

누이 존슨은 멕의 어머니 도리아(Doria)가 '빈민가' 출신이며, 그녀의 드레드록 머리가 그 확고한 증거라고 주장했다. 오하이오주 클리블랜드에서 태어나 로스앤젤레스의 중산층 지역에 있는 페어팩스 고등학교를 졸업한 사랑스러운 도리아에 대한 추잡스러운 말들이 삼백만 영국인들을 강타하고 있었다.

《텔레그라프》는 내가 법적으로 이혼녀와 결혼할 수 있는지에 대한 뜨거운 쟁점을 다각도로 진단하는 작가의 모습을 통해, 조금 덜 역겹긴 해도 여전히 정신 나간 기사로 이 싸움판에 참전했다.

놀랍게도 그들은 이미 멕의 과거와 첫 결혼사까지 꿰고 있었다.

이혼한 내 아버지도 최근에 이혼녀와 결혼했고, 고모인 앤 공주도 재혼한 이혼녀였으며, 그 명단은 계속된다. 2016년의 영국 언론은 이혼을 주홍글 씨처럼 각인했다.

《더 선》은 멕의 소셜미디어를 샅샅이 뒤져 그녀가 한 친구와 프로 하키 선수와 같이 있는 사진을 발견하고는, 멕과 하키 선수가 지독한 불륜을 저질렀다는 얼토당토않은 조작 기사를 만들어 냈다. 당시의 상황에 대해 내가 멕에게 물었다.

"아냐, 그 사람은 내 친구와 사귀고 있었어. 내가 소개했거든."

나는 왕실 변호사에게 요청하여, 신문사에 연락하여 그 기사는 명백한 허위에다 명예훼손에 해당하는 만큼 즉시 삭제하도록 요구하라고 했다. 이 요구에 대한 신문사의 반응은 어깨를 한 번 으쓱하고는 가운뎃손가락을 올리는 것이었다.

"너무 무모한 짓입니다." 변호사가 신문사 편집장들에게 말했다.

하지만 그들은 하품으로 되받았다.

우리는 이미 알고 있었다. 신문들이 멕과 주변 사람들뿐 아니라 그녀의 인생과 전혀 상관없는 사람들까지 사립탐정을 동원하여 조사했기 때문에, 멕의 배경과 남자친구들에 대해서는 이미 전문가들이었다. 그들은 멕에 관한 한 전문가였다. 멕에 대해서, 본인을 제외한 어느 누구보다도 많이 알고 있었고, 멕과 하키 선수에 대해 쓴 기사 역시 쓰레기라는 것을 그들이 더 잘 알았다. 그런데도 그들은 왕실 변호사의 반복된 경고에도 무대응으로 일관했다. 이건 조롱과 다름없었다.

'우리는. 신경 쓰지. 않아!'

나는 이번 공격뿐 아니라 다른 모든 상황으로부터 멕을 보호할 방법을 강구하려고 변호사와 머리를 맞댔다. 거의 매일 아침 눈을 뜨자마자 시작하여 한밤중까지 이 모욕적인 상황을 중단시키기 위해 노력했다.

"고소하세요." 나는 변호사에게 반복해서 말했다. 그럴 때마다 변호사는 신문사들이 원하는 것이 고소라는 말만 되풀이했다. 내가 고소하는 것 자체가 관계를 인정하는 것이고 신문사들의 목적이 그것이므로, 오히려 고소해주기를 애타게 바라고 있다는 것이다.

나는 극도의 분노에 휩싸였다. 그리고 죄책감도 들었다. 멕과 그 어머니에게 나의 삶이라는 전염병을 감염시켰다. 멕을 안전하게 지켜주겠다고 약속했는데, 이미 그녀를 위험의 한복판으로 밀어 넣었다.

변호사와 함께하지 않을 때는 켄싱턴궁의 공보관인 제이슨(Jason)과 함께 있었다. 그는 매우 똑똑한 사람이지만 지금 진행되고 있는 위기에 대해서는 조금 지나치다 싶을 정도로 냉정한 바람에 나를 답답하게 했다. 그는 내게 아무런 대응도 하지 말라고 강조했다. "짐승들에게 먹이는 주는 꼴이에요. 침묵이 최선입니다."

하지만 침묵은 선택권에 없었다. 모든 선택권 중에서 침묵은 가장 바람직하지도 않고 방어와도 거리가 멀었다. 언론이 계속해서 멕에게 이런 짓을 하도록 내버려 둘 수는 없었다.

뭐가 됐든 우리는 행동해야 하고 또 주장해야 한다고 공보관을 설득했지만 궁에서는 거부했다. 궁정 관리들이 우리를 강하게 막았다. 궁에서는 아무것도 할 수 없다고만 말했다. 따라서 아무것도 진행되지 않을 것이라고….

나는 이것으로 끝이라고 생각했다. 《허핑턴 포스트》에 실린 에세이를 읽기 전까지는. 이 글을 쓴 사람은, 영국인들은 인종 차별주의 식민주의자들의 후예이므로 지금처럼 인종 차별주의가 폭발하는 상황에 대한 영국인들의 너그러운 반응이 충분히 예견되었다고 했다. 한편으로, 정말로 '용서할 수 없는 것'은 나의 침묵이라고 그 여성 작가는 덧붙였다.

나의 침묵이라고.

나는 이 에세이를 제이슨에게 보여주며 즉시 방향을 수정해야 한다고 말했다. 더 이상의 논쟁도, 더 이상의 토론도 의미가 없었다. 당장 성명서를 발표해야 했다.

하루 만에 초안이 만들어졌다. 강하고, 정확하고, 분노하며, 정직하게. 나는 이것이 마지막이 아니라, 어쩌면 마지막의 출발점일 수도 있다고 여겼다.

내가 마지막으로 한 번 더 읽은 다음, 제이슨에게 공표하도록 부탁했다.

20.

성명서를 공표하기 불과 몇 시간 전에 멕은 나를 만나러 달려오고 있었다. 차를 타고 토론토의 피어슨 국제공항으로 달리는 도중에 파파라치들이 따라붙었고, 불안한 마음을 안고 여행객들 속으로 조심스럽게 지나치며 신원을 노출했다. 라운지가 사람들로 붐비자, 이를 안타깝게 여긴 에어 캐나다 직원이 멕을 옆방에 숨겨 주었다. 그리고 음식도 한 접시 가져다주었다.

멕이 히드로 공항에 도착했을 때는 나의 성명서가 이미 공표된 후였다. 하지만 달라진 건 없었다. 공격은 계속되었다.

오히려 나의 성명서는 완전히 다른 차원의 공격을 촉발했다. 내 가족으로부터의 공격을. 아버지와 형이 크게 화를 냈다. 나를 심하게 나무랐다. 나의 성명서 때문에 자신들의 이미지가 실추되었다고 입을 모아 말했다.

도대체 왜?

그들은 여자친구나 아내가 세상으로부터 공격받을 때 이런 성명을 낸 적이 없었기 때문이다.

그래서 멕의 이번 방문은 과거와는 달랐다. 완전히 다른 성격이었다. 프로그모어 정원을 거닐거나, 부엌에 앉아 장밋빛 미래를 설계하거나, 둘이서 시간을 보내며 서로를 더 알아가는 것보다, 우리 두 사람은 변호사를 만나이 광기에 맞서 싸울 방법을 찾느라 스트레스를 받으며 지냈다.

멕은 인터넷에 자주 접속하지 않았다. 자신을 보호하고, 머리에 독이 침투하는 것을 예방하기 위해서였다. 현명한 선택이다. 하지만 자신의 평판과 신체적 안전을 위한 전투를 벌여야 하는 상황에서는 지속 가능한 방법이 아니었다. 나는 무엇이 사실이고 무엇이 거짓인지를 알아야 했고, 그러기 위해서는 온라인에 유포된 것들이 사실인지 수시로 멕에게 확인해야 했다.

"이거 진짜야? 저것도 진짜야? 여기에 조금이라도 진실인 게 있어?"

멕은 이따금 눈물을 보였다. "저 사람들은 왜 저런 말을 하는 거야, 하즈? 이해할 수가 없어. 저렇게 막 지어낼 수도 있는 거야?"

"그래, 그럴 수 있어. 그래, 저 사람들은 그렇게 해."

점점 쌓여가는 스트레스와 끔찍한 압박감 속에서도 우리 두 사람은 그 며칠 동안 서로에게 상처 주는 일 없이 끈끈한 유대를 이어나갔다. 멕의 방문 기한이 막바지에 이르렀을 때도 우리는 굳건하고 행복했으며, 멕은 나를 위해 특별한 점심을 만들어 주고 싶다고 말했다.

늘 그렇듯 냉장고에는 아무것도 없었다. 하지만 길 아래에 홀 푸즈(Whole Foods) 매장이 있었다. 나는 멕에게 가장 안전한 경로를 알려주었다. 궁전 경비대를 지나, 오른쪽으로 돌아 켄싱턴궁 정원 방향으로 가다가, 켄싱턴 하이 스트리트(High Street)를 따라 내려가면 경찰 방호벽이 있고, 다시 오른쪽으로 돌면 홀 푸즈가 보일 것이라고. "큰 건물이라서 눈에 확 들어올 거야."

나는 약속이 있었지만 곧 집으로 돌아올 예정이었다.

"야구 모자 쓰고, 재킷 입고, 고개 숙이고 옆문으로 가. 괜찮을 거야. 약속해."

두 시간 뒤에 집에 돌아온 나는 슬픔에 잠긴 멕을 발견했다. 흐느끼고 있었다. 몸까지 떨면서.

"왜 그래? 무슨 일이 있었어?"

좀처럼 말을 꺼내지 못했다.

멕은 내가 말한 복장을 하고 아무도 모르게 슈퍼마켓 통로를 오가고 있었다. 그런데 에스컬레이터를 타는 순간 어떤 남자가 접근했다. "실례합니다, 혹시 출구가 어딘지 아세요?"

"아, 네. 바로 여기 왼쪽에 있을 거예요."

"아, 당신! 그 프로그램… 슈츠에 나오는 사람 맞죠? 내 아내가 당신을 무척 좋아해요."

"네, 너무 고마워요! 감사해요. 이름이 뭐죠?"

"제프."

"반가워요, 제프. 시청해 주셔서 감사하다고 아내분께 전해주세요."

"그럴게요. 사진 하나 찍어도 될까요? 엄마께 보여드리려고요."

"아내라고 하셨던 거 같은데…."

"아, 네, 허허."

"죄송해요, 오늘은 식료품 쇼핑을 나온 거라서…."

갑자기 그의 표정이 돌변했다.

"같이 찍지는 못하더라도… 당신 사진을 찍는 것까지 막을 순 없어."

그가 전화기를 꺼내더니 식료품 판매대로 향하는 멕을 따라와서는 칠면조를 보고 있는 그녀를 찍기 시작했다. 칠면조를 포기하고 계산대로 서둘러 이동했다. 하지만 그가 계속 따라왔다.

계산을 기다리는 사람들 속으로 들어갔다. 그녀의 눈앞에는 잡지와 신문들이 줄지어 놓여 있었는데, 그 모든 곳에 그녀에 관한 충격적이고 혐오스러운 헤드라인이 달려 있었다. 다른 사람들도 눈치를 챘다. 그들도 잡지와 그녀를 번갈아 보더니, 좀비처럼 전화기를 꺼냈다.

징그러운 미소를 짓고 있는 두 계산원도 멕의 눈에 들어왔다. 식료품을 계산하고 밖으로 나오자마자 자신을 향해 아이폰을 겨누고 있는 남자 네 명과 맞닥뜨렸다. 고개를 숙인 채 켄싱턴 하이 스트리트로 달렸다. 거의 집에 다다랐을 때 마차 하나가 켄싱턴궁 정원을 빠져나가고 있었다. 무슨 퍼레이드 같았는데, 그 때문에 궁의 출입구가 폐쇄되었다. 멕은 어쩔 수 없이 대로로 되돌아갔는데 낌새를 알아차린 네 남자가 정문으로 향하는 그녀를 이름까지 외치며 쫓아갔다.

마침내 노트 코트 안으로 들어선 멕은 가장 가까운 여자친구들과 통화를 했는데, 하나같이 이렇게 말했다. "이걸 다 감수할 만큼 그 남자가 소중해,

멕? 그 정도로 소중한 사람도 있어?"

나는 그녀를 껴안으며 미안하다고 말했다. 너무 미안하다고.

그냥 그렇게 껴안고 있는데, 어디선가 맛있는 냄새가 서서히 풍겼다.

주변을 둘러보았다.

"잠깐만, 자기… 이런 일을 겪고도… 그러고도 점심을 만들었어?"

"떠나기 전에 자기에게 꼭 먹여주고 싶었어."

21.

3주 후, 나는 왕실 일정으로 바베이도스의 어느 진료소에서 HIV 검사를 받았다. 리한나와 함께.

'세계 에이즈의 날(World AIDS Day)'이 다가오고 있을 무렵, 거의 마지막 순간에 리한나에게 연락하여 카리브해 전역에서 에이즈에 대한 인식을 제고하는 데 동참해 달라고 부탁했다. 놀랍게도, 그녀는 흔쾌히 수락했다.

2016년 11월.

중요한 날이고 중요한 대의를 추구하고 있었지만, 내 머리는 온전히 그 일에 집중하지 못했다. 멕이 걱정되었다. 파파라치들이 둘러싸고 있어서 집에 갈 수도 없었다. 게다가 로스앤젤레스의 어머니 집 주변도 파파라치들이 점령하기는 마찬가지였다.

촬영도 휴식기여서 홀로 표류하며 지내는데, 때마침 추수감사절이 다가왔다. 그래서 내가 로스앤젤레스에 빈집이 있는 지인들에게 연락했더니, 고맙게도 그 사람들이 멕에게 집을 내주었다. 잠시나마 문제가 해결되었다. 하지만 나는 여전히 그녀가 걱정스러웠고 언론에도 강한 적개심을 숨길 수 없었다. 지금 내 주변도 언론이 둘러싸고 있었다.

왕실 기자들도 똑같았다. 그들을 노려보며 생각했다.

'공범들.'

그때 바늘이 내 손가락을 찔렀다. 피가 튀는 모습을 보며, 나와 내 가족을 '푸른 피(blue blood)'라고 부르던 친구와 이방인, 동료 군인, 언론인, 소설가,

학교 친구 등 모든 사람이 떠올랐다. 귀족과 왕족을 지칭하는 이 오래된 속어는 도대체 어디에서 유래한 것일까? 우리의 피가 다른 사람들보다 차가워서 그렇다고 말하는 사람도 있지만, 그게 말이나 되는 소리인가? 우리 가족은 우리가 특별해서 그렇다고 늘 말하지만, 그것 또한 말도 안 되는 소리다. 내 피를 시험관에 흘려 넣고 있는 간호사를 바라보며 생각했다.

'빨갛구나. 다른 사람들과 똑같이.'

나는 결과를 기다리는 동안 리한나에게 다가가 수다를 떨었다. 결과는 음성.

이제 와이파이가 되는 어딘가를 찾아 달려가서 멕의 상태를 확인하고 싶었다. 그러나 불가능했다. 회의와 방문으로 빽빽한 왕실 일정 때문에 조금도 여유가 없었다. 게다가 나를 태우고 카리브해를 운항하던 상선으로 서둘러 돌아가야 했다.

그날 밤늦게 배에 도착했을 때 선내 와이파이 신호는 거의 잡히지 않았다. 문자메시지로만 멕과 연락할 수 있었는데, 그것도 내가 묵는 객실의 의자를 밟고 서서 창문에 전화기를 바짝 갖다 대어야 겨우 가능했다. 짧은 순간 연결되었지만, 멕이 내 친구의 집에 안전하게 머물고 있음을 확인했다. 게다가 그녀의 어머니와 아버지가 남몰래 들어와 추수감사절을 함께 보낼 수 있었다. 그런데 멕의 아버지는 타블로이드 신문을 잔뜩 들고 와서 그 내용을 이야기하자는 이해할 수 없는 행동을 했다. 대화는 순조롭지 못했고, 결국 아버지는 일찌감치 집을 떠났다.

멕이 이런 이야기를 들려주는 사이에 와이파이가 끊겼다.

상선은 다음 목적지를 향하여 힘차게 나아갔다.

전화기를 내려놓은 나는 창문 밖으로 어두운 바다를 가만히 바라보았다.

22.

촬영장에서 집으로 차를 몰고 돌아오던 멕은 자동차 다섯 대가 뒤쫓아오는 것을 발견했다. 모든 자동차에는 의심스러워 보이는 남자가 한 명씩 타고 있었다. 늑대 같은 남자들이.

그 무렵의 캐나다는 겨울이라서 도로가 얼어 있었다. 게다가 쫓아오는 자동차들이 멕의 차량 주변을 오락가락하며 끼어들기도 하고, 빨간 불에도 신호를 위반하며 미행하면서 사진까지 찍었다. 계속 이러다가는 사고가 날 것 같다고 멕은 직감했다.

멕은 스스로 다짐했다. 당황하지 말자고, 제대로 운전하자고, 그들이 원하는 빌미를 제공하지 말자고. 그러다가 나에게 전화를 걸었다.

그때 나는 런던에서 경호원이 운전하는 내 차 안에 있었다. 멕의 훌쩍거리는 목소리에 내 어린 시절이 불현듯 떠올랐다. 발모럴에서의 아픈 기억이.

"엄마는 이겨내지 못했어, 사랑하는 아들."

나는 멕에게 침착하게 도로를 똑바로 주시하라고 말했다. 나의 항공통제관 훈련이 이어졌다. 나는 멕에게 가장 가까운 경찰서를 찾아가도록 했다. 멕이 차에서 내릴 때 전화기 너머로 파파라치들이 경찰서 정문까지 따라오는 소리가 들렸다.

"저기요, 메건, 한 번만 웃어주세요!"

찰칵, 찰칵, 찰칵.

멕은 그동안 일어난 일을 경찰에 설명하고 도움을 요청했다. 경찰은 연민을 느끼고 또 입으로도 그렇게 말하면서도, 그녀가 유명인사라서 경찰에서 할 수 있는 게 없다고 강조했다. 멕이 차로 돌아가자 파파라치들이 다시 몰려들었고, 나는 그런 그녀를 집까지 안내했다. 현관을 들어선 멕은 마침내 무너졌다.

나 역시 그랬다. 무력감에 사로잡혔고, 이것의 나의 아킬레스건이란 것을 깨달았다. 어떤 조치만 취해진다면 나도 무엇이든 할 수 있었다. 그러나 아무것도 할 수 없는 상황에서는… 그냥 죽고 싶었다.

집 안에서도 제대로 된 휴식은 불가능했다. 밤이면 거의 언제나 파파라치들과 기자라는 것들이 계속 문을 두드리고 초인종을 울렸다. 강아지들도 제 정신이 아니었다. 무슨 일이 일어나고 있는지, 왜 주인이 문을 열지 않는지, 왜 집이 공격당하는지, 강아지들은 이해하지 못했다. 강아지들은 마구 짖으며 뺑뺑이를 돌았고, 주인은 부엌 바닥 구석에 웅크리고 있었다. 자정이 지나고 주변이 조용해질 무렵, 멕이 용기를 내어 블라인드로 밖을 내다보니 자동차 엔진을 켜 놓고 차 안에서 자는 남자들이 보였다.

이웃들도 파파라치들에게 괴롭힘을 당했다고 멕에게 말했다. 이상한 남자들이 길에서 오락가락하며 질문을 하고, 멕과 관련된 어떠한 소식이라도 알려주면 돈을 주겠다거나 그럴듯한 거짓말을 늘어놓기도 했다. 한 이웃은, 멕의 창문을 겨냥하여 라이브 스트리밍 카메라를 옥상에 설치하도록 해주면 거액을 주겠다는 제안도 받았다. 다른 이웃은 실제로 그 제의를 받아들여 멕의 뒷마당을 바라보는 카메라를 옥상에 설치했다. 멕이 다시 경찰에 연락했지만, 이번에도 반응은 없었다. 온타리오주법은 이런 행위를 금하지 않는다는 말만 돌아왔다. 이웃이 물리적으로 침입하지만 않는다면, 집에 허블 망원경을 설치하여 그녀의 뒷마당을 겨냥하더라도 문제가 되지 않는다는 것이었다.

한편, 로스앤젤레스의 어머니도 집에서뿐 아니라 세탁소와 직장까지 매일같이 쫓기고 있었다. 게다가 심각한 모욕까지 당했다. 어느 기사에서는 그녀를 '트레일러 쓰레기(trailer trash)*'라고, 또 다른 기사에서는 '약쟁이(stoner)'라고 했다. 사실 그녀는 완화치료 부문에 종사했다. 그래서 로스앤젤레스 전역을 다니며 생의 마지막을 앞둔 사람들에게 도움을 주었다.

파파라치들은 그녀가 방문한 많은 환자 집의 담벼락과 울타리 너머를 두리번거렸다. 하지만 보이는 것은, 나의 어머니처럼 이 세상에서의 마지막을 숨을 몰아쉬다가 결국 그마저 끊어진 사람들이었다.

---

* 이동 주택에서 생활하는 빈민을 일컫는다.

23.

재회했다. 노트 코트에서 함께 식사를 준비하던 고즈넉한 밤.

2016년 12월.

멕과 나는 둘 다 구운 닭고기를 좋아한다는 공통점을 발견했다.

나는 조리법을 몰랐는데 그날 밤에 맥이 가르쳐 주었다.

주방의 온기와 향기로운 냄새가 기억난다. 도마 위의 레몬 조각, 마늘과 로즈마리, 소스 팬에서 부글거리는 그레이비 소스.

닭 껍질에 소금을 문지르고, 그 뒤에 와인 한 병을 땄다.

멕이 음악을 틀었다. 그녀는 포크 음악과 소울, 제임스 테일러와 니나 시몬 등을 가르치며 나의 음악적 지평을 넓혀주었다.

새로운 새벽이에요. 새로운 하루예요.

It's a new dawn. It's a new day.

와인이 머릿속으로 흘러 들어갔을까? 아니면 몇 주 동안 언론과 싸우느라 기력이 다한 것일까? 무슨 이유에선지 우리의 대화가 엉뚱한 방향으로 흐르자 내가 무척 예민해졌다.

그러다가 화를 냈다. 뜬금없이, 어설프게.

멕은 내가 잘못 이해한 부분이 있다고 했다. 문화적 차이에 의한 것도 있고 언어적 장벽 때문인 것도 있었지만, 그날 밤 나는 분명 너무 예민했다. 그래서 멕이 나를 비난하고 있다고 받아들였다.

나도 그녀에게 화를 내며 거칠고, 잔인하게 쏘아붙였다. 그 말이 내 입을 떠나자 방 안의 모든 것이 정지하는 느낌이 들었다. 부글거리던 그레이비 소스의 거품도 정지하고, 순환하던 공기 분자도 그 자리에 정지하고. 니나 시몬조차도 정지한 듯했다. 방 밖으로 걸어 나간 멕은 15분 동안 모습을 보이지 않았다.

나도 밖으로 나가서 위층 침실에 앉아 있는 그녀를 찾았다.

그녀는 침착하게, 낮고 차분한 어조로 앞으로 그런 식으로 말하는 것은 절대 용납하지 않을 것이라고 말했고 나는 고개를 끄덕였다.

그런 식으로는 말하는 것을 어디서 배웠는지 멕은 알고 싶어 했다.

"나도 몰라."

"남자가 여자에게 그런 식으로 말하는 것을 어디서 들었어? 자랄 때 어른들이 그러는 걸 본 거야?"

나는 목청을 가다듬고 시선을 돌리며 대답했다. "그래."

멕은 이런 유형의 파트너를 용납하지 않았다. 공동 부모 관계에서도, 이런 종류의 삶도. 그녀는 분노를 표출하거나 상대방을 경멸하는 환경에서 자녀를 키우는 것도 용납하지 않았다. 그리고 모든 것을 아주 명쾌하게 설명했다. 우리 두 사람은 내 분노의 원인이 우리의 대화 때문이 아니라는 것을 잘 알았다. 그 원인은 내면의 깊은 어딘가에서, 파헤쳐야 할 어딘가에서 비롯되었으며, 그러기 위해서는 분명히 누군가의 도움이 필요했다.

치료를 시도한 적도 있었다고 내가 말했다. 윌리 형이 그렇게 하라고 해서. 하지만 적임자를 찾지 못했고, 효과도 없었다.

"아니." 멕이 나직이 말했다. "다시 해 봐."

24.

우리는 완전히 다르고 아무런 표시도 없는, 짙은 창의 자동차 뒷자리에 같이 앉아 켄싱턴궁을 떠났다. 오후 6시 30분경 후문을 통과했다. 미행이 없다는 경호원들의 말도 있었고, 리젠트 스트리트(Regent Street)에서 차량이 정체되자 우리는 차에서 내렸다. 극장으로 향하던 중이었는데, 공연이 시작된 뒤에 도착하여 괜스레 이목을 끌고 싶지 않았기 때문이다. 시계를 보며 오로지 늦지 않는 데에만 집중하다 보니, 스토킹 금지법까지 뻔뻔스럽게 위반하며 우리를 뒤쫓고 있는 '그들'을 발견하지 못했다.

그들은 극장 가까이에서 우리를 촬영했다. 움직이는 자동차에서, 버스 정류장의 창을 통해서.

사진을 찍는 장본인은 쌍둥이 덤과 더머였다.

우리는 특히 그 둘에게 쫓기는 것이 싫었다. 지난 5개월 동안 어찌어찌 피해 다녔는데, 그동안 잘 피했다고 서로 격려했는데….

그다음으로 파파라치들에게 노출된 때는 몇 주 뒤, 멕과 함께 비행기를 타고 온 어머니 도리아와 저녁을 먹고 나설 때였다. 파파라치들이 우리 둘은 포착했지만 다행히 어머니는 놓쳤다. 어머니는 바로 호텔로 향했고, 우리는 경호원들과 함께 차로 갔다. 파파라치들은 어머니를 전혀 볼 수 없었다.

그날 저녁을 먹으며 나는 꽤 긴장했다. 여자친구의 어머니를 만나는 것도 신경 쓰이는 일인데, 하물며 딸의 삶을 지옥으로 만들고 있으니 오죽하겠는가. 최근에도《더 선》의 일면 헤드라인이 이렇게 장식되었다.

"해리의 여자, 성인 사이트에 등장."

일부 변태들이 슈츠에서 도용한 멕의 이미지를 몇몇 포르노 사이트에 올린 것이다.《더 선》은 이 이미지가 불법적으로 사용되었다거나, 멕이 그런 사실에 대해 전혀 몰랐다거나, 멕도 할머니처럼 포르노와 관련이 있다거나 하는 말은 일절 언급하지 않았다. 이건 그저 구독자들이 신문을 사거나 기사를 클릭하도록 미끼를 던지는 속임수에 지나지 않았다. 아무런 알맹이도 없다는 사실을 구독자가 깨달았을 때는, 이미 늦었다! 광고비는 이미《더 선》의 주머니로 들어간 후이다.

우리는 이 상황에 맞섰고 공식적인 항의서도 제출했지만, 다행히 그날 저녁에는 이 내용이 거론되지 않았다. 우리에게는 함께 나눠야 할 행복한 이야기들이 많았다. 멕이 최근 월드비전(World Vision)과 함께 소녀들의 월경 건강 관리와 교육 접근성을 향상시키기 위한 인도 방문 일정을 마쳤고, 그 후에 늦게나마 어머니의 환갑을 축하하기 위해 인도의 고아(Goa)에서 열리는 요가 수련 프로그램에 어머니를 초대했다. 그날 우리는 어머니를 축하하고, 함께하게 된 것을 축하했으며, 그 모두를 우리가 가장 좋아하는 장소인 딘

스트리트 76번지에서 할 수 있어서 감사했다. 인도와 관련해서는, 내가 멕이 인도로 떠나기 전에 해준 조언 때문에 우리는 또 웃었다.

"타지마할 앞에서 사진 찍지 마."

왜 그러냐고 멕이 묻자 나는 이렇게 답했다. "엄마 때문에."

나는 설명하기를, 과거에 어머니가 그곳에서 사진 포즈를 취했는데 그 모습이 상징처럼 되는 바람에 자칫하면 멕이 내 어머니를 흉내 낸다는 오해를 부를 수도 있다고 했다. 멕은 이 사진에 대해서도 들은 적이 없다며 어리둥절한 표정을 지었는데, 나는 그 얼굴이 무척 사랑스러웠다.

도리아와의 저녁은 훌륭했고, 지금에 와서 돌이켜보니 시작을 마무리하는 순간처럼 느껴졌다. 그런데 다음 날 아침이 되자 파파라치들의 사진이 공개되고, 다양한 소셜미디어 채널을 통해 새로운 논란이 쏟아졌다. 인종차별, 여성 혐오, 범죄 수준의 어리석은 짓거리들이… 과거보다 더 늘어났다.

어찌할 바를 몰라 아버지에게 전화를 걸었다.

"읽지 마, 사랑하는 아들."

하지만 그리 간단한 문제가 아니라며 나는 화를 냈다. 어쩌면 이 여자를 잃을지도 몰랐다. 멕은 내가 그 고통만큼의 값어치가 없는 사람이라고 생각할 수도 있고, 언론이 대중을 세뇌하는 바람에 어떤 미치광이가 그녀에게 해로운 짓을 할지도 모를 일이었다.

이미 서서히 진행되고 있었다. 살해 위협이. 실제로 거짓 기사를 읽은 누군가가 그 대응으로 그럴듯한 협박을 하는 바람에 멕의 촬영장이 폐쇄되었다. 멕은 두려움에 휩싸인 채 고립되었고, 여러 달 동안 집 블라인드도 올리지 못하고 숨어 지내고 있는데, 어떻게 아버지는 읽지 말라는 말만 할 수 있냐고 항의했다.

아버지는 내가 과민하게 반응한다고 했다.

"안타깝지만 원래 그런 거란다."

나는 아버지의 이기심에 항의했다. 아무것도 하지 않는 것은 군주로서의 끔찍한 모습이라고.

"저쪽 사람들은 그녀에게 일어나는 일에 대해 격한 감정을 느끼고 있어요, 아빠. 그들은 자기 일처럼 느끼고 있어요. 아빠는 그걸 이해하셔야 해요."

아버지는 미동도 없었다.

25.

그 주소는 노트 코트에서 30분 거리였다. 차를 타고 템즈 강을 건너 공원을 지나 조금만 더 가면 되는… 하지만 마치 극지방으로의 여정 같은 느낌이었다.

두근거리는 심장을 심호흡으로 애써 달래며 노크했다.

여성이 문을 열고 나를 맞이하고는 짧은 복도를 거쳐 사무실로 나를 안내했다.

왼편 첫 번째 출입문. 작은 사무실. 베니션 블라인드가 쳐진 창문. 바로 옆의 번화가. 자동차 소리와 아스팔트에 부딪히는 신발 소리. 사람들의 대화와 웃음 소리.

그녀는 나보다 열다섯 살은 많았는데도 젊어 보였다. 티기를 연상시켰다. 정말로, 놀랄 정도였다. 너무나 닮은 느낌이었다.

그녀가 진초록의 소파를 가리키며 나에게 권하고는 건너편의 의자에 앉았다. 가을날이었지만 나는 비 오듯 땀을 흘리고 있었다.

사과했다. "땀을 많이 흘리는 편이에요. 좀 긴장한 탓도 있고요."

"그렇군요."

그녀가 벌떡 일어나더니 밖으로 나갔다. 잠시 후 작은 부채를 들고 와서 내게 내밀었다.

"아, 예쁘네요. 감사합니다."

그녀는 내가 시작하기를 기다렸다. 하지만 나는 어디서부터 시작해야 할지 몰랐다. 그래서 어머니 얘기부터 꺼냈다. 어머니를 잃을까 봐 두렵다고 말했다.

그녀는 미심쩍은 듯 한참 동안 나를 바라보았다.

물론 그녀는 어머니가 이미 돌아가신 걸 알고 있었다. 내 인생사의 일부를 이미 알고 있고, 어쩌면 해변에서 휴가를 보내며 나에 관한 책 전부를 읽었을지도 모를 의사와 마주하고 있다는 것, 이 얼마나 비현실적인 일인가!

"네, 물론 저는 이미 엄마를 잃었습니다. 하지만 제가 여기서, 전혀 모르는 사람과 함께 엄마에 관해 이야기하며 그 상실의 고통을 얼마간이라도 덜었을 때 가장 두려운 건, 엄마를 다시 잃을지도 모른다는 것입니다. 엄마를 향한 감정, 엄마의 존재, 또는 엄마의 존재에서 느끼던 감정을 잃을지도 모르니까요."

의사가 곁눈질로 나를 쳐다보았다. 나는 다시 설명했다.

"아시다시피… 고통이라는 게… 그게 그러니까… 엄마가 제게 남긴 전부예요. 그리고 그 고통이 저를 움직이는 원동력이기도 하고요. 또 어떤 날은 나를 지탱해 주는 유일한 것이 그 고통이에요. 그래서 제 생각에, 그 고통이 없으면, 음, 엄마가 어쩌면… 내가 엄마를 잊었다고 생각할지도 몰라요."

바보 같은 말처럼 들리겠지만, 그건 진심이었다.

어머니에 관한 기억의 대부분이 너무도 갑작스럽고 주체할 수 없는 슬픔으로 인해 사라졌다고 의사에게 설명했다. 장벽 저편으로. 나는 그 장벽에 대해서도 의사에게 설명했다. 어머니에 대한 기억이 많이 사라졌다고 윌리 형한테 얘기한 적도 있다고 말했다. 그때 형은 앨범을 살펴보라고 조언했고 나는 즉시 실행했다. 하지만 소용없었다.

나의 어머니는 이미지나 인상이 아니라 내 가슴 속에 생긴 구멍인데, 그 구멍을 치료하고 메워버리면… 그 다음은?

나는 이 모든 이야기가 미친 소리로 들리는지 물었다.

"아니요."

우리는 침묵했다. 꽤 오랫동안.

의사는 내게 무엇이 필요한지 물었다. "여기는 왜 오셨죠?"

"그러니까." 내가 말했다. "제게 필요한 건… 내 가슴에 이 무거운 것을 없애는 것이에요. 그게… 필요해요."

"네?"

"울 수 있게. 제발, 울 수 있게 도와주세요."

26.

다음 상담 시간에 나는 누워도 괜찮겠냐고 물었다.

의사는 미소를 지으며 말했다. "언제 그 말을 할까 궁금했어요."

나는 초록색 소파에 온몸을 쭉 펴서 눕고 목 아래에 베개를 넣었다. 누운 채로 신체적, 정서적 어려움에 대해 이야기했다. 공황과 불안, 식은땀.

"이런 상황이 얼마나 오래 지속되었나요?"

"이삼 년이요. 예전엔 더 심했어요."

나는 스키를 타러 갔을 때 크레스와의 대화를 언급했다. 병뚜껑이 탁 터지듯 나의 감정이 쉬익 소리를 내며 사방으로 퍼져나갔다. 그때 조금 울었지만… 충분치는 않았다. 더 울고 싶었다. 하지만 그럴 수 없었다.

나는 원래 의사를 찾게 된 표면적인 이유였던 극도의 분노 상태를 거론했다. 부엌에서 멕과의 사이에 있었던 장면을 묘사하면서.

그러면서 나는 머리를 저었다.

가족에 대해서도 이야기했다. 아버지와 형, 카밀라. 이야기를 하다가도 창밖에서 들리는 행인들 소리에 자주 말을 멈췄다. 혹시라도 그들이 알까 봐. 해리 왕자가 가족들에 대해 떠벌리고 있다는 것을. 그리고 자기들 문제도. 오, 신문들이 난리가 나겠군.

주제가 자연스럽게 언론으로 전환되었다. 요지부동의 지대. 화가 치밀어올랐다. 나는 바로 우리나라의 남녀 동포들이 내가 사랑하는 여자에게 그런 모욕과 무례를 보였다고 의사에게 말했다. 물론, 언론은 오랫동안 나를 잔인하게 대했지만, 그건 다른 문제였다. 나는 그 속에서 태어났다. 더러는 자청한 적도 있었다.

"하지만 이 여자는 그처럼 잔인한 대접을 받을 만한 일을 한 적이 없어요."

사적으로든 공적으로든, 내가 이런 불평을 할 때마다 사람들은 딴청을 피웠다. 나더러 툴툴거린다고, 자기 것만 챙긴다고, 멕도 똑같다고 그들은 비난했다.

"그러니까, 멕이 쫓기고 있다는 거지, 그렇지? 워워… 진정해! 그녀는 괜찮을 거야. 그녀는 영화배우이고, 파파라치들이 자주 따라다니잖아. 사실, 그걸 바라기도 하고."

하지만 누구도 이런 걸 바라지 않는다. 누구도 이런 상황에 익숙해질 수는 없다. 그 모든 방관자가 이런 상황을 단 십 분이라도 견딜 수 있을까? 멕은 태어나 처음으로 공황발작을 겪었다. 최근에 전혀 모르는 사람으로부터 문자메시지를 받았는데, 토론토의 집 주소를 알고 있으며 그녀의 머리에 총알을 박아 넣겠다는 내용이었다.

의사는 내 목소리가 화난 것처럼 들린다고 했다.

당연히, 화가 나 있었다!

그녀는 내가 제기하는 불만이 타당하고 말고를 떠나, 내가 갇혀 있는 것 같다고 했다. 물론 멕과 나는 시련 속에서 살고 있었고, 멕에게 극도의 분노를 표출하던 그 해리는 지금 소파에 누워 자기 얘기를 하고 있는 이성적인 해리가 아니었다. 그 친구는 트라우마에 시달리던 열두 살의 해리였다.

"당신이 지금 겪고 있는 일들은 1997년을 떠올리게 하는데, 해리, 하지만 나는 당신의 일부가 1997년에 갇혀 있는 게 아닌지 걱정스러워요."

마음에 들지 않는 소리였다. 약간의 모욕감도 느꼈다.

'나더러 어린애라고요? 너무 무례한 거 아닌가?'

"선생님은 진실을 원하고, 진실이 무엇보다 중요하다고 하셨어요. 그 모두가 진실이에요."

예정된 상담 시간이 지났다. 거의 두 시간이나 이어졌다. 상담이 끝나고, 곧 다시 만나기로 약속을 잡았다. 내가 포옹을 해도 괜찮겠냐고 물었다.

"그럼요, 물론이죠."

나는 그녀를 가볍게 안으며 감사하다고 전했다.

밖으로 나와 거리로 나서니 머리가 어지러웠다. 사방으로 온갖 멋진 식당과 상점들이 즐비했다. 나도 여기저기 걸어다니며 창문 안을 기웃거리며, 지금껏 설명하고 배웠던 것들을 정리할 시간을 가졌으면 얼마나 좋을까!

그러나, 물론, 불가능했다.

소란을 피우면 안 되니까.

27.

공교롭게도, 그 의사가 티기를 만난 적이 있었다. 놀라운 우연이었다.

세상 참 좁기도 하지. 그래서 다음 상담 시간에는 티기에 대한 이야기를 했다. 그녀가 어떻게 해서 형과 나의

유모가 되었는지, 형과 내가 어떤 식으로 여성들을 유모로 받아들이게 되었는지에 대해서. 아울러 그 여성들이 어떻게 유모의 역할을 기꺼이 받아들였는지도.

유모 이야기를 하면서 기분이 좋아지기도 했고, 그 반대이기도 했다. 죄의식 때문이었다. 어머니가 어떻게 생각할까 하는….

우리는 죄의식에 대해 이야기했다.

나는 어머니가 의사와 겪은 경험에 대해 아는 대로 말했다. 어머니에게는 별 도움이 되지 않았다. 어쩌면 상황을 더 악화시켰을 수도 있다. 너무 많은 사람이 어머니를 이용하고 착취했다. 의사들도 예외는 아니었다.

우리는 가끔 매우 엄격하다가 어느 순간 온화한 모습으로 돌아가는 어머니의 양육 방식에 대해서도 이야기했다. 꼭 필요한 대화지만 충분하지는 않았다.

다시 죄의식을 느꼈다.

영국이라는 거품, 특히 왕족이라는 거품 안에서의 삶에 대해서도 이야기했다. 실제로 경험하지 못한 사람에게는 설명조차 불가능한 거품 속의 거품. 사람들은 현실을 바라보지 못했다. '왕실'이나 '왕자' 같은 단어만 들어도 이성을 상실했다.

"와, 왕자님은 어려움이 없겠지요."

사람들은 그 모두를 동화처럼 여겼다. 아니, 그렇게 가르침 받았다. 우리는 인간이 아니라고….

많은 영국인이 존경하며, 두꺼운 역사 소설로 수많은 문학상을 휩쓴 어느 작가가 우리 가족에 대해 에세이를 쓴 적이 있는데, 그녀가 묘사한 우리의 모습은 그저… 판다 무리였다.

최근의 우리의 왕실은 판다처럼 번식에 어려움은 없지만, 판다와 왕실 모두 유지 비용이 많이 들고 현대의 환경에 제대로 적응하지 못한다. 그런데도 그들은 흥미롭지 않은가? 보기에도 근사하지 않은가?

영국에서 무척 권위 있는 평론가가 영국에서 가장 권위 있는 문예지에서, 내 어머니의 "요절이 우리 모두의 지겨움을 덜어주었다."고 기술한 부분도 결코 잊히지 않는다. (동일한 평론에서 그는 "다이애나와 지하도의 밀회"라고도 썼다.) 그러나 이 판다 풍자는 늘 내게 예리한 통찰력과 특이한 야만성이라는 상반된 관점으로 다가왔다. 우리는 실제로 동물원과 같은 곳에서 살았지만, 군인의 한 사람으로서 나는 사람을 동물이나 사람이 아닌 것으로 묘사하는 것은 그들을 학대하고 파괴하는 첫걸음이라는 것을 잘 알고 있었다. 그처럼 권위 있는 지식인조차 우리를 동물로 묘사하는데 거리에서 만나는 평범한 남녀들에게서 무엇을 기대할 수 있을까?

이러한 비인간화가 내 인생의 전반기에서 어떻게 진행되었는지 그 개괄적인 내용을 의사에게 설명했다. 하지만 지금은, 멕을 향한 비인간화와 더불어 더 심한 증오와 비난, 거기에다 인종 차별까지 더해지고 있었다. 나는 의사에게 지난 몇 달 동안 보고 듣고 목격한 것들을 이야기했다. 어느 순간 소파에서 일어난 나는 그녀가 잘 듣고 있는지 확인했다. 그녀는 입을 다물지 못했다. 평생을 영국에서 살아왔기에 모두 다 안다고 생각하던 그녀였다.

하지만 알지 못했다.

상담이 끝날 무렵 내가 의사에게 전문적인 소견을 물었다.

"제가 느끼는 게… 정상인가요?"

그녀가 미소를 지었다. "정상이 대체 뭔데요?"

하지만 그녀는 한 가지만은 분명하다고 인정했다. 내가 매우 비정상적인 상황에 처해 있다는 사실 말이다.

"선생님이 보시기에 제게 중독 성향이 있는 것 같은가요?"

내가 알고 싶었던 것을 조금 더 정확히 말하면, 내게 중독 성향이 있다면 지금 내 상태는 정확히 어디까지 와 있는 것일까?

"설명하기가 쉽지 않네요. 아직은 가정일 뿐이니까요."

의사는 내게 마약을 했는지 물었다.

"네."

조금 험한 이야기들을 해주었다.

"그런데도 마약 중독이 아니라니 상당히 놀랍군요."

그러나 내가 중독되었음을 부인할 수 없는 한 가지가 있다면 그건 바로 언론이었다.

"기사를 읽으며 분노하는 것은 명백한 강박증이에요."

그녀의 말에 나는 웃었다.

"맞아요. 하지만 그 사람들 정말 나쁜 놈들이에요."

그녀도 웃었다.

"맞아요."

28.

크레시다가 내게 기적을 행했다는 생각을 늘 했다. 나의 닫힌 마음을 열어주고, 억압된 감정을 분출할 수 있게 해주었으니까. 하지만 크레스는 기적의 시작일 뿐이었고, 이제 이 의사가 그 기적을 완성하고 있었다.

나는 항상 사람들에게 과거를 잘 기억하지 못하고 어머니에 대한 기억도 많지 않다고 말했고 그림 전체를 보여준 적도 없다. 내 기억은 죽어 있었다. 그런데 몇 개월의 치료 끝에 내 기억이 서서히 꿈틀거리며 불쑥불쑥 튀어나오기 시작했다.

기억이 살아났다.

어떤 날은 눈을 뜨자마자 바로 내 앞에 서 있는 어머니를 보았다. 수많은 이미지가 돌아왔고, 어떤 것들은 너무나 밝고 선명해서 마치 홀로그램 같았다.

켄싱턴궁에 있던 어머니의 아파트에서 유모가 형과 나를 깨워 어머니 침실로 데려다주던 기억이 난다. 그 방에는 물침대가 있었는데, 형과 내가 그 매트리스에서 머리카락이 곤두서도록 팔짝팔짝 뛰면서 웃고 떠들곤 했다. 또 우리가 함께 아침을 먹은 기억도 있는데, 엄마는 과일과 라이치를 좋아하지만 커피나 차는 거의 마시지 않았다. 식사 후에는 엄마의 일과를 함께했다. 첫 전화를 받는 동안 옆에 얌전히 앉아 있었고, 회의를 할 때도 조용히 지켜보았다.

엄마가 크리스티 털링턴과 클라우디아 쉬퍼, 신디 크로포드와 이야기할 때 형과 나도 슬며시 끼어들었던 기억도 난다. 당황스러웠다. 특히 사춘기에 접어든 부끄럼 많은 두 소년에게는.

켄싱턴궁에서 잠자리에 들던 모습도 기억났다. 계단 아래에서 잘 자라는 인사를 하고, 엄마의 부드러운 목에 뽀뽀하고, 엄마 냄새를 한껏 들이마시고, 어둠 속에서 침대에 누워, 너무 멀고 외로운 느낌이 들어서 엄마 목소리를 한 번만 더 들었으면 하고 갈망하던 기억이. 엄마의 침실로부터 가장 멀리 떨어진 내 침실의 어둠과 무서운 정적 속에서, 편히 쉴 수도 무서움을 떨칠 수도 없었던 기억이 났다.

의사는 계속 나아가라고 북돋웠다.

"잘 헤쳐나가고 있어요. 멈추지 말아요."

나는 어머니가 좋아하던 향수 한 병을 그녀의 사무실에 가져갔다. (이모에게 물어서 브랜드를 알아냈다.) 처음에는 반 클리프 & 아펠(Van Cleef & Arpels) 향수를 가져가서 상담을 시작할 때 뚜껑을 열고 향을 깊이 들이마셨다.

LSD 마약 캡슐을 들이마시듯이.

인간의 가장 오래된 감각은 후각이라는 말을 어디선가 본 적이 있는데, 이 말은 지금 이 순간 내 두뇌의 가장 원초적인 영역에서 떠오르는 이미지와 내 경험과도 꼭 맞았다.

러드그로브에서 생활하던 어느 날, 어머니가 내 양말에 달콤한 과자를 넣어주던 기억이 났다. 외부에서 과자를 가져오는 것을 금지했지만, 어머니는 교칙을 조롱하듯이 킥킥거렸고 그 모습에 나는 어머니를 더욱 사랑하게 되었다. 과자를 양말 깊이 쑤셔 넣으며 우리 둘 다 킥킥거리다가 갑자기 내가 비명을 질렀다.

"와, 엄마. 장난꾸러기!"

내가 과자의 브랜드를 알아버린 것이다. 오팔 후르츠(Opal Fruits)! 선명한 빛깔의 딱딱하고 네모난 사각형 캔디…. 부활한 내 기억들처럼 반가웠다. 내가 그럽 데이(Grub Days)*에 열광한 것은 당연했다. 오팔 후르츠도 마찬가지였고.

어머니가 운전하는 차의 뒷자리에 형이랑 내가 타고 테니스 수업을 받으러 가던 기억도 났다. 도중에 어머니가 경고도 없이 가속 페달을 밟자 차가

---

* 가정에서 음식을 가져와서 먹는 날.

쏜살같이 앞으로 튀어 나갔다. 좁은 길을 따라 적신호를 뚫고 코너에서도 급회전하며 달렸다. 형과 나는 안전벨트로 묶여 있었기 때문에 뒤를 돌아 보지는 못했지만, 무엇이 우리를 따라오는지 짐작할 수 있었다. 오토바이와 소형 이륜차를 탄 파파라치들이었다.

"우릴 죽이려는 거야, 엄마? 우린 죽는 거야?"

커다란 선글라스를 낀 어머니가 룸미러를 들여다보았다. 15분 동안 몇 번 이나 충돌 위험을 넘긴 어머니는 브레이크를 밟고 차에서 내려 파파라치들 에게 걸어갔다.

"우릴 내버려 두세요! 제발, 애들이랑 같이 있어요. 내버려 둘 순 없어요?"

붉어진 볼에 몸을 떨며 차로 돌아온 어머니는 문을 쾅 닫고 창문을 올린 다음 운전에 머리를 기대고는 흐느껴 울었다. 그 모습을 파파라치들이 찍고 또 찍었다. 나는 어머니의 큰 선글라스에서 떨어지던 눈물을 똑똑히 기억 했고, 동상처럼 얼어붙은 윌리 형의 모습도 기억했고, 끊임없이 찍고, 찍고, 또 찍던 파파라치들도 기억했고, 그들을 향한 증오와 함께 우리 차에 탔던 모두를 향한 깊고 변함없는 사랑을 느끼던 기억도 났다.

네커 아일랜드(Necker Island)에서 휴가를 보낼 때, 우리 셋이 절벽 위 오두 막에 앉아 있는데, 한 무리의 사진사들이 보트를 타고 우리를 찾아 다가오 던 기억도 났다. 때마침 우리가 가지고 놀던 물풍선이 여기저기 널려 있어 서 어머니는 재빨리 발사 장치를 만들고는 우리에게 물풍선을 나누어 주었 다. 셋을 세고는 사진사들의 머리 위로 물풍선을 쏟아붓기 시작했다. 그날, 오랫동안 잃어버렸던 어머니의 웃음소리가 다시 돌아왔다. 의사의 창밖에 서 들리는 자동차 소리만큼이나 크고 또렷하게.

그 소리를 듣고 나도 기쁨으로 환호했다.

29.

《더 선》은 지난번의 포르노 기사를 수정했다. 두 번째 면의 작은 상자 안 에 넣어 잘 보이지 않게 한 것이다.

그래서 어쩌자고? 이미 상처를 받을 만큼 받았는데. 게다가 멕은 변호사 비용으로 이미 수만 달러를 지불한 상태였다.

아버지에게 다시 전화를 걸었다.

"읽지 마, 사랑하는….”

끊어버렸다. 말 같지 않은 소리를 다시 듣고 싶지 않았다.

더군다나, 나는 이제 어린아이가 아니었다.

나는 새로운 주장을 펼쳤다. 저 사람들은 평생 아버지를 어릿광대로 묘사하며, 기후 변화에 경종을 울리는 아버지를 조롱하던 비열한 놈들이라고 아버지를 상기시켰다. 아버지를 괴롭히고 아버지를 위협하던 그들이 이제는 아버지의 아들과 그 아들의 여자친구까지 괴롭히고 위협하고 있는데 아버지는 전혀 화가 나지 않느냐고?

"제가 왜 이렇게 빌어야 하죠, 아버지? 이 문제가 아버지께는 중요하지 않은 거죠? 언론이 멕을 이렇게 대하고 있는데, 어떻게 아버지는 괴롭지도 않고 밤잠을 설치지도 않는 건가요? 멕을 좋아한다고 직접 말씀하셨잖아요? 음악을 향한 공통 관심사로 친해졌고, 멕이 재미있고, 재치있고, 흠잡을 데 없이 예의를 안다고 하셨잖아요? 그런데 왜, 아버지? 왜?"

명쾌한 대답을 듣지는 못했다. 대화는 맴돌기만 했고, 전화를 끊었을 때는… 버림받은 기분이었다.

한편, 멕은 카밀라에게 연락을 했다. 카밀라는 언론이 새로운 사람에게 늘 하는 짓이며, 시간이 지나면 다 괜찮아질 것이며, 카밀라 역시 한때 그런 나쁜 사람으로 몰렸다며 멕을 위로하려고 애썼다고 한다.

무슨 말을 하고 싶은 거지? 멕이 다음 차례라는 뜻인가? 어디 비교나 가능한 대상인가?

카밀라는 또, 내가 버뮤다 총독이 되면 이 혼란의 소용돌이에서 벗어나 모든 문제를 해결할 수 있으리라는 제안도 했다.

'그래, 그래.' 나는 생각했다. '게다가 그 계획의 추가 보너스는 우리를 그림에서 지워버리는 것이지.'

절망적인 심정으로 윌리 형을 찾아갔다. 어머니가 돌아가신 지 20주년인 2017년 8월 말의 알소프 이후로 몇 년 만에 형과 함께 조용한 시간을 보냈다.

우리는 작은 보트에 올라 노를 저어 어머니가 잠든 그 섬으로 향했다. (원래의 다리는 어머니의 프라이버시를 고려하고 침입자를 막기 위해 철거했다.) 각자 들고 온 꽃다발을 무덤에 놓았다. 그곳에 잠시 선 채로 서로의 생각을 나누다가 사는 이야기까지 하게 되었다. 나는 멕과 내가 처한 상황을 짧게 정리해서 형에게 설명했다.

"걱정 마, 해롤드. 아무도 그런 미친 소리를 믿지 않을 테니까."

"그렇지 않아. 사람들은 믿어. 가랑비에 옷 젖는다고, 매일 듣다 보면 아무 생각 없이 믿게 돼."

형은 만족스러운 대답을 하지 못했고 잠시 그렇게 침묵이 흘렀다. 그때 형이 놀라운 말을 했다. 어머니가 여기 있다고 생각한다는 것이었다. 우리 둘 사이에.

"그래, 나도 그래, 형."

"엄마는 내 삶 속에 계속 있었다고 생각해, 해롤드. 나를 인도하고 날 위해 준비하며. 가정을 꾸릴 때에도 엄마가 도왔다고 생각해. 그리고 지금 엄마는 널 돕고 있다는 느낌이 들어."

나는 고개를 끄덕였다.

"전적으로 동의해. 멕을 찾을 때도 엄마가 날 도운 것 같아."

형이 한 걸음 물러섰다. 근심스러운 표정이었다. 무언가 좀 멀어지는 듯했다.

"글쎄, 해롤드. 그건 나도 잘 모르겠어. 그 부분은 말하고 싶지 않아!"

30.

멕이 런던에 왔다. 2017년 9월.

우리는 노트 코트의 부엌에 있었다. 저녁을 준비하며.

집 전체가 사랑으로 가득했다. 넘칠 만큼 가득히. 열린 문밖으로, 바깥 정원으로, 누구도 원하지 않았지만 멕과 내가 오랜 시간 동안 조금씩 가꾼 조그만 땅으로도 사랑은 퍼져나갔다. 땅을 고르고, 풀을 정리하고, 식물을 심어 물을 주었고, 저녁이면 담요를 깔고 앉아 공원에서 들려오는 클래식 음악 콘서트를 즐기곤 했다. 나는 멕에게 우리 담장 건너편에 있는 정원, 어머니의 정원에 대해 이야기했다. 형과 내가 어린 시절에 놀던 곳. 이제는 우리에게서 영원히 봉인된 곳.

내 기억만이 한때 그곳에 존재했던….

"지금은 누구의 정원인데?" 멕이 물었다.

"켄트 공자빈 마이클(Princess Michael of Kent)의 소유야. 그녀의 샴 고양이들도. 엄마는 그 고양이들을 무척 싫어하셨어."

내가 정원의 냄새를 즐기며 지금의 새로운 삶을 소중히 음미하는 사이에, 멕은 부엌 반대편에 앉아 통에서 와가마마(Wagamama)를 퍼서 그릇에 담고 있었다. 내가 아무 생각 없이 불쑥 말을 꺼냈다.

"잘 모르겠어. 난 그냥…."

나는 멕에게 등을 보이고 앉아 있었다. 말하던 중간에 얼어붙어 말을 계속하기도 돌아보기도 망설여졌다.

"뭘 모른다고, 하즈?"

"난 그냥…."

"응?"

"자기를 사랑한다고."

대답을 기다렸지만 아무 반응도 없었다.

그때 소리로든 느낌으로든, 그녀가 나를 향해 걸어오는 있음을 알 수 있었다. 돌아보니 그녀가 서 있었다. 바로 내 앞에.

"나도 사랑해, 하즈."

애초부터 내 혀끝에서 맴돌던 말이었다. 그래서인지 한편으로는 그 말이 특별히 계시처럼 다가오거나 반드시 표현해야 한다고 느끼지는 않았다. 물론 나는 멕을 사랑했다. 멕도 그걸 알았고, 볼 수 있었다. 온 세상이 알았다. 나는 온 마음을 다해 그녀를 사랑했고, 그렇게 누군가를 사랑한 적은 일찍 이 없었다. 그런데 그것을 말로 표현하니 모두가 현실이 되었다. 말로 표현 하니 모두가 자동으로 설정되었다. 말로 표현하는 것이 한 걸음 내딛는 것 이었다.

그 말은, 이제 우리가 나아가야 할 중요한 몇 걸음이 앞에 놓여 있다는 뜻 이었다.

이를테면… 함께 이사하기?

나는 멕에게 영국으로 와서 나와 함께 노트 코트에서 지내는 것을 생각해 본 적이 있냐고 물었다.

우리는 그게 어떤 의미인지, 어떻게 해야 가능한지, 그러기 위해서 멕이 무엇을 포기해야 하는지에 대해 이야기했다. 또 토론토에서의 삶을 정리할 계획에 대해서도 이야기했다. 언제, 어떻게, 그리고 무엇보다… 정확하게 무엇을?

"한번 해본다는 생각으로 드라마에서 빠지고 일을 그만둘 수는 없어. 영 국으로 이사하는 건 영원한 헌신을 의미하는 거야?"

"그래." 내가 말했다. "그럴 거야."

"그렇다면." 그녀가 미소 지으며 말했다. "그럴게."

우리는 키스하고, 안아주고, 저녁을 먹으러 자리에 앉았다.

한숨을 쉬며 생각했다. '이제 시작이야.'

그런데 나중에, 멕이 잠든 뒤에 나는 나 자신에 대해 분석했다. 자꾸 분석 하려는 것도 치료의 후유증일까. 나는 소용돌이치는 나의 복잡한 감정 속에 서도 커다란 구원의 가능성을 보았다. 그녀가 자기 입으로 '사랑한다'고 말 했고, 그 말이 불가피한 상황도 아니었고 형식적이지도 않았다. 한편으로, 내 마음속 어딘가에서는 최악의 상황에 대비하고 있었다는 것도 부인할 수 없었다.

"하즈, 미안하지만 내가 이걸 해낼 수 있을지 모르겠어…."

내 마음속 한편에서는 그녀가 거절할까 봐 두려웠다. 당장 토론토로 돌아가서 전화번호를 바꾸고, 친구들의 충고를 귀담아 듣는….

'이걸 다 감수할 만큼 소중한 사람도 있을까?'

내 마음속 한편에서는 그녀가 충분히 그럴 만큼 현명하다고 생각했다.

31.

참으로 우연히도 2017년 인빅터스 게임이 토론토에서 열릴 예정이었다. 멕의 텃밭에서. 궁에서는 우리의 공식적인 첫 공개석상으로 완벽한 기회라고 판단했다.

멕은 조금 긴장한 듯했다. 나도 마찬가지였고. 하지만 우리에게 선택의 여지는 없었다. 해내야 한다고 서로 이야기했다. 충분히 오랫동안 세상으로부터 숨어 지냈다. 더욱이 이 자리는 우리가 희망하는 가장 통제되고 예측 가능한 환경이 될 터였다.

무엇보다도, 우리가 공개 데이트에 나서면 파파라치들이 우리의 목에 건 현상금—당시의 가치로 약 10만 파운드에 달했다—이 크게 줄어들 수도 있었다.

우리는 모든 활동을 가능한 자연스럽게 수행하려고 노력했다. 맨 앞줄에서 휠체어 테니스 경기를 관람하며 경기와 그 훌륭한 취지에 집중했고, 카메라 도는 소리는 무시했다. 옆에 앉은 뉴질랜드 사람들과 농담을 하며 즐거운 시간을 보냈다. 다음날 언론에 등장한 사진들은 무척 감미로웠다. 일부 영국 언론에게 멕의 찢어진 청바지를 트집 잡히면서도, 멕의 단화와 버튼다운 셔츠까지 모두가 궁의 사전 승인을 받았다는 사실은 '누구도' 언급하지 않았다.

여기서 '누구도'란, 왕실의 누구도 그러지 않았다는 뜻이다.

그 주에 멕을 옹호하는 성명서 하나만 있었어도… 어쩌면 세상이 달라졌을지도 모른다.

32.

청혼하고 싶다고 개인비서 엘프와 공보관 제이슨에게 말했다.

"축하해요." 두 남자가 말했다.

그런데 엘프는 과거의 사례들을 살펴보고 관례를 알아야 한다고 말했다. 그런 일에도 엄격한 규약이 있다면서.

"규약? 정말요?"

엘프는 며칠 뒤에 내게 와서, 무슨 일이든 하기 전에 할머니의 허가부터 받아야 한다고 말했다. 나는 그게 진짜 규약이든 아니든 회피할 방법을 찾아보자고 했다.

"아뇨, 안 됩니다. 진짜 규약이에요."

이게 무슨 소린가? 성인 남자가 할머니에게 결혼 허가를 받아야 한다고? 형이 케이트에게 청혼하기 전에 허가를 요청했다는 말을 들은 적은 없었다. 또는 내 사촌 피터(Peter)가 아내 어텀(Autumn)에게 청혼하기 전에 요청했다는 소식도. 그런데 가만히 생각해 보니, 아버지가 카밀라와 결혼하려 할 때 할머니에게 허가를 요청했던 기억이 난다. 쉰여섯 살의 남자가 어머니에게 허락을 구하다니, 당시의 나로서는 이해할 수 없었다.

엘프는 이유와 방법은 왈가왈부할 대상이 아니라고 했다. 바꿀 수 없는 규약이니까. 왕위 계승 서열에서 여섯 번째까지는 국왕의 허가를 얻어야 한다는 것이다. 1772년에 제정된 왕실 결혼법, 또는 2013년의 왕위 계승법에도 명시되어 있다며. 엘프의 반복되는 말을 들으며 나는 내 귀를 의심했다. 중요한 건, 사랑이 법보다 뒷자리에 있다는 사실이었다. 실제로 법이 사랑보다 우선하는 경우는 이번만이 아니었다. 꽤 최근에도 한 친척이 사랑하는 사람과의 결혼을 단념하도록 강하게 설득당한 적이 있었다.

"누구예요?"

"마거릿 숙모."

"정말요?"

"네, 이혼한 남자와 결혼하고 싶어 하셨거든요."

"이혼남?"

엘프가 고개를 끄덕였다.

'이런 젠장.' 나는 생각했다. '전혀 반가운 소식이 아니군.'

하지만 아버지와 카밀라도 이혼한 사람들이지만 허가를 얻지 않았냐고 내가 말했다.

"이건, 그 규약이 더는 적용되지 않는다는 뜻 아니에요?"

"그건 그분들의 일이에요." 엘프가 말했다. "이건 왕자님의 일이고요."

미국인 이혼녀와 결혼하려 했던 어느 왕을 둘러싼 소란은 둘째로 치더라도, 그 사건은 결국 왕의 퇴위와 추방으로 이어졌다고 엘프가 나를 상기시켰다.

"윈저 공작, 들어본 적 있어요?"

그래서인지 두려워진 마음으로 씁쓸한 입맛을 다시며 달력을 바라보았다. 엘프의 도움으로 10월의 어느 주말에 동그라미를 쳤다. 샌드링엄에서의 가족 사냥 여행.

사냥 여행은 언제나 할머니를 기분 좋게 만들었다.

어쩌면 할머니가 사랑의 관념에 조금 더 관대해지시지 않을까?

33.

흐리고 바람 불던 어느 날, 나는 오래된 랜드로버에 올랐다. 원래는 낡은 구급차였는데 할아버지가 용도를 변경했다. 아버지가 운전대를 잡았고 형은 뒷자리에 앉았다. 조수석에 앉는 나는 이야기를 꺼낼까 말까 망설였다.

결국 꺼내지 않기로 했다. 아버지는 이미 알 것으로 짐작되고, 형은 그러지 말라고 이미 나에게 경고한 터였다.

"지금은 너무 빨라." 형이 말했다. "너무 일러."

사실 형은 내가 멕과 만나는 것조차 상당히 불편하게 생각했다.

아버지의 정원에서 같이 앉아 있던 어느 하루, 형은 내가 '미국인 여배우'

와 교제하면서 겪게 될 어려움을 예상하면서 거의 '흉악한 범죄자'에 가까 운 표현들을 쏟아냈다.

"그 여자에 대해 진심이야, 해롤드?"

"그럼, 형."

"하지만 그게 얼마나 힘든 일일지 너도 잘 알잖아?"

"내가 어떻게 하기를 바라는 거야? 멕과의 사랑을 지우라고?"

우리 세 사람은 같은 스포츠팀인 것처럼—달리 생각하면 그 말도 맞았다 —플랫 캡과 녹색 재킷에 넓은 반바지를 착용하고 있었다. 우리를 태우고 들판을 달리던 아버지가 멕에 대해 물었다. 큰 관심이 있다기보다는 그냥 일상적인 대화로서. 그래도 자주 묻는 편은 아니라서 나는 내심 기뻤다.

"잘 지내요, 감사해요."

"일을 계속하고 싶어 하니?"

"뭐라고요?"

"배우 일을 계속하고 싶어 하냐고?"

"아, 네. 잘 모르겠어요. 그런 것 같지는 않아요. 멕은 아마 저랑 같이 있 고 싶을 거예요. 그럼, 아마도 슈츠는 계속하기 어려워지겠지요…. 토론토 에서 촬영해야 하니까요."

"음… 그렇구나. 그래, 사랑하는 아들, 알다시피 아빠는 여유가 별로 없단 다."

나는 아버지에게로 고개를 돌렸다. '이게 대체 무슨 말이지?'

아버지가 설명했다. 아니, 설명하려고 애를 썼다.

"더는 누구에게도 지출할 돈이 없어. 네 형과 캐서린에게 이미 많은 지출 을 해야 하니까."

순간, 나는 움찔했다. 아버지가 캐서린(Catherine)이라는 이름을 말하다니. 언젠가 아버지와 카밀라가 케이트의 이름 철자를 바꾸길 바란다고 말한 적 이 있었다. C로 시작하는 왕실 인장이 이미 두 개—찰스(Charles)와 카밀라

(Camilla)—나 있었으므로, 또 하나가 추가되면 더 혼란스러워질 수 있기 때문이었다. 그래서 K가 들어간 캐서린(Katherine)을 제안한 것이다.

그 제안 이후의 결과가 어땠는지 궁금해져 고개를 돌려 형을 바라보며 말했다.

"듣고 있어?" 하지만 표정이라고는 보이지 않았다.

아버지는 형과 나, 그리고 우리 가족을 재정적으로 넉넉하게 지원하지는 않았다. 그게 아버지의 일이었다. 그게 전부였다. 우리는 군주를 섬기고, 어디든 가라면 가고, 무엇이든 하라는 대로 하고, 자율성 같은 건 포기하고, 언제나 손발을 새장 안에 두어야 하고, 그 대가로 새장 관리인은 우리를 먹이고 입힌다는 데에 우리도 동의했다. 막대한 자산의 콘월 공국에서 나오는 엄청난 자금을 지닌 아버지가 우리 같은 포로들을 관리하느라 돈이 꽤 많이 든다고 호소하려던 것일까?

그런 데다 멕까지 거둬 먹이려면 또 얼마나 비용이 늘어날까? 나는 이렇게 말하고 싶었다.

"멕은 얼마 안 먹잖아요, 아시다시피. 그리고 멕에게 말해서 자기 옷은 알아서 만들라고 할게요, 괜찮으시면."

돈 문제가 아니라는 생각이 퍼뜩 들었다. 아버지는 우리를 돌보는 데 드는 비용이 치솟는 것을 걱정했을 수도 있지만, 정말로 견딜 수 없는 것은 누군가가 등장하여 군주제를 훼손하고 세상의 이목을 독점하며 그 찬란함과 새로움으로 아버지 당신을 가리는 것이었다. 그리고 카밀라도. 전에도 비슷한 일을 겪은 터라, 다시는 그와 같은 상황을 원치 않았을 것이다.

지금은 그런 일을 생각할 때가 아니었다. 그런 사소한 질투나 궁의 계략 같은 것에 허비할 시간이 없었다. 할머니에게 정확히 어떻게 말씀드릴지를 고민했고, 드디어 그때가 도래했다.

랜드로버가 멈추었다. 우리는 재빨리 밖으로 나와서 아버지가 설치한 울타리를 따라 나란히 섰다. 그렇게 새들이 날아오르기를 기다렸다. 바람이 불고 내 마음도 심란했지만, 첫 드라이브가 시작되자 나는 꽤 잘 맞히고 있었다. 금방 사냥에 빠져들었다. 생각이 다른 곳으로 흐른 덕분에 마음이 편안해진 것인지, 아니면 내가 얻으려고 계획했던 큰 표적보다는 다음 표적에 집중하는 것이 더 좋았는지도. 나는 계속 총열을 움직이며 방아쇠를 당겨 모든 표적을 맞혔다.

점심시간이 되었다. 계속해서 시도했지만, 할머니를 따로 뵙기는 어려웠다. 모두가 할머니를 둘러싸고 귀가 따갑도록 이야기를 쏟아내고 있었다. 그래서 식사를 하며 틈을 엿보았다.

전형적인 왕실 사냥 오찬이었다. 언 발에 불을 쬐며 먹는 구운 감자와 육즙 풍부한 고기, 부드러운 수프, 그 모든 과정을 지켜보는 직원들. 그리고 완벽한 푸딩, 약간의 차와 음료 한두 잔까지. 그리고 다시 사냥터로.

그날의 마지막 두 드라이브를 남겨두고 나는 계속해서 할머니가 무엇을 하고 있는지 그쪽을 힐끔힐끔 쳐다보았다. 할머니는 즐거워 보였고 완전히 빠져 있었다.

할머니는 정말 어떤 일이 벌어지고 있는지 모르는 걸까?

마지막 드라이브가 끝나자 무리가 흩어졌다. 모두가 새를 들고 랜드로버로 돌아왔다. 그때 할머니가 조금 작은 당신의 레인지로버에 올라타더니 그루터기만 남은 들판으로 차를 몰고 나가는 모습이 보였다. 할머니가 죽은 새를 찾는 동안 강아지들도 신나게 쫓아다녔다.

할머니 주변에 경호원이 아무도 없는 그 순간이 내게는 기회로 생각되었다.

나도 들판 한가운데로 걸어 들어가서 할머니 곁에서 돕기 시작했다. 죽은 새를 찾으려 바닥을 살피는 동안 할머니와 가벼운 대화를 나누며 분위기를 풀고 내 목소리도 가다듬었다. 바람이 거세게 불었고, 할머니는 머리에 스카프를 단단히 메고 있었지만 두 볼이 차가워 보였다.

이때 도움 안 되는 녀석이 등장한다. 나의 잠재의식. 그것이 불쑥 튀어나왔다. 이 모든 것들의 심각성이 점점 가라앉기 시작했다. 할머니가 안 된다고 하면… 나는 멕과 헤어져야 할까? 나는 그녀 없는 삶을 상상할 수도 없었다. 하지만 할머니에게 공개적으로 불복하는 모습 또한 상상할 수 없었다. 나의 여왕, 나의 최고사령관. 할머니가 허가를 보류하면 내 마음은 미어질 것이고, 당연히 다시 요청할 기회를 모색해야겠지만 그렇더라도 가능성은 내 편이 아니었다. 할머니는 마음을 잘 바꾸는 분이 아니니까.

따라서 지금 이 순간이 내 인생의 출발점일 수도, 아니면 끝이 될 수도 있었다. 모든 것은 내가 어떤 표현을 선택하고, 어떻게 설명하고, 또 할머니가 어떻게 받아들이느냐에 달렸다.

하지만 이 모든 것들 외에도 내 말문을 막은 것은 더 있었다. 그동안 나는 그 출처가 '궁'으로 의심되는 언론 보도를 수없이 보았다. 우리 가족 중의 일부가 멕과의 '결혼 허가'를 별로 달갑게 여기지 않는다는 내용이었다. 그녀의 솔직함을 썩 좋아하지 않았고, 확고한 직업윤리에 대해서도 불편함이 없지 않았으며, 가끔 던지는 질문도 그리 달가워하지 않았다. 또 건전하고 자연스러운 호기심도 그들은 무례하다고 여겼다.

게다가 그녀의 인종과 관련된 모호하고 막연한 불편함에 대해서도 이런저런 말들이 있었다. 영국이 받아들일 '준비'가 되었는지에 대해서도 일부에서 '우려'를 표출했다. 그게 어떤 의미든 간에. 이런 헛소리들이 할머니 귀에도 들어가지 않았을까? 그렇다면, 이렇게 허가를 요청하는 것이 아무런 희망도 없는 의식에 불과한 것일까?

내가 제2의 마거릿이 될 운명인가?

'아, 볼펜이네요. 와!'

살아오면서 허가가 필요했던 결정적 순간들을 떠올려 보았다. 적에게 발포하기 위해 통제소의 허가를 요청했을 때. 인빅터스 게임을 설립하려고 왕립 재단에 허가를 요청했을 때. 공역을 통과하기 위해 나에게 허가를 요청한 조종사들도 떠올랐다. 갑자기 내 인생은 무한히 허가를 구하는 과정처럼, 그리고 그 모두가 지금을 위한 전주처럼 느껴졌다.

할머니가 레인지로버로 몸을 되돌렸다. 나도 빠른 걸음으로 할머니를 쫓아갔고, 그러는 내 주변을 강아지들이 맴돌았다. 강아지들을 보고 있으니 마음이 요동쳤다. 내 어머니는 할머니와 코기들 주변에 있으면 마치 움직이는 카펫 위에 있는 것 같다고 말을 여러 번 했는데, 나는 살아 있든 죽었든 그 코기들의 이름을 내 사촌들처럼 기억했다. 두키, 에마, 수잔, 리넷, 피클스, 치퍼…. 이들은 빅토리아 여왕 시절 코기들의 후손이라고 했는데, 그동안 많은 것들이 변했지만 이 코기들의 모습은 변함이 없었다. 하지만 지금 이 강아지들은 코기가 아니라 사냥개들이었고 기르는 목적도 달랐다. 나 역시 다른 목적이 있었고, 조금의 머뭇거림도 없이 그 목적을 이루어야 한다고 생각했다.

할머니가 뒷문을 열고 강아지들이 뛰어오를 때 내가 강아지들을 쓰다듬을까 생각하다가도, 가만 보니 내 양손에 죽은 새가 한 마리씩 있다는 것을 깨달았다. 늘어진 목이 내 손가락 사이에 끼워져 있었고, 허연 눈동자는 뒤로 돌아갔으며―얘들아, 미안해―그 몸뚱이는 내 장갑 속에서 여전히 온기를 품고 있었다. 내가 고개를 돌려 할머니를 바라보자 할머니도 나를 바라보더니 얼굴을 찡그렸다.

내가 걱정하는 걸 알아챘나? 폐하께, 허가를 구하려 한다는 것을? 내가 아무리 사랑하는 할머니지만, 그런 할머니 앞에서 긴장할 때도 있다는 것을 알아챈 걸까? 그리고 내가 무슨 말을 꺼내는지 기다리는 모습이었지만, 오래 기다리지는 않을 것이다.

'털어놔 봐.' 할머니의 표정이 이렇게 말하는 듯했다.

내가 헛기침을 하고 말했다.

"할머니, 아시다시피 제가 멕을 아주 많이 사랑해서 청혼을 하기로 결정했는데, 청혼하기 전에 할머니께 허가를 얻어야 한다고 들었어요."

"그렇대?"

"네, 할머니의 직원들도 그렇고 제 직원들도 그렇게 말했어요. 허가를 요청해야 한다고요."

나는 손에 든 새처럼 꼼짝 않고 서 있었다. 할머니의 얼굴을 응시했지만 표정을 읽을 수 없었다. 이윽고 할머니가 말했다.

"그래, 그렇다면, 내가 허가해야겠군."

나는 의심스러운 눈초리로 할머니를 바라보았다.

'정말 허락해야겠다고 생각하시는 거예요? 정말 허락하신다는 뜻이에요? 아니라고 말하고 싶으신 거 아니에요?'

도무지 알 수가 없었다. 비꼬시는 건가? 빈정거림? 의도적으로 모호하게? 말장난인가? 나는 할머니가 말장난하는 걸 본 적도 없고, 그러기에는—어색한 것은 둘째 치고—전혀 어울리지도 않는 시점이었다. 어쩌면 내가 '~해야 한다'라는 표현을 부적절하게 사용하는 것을 보고 말장난을 참지 못한 걸까?

그것도 아니면 그 말장난 속에 어떤 숨은 의미가, 내가 이해할 수 없는 어떤 메시지가 담겨 있는 것일까?

나는 의심스러운 눈초리에다 미소를 짓고 서서, 나 자신에서 반복해서 물었다.

'영국 여왕께서 지금 내게 무슨 말씀을 하시는 거지?'

한참이 지나고서야 나는 깨달았다.

'할머니가 허락한 거야, 이 멍청아! 허가를 해주신 거라고. 어떤 표현을 사용했든 무슨 상관이야, 그러라고 대답한 게 언제인지만 기억하면 되지.'

나는 더듬거리며 말했다.

"알았어요. 좋아요, 할머니! 네, 너무 멋지세요. 고마워요! 정말 고마워요."

할머니를 안아드리고 싶었다.

간절히 안아드리고 싶었다.

하지만 안아드리지 않았다.

할머니가 레인지로버로 들어가는 모습을 보고, 나도 아버지와 형에게로 돌아왔다.

나는 멕의 보석상자에서 반지를 꺼내 디자이너에게 건네며 그녀의 손가락 사이즈를 알려주었다. 이 디자이너는 어머니의 팔찌와 귀걸이, 목걸이를 관리하고 있었기 때문에 나는 특별히 아름다운 팔찌에서 다이아몬드를 분리하여 새 반지를 만들어달라고 부탁했다.

윌리 형에게도 사전에 모두 알렸다. 내가 팔찌를 가져도 되는지 형에게 물어보고, 어디에 사용할 것인지도 설명했다. 형은 단 일 초의 주저함도 없이 내게 팔찌를 주었다. 형도 걱정이 없지는 않았지만 그래도 멕을 좋아하는 것 같았다. 케이트도 역시 멕을 좋아하는 듯했다. 멕이 방문했을 때 다 함께 저녁 식사를 한 적이 있는데, 멕이 직접 요리도 하며 모든 게 다 좋았다. 형이 감기에 걸려 기침을 하자 멕은 위층으로 달려가 동종요법*의 만능 치료제를 가져다주었다. 오레가노 오일과 강황이 든 약이었다. 케이트는 일반적이지 않은 치료법에 거부감을 보였지만 형은 무척 감동한 표정이었다.

그날 밤 우리는 윔블던과 슈츠를 주제로 많은 대화를 했고, 형과 케이트는 수줍어서 슈츠의 광팬이라는 말을 꺼내지 못했다. 그마저도 유쾌했다.

내가 기억하는 유일한 부조화는 완전히 다른 두 여성의 옷차림이었는데, 두 사람도 이를 인지한 듯했다.

찢어진 청바지에 맨발의 멕과 9부까지 갖춘 케이트.

큰 문제는 아니라고 생각했다.

팔찌에서 빼낸 두 개의 다이아몬드에 덧붙여, 나는 디자이너에게 세 번째 다이아몬드를 추가해 달라고 요청했다. 보츠와나산 무혈 다이아몬드**로.

디자이너가 급한 일인지 물었다.

---

* 18세기에 등장한 대체의학으로, 자연 치유력을 강화하려 비슷한 병에 걸리게 하거나 독극물을 처방하는 치료법. 이독제독(以毒制毒).
** 전쟁과 무관한 환경에서 생산한 다이아몬드를 뜻함.

"글쎄요… 그러고 보니 급할지도…."

35.

멕은 집을 정리하고 슈츠에서의 역할도 포기했다. 일곱 시즌 만에. 무척이나 힘든 순간이었다. 드라마를 너무나 사랑했고, 그 역할을 연기하는 것역시 사랑했고, 자신의 배역과 동료들을 사랑했고, 캐나다를 사랑했기 때문이다. 하지만 그곳에서의 삶은 순탄하지 못했다. 특히 촬영장에서는 더욱그랬다. 궁 홍보팀에서 멕의 대사와 배역, 연기 등을 수정해 달라고 요구하는 바람에 드라마 작가들이 무척 힘들어했다.

멕은 궁 홍보팀의 요청으로 자신의 웹사이트와 모든 소셜미디어도 중단했다. 친구들과 작별하고, 자동차와도 작별하고, 키우던 애완견 중 한 마리인 보가트(Bogart)와도 작별했다. 보가트는 사람들이 집을 에워싸고 반복해서 초인종을 울리는 바람에 충격을 받아 멕이 곁에 있을 때의 행동이 달라졌다. 공격적인 경비견으로 변한 것이다. 고맙게도 멕의 이웃들이 보가트를입양하는 데 동의했다.

대신에 가이(Guy)는 데려왔다. 내 친구 가이가 아니라 멕의 또 다른 애완견으로, 작고 노쇠한 비글인데 최근에 와서 더 쇠약해졌다. 물론 가이도 보가트를 그리워했지만, 무엇보다 가이가 입은 상처가 심각했다. 멕이 캐나다를 떠나기 며칠 전에 가이가 보호자의 집을 뛰쳐나왔다(그때 멕은 일하는 중이었다.). 가이는 멕의 집에서 몇 마일 떨어진 곳에서, 걸을 수도 없는 상태로 발견되었다. 그래서 가이의 네 다리는 모두 깁스 상태였다.

종종 내가 가이의 몸을 들어 올려 오줌 누는 걸 도왔다. 나는 조금도 개의치 않았고 나도 그 강아지를 사랑했다. 끊임없이 키스하고 쓰다듬었다. 그랬다. 멕을 향한 나의 강렬한 감정이 그가 사랑하는 사람과 사물에까지 흘러넘쳤고, 나 역시 오랫동안 애완견을 기르고 싶었지만, 방랑자처럼 생활하는 탓에 그럴 수가 없었다.

멕이 영국에 도착한 지 얼마 지나지 않은 어느 날 저녁, 우리는 식사를 준비하고 가이와 놀아주며 집에서 머물고 있었는데 그날 노트 코트의 그 부엌은 지금껏 내가 가본 어느 집보다도 사랑으로 충만했다.

샴페인 한 병을 땄다. 아주 특별한 날을 위해 아껴둔 아주 오래된 선물이었다.

멕이 미소를 지었다. "어떤 날인데?"

"아무것도 아니야."

나는 가이를 들어 올려 밖으로 데리고 나가 담장으로 둘러싸인 정원으로 가서 잔디밭에 깔린 담요에 내려놓았다. 그런 다음, 다시 안으로 들어와 멕에게 샴페인 잔을 들고 같이 나가자고 했다.

"뭔데?"

"아무 것도…."

나는 멕을 정원으로 이끌었다. 쌀쌀한 저녁이었다. 둘 다 큼직한 코트로 몸을 감쌌고, 멕의 코트에는 인조 모피로 된 후드가 달려 있어서 그녀의 얼굴이 마치 카메오 보석처럼 보였다. 나는 담요 주변으로 전기 양초를 설치했다. 처음으로 청혼을 생각했던 보츠와나의 그 수풀처럼 보이도록 만들고 싶었다.

이제 내가 담요에 무릎을 꿇었고, 가이도 곁에 있었다. 우리 둘 다 멕을 바라보았다.

이미 눈물이 가득해진 나는 주머니에서 반지를 꺼내고 준비한 말을 꺼냈다. 몸이 떨리고, 소리가 들릴 정도로 심장이 쿵쾅거리고, 목소리도 불안정했지만, 멕은 다 알아차렸다.

"당신의 삶을 나와 함께해 주시겠습니까? 나를 이 세상에서 가장 행복한 남자로 만들어 주시겠습니까?"

"네."

"네?"

"네!"

내가 웃음을 터트렸다. 그녀도 웃었다. 다른 어떤 반응이 더 필요할까? 이

혼란스러운 세상, 고통으로 가득한 삶에서, 우리는 해냈다. 마침내 우리는 서로를 찾아냈다.

그렇게 우리는 울고 또 웃었다. 꽁꽁 얼어 보이는 가이를 쓰다듬으며.

이제 집으로 향했다.

"아, 잠깐. 반지를 봐야지, 내 사랑?"

멕은 그런 생각조차 못 하고 있었다.

서둘러 안으로 들어간 우리는 따뜻한 부엌에서 우리만의 축하 의식을 마무리했다.

11월 4일이었다.

그 후 2주 동안 비밀로 유지했다.

36.

평소 같았으면 멕의 아버지를 먼저 찾아가서 축하를 받았을 것이다. 하지만 토마스 마클(Thomas Markle)은 조금 복잡한 사람이었다.

그와 어머니는 멕이 두 살 때 갈라섰고, 그 이후로 멕은 두 사람 사이를 오가며 시간을 보냈다. 월요일부터 금요일까지는 엄마와, 주말에는 아빠와 같이 지냈다. 그러다가 고등학교 시절에는 아버지 집으로 이사하여 함께 살았다. 그만큼 두 사람은 가까운 사이였다.

멕은 대학을 졸업하고 전 세계를 여행하면서도 아버지와는 주기적으로 연락했다. 삼십 대가 되어서도 그를 아빠(Daddy)라고 불렀다. 멕은 그를 사랑했고, 그의 건강과 습관을 걱정했으며, 더러 그에게 의존하기도 했다. 슈츠에 출연할 때는 매주 그에게 연락하여 조명에 대해 자문도 구했다. (그 무렵에 멕의 아버지는 할리우드에서 조명감독으로 일하며 에미상을 두 번 수상했다.) 그러나 최근 몇 년 사이에는 정기적으로 일하지 않았으며 어느 순간 사라졌다. 멕시코 국경의 어느 마을에서 작은 집을 빌려 생활했는데 전반적으로 좋은 상황이 아니었다.

멕은 아버지가 언론의 스토킹에서 비롯되는 심리적 압박을 절대 견딜 수 없을 것이라고 예상했고, 그 일이 지금 실제로 일어나고 있었다. 현재의 모든 친구와 전 남자친구, 얼굴도 본 적도 없는 사람들을 포함한 모든 친척, 전 고용주와 전 동료들 등 멕의 인간관계에 포함된 모든 사람을 대상으로 한 스토킹이 이미 오랫동안 진행되었고, 내가 청혼한 이후로는 아버지를 향해 날뛰기 시작했다.

언론은 멕의 아버지를 파트너처럼 여겼다. 《데일리 미러》에서 아버지의 위치를 공개하면 파파라치들이 그의 집으로 몰려가 비웃고, 유혹하고, 밖으로 유인하려 했다. 여우 사냥도 곰 놀리기도 이보다 더 더러울 수는 없었다. 낯선 남자들과 여자들이 돈과 선물과 우정을 미끼로 매달렸다. 그런데도 아무것도 통하지 않자 아버지의 옆집을 빌려 창을 통해 밤낮으로 사진을 찍어 댔다. 언론의 보도에 따르면, 멕의 아버지는 창을 아예 합판으로 막아버렸다고 한다.

하지만 그건 사실이 아니다. 그는 멕과 내가 사귀기 한참 전에 로스앤젤레스에서 생활할 때에도 합판으로 창을 막곤 했었다.

복잡한 사람이었다.

그 후에도 파파라치들은 마을로 향하는 그를 따라가고, 볼일 보러 갈 때도 미행하고, 동네 상점의 통로를 오락가락할 때에도 뒤를 쫓아다녔다. 그리하여 그의 사진을 헤드라인과 함께 내걸기도 했다.

"그를 포착하다!"

멕은 가끔씩 아버지에게 전화를 걸어 침착하라고 설득했다.

"그 사람들과 말하지 마, 아빠. 철저히 무시하고, 아빠가 반응하지 않으면 그들도 결국 물러설 거야. 궁에서 그렇게 하라고 했어."

37.

이 모든 사건에 맞서는 동시에 왕실 결혼의 수많은 사안에 집중하기란 우리 두 사람 모두에게 녹록지 않은 일이었다.

특이한 것은, 궁에서도 제대로 일에 집중하지 못하는 점이었다.

우리는 되도록 빨리 결혼하고 싶었다. 신문과 파파라치들이 악랄한 짓을 벌일 여유를 주면 안 될 테니까. 그런데도 궁에서는 날짜도 정하지 못했다. 장소도 마찬가지였고.

왕실 의사결정기구의 그 모호한 상층부에서 명령이 하달되기를 기다리는 동안 우리는 전통적인 '약혼 여행'을 떠났다. 잉글랜드, 아일랜드, 스코틀랜드, 웨일스 등 영국 전역을 다니며 멕을 대중에게 소개했다.

군중은 멕에게 열광했다.

"멕, 다이애나도 당신을 사랑했을 거예요."

여성들이 이 말을 반복해서 외치는 것을 들었다. 타블로이드의 논조와는 정반대로, '언론은 진실하지 않다'는 것을 다시 한번 상기시키는 장면이었다.

여행에서 돌아오는 길에 형에게 전화를 걸어, 속마음을 들어보려고 우리가 어디에서 결혼하면 좋을지 형의 생각을 물었다.

우리는 웨스트민스터 사원을 생각하고 있다고 말했다.

"좋은 생각이 아니야. 우리가 거기서 했어."

"맞아, 맞아. 세인트 폴은?"

"너무 커. 게다가 아빠와 엄마가 거기서 했잖아."

"음, 그러네. 좋은 지적이야."

형은 테트버리(Tetbury)를 제안했다.

나는 콧방귀를 뀌었다.

"테트버리? 하이그로브 부근의 예배당 말이야? 진심이야, 형? 거기 몇 명이나 앉을 수 있는데?"

"네가 원한다고 말한 게 그거 아니었어? 작고 조용한 결혼식 말이야?"

정말로 우리는 도망가고 싶었다. 보츠와나에서 맨발로, 한 친구가 사회를 맡고, 그게 우리의 꿈이었다. 하지만 우리는 이 순간을 다른 사람들과 나누어야 했다. 그건 우리의 몫이 아니었다.

38

궁으로 돌아왔다.

"날짜는 정해졌나요? 장소는?"

"아니오."라는 대답이 돌아왔다.

"3월은?"

"아쉽지만 3월은 예약이 모두 끝났어요."

"6월은요?"

"죄송해요. 가터 데이(Garter Day)*가 있어서."

마침내 2018년 5월이라는 날짜가 나왔고, 장소에 대해서는 우리의 요구가 받아들여졌다. 세인트 조지 예배당으로.

결혼식 문제가 해결되자, 우리는 처음으로 형과 케이트와 함께 공식 석상에 나섰다.

왕립 재단 포럼. 2018년 2월.

우리 넷이 무대에 앉아 있는데 한 여성이 꽤 많은 청중 앞에서 가벼운 질문들을 던졌다. 재단은 설립 10주년을 앞두고 있었다. 우리는 지나온 시간에 대해 이야기하면서, 앞으로 우리 네 사람이 이끌어가야 할 미래에 대해서도 전망했다. 청중은 열띤 호응을 보였고, 우리 네 사람 모두 즐거웠으며 전체적인 분위기도 매우 긍정적이었다.

이후에 한 기자가 우리를 '팹 포(Fab Four)**'라고 지칭했다.

'또 시작이군.' 나는 긍정적으로 생각하려고 노력했다.

며칠 후, 논란이 일었다. 멕이 #metoo(미투) 운동을 지지하는 반면에 케이트는 지지를 표명하지 않았다는 것이다. 무엇을 근거로? 멕과 케이트의 옷

---

* 절대 왕정 시절의 가터 기사단을 추모하는 날.
** 위대한 4인조라는 의미로, 비틀스를 달리 일컫던 표현.

차림을 근거로? 내 생각에는 그런 것 같지만, 누가 알겠는가? 아무튼, 그건 사실이 아니었다. 하지만 내 생각에는 이번 일이 케이트를 초조하게 만든 것 같았다. 이제부터 케이트는 멕과 비교될 것이고 경쟁할 수밖에 없게 되었다는 사실을 케이트 자신과 모든 사람이 깨닫게 된 것이다.

이 모든 것은 무대 뒤에서의 어색한 순간에서 비롯되었다. 멕이 케이트의 립글로스를 빌려달라고 한 것이다. 지극히 미국적인 행동이었다. 자기 립글로스를 잃어버린 멕이 케이트에게 도움을 요청했다. 당황한 케이트가 마지못해 핸드백에 손을 넣어 작은 튜브를 꺼냈다. 멕은 손가락에 조금 짜서 입술에 발랐다. 케이트는 얼굴을 찡그렸다. 서로의 스타일이 충돌한 작은 사건이랄까? 곧 웃어넘길 수도 있는 일이었지만, 이 일로 작은 생채기가 남았다. 언론도 무언가 벌어지고 있다는 냄새를 맡았고 일을 더 부풀리려고 했다.

'또 시작이군.' 이번엔 조짐이 좋지 않았다.

39.

2018년 3월, 할머니가 칙령을 통해 결혼을 공식적으로 승인했다.

그동안 멕과 나는 이미 가정을 일구고 있었다. 노쇠한 가이에게 형제가 되어줄 새 애완견을 한 마리 들였다. 늘 친구가 필요했던 가엾은 녀석. 때마침 노퍽에 살던 친구의 검정 래브라도 애완견이 새끼를 낳았는데, 황갈색 눈동자에 기품 있게 생긴 암컷을 내게 주겠다고 했다. 그때 나도 거절할 수 없었다.

멕과 나는 이 강아지를 풀라(Pula)라고 불렀다. 비를 뜻하는 세츠와나(Setswana)어였다.

그리고 행운의 의미도 있었고.

매일 아침 눈을 뜰 때마다 내가 사랑하는, 나를 사랑하는, 나에게 의지하는 존재들에게 둘러싸인 내 모습을 발견했다. 나에게 과연 이만큼의 행복을 누릴 자격이 있는지 하는 생각도 들었다. 일은 일이고, 이것이 행복이었다.

사는 게 즐거웠다.

마치 예비된 경로를 따라가는 듯했다. 칙령 발표는 멕이 슈츠를 떠나는 시즌의 방영일과 신기하게 일치했다. 게다가 드라마 속 멕의 캐릭터인 레이첼도 결혼을 준비하고 있었다. 예술과 인생은, 서로를 모방하는 듯.

멕을 강제로 하차시키기보다 결혼을 통해 자연스럽게 내보내는 설정이 슈츠다웠다. 하지만 현실에서도 그 반대를 선택하는 사람들이 상당히 많았다.

그해 봄, 언론은 더 누그러졌다. 새로운 비방거리를 만들기보다는 결혼과 관련된 세부적인 소식을 속보로 전하는 데 열중했다. 꽃, 음악, 음식, 케이크 등 온갖 것들을 다루는 '독점' 기사들이 매일같이 쏟아졌다. 심지어 이동식 화장실(Portaloo)처럼 지나치게 사소한 것들까지도 놓치지 않았다. 피파 미들턴(Pippa Middleton, 케이트의 여동생)의 결혼식에서 사용된 것들에 영감을 받아 도자기 세면대와 금도금 좌변기 등 세상에서 가장 화려한 이동식 화장실을 준비할 것이라는 보도도 있었다. 그러나 실제로는 대소변을 보는 방식에서 피파 때와 달라진 건 아무것도 없었으며, 화장실을 선택하는 문제도 우리와는 아무 상관이 없었다. 물론 모든 사람이 편안하고 평화롭게 볼일을 볼 수 있기를 우리는 진심으로 희망했다.

무엇보다 우리는 왕실 특파원들이 이 문제와 관련하여 선동하지 말고 제대로 기사를 써주기를 바랐다.

그래서 궁에서 우리에게 '왕실 기자단(The Royal Rota)'으로 불리는 특파원들에게 결혼과 관련된 세부정보를 많이 제공하라고 독려했을 때에도 우리는 순순히 따랐다. 동시에 우리는 궁에 요구하기를, 머독이 직접 휴대전화 해킹에 대해 사과하지 않으면 내 인생에서 가장 행복한 날인 결혼식 날에 기자는 단 한 명도 예배당에 들어오지 못하게 할 것이라고 했다.

궁에서는 코웃음을 쳤다. 왕실 기자단의 결혼식 출입을 막는 것은 전면전을 선포하는 것과 같다고 궁정 관리들이 경고했다.

"그럼 전쟁을 합시다."

나는 이 왕실 기자단이, 사람이든 제도든 말과 마차보다도 더 시대에 뒤떨어진다고 생각했다. 영국의 신문과 방송의 기자들이 왕실을 파헤치려고 거의 40년 전에 만들어진 이 제도는 그 후로 극히 지저분하게 변모했다. 이 제도는 공정 경쟁을 저해하고, 정실주의를 부추기며, 별 볼 일 없는 이 몇 사람을 대단한 존재인 양 변모시켰다.

몇 주에 걸친 논쟁 끝에 합의점에 도달했다. 왕실 기자단의 예배당 출입은 금지하되 밖에서 모이는 것은 허용하기로 했다.

작은 승리였지만 나는 무척 흡족했다.

40.

결혼식에 사용할 음악을 고르는 일을 돕고 싶었던 아버지는 식사도 하고 당신의 콘서트도 보여줄 겸, 어느 날 저녁에 클래런스 하우스로 우리를 초대했다.

아버지는 당신의 무선 CD 플레이어를 꺼냈고, 우리는 음악을 하나하나 들어보았다. 아름다운 음악, 온갖 종류의 음악이 담겨 있었다. 아버지는 오르간 연주자보다 오케스트라가 있으면 좋겠다는 우리의 바람을 전폭적으로 지지하며, 분위기에 어울리는 다양한 유형의 오케스트라 음악을 틀어주었다.

잠시 후, 클래식으로 관심사가 넘어가자 아버지는 당신이 사랑하는 베토벤에 대해 열변을 토했고 멕은 쇼팽에 심취한 이야기를 했다. 원래부터 쇼팽을 좋아했지만, 캐나다에서는 가이와 보가트를 진정시킬 유일한 것이 쇼팽이었기 때문에 더욱 심취하게 되었다고 설명했다. 그래서 밤낮으로 쇼팽의 음악을 들었다며.

아버지도 공감하며 미소를 지었다.

한 곡이 끝나면 아버지는 재빠르게 무선 CD 플레이어에 다음 곡을 장착하고는 콧소리로 흥얼거리거나 발로 바닥을 두드리며 다음 곡을 시작했다. 아버지의 쾌활하고 재치 있고 매력적인 모습을 보며 나는 놀라움에 고개를 연신 저었다. 아버지가 음악을 좋아하는 건 알았지만 이 정도인 줄은 미처 몰랐다.

멕이라는 존재는 아버지에게서 내가 지금껏 보지 못한 많은 모습을 일깨웠다. 그녀 앞에서 아버지는 순진한 소년처럼 변했다. 내가 그걸 보았고, 두 사람 사이의 유대가 점점 돈독해지는 것을 보았고, 아버지와 나와의 유대도 강화되는 것을 느꼈다. 많은 사람이 멕을 인색하게 대할 때, 아버지가 그녀를 곧 공작부인이 될 사람으로, 어쩌면 그렇게 타고난 사람으로 대접하는 모습에서 위안을 느꼈다.

41.

할머니께 멕과의 결혼 허가를 받으려고 스트레스를 받다 보니, 다른 일로 또다시 그런 요청을 할 엄두가 나지 않았다.

그래도 이제 감히 또 하나의 요청을 했다.

"할머니, 제발. 제가 결혼식 때 수염을 길러도 될까요?"

작은 일은 아니었다. 수염을 기르는 것은 기존의 관례와 오랜 규범을 정면으로 위반하는 행위였다. 특히 육군 군복을 입은 후로는. 영국 육군에서는 수염을 허용하지 않았기에.

하지만 나는 이제 육군에 복무하지 않는 데다, 수염은 나의 불안 증세를 효과적으로 억제할 수 있는 하나의 장치로서 내가 간절히 원하는 것이었다.

말도 안 되는 소리 같지만 사실이었다. 나는 남극으로 향하는 여정에서 수염을 길렀고 집으로 돌아와서도 계속 길렀는데, 치료와 명상뿐 아니라 다른 몇 가지 효과와 더불어 신경을 가라앉히는 데 도움을 주었다. 어쩌면 지그문트 프로이트의 수염이 안전 담요 역할을 했을지도, 칼 융의 수염이 가면 역할을 했는지도 모르겠다. 어찌 됐든 수염 덕분에 나는 차분해졌고, 결혼식 당일에도 최대한 침착함을 유지하고 싶었다.

물론 나의 예비 아내는 수염 없는 나를 본 적이 없었다. 멕은 내 수염을 좋아했고, 키스하려고 내 수염을 잡고 끌어당기는 것도 좋아했다. 그래서 아내가 결혼식의 버진로드에서 완전히 낯선 사람을 만나게 하고 싶지는 않았다.

이 모든 내용을 말했더니 할머니는 이해한다고 말했다. 게다가 할머니의 남편도 가끔 목덜미 부분을 쓰다듬는 걸 좋아했다.

"그래." 할머니는 수염을 길러도 좋다고 말했다. 하지만 그 내용을 형에게 설명했을 때 형은… 예민하게 반응했다.

"아직 결정된 게 아니야." 형이 말했다. "군대, 규약 등 살펴볼 게 남았어."

나는 내 수염에 얽힌 역사를 간략히 설명했다. 수염을 기른 채 제복을 입었던 역대 왕들도 언급했다. 에드워드 7세 왕, 조지 5세 왕, 앨버트 왕자. 최근의 인물로는 켄트 공자 마이클까지.

인터넷으로 검색한 사진까지 형에게 보여주었다.

"경우가 달라." 형이 말했다.

이미 할머니에게 허락을 받았으므로 형의 의견은 그리 중요하지 않다고 말했더니 형의 표정이 돌변했다. 그리고는 언성을 높였다.

"할머니에게 물어봤다고?"

"그래."

"할머니가 뭐라셨는데?"

"수염을 길러도 된다고 했어."

"넌 할머니를 곤란한 상황에 빠뜨렸어, 해롤드! 할머니는 어쩔 수 없이 허락하신 거야."

"어쩔 수 없었다고? 할머니는 여왕이셔! 내가 수염 기르는 걸 원치 않았으면 얼마든지 얘기할 수 있으셔."

하지만 윌리 형은 할머니가 늘 내게 약한 분이어서, 형 자신에게는 불가능할 정도로 높은 수준을 요구하면서도 나는 그냥 제멋대로 살도록 내버려둔다고 생각했다. 왜냐하면… 계승자와 예비용 같은 것들 때문에. 그것이 형을 화나게 했다.

얼굴을 맞대고, 또 전화로 우리의 논쟁은 일주일 넘게 이어졌다. 형은 그냥 넘어가려 하지 않았다. 어느 순간에는, 계승자가 예비용에게 말하듯이 면도를 하라고 실제로 명령했다.

"진심이야?"

"지금 말하고 있잖아. 수염을 깎으라고."

"제발, 형. 이게 형한테 왜 그렇게 중요한 건데?"

"나는 수염을 기를 수 없었으니까."

아… 그거였구나! 특수부대와 함께 임무를 수행하고 돌아왔을 때 형은 수염을 덥수룩하게 기르고 있었는데, 그때 누군가가 형에게 어서 가서 수염부터 깎으라고 말했다. 형은 자신에게는 허용되지 않았던 특권을 내가 누린다는 생각 자체로 싫어했던 것이다.

수염 문제로 형이 결혼할 때 자기가 선택한 제복을 입지 못했던 불편했던 기억을 상기시켰을 수도 있다고 추측했었는데, 형이 자기 입으로 솔직히 말함으로 이런 내 의심은 곧 확인되었다.

수염 때문에 다투던 어느 날, 형은 자기 결혼식에서 입고 싶어 했던 기병대 프록코트를 내 결혼식에서 허용한 것에 심하게 불평했다. 그런 형의 모습이 우스꽝스러워 보여서, 느낀 그대로 형에게 말했다. 하지만 형은 점점 더 심하게 화를 냈다.

결국 나는 수염 기른 동생이 곧 결혼할 것이며 참석하고 말고는 형이 알아서 하라고 단호하고 반항적으로 말했다. 선택은 형에게 달렸다고.

42.

준비를 해서 총각 파티에 참석했다. 웃고 신나게 즐기며 모든 스트레스를 날려버리고 싶었다. 하지만 너무 취해서 정신을 잃으면 형과 친구들이 나를 붙들고 면도를 할까 봐 걱정이 되었다.

실제로 형은 이렇게 하는 것이 자기 계획이라고 대놓고 진지하게 말했다.

그래서 나는 즐겁게 놀면서도 형을 항상 시야에서 놓지 않았다.

총각 파티는 햄프셔의 시골에서 사는 친구의 집에서 열렸다. 파티 장소로 언론에 보도된 남부 해안도, 캐나다도, 아프리카도 아니었다. 형을 제외하면 열다섯 명의 친구들이 참석했다.

파티 주최자는 실내 테니스 코트를 다양한 남자용 장난감으로 장식했다. 거대한 권투 글러브, 반지의 제왕에 등장하는 활과 화살, 로데오 기계 황소.

얼굴에 색칠을 하고 멍청이들처럼 신나게 놀았다. 정말 즐거웠다.

한두 시간이 지나 서서히 지칠 무렵, 점심이 준비되었다는 누군가의 외침에 조금 안도했다. 우리는 넓고 바람이 잘 통하는 헛간에서 식사를 하고 임시로 만든 사격장으로 이동했다.

잔뜩 취해 사격을 한다는 건 정말 위험한 발상이었다. 그런데도 아무튼 다친 사람은 없었다.

모두들 소총 사격을 지루해할 때쯤, 친구들이 내게 노란 털의 거대한 닭 복장을 입혀 멀찌감치 보내더니 불꽃을 발사했다. 내가 그렇게 하겠다고 했었다.

"누구든 가장 가까이 오는 사람이 이기는 거야!"

오래전, 노퍽에서 주말을 보내며 휴와 에밀리의 아이들과 함께 불꽃놀이를 하던 기억이 언뜻 스쳤다. 갑자기, 형도 이랬을까 하는 궁금증이 들었다.

왜 우리는 그 시절의 친밀함에서 멀어져 있어야 했던가?

아니면 우리가 자초한 것일까?

어쩌면 지금이라도 회복할 수 있으리라는 생각도 들었다.

이제 나는 결혼을 앞둔 만큼.

43.

궁의 뒤쪽 복도에서는 멕이 베일을 쓸 수 있는지, 또는 그래야 하는지를 두고 쑥덕공론이 한창이었다. 누군가는 불가능하다고 했다. 이혼녀에게 베일은 가당치 않다고 사람들은 생각했다.

그런데 결정권자들은 예상외로 이 문제에 상당히 유연한 입장을 보였다.

다음으로 티아라에 대한 말이 나왔다. 숙모들은 멕이 내 어머니의 것을 착용하고 싶어 하는지 물었다. 우리 둘 다 감동했다. 멕은 드레스 디자이너와 오랜 시간을 보내며 티아라와 잘 어울리는 베일을 만들고 가리비 모양의 가장자리도 만들었다.

그런데 결혼식 직전에 할머니로부터 연락이 왔다. 할머니가 우리에게 당신의 티아라 컬렉션을 보여주겠다고 했다. 그뿐 아니라 버킹엄궁으로 직접 와서 살펴보라는 것이었다.

"꼭 들러라." 할머니의 목소리가 기억에 선명하다.

아주 특별한 아침이었다. 우리는 할머니의 침실 바로 옆에 있는 드레스룸으로 들어갔는데, 여기에 들어간 건 난생처음이었다. 할머니 옆에는 보석 전문가이자 왕실 컬렉션에 포함된 모든 보석의 계보를 꿰고 있는 저명한 역사학자도 있었다. 그리고 할머니의 의상 담당자이며 매우 친밀한 사이인 안젤라(Angela)도 있었다. 다섯 개의 티아라가 테이블에 나열되었고, 할머니가 멕에게 하나하나 쓰고 거울 앞에 서보라고 했다. 나는 뒤에서 바라보았다.

하나는 에메랄드, 또 하나는 아쿠아마린이었다. 예전에 보던 것보다 하나같이 눈부시고 아름다웠다. 숨이 멎는 듯했다.

나만 그런 게 아니었다. 할머니도 멕에게 아주 부드럽게 말했다.

"티아라가 잘 어울리는구나."

멕은 녹아내렸다. "감사합니다, 맴(Ma'am)!"

다섯 개 중에서 하나가 유독 눈에 띄었다. 모두 동의했다. 멕을 위해 만들어진 것처럼 아름다웠다. 할머니는 티아라를 직접 안전한 곳에 보관할 것이며, 결혼식 당일에 멕의 머리 위에서 볼 수 있기를 기대하겠다고 말했다.

"착용하는 연습을 꼭 하거라. 미용사와 함께." 할머니가 말했다.

"꽤 까다로울 거야. 결혼식 당일에 처음 착용하는 건 너희도 바라지 않겠지."

우리는 무한한 경외심과 사랑과 은혜로움을 느끼며 궁을 떠났다.

일주일 뒤에 안젤라에게 연락하여, 착용 연습을 해야 하니 선택된 티아라를 보내달라고 말했다. 우리는 티아라에 대해 공부도 하고 케이트로부터 착용 경험까지 듣고 나서야 비로소 할머니의 말씀이 어떤 의미인지 알 수 있었다. 티아라를 착용하는 것은 상당히 복잡하고 세심한 과정이었다. 먼저 베일을 붙이고 멕의 미용사가 작게 땋아둔 머리카락에 고정해야 했다. 복잡하고 시간이 많이 걸리는 과정이므로 적어도 한 번 이상의 드레스 예행연습이 필요했다.

그런데 안젤라는 어떤 이유에선지 우리의 메시지에 답을 하지 않았다. 우리가 계속 연락을 취해도 대답이 없었다.

이윽고 연락이 닿았는데, 안젤라는 티아라를 궁에서 옮기려면 호송인과 경찰의 호위가 필요하다고 말했다.

너무 과한 것 아닌가… 하는 생각이 들었다. 하지만 좋다고 했다. 그게 관례라면 우리가 호송인과 경찰을 찾아 일을 진행하면 되었다. 하지만 시간이 얼마 없었다.

그런데 안젤라는 납득할 수 없는 소리를 했다. "할 수 없어요."

"왜 그래요?"

그녀의 일정이 너무 빡빡했다. 누가 보더라도 안젤라가 훼방을 놓고 있는 건데, 도대체 이유가 무엇일까? 짐작조차 할 수 없었다. 할머니를 찾아갈 생각도 했지만, 그렇게 되면 전면적인 대립을 촉발할 수도 있고 솔직히 할머니가 누구 편을 들지 확신도 없었다.

무엇보다도, 티아라는 여전히 할머니 손에 있었다.

할머니가 모든 카드를 쥐고 있었다.

44.

대다수 언론이 멕을 향한 공격을 멈추고 다가오는 결혼식에 집중하고 있었지만, 이미 상처는 곪을 대로 곪은 후였다. 18개월 동안이나 그녀를 쓰레기 취급하여 키보드 전사들을 자극한 결과, 이제 그들이 각자의 지하동굴과 은신처에서 기어 나오기 시작했다. 우리가 커플임을 인정한 이후로 소셜미디어에는 인종 차별적인 조롱과 살해 위협이 넘쳐났다. ("두고 보자구! 인종 배신자, 해리!") 그 때문에 궁 보안팀이 인력과 무기를 배치하기 위해 적용하는 공식 위협 수준은 역대 최고 수준에 도달했다. 결혼식 전에 경찰과 대화하며 우리가 테러리스트와 극단주의자들의 중요 표적이 될 것이라는 말을 들었다. 대닛 장군의 말이 떠올랐다. 내가 총알받이며, 내 옆에 있는 사람은 위험해질 거라던 그 말이. 나는 다시 총알받이가 될 것이며, 이번에는 내가 세상에서 가장 사랑하는 사람이 옆에 서 있을 것이다.

납치 시도에 대비하여 궁에서 멕에게 게릴라전 상황에서의 생존 전술을 가르치기로 결정했다는 보도도 있었다. 어느 베스트셀러 도서에 따르면, 특수부대가 우리 집에 와서 멕에게 며칠 동안 강도 높은 훈련을 시켰다고 했다. 군인들이 멕을 뒷좌석과 트렁크에 밀어 넣고 안전가옥으로 신속하게 이동했다고 하는데, 정말 얼토당토않은 이야기들이다. 멕은 단 1분도 그런 훈련을 받은 적이 없다. 오히려 궁에서는 멕을 위해 아무런 안전장치도 고려하지 않는다는 말이 떠돌았다. 내가 왕위 계승 서열 6위라는 이유에서였다. 특수부대에 대한 보도가 부분적으로나마 사실이라면 더 좋았을걸! 솔직히 특수부대에서 근무하는 내 동료들에게 전화해서, 여기 와서 멕을 훈련시키고 나도 다시 훈련시켜 달라고 부탁하고 싶은 마음이었다. 아니, 그보다 나은 건 그 친구들도 참여하여 우리를 보호하는 것이었다. 그뿐 아니라, 특수부대를 보내서 그 티아라를 빼앗아 오고픈 바람도 있었다.

안젤라는 아직도 티아라를 보내주지 않았다.

멕의 미용사가 예행연습을 하려고 프랑스에서 왔는데도 아직 티아라가 도착하지 않은 것이다. 그는 할 수 없이 되돌아갔다.

다시, 안젤라에게 전화를 걸었다. 다시, 응답이 없었다.

마침내 안젤라가 켄싱턴궁에서 홀연히 등장했다. 회견장에서 만난 그녀가 내게 양도증서를 내밀었고, 내가 서명하자 그제야 티아라를 건넸다. 나는 감사의 인사를 하면서도 조금만 일찍 도착했더라면 우리의 삶이 훨씬 순조로웠을 것이라고 덧붙였다.

그러자 안젤라의 눈에서 불꽃이 일며 나에게 덤비기 시작했다.

"안젤라, 정말 이럴 거예요, 지금?"

그녀는 오싹한 표정으로 나를 쳐다보았는데, 그 얼굴에서 분명한 경고의 메시지를 읽을 수 있었다.

'끝난 게 아니야!'

45.

멕은 아버지를 달래느라 몇 달을 보냈다. 자신에 대해 쓴 기사들, 가슴에 맺힐 만큼 자신을 비하하는 내용의 새 기사들이 연이어 등장했다. 끊임없이 자존심에 상처를 입었다. 그런데도 신문에는 매일같이 굴욕적인 사진들이 실렸다.

"새 화장실을 구입한 토마스 마클."

"맥주를 산 토마스 마클."

"벨트 위로 배가 삐져나온 토마스 마클."

우리는 이해했다. 멕은 우리가 아버지의 마음을 이해한다고 말했다. 언론과 파파라치들이 얼마나 끔찍한지. 기사에 쓰인 것을 완전히 지워버리기도 어렵다는 것도.

"하지만 제발, 개인적으로 접근하는 사람은 무시하세요. 누구든 다가오는 사람을 무시하세요, 아빠. 좋은 친구인 척하는 사람을 경계하세요."

아버지도 경청하는 듯했다. 그리고 마음이 조금 풀어진 듯한 반응을 보이기 시작했다.

결혼식을 앞둔 토요일, 켄싱턴궁 공보관 제이슨이 우리에게 전화를 했다.

"문제가 생겼어요."

"뭔데요?"

"《메일 온 선데이(The Mail on Sunday)》에서, 멕의 아버지가 돈을 받고 파파라치들과 함께 작업하며 연출한 일상 사진(candid photos)까지 포함한 기사를 낼 거라고 하네요."

우리는 즉시 멕의 아버지에게 전화를 걸어 무슨 일인지를 물었다. 그리고 그 내용이 사실인지를 확인했다.

"돈을 받고 일상 사진을 연출한 게 사실이에요?"

"아냐."

멕이 말했다.

"우리가 이 기사를 없앨 수 있어요, 아빠. 하지만 아빠가 거짓말을 한 것으로 밝혀지면, 다시는 우리뿐 아니라 우리 아이들과 관련된 허위기사들도 없앨 수 없게 될 거예요. 이건 아주 심각한 일이에요. 우리에게 진실을 알려줘야 해요."

아버지는 어떤 사진도 연출한 적이 없다고, 그런 수작에 가담한 적이 없다고, 문제의 파파라치를 모른다고 맹세했다.

멕이 내게 속삭였다. "난 아빠를 믿어."

그게 사실이라면 당장 멕시코를 떠나라고 멕은 아버지에게 말했다.

"전혀 다른 차원의 공격이 쏟아질 테니 어서 영국으로 오세요. 지금 당장. 비행기를 탈 때까지 안전하게 숨어 있을 수 있는 아파트를 마련해 둘게요."

뉴질랜드 항공 일등석을, 멕이 예약하고 비용도 지불했다.

우리는 아버지를 데려오려고 즉시 사설 경호원이 딸린 차량을 보내려 했다. 그런데 아버지는 할 일이 있다고 말했다.

갑자기 멕의 표정이 변했다. 분명 무언가 있었다. 그녀가 나를 돌아보더니 한숨을 쉬었다. "아빠가 거짓말을 하고 있어."

다음 날 아침에 터진 뉴스는 우리가 우려한 것보다 훨씬 심각했다. 멕의 아버지가 인터넷 카페에서 그 파파라치를 만나는 영상이 등장했다. 결혼식에 관련된 공부를 하는 것처럼 영국에 관한 책을 읽는 사진을 포함하여 우스꽝스럽게 찍은 일상 사진이 여러 장이었다. 10만 파운드는 받았을 것으로 알려진 이 사진들은 멕의 아버지가 실제로 거짓말을 하고 있다는 의심을 뒷받침하고도 남을 정도였다. 이 사기극에 가담한 이유가 돈을 벌기 위해서였는지 아니면 모종의 영향력을 바란 것인지, 우리가 알 도리는 없었다.

헤드라인이 떴다.

"멕 마클의 아버지는 사기꾼! 돈을 받고 일상 사진을 연출하다!"

결혼 일주일 전, 이제야 기사로 등장했다. 몇 주 전에 찍은 사진들인데도 가장 타격이 큰 순간까지 보류하고 있었던 것이다.

이 기사가 뜬 직후, 토마스 마클이 우리에게 문자메시지를 보냈다.

"너무 부끄럽구나."

우리가 전화를 했다. 그리고 문자메시지도 보냈다.

그리고 다시 전화했다.

"우린 화나지 않았어요. 제발 전화 좀 받아요."

그는 응답하지 않았다.

그러다가 우리는 전 세계와 함께 들었다. 그가 심장마비를 일으켜 결혼식에 올 수 없다는 것을.

46.

다음 날, 멕은 케이트로부터 한 통의 문자메시지를 받았다.

신부 들러리들의 드레스에 분명히 문제가 있다는 것이었다. 수선해야 한다고. 그 드레스는 치수만 재서 수작업으로 만든 프랑스 맞춤 의상이었다. 따라서 수선을 하는 것 정도는 큰 문제가 아니었다.

멕은 케이트에게 곧바로 답장을 하지 못했다. 그랬다. 멕은 결혼과 관련하여 수많은 문자메시지를 받았는데, 그중 대부분이 아버지를 둘러싼 혼란과 직결된 것들이었다. 그래서 멕은 다음 날 아침에 케이트에게 연락하여 우리의 재단사가 궁에서 대기하고 있다고 알렸다. 재단사 이름은 아제이 (Ajay)였다.

하지만 그것만으로는 충분하지 않았고, 그들은 오후에 만나 대화할 시간을 정했다.

"샬럿의 드레스는 너무 크고, 너무 길고, 너무 헐렁해요. 집에서 입어보고 울었어요." 케이트가 말했다.

"그렇군요. 말씀드린 대로 재단사가 아침 여덟 시부터 대기하고 있어요. 여기. 켄싱턴궁에서요. 공비께서 다른 엄마들처럼 샬럿을 데리고 가서 수선해 주실 수 있나요?"

"아뇨, 드레스 전부를 다시 만들어야 해요."

자신의 웨딩드레스 디자이너도 다시 만들어야 한다고 말했다고, 케이트가 덧붙였다.

멕은 케이트에게 지금 무슨 일이 벌어지고 있는지 아느냐고 물었다. 물론 그녀의 아버지와 관련해서 말이다.

케이트는 잘 알고 있다면서, 하지만 당장 중요한 것은 드레스라고 말했다.

"게다가 결혼식이 나흘밖에 남지 않았어요."

"네, 케이트, 알고 있어요…."

그런데 케이트는 멕이 결혼식을 준비하는 모습을 보며 또 다른 문제를 발견했다. 시동들을 위한 파티와 관련된 문제인 듯했다.

"시동들이요?" 결혼식에 참석할 시동들의 절반은 미국에서 올 예정이었는데, 아직 아무도 도착하지 않았다.

이렇게 계속 옥신각신했다.

"어떤 말을 더 해야 할지 모르겠어요. 만약 드레스가 맞지 않으면 샬럿을 아제이에게 데려다주세요. 그가 하루 종일 기다리고 있어요."

"좋아요."

잠시 후, 집에 도착했다가 바닥에 널브러져 흐느끼고 있는 멕을 발견했다. 너무도 흥분한 모습을 보며 잠시 놀랐지만, 그것이 큰 문제라고 생각지는 않았다. 지난주, 지난달, 지난 며칠까지 내내 스트레스를 겪다 보니 감정이 격앙된 상태였다. 견디기 힘들 정도로….

하지만 그것도 일시적이었다. 케이트가 괴롭히려 한 것은 아니라는 설명도 했다.

바로 다음 날 아침, 케이트는 꽃과 함께 미안하다는 메시지를 담은 카드를 들고 찾아왔다. 케이트가 등장할 때, 때마침 부엌에는 멕의 가장 친한 친구인 린제이(Lindsay)도 있었다.

"오해일 뿐이야." 내가 혼잣말로 중얼거렸다.

47.

결혼식 전날에 나는 코워스 파크 호텔(Coworth Park Hotel)에 머물렀다. 개인 별장에서. 친구 몇 명이 나와 같이 술을 마셨는데 그중 한 명이 내게 정신없어 보인다는 말을 했다.

"왜 아니겠어. 일이 얼마나 많았는데."

많은 말을 하고 싶지는 않았다. 멕의 아버지, 케이트와 드레스에 관한 일들, 군중 속의 누군가가 정신 나간 짓을 할지도 모른다는 계속된 걱정 등… 말하지 않는 편이 나았다.

누군가 형에 대해 물었다. "윌리는 어딨어?"

나는 다시 입을 닫았다. 또 하나의 가슴 아픈 주제였으니까.

형은 그날 저녁에 우리와 같이 식사할 예정이었다. 그렇지만 멕의 아버지처럼, 마지막에 약속을 취소했다. 곧 할머니와 차를 마시기로 했다면서.

"가기가 어렵게 됐어, 해롤드. 케이트와 애들도 같이."

나는 형에게 상기시켰다. 이것이 우리의 전통이고, 형의 결혼식 전날에도 함께 저녁 식사를 했고, 함께 나가서 군중과 인사를 했다고.

형은 요지부동이었다. "갈 수가 없어."

내가 압박했다.

"왜 그러는 거야, 형? 형이 케이트와 결혼할 때는 내가 밤새도록 함께 있어 주었잖아? 도대체 왜 그러는 건데?"

무엇 때문에 그러는지 생각하고 또 생각했다. 신랑 들러리가 되지 못해서 기분이 나빴을까? 오랜 친구인 찰리에게 들러리를 맡겨서 화가 났을까? (궁에서는 형과 케이트가 결혼할 때 나를 들러리라고 발표한 것처럼, 이번에는 형이 들러리를 맡는다는 소식을 공개했다.) 그것도 이유 중의 하나일까?

아니면, 수염 게이트(Beardgate)의 후유증일까?

아니면, 케이트와 멕 사이의 일로 죄책감을 느껴서일까?

형은 어떤 암시도 주지 않았다. 그냥 오지 않겠다는 말뿐이었다. 그게 왜 그렇게 중요하냐고 내게 물으면서.

"군중에게 굳이 인사해야 하는 이유가 뭐야, 해롤드?"

"공보팀에서 그렇게 하라고 했어. 형 결혼식 때도 우리는 그랬고."

"그 사람들 말 들을 필요 없어."

"언제부터 그랬는데?"

기분이 상했다. 우리 사이에 문제가 있어도 기본적인 유대는 강하다고 늘 생각했다. 들러리 드레스나 수염보다 형제애가 더 중요하다고 생각했다. 그런데 그게 아니었나 보다.

오후 여섯 시쯤, 할머니에게서 출발한 형이 내게 문자메시지를 보냈다. 마음이 바뀌었다고, 오겠다고 했다.

할머니가 개입한 것일까?

어쨌든. 나는 행복하게, 진심을 담아 고맙다고 했다.

잠시 후, 밖에서 만난 우리는 같은 차를 타고 킹 에드워드 게이트(King Edward Gate)로 향했다. 차에서 내려 군중 사이를 걸으며 다가오는 사람들에게 감사의 인사를 건넸다.

사람들이 우리의 행운을 빌며 키스를 날렸다.

우리는 손을 흔들어 작별 인사를 하고 다시 차에 올랐다.

차로 이동하는 동안 내가 형에게 식사를 같이하자고 했다. 형의 결혼식 때 그랬던 것처럼, 자고 가도 좋다고도.

형은 저녁을 먹을 수는 있지만 오래 머무르기는 힘들 거라고 했다.

"제발, 형!"

"미안해, 해롤드. 그럴 수 없어. 애들 때문에."

48.

강단에 서서 기병대 제복의 앞부분을 매만지며 나를 향해 걸어오는 멕을 바라보았다. 나는 멕의 행진에 어울릴 만한 곡을 열심히 고르다가, 이윽고 헨델의 '영원한 빛의 근원'으로 결정했다.

머리 위로 울려 퍼지는 독창자의 목소리를 들으며, 좋은 곡을 선택했다는 생각이 들었다.

정말, 멕이 가까이 다가올수록 그동안의 내 모든 선택에 감사하고 있었다.

멕이 다가와 내 손을 잡았을 때, 쿵쾅거리는 내 심장 소리 위로 음악이 들렸다는 사실이 무척 놀라웠다. 현재가 차츰 희미해지고, 그 자리를 과거가 다시 메웠다. 인스타그램으로 나눴던, 조심스러웠던 우리의 첫 메시지. 소호 하우스에서의 첫 만남. 보츠와나로의 첫 여행. 전화기를 강물에 빠뜨린 후로 흥미로웠던 우리의 첫 메시지 교환. 우리의 첫 닭고기구이. 대서양을 횡단한 우리의 첫 비행. 처음으로 사랑한다고 말했던 순간. 사랑한다는 그녀의 대답을 들었을 때. 부목을 댄 가이. 심술쟁이 백조 스티브. 언론으로부터 멕을 지키기 위한 처절한 싸움. 그리고 이제 우리는 여기, 결승선에 다다랐다. 우리의 출발선에.

지난 며칠 동안 계획대로 진행된 일은 많지 않았다. 하지만 어느 것도 애초에 계획에 없었다고 나 자신에게 상기시켰다. 계획은 이것이었다. 바로 이것, 사랑.

멕과 함께 식장 행진로를 따라 마지막 부분까지 걷고 있는 아버지를 힐끔 쳐다보았다. 자신의 아버지는 아니었지만, 그 특별함은 다르지 않았고 멕도 감동했다. 그녀의 아버지가 한 행동과 언론이 그를 이용한 것까지 보상하지는 못했지만, 그래도 큰 위로가 되는 모습이었다.

제인 이모가 일어서서 어머니를 기리며 낭독했다. 솔로몬의 노래(Song of Solomon).

멕과 내가 고른 대목이었다.

일어나라, 나의 사랑, 나의 아름다운 사람이여, 그리고 함께 가자⋯

너의 가슴에 나를 인장처럼, 너의 팔에 나를 인장처럼 새겨

사랑은 죽음처럼 강렬하고, 열정은 무덤처럼 격정적이므로⋯

Arise, my love, my fair one, and come away⋯

Set me as a seal upon your heart, as a seal upon your arm

For love is strong as death, passion fierce as the grave⋯

죽음처럼 강렬하고. 무덤처럼 격정적인.

'그래, 맞아.'

반지를 내미는 대주교의 손이 떨리는 것을 보았다. 나는 잊고 있었지만 그는 그렇지 않았다. 열두 대의 카메라가 우리를 바라보고, 20억 명이 텔레비전으로 우리를 지켜보며, 실내 곳곳에 포진한 사진사들, 밖에서 소리치고 환호하는 군중.

반지를 교환했다. 멕의 반지는 케이트와 마찬가지로 웨일스산 금 조각으로 만들었는데, 할머니는 이것이 거의 마지막이라고 했다.

마지막 금. 내가 멕에게 느끼는 감정도 그러했다.

대주교는 할머니가 우리에게 하사한 작위인 서식스 공작 및 공작부인(The Duke and Duchess of Sussex)과 관련하여 몇 마디 공식적인 언급을 하며, 우리

두 사람은 죽음이 갈라놓을 때까지 함께할 것이라고 선언했다. 사실 우리 두 사람은 이미 며칠 전에 우리의 정원에서, 유일한 목격자인 가이와 풀라와 함께 이와 비슷한 작은 의식을 거행했었다. 비공식적이고 구속력도 없는 의식이었지만, 우리의 영혼은 하나가 되었다. 세인트 조지 예배당 안팎의 많은 사람과 텔레비전으로 지켜보는 모든 시청자에게도 감사했지만, 우리의 사랑을 공개하는 것은 무척 고통스러운 일이었기 때문에 우리 사랑의 첫 번째 봉헌식, 첫 번째 서약식은 사적으로 진행하고 싶었다.

이 공식 의례는 분명 매혹적이지만, 우리는 이 많은 인파에 약간의 두려움을 느꼈다. 그 감정을 조금 자세히 설명하자면, 행진로를 따라 교회 밖으로 나갔을 때 우리 눈에 가장 먼저 들어온 것은 웃는 얼굴의 물결이 아니라 저격수들이었다. 경찰은 이례적이긴 하지만 꼭 필요한 조치라고 사전에 내게 설명했다.

위협의 신호들이 전례 없이 많이 포착되고 있었기 때문이다.

49.

우리의 신혼여행은 극비사항이었다. 우리는 창을 마분지로 막아 이삿짐 운반용 밴으로 위장한 차량을 타고 런던을 떠나 지중해에서 열흘을 보냈다. 햇살이 쏟아지는 바다로 떠나는 것, 얼마나 멋진 일인가! 그곳에서 우리는 앓아누웠다. 결혼식을 준비하며 지칠 대로 지친 탓이었다.

우리는 6월에 열리는 할머니의 생신 공식 축하 행사에 맞춰 돌아왔다. 군기 분열식, 신혼부부로서 처음으로 공식 석상에 등장하는 순간이었다. 경쾌한 분위기 속에 참석자들 모두가 즐거운 한때를 보내고 있었다. 그런데 그때….

케이트가 멕에게 처음으로 군기 분열식에 참석한 소감이 어떠냐고 물었고 멕은 농담을 던졌다. "화려하네요."

순간, 싸한 침묵이 우리를 온통 집어삼키려 했다.

며칠 뒤, 멕은 할머니와 첫 왕실 여행을 떠났다. 긴장했지만, 두 사람은 꽤 친해졌다. 애완견을 사랑하는 점도 두 사람이 친해지는 데 도움을 주었다.

돌아온 멕의 표정이 흥분해 있었다. "우리 친해졌어." 그녀가 들뜬 목소리로 말했다. "여왕 폐하랑 내가 정말 친해졌다고! 내가 너무너무 엄마가 되고 싶다고 했더니, 할머니가 분만을 촉진하는 최고의 방법은 차를 타고 울퉁불퉁한 곳을 달리는 거랬어! 나는 그 순간이 오면 꼭 기억하겠다고 대답했고."

이제 상황이 많이 달라지고 있다고 우리 둘은 입을 모았다.

그러나 신문들은 이 여행이 완전한 재앙이라고 단언했다. 멕이 할머니보다 먼저 차에 오르는 상상할 수조차 없는 실수를 저질렀다면서, 이것은 멕이 뻔뻔하고 시건방지고 왕실의 규약을 몰라서라고 묘사했다.

사실 멕은 할머니가 하라는 그대로 정확히 따랐다. 할머니가 타라고 했고, 그래서 탔다. 아무런 문제도 없었다.

그런데 멕이 또 실수했다는 소식이 며칠 동안 이어졌다. 할머니 앞에서 감히 모자를 쓰지 않았다며, 격이 떨어지는 행동이라고 꼬집었다. 이때도 멕에게 모자를 쓰지 말라고 궁에서 특별히 지시했다. 할머니도 그렌펠 타워의 희생자들을 기리기 위해 녹색의 옷과 모자를 착용했고, 멕에게는 누구도 녹색을 착용하라는 말을 하지 않았다. 그런데도 언론은 멕이 희생자들에게 전혀 관심이 없다고 보도했다.

내가 멕에게 말했다.

"궁에서 전화가 올 거야. 기사를 정정하겠다고."

하지만 연락은 오지 않았다.

50.

형과 케이트가 차를 마시자며 우리를 초대했다. 분위기를 바꿀 목적으로.

2018년 6월, 어느 늦은 오후에 걸어서 형의 집으로 갔다. 현관에 들어서서 전면 거실을 지나, 복도를 거쳐 서재에 들어서자 멕의 눈이 동그래졌다.

"와우!" 여러 차례 감탄사를 반복했다.

벽지, 크라운 몰딩, 아기자기한 색깔의 책들이 줄지어 있는 월넛 책꽂이, 거기에다 귀중한 예술품까지. 박물관처럼 호화로웠다. 우리 둘 다 그렇게 말했다. 집이 멋지다고 아낌없이 칭찬하면서도, 우리가 최근에 멕의 신용카드로 소파닷컴에서 구입한 이케아 램프와 할인 가격에 구입한 소파를 생각하면 씁쓸한 기분이 들기도 했다.

서재에서 멕과 나는 2인용 소파에 앉고 케이트는 벽난로 앞에 있는 가죽을 덧댄 긴 의자에 앉았다. 그리고 형은 케이트 옆에 있는 안락의자에 앉았다. 차와 비스킷이 담긴 쟁반이 놓여 있었다. 십 분 정도 일상적인 잡담이 이어졌다.

"애들은 잘 커요?"

"신혼여행은 어땠어요?"

우리 네 명 사이의 긴장감을 감지한 멕은 자신이 처음 왕실 가족에 합류하던 시기에 있었던 여러 가지 오해 때문인 것 같다고 용기를 내어 말했다. 케이트는 멕이 자신의 패션 인맥을 알고 싶어 한다고 생각했다. 하지만 그런 인맥은 멕에게도 있었다. 두 사람은 첫 단추를 잘못 낀 것일까? 그리고 멕이 덧붙였다. 결혼식과 문제의 신부 들러리 드레스 때문에 모든 것이 꼬여버렸다고.

그런데 다른 문제가 있다는 게 밝혀졌다. 우리가 생각지도 못했던 문제들이….

형과 케이트는 우리가 부활절 선물을 주지 않아서 화가 나 있었다. 부활절 선물? 그런 것도 있었나? 형과 나는 부활절 선물을 주고받은 적이 한 번도 없었다. 물론 아버지는 부활절 때마다 요란을 떨었지만, 그건 아버지니까 가능한 일이었다.

그렇더라도 형과 케이트가 그 문제로 속상해한다면 진심으로 사과한다고 했다.

그리고 우리 입장에서는, 형과 케이트가 우리 결혼식에서 좌석표를 바꿔 자리를 변경한 것이 조금 불편했다고 전했다. 우리는 미국식 전통에 따라 부부가 나란히 앉도록 자리를 배치했는데, 형과 케이트는 그 전통이 마음에 들지 않는다며 그 테이블에서만 유일하게 부부가 떨어져 앉게 되었다.

두 사람은 자신들이 아닌 다른 사람들이었다고 항변하며, 우리도 피파의 결혼식에서 그렇게 앉았었다고 말했다.

그건 아니었다. 더군다나 우리가 원하던 것도 아니었다. 우리는 거대한 꽃꽂이 때문에 자리가 나뉘었고, 같이 앉고 싶은 마음이 절실했지만 할 수 있는 게 없었다.

그렇다고 불만을 토로해 봐야 우리에게 도움 될 것도 없다고 생각했다. 결국 그렇게 앉아 있을 수밖에.

그때 케이트가 가죽을 하도 세게 움켜잡아 손가락이 하얗게 된 상태로 바깥의 정원을 내다보며 사과받을 일이 있다고 말했다.

"뭔데요?" 멕이 물었다.

"당신이 내 마음에 상처를 줬어요, 메건."

"언제요? 말해주세요?"

"내가 무언가가 기억나지 않는다고 했더니, 내 호르몬 탓이라고 했어요."

"그게 무슨 말이에요?"

케이트가 결혼 예행연습 시기를 논의하려고 멕과 통화한 내용을 언급했다.

멕이 말했다.

"아, 네! 기억나요. 공비께서 무언가를 기억하지 못했고, 저는 별문제 아니라고, 건망증 때문에 그렇다고 했어요. 방금 아기를 낳으셨으니까요. 그래서 호르몬 때문이라고…."

케이트의 눈이 동그래졌다.

"그래요. 내 호르몬을 거론했어요. 호르몬을 거론할 정도로 우리가 가까운 사이는 아니잖아요!"

멕의 눈도 휘둥그레졌다. 정말로 혼란스러워 보였다.

"호르몬 얘기를 한 건 정말 죄송합니다. 제 친구들이랑 그런 얘기를 하다보니 그랬습니다."

형이 멕을 가리키며 말했다.

"그건 무례한 거예요, 메건. 영국에서는 그러지 않아요."

"제발, 그 손가락, 제 얼굴에서 좀 치워주세요."

이런 일이 일어나다니? 어떻게 이렇게까지? 좌석표와 호르몬 때문에 서로에게 고함을 지른다고?

멕은 케이트에게 상처를 줄 의도는 없었으며, 만약 그런 일이 다시 발생하면 제발 알려달라고 케이트에게 부탁했다.

그렇게 모두가 서로를 안아주었다. 좀 어색했지만.

그리고 내가, 이제 돌아가겠다고 말했다.

51.

왕실 직원들도 불화를 감지하고 언론 기사도 접했으며, 사무실 주변에서 다툼도 자주 발생했다. 게다가 파벌도 만들어졌다. 케임브리지 팀과 서식스 팀으로. 경쟁의식, 질시, 경쟁적 의제 등 모든 것이 분위기를 해쳤다.

직원들은 밤낮으로 쉼 없이 일했다. 언론에 요구할 일이 산더미 같았다. 하지만 바로잡아야 할 오류는 끊임없이 흘러나오는데 이를 처리할 인력과 자원은 턱없이 부족했다. 처리할 수 있는 양은 고작 10퍼센트 정도에 불과했다. 신경이 예민해진 직원들은 서로를 공격했다. 이런 분위기에서 건설적인 비판을 기대하기는 무리였다. 모든 피드백이 무례와 모욕으로 비쳤다.

한 직원이 책상에 엎드려 눈물을 흘리는 모습을 본 것만 여러 번이었다.

이 모든 상황을 두고 윌리 형은 한 사람을 탓했다. 멕을. 그런 말을 내게 여러 차례 했고, 내가 선을 넘었다고 말하자 형은 화를 쏟아냈다. 형은 언론에 등장한 내용 그대로 반복해서 언급했고, 주변에서 보고 들은 허위 사실들을 사실인 양 내뱉었다. 가장 큰 문제는 진짜 악당들, 즉 형이 정부에서 자기 사무실로 데려온 사람들이었다. 그들은 이런 종류의 분쟁에 생소한 사람들이었는데도 나중에는 탐닉하는 모습을 보였다. 뒤통수치기 전문가이며 음모론적 재능까지 뛰어난 그들은 두 집단으로 나뉜 우리 직원들을 끊임없이 대립하게 만들었다.

이 모든 혼돈의 와중에도 멕은 침착함을 유지했다. 특정인들이 그녀에 대해 언급하더라도, 나는 그녀가 누군가에 대해 또는 누군가를 향해 좋지 않은 말을 하는 것을 본 적이 없다. 오히려 그 반대로 멕이 먼저 다가가서 친절하게 대응하려 노력하는 모습을 자주 보았다. 직접 쓴 감사 편지를 전하고, 아픈 직원들을 살피고, 힘들어하거나 우울해하거나 아픈 직원들에게 음식이나 꽃이나 선물이 든 바구니를 보냈다. 사무실이 어둡고 추울 때가 많았는데, 멕은 개인 신용카드로 새 난방등과 난방기를 구입하여 실내를 따뜻하게 만들었다. 피자와 비스킷으로 다과회와 아이스크림 파티도 열었다. 또 무료로 얻은 의류와 향수, 화장품 등을 사무실의 모든 여성들에게 나누어 주었다.

나는 항상 사람들의 좋은 면을 바라보는 멕의 능력과 결단력에 경이로움을 느꼈다. 그녀가 지닌 마음의 크기가 고스란히 느껴지는 사건이 있었다. 오소리 굴 같은 아파트에서 살 때, 위층에 살던 R 씨에게 비극적인 일이 생겼다. 성인인 아들이 사망한 것이다.

멕은 R 씨뿐 아니라 그의 아들도 전혀 몰랐다. 하지만 그 가족이 나의 이웃이라는 것은 알았고, 그들이 개를 산책시키는 모습도 종종 보았다. 그 가족에게서 깊은 슬픔을 느낀 멕은, 위로의 마음을 전하며 적절한지는 모르겠지만 R 씨를 안아드리고 싶다는 내용의 편지를 써서 전했다. 그리고 편지와 함께 아들을 기리는 뜻으로 심을 치자나무 한 그루를 보냈다.

일주일 뒤 R 씨가 노트 코트의 우리 집 현관에 찾아왔다. 그는 멕에게 감사의 메모를 전하며 따뜻하게 안아주었다.

나는 멕이 무척 자랑스러웠고, 지난날 R 씨와의 불화에 대해서도 후회했다. 나아가, 아내와 불화를 겪었던 내 가족에 대해서도 유감스럽게 생각했다.

52.

기다릴 생각은 없었다. 곧바로 아기를 갖고 싶었다.

일하는 시간도 턱없이 길었고, 할 일도 많았고, 시기도 이상적이지 않았지만, 그렇더라 하더라도 상황이 이상하게 좋지 않았다. 아기를 갖는 것이 우리의 최우선순위였는데.

일상의 스트레스 때문에 임신이 되지 않은 것일까 하는 걱정도 들었다. 그 여파가 눈에 띄게 멕에게 나타나기 시작했는데, 지난해에는 셰퍼드 파이 (shepherd's pie)를 많이 먹었는데도 체중이 많이 줄었다. 어느 때보다도 많이 먹는데 체중은 계속 줄어든다고 그녀가 말했다.

친구들은 자신들의 임신을 도와준 아유르베다(aurveda)* 의사를 추천했다. 내가 듣기로는 아유르베다 의학에서는 사람을 여러 범주로 구분한다고 했다. 멕이 어느 범주에 해당하는지는 기억나지 않지만, 체중 감소가 임신의 큰 장애물이 될 수 있다고 의사도 인정했다. 그러면서 5파운드(약 2.2킬로그램) 정도만 체중을 늘리면 임신이 가능할 것이라고 약속했다.

그래서 멕은 먹고 또 먹으며 의사가 권장한 5파운드를 곧 달성했고, 우리는 희망을 갖고 달력을 살펴보았다.

2018년의 여름이 끝날 무렵, 우리는 아버지와 며칠을 보내려고 스코틀랜드의 메이성(The Castle of Mey)으로 향했다. 언제나 돈독하던 아버지와 멕의 유대는 그 주말 동안 더욱 단단해졌다. 저녁을 들기 전에 프레드 아스테어 (Fred Astaire)의 영화를 배경으로 가볍게 칵테일을 마시던 중에, 멕의 생일과 아버지의 가장 소중한 사람 중 하나인 간간 할머니의 생일이 같다는 사실이 밝혀졌다.

---

* 인도와 힌두교의 전통 의학으로, 기원전 6세기 경 수슈루타가 집대성한 민간요법이다.

8월 4일이었다.

"놀랍네." 아버지가 웃으며 말했다.

아버지와 간간 할머니의 기억과 할머니와 내 신부 사이의 인연에 갑자기 고무된 아버지는 지금껏 내가 들어본 적도 없는, 거의 공연하는 듯한 모습을 멕 앞에서 보였다.

그중에서도 특히 한 가지 이야기가 우리의 관심을 사로잡으며 상상력을 자극했다. 셀키(selkies) 이야기였다.

"뭐라고요, 아빠?"

"스코틀랜드 인어 말이야." 아버지가 말했다.

바다표범과 비슷한 모양으로 성 주변 해안을 유유히 떠다니는데, 우리가 앉은 곳에서 돌멩이를 던져도 닿을 만큼 아주 가까이에 있다고 했다.

"그러니 바다표범을 보거들랑 말을 하지 말고… 노래를 해주렴. 그럼 걔들도 노래로 답할 거야."라고 아버지가 조언했다.

"아, 아버지. 너무 동화 같은 얘기잖아요?"

"아냐, 분명한 사실이야."

셀키가 소원을 들어줄지도 모른다는 건 나의 상상이었을까 아니면 아버지의 약속이었을까?

저녁 식사를 하며 그동안 우리가 받았던 스트레스에 대해서도 잠시 이야기했다. 어찌해야 그러지 말도록 신문사들을 설득할 수 있는지… 아주 잠시 이야기했다. 아버지도 고개를 끄덕였다. 하지만 곧, 중요한 사실을 다시 우리에게 일깨우려 했다.

"네, 네, 아빠. 우리도 알아요. 읽지 말라는 거."

다음 날 차를 마실 때도 분위기는 여전히 좋았다. 모두가 웃으며 이런저런 대화를 하고 있을 때, 아버지의 집사가 부리나케 뛰어오더니 유선전화기를 아버지 앞으로 끌어왔다.

"전하, 여왕 폐하이십니다."

아버지가 허리를 곧추세우고 앉았다. "어, 그래." 그리고 전화기를 향해 손을 내밀었다.

"죄송합니다, 전하. 공작부인을 찾으십니다."

"아."

우리 모두가 깜짝 놀랐다. 멕이 전화기를 들었다.

할머니가 멕의 아버지에 대해 이야기하려고 전화한 것 같았다. 멕이 조언과 도움을 요청하며 할머니에게 보낸 편지에 화답한 것이다. 그 편지에서 멕은 아버지를 부추겨 이상한 말을 하도록 유도하는 언론의 행태를 멈추게 할 방법을 모르겠다고 썼다. 지금 할머니는 언론을 생각하지 말고, 아버지를 직접 찾아가서 설득해 보라고 멕에게 제안했다.

멕은 아버지가 멕시코 국경 마을에서 사는데 공항을 어떻게 뚫어야 하고, 또 아버지를 둘러싸고 있는 언론은 어떻게 뚫을 것이며, 그 마을을 거쳐 또 어떻게 조용하고 안전하게 돌아올 것인지 모르겠다고 했다.

이 계획에는 많은 어려움이 따른다는 점을 할머니도 인정했다.

"그렇다면, 아버지께 편지를 쓰는 건 어떻겠니?"

아버지도 동의했다. 훌륭한 생각이었다.

53.

멕과 나는 성 앞에 있는 해변으로 내려갔다. 쌀쌀한 날씨였지만, 햇살은 화창했다.

바위 위에 올라서서 바다를 바라보았다. 해초로 뒤덮인 암초들 사이에서… 무언가 보였다. 머리가.

영혼을 담아 바라보는 한 쌍의 눈.

"저기 봐! 바다표범이야!"

머리가 위아래로 움직였다. 그 눈은 분명하게 우리를 지켜보고 있었다.

"저기! 또 있어!"

아버지가 알려준 대로 나는 물가로 달려가 노래를 불러주었다. 그들을 위한 사랑의 노래를.

"아루~~~"

답가는 없었다.

멕이 곁에서 함께 부르자, 이제 바다표범들도 노래하기 시작했다.

멕이 정말 마술을 부린다고 생각했다. 바다표범들도 그걸 알았다.

갑자기, 바다 곳곳에서 머리들이 떠오르더니 멕을 향해 노래를 불렀다.

"아루~~~"

황당한 미신으로 치부하더라도 나는 개의치 않는다. 나는 그걸 길조로 받아들였다. 옷을 벗고 물로 뛰어들어, 그들을 향해 헤엄쳤다.

나중에 아버지의 호주 출신 요리사가 어이없어했다. 오카방고의 검은 물속으로 무모하게 뛰어드는 것보다 훨씬 어리석은 생각이었다고 그가 말했다. 스코틀랜드 해안에서도 이 지역에는 범고래들이 무리를 지어 다니는데, 바다표범에게 노래를 불러주는 것은 그들을 피비린내 나는 죽음으로 불러들이는 것과 같다고 했다.

나는 고개를 저었다.

내게는 그저 아름다운 동화일 뿐이었다.

그런데 어찌 이렇게 빨리 날이 어두워졌을까?

54.

멕의 생리가 더뎌졌다.

우리는 가정용 임신 테스트기를 예비용까지 두 개를 구입하여, 둘 다 들고 노트 코트의 화장실로 들어갔다.

침대에 누워 아내가 나오기를 기다리던 나는… 깜빡 잠이 들었다.

잠에서 깼을 때, 아내가 옆에 있었다.

"어떻게 됐어? 그거…?"

아직 보지 않았다고 했다. 나를 기다리느라.

테스트기는 협탁에 놓여 있었다. 내가 중요한 몇 가지만 보관하는 협탁이었는데, 그중에는 어머니의 머리카락이 든 파란 상자도 있었다. '좋아.' 나는 생각했다. '좋았어. 이 상황에서 엄마가 어쩌는지 보자고.'

협탁으로 다가가, 그 조그만 창 안을 들여다보았다.

파란색.

밝고, 밝은 파란색. 둘 다.

파란색의 의미는… 아기였다.

"우와…."

"됐어."

"이제 됐어."

서로를 안으며 키스했다.

테스트기는 다시 협탁에 두었다.

그리고 생각했다. '고마워, 셸키들.'

그리고 또 생각했다. '고마워요, 엄마.'

55.

유지가 잭과 결혼한다는 말을 듣고 유지를 위해서도, 또 이기적이지만 우리 둘을 위해서도, 너무 기뻐 어쩔 줄 몰랐다. 잭은 우리가 가장 좋아하는 사람 중 한 명이었기 때문이다. 멕과 나는 결혼한 부부로서 공식적인 첫 해외 순방에 나설 예정이었지만, 결혼식에 참석하려고 출국일을 며칠 미뤘다.

또, 이 결혼식과 관련된 여러 모임을 통해 우리의 희소식을 한 사람 한 사람 알릴 기회이기도 했다.

윈저에서 신랑 신부를 위한 음료 피로연이 열리기 전에, 우리는 아버지를 서재로 불렀다. 아버지는 당신이 가장 좋아하는 롱 워크(The Long Walk)*가 곧

---

* 윈저성에서 윈저 그레이트 파크로 이어지는 약 4킬로미터 거리의 보행자 전용도로.

장 내려다보이는 큰 책상 뒤에 앉았다. 모든 창문을 열어 실내는 시원했고 서류들이 산들바람에 펄럭거렸다. 여러 개의 작은 탑처럼 단정하게 쌓인 그 서류들은 문진으로 지그시 눌려 있었다. 네 번째로 할아버지가 된다는 말을 들은 아버지는 무척 흐뭇해했다. 아버지의 활짝 웃는 얼굴에 내 마음도 훈훈해졌다.

세인트 조지 홀에서의 피로연이 끝나고 멕과 나는 윌리 형을 불렀다. 우리는 벽에 갑옷이 걸린 큰 방으로 들어갔다. 이상한 방이고, 이상한 순간이었다. 우리는 형에게 귓속말로 소식을 전했고, 형은 웃으며 케이트에게 알려야 한다고 했다. 케이트는 건너편 방에서 피파와 이야기하고 있었다. 나는 나중에 해도 된다고 했지만, 형은 고집을 피웠다. 그래서 케이트에게도 가서 전했더니, 그녀도 함박웃음을 지으며 따뜻하게 축하해 주었다.

두 사람 모두 내가 바라던 그대로, 내가 소망하던 그대로의 반응을 보였다.

56.

며칠 뒤, 임신 소식이 공식적으로 발표되었다. 신문들은 멕이 피로와 현기증으로 시달리고 있으며 음식을 억제하지 못한다고 보도했지만, 모두가 사실이 아니었다. 피곤한 것은 맞지만 대체로 활력이 넘쳤다. 사실, 멕은 상당히 벅찬 여행을 시작할 예정이었기 때문에 심한 입덧으로 고생하지 않는 것이 도리어 다행이었다.

가는 곳마다 엄청난 인파가 몰렸고, 멕은 그들을 실망시키지 않았다. 호주, 통가, 피지, 뉴질랜드 등 어디서든 눈부시게 빛났다. 특히 감동적인 연설로 기립박수도 받았다. 너무 뛰어나서 여행 도중에 경고를 해야 하나… 하는 생각마저 들었다.

"당신, 너무 잘하고 있어. 정말 잘해. 너무 손쉽게 잘해 내고 있어. 엄마랑 같이… 시작할 때도 이랬는데…."

내가 미쳤거나 편집증 환자처럼 들릴지도 모른다. 하지만 어머니의 상황이 언제부터 악화했는지 사람들은 알고 있다. 그녀가 세상에 드러나고, 가족들에게 드러나고, 그리하여 해외 순방에서도 잘해 내고, 사람들과도 잘 지내고, 그 어느 순간보다 '왕족'으로서 잘해 나갈 때부터.

그때부터 모든 것이 돌변하기 시작했다.

우리는 뜨거운 환호와 환호하는 헤드라인들을 보며 귀국했다. 임산부인 멕은 흠잡을 데 없는 왕실 대표로서 환영받았다.

부정적인 단어는 하나도 보이지 않았다.

"바뀌었어." 둘이서 말했다. "드디어 바뀌었어."

그러나 다시 한번 바뀌었다. 아… 어떻게 그렇게 바뀔 수 있는지….

해변의 파도처럼 기사가 밀려들고 있었다. 시작은 내가 결혼식 전에 화를 자주 냈다는 아버지의 어느 못된 전기 작가가 쓴 쓰레기 같은 글이었다. 그다음에는 멕이 직원들을 모욕하고, 너무 거칠게 다루고, 사람들에게 아침 일찍 이메일을 보내는 용서 받지 못할 죄를 지었다는 소설 같은 작품이 등장했다. (아내가 그 시간에 미국에 사는 올빼미 친구들과 연락하려고 이메일을 보낸 적은 있지만, 곧바로 답장을 기대한 것은 아니다.)

또 멕이 비서를 그만두게 했다는 말도 있었는데, 사실은 멕이 아니라 궁 인사팀에서 사임을 요구한 것이다. 그 비서가 무료 경품을 얻으려고 자신과 멕의 지위를 뒤바꾼 것이 원인이었고, 그 근거를 우리가 인사팀에 정확하게 알렸다. 하지만 비서가 사임한 이유를 명확하게 공개하지 않았기 때문에 그 틈새를 뜬소문들이 차지한 것이다. 이 사건은 온갖 문제들의 근원지로 작용했다. 그 직후에, "까다로운 공작부인"이라는 표현이 온통 신문에 도배되었다.

다음에는 티아라와 관련하여 어느 타블로이드 신문에 거의 중편에 가까운 소설이 등장했다. 기사에서는, 메건이 어머니 소유였던 특정 티아라를 요구했는데 여왕이 거절하자 내가 화를 냈다고 했다. "메건이 원하는 건, 메건이 가져야죠!"

며칠 뒤, 최후의 한방이 등장했다. 어느 왕실 특파원이 '두 가지 정보원'을 인용하여 멕이 신부 들러리 드레스와 관련하여 케이트를 눈물 흘리게 했다고 주장하며, 멕과 케이트 사이에 '차가운 기류가 형성되고 있다는' 공상과학소설 같은 기사가 등장했다.

이 특이한 왕실 특파원은 늘 나를 힘들게 했다. 그녀는 언제나, 언제나 엉터리 소리만 했다. 그렇지만 이번에는 엉터리 그 이상이었다.

나는 불신 속에서 그 기사를 읽었다. 멕은 읽지 않았다. 여전히 아무것도 읽지 않고 있었다. 하지만 결국 아내도 그 이야기를 듣고 말았다. 이후 24시간 내내 영국에서 회자되던 거의 유일한 기사였기 때문이다. 그때 아내가 내 눈을 바라보며 말하던 그 어조를 나는 평생 잊지 못할 것이다.

"하즈, 내가 그녀를 울렸어? 내가 그녀를 울렸냐고?"

57.

우리는 윌리 형과 케이트와의 두 번째 만남을 약속을 잡았다. 이번엔 우리 텃밭에서.

2018년 12월 10일, 이른 아침.

우리의 조그만 부속 가옥에서 모였는데, 이번엔 여담도 없었다. 케이트는 멕이 자신을 울렸다는 기사가 완전한 허위임을 인정하며 본론으로 바로 들어갔다.

"알아요, 메건, 내가 당신을 울렸다는 것 말이에요."

나는 안도의 한숨을 내쉬었다. 시작이 좋다고 생각했다.

멕은 사과를 받아들이면서도, 왜 신문에서 이런 보도를 하며 이를 바로잡으려고 어떤 조치를 하고 있는지 궁금해했다.

"왜 그 사무실에서는 제 입장을 살펴주지 않는 거죠? 왜 그 이상한 여자에게 전화를 걸어 기사 철회를 요구하지 않는 거죠?"

케이트는 당황한 채로 대답을 하지 않았고 형은 우리를 감싸는 듯한 어정쩡한 핑계를 대며 빠져나가려 했지만, 나는 이미 진실을 알고 있었다. 궁의 어느 누구도 그 특파원에게 전화할 수 없었다. 그랬다가는 반박을 피할 수 없기 때문이다.

"그래요, 그게 잘못된 것이면 진실은 뭐예요? 두 공작부인 사이에 무슨 일이 있었던 것이죠?"

그리고 그 문은 절대 열려서는 안 된다. 미래의 왕비를 곤란하게 만들 테니까.

군주제, 어떤 대가를 치르더라도 언제나 지켜내야 하는 것.

우리의 화제는 그 문제를 어떻게 처리할 것인가에서 그 기사의 출처가 어디인지로 바뀌었다. 누가 그런 사람들을 심었는가? 처음에 누가 그 정보를 언론에 누설했는가? 누가?

우리는 여러 사람을 떠올렸다. 용의자 명단은 점점 좁혀졌다. 마침내, 드디어, 형이 의자에 몸을 기대고는 우리가 호주를 방문하는 동안 형과 케이트가 아버지와 카밀라와 함께 저녁을 먹었다고 털어놓았다. 그 자리에서 형이 두 부부의 다툼을 거론한 것 같다고 겸연쩍게 말했다.

나는 손으로 얼굴을 가렸다. 멕은 얼어붙었다. 무거운 침묵이 흘렀다. 이제 알았다.

내가 형에게 말했다.

"다른 사람들은 몰라도⋯ 형은⋯ 알았어야 했는데⋯."

형도 고개를 끄덕였다. 무슨 말인지 형도 알았다.

다시 침묵이 흘렀다.

이제 두 사람이 떠날 시간이었다.

58.

나오고 또 나왔다. 하나가 나오고, 뒤이어 또 다른 이야기가. 나는 마스턴 (Marston) 씨가 광기의 종을 너무 쉼 없이 울리는 게 아닌가 하는 생각이 종종 들었다.

멕이 마치 종말의 유일한 책임자인 것처럼 신문 일 면에 쏟아져 나오는 기사의 홍수를 누군들 잊을 수 있을까? 특히 아내가 아보카도 토스트를 먹다가 '적발된' 이후로, 아보카도 수확으로 열대우림이 파괴되고 개발도상국들을 불안정하게 만들며 국가 테러주의의 자금원이 된다는 식의 기사들이 쏟아졌다. 최근에는 동일 언론에서 케이트의 아보카도 사랑을 예찬한 적도 있다.

"오, 케이트의 피부를 윤기 있게 만드는 아보카도!"

주목할 점은, 이때부터 기사 속의 초서사(super-narrative)가 변화하기 시작했다는 사실이다. 더는 두 여자의 싸움이나, 두 공작부인 또는 두 가정의 알력에 머무르지 않았다. 이제는 마녀 같은 한 여자가 모두를 자신에게서 도망치게 만드는 이야기로 바뀌었고, 그 한 여자는 당연히 내 아내였다. 그리고 언론은 이 초서사를 구성하는 과정에서 분명히 궁의 누군가 또는 누군가에게서 도움을 받고 있었다는 것이다. 멕을 잘 아는 누군가로부터.

어느 날은, "웩… 멕의 브래지어 끈이 보이네. (품위 없는 메건)"

그다음 날은, "우와… 저런 드레스를 입는다고? (야한 메건)"

그다음 날은, "세상에… 손톱을 새까맣게 칠했네! (고트족 메건)"

그다음 날은, "맙소사, 아직도 커트시 인사를 제대로 모르다니! (미국인 메건)"

그다음 날은, "나 참… 자기 차 문을 또 세게 닫아버리네! (건방진 메건)"

59.

우리는 옥스퍼드셔(Oxfordshire)의 집을 임대했다. 매력적이지만 너무 비좁았던 노트 코트뿐 아니라, 이따금 휘몰아치는 소용돌이에서 벗어나고 싶었다. 머리 위로 쏟아져 내리는 그 소용돌이로부터.

극심한 스트레스를 받던 어느 날, 나는 할머니에게 전화해서 새집이 필요하다고 말했다. 윌리 형과 케이트가 노트 코트를 떠난 것은 단순히 가족이 많아져서가 아니라 수리할 데가 너무 많고 방도 너무 작아서 그랬다고 설명했다. 그리고 지금 우리가 그와 같은 처지에 있다고 했다. 어지럽게 뛰어다니는 강아지가 두 마리나 되고… 곧 태어날 아기도 있고….

주거 문제로 궁과 협의하면서 몇몇 부동산을 제의받았는데, 우리가 보기에는 모두가 필요 이상으로 사치스러웠고 너무 웅장했다. 게다가 내부를 수리하려면 돈도 너무 많이 들 듯했다.

할머니는 조금 더 생각할 시간이 필요했고, 며칠 뒤에 다시 우리와 이야기했다.

"프로그모어." 할머니가 말했다.

"프로그모어요, 할머니?"

"그래, 프로그모어."

"프로그모어 하우스(Frogmore House)요?"

아주 잘 아는 곳이었다. 약혼 사진을 찍은 곳이기도 하고.

"아니, 아니. 프로그모어 코티지(Frogmore Cottage). 프로그모어 하우스 근처에 있는."

"좀 외진 곳이긴 하지." 할머니가 말했다.

조금 숨겨져 있는 곳. 원래 샬럿 왕비(Queen Charlotte)와 딸들의 집이었다가, 빅토리아 여왕(Queen Victoria)의 측근 중 한 명이 살았었고, 나중에는 더 작은 단위로 쪼개졌다. 하지만 다시 통합할 수도 있었다. 할머니는 아주 멋진 곳이라고 했다. 게다가 역사적이기까지. 왕실 소유지의 일부이고. 아주 쾌적한 곳.

나는 멕과 내가 프로그모어 정원을 좋아해서 자주 산책했는데, 거기서 가깝다면 더 없이 좋을 것 같다고 할머니에게 말했다.

할머니는 경고했다. "건물 부지의 일부야. 외곽의 일부. 그래도 가서 둘러보고 마음에 드는지 알려다오."

우리는 그날 당장 가봤는데, 할머니가 옳았다. 그 건물은 우리에게 두 가지 모두를 말했다. 매력과 무궁무진한 잠재력. 왕립 묘지에서 가까운 게 조금 거슬렸지만, 뭐 어쩌겠는가? 나도 멕도 개의치 않았다. 죽은 자들이 우리를 성가시게 하지 않는다면, 우리도 그들을 성가시게 하지 않을 거니까.

나는 할머니에게 전화를 걸어 프로그모어 코티지 정도면 꿈이 이루어질 거라고 했다. 그리고 진심으로 감사했다. 할머니의 허락 아래 우리는 건축업자들과 함께 배관과 난방, 수도 등 거주 공간에 필요한 최소한의 보수공사에 착수했다.

공사가 진행되는 동안 우리는 옥스퍼드셔로 이사하여 정착할 것으로 생각했다. 정말 마음에 드는 곳이었다. 신선한 공기와 푸르른 대지. 게다가 파파라치도 없고. 무엇보다, 아버지의 오랜 집사였던 케빈(Kevin)의 능력에 의존할 수 있다는 점이 좋았다. 케빈은 옥스퍼드셔 하우스를 누구보다 잘 알았기에 최대한 빨리 내 집으로 만들 방법도 알고 있었다. 게다가 그는 나를 잘 알았고, 아기였던 나를 안아주었으며, 어머니가 마음을 나눌 얼굴을 찾아 윈저성을 배회할 때 친구가 되어준 사람이었다.

그는 직원들과 잡담을 하느라 '계단 아래'로 가는 모험을 감수한 사람은 왕실 가족 중에서 어머니가 유일했다고 내게 말했다. 실제로 어머니는 살그머니 내려와서 케빈과 부엌에 앉아 음료나 스낵을 먹으며 텔레비전을 보곤 했다. 어머니의 장례식이 있던 날에도 하이그로브로 돌아온 나와 형을 맞이하는 일 역시 케빈의 몫이었다.

그는 현관에 선 채로 우리가 탄 차를 기다리며, 무슨 말을 할지 몇 번이나 연습했다고 추억했다. 하지만 우리 차가 멈추고 그가 문을 열었을 때 나는 이렇게 말했다.

"오늘 힘들지 않았어요, 케빈?"

"아주 예의 바르시네요." 그가 말했다.

무언가 많이 억누르고 있다는 느낌이 들었다.

멕도 케빈을 무척 좋아했고 케빈도 마찬가지였으니, 이 관계를 출발점으로 더 나은 미래를 가꿀 수 있으리라 기대했다. 절실히 원했던 배경의 변화, 절실히 원했던 우리의 동맹. 그러던 어느 날, 내 전화기를 바라보았다. 우리 팀이 보낸 주의 메시지였다. 《더 선》과 《데일리 메일》에서 옥스퍼드셔의 상세한 항공 사진을 포함하여 대대적인 기사를 준비하고 있다는 내용이었다.

왕실 소유지 위로 헬리콥터가 떠 있었고, 문으로 몸을 내민 파파라치가 망원렌즈로 우리의 침실을 포함한 모든 창을 겨누고 있었다.

그렇게 옥스퍼드셔의 꿈도 날아가 버렸다.

60.

사무실에서 집으로 걸어가다가 계단에 앉아 있는 멕을 발견했다.

흐느끼고 있었다. 감당할 수 없을 정도로.

"자기, 무슨 일이야?"

아기를 잃은 줄 알았다.

아내에게 다가가 무릎을 꿇었다. 아내는 더는 이렇게 하고 싶지 않다며 메인 목으로 간신히 말했다.

"뭘 한다고?"

"사는 거."

무슨 말인지 바로 알아듣지 못했다. 이해하지 못했다. 아니, 이해하고 싶지 않았는지도 모른다. 그냥, 그 말을 받아들이고 싶지 않았다.

그녀는 모든 게 너무나 고통스럽다고 말했다.

"뭐가?"

"이렇게 미움받는 거… 대체 왜?"

자기가 뭘 잘못했냐고 물었다. 정말로 알고 싶어 했다. 무슨 죄를 지었기에 이런 대접을 받아야 하는지?

이 고통을 멈추고 싶다고 말했다. 자신뿐 아니라 모두를 위해. 나와, 그녀의 어머니를 위해서도. 하지만 스스로 멈출 수는 없기에, 사라지기로 결심했다.

"사라진다고?"

자기만 없으면 모든 언론의 관심도 떠날 것이고, 그러면 나도 지금처럼 살지 않아도 될 것이라고 했다. 아직 태어나지 않은 우리 아이도 절대 이렇게 살아서는 안 된다면서.

"확실해." 아내가 말했다. "확실해. 숨 쉬기를 그만해야 해. 사는 것 자체를 그만해야 해. 내가 존재하니까 이런 일도 존재하는 거야."

나는 아내에게 그런 말은 하지 말라고 애원했다. 그리고 우리는 이겨낼 것이라고, 반드시 방법을 찾을 것이라고 약속했다. 그동안 아내를 도울 방법도 찾을 것이라고 했다.

힘을 내라고, 버텨야 한다고, 아내에게 말했다.

놀라운 것은, 이렇게 아내를 안아서 다독이는 순간에도 내가 '그놈의 왕족'이라는 생각을 완전히 떨치지 못했다는 사실이었다. 그날 밤에 로열 앨버트 홀(The Royal Albert Hall)에서 센테발레 모임이 예정되어 있었는데, 나는 속으로 계속 이렇게 말하고 있었다.

"우린 늦으면 안 돼. 우린 늦으면 안 돼. 그들이 산 채로 우리의 가죽을 벗길 거야! 그리고는 아내를 욕하겠지."

더디게, 아주 더디게 나는 깨달았다. 어딘가에 지각한다는 것은 지극히 사소한 문제라는 것을.

그리고 아내에게는 모임에 참석하지 말라고 말했다. 나는 가야 하지만, 잠깐 얼굴만 비치고 곧바로 돌아올 참이었다.

"아냐." 아내는 지금처럼 어두운 마음으로는 단 한 시간이라도 혼자 있어서는 안 될 것 같다고, 자신을 믿지 못하겠다고 말했다.

그래서 우리는 가장 적절한 도구를 착용하고, 충혈된 눈에서 시선을 돌리려고 짙은 립스틱을 바르고 문을 나섰다.

차가 로열 앨버트 홀 앞에 정지하고, 경찰호송차의 파란색 플래시 불빛과 언론의 하얀색 카메라 플래시 속으로 우리가 들어서자 멕이 내 손을 잡았다. 아주 꼭 거머쥐었다. 실내로 들어서자 멕은 더욱 힘을 주었다. 단단히 잡은 아내의 손 덕분에 나도 힘을 얻었다. '멕이 버티고 있어.'라고 생각했다. 놓아버리는 것보다 얼마나 다행한 일인지….

그러나 우리가 귀빈석에 앉고 조명이 어두워지자 멕은 마음을 놓아버렸다. 눈물을 참지 못했다. 소리 없이 흐느끼고 있었다.

음악이 나오자 우리는 몸을 돌려 정면을 바라보았다. '태양의 서커스(Cirque du Soleil)'를 공연하는 내내 우리는 서로의 손을 꽉 잡고 있었고, 내가 귓속말로 약속했다.

"날 믿어. 내가 지켜줄게."

61.

공보관 제이슨의 문자메시지에 잠을 깼다.

"나쁜 소식이에요."

"뭐죠?"

멕이 자기 아버지에게 쓴 편지를 《메일 온 선데이(The Mail on Sunday)》에서 간행한 것이다. 할머니와 아버지가 멕에게 꼭 쓰라고 했던 그 편지를.

2019년 2월.

나는 침대에 누워 있었고, 멕은 아직 잠들어 있었다.

잠시 기다렸다고 아내에게 조용히 그 소식을 전했다.

"자기 아버지가 편지를 《메일》에 보냈나 봐."

"아냐."

"멕, 이런 말 하기 그렇지만, 아버지가 그 신문사에 편지를 보냈어."

나에게는 의심의 여지가 없는 순간이었다. 마클 씨에 대해서도, 또 그 신문사에 대해서도. 그동안 이런 순간들이 참 많았지만, 이번만큼은 더더욱 의심의 여지가 없었다. 규약이나 전통이니 전략이니, 그따위 소리 듣고 싶지 않았다. 충분했다.

그만하면 충분했다.

신문사는 그 편지를 공개하는 것이 불법이라는 것을 누구보다 잘 알면서도 어쨌든 강행했다. 왜일까? 멕이 무방비상태라는 걸 알고 있었기 때문이다. 아내가 우리 가족으로부터 확고한 지지를 받지 못하고 있음을 알고 있었다는 말인데, 우리 가족과 밀접한 사람을 통하지 않으면 그 사실을 어떻게 알 수 있었겠는가? 아니면, 우리 가족 중 누군가가?

신문사는 멕이 할 수 있는 유일한 방어책은 소송뿐이지만 그럴 수 없다는 것을 알고 있었다. 우리 가족의 변호사는 한 명뿐이고 이 변호사는 궁에서 통제하는데, 멕의 입장을 변호하도록 궁에서 허락할 리가 없었기 때문이다.

편지에는 부끄러워할 만한 내용이 전혀 없었다. 딸이 아버지에게 사려 깊게 행동해 달라고 애원하는 내용이었다. 멕도 단어 하나하나를 세심하게 선택했다. 아버지의 이웃이나 집을 감시하는 파파라치 등 누군가가 우편함에서 편지를 가로챌 수 있다는 것을 알고 있었기 때문이다. 무슨 일이든 일어나지 말란 법이 없었다. 하지만 정말로 아버지가 편지를 제공하거나, 정말로 신문사에서 편지를 입수하여 간행하리라고는 상상조차 하지 못했다.

게다가 편집까지 했다. 사실, 이 편집이야말로 가장 추한 짓이다. 편집자들이 멕의 말을 자르고 붙여 이상한 말로 만들어 버리기 때문이다.

영국인들이 토스트와 마멀레이드로 아침을 먹으며 신문 일 면에서 지극히 개인적이고 지저분한 내용의 무언가를 읽는다는 것만으로도, 우리는 충분히 눈살이 찌푸려졌다. 게다가 필적 전문가라는 사람들이, T자의 교차 부분과 R자의 곡선 형태를 토대로 멕이 형편없는 사람이라고 인터뷰한 내용까지 더해지며 고통은 열 배로 배가되었다.

"오른쪽으로 비스듬하게? 지나치게 감정적이란 말이죠."

"고도의 양식화? 연기력이 대단히 뛰어나요."

"고르지 않은 기준선? 충동 조절이 안 돼요."

이처럼 자신을 비방하는 내용이 퍼지고 있다고 말했을 때의 멕의 표정은… 슬픔이 어떤 것인지를 잘 아는 나로서는 그 의미를 놓칠 수 없었다. 그 표정은 순수한 슬픔 그 자체였다. 아내는 아버지를 잃은 것과 동시에 자신의 결백마저 잃어버린 슬픔을 동시에 느끼고 있었다.

아내는 누군가 옆에서 듣고 있기라도 한 듯이 내게 속삭였다. 학교에서 필기법 수업을 받은 적이 있는데 늘 필체가 좋았다고 했다. 사람들도 그런 아내의 필체를 칭찬했다고. 심지어 대학에 다닐 때는 이 필체를 활용하여 용돈도 벌었다고 했다. 밤이나 주말에는 결혼식이나 생일파티 초대장을 써서 집세도 냈다고. 그런데 지금은 이 필체가 아내의 영혼을 들여다보는 일종의 창이라고? 게다가 그 창이 더럽다고?

"메건 마클을 괴롭히는 것이 부끄럽게도 국민 스포츠가 되었다."

《가디언》의 헤드라인이다.

사실이 그랬다. 하지만 누구도 부끄러워하지 않는다는 것, 그것이 문제였다. 누구도 조금의 양심의 가책도 느끼지 않았다. 그래서 우리가 이혼이라도 하면, 그때는 양심의 가책을 느낄 것인가? 아니면 또 한 사람을 죽이고 나면?

1990년대 하반기에 영국인들이 느꼈던 수치심은 다 어디로 갔단 말인가?

멕은 소송을 원했다. 나도 마찬가지였다. 우리 둘 다 선택의 여지가 없었다. 이런 상황에서도 고소하지 않는다면, 그게 어떤 신호로 비칠 것인가? 언론에? 세상에?

그래서 궁의 변호사와 다시 의논했지만 그는 말을 돌리며 회피하기만 했다. 아버지와 형에게 연락했다. 두 사람도 과거에 사생활 침해와 거짓말을 이유로 언론을 고소한 적이 있었다. 아버지는 이른바 블랙 스파이더 메모(Black Spider Letters, 정부 관료들에게 보낸 메모) 사건으로, 형은 케이트의 상반신 노출 사건으로 각각 언론을 고소했다. 그런데도 두 사람은 멕의 생각뿐 아니라 어떤 종류의 법적 행동에도 격렬하게 반대했다.

"왜요?" 내가 물었다.

두 사람은 그저 우물거릴 뿐이었다. 그들에게서 들은 유일한 대답은, 그냥 권할 만한 일이 아니라는 것이었다. 이미 지난 일이라면서….

나는 멕에게 말했다.

"우리가 두 사람의 친한 친구들을 고소하는 거라고 생각해."

62.

윌리 형이 만나자고 했다. 모든 것에 대해, 문제가 되는 모든 것에 대해 이야기하자고 했다. 자기와 나, 둘이서만. 때마침 멕은 친구를 만나러 나갔기 때문에 시기는 적절했다. 내가 형을 집으로 초대했다.

한 시간 뒤, 형은 멕이 처음 이사 온 뒤로 한 번도 온 적 없는 노트 코트로 들어섰다. 무척이나 열받은 듯했다.

초저녁이었다. 형에게 마실 것을 주면서 가족들 안부를 묻자 다들 잘 지낸다고 했다. 하지만 형은 우리 가족의 안부를 묻지 않았다. 곧바로 올인했다. 테이블 중앙에 칩을 몽땅 올렸다.

"멕은 까다로워." 형이 말했다.

"아, 정말?"

"무례하고, 마찰을 만들고, 직원들 절반을 따돌리고 있어."

형이 언론의 주장을 앵무새처럼 따라 하는 건 이번이 처음이 아니다. '까다로운 공작부인.' 다 헛소리였다. 소문이고, 형의 팀에서 나온 거짓말이고, 타블로이드의 쓰레기 짓이라고 나는 한 번 더 형에게 말했다. 그래서 형에게 조금 더 나은 기대를 하고 있다고 했다. 하지만 내 말에 진저리를 치는 형을 보며 나는 충격을 받았다. 다른 무언가를 기대하며 여기 온 것일까? 내 아내가 괴물이라는 말에 내가 동의할 거라고 생각한 것일까?

나는 형에게, 한 걸음 물러서서 숨을 고르고 자신에게 물어보라고 했다. 멕이 이제는 동생의 아내가 아닌가? 왕실이라는 것이 새로 들어온 가족을 힘들게 하지는 않는가? 최악의 경우, 동생의 아내가 새로운 사무실과 새로운 가족과 새로운 나라와 새로운 문화에 적응하는 데 어려움을 겪고 있다면 형으로서 그 짐을 덜어줄 방법을 찾아봐야 하는 게 아닌가?

"형이 멕의 편에 서줄 수는 없는 거야? 도와주면 안 돼?"

형은 논쟁에는 관심이 없었다. 오로지 명령하러 온 것이었다. 멕이 잘못되었다는 사실을 내가 인정하고 무언가를 조치를 취하는 데 동의하라는 것이었다.

어떤 식으로? 호통칠까? 내쫓을까? 이혼할까? 어떡해야 할지 나는 모른다고 했다. 형도 모르기는 마찬가지였다. 애초부터 사리에 맞지 않았으니까. 내가 형의 말을 끊으며 논리적이지 못한 부분을 지적할 때마다 형은 불같이 화를 냈다. 어느새, 둘 다 서로를 설득하기 위해 고함을 치고 있었다.

그날 오후에 형을 휘감은 여러 가지 격렬한 감정 중에서도 특히 한 가지가 두드러졌다. 형은 분개하고 있었다. 내가 온순하게 형에게 순종하지 않고, 자기가 신뢰하는 측근들이 준 정보를 반박하고 자기에게 반항하는 것처럼 무례하게 구는 데 대해 화가 난 듯했다. 이런 경우에는 정해진 각본이 있는 법인데, 대담하게도 내가 이를 따르지 않은 것이다. 형은 완전히 계승자의 자세였고, 내가 왜 예비용으로서의 역할에 충실하지 않는지 납득하지 못했다.

나는 소파에 앉았고, 형은 내 옆에 서 있었다. 내가 이렇게 말한 기억이 난다. "내 말을 끝까지 들어줘, 형."

형은 그러지 않았다. 조금도 들으려 하지 않았다.

솔직히 말해, 형도 나에게서 똑같은 느낌을 받고 있을 테니까.

형이 욕을 했다. 온갖 종류의 욕을 했다. 지금 벌어지고 있는 일에 대한 책임 있는 행동을 내가 회피하고 있다고 했다. 내 사무실과 나를 위해 일하는 직원들을 신경 쓰지 않는다고 했다.

"형, 예를 하나만 얘기해 줘…."

형은 내 말을 자르더니, 자기는 나를 도우려 늘 노력하고 있다고 했다.

"진심이야? 나를 돕는다고? 미안하지만, 돕는 게 이런 거야? 나를 돕는다고?"

무슨 이유에선지, 이 말에 형은 정말로 폭발했다. 욕을 하면서 내 앞으로 성큼성큼 걸어왔다. 그때까지만 해도 그저 불편한 느낌이었다면, 이제는 조금 무서워졌다. 나는 벌떡 일어나 형의 옆을 지나쳐 부엌으로, 씽크대로 갔다. 형은 바로 내 뒤에서 고함을 지르며 나를 꾸짖었다.

나는 나와 형을 위해 한 잔씩의 물을 따랐다. 한 잔을 건넸다. 형은 입도 대지 않았던 것 같다.

"형, 이러면 내가 형에게 무슨 말을 할 수 있겠어."

형은 물을 내려놓고 또다시 욕을 하면서 다가왔다. 순식간에 일어난 일이었다. 순식간에. 내 멱살을 움켜쥐면서 목걸이가 터졌고, 그대로 나를 바닥에 내동댕이쳤다. 하필이면 개 사료 그릇 위로 넘어졌는데, 그릇이 깨지며 그 조각들이 내 등을 찔렀다. 나는 멍한 채로 잠시 누워 있다가 다시 일어나서 형에게 나가라고 했다.

"자, 때려봐! 날 때리면 기분이 나아질 거야!"

"뭐라고?"

"어서, 우린 늘 싸웠잖아. 날 때리면 네 기분이 나아질 거야."

"아니, 내가 형을 때리면 형 기분만 좋아지겠지. 제발… 그냥 나가 줘."

형이 부엌에서 나갔지만, 노트 코트를 떠난 것은 아니었다. 형은 거실에 있었고, 나는 부엌에 있었다. 2분이 지났다. 아주 긴 2분이. 형은 후회하는 표정으로 돌아와서 내게 사과했다.

형은 현관으로 향했다. 이번에는 내가 따라갔다. 떠나기 전에 뒤돌아 다가와서는 말했다.

"이번 일에 대해서는 멕에게 말하지 않았으면 좋겠어."

"나를 공격했다는 뜻이야?"

"공격한 게 아니야, 해롤드."

"알았어. 아무 말 안 할게."

"그래, 고마워."

형은 떠났다.

전화기를 쳐다보았다. 약속은 약속이라고, 혼잣말을 했다. 그래서 아내에게 전화하고 싶었지만 그럴 수 없었다. 하지만 누군가와는 대화할 필요가 있었다. 그래서 내 의사에게 전화를 걸었다.

전화해 줘서 고맙다고 그녀가 말했다.

나는 갑자기 전화해서 미안하다고 사과하고는, 누구에게 전화해야 할지 몰라 그녀에게 걸었다고 했다. 형과 다투었는데 형이 나를 바닥에 자빠뜨렸다고 말했다. 그리고 고개를 숙여 내 모습을 바라보고는, 셔츠가 찢어진 것과 목걸이가 터진 것까지 이야기했다.

우리는 지금껏 수백만 번을 치고받았다고 의사에게 말했다. 아이 때는 그냥 다투는 정도였지만, 이번에는 느낌이 많이 달랐다고 했다.

의사는 내게 심호흡을 하라고 했다. 그리고 다투는 장면을 묘사해보라고 여러 차례 요청했고, 설명할 때마다 악몽 같은 느낌이 들었다. 그렇게 계속 말하다 보니 조금 진정되었다.

의사에게 말했다. "제가 자랑스럽네요."

"자랑스러워요, 해리? 왜요?"

"되받아치지 않았어요."

그리고 약속대로 멕에게도 말하지 않았다.

하지만 얼마 지나지 않아 외출에서 돌아온 멕이 샤워하고 나오는 나를 보고 깜짝 놀라며 물었다.

"하즈, 등에 있는 상처와 멍은 다 뭐야?"

거짓말을 할 수는 없었다.

멕은 그렇게 놀라지도, 그렇게 화를 내지도 않았다.

다만, 몹시 슬퍼할 뿐이었다.

63.

그날로부터 얼마 지나지 않아 케임브리지와 서식스 두 왕실이 더는 사무실을 공유하지 않는다는 발표가 있었다. 우리는 어떤 형태로든 함께 일하지 않게 된 것이다. 위대한 4인조(Fab Four)는… 그렇게 끝났다.

반응은 예상대로였다. 대중은 탄식했고, 기자들은 시끄러워졌다. 더 실망스러운 반응을 보인 쪽은 내 가족들이었다. 침묵으로 일관했다. 공개적인 언급도, 나와의 사적인 연락도 전혀 없었다. 아버지와 할머니에게서도 아무런 말도 들을 수 없었다. 그때부터 나와 멕에게 생긴 모든 일을 둘러싼 침묵에 대해 생각하고, 또 생각하게 되었다. 그동안 나는 우리 가족 구성원 모두가 언론의 공격에 분명하게 비난하지 않는다고 해서 그것이 용서를 의미하는 건 아니라고 항상 생각했다. 하지만 이제 나는 자문한다. 그게 맞는 걸까? 내가 어떻게 알지? 가족들이 아무런 말도 하지 않는데, 왜 나는 늘 그들의 마음을 안다고 생각하는 걸까?

게다가, 그들이 명확히 우리 편일까?

그동안 내가 배운 모든 것, 가족과 군주제와 그 본질적 공정성과 분열이 아닌 통합을 지향하는 역할에 대하여 내가 믿고 자란 모든 것이 훼손되고 의문투성이로 바뀌었다. 모두가 허위였을까? 모두가 그저 쇼였을까? 왕실의 새로운 구성원이자 첫 혼혈 구성원을 두고 서로를 지켜주지 못하고 서로 단합할 수 없다면, 그동안의 우리는 도대체 뭐란 말인가? 이것이 진정한 입헌군주제인가? 이것이 진정한 가족이란 말인가?

'서로를 지켜주는 것'이 모든 가족의 첫 번째 덕목이 아닌가?

64.

멕과 나는 버킹엄궁으로 사무실을 옮겼다. 또 새집으로 이사도 했다. 프로그모어로.

우리는 이곳이 좋았다. 첫 순간부터. 이곳에 살게 될 운명처럼 느껴졌다. 아침 일찍 일어나서 오래도록 정원을 산책하며, 백조들도 살펴보았다. 특히 심술쟁이 스티브를.

여왕의 정원사들을 만나 그들의 이름과 꽃 이름도 알게 되었다. 정원사들은 우리가 그들의 예술성을 인정하고 높이 평가하자 감격했다.

이 모든 변화의 와중에 우리의 새로운 공보책임자인 사라(Sara)와 자리를 함께했다. 우리는 사라와 함께 '왕실 기자단'이 전혀 모르도록 새로운 중요

전략을 구상했고, 조만간 시작할 수 있기를 기대했다.

2019년의 막바지, 멕의 출산을 며칠 앞두고 형에게서 전화가 왔다. 나는 새 정원에서 전화를 받았다.

아버지와 카밀라, 그리고 형 사이에 어떤 일이 일어난 모양이다. 자초지종을 모두 듣지는 못했고, 형은 너무 흥분하여 말도 너무 빠르게 했다. 정말 피가 끓어오르는 것 같았다. 들어보니, 아버지와 카밀라의 사람들이 그동안 자신과 케이트 그리고 아이들에 대해 여러 정보들을 흘렸는데, 이제는 형도 참지 않겠다는 것이었다. 아버지와 카밀라에게 되로 주면 두 사람은 말로 가져간다며, 형은 분개했다.

"최근에도 내게 또 그랬어."

나는 무슨 말인지 바로 알아챘다. 나와 멕에게도 그랬으니까.

하지만 정확히 말하면 그건 두 사람의 잘못이 아니었다. 우리를 언론에 희생시키는 대가로 아버지와 카밀라를 향한 언론의 호의적인 반응을 유도하는 새 캠페인을 고안하고 시행한 진정한 신봉자, 즉 아버지 공보팀에서도 가장 열성적이던 그 직원이 문제였다. 한동안 계승자와 예비용에 대한 노골적이고 말도 안 되는 소문을 모든 신문에 퍼트린 바로 그 여자. 2017년에 내가 독일로 사냥 여행을 떠났을 때, 실제로 나는 독일의 농부들과 멧돼지를 퇴치하여 농작물을 보호할 방법을 강구하고 있었는데도 마치 나를 피와 전리품에 굶주린 뚱뚱한 17세기 남작처럼 묘사했던 기사들의 유일한 출처로 나는 그 여자를 의심했다. 나는 그런 허위 정보를 흘린 것이, 아버지와 카밀라를 위한 물물교환일 것으로 생각했다. 즉, 그 여자가 아버지에게 더 가까이 다가가기 위한, 그리고 카밀라에게는 런던을 배회하며 엉뚱한 소문이나 퍼트리고 다니는 카밀라의 아들에 대한 기사를 잠재우기 위한 일종의 보상일 것으로 믿었다.

나는 이런 식으로 이용당하는 것이 불쾌했고 멕도 예외가 아니라는 사실에 더욱 화가 났지만, 최근에는 형에게 이런 일이 더 많이 일어나고 있다는 점도 인정해야 했다. 형이 분노하는 것은 당연했다.

형은 그 여자 문제로 이미 아버지와 직접 대면한 적이 있었다. 나도 도덕적 차원에서 도우려고 형과 함께 갔다. 그 사건은 클래런스 하우스에 있는 아버지의 서재에서 벌어졌다. 창이 활짝 열려 있었고 하얀 커튼이 들락거리며 날리던 기억으로 볼 때 따뜻한 밤이었던 것 같다. 형이 아버지에게 따졌다.

"모르는 사람이 아빠의 아들들에게 이런 짓을 하는데도 어떻게 그냥 둘 수 있어요?"

아버지는 곧바로 화를 냈다. 형에게 과대망상이라고 고함을 쳤다. 우리 둘 다를 향해. 우리가 언론으로부터 나쁜 대접을 받고 아버지가 좋은 대접을 받는 것이, 그 배후에 아버지의 직원이 있다는 의미는 아니라면서.

하지만 우리에게는 증거가 있었다. 실제 보도국 내부의 기자들이 그 여자가 우리를 팔아먹고 있다고 확인해 주었다. 그런데도 아버지는 귀를 닫았다. 아버지의 반응은 퉁명스러우면서도 애처로웠다.

"너희 할머니에게도 자기 사람이 있는데, 나는 왜 내 사람을 가지면 안 되는 거니?"

아버지가 말하는 할머니의 사람이란 안젤라였다. 안젤라가 할머니에게 봉사한 여러 가지 중에서도 기삿거리를 흘리는 데 능숙하다는 평도 있었다.

그런 말도 안 되는 비교가 어디 있냐고 형이 말했다. 굳이 성인이 아니더라도 조금만 상식이 있는 사람이라면 왜 안젤라 같은 사람을 원하겠냐고.

하지만 아버지는 같은 말을 반복했다. 할머니는 자기 사람이 있다고, 할머니는 자기 사람이 있다고… 그래서 아버지도 자기 사람을 가질 적기라고.

얼마 전에 우리 사이에 있었던 불미스러운 일에도 불구하고, 여전히 형이 아버지와 카밀라의 일로 나를 찾으려 했다는 것만으로도 마음이 흡족했다. 최근의 긴장을 해소하려고 나는 아버지와 카밀라가 형에게 한 짓과 언론이 멕에게 한 짓을 연결하려 했다.

형은 재빨리 선을 그었다. "내 문제는 너희 둘과는 달라!"

눈 깜빡할 사이에 형의 모든 분노가 나를 향했다. 최근에 프로그모어와 새 사무실로 이사한 데다 형과의 다툼도 있어 피곤한 상태였고, 더군다나 임박한 첫 아이의 출산에 집중하고 있던 터라 그때 형이 무슨 말을 했는지 정확히 기억나지 않는다. 그렇지만 그 상황에서의 물리적 장면들을 세밀하게 떠올릴 수 있다. 나팔수선화가 피어나고, 새 잔디가 움을 트고, 히드로 공항을 이륙한 제트기가 평소보다 낮게 서쪽으로 날아가며 그 엔진소리에 내 가슴까지 진동했다. 제트기의 소음 속에서도 형의 목소리가 들린다는 사실이 신기했던 기억이 난다. 노트 코트에서 부딪친 뒤로 아직까지 그렇게 많은 분노가 남아 있을 줄은 상상하지 못했다.

형은 끊임없이 말을 토해냈고, 나는 도무지 납득할 수 없었다. 이해가 가지 않아 모든 시도를 접었다. 나는 입을 닫고 형의 분노가 잦아들기를 기다렸다.

그러다 문득 뒤를 돌아보았다. 멕이 집에서 곧장 내가 있는 곳으로 다가오고 있었다. 통화하던 전화기의 스피커를 재빨리 껐지만 이미 다 들은 뒤였다. 그리고 스피커 없이도 다 들릴 정도로 형의 목소리가 컸다.

봄 햇살을 받은 멕의 눈물방울이 반짝였다. 내가 무언가를 말하기 시작했지만, 아내는 말을 가로막고 고개를 저었다.

부른 배를 손으로 받치고는 뒤돌아 다시 집으로 향했다.

65.

멕의 어머니 도리아는 아기의 탄생을 기다리며 우리와 함께 지냈다. 그녀도 멕도 멀리까지 움직이지는 않았다. 우리 모두가 그랬다. 늘 같은 곳에서 아기가 나오기를 기다리며 이따금 산책을 하며 소를 구경하는 것이 전부였다.

멕의 출산일이 일주일가량 지나자 공보팀과 궁에서 나를 옥죄기 시작했다. 아기는 언제 나오냐고. 언론은 인내심이 많지 않으니까.

아, 그것 때문에 언론이 답답해한다고? 턱도 없는 소리!

멕의 의사는 출산을 돕기 위해 여러 가지 동종요법을 시도했지만, 우리의 꼬맹이 손님은 도무지 움직이려 하지 않았다. (할머니의 제안대로 울퉁불퉁한 길을 달렸는지는 잘 기억이 나지 않는다.) 마침내 우리는, 그냥 기다리며 잘못되는 것이 있는지 그것만 확인하자고 했다. 그리고 의사가 때가 되었다고 말할 때까지 준비 상태로 기다리기로 했다.

우리는 정체불명의 미니밴에 올라탄 후 정문에 포진한 기자들에게 들키지 않고 슬그머니 프로그모어를 빠져나왔다. 기자들에게는 우리가 탔을 것으로 의심되는 마지막 차량이었다. 잠시 후 포틀랜드 병원(The Portland Hospital)에 도착하여 비밀 승강기를 통해 개인 병실로 이동했다. 의사가 들어와 우리와 몇 마디를 나누고는 유도분만을 할 때가 되었다고 말했다.

멕은 침착했다. 나 또한 그랬다. 그리고 나의 침착함을 향상시킬 두 가지가 더 있었다. 첫째는 난도스 치킨(Nando's)으로, 우리 경호원들이 가져왔다. 둘째는 멕의 침대 옆에 놓인 이른바 웃음가스(마취 가스) 탱크였다. 내가 천천히 여러 번 가스를 들이마셨다. 자연스럽게 아기를 밀어내는 검증된 방법의 하나로, 보라색의 커다란 공 위에 앉아 몸을 살살 튕기고 있던 멕이 웃는 표정으로 나를 째려보았다.

몇 번을 더 마셨더니 나도 몸이 흔들거렸다.

자궁 수축이 더 빠르고 더 깊어지자 간호사가 와서 멕에게 웃음가스를 투입하려 했다. 하지만 남은 게 없었다. 간호사는 탱크를 바라보고, 또 나를 바라보았다. 간호사가 무슨 생각을 하는지 읽을 수 있었다. '이런, 남편이 다 마셔버렸네.'

"죄송합니다." 내가 겸연쩍게 말했다.

멕이 웃었고, 간호사는 웃어야 했고, 재빨리 탱크를 교환했다.

멕이 욕조에 들어가자 나는 조용한 음악을 틀었다. 데바 프레말(Deva Premal). 그녀는 산스크리트 기도문(만트라)을 영성 음악 속에 리믹스했다. (프레말은 태내에서 아버지의 첫 기도문을 들었다고 주장했고, 아버지가 사망할 때 동일한 기도문을 들려주었다고 한다.) 효과가 좋았다.

청혼하던 그 밤에 정원에 배치했던 것과 동일한 전기 양초를 여행용 가방에 넣어 들고 왔다. 이제 그 양초들을 병실에 설치했다. 그리고 작은 테이블 위에 어머니의 사진액자도 놓았다. 멕의 아이디어였다.

시간이 흘렀다. 시간이 시간 속으로 녹아들었다. 더디게 흐르는 시간.

멕은 통증으로 연거푸 심호흡을 하고 있었다. 그러던 어느 순간, 심호흡의 효과가 사라졌다. 고통이 너무 심하여 경막외 마취가 필요했다.

마취과 의사가 급히 들어왔다. 음악이 꺼지고, 조명이 켜졌다.

분위기가 확 달라졌다.

멕의 척추 아래로 주사를 놓았지만 고통은 가라앉지 않았다. 약이 필요한 곳으로 제대로 전달되지 못한 듯했다. 마취과 의사가 돌아와서 다시 주사를 놓자, 이제 통증도 가라앉고 진행도 빨라졌다.

두 시간 뒤에 들어온 의사는 두 손에 의료용 장갑을 착용했다.

'이제 다 왔나 보다!' 나는 침대 머리맡에 서서 멕의 손을 격려했다.

"밀어, 자기. 숨 쉬어."

의사가 멕에게 작은 손거울을 주었다. 나는 보고 싶지 않았지만, 보아야 했다. 힐끔 보았는데, 아기의 머리가 나와 있는 게 거울로 보였다. 막혀서. 엉켜서.

"아, 안 돼. 제발, 안 돼."

고개를 든 의사의 입이 특정 방향으로 비뚤어졌다. 무언가 심각해지고 있다는 의미였다.

내가 멕에게 말했다. "자기, 조금만 더 밀어 봐."

이유는 말하지 않았다. 탯줄에 대해서도, 응급 제왕절개 가능성에 대해서도 아무런 말도 하지 않았다. 그냥 이 말만 했다.

"할 수 있는 최선을 다해봐."

멕은 혼신의 힘을 다했다.

작은 얼굴, 작은 목, 가슴, 팔, 꿈틀거리며 몸부림치는 모습이 보였다. '생명이야, 생명… 놀라워!' 나는 생각했다.

'와, 세상 모든 것이 자유를 향한 몸부림에서 시작되는구나.'

간호사가 수건으로 아기를 감싸 멕의 가슴 위에 올려놓았다. 우리 둘 다 아기를 보며, 아기와 만나며 눈물을 흘렸다. 건강한 남자 아기가 여기 있었다.

아유르베다 의사가, 아기는 탄생 직후에 자신에게 한 모든 말을 흡수한다고 우리에게 조언했다.

"그러니 두 분이 얼마나 아기를 소망하고 사랑하는지 아기에게 속삭여 주고 말해 주세요. 말하세요."

우리는 그대로 했다.

누구와 통화하고 누구와 문자메시지를 주고받았는지 기억나지 않는다. 간호사들이 이제 태어난 지 한 시간 지난 아들을 검사하는 모습을 지켜본 기억이 있으며, 검사가 끝나고 병원에서 나왔다. 승강기로, 지하주차장으로, 미니밴에 올라타고 달렸다. 생후 두 시간 된 아들과 함께 프로그모어로 돌아왔다.

해가 솟았다. 공식 발표가 있을 때까지 우리는 문을 굳게 닫고 있었다.

"진통이 왔었다고요?"

이 문제로 사라와 약간 언쟁이 있었다. 알다시피 멕은 진통이 와서 병원으로 간 경우가 아니라고 말했지만, 그녀는 언론이 극적이고 흥미진진한 이야기를 원한다고 설명했다.

하지만 나는 그건 사실이 아니라고 맞섰다.

그래, 진실은 중요하지 않았다. 사람들이 쇼에 빠져들도록 하는 것, 그게 중요했다.

몇 시간 뒤, 나는 윈저의 마구간 바깥에 서서 세상에 알렸다. 아들이라고. 그리고 며칠 뒤에는 아들의 이름도 세상에 알렸다. 아치(Archie)라고.

신문들이 격노했다. 자신들을 속였다고 말했다.

그건 사실이었다.

그들은 우리가 그렇게 행동한 건 나쁜 파트너여서 그렇다고 여겼다.

놀라웠다. 아직도 우리를 파트너로 생각한다고? 우리에게서 특별한 배려와 특혜를 기대했다고? 지난 3년 동안 우리를 어떻게 대했는지는 생각지 않고?

머잖아 자신들이 진짜 어떤 '파트너'인지를 세상에 보여주었다. BBC의 어느 라디오 진행자가 소셜미디어에 사진 한 장을 올렸다. 한 남자와 한 여자가 침팬지의 손을 잡고 있는 사진이었다.

제목은 이랬다. "병원을 떠나는 왕실 아기."

66.

할머니가 발모럴로 떠나기 직전에 같이 차를 마셨다. 꽤 오랫동안. 나는 할머니에게 가장 최근에 있었던 일들을 소개했다. 할머니도 들은 적이 있었지만, 생략된 중요 부분들을 내가 상세하게 설명했더니 할머니는 충격을 받았다.

"끔찍해." 할머니가 말했다.

할머니는 우리랑 이야기하도록 꿀벌(The Bee)을 보내겠다고 약속했다.

나는 평생에 걸쳐 궁정 관리들을 상대해 왔는데, 최근에는 주로 세 명과 교류했다. 그들은 모두 중년의 백인 남성들로 대담한 권모술수를 반복하며 권력을 다졌다. 이름도 지극히 영국적이고 평범해서, 동물학적 범주로 구분하는 편이 더 수월했다. 꿀벌(The Bee)과 파리(The Fly)와 말벌(The Wasp)로.

꿀벌은 계란형 얼굴에 털이 많았고, 마치 자기가 모든 생명체들에게 유익한 인간인 양 침착하고 평온하게 곳곳으로 날아다녔다. 너무 평온한 탓에 그를 조심하지 않는 사람도 있었다. 큰 실수였다. 더러는 그것이 마지막 실수가 되기도 한다.

파리는 경력의 대부분을 똥과 가까이서 보냈고 실제로도 똥에 많이 이끌렸다. 그는 정부와 언론에서 던져주는 썩은 고기와 벌레 끓는 창자를 좋아했고 그 위에서 살을 찌웠으며, 그렇지 않은 척하면서도 그 위에서 손을 비비며 환희에 젖었다. 늘 부담 없는 존재인 척, 논란과는 무관한 척, 냉철하고 효율적이며 유익한 인간처럼 보이려 애를 썼다.

말벌은 마르고 큰 키에, 매력적이고, 거만하며, 활달한 에너지로 가득한 인간이었다. 늘 공손한 척하고, 심지어는 비굴한 모습을 보이는 데에도 능했다. '해는 아침에 뜨는 걸로 알고 있어요.'와 같은 부인할 수 없는 사실을 주장할 때도 그는 그 생각이 잘못되었을 가능성에 대해서도 생각해야 한다며 대답을 머뭇거린다.

"글쎄요, 흠흠. 저는 잘 모르겠네요, 전하. 그건 전하께서 아침을 어떻게 생각하느냐에 따라 달라질 수도 있겠네요… 전하."

그가 호리호리하고 만만하게 보여서 당신이 되받아치고 주장을 밀어붙이고 싶은 충동을 느낄 수 있다. 이때 말벌은 당신을 명단에 올린다. 얼마 지나지 않아, 말벌은 아무런 경고 없이 거대한 침으로 당신을 찌르고, 놀란 당신은 어리둥절한 모습으로 비명을 지른다.

"이 엿 같은 게 도대체 어디서 온 거야?"

나는 그 사람들이 싫었고, 내게는 아무런 도움도 되지 않는 사람들이었다. 그들은 기껏해야 나를 쓸모없는 사람처럼 여겼고, 더 심하게는 멍청하다고 생각했다. 무엇보다, 내가 그들을 '반역자들'로 바라본다는 것을 그들도 알고 있었다. 정말 심각하게 우려스러웠다. 그들은 각자 자신이 '진정한 군주'라고 느끼고, 각자 90대의 여왕을 이용하고 있었으며, 여왕을 섬기는 척하며 자신들의 영향력을 누리고 있었다.

나는 엄혹한 경험을 통해 그와 같은 결론에 도달했다. 예를 들어 멕과 내가 언론과 관련하여 말벌에게 자문을 구했는데, 그 역시 가증스러운 상황이라고 맞장구를 치며 누군가 다치기 전에 멈추게 해야 한다고 말했다.

"알겠습니다! 이 문제에 관해서라면 우리 쪽에서도 이견이 없을 거예요!"

그는 궁에서 주요 편집장들을 모두 소집하여 우리의 주장을 전달하자고 제의했다. 끝으로, 내가 멕에게 누군가는 알아줄 것이라고 말했다.

그 뒤로 말벌로부터 어떠한 소식도 듣지 못했다.

할머니가 우리에게 꿀벌을 보내겠다고 했을 때 내가 회의적이었던 것도 이런 이유 때문이었다. 그럼에도 마음을 열어야 한다고 스스로 다짐했다. 이번에는 할머니가 개인적으로 파견하는 것이라 어쩌면 다를지도 몰랐다.

며칠 뒤, 멕과 내가 꿀벌을 프로그모어로 맞이하여 새로 가꾼 거실에 편안하게 앉혀 놓고, 로제 와인 한 잔을 권한 후 자세한 상황을 설명했다. 그는 수시로 손을 입에 갖다 대기도 하고 머리를 흔들기도 하며 꼼꼼하게 메모했다. 그 역시 헤드라인을 보았지만, 이것이 젊은 부부에게 미칠 수 있는 영향까지는 세밀하게 살피지 못했다고 말했다.

이렇게까지 증오와 거짓이 난무하는 경우는 영국 역사에서 일찍이 없었던 일이라고 그는 말했다.

"제가 경험한 어떤 것과도 비교가 되지 않을 정도네요."

"고마워요." 우리가 말했다. "이해해 주셔서 고마워요."

그는 직접적인 당사자들과 이 문제를 논의해서 조만간 실행 계획과 구체적인 해법을 강구하여 우리에게 다시 연락하겠다고 약속했다.

그 뒤로 꿀벌로부터 어떠한 소식도 듣지 못했다.

67.

멕과 나는 엘튼 존과 그의 동성 남편 데이비드와 통화하며 솔직히 털어놓았다.

"도움이 필요해요. 우리가 지금 길을 잃은 것 같아요."

"우리에게로 와요." 엘튼이 말했다.

프랑스에 있는 그들의 집을 말했다.

2019년 여름.

우리는 그렇게 했다. 우리는 며칠 동안 그들의 테라스에 앉아 햇볕을 쬐며 지냈다. 쪽빛 바다를 응시하며 긴 치유의 시간도 보냈는데, 그마저도 타락하는 느낌이 들었다. 비단 호화로운 환경이라서만은 아니었다. 어떤 종류의 자유도, 어느 측면에서 보더라도 나에게는 명예롭지 못한 사치처럼 느껴졌다. 한나절이라도 어항 밖에 나와 있는 것은 마치 감옥에서 풀려난 느낌이었다.

어느 오후, 데이비드와 함께 스쿠터를 타고 그 지역의 만을 따라 이어진 해안도로를 달렸다. 내가 운전하는 스쿠터의 뒷자리에 앉은 맥은 얼마나 즐거운지 두 팔을 흔들며 소리를 질렀다. 붕붕 소리를 내며 마을을 지나고, 열린 창으로 새어 나오는 저녁 식사 냄새도 맡아보고, 정원에서 놀고 있는 아이들을 향해 손을 흔들기도 했다. 아이들도 우리를 보고 웃으며 손을 흔들었다. 누군지는 몰랐겠지만.

이번 방문에서 가장 좋았던 부분은 엘튼과 데이비드, 그리고 두 아들이 아치와 사랑에 빠지는 모습을 지켜보는 것이었다. 엘튼이 아치의 얼굴을 연구하는 듯한 모습을 여러 번 보았는데, 나는 그의 생각을 알 것 같았다. 그건 바로, '엄마'.

내게도 그런 일이 자주 있었기 때문에 알 수 있었다. 아치의 얼굴에 드러난 특별한 표정을 보며 흠칫 놀랄 때가 여러 번이었다. 그래서 엘튼에게도 그렇게 말할 뻔했다. 어머니가 손자를 안을 수 있다면 얼마나 좋을지, 아치를 안으면서 나 역시 어머니를 느꼈고 또 그러고 싶었던 적이 얼마나 많았는지. 아치를 안을 때마다 그리움으로 물들었고, 아치를 따뜻하게 감쌀 때마다 슬픔이 밀려들었다.

'부모로서 자녀를 양육할 때처럼 과거와 직접 대면한 적이 있었던가?'

마지막 밤, 우리는 휴가 마지막 날의 그 익숙한 불안감을 느끼고 있었다. '왜 영원히 지금과 같을 수는 없는 걸까?'

우리는 테라스에서 수영장으로, 다시 테라스로 어슬렁거렸고, 엘튼은 칵테일을 돌리고 데이비드와 나는 뉴스를 화제로 수다를 떨었다. 언론의 안타까운 현재에 대하여, 그리고 영국이라는 국가에서 언론이 어떤 의미인지도.

우리는 책에 대해서도 이야기했다. 데이비드는 엘튼이 여러 해 동안 공을 들인 자서전을 언급했다. 책은 완성되었고 엘튼은 뿌듯한 마음으로 다가오는 출간 날짜를 기다리고 있다고 했다.

"브라보, 엘튼!"

엘튼은 이 자서전이 연재될 것이라고 말했다.

"그래요?"

"그래, 《데일리 메일》에서."

그가 내 얼굴을 쳐다보았다. 나는 재빨리 고개를 돌렸다.

"엘튼, 대체 어떻게…?"

"사람들이 내 글을 읽었으면 좋겠어!"

"하지만 엘튼…? 당신 인생을 피폐하게 만든 장본인들이잖아요?"

"그래 맞아. 누가 싣는 게 낫겠어? 내 인생 전부를 온통 오염시켰던 바로 그 신문보다 더 나은 데가 어디 있겠어?"

"누가 더 낫냐고요? 난 단지… 이해할 수가 없네요."

무더운 밤이어서 나는 이미 땀을 흘리고 있었다. 하지만 지금은 이마에서 구슬방울처럼 땀이 떨어졌다. 나는 《데일리 메일》이 그에 대해 보도했던 그 유명한 거짓말들을 구체적으로 상기시켰다. 불과 10여 년 전에 그가 이 신문을 고소했었다. 엘튼이 어느 자선 행사에 참석한 사람들로 하여금 자신에게 말을 걸지 말도록 금지했다고 이 신문에서 주장한 직후였다.

결국 그들은 엘튼에게 십만 파운드의 수표를 건넸다.

나는 그때 엘튼이 한 인터뷰에서 했던 감동적인 말들을 상기시켰다.

"저들이 나를 뚱뚱한 노인네라고 할 수 있습니다. 나를 무능한 놈이라고 할 수도 있습니다. 나를 호모라고 불러도 됩니다. 하지만 나에 대해 절대 거짓말을 해서는 안 됩니다."

그는 대답하지 않았다.

나도 강요하지 않았다.

나는 그를 사랑했으니까. 언제나 사랑할 것이고.

그리고 휴가를 망치고 싶지 않았다.

68.

온 나라가 내 아내와 사랑에 빠지는 모습을 지켜보는 것은 정말 멋진 일이었다.

남아프리카 공화국에서.

2019년 9월.

여왕을 대리하는 또 한 번의 해외 방문이며 또 하나의 위업이었다. 케이프타운에서 요하네스버그에 이르기까지, 사람들은 멕에게 열광했다.

그 덕분에 귀국을 며칠 앞둔 우리는 조금 더 많은 자신감과 조금 더 많은 용기를 갖고 전투 태세에 돌입하여, 영국의 4대 타블로이드 중 세 곳(멕이 아버지에게 보낸 편지를 공개한 곳을 포함하여)을 모욕 행위와 오랜 휴대전화 해킹 관행을 이유로 고소할 것이라고 발표했다.

엘튼과 데이비드가 큰 도움이 되었다. 최근의 방문 끝자락에 두 사람의 지인인 변호사를 소개해 주었는데, 그는 내가 지금껏 만난 누구보다도 전화 해킹에 박식한 사람이었다. 그 변호사는 자신의 전문성에 더하여 공개법정에서의 수많은 증거까지 우리와 공유했다. 그리고 내가 무언가를 시도하려 해도 궁에서 사사건건 차단한다고 불평하자, 그는 놀랍도록 멋진 해결책까지 제시했다.

"개인 변호사를 고용하는 건 어떨까요?"

나는 우물거렸다. "그 말은… 우리가 그냥…?"

좋은 생각이었다. 왜 지금껏 그 생각을 못 했는지….

나는 시키는 대로 하도록 조건화된 사람이니까.

69.

할머니에게 미리 전화해서 설명했다. 아버지에게도, 그리고 형에게도 문자메시지를 보냈다.

또 꿀벌에게도 연락하여 소송이 있을 것을 미리 알리고, 성명서도 준비되어 있음을 설명하고, 이로 인해 불가피하게 발생할 언론의 모든 문의는 우리 사무실로 돌려달라고 요청했다. 그는 행운을 빈다고 했다! 그런데도 꿀벌과 말벌이 사전에 어떤 경고도 들은 바 없다고 주장할 때는, 참 가소로웠다.

소송을 공표하면서 세상을 향해 나의 주장을 설명했다.

"제 아내는 결과에 대한 아무런 고려 없이 개인들을 향해 조직적 행동을 감행한 영국 타블로이드 언론의 가장 최근 희생자들 중 한 명입니다. 이 조직적 행동은 아내의 임신 기간이자 갓 태어난 아들을 보살피던 지난 일 년 동안 무자비하게 진행되었습니다. 그 고통은 말로 이루 다 표현할 수 없을 정도입니다. 이 방법은 가장 안전한 길은 아닐지 몰라도 올바른 길입니다. 왜냐하면 제가 가장 두려워하는 것은 반복되는 역사이기 때문입니다. 저는 어머니를 잃었고, 지금은 제 아내가 그대와 동일한 강력한 세력의 희생양으로 전락하는 모습을 지켜보고 있습니다."

이 소송 소식은 멕이 감히 차 문을 세게 닫았던 사건보다도 세상에 널리 알려지지 못했다. 사실상 보도가 거의 이루어지지 않았다. 그럼에도 친구들은 관심 있게 지켜보았다.

여러 친구들이 문자메시지를 보내왔다. "왜 지금이야?"

간단했다. 며칠 뒤면 영국의 개인정보 보호법이 타블로이드에 유리하게 바뀔 예정이었기 때문이다. 휘어진 방망이가 경기에 도입되기 전에 우리의 사건 심리가 이루어질 필요가 있었다.

친구들은 또 물었다.

"언론에서 주목을 받고 있는데 도대체 왜 소송을 하는 거야? 남아프리카공화국 방문도 성공적이었고, 언론도 상당히 긍정적으로 다루고 있는데."

그게 핵심이라고, 나는 말했다.

"우호적인 기사를 원하거나 필요로 하는 게 아니야. 사람들을 학대와 거짓말로부터 지키려는 거지. 특히 무고한 사람들을 파괴할 수도 있는 거짓말들 말이야."

내 말이 조금은 독선적으로 들렸을 수도 있다. 아니면 거만하게 들렸을지도. 하지만 소송 소식을 발표한 직후에 《익스프레스(The Express)》의 소름 끼치는 기사를 보며 다시금 각오를 다졌다.

"메건 마클의 꽃이 샬럿 공주의 생명을 위험에 빠뜨렸을 수도 있었다!"

이 마지막 '스캔들'은 일 년여 전에 우리의 신부 들러리들이 썼던 화관과 관련된 것이었다. 화관에는 아이들에게 유해할 수도 있는 은방울꽃의 한 종류도 포함되어 있었다. 아이들이 이 꽃을 먹는다는 전제에서.

부모들 입장에서는 이런 반응이 불편할 수도 있겠지만, 이 식물이 치명적일 수 있는 것은 극히 드문 사례에 한정된다.

공식 플로리스트가 이 화관들을 만들었다는 사실은 차치하자. 이처럼 '위험천만한 결정'을 내린 장본인도 멕이 아니었다는 사실도 차치하자. 케이트와 내 어머니를 포함한 역대 왕실 신부들이 이 은방울꽃 화관을 사용했다는 사실도 차치하자.

이 모두를 차치하고, 살인자 메건의 기사는 너무도 훌륭했다.

첨부된 사진에는 화관을 쓴 채 발작의 고통으로 얼굴을 찡그리거나 재채기를 하는 가엾은 조카의 모습이 담겨 있었다. 게다가 이 사진 옆에는 이 천사 같은 아이에게 닥쳐온 죽음 따위에는 전혀 아랑곳하지 않는 메건의 모습이 나란히 실려 있었다.

70.

나 혼자 버킹엄궁으로 소환되었다. 할머니와 아버지와의 점심 식사에. 초대장은 꿀벌이 쓴 간결한 이메일에 담겨 있었는데, 어조가 조금 달랐다. "잠시 들르실 수 있을까요?"

실제로는 이런 느낌에 더 가까웠다. "어서 튀어 와."

정장을 입고 차에 올랐다.

방에 들어서면서 제일 먼저 발견한 얼굴은 꿀벌과 말벌이었다. 매복이었다. 나는 가족끼리의 점심 식사로 알았는데, 아니었다.

직원도, 멕도 없이 나 혼자서 최근의 법률적 조치에 대해 직면해야 했다. 아버지는 가족의 평판을 크게 훼손하는 행위라고 말했다.

"어떻게요?"

"우리와 언론의 관계를 복잡하게 만들고 있어."

"복잡해진다… 간단하네요."

"네가 무슨 일을 하든 가족 전체에 영향을 미쳐."

"아버지의 모든 행동과 결정도 마찬가지예요. 그 모두가 우리에게 영향을 미치는 건 똑같아요. 이를테면 저와 아내를 줄곧 공격해 온 바로 그 편집장이나 기자들을 푸짐하게 대접하는 것처럼 말이에요."

꿀벌인지 말벌인지 하나가 불쑥 끼어들어 나를 일깨우려 했다.

"누군가는 언론과의 관계를 관리해야 합니다. 전하, 전에도 이런 말씀을 드린 것 같은데요!"

"관계라… 그래요. 하지만 지저분한 관계는 아니죠."

나는 대화의 방향을 전환했다.

"할머니를 포함해서 우리 가족 모두가 언론을 고소했어요. 이번은 왜 다르다는 거죠?"

귀뚜라미 소리만 들리고… 침묵.

조금 더 논쟁이 이어진 다음, 내가 말했다.

"다른 선택의 여지가 없었어요. 가족 모두가 우리를 보호했더라면, 그리고 그 과정에서 군주제의 위엄을 지켰더라면, 우리가 이렇게까지 하지는 않았을 거예요. 제 아내를 보호하지 않음으로써 가족들 모두를 박해하고 있는 셈이에요."

테이블 주변을 돌아보았다. 표정들이 무거웠다. 납득하지 못하는 건가? 인지 부조화인가? 말하지 않기 시합 중인가? 아니면… 정말 몰랐던 걸까? 자기만의 세상에 깊이 갇혀 살아서 얼마나 나쁜 일이 일어나고 있는지 깨달지 못한 걸까?

　예를 들어 《태틀러(Tatler)》 매거진은 어느 이튼 출신의 말을 인용하면서 내가 멕과 결혼한 이유가, 그녀와 같은 '외국인들'이 '올바른 배경'을 지닌 여성들보다 '수월하기' 때문이라고 했다.

　또 《데일리 메일》에는 멕이 150년 만에 '노예에서 왕족으로' 신분이 '상향 이동'했다는 표현도 있었다.

　또 멕을 '요트 걸'과 '콜걸'로 묘사하거나 '돈 밝히는 여자', '매춘부', '음란한 여자', '더러운 여자', '검둥이'라고 반복해서 언급하는 소셜미디어 게시물도 있었다.

　궁의 세 가지 소셜미디어 계정 페이지의 댓글 란에도 이런 게시물이 일부 있었지만 아직 삭제되지 않은 상태였다.

　또 이런 트윗도 있었다.

　"친애하는 공작부인, 당신이 밉다는 말은 아니고, 부디 다음 생리는 상어 수족관에서 하기 바랍니다."

　또 영국 독립당(UKIP)의 대표 헨리 볼튼(Henry Bolton)의 여자친구 조 마니(Jo Marney)의 인종 차별적 문자메시지도 폭로되었다. 그중에는 나의 '미국 흑인' 약혼자가 왕실을 '더럽히고', '흑인 왕'의 무대를 만들고 있다며, 자신은 절대 '흑인'과 관계하지 않을 것이라는 표현도 있었다.

　"여기는 영국이지, 아프리카가 아니라고."

　또 《데일리 메일》은 멕이 불룩해진 배에서 손을 떼지 못하며, 서큐버스(succubus)처럼 문지르고 또 문지른다며 불평했다.

　상황이 걷잡을 수 없이 악화하자 양대 정당의 여성 의원 72명은 서식스 공작부인을 향한 모든 신문 보도가 '식민주의적 기조'를 띠고 있다고 비난했다. 하지만 우리 가족은 공식적이든 사적으로든 그 어느 것에 대해서든 단 한마디의 언급도 없었다.

　물론 카밀라나 케이트를 언급하며 그때와 다를 바 없다며 합리화할 수 있다는 것도 나는 안다. 그러나 분명히 달랐다. 멕에 관련된 400여 개의 혐오 트윗을 세밀하게 조사한 연구 사례가 있다. 데이터 전문가와 컴퓨터 분석가들로 팀을 구성하여 연구한 결과, 멕에게 쇄도하는 증오의 표현들은 카밀라나 케이트를 향한 것과는 완전히 거리가 멀고 이례적이라는 사실이 밝혀졌다. 멕을 '원숭이섬의 여왕'이라고 부른 트윗은 어떠한 역사적 선례나 그에 상응하는 사례도 없었다.

그리고 이것은 단순히 상처받은 감정이나 멍든 자존심의 문제가 아니다. 혐오는 신체적으로도 영향을 끼친다. 공개적인 혐오나 조롱이 건강에 얼마나 해로운지를 보여주는 과학적 연구 사례는 수도 없이 많다. 게다가 사회적 파급효과는 더 무섭게 퍼져나간다. 특정 유형의 사람들은 이런 혐오에 더 취약하며 더 큰 자극을 받는다. 역겨운 인종 차별적 메시지가 담긴 메모와 함께 수상한 하얀 가루가 담긴 소포가 우리 사무실로 배달된 것도 이런 이유에서다.

나는 할머니를 쳐다보고 방안을 둘러보며, 멕과 내가 지금까지와 완전히 다른 상황에서 오로지 우리의 힘만으로 대처해 온 것을 모두에게 상기시켰다. 우리의 전담 직원들은 너무 적고, 너무 어렸으며, 전체적인 재원도 부족했다.

꿀벌과 말벌은 자원이 부족하다는 사실을 제대로 알려주지 않았다며 불평을 늘어놓았다.

제대로 알려주지 않았다고? 나는 그들 모두에게 몇 번이나 반복해서 간청했으며, 우리 보좌관 중 가장 유능한 직원이 탄원서까지, 그것도 여러 차례 보냈다고 밝혔다. 할머니는 꿀벌과 말벌을 정면으로 쳐다보았다.

"사실이야?"

할머니의 눈을 똑바로 바라보던 꿀벌은 말벌과 무언의 합의를 이룬 듯 고개를 끄덕이더니 말했다.

"폐하, 저희는 그런 지원 요청을 받은 적이 전혀 없습니다."

71.

2019년 11월, 멕과 나는 중증 질환으로 고통받는 아이들을 후원하는 연례행사인 웰차일드 어워즈(WellChild Awards)에 참석했다.

2007년부터 이 단체의 왕실 후원자 자격으로 여러 번 참석해 왔는데 그때마다 늘 마음이 아렸다. 아이들은 너무나 용감했고, 부모들도 너무 자랑스러웠고… 그리고 안쓰러웠다. 그날 밤에는 아이들을 격려하고 용기를 북돋우는 여러 가지 상이 주어졌는데, 나는 회복력이 뛰어났던 어느 미취학 아동에게 시상할 예정이었다.

무대에 올라 짧게 소감을 전하는데 멕의 얼굴이 눈에 들어왔다. 일 년 전의 기억이 떠올랐다. 그때 우리는 임신 테스트를 한 지 몇 주 지나지 않아 이 행사에 참석했었다. 예비 부모들이 으레 그렇듯이 우리도 희망과 걱정이 반반이었지만 이제는 건강한 아기가 생겼다. 하지만 이 자리에 모인 부모와 아이들은 그렇게 운이 좋은 편은 아니었다. 감사함과 안타까움이 마음속에 교차하며 말문이 막혔다. 말을 계속 이을 수 없었던 나는 연사용 탁자를 꽉 붙들고 몸을 앞으로 숙였다. 내 어머니의 친구였던 발표자가 다가와 내 어깨를 문지르며 다독였다. 덕분에 나는 힘을 냈고, 쏟아지는 박수갈채 속에서 다시 말문을 열었다. 얼마 후 형으로부터 문자메시지를 받았다. 형은 파키스탄을 방문하고 있었다. 형은 내가 힘든 걸 알고 있다며 걱정스럽다고 위로했다.

나는 형의 염려에 고맙다고 말하고는 잘 있다고 안심시켰다. 나 자신이 아빠가 된 직후였기 때문에 너무 많은 환아와 그 가족들 앞에 서다 보니 감정이 북받쳤다. 전혀 이상할 게 없었다.

형은 내 상태가 썩 좋지 않다고 말했다. 그러면서 도움이 필요하다고 다시 한번 말했다.

나는 이미 치료를 받고 있다는 사실을 형에게 상기시켰다. 사실, 최근에 형은 내가 '세뇌당하는 게 아닌가' 의심스럽다면서 치료받을 때 동행하고 싶다고 말한 적이 있었다.

"그럼 와." 내가 대답했다.

"형에게도 좋을 거야. 우리에게도 그렇고."

하지만 형은 오지 않았다.

형의 속셈은 훤히 눈에 보였다. 내가 건강하지 못하므로 현명하게 판단할 수 없다는 뜻이었다. 따라서 나의 모든 행동도 일단 의심할 필요가 있다는 것처럼.

나는 최대한 정중하게 문자메시지를 보내려 노력했다. 그런데도 메시지 교환이 언쟁으로 이어졌고 그 다툼은 무려 72시간도 넘게 계속되었다. 수시로, 하루 종일, 밤 늦게까지… 우리가 문자메시지로 이렇게까지 싸운 적은 일찍이 없었다. 화가 났고, 마치 다른 언어로 대화하는 것처럼 동떨어진 느낌이었다. 때때로 나는 최악의 우려가 현실로 등장하고 있음을 깨달았다. 여러 달 동안 치료를 받으며 더 지적이고 더 자주적인 사람이 되려고 열심히 노력하면서, 형에게 나는 점점 더 낯선 존재가 되었다. 형은 더는 나와 함께할 수 없었다. 나를 견디지 못했다. 어쩌면 지난 몇 년 혹은 몇십 년간의 스트레스가 한꺼번에 분출된 것인지도 모른다.

나는 그 문자들을 저장했다. 아직도 가지고 있다. 슬프고, 혼란스러운 마음으로, 가끔씩 읽으며 생각한다.

"어쩌다 우리가 거기까지 갔을까?"

마지막 문자에서 형은 나를 사랑한다고 썼다. 나를 깊이 걱정한다고 했다. 나를 도울 수 있다면 무엇이든 하겠다고 했다.

다른 감정은 절대 갖지 말라고 했다.

72.

멕과 나는 떠나는 것에 대해 상의했다. 이번에는 하루 동안 윔블던에 가거나 엘튼에게 가서 주말을 보내는 그런 차원이 아니었다.

도피에 대해 이야기하고 있었다.

친구 하나가 밴쿠버 아일랜드(Vancouver Island)에서 우리가 빌릴 만한 집을 가진 사람을 알고 있었다. 친구는 조용하고, 푸르르고, 겉보기에는 조금 외딴 곳이라 페리나 비행기로만 갈 수 있는 곳이라고 말했다.

2019년 11월, 폭풍우가 몰아치던 어느 밤.

어둠을 틈타 아치와 가이, 폴라, 유모와 함께 도착한 우리는 다음 며칠 동안 긴장을 풀며 지냈다. 힘이 들지는 않았다. 아침부터 밤까지 매복 걱정을 할 필요는 없었다. 그 집은 파릇파릇한 숲의 가장자리에 자리했고, 아치와 강아지들이 뛰어놀 수 있는 넓은 정원에다 깨끗하고 차가운 바다로 온통 둘러싸여 있었기 때문이다. 아침에는 상쾌하게 수영도 할 수 있었다. 무엇보다도, 우리가 그곳에 있다는 것을 누구도 몰랐다. 우리는 하이킹을 하고, 카약을 타고, 놀이도 하면서… 평화로운 시간을 보냈다.

며칠이 지나자 먹을거리가 필요했다. 우리는 소심하게 밖으로의 모험을 감행했다. 차를 타고 가까운 마을로 가서 공포 영화에 등장하는 사람들처럼 인도를 따라 걸었다. 공격은 어디에서 올 것인가? 어느 방향에서?

하지만 그런 일은 일어나지 않았다. 놀라서 흥분하는 사람은 없었다. 빤히 쳐다보는 사람도 없었다. 아이폰을 꺼내는 사람도 없었다. 우리가 겪고 있는 일들을 모두가 알거나 감지하고 있는 듯했다. 사람들은 우리에게 여유를 주었고, 친절하게 미소 짓고 가볍게 손을 흔들며 우리를 환영한다는 느낌을 주었다. 지역사회의 일원으로 느끼도록 해주었다. 특별한 사람이 아니라는 느낌을 주었다.

6주 동안은.

그러다가 《데일리 메일》에서 우리의 주소를 공개했다.

몇 시간 만에 보트들이 달려들었다. 바다를 통한 침공. 각 보트의 갑판에는 마치 총을 진열하듯 망원렌즈들이 장착되었고 모든 렌즈는 우리의 창문을, 우리의 아들을 향했다.

정원에서는 이제 다 놀았다.

우리는 아치의 손을 잡고 집 안으로 들어갔다.

아치가 간식을 먹는 동안 부엌 창으로 촬영을 했다.

그래서 부엌 블라인드도 내렸다.

다음번 마을로 향하는 길에 마흔 명의 파파라치들이 있었다. 마흔 명. 일일이 세어보았다. 일부는 우리를 따라왔다. 우리가 즐겨 찾던 작은 잡화점의 창에는 이제 안타까운 표지가 걸려 있었다.

"미디어 출입 금지."

서둘러 집으로 돌아온 우리는 블라인드를 더 야무지게 닫고 일종의 '영원한 황혼' 태세에 돌입했다.

멕은 이제 완전히 원래대로 돌아왔다고 말했다. 캐나다로 돌아와, 블라인드를 올리기가 무서운 상태로.

하지만 블라인드만으로는 충분치 않았다. 건물 뒤편의 울타리를 따라 설치된 보안 카메라에 해골 같은 몰골의 남자가 기웃거리며 들어올 방법을 찾는 모습이 포착되었다. 그리고 담장 너머로 사진을 찍고 있었다. 그는 허름한 패딩 조끼에 지저분한 바지로 낡은 신발을 두르고 있어, 아래쪽으로는 아무것도 없는 것처럼 보였다. 아무것도.

그의 이름은 스티브 데닛(Steve Dennett)이었다. 그는 과거에 스플래시(Splash)와 일하며 우리를 염탐하던 프리랜서 파파라치였다.

기생충 같은 인간. 하지만 그다음 친구는 기생충보다 더할지도 모른다.

여기 있어서는 안 되겠다고 둘이서 말했다.

그럼에도…?

짧은 순간이었지만 그 자유의 맛은 우리를 다시금 생각하게 만들었다. 우리의 삶이… 언제까지나 이럴 수 있다면? 여전히 여왕을 위해 일하고는 있지만, 일 년 중에서 일부라도 언론으로부터 벗어나 시간을 보낼 수 있다면?

자유.

영국 언론으로부터의 자유, 드라마로부터의 자유, 거짓말로부터의 자유. 그리고 우리를 겨냥한 흉포한 보도를 정당화하려고 늘 사용하는 '대중의 관심'으로부터의 자유까지.

문제는… '그곳이 어디냐?'였다.

뉴질랜드를 떠올렸다. 남아프리카 공화국에 대해서도 이야기했다. 일 년의 절반을 케이프타운에서 보내는 건 어떨까? 충분히 가능할지도. 드라마에서 벗어나 나의 자연보호 활동에 더 치중하고… 또 18개 영연방 국가들에도 더 가까이 다가가고.

과거에도 할머니에게 이런 생각을 밝힌 적이 있었다. 심지어 할머니의 승인까지 떨어졌다. 그래서 클래런스 하우스에 있던 아버지에게도 계획을 설명했다. 그 자리에 말벌도 있었다. 아버지가 서면으로 작성하라고 해서 나는 곧바로 완성했다. 며칠 뒤, 내가 만든 문서가 모든 신문에 실렸고 무언가 구린 냄새가 진동했다.

그리하여 지금 2019년 12월 말, 아버지와 통화하며 일 년 중 일부를 영국이 아닌 지역에서 보내는 방안을 그 어느 때보다 진지하게 생각하고 있다고 설명했다. 그런데 또 서면으로 작성해야 한다길래 나는 도무지 이해가 가지 않았다.

"네, 음, 과거에도 그런 적이 있었어요, 아빠. 그랬더니 우리의 계획이 곧바로 유출되는 바람에 망치고 말았죠."

"서면으로 작성하지 않으면 내가 도와줄 수 없단다, 사랑하는 아들. 이런 일은 정부를 거쳐야 하거든."

아… 정말….

2020년 1월 초, 나는 아이디어의 포괄적 개요와 중요 내용, 세부사항까지 담아 워터마크를 찍은 문서를 아버지에게 보냈다. 이후 '비공개 및 기밀' 표식이 붙은 몇 차례의 서신 교환을 통해 중요 부분들을 역설했다. 평화와 안전을 확보할 수 있다면 서식스 작위를 포기하는 것을 포함하여 어떠한 희생도 감수할 준비가 되어 있다고 했다.

아버지의 생각을 들으려고 전화를 걸었지만 아버지는 전화를 받으려 하지 않았다.

곧 아버지로부터 장문의 이메일이 도착했다. 직접 만나서 모든 문제를 논의해야 한다는 내용이었다. 그래서 우리더러 가능한 한 빨리 돌아오기를 바란다고 했다.

"마침 잘됐네요, 아빠! 며칠 내로 할머니를 뵈러 영국으로 돌아갈 거예요. 그럼… 언제 만날 수 있어요?"

"1월 말까지는 안 돼."

"네? 한 달도 넘게 남았잖아요?"

"난 스코틀랜드에 있어. 그 전에는 돌아갈 수 없어."

"저는 이 일이 공개되어 시끄러워지기 전에 우리가 더 많은 대화를 할 수 있기를 정말로 바라고 또 믿을게요, 아빠." 나는 이렇게 썼다.

하지만 아버지의 답변은 불길한 위협처럼 느껴졌다.

"우리가 마주하기도 전에 네가 이런 식의 행동을 계속한다면, 그건 군주와 나의 명령을 배반하는 것이 될 거야."

73.

1월 3일, 할머니에게 전화했다.

영국으로 돌아갈 것이라고 하며 할머니를 뵙고 싶다고 했다. 그리고 새로운 근무 방식에 대한 우리의 계획에 대해서도 논의하고 싶다고 명확하게 설명했다.

할머니는 반가워하지 않았다. 그렇다고 충격을 받은 것도 아니다. 할머니는 우리가 행복하지 않다는 걸 알고 있었고, 이런 날이 수면으로 떠오르리라는 것도 예견하고 있었다.

한 번이라도 할머니와 유익한 대화를 나눈다면, 이 혹독한 시련도 끝낼 수 있으리라고 생각했다.

내가 말했다. "할머니, 시간 있으세요?"

"그럼, 물론이지! 이번 주 내내 한가해. 일정이 깨끗해."

"잘됐네요. 멕과 제가 차 한잔하고 런던으로 돌아갈게요. 내일 캐나다 하우스에서 볼일이 있거든요."

"먼 길 와서 힘들 텐데, 여기서 머무를래?"

'여기'란 샌드링엄 별장을 의미했다. 그래, 그러면 좋을 것 같았다.

"그러면 정말 좋죠, 감사합니다."

"아버지도 만날 계획이니?"

"그렇게 요청했는데 아버지는 불가능하시대요. 스코틀랜드에 계시는데 월말까지는 떠날 수 없다시네요."

할머니가 작은 소리를 냈다. 한숨 아니면 이미 알고 있다는 투덜거림 같은. 나는 그저 웃어야 했다.

할머니가 말했다. "그 부분이라면 나는 할 말이 하나뿐이지."

"네?"

"네 아버지는 항상 하고 싶은 대로 한다는 것 말이야."

며칠 뒤인 1월 5일, 멕과 내가 밴쿠버에서 비행기에 오를 때 우리 직원이 꿀벌로부터 받았다며 황당한 메모 하나를 보내왔다. 할머니가 나를 만날 수 없다는 내용이었다.

"애초에 여왕 폐하께서는 이 일이 가능하다고 생각하셨지만, 어려울 듯합니다… 서식스 공작께서는 내일 노퍽에 오실 수 없습니다. 폐하께서 이번 달에 다른 일정을 잡으실 것입니다. 일정이 잡히기 전에는 어떤 것에 대한 발표도 없을 것입니다."

내가 멕에게 말했다.

"저들이 이제는 내 할머니를 만나는 것까지 가로막네."

비행기가 착륙할 무렵, 나는 차를 몰고 곧장 샌드링엄으로 달려가는 상상을 했다. 꿀벌을 엿 먹이러. 그가 대체 뭐길래 나를 가로막는단 말인가? 궁 경찰이 우리 차를 제지하면 장면을 상상했다. 방호장치를 밀고 들어가 보닛으로 문을 쾅 들이받는 모습을 상상했다. 기분 전환용 판타지. 공항에서 집으로 향하는 시간이 금방 갈 듯한 재미있는 상상이지만, 있을 수 없는 일이었다. 나의 때를 기다려야 했다.

프로그모어에 도착하자 다시 할머니에게 전화를 걸었다. 할머니 책상의 전화가 울리는 장면을 상상했다. VHR(신속대응태세) 텐트에서처럼 빨간 전화기 울리는 소리가 들리는 듯했다. 브르르랑….

교전(Troops in Contact) 발생!

그때 할머니의 목소리가 들렸다.

"여보세요?"

"안녕하세요, 할머니, 해리예요. 죄송해요. 지난번에는 오늘 할머니께서 아무런 일정도 없다고 하신 걸로 제가 오해했었나 봐요."

"내가 몰랐던 일이 생겼어."

할머니의 목소리가 이상했다.

"그럼 내일 들러도 될까요, 할머니?"

"음, 글쎄. 이번 주 내내 바쁠 거 같은데."

꿀벌이 할머니에게 설명한 바로는 그렇다고 덧붙였다.

"그 사람 지금 옆에 있어요, 할머니?"

대답이 없었다.

74.

서식스 공작과 공작부인이 캐나다에서 더 많은 시간을 보내려고 왕실 의무에서 물러난다는 소식을 《더 선》이 곧 보도할 예정이라는 소식을 사라에게서 전해 들었다. 이 신문의 연예부 기자인 어느 '얄미운 소인배'가 이 기사의 수석 기자가 될 것이라고 했다.

왜 그 사람일까? 하고 많은 사람 중에 하필이면 연예부 기자일까? 그것은 최근에 그가 윌리 형 공보비서관의 절친한 친구와의 비밀스러운 관계를 발판으로 왕실 특파원에 준하는 자격을 획득했기 때문이다. (이 공보비서관이 그에게—대부분 거짓인—가십거리를 제공했다.)

그는 최근의 대형 '독점 보도'였던 티아라 게이트(Tiaragate)에서 완전히 날조된 내용을 다루었듯이, 이번에도 허위기사를 올릴 게 확실했다. 게다가 기사를 올리는 속도도 매우 빠를 것이었다. 우리보다 앞서 기삿거리를 제공하려는 궁정 관리들과 한통속일 게 분명하니까. 우리는 그런 상황이 달갑지 않았다. 다른 누군가가 우리의 소식을 왜곡하여 속보로 내보내는 것을 원치 않았다.

신속히 성명을 준비해야 했다.

나는 할머니에게 다시 전화를 걸어서 《더 선》에 대해 설명하고, 우리가 서둘러 성명을 준비할 필요가 있다고 말했다. 할머니도 이해했다. "억측을 부추기는" 것만 아니라면 허락하겠다고 했다.

우리의 성명서에 어떤 내용이 담길지에 대해서는 할머니에게 정확히 설명하지 않았고, 할머니도 묻지 않았다. 사실 나도 완전히 알지 못했다. 그래도 대략적인 골자 정도는 할머니에게 설명했고, 아버지가 요구하고 할머니도 보았던 그 메모에서 내가 간략하게 소개했던 기본적인 세부사항도 일부 언급했다.

표현도 세밀할 필요가 있었다. 온화하고 차분해야 했다. 누군가를 비난하거나 불필요한 갈등을 유발하고 싶지는 않았다. 억측을 부추겨서도 안 되었다.

거기엔 만만찮은 문장력이 필요했는데, 하지만 곧 불가능하다는 사실을 깨달았다. 우리가 먼저 성명을 발표하기에는 시간이 부족했다.

와인 한 병을 땄다. 계속해, 얄미운 소인배여, 계속해!

그는 해냈다. 《더 선》은 그날 밤늦게 그의 기사를 올렸고, 다음 날 아침에는 일 면에 게재했다.

헤드라인: "근무 끝!(WE'RE ORF!)"

아니나 다를까, 이 기사에서는 우리가 떠나는 것을 조심스럽게 물러나서 스스로 살아남기 위한 차원이 아니라 그저 조심성 없이 흥청망청 놀고먹기 위한 시도처럼 묘사했다. 게다가 우리가 서식스 작위를 포기하기로 한 것과 관련해서도 상세하게 소개했다. 그 세부적인 내용이 언급된 문서는 세상에 딱 하나밖에 없었다. 내가 아버지에게 보낸 비공개 기밀문서.

그 문서는 지극히 소수의 사람만 열람할 수 있었다. 우리 역시 가장 절친한 사람들에게조차 이 내용을 언급하지 않았다.

1월 7일, 초안을 조금 더 다듬고, 공개석상에 잠시 모습을 비추고, 다시 직원들과 만났다. 이어진 1월 8일, 더 많은 내용이 유출될 것을 우려한 우리는 버킹엄궁에서도 가장 깊숙한 곳에 자리한 주요 귀빈실 중 하나에서 우리 직원 중 가장 나이 많은 두 명과 함께 숨다시피 했다.

나는 늘 그 귀빈실을 좋아했다. 회백색의 벽과 빛나는 크리스털 샹들리에. 그렇지만 지금은 특별히 더 사랑스러운 느낌이었다.

'항상 이렇게 예뻤나? 항상 이렇게… 멋진 곳이었나?'

귀빈실의 한쪽 구석에 커다란 나무 책상이 있었다. 우리는 이곳을 작업공간으로 사용했다. 번갈아 앉아 노트북으로 타이핑을 했다. 다양한 문구를 시도했다. 역할이 줄어들어 한 걸음 물러설 뿐 완전히 떠나는 것은 아니라고 말하고 싶었다. 정확한 표현과 적절한 어조를 찾기가 쉽지 않았다. 진지하면서도, 정중해야 했다.

가끔은 가까운 안락의자에 앉아 스트레칭을 하고, 커다란 두 개의 창문으로 정원을 내다보며 잠시 눈을 쉬게 하기도 했다. 나는 조금 긴 휴식이 필요할 때는 사방으로 이어진 카펫을 따라 트래킹을 떠났다. 귀빈실 왼쪽 구석으로 멀리 떨어진 곳에 난 작은 문은 멕과 내가 하룻밤을 보낸 적이 있는 벨기에 스위트룸으로 이어졌다. 그리고 가까운 쪽 구석에는 사람들이 '궁전'이라는 단어를 들었을 때 연상하는 그런 키 큰 나무문 두 개가 버티고 있었다. 이 문은 내가 수없이 많이 참석했던 칵테일 파티가 열리던 방으로 이어졌다. 그때 모였던 사람들, 그때 이곳에서 보냈던 좋았던 시간들이 새록새록 떠올랐다.

또 하나가 기억났다. 바로 옆방은 크리스마스에 점심을 먹기 전에 항상 가족들이 모여 음료를 마시던 곳이었다.

나는 그 방으로 갔다. 크고 아름다운 크리스마스트리가 여전히 불을 밝히고 있었다. 그 앞에서 서서 잠시 추억에 잠겼다. 트리에서 부드럽고 작은 웰시코기 장식품 두 개를 떼어 우리 방으로 돌아와서는 두 직원에게 나눠주었다. 한 명당 하나씩, 이상한 임무를 맡긴 데 대한 기념품이라고 말하면서.

둘은 감동한 듯했다. 하지만 약간의 죄의식도.

내가 안심시켰다. "아무도 모를 거예요."

양날의 검과 같은 말이었지만.

그날 늦게, 최종본에 점차 다가가자 직원들도 불안해하기 시작했다. 자신들이 관여한 것이 발각되지는 않을까 걱정했다. 만약 그렇게 되면 두 사람의 업무에 어떤 영향을 미칠지? 하지만 걱정보다는 흥분이 지배적이었다. 오래전부터 언론과 소셜미디어에 등장한 학대성 표현을 수없이 보았기 때문에, 두 사람 모두 옳은 편에 서 있다고 생각했기 때문이다.

오후 여섯 시, 드디어 끝났다. 우리는 노트북 주변에 모여 원고를 한 번 더 검토했다. 한 명이 할머니와 아버지, 형의 개인비서에게 메시지를 보내 앞으로 일어날 일을 알렸다. 형의 비서가 즉시 답장을 했다.

"이건 핵폭탄이 될 거예요."

물론 나는 많은 영국인들이 충격과 슬픔에 사로잡힐 거라는 걸 잘 알았고, 그 때문에 가슴이 아팠다. 하지만 순리에 따라 진실을 알게 되면 국민들도 납득할 것이라고 확신했다.

직원 한 명이 물었다. "이거 진짜로 하는 거예요?"

멕과 내가 함께 말했다. "네, 다른 선택권이 없어요."

우리의 소셜미디어 담당자에게 성명서를 보냈다. 일 분 만에, 우리가 사용할 수 있는 유일한 플랫폼인 인스타그램 페이지에 거의 실시간으로 올라왔다. 우리는 모두 부둥켜안고, 눈물을 닦으며, 재빨리 물건을 정리했다.

멕과 나는 궁을 빠져나와 우리 차에 올랐다. 프로그모어로 향해 속도를 내고 있는데 이미 라디오에서 뉴스가 흘러나왔다. 모든 채널에서. 하나를 골랐다. 〈매직 FM〉, 멕이 좋아하는 채널로. 진행자가 지극히 영국적으로 거품을 물고 열변을 토하는 것을 들었다. 앞자리에 앉는 경호원들과 손을 맞잡고 미소를 나눴다. 그리고는 모두 조용히 창밖을 응시했다.

75.

며칠 뒤, 샌드링엄에서 회의가 열렸다. 그 회의를 누가 샌드링엄 정상회담(Sandringham Summit)이라고 불렀는지는 기억나지 않는다. 언론의 누군가 였을 것으로 추측한다.

그곳으로 가는 길에 마르코에게서 문자메시지를 받았다. 《더 타임스》에 실린 기사에 관한 내용이었다.

형이 자신과 나는 이제 '별개의 존재'라고 선언했다고 했다.

"평생 동안 동생을 끌어안으며 살아왔지만 더는 그럴 수 없습니다."라고 형이 말했다.

멕은 아치와 같이 있으려고 캐나다로 돌아갔기 때문에 이 회담에는 나 혼자 참석했다. 잠시라도 할머니와 대화를 하고 싶어서 조금 일찍 참석했다. 할머니는 벽난로 앞 의자에 앉아 있었고 나도 할머니 옆에 앉았다. 말벌이 요란하게 반응하는 모습이 보였다. 윙윙거리며 사라지더니 잠시 후 아버지와 함께 돌아와서 내 옆에 앉았다. 곧바로 형이 오더니 나를 죽이려고 계획한 사람처럼 쏘아보았다.

"안녕, 해롤드."

형은 내 건너편에 앉았다. 정말로 별개의 존재들처럼.

참석자들이 모두 도착하자 우리는 할머니를 상석으로 하는 길쭉한 회의 테이블로 자리를 옮겼다. 각 자리마다 왕실 메모지와 연필이 놓여 있었다.

꿀벌과 말벌이 현재의 상황을 간략하게 요약하여 보고했다. 언론이 곧바로 화제로 등장했다. 나는 그들의 잔인하고 범죄와 다름없는 행동을 언급하며, 많은 도움까지 받았다고 말했다. 이 가족이 애써 외면하거나 적극적으로 구애함으로써 지금의 신문들을 가능케 했고, 일부 직원들은 언론과 직접 교류하며 브리핑도 하고 기삿거리도 심어주며 더러는 보상을 하고 축하할 때도 있었다. 왕실이 지금의 위기에 처한 데는 언론의 비중이 매우 컸는데, 그들의 사업 모델이 왕실의 끊임없는 갈등을 필요로 했기 때문이었다. 하지만 문제는 언론에만 있는 게 아니었다.

나는 윌리 형을 바라보았다. 지금이야말로 형이 끼어들어 내가 한 말에 맞장구를 치고, 아버지와 카밀라 때문에 미칠 뻔했던 경험들을 털어놓을 때였다. 하지만 형은 우리가 떠나는 이유가 자기 때문이라는 조간신문의 보도에 불평을 늘어놓았다.

"지금 나는 너와 멕을 괴롭혀서 가족으로부터 쫓아냈다는 비난을 듣고 있어."

나는 이렇게 말하고 싶었다. '우리는 그 기사와 아무런 관련도 없어… 하지만 우리가 그런 내용을 흘렸다면 형의 기분이 어떨지 생각해 봐. 그럼 지난 삼 년 동안 나와 멕이 어떤 심정이었을지 알게 될 거야.'

이때 개인비서들이 할머니에게 다섯 가지 선택권에 대해 설명하기 시작했다.

"폐하, 다섯 가지 선택권에 대해 보셨을 겁니다."

"그래요." 할머니가 대답했다.

우리도 모두 보았다. 그들이 우리에게 이메일로 다섯 가지의 단계적 방안을 알려주었다. 선택 1은 '현상 유지'였다. 멕과 내가 떠나지 않고, 모두가 기존의 일상으로 돌아가는 것이다. 선택 5는 '해직'으로, 왕실의 역할도 없고 할머니를 위한 업무도 없고 경호도 완전히 상실하는 방안이었다.

선택 3은 그 중간 정도의 타협안으로, 우리가 원래 제안한 것과 가장 근접했다.

나는 그 자리에 모인 사람들에게 경호가 가장 절실하다고 말했다. 내가 가장 염려하는 것은 우리 가족의 신체적 안전이었다. 23년 전에 이 가족을 송두리째 흔들었고 아직도 회복하려고 애쓰는 중인, 그 때아닌 죽음과 같은 역사가 또다시 반복되는 것을 막고 싶었다.

　나는 군주제의 내면과 역사를 누구보다 잘 아는 궁의 몇몇 베테랑들과 사전에 상의했는데, 그들은 한결같이 선택 3이 모두에게 최선이라고 말했다. 멕과 내가 일 년 중 일부 기간을 다른 곳에서 생활하며 업무를 계속하고, 경호를 유지하며, 영국으로 돌아와 자선단체와 각종 행사와 의례에 참여하는 방안이었다. 이 방법이 가장 현명하다고 궁의 베테랑들은 말했다. 게다가 실현 가능성도 가장 높고.

　하지만 가족들은 내게 선택 1을 수용하라고 압박했다. 그렇지 않으면 5번밖에 답이 없다며 빗장을 쳤다.

　다섯 가지 선택권을 두고 거의 한 시간 동안 논의가 계속되었다. 마침내 꿀벌이 일어나 테이블을 돌며, 궁에서 곧 발표할 성명서 초안을 나눠주었다. 선택 5의 실행 과정을 발표할….

　"잠깐만요. 이게 대체 뭐예요? 이미 성명서를 만들었다고요? 토론도 하기 전에? 선택 5를 발표한다고? 그럼, 결론이 이미 정해져 있었던 거예요? 이 회담은 그냥 쇼이고?"

　아무도 대답이 없었다.

　다른 성명서의 초안도 있는지 내가 물었다. 다른 선택지의 초안이 있는지….

　"네, 있습니다, 당연히." 꿀벌이 나를 안심시켰다.

　"보여 줄 수 있어요?"

　안타깝지만, 갑자기 프린터가 깜빡거리며 작동하지 않았다고 했다. 하필이면 다른 선택지의 초안들을 인쇄하려는 바로 그 순간에.

　나는 웃음이 터져 나왔다. "농담하시는 거예요?"

　모두가 다른 곳을 쳐다보거나 신발 쪽으로 시선을 떨구었다.

　나는 할머니를 돌아보며 말했다.

　"잠시 나가 바람 좀 쐐도 될까요?"

"물론이지!"

나는 방을 나갔다. 넓은 홀로 들어서자 오랫동안 할머니를 보필한 수잔 (Susan) 여사와 오소리 굴의 위층 이웃이던 R 씨가 있었다. 나의 상기된 모습을 본 그들은 도울 일이 없겠냐고 물었다. 나는 웃으며 괜찮다고, 고맙다고 말하고는 다시 방으로 들어갔다.

이 시점에 선택 3에 대한 약간의 논의가 있었다. 선택 2였던 것 같기도 하고. 이 모두가 나를 머리 아프게 했다. 맥이 다 풀리는 듯했다. 경호만 유지된다면 어떤 선택이든 나는 크게 상관이 없었다. 태어난 이후로 줄곧 받아 왔고 또 받아야 했던 무장 경관의 경호를 유지해 달라고 애원했다. 가족 중에서 가장 인기가 많던 시절에도 세 명의 무장 경호원 없이는 아무 데도 갈 수 없었는데, 지금은 아내와 아들까지 전례 없는 증오의 표적이 되었다. 그런데도 지금 논의 중인 제안들은 나의 완전한 포기를 요구하고 있었다.

미쳤다.

나는 경호 비용을 내 주머니에서 지불하겠다고 제의했다. 어떻게 감당할지 확신은 없었지만, 어떤 식으로든 방법을 찾아야 했다.

내가 마지막으로 힘주어 말했다.

"자, 제발. 멕과 저는 특권에는 관심이 없습니다. 하지만 일과 봉사와 그리고 살아 있는 것만큼은 간절히 원합니다."

짧은 말이지만 꽤 설득력이 있었던 듯했다. 테이블을 둘러싼 모든 머리들이 아래위로 끄덕거렸다.

회의가 끝날 무렵에 기본적이고 일반적인 합의가 도출되었다. 이 하이브리드 협정의 세부적인 사항들은 12개월 동안의 과도기를 거쳐 정리하며, 그동안 경호는 유지하는 방향으로.

할머니가 일어났다. 우리도 모두 일어났다. 할머니가 걸어서 밖으로 나갔다.

나에게는 아직 해결하지 못한 문제가 남아 있었다. 꿀벌의 사무실을 찾아갔다. 다행히, 여왕과 가장 가까우면서도 나를 좋아하던 시종과 마주쳤다. 길을 물었더니 자기가 직접 안내하겠다고 했다. 그는 나를 데리고 부엌을 지나, 뒤편 계단을 올라가, 좁은 복도로 내려갔다.

"저쪽이에요." 그가 손가락으로 가리키며 말했다.

몇 걸음 더 나아가니 문서를 출력하는 거대한 프린터가 나타났다. 꿀벌의 조수가 눈에 띄었다.

"안녕하세요!"

내가 프린터를 가리키며 물었다.

"이거 잘 작동하는 것 같네요?"

"네, 전하!"

"고장 안 났어요?"

"저거요? 고장 날 수 없는 겁니다, 전하."

나는 꿀벌의 사무실에 있는 프린터에 대해서도 물었다.

"저것도 잘 작동하나요?"

"네, 그럼요, 전하! 뭐 출력하실 거라도 있으세요?"

"아뇨, 고마워요."

복도를 따라 내려가서 문을 지났다. 갑자기 낯익은 장면이 펼쳐졌다. 금방 기억이 살아났다. 남극에서 돌아온 그 크리스마스에 잠을 잤던 작은 방 옆의 그 복도였다. 그 복도를 따라 정면에서 꿀벌이 나타났다. 나를 보더니 굉장히 겸연쩍어했다. 내가 무슨 생각을 하는지 그는 알았다. 윙윙거리며 돌아가는 프린터 소리가 똑똑히 들렸다. 탄로 난 것을 그도 잘 알았다.

"아, 전하, 제발, 전하, 그 부분은 신경 쓰지 마세요. 전혀 중요한 게 아니에요."

"그래요?"

그에게서 멀어져 아래층으로 갔다. 떠나기 전에 형과 같이 밖으로 나가라고 누군가 제안했다. 서로 머리를 좀 식히라고.

"좋아요."

우리는 주목 재질의 울타리를 오락가락했다. 추운 날씨였다. 나는 얇은 재킷을 입었고 형도 점퍼 하나뿐이어서 둘 다 벌벌 떨었다.

눈앞의 아름다운 광경에 또 한 번 놀랐다. 귀빈실에서도 느꼈듯이, 궁을 처음 보는 듯한 느낌이 들었다. 이 정원이야말로 정말 파라다이스였다. 왜 우리는 이 멋진 곳을 즐길 수 없는 걸까?

나는 형의 훈계에 단단히 대비했다. 하지만 훈계는 없었다. 형은 차분했다. 내 말을 듣고 싶어 했다. 너무나 오랜만에 형이 내 말을 들어주어서 아주 고마웠다.

나는 멕의 일에 훼방을 놓았던 어느 전직 직원에 대해 언급했다. 멕을 향해 음모를 꾸몄던 사람이다. 그리고 가까운 친구를 통해 돈을 받고 멕과 나에 대한 사적인 정보를 언론에 유출한 어느 현직 직원에 대해서도 말했다. 이 소식을 내게 전해준 정보원은 몇 명의 기자와 변호사들로 나무랄 데 없이 훌륭한 인물들이었다. 게다가 나는 런던 경시청까지 방문했다.

형이 얼굴을 찡그렸다. 형과 케이트도 나름대로 의심하는 부분이 있었다. 아마 형도 조사를 할 것이다.

우리는 계속 대화하기로 했다.

76.

차에 올라탄 직후, 그날 아침의 괴롭힘 기사를 궁에서 강력하게 부인했다는 소식을 들었다. 그 부인 성명에 서명한 사람은 다름 아닌… 바로 나였다. 그리고 형도. 승인은커녕, 얼굴도 본 적 없는 사람들 옆에 내 이름이 떡하니 붙어 있다니. 나는 깜짝 놀랐다.

나는 프로그모어로 돌아왔다. 여기서 며칠에 걸쳐 원격으로 최종 성명서 초안 작업을 진행했다. 2020년 1월 18일에 발표할 예정으로.

궁에서는 서식스 공작과 공작부인이 '물러날 것이며', 더는 여왕을 '공식적으로' 대표하지 않을 것이고, 이 과도기의 해 동안은 전하(HRH) 호칭도 '중지하기로' 합의했다는 점, 그리고 프로그모어 코티지의 개보수에 들어간 왕실 교부금(The Sovereign Grant)은 우리가 변상하기로 한 사실까지 발표했다.

우리의 경호 문제에 대해서는 철저히 '함구'했다.

나는 밴쿠버로 돌아갔다. 멕과 아치 그리고 강아지들과의 달콤한 재회. 하지만 며칠 동안은 완전히 돌아온 느낌이 아니었다. 내 일부를 여전히 영국에, 샌드링엄에 두고 온 기분이었다. 몇 시간에 걸쳐 전화기와 인터넷으로 사태의 여파를 관찰했다. 신문과 악플러(troll)들이 우리를 향해 쏟아내는 분노는 정말 놀라웠다.

"분명히 말하지만, 이건 모욕이다."라고 《데일리 메일》은 부르짖으며, 우리의 '범죄' 여부를 고려하기 위해 '플리트 스트리트 배심원단'을 소집했다. 그중에는 여왕의 전 언론 비서관도 있었는데, 그는 동료 배심원들과 함께 우리가 앞으로는 "자비를 기대해서는 안 될 것."이라고 결론지었다.

나는 고개를 저었다. 자비는 없다고? 싸우자는 건가?

이건 단순한 분노가 아니라 그 이상이었다. 여기 이 남녀들은 나를 실존적 위협으로 간주했다. 일부에서 말하듯이, 우리가 떠나는 것이 군주제에 위협이 된다면 군주제 덕분에 먹고 사는 사람들에게도 위협이 될 터였다. 그러므로 우리는 파괴되어야 했다.

이 무리 중의 한 사람으로, 나에 대한 책을 써서 여기서 번 돈으로 집세를 내는 여성이 텔레비전 생방송에 출연하여 멕과 내가 할머니에게 양해를 구하지도 않고 영국을 떠났다며 확신에 찬 어조로 설명했다. 우리가 누구와도, 심지어 아버지와도 논의하지 않았다고 했다. 이런 말도 안 되는 거짓말을 너무나 자신 있게 단언하는 바람에 나조차도 그녀의 말에 현혹될 정도였고, 따라서 그녀가 날조한 거짓 상황은 사회 여러 분야에서 재빠르게 '진실'로 자리했다.

"해리가 여왕의 뒤통수를 치다!"

엉터리 서사가 설득력 있게 확산했다. 이런 분위기가 역사책 속으로 스며드는 느낌이었고, 수십 년 뒤에는 러드그로브의 소년 소녀들이 이 엉터리 역사를 떠들고 다니는 모습도 그려졌다. 나는 늦게까지 잠을 이루지 못하고, 그 모든 사건의 경과를 곱씹으며 자문했다.

'이 사람들은 도대체 왜 이러는 걸까? 무엇이 그들을 이렇게 만든 걸까?'

'오로지 돈 때문인가?'

'늘 그렇지 않나?'

나는 군주제가 돈이 많이 들고 시대착오적이라는 말을 평생 들어왔고, 지금은 멕과 내가 그 증거로 제시된 셈이다. 우리의 결혼식이 증거물 1호였다. 수백만 파운드의 비용을 들였는데, 불쑥 일어나 떠난다니. 배은망덕한….

그러나 실제 결혼식 비용은 가족이 부담했다. 나머지 비용의 상당 부분은 경호 때문이었는데, 언론이 인종 차별과 계급 갈등을 부추기는 바람에 늘어난 비용이 많았다. 경호 전문가들은 저격수와 탐지견을 배치한 이유는 비단 우리 때문만은 아니라고 했다. 테러범이 롱 워크에 모인 군중을 향해 발포하거나 축하 행렬이 지나는 경로에서 자살폭탄 테러를 일으키는 것 등을 예방하기 위해서이기도 했다.

군주제와 관련된 모든 논쟁의 중심에는 아마도 돈이 있을 것이다. 영국은 오랫동안 확실한 결론을 내리지 못했다. 많은 이들이 왕실을 지지하지만, 비용을 우려하는 사람도 많다. 이 우려는 비용의 규모를 알 수 없다는 사실 때문에 증폭된다. 이 수치는 누가 계산하느냐에 따라 달라진다.

왕실은 납세자들에게 비용을 부담시키는가? 그렇다.

왕실은 국고에 막대한 자금을 지불하는가? 이것도 맞는 얘기다.

왕실은 모두에게 유익한 관광 수입을 창출하는가? 물론이다.

그렇다면 왕실 자산은 공정하지 못한 체제하에서 착취 노동자와 살인 행위, 영토 합병, 노예 등으로 창출한 부를 통해 획득하고 보존해 온 토지에서 비롯되는 것은 아닌가?

아니라고 부인할 사람이 있을까?

최근에 내가 본 연구에 따르면, 군주제가 평균 납세자들에게 전가하는 비용은 매년 맥줏값으로 치면 약 1파인트(약 570ml) 정도라고 한다. 왕실의 여러 긍정적인 성과에 비추어 보면 상당히 괜찮은 투자인 셈이다. 하지만 군주제를 반대하는 왕자의 말을 듣고 싶어 하는 사람은 많아도, 찬성하는 왕자의 말을 들으려는 사람은 없다. 그래서 왕실에 대한 비용편익 분석은 다른 사람들에게 맡긴다.

이 문제를 바라보는 나의 감정은 당연히 복잡하지만, 나의 근본적인 입장은 그렇지 않다. 나는 나의 여왕이자, 나의 최고사령관이자, 나의 할머니를 영원히 지지할 것이다. 돌아가신 후에도 변함없이. 나의 문제는 군주제 자체나 그 개념 때문에 생긴 것이 아니다. 나의 문제는 언론으로 인한 것이며, 언론과 궁 사이에서 진화한 불편한 관계에서 비롯되었다. 나는 내 조국을 사랑하고, 가족을 사랑하며, 앞으로도 늘 그럴 것이다. 나는 그저 내 인생에서 두 번째로 암울한 시기에 언론과 궁 둘 다 나와 함께해 주었더라면 하고 바랄 뿐이었다.

그리고 그들도 언젠가는 뒤돌아보며 자신들도 그랬으면 좋았을 걸 하고 생각할 거라 믿는다.

77.

어디에서 살 것인가, 그것이 문제였다.

우리는 캐나다를 고려했다. 캐나다는 전체적으로 우리에게 좋았다. 이미 집 같은 느낌이 들었다. 우리의 여생을 그곳에서 보내는 것도 얼마든지 상상할 수 있었다. 언론이 알지 못하는 곳을 찾을 수만 있다면 캐나다가 해답일 수도 있다고 우리는 입을 모았다.

멕이 밴쿠버의 한 친구와 연락했는데, 그 친구가 소개한 부동산 중개인을 통해 여러 집을 둘러보기 시작했다. 긍정적인 마음으로 첫발을 내디뎠다. 궁이 우리의 안전을 지켜준다는 의무만 다한다면 (나는 그것이 암묵적인 약속이라고 생각했다.) 어디에서 사는지는 큰 문제가 되지 않을 거라고 생각했다.

어느 날 밤, 멕이 나에게 물었다.

"저 사람들이 우리 경호에서 손을 떼지는 않겠지, 그렇지?"

"절대로. 특히 지금처럼 증오의 분위기에서는. 그리고 엄마에게 일이 생긴 후로는 더더욱."

물론, 나의 삼촌 앤드류의 문제 이후로도 그런 일은 없었다. 삼촌은 젊은 여성을 성폭행한 혐의로 기소되는 부끄러운 추문에 연루되었지만, 경호를 박탈해야 한다고 말한 사람은 없었다. 사람들이 우리에게 가진 불만이 어떤 종류든, 성범죄는 해당 사항이 없었다.

2020년 2월.

나는 낮잠을 자던 아치를 안고 잔디밭으로 나갔다. 햇살이 내리쬐는 쌀쌀한 날이었다. 우리 둘은 물을 바라보고, 마른 나뭇잎을 만지고, 돌과 나뭇가지를 주우며 놀았다. 나는 아치의 통통한 볼에 뽀뽀하고, 간지럽히기도 하고, 그러다가 전화기를 힐끔 보았는데 경호팀장 로이드(Lloyde)가 보낸 문자 메시지가 있었다.

그가 나를 만나고 싶어 했다.

나는 아치를 안고 정원을 가로질러 멕에게 넘겨주고는 눅눅한 잔디밭을 가로질러 경호원들이 머무는 작은 집으로 갔다. 패딩 점퍼 차림의 우리 둘은 벤치에 앉았다. 잔잔한 파도를 배경으로, 로이드는 경호가 곧 끝난다고 말했다. 그와 경호팀 전체가 철수하라는 명령을 받았다는 것이다.

"그럴 리가 없는데…."

"저도 그렇게 생각합니다. 하지만 그렇게 되었습니다."

과도기의 한 해는 아직 한참 남았는데.

로이드는 우리를 향한 위협 수준이 아직은 왕실의 거의 모든 인사보다 높았고 여왕에게 적용되는 경호 수준과 같은 단계라고 말했다. 그런데도 명령은 떨어졌고 논쟁은 없을 것이라고 했다.

우리는 뭐냐고 내가 항의했다. 궁극의 악몽, 최악의 시나리오 중에서도 최악. 이제 온 세상의 악한들이 우리를 찾아낼 것이고, 그들을 저지할 수 있는 건 권총을 든 나뿐이었다.

"아, 잠깐. 권총도 없잖아. 여긴 캐나다지."

아버지에게 전화를 걸었다. 아버지는 내 전화를 받지 않았다.

바로 그때 형에게서 문자가 왔다. "통화할 수 있어?"

마침 잘 됐다. 최근에 샌드링엄 정원도 같이 산책한 형이라면 내 입장을 이해할 것이라고 확신했다. 형이 나서줄 것이라고.

형은 이것이 정부의 결정이라고 말했다. 아무것도 기대할 수 없게 되었다.

78.

로이드는 고국에 있는 상사들에게 그와 경호팀의 철수 날짜를 연기하는 것만이라도 가능하도록 부탁하고 있었다. 그 내용을 담은 이메일을 보여주었다. 로이드는 이렇게 썼다.

"그분들을 여기에… 내버려둘 수는 없습니다!"

그랬더니 상대편의 누군가 답했다.

"결정은 내려졌어. 3월 31일부터는 그분들이 스스로 해야 해."

나는 부랴부랴 새 경호팀을 물색했다. 컨설턴트들에게 문의하고, 견적서도 받았다. 조사 자료로 노트북을 가득 채웠다. 궁에서 한 회사를 소개했는데 그곳에서 내게 비용을 알려주었다. 연간 600만 달러. 나는 천천히 전화를 끊었다.

이 짙은 암흑 속에서 내 오랜 친구인 캐롤라인 플랙이 스스로 생을 마감했다는 암울한 소식이 들렸다. 더는 견디기 어려웠던 게 분명했다. 해마다 되풀이되는 언론의 잔인한 학대가 마침내 그녀를 무너뜨린 것이다. 그녀의 가족을 생각하면 가슴이 미어졌다. 나와 교제했다는 치명적인 죄 때문에 가족이 받았던 고통을 나는 똑똑히 기억하고 있었다.

우리가 만났던 그날 밤, 그녀는 너무나 밝고 유쾌했다. 그녀는 쾌활함 그 자체였다. 그때는 이런 결과를 상상할 수조차 없었다.

나는 이 사건이 내게 많은 것을 깨우쳐 주고 있다고 생각했다. 내가 너무 드라마틱해서도 아니고, 결코 일어나지 않을 일을 경계하는 것도 아니었다. 멕과 내가 마주하고 있는 것은 삶과 죽음의 문제였다.

게다가 시간이 점점 바닥나고 있었다.

2020년 3월, 세계보건기구(WHO)는 전 세계에 팬데믹(pandemic)을 선언했고, 캐나다에서도 국경 폐쇄 가능성을 논의하기 시작했다. 그러나 멕과 나는 조금도 의심하지 않았다.

"분명히 국경을 폐쇄할 거야. 그러니 우리는 다른 곳을 찾아서…. 그곳으로 가야 해."

79.

배우이자 작가이자 영화감독인 타일러 페리(Tyler Perry)와 이야기를 나누고 있었다. 그는 결혼식 전에 느닷없이 멕에게 메시지를 보내서는 멕이 혼자가 아니라고, 무슨 일이 벌어지는지 자신이 다 보았다고 전했다. 멕과 나는 타일러와 영상통화를 하면서 용감한 표정을 지으려 노력했지만, 사실은 둘 다 상태가 영 좋지 않았다.

그 모습을 본 타일러가 무슨 일이 있냐고 물었다.

우리는 그에게 경호가 사라지고 국경이 폐쇄되는 등 골자만 추려 설명했다. 어디에도 의지할 곳이 없다고.

"와, 그렇네요. 문제가 많네요. 그래도… 숨을 좀 쉬어봐요. 숨을."

그게 문제였다. 숨을 쉴 수가 없다는 것이.

"그럼… 우리 집에서 살아요."

"네?"

"로스앤젤레스에 있는 내 집 말이에요. 출입을 통제해서 안전해요. 거기라면 안전할 거예요. 내가 안전하게 지켜줄게요."

그는 프로젝트를 진행하느라 출장 중이라서, 텅 빈 집이 우리를 기다리고 있다고 말했다.

지나친 대접이었다. 지나치게 관대했다.

하지만 우리는 받아들였다. 기꺼이.

왜 이렇게까지 하는지 내가 물었다.

"내 어머니 때문이에요."

"당신 어머니…?"

"내 어머니가 당신 어머니를 무척 사랑했어요."

나는 깜짝 놀라 말문이 막혔다. 그가 말했다.

"당신 어머니가 할렘을 방문한 이후로 좋아하게 되었어요. 내 어머니 맥신 페리가 보기에 그녀는 잘못을 저지를 사람이 아니었어요."

그런 그의 어머니가 십 년 전에 돌아가셨고 지금도 그는 어머니를 애틋하게 그리워한다고 말했다.

나는 시간이 지나면 조금씩 나아질 것이라고 말하고 싶었다.

하지만 그러지 않았다.

80.

그 집은 꿈의 저택이었다. 높은 천장, 귀한 예술품, 멋진 수영장. 궁전처럼 호화로웠지만, 무엇보다 매우 안전했다. 더 좋은 건, 경호도 가능하다는 점이었다. 타일러가 비용을 지불했다.

2020년 3월의 마지막 며칠은 집을 살펴보고 짐을 풀면서 보냈다. 어디가 어딘지 파악하려 노력했다. 복도, 옷방, 침실 등 앞으로 발견해야 할 공간과 아치가 숨을 만한 틈새가 끝도 없이 많아 보였다.

멕은 아치를 데리고 곳곳을 다녔다.

"이 동상 봐!"

"저 분수 좀 봐!"

"정원에 벌새들이 있네!"

현관에는 아치가 특히 좋아하는 그림이 있었다. 아치는 매일 그 그림에 매달렸다. 고대 로마의 한 장면이었다. 우리는 아치가 왜 그러는지 서로 물었지만 아무런 단서도 발견하지 못했다.

일주일도 채 지나지 않아 타일러의 집이 우리 집처럼 느껴졌다. 몇 달이 지나 팬데믹으로 전 세계가 철저히 봉쇄되었을 때, 아치가 정원에서 처음으로 몇 발을 떼었다. 우리는 박수 치고 환호하며 아치를 꼭 안아주었다. 할아버지나 윌리 삼촌에게 이 소식을 전하면 얼마나 좋을까 하는 생각이 잠시 들었다.

이렇게 첫발을 뗀 지 얼마 지나지 않아 아치가 현관에 있는, 자기가 좋아하는 그림을 향해 걸어갔다. 그 그림을 뚫어지게 바라보더니, 마치 그 내용을 이해한다는 듯이 꼴깍거리는 소리를 냈다.

멕이 몸을 숙여 그림을 자세히 살펴보았다.

거기서 처음으로, 액자에 붙은 명패를 발견했다.

〈사냥의 여신, 다이애나〉

타일러에게 그 말을 했더니 자기는 몰랐다고 했다. 그곳에 그림이 있다는 사실조차 기억하지 못했다.

"소름이 돋네요." 그가 말했다.

"우리도요."

81.

모두가 잠든 늦은 밤, 나는 집 안을 돌아다니며 문과 창문을 점검했다. 그리고 발코니나 정원 가장자리에 앉아 마리화나를 말았다.

집은 계곡을 내려다보는 곳에 있었는데, 맞은편 산비탈은 개구리 소리로 와자지껄했다. 밤늦게 울려 퍼지는 개구리들의 노래를 듣고, 꽃향기 물씬 나는 공기도 마음껏 들이마셨다. 개구리, 꽃향기, 나무, 별이 총총히 박힌 하늘, 이 모두가 나를 보츠와나로 데려다주었다.

그건 비단 식물과 동물 때문만은 아닐 것이라는 생각도 들었다.

어쩌면 안전해졌다는 느낌 때문일지도. 생활이 안전해진 느낌.

우리는 많은 일을 할 수 있었다. 그리고 해야 할 일도 많았다. 재단을 설립했고, 세계 환경보전 분야의 지인들과도 다시 교류했다. 모든 것이 통제되고 있었는데도⋯ 언론은 우리가 타일러의 집에 있다는 것을 어떻게든 알아냈다. 캐나다에서처럼, 딱 6주가 걸렸다.

갑자기 머리 위에는 드론이, 거리에는 파파라치들이 나타났다. 계곡 건너편에도 파파라치들이 깔렸다.

그들이 울타리를 끊으면 우리는 울타리를 보수했다.

우리는 밖으로의 모험을 중단했다. 정원은 파파라치들의 손아귀에 있었다.

다음은 헬리콥터가 날아왔다.

슬프지만 우리는 또 도망가야 했다. 조만간 새로운 거처를 찾아야 했고, 그 말은 경호 비용을 우리가 직접 내야 한다는 의미였다. 나는 다시 노트북을 들고 경호 회사들을 물색했다. 멕과 나는 우리가 감당할 수 있는 경호 비용과 집에 들어갈 비용을 정확히 계산하려고 마주 앉았다. 바로 그때였다. 예산을 가늠하던 중에 아버지가 나를 잘랐다는 소식이 날아들었다.

물론 말도 안 되는 소리라는 것, 나도 잘 안다. 삼십 대 중반의 남자가 아버지로부터 재정적 지원을 끊겼다니⋯. 하지만 아버지는 단순한 아버지가 아니라 나의 상사이고, 자금원이며, 회계사이고, 성인기 내내 나의 출납을 관리해 준 존재였다. 따라서 나를 자르는 것은 퇴직수당도 없이 해고한다는 것이며, 평생을 봉직한 나를 허공으로 내친다는 뜻이었다. 게다가 평생 다른 직장을 구할 수 없게 만드는 것이기도 했다.

도축을 목적으로 살찌워진 느낌이었다. 식육용 송아지처럼 키워졌다. 나는 한 번도 아버지에게 경제적으로 의존하겠다고 요구한 적이 없었다. 돈을 들고 다닌 적이 거의 없었고, 자동차를 소유한 적도 없고, 집 열쇠를 가진 적도 없고, 무언가를 온라인으로 주문한 적도 없고, 아마존에서 단 하나의 상자도 받아본 적이 없었고, 지하철을 한 번도 타본 적이 없는 이 비현실적인 상황으로, 끝나지 않는 트루먼 쇼 같은 상황으로 내몰렸다. (이튼에서 딱 한 번 극장에 놀러 간 적은 있었다.)

식충이(sponge). 신문에서는 나를 이렇게 불렀다. 하지만 식충이가 되는 것과 독립성을 배울 기회를 금지당하는 것은 크게 다르다. 수십 년에 걸쳐 엄격하고 체계적으로 어린이 취급을 당한 나를 하루아침에 버리고는 성숙하지 못하다고 조롱한다고? 두 발로 서지 못한다고?

집과 경호 비용을 지불할 방법을 놓고 멕과 나는 밤잠을 이루지 못했다. 어머니로부터 받은 유산의 일부를 언제든 사용할 수 있다고 서로 말은 했지만, 그건 최후의 보루처럼 느껴졌다. 우리는 그 돈을 아치의 몫이라고 생각했다.

그때, 우리는 멕이 임신한 사실을 알았다.

82.

한 군데를 찾았다. 파격적으로 할인된 가격으로. 산타 바바라(Santa Barbara) 외곽의 해안가 바로 위에. 방이 많고, 넓은 정원에, 클라이밍 시설도 갖췄다. 비단잉어가 사는 연못도 있었다.

비단잉어가 스트레스를 받고 있다고 부동산 중개인이 알려주었다.

우리도 마찬가지라고, 우리 모두 잘 지낼 거라고 내가 말했다.

"그렇지 않아요." 중개인이 설명했다. "비단잉어는 특별한 관리가 필요합니다. 비단잉어 전문가를 구해야 할 거예요."

"그렇군요. 비단잉어 전문가는 어디서 구하죠?"

중개인도 알지 못했다.

모두 웃었다. 사치스러운 고민들.

집을 돌아보았다. 꿈 같은 곳이었다. 타일러에게 둘러보라고 했더니, 그는 대뜸 말했다. "사세요." 그래서 우리는 계약금을 마련하고 주택담보대출을 받아, 2020년 7월에 이사했다.

이사 자체는 몇 시간 걸리지 않았다. 우리가 가진 모든 세간살이를 열세 개의 여행 가방에 집어넣었다. 첫날 밤에는 구운 닭고기를 곁들여 조용히 축하주를 나누고는 일찍 잠자리에 들었다.

모든 것이 순조롭다고 우리끼리 말했다.

하지만 멕은 여전히 스트레스가 많았다.

타블로이드를 상대로 한 소송 문제로 압박을 받고 있었다. 《데일리 메일》의 수법은 여전했다. 변론이라며 처음 내세웠던 주장이 터무니없이 우스꽝스러웠는데, 최근에 새로운 변론이라고 내세운 것은 더 형편없었다. 그들은 멕이 아버지에게 보낸 편지를 공개한 이유를 멕의 친구 여러 명을 익명으로 인용한 《피플》 매거진의 한 기사 때문이라고 주장했다. 즉, 멕이 이 인용문을 조율하고 친구들을 사실상의 대변인으로 활용한 만큼, 《데일리 메일》이 멕의 편지를 출판할 모든 권리를 갖는다고 주장했다.

게다가 그들은 멕의 익명 친구들의 이름을 법정 기록에 남겨주기를 바랐다. 친구들마저 무너뜨리겠다는 것이었다. 멕은 이 일만큼은 막으려고 자기 힘으로 가능한 모든 방법을 동원하기로 다짐했다. 친구들을 보호할 방법을 찾으려고 밤낮없이 고민하다가, 새집으로 이사 온 첫 아침에 복통을 호소하며 피까지 흘리고는 바닥에 쓰러졌다.

우리는 지역 병원으로 달려갔다. 의사가 병실에 들어왔을 때, 나는 그녀의 말을 한마디도 듣지 않았다. 그냥 표정과 몸짓만 지켜보았을 뿐이었다. 이미 알고 있었으니까. 우리 둘 다 알고 있었다. 피를 너무 많이 흘렸기 때문에.

그렇더라도 의사의 말을 직접 들으면서 다시 충격을 받았다.

멕이 나를 붙잡고, 나는 아내를 안고, 그렇게 울었다.

내 인생에서 이렇게 완전하게 무기력하다고 느꼈던 적은 딱 네 번뿐이었다.

어머니와 형과 내가 파파라치들에게 쫓기며 차 뒷자리에 앉아 있었을 때.

아프가니스탄 상공의 아파치에서 내 의무를 수행할 허가를 받지 못했을 때.

임신한 내 아내가 스스로 삶을 마감하려던 노트 코트에서.

그리고 지금.

우리는 태어나지 못한 아이와 함께 병원을 나섰다. 작은 꾸러미를 들고. 우리 둘만 아는 비밀의 장소로 향했다.

가지를 펼친 반얀트리 아래, 멕은 울고 있고, 나는 손으로 구멍을 파서 이 작은 꾸러미를 땅에 부드럽게 내려놓았다.

83.

5개월 뒤, 2020년 크리스마스.

우리는 아치를 데리고 산타 바바라의 팝업 스토어로 크리스마스트리를 찾아 나섰고, 거기서 가장 큰 가문비나무 중 하나를 구입했다.

나무를 집에 가져와서 거실에 세웠다. 근사했다. 트리 옆에 서서 우리가 받은 축복을 헤아렸다. 새집, 건강한 아들. 거기에다 여러 기업과의 파트너십도 체결했다. 우리가 하던 일을 재개하고, 우리가 추구하던 대의를 재조명하고, 우리가 시급하다고 생각했던 이야기들을 전할 기회가 만들어진 것이다. 아울러 우리의 경호 비용도 지불할 수 있게 되었다.

크리스마스이브 때였다. 우리는 영국을 포함하여 여러 친구들과 영상통화를 했다. 아치가 트리 주변을 뛰어다니는 모습도 보았다.

그리고 선물을 열었다. 윈저가의 전통을 준수하며.

한 선물은 여왕의… 작은 크리스마스 장식품이었다.

나는 환호했다. "이게 뭐지~?"

멕이 동네 상점에서 발견했는데, 내가 좋아할 거 같았다고 했다.

불빛에 비춰보았다. 완벽한 할머니 얼굴이었다. 나는 이 선물을 얼굴 높이의 가지에 매달았다. 거기서라도 할머니를 볼 수 있어서 좋았다. 멕과 나를 미소짓게 했다. 그런데 아치가 트리 주변에서 놀다가 스탠드와 부딪치는 바람에 트리가 흔들렸고, 그 바람에 할머니가 떨어졌다.

쾅 하는 소리에 돌아보자 조각들이 바닥에 널브러져 있었다.

아치가 달려가더니 스프레이 병을 집어 들었다. 이유는 모르겠지만 아치는 부서진 조각에 물을 뿌리면 다시 붙일 수 있다고 생각하는 듯했다.

멕이 말했다. "안 돼, 아치. 안 돼. 할머니한테 물 뿌리지 마." 나는 쓰레받기를 들고 조각들을 쓸어 담으며 생각했다. '기분이 묘하네!'

84.

궁에서는 우리의 역할과 샌드링엄에서 합의한 내용에 대한 검토가 진행되었다고 발표했다. 이제부터는 몇 가지의 지원을 제외한 나머지 모두가 박탈되었다.

2021년 2월.

군대와 관련된 것을 포함하여 내 전부를 빼앗겼다. 할아버지가 물려준 왕립 해병대 총사령관 지위도 사라졌다. 이제는 군대 예복도 입을 수 없게 되었다.

하지만 나는 다짐했다. 그들이 나의 진짜 군복은, 또는 진짜 군인 신분은 절대로 뺏을 수 없을 거라고.

그런데 성명서는 끝나지 않았다. 이제 우리는 여왕을 위해 어떠한 봉직도 수행하지 않을 것이라고 했다. 그들은 마치 우리와 합의라도 한 것처럼 발표했지만, 합의 같은 건 없었다.

우리는 같은 날에 반박 성명을 발표하며 봉사의 삶을 멈추는 일은 없을 것이라고 되받아쳤다.

궁의 이번 조치는 모닥불에 기름을 붓는 격이었다. 영국을 떠난 이후로 끊임없이 언론의 공격을 받았는데, 이처럼 공식적인 관계 단절은 전혀 다른 느낌의 새로운 물결을 촉발시켰다. 우리는 소셜미디어를 통해 매일, 매시간 비방을 당했고, 신문에 등장한 상스럽고 완전히 날조된 수많은 기사의 주인공이 되어 있었다. 물론 이런 기사들은 늘 '왕실 보좌관들'이나 '왕실 내부자들'이나 '왕실 정보원'들에 의존하며, 분명히 궁의 직원들이 퍼다 준 것들이며, 아마 우리 가족의 승인도 있었을 것이다.

나는 어느 것도 읽지 않았고 들으려고도 하지 않았다. 과거에 전방항공통제관(FAC)으로서 가름시르 마을을 회피하려 했듯이, 지금은 인터넷을 회피하고 있었다. 전화기도 무음으로 바꿨다. 진동도 아닌 무음으로. 간혹 선의의 친구가 문자메시지를 보내오곤 했다.

"젠장, 그렇고 그런 일이 있었다니 안타까워."

그러면 우리는 친구들이 읽은 내용을 우리에게 알리지 말라고 일일이 당부했다.

솔직히, 궁에서 우리와의 관계를 단절했을 때에도 나는 전혀 놀라지 않았다. 이미 몇 달 전에 예견했다.

지난 현충일(Remembrance Day)을 앞두고, 당연히 내가 참석할 수 없는 상황이어서 나를 대신하여 누군가 전사자 기념비에 헌화하도록 궁에 요청한 적이 있었다.

요청 거부.

그러면 영국의 어느 곳이든 나를 대신하여 헌화할 수 없겠냐고 물었다.

요청 거부.

그러면 영연방의 어느 곳이든 나를 대신하여 헌화할 수 없겠냐고 다시 물었다.

요청 거부.

세계 어디에서 어떤 방식으로든 군인 묘지에서 해리 왕자를 대신하여 헌화할 사람은 없다고 그들이 말했다.

나의 소중한 전우들도 포함된 이 전사자들에게 경의를 표하지 못하고 현충일을 보내는 경우는 이번이 처음이라며 애원했다.

요청 거부.

결국 샌드허스트의 옛 강사들 중 한 명에게 연락하여 나를 대신하여 헌화하도록 부탁했다. 그는 몇 년 전에 런던에서 개관한 이라크 & 아프가니스탄 전쟁기념관을 추천했다.

할머니가 공을 들였던 곳에서.

"좋아요. 완벽해요. 고마워요."

그는 자기가 더 영광스럽다고 했다.

그리고 덧붙였다.

"그리고 웨일스 대위가 바친다고 할게요. 젠장, 정말 너무하네요."

85.

그 여성을 뭐라고 불러야 할지, 정확히 무슨 일을 하는지, 나는 잘 몰랐다. 내가 아는 건, 그녀가 '능력'이 있다고 주장하는 사실뿐이었다.

나는 허풍일 가능성이 매우 높다고 인정했다. 그렇지만 믿는 친구들의 강력한 추천이 있었기에 나도 이렇게 생각했다.

'손해 볼 건 없잖아?'

자리를 함께한 직후, 그녀를 둘러싼 기운을 느꼈다.

'오.' 나는 생각했다. '와, 뭔가 있어.'

그녀 역시 내 주변의 기운을 감지했다.

"어머니가 당신 곁에 있어요."

"알아요. 저도 최근에 느꼈어요."

그녀가 다시 말했다.

"아뇨. 당신과 함께 있어요. 지금 바로."

목이 뜨거워졌다. 눈물이 차올랐다.

"당신이 명확한 것을 추구한다는 걸 어머니도 알고 있어요. 당신의 혼란스러움도 어머니는 느껴요. 의문이 너무 많다는 것도 알고 있고요."

"맞아요."

"해답은 언젠가 찾아올 거예요. 미래의 어느 날에. 참고 기다리세요."

참아라? 이 말에 목이 메었다.

그동안 어머니가 나를 무척 자랑스러워했다고 그녀가 말했다. 그리고 전적으로 지지한다고. 쉽지 않았다는 것도 알고 있다고.

"뭐가 쉽지 않았다고요?"

"어머니는, 본인이 이루지 못한 삶을 당신이 살고 있다고 해요. 어머니가 당신에게 바라던 삶을 당신이 살아가고 있다고 말이에요."

나는 믿었다. 믿고 싶었다. 이 여성이 하는 모든 말이 진실이기를 바랐다. 하지만 증거가 필요했다. 어떤 표시 같은 것, 뭐가 됐든.

"어머니가 그러네요… 장식품?"

"장식품?"

"그곳에 있었대요."

"어디요?"

"어머니가 그러는데… 크리스마스 장식품 같은 거? 어머니 것인가요? 아니면 할머니의 것? 떨어졌나요? 깨졌어요?"

"아치가 붙이려고 노력했어요."

"어머니가 그 모습을 보며 킥킥거리고 웃었대요."

86.

프로그모어 정원.

할아버지의 장례식이 끝나고 몇 시간 뒤.

형과 아버지와 같이 불과 삼십 분 정도 걷고 있었는데도, 신입 장교 시절에 육군에서 수행하던 며칠 간의 행군 같은 느낌이 들었다. 나는 낙담했다.

우리는 파국에 다다랐다. 곧 고딕풍 그 유적에 도착했다. 순환로를 따라 우리는 출발점으로 되돌아왔다.

형과 아버지는 내가 왜 영국을 떠났는지 아직도 모르겠다고, 아무것도 모른다고 주장했다. 나는 떠날 채비를 했다.

그때 두 사람 중 한 명이 언론을 거론했다. 그리고 내가 제기한 해킹 소송에 대해 물었다.

멕에 대해서는 아직 한마디도 묻지 않았는데, 내 소송에 대해서는 꽤나 알고 싶어 했다. 자신들에게 직접적으로 영향을 미치기 때문이다.

"아직 진행 중이에요."

"자살행위야." 아버지가 중얼거렸다.

"아마도요. 하지만 가치 있는 일이에요."

머잖아 언론이 단순한 거짓말쟁이가 아니라는 사실이 밝혀질 거라고 내가 말했다. 범법자들 몇몇이 감옥에 들어가는 모습을 보게 될 것이라고. 그들이 나를 그렇게 악랄하게 공격하는 이유는 내가 확실한 증거를 갖고 있기 때문이었다.

이건 나만의 문제가 아니라 공공의 이익과 관련된 문제였다.

아버지도 고개를 저으며 기자들이야말로 이 지구의 쓰레기라고 인정했다. 아버지의 표현대로. "하지만…."

나는 코웃음을 쳤다. 언론 얘기가 나올 때마다 아버지는 '하지만'이라는 단어를 입에 올렸다. 아버지는 언론의 증오를 증오하면서도, 한편으로 언론의 사랑을 갈구했다. 모든 문제, 정말로 모든 문제의 근원은 수십 년 전으로 거슬러 올라간다. 어려서 사랑을 빼앗기고 학교 친구들로부터 괴롭힘을 당했던 아버지는 언론이 제시하는 묘약에 빠져들었다. 위험천만하게, 강박적으로.

아버지는 언론이 귀찮게 할 일이 없는 대표적인 인물로 할아버지를 꼽았다. 가엾은 할아버지는 거의 한평생을 언론의 괴롭힘 속에서 살아왔지만, 지금은 보라. 국보가 된 할아버지를! 이제 신문들은 입에 침이 마르도록 할아버지를 칭찬한다.

그럼, 그게 다인가? 우리가 죽고 나서 모든 것이 정리될 때까지 기다리라고?

"조금만 견디면, 사랑하는 아들, 조금만 더 견디면, 그 사람들도 널 좋은 쪽으로 존중해 줄 거야."

나는 웃었다.

"제가 하고 싶은 말은, 자기도 그럴 거라고 생각하지 말라는 거예요."

나도 그럴 거라고 생각한다는 의미는 나 역시 언론을 인내하고 심지어 그들의 학대를 용서해야 할 수도 있다는 뜻이지만, 적어도 내 가족의 공모에 대해서는 극복하는 데 시간이 많이 걸릴 것이라고 두 사람에게 말했다. 노골적인 협력까지는 아니더라도 이 악마들에게 가능성을 열어준 아버지의 사무실과 형의 사무실에 대해서.

멕은 분명히 왕따였다. 그들 모두가 협력한 가장 최근의 악랄한 캠페인의 표적이었다. 너무나 터무니없고 충격적이어서, 멕과 내가 증거로 가득한 무려 25페이지의 보고서를 인사팀에 제출하여 그들의 거짓말을 폭로한 후로도 좀처럼 그 충격의 여파에서 벗어나기 어려웠다.

아버지가 물러서고 형이 고개를 저었다. 둘이 뭔가 이야기를 나누기 시작했다.

"우린 이 길을 수없이 많이 거쳐왔어." 두 사람이 말했다.

"너의 망상이야, 해리."

하지만 망상에 사로잡힌 건 오히려 그 두 사람이었다. 설령, 백 번을 양보하여 아버지와 윌리 그리고 사무실 직원들이 나와 아내에게 공공연한 행동을 하지 않았다 하더라도, 그들의 침묵은 부인할 수 없는 사실이었다. 저주스러운 침묵이었다. 침묵은 계속되었고, 가슴은 미어졌다.

아버지가 말했다.

"네가 이해해야 해, 사랑하는 아들. 왕실이 언론에 대고 이래라저래라할 수는 없어."

나는 한 번 더 웃음을 터트렸다. 마치 아버지가 시중드는 사람에게 이래라저래라할 수는 없다고 말하는 격이었다.

형은 내가 언론과의 협력 문제를 거론할 자격이 있냐고 물었다. 오프라와의 대화는 어땠냐면서.

멕과 나는 한 달 전에 오프라 윈프리와 인터뷰를 했다. (인터뷰 내용이 방송을 타기 며칠 전부터 멕이 왕따라는 기사가 속속 등장하기 시작했다. 참 공교로운 우연이 아닐 수 없었다!) 영국을 떠난 이후로 우리를 향한 공격은 기하급수적으로 늘어났다. 이 상황을 멈추려면 우리도 무언가를 해야 했다. 침묵은 효과가 없었다. 상황을 더 악화시킬 뿐이었다. 선택의 여지가 없다고 느꼈다.

여러 명의 절친한 친구들, 휴와 에밀리의 아들 중 한 명과 에밀리 자신과 티기까지도, 오프라와의 인터뷰를 두고 나를 책망했다.

"어떻게 그런 일들까지 밝힐 수 있어? 네 가족에 대해서 말야?"

나는 그 사람들에게 말했다. 내가 오프라와 이야기하는 것이 내 가족과 직원들이 수십 년에 걸쳐 해 온 것들, 즉 언론에 은밀하게 설명하고 기삿거리를 뿌리는 것과 무엇이 다른지 발견하지 못했다고 말이다. 또 1994년에 아버지가 조너선 딤블비(Jonathan Dimbleby)와 제작한 비밀 자서전을 시작으로 그동안 협력해 온 수많은 책들은 어떤가? 아니면 카밀라와 조르디 그레이그(Geordie Greig) 편집장과의 협업은? 다른 점이 있다면 멕과 내가 솔직했다는 점이다. 우리는 탁월한 진행자를 선택했고, '궁 소식통' 같은 문구 뒤에 숨지 않았으며, 우리 입에서 나오는 말들을 사람들이 직접 확인할 수 있도록 했다.

고딕풍의 그 유적을 바라보며 생각했다. '요점이 뭐지?'

아버지와 형은 내 말을 듣지 않았고 나 역시 그랬다. 두 사람은 자기들의 행동과 무대응에 대해 어떠한 만족스러운 설명도 하지 않았고 앞으로도 그럴 것이다. 설명할 게 없기 때문이다. 나는 작별 인사를 꺼내며 행운을 빈다고, 몸조심하라고 말했다. 그런데 형은 벌컥 화를 내며, 내가 말하는 것처럼 상황이 그렇게 안 좋다면 그건 도움을 요청하지 않은 내 잘못이라고 고함을 질렀다.

"넌 우리에게 오지 않았어. 우리에게 오지 않았다고."

어렸을 때부터 형은 모든 일에서 늘 이런 입장이었다. 내가 형에게 가야 했다. 분명하게, 직접적으로, 공식적으로 무릎을 꿇어야 했다. 그렇지 않으면 계승자로부터 어떠한 도움도 받을 수 없었다. 아내와 내가 위험한 상황에 처했는데 왜 형에게 도움을 청해야 하는지 이해가 되지 않았다. 곰이 우리를 공격했고 그 모습을 형이 보았는데, 우리가 도움을 요청할 때까지 형이 기다려야 하나?

나는 샌드링엄 합의에 대해 언급했다.

그 합의가 깨지고 갈기갈기 찢어지며 우리는 완전히 발가벗겨진 상황에서 형의 도움을 요청했다. 하지만 형은 손가락 하나 까딱하지 않았다.

"그건 할머니였어! 할머니랑 얘기해!"

나는 역겨워서 손사래를 쳤다. 하지만 형은 불쑥 달려들어 내 셔츠를 움켜잡았다. "잘 들어, 해롤드."

나는 형과 시선을 마주하길 거부하며 뒤로 물러섰다. 형은 억지로 자기 눈을 바라보게 했다.

"잘 들어, 해롤드. 잘 들어! 나는 네가 행복하기를 바라."

내 입에서는 이 말이 튀어나왔다.

"나도 형을 사랑해… 하지만 형의 고집은… 너무 심해!"

"넌 안 그렇고?"

나는 다시 물러섰지만, 형은 다시 셔츠를 움켜잡고는 시선을 떼지 않으려고 내 몸을 뒤틀었다.

"해롤드, 내 말을 들어야 해! 나는 그냥 네가 행복하기를 바랄 뿐이야. 맹세해… '엄마의 인생을 걸고' 맹세해."

형이 멈추고 나도 멈췄다. 아버지도 멈췄다.

형은 종종 그랬다.

그 비밀 암호, 그 만능 암호를 형은 사용하곤 했다. 어렸을 때부터 이 세 마디는 오직 극단적 위기 상황에서만 사용해야 했다. '엄마의 인생을 걸고 (On Mummy's Life).' 거의 25년 동안 우리는 빨리 무언가를 설명하고 믿어주기를 바랄 때 이 서글픈 세 단어를 사용했다. 다른 어떤 방법도 통하지 않을 때에.

이 말을 듣고, 의도한 바대로 나는 조용해졌다. 형이 그 말을 사용해서가 아니라, 아무런 효과가 없었기 때문이다. 나는 형을 그냥 믿지 않은 게 아니라 전혀 신뢰하지 않았다. 물론 그 반대도 마찬가지였다. 형도 그걸 알았다. 상처와 의심의 늪에서 허우적거리는 우리를, 그 신성한 세 마디로도 구할 수 없음을 형도 알고 있었다.

서로가 길을 잃었다는 생각이 들었다. 너무 멀어져 버렸다는. 우리의 사랑과 유대가 얼마나 훼손되었는지, 그리고 이유는 무엇인지? 모두가 저 플리트 스트리트의 샌님들과 싸구려 범죄자들과 임상적으로 진단이 가능할 정도의 가학주의자들이 무리를 이루어, 아주 오래되어 제대로 기능하지도 못하는 어느 대가족을 괴롭혀 자기들의 만족과 이익을 챙기고 개인적인 문제까지 해결하려 했기 때문이다.

형은 패배를 받아들일 준비가 되어 있지 않았다.

"지금껏 일어난 모든 일을 겪으며 몸도 마음도 많이 아팠어. 그리고… 엄마의 인생을 걸고 맹세하는데, 나는 네가 행복하기를 바랄 뿐이야."

그런 형에게 나직히 대답하는 내 목소리가 갈라졌다.

"난 형이 진심으로 그렇다고 생각하지 않아."

갑자기 우리의 추억이 홍수처럼 밀려들었다. 그중에서도 특히 선명한 기억이 하나 있었다. 몇 년 전, 형과 나는 스페인에 있었다. 아름다운 계곡, 드물게 비치는 지중해의 반짝이는 햇살과 공기, 푸른 캔버스 벽 뒤로 무릎을 꿇은 우리 둘. 첫 사냥 나팔이 울렸다.

자고새들이 우리를 향해 날아오르자, 우리는 플랫 캡을 지그시 누르고는 방아쇠를 당겼다. "탕, 탕." 몇 마리가 떨어지고, 장전수에게 총을 건네고, 새 총을 받아 다시 "탕, 탕." 다시 몇 마리가 떨어지고, 다시 총을 건네고. 우리의 셔츠는 땀으로 젖고, 땅은 몇 주 동안 인근 마을의 식량으로 쓰일 새들로 가득했다. "탕." 이윽고 마지막 한 발, 우리 둘 다 놓치지 않았고, 그렇게 마지막까지 서서, 함께 땀으로 젖고, 함께 배고프고, 함께 행복했다. 우리는 젊고 함께였으며, 이곳은 우리의 장소이고 우리의 공간이었다. 그들에게서 멀리 떨어진, 자연과는 아주 가까운 곳. 그 신비로운 순간에 우리는 서로를 돌아보며 참으로 드문 행동을 했다. 포옹, 진심 어린 포옹을.

그러나 지금 나는 우리에게 가장 좋았던 순간과 가장 좋았던 기억마저도 어떤 식으로든 죽음과 연결되어 있다는 걸 알았다. 우리의 인생은 죽음 위에 세워졌고, 가장 밝았던 날들도 죽음에 가려져 있었다. 돌이켜보면, 시간의 흔적은 보이지 않고 죽음과 춤추는 모습만 남았다. 그 속에 우리가 몸을 담그는 광경도 지켜보았다. 세례를 받고, 왕족이 되고, 졸업하여 결혼하고, 죽어서, 사랑하던 이들의 해골 곁으로 간다. 윈저성 자체가 무덤이었고, 성벽도 선조들의 흔적으로 가득하다. 런던 타워는 천 년 전의 건축가들이 벽돌 사이의 모르타르를 반죽하려고 넣은 동물의 피와 함께 유지되고 있다. 외부자들은 우리를 광신도라고 불렀으니, 그럼 우리는 죽음의 광신도였을까? 그게 조금 더 타락한 것 아닌가? 할아버지를 영면에 들게 하고도, 우리는 아직도 더 채울 게 남았을까? 왜 우리는 "어떤 여행자도 돌아오지 않는 미지의 나라"의 가장자리인 이곳에서 어슬렁거리고 있는 걸까?

어쩌면 그것은 미국에 대한 더 적절한 묘사일지도 모른다.

형은 여전히 말을 하고 있고, 아버지는 형을 설득하려 하고, 나는 두 사람이 하는 말을 더는 들을 수 없었다. 나는 이미 마음이 떠나 캘리포니아로 향하는 중이었는데, 그때 어떤 목소리가 머리에서 울렸다. '너무 많이 죽었어, 이제는 그만.'

이 가족 중의 누군가는 언제쯤에나 자유로이 살아갈 수 있을까?

87.

이번에는 조금이나마 수월해졌다. 과거의 혼돈과 스트레스에서 많이 벗어난 덕분일 것이다.

그날이 다가오자 우리는 더 굳건하고, 더 차분하고, 더 안정되었다. 시간, 규약, 정문의 기자들을 염려할 필요가 없으니 얼마나 축복이냐고 둘이서 말했다.

차분하게 온전한 정신으로 병원까지 차를 몰았고, 거기서 우리 경호원들이 다시 한번 먹을거리를 챙겼다. 이번에는 인앤아웃(In-N-Out)에서 햄버거와 감자튀김을 가져왔다. 또 현지의 멕시칸 식당에서 멕이 먹을 파히타(fajita)도 준비했다. 먹고 또 먹은 우리는 병실에서 베이비 마마(Baby Mama) 춤을 추었다.

병실 안은 기쁨과 사랑으로 충만했다.

그런데 아직. 몇 시간 뒤 멕이 의사에게 물었다.

"언제쯤…?"

"다 됐어요. 거의."

이번에는 마취 가스에 손대지 않았다. 아예 없었으니까. 온전한 정신으로, 매번 힘을 줄 때마다 멕과 함께 했다.

몇 분이면 끝난다고 의사가 말했을 때, 나는 우리 꼬마 숙녀가 세상에서 처음 본 얼굴이 아빠였으면 좋겠다고 멕에게 말했다.

딸을 가졌다는 것을 우리는 알고 있었다.

멕은 고개를 끄덕이며 내 손을 꽉 잡았다.

의사 옆에 가서 섰다. 우리 둘 다 몸을 웅크렸다. 기도하는 모습처럼. 의사가 외쳤다. "머리가 보여요."

머리가 보인다니, 감격스러웠다.

피부가 푸르스름했다. 아기에게 산소가 부족한 건 아닌지 걱정스러웠다. 질식한 건가? 멕을 바라보았다.

"한 번만 더 힘을 줘, 자기! 다 왔어."

"여기, 여기, 여기." 의사가 내 손의 위치를 가리키며 말했다.

"바로 여기."

비명과 함께 고요한 침묵의 순간이 찾아왔다. 과거와 미래가 갑자기 하나가 되는, 가끔 일어나는 그런 상황이 아니었다. 과거는 중요치 않았고, 미래는 존재하지 않았다. 오로지 강렬한 현재만 존재할 뿐이었으며, 그때 의사가 나를 바라보고는 소리쳤다. "지금!"

조그만 등과 목 아래로 손을 밀어 넣었다. 영화에서 보던 것처럼 부드럽게, 하지만 견고하게. 나는 소중한 우리의 딸을 이 세상으로 꺼내어, 잠시 안으며 미소를 짓고 바라보려 했지만, 솔직히 어느 것도 볼 수가 없었다.

딸에게 말하고 싶었다. "안녕, 우리 아가!"

또 말하고 싶었다. "우리 아가는 어디서 왔을까?"

또 말하고 싶었다. "거기가 더 나아? 평화로워? 무서웠어?"

"걱정 마, 걱정 마, 다 잘될 거야."

"아빠가 널 지켜줄게."

아기를 멕에게 전해주었다. 간호사의 말대로, 피부 대 피부로.

나중에 아기를 데리고 집으로 돌아온 뒤에, 이제 네 명의 가족을 위해 집의 분위기를 새롭게 정리한 뒤에, 나와 피부 대 피부로 누웠을 때 멕이 이렇게 말했다.

"그 순간만큼 자기가 사랑스러웠던 적이 없었어."

"정말?"

"정말."

멕이 그때의 생각을 일기장 같은 곳에 적어둔 게 있었다. 그걸 보여주었다.

나는 한 편의 연시로서 그 글을 읽었다.

우리의 서약을 새로이 하는 하나의 증언으로서 그 글을 읽었다.

인용으로서, 기억으로서, 선언으로서 그 글을 읽었다.

운명의 명령으로서 그 글을 읽었다.

아내가 말했다. "그게 전부였어."

아내가 말했다. "그게 한 남자야."

나의 사랑, 아내가 말했다. "그 남자는 예비용이 아니야."

에필로그

멕이 보트에 오르는 것을 도왔다. 보트가 흔들렸지만, 내가 재빨리 가운데로 움직여 균형을 잡았다.

멕을 뒷자리에 앉히고는 노를 들었다. 하지만 꼼짝도 하지 않았다.

"박혔어."

얕은 바닥의 펄이 보트를 붙들고 있었다.

찰스 삼촌이 물가로 내려와서 보트를 살짝 밀어주었다. 우리는 삼촌과 이모에게 손을 흔들었다. "안녕. 이따가 봐요."

연못을 미끄러지듯 건너면서 알소프의 구불구불한 평지와 오래된 나무들, 어머니가 자란 수천 에이커의 푸른 대지를 바라보았다. 그리고 그곳에서, 비록 완벽하지는 않더라도 어머니는 조금이나 평화를 느꼈을 것이다.

몇 분 뒤, 섬에 도착한 우리는 조심스럽게 땅으로 내디뎠다. 나는 멕을 데리고 울타리를 돌아 미로 같은 길을 따라 걸었다. 그곳에서, 회백색의 타원형 돌이 어렴풋하게 눈에 들어왔다.

이곳까지 찾아오는 길은 늘 쉽지 않지만, 특히 이번은….

25주년이었다.

멕은 처음이었고.

마침내 내가 꿈에 그리던 여자를 데리고 집에 왔다. 어머니에게 보여주기 위해.

우리는 포옹을 하며 머뭇거리다가, 내가 먼저 무덤에 꽃을 놓았다. 멕이 내게 잠시 시간을 주었다. 나는 머릿속으로 어머니에게 많은 말을 했다. 보고 싶다고, 내가 가야 할 길을 명확하게 인도해 달라고….

멕도 잠시 시간이 필요한 듯해서 나는 울타리를 따라 걸으며 연못을 훑어 보았다. 내가 돌아왔을 때 멕은 무릎을 꿇고 눈을 감은 채로 손바닥을 돌에 대고 있었다.

보트로 돌아오는 길에 무엇을 기도했는지 멕에게 물었다.

"명확하게," 멕이 말했다. "인도해 달라고."

· · ·

이어진 며칠은 바쁜 출장 일정으로 정신없이 보냈다. 맨체스터와 뒤셀도르프를 거쳐 다시 런던으로 돌아와 웰차일드 어워즈에 참석할 예정이었다. 그런데 그날, 2022년 9월 8일, 점심 무렵에 한 통의 전화가 걸려왔다.

모르는 번호였다.

"여보세요?"

아버지였다. 할머니의 건강이 급격히 나빠졌다고 했다.

물론 할머니는 발모럴에 있었다. 그 아름답고 을씨년스러운 늦여름의 날들. 아버지는 곧 전화를 끊었고(전화해야 할 곳이 많았다.), 나는 형에게 문자메시지를 보내 형과 케이트가 비행기로 갈 것인지 물었다. 그렇다면 언제? 그리고 어떻게?

대답이 없었다. 멕과 나는 비행기 편을 살펴보았다.

언론에서 전화가 빗발치기 시작했고, 우리도 더는 결정을 미룰 수 없었다. 그래서 우리 팀원들에게 알렸다.

"우리는 웰차일드 어워즈에 불참하고 서둘러 스코틀랜드에 가야 해요."

그때 아버지로부터 다시 전화가 왔다.

아버지는 내가 발모럴에 오는 건 환영하지만… 그녀는… 원치 않는다고 했다. 그러면서 말도 안 되고 무례하기까지 한 이유들을 늘어놓기 시작했다. 도저히 받아들일 수 없었다.

"제 아내에 대해서 그런 식으로 말씀하시지 마세요."

아버지는 더듬거리며 사과하더니, 많은 사람들이 오는 걸 원치 않아서 그랬다고 말했다. 다른 부인들도 오지 않을 것이고, 케이트도 오지 않을 테니, 멕도 오지 말라면서.

"그럼 그 말만 하시지 그랬어요."

그날 오후 중반을 넘어서자 애버딘으로 향하는 상업용 비행기 편이 없었다. 그리고 형으로부터의 응답도 여전히 없었다. 따라서 내게 유일한 대안은 루턴에서 출발하는 전세기뿐이었다.

비행하는 내내 구름을 응시하며 할머니와의 마지막 시간들을 음미했다. 나흘 전에 전화로 한참 동안 대화를 나눴다. 여러 화제를 올렸는데, 물론 할머니의 건강 문제도 있었다. 영국 총리에 대한 이야기도. 그리고 건강이 좋지 못해서 브래머 게임(Braemar Games)에 참석하지 못해 미안하다는 말도 했다. 우리는 극심한 가뭄에 대해서도 이야기했다. 그 때문에 맥과 내가 머물고 있던 프로그모어의 잔디 상태도 엉망이었다.

"제 정수리 머리카락 같아요, 할머니! 군데군데 벗겨진 데다 갈색으로 변했어요."

할머니가 웃었다.

나는 할머니의 건강을 당부하며, 조만간 만나 뵐 것을 기대했다.

비행기가 하강하면서 휴대전화기의 불이 들어왔다. 멕에게서 문자메시지가 들어와 있었다.

"확인하는 대로 전화해 줘."

혹시나 하는 마음에 BBC 웹사이트부터 확인했다.

할머니가 돌아가셨다.

이제 아버지가 왕이 되었다.

검정 넥타이를 매고, 비행기에서 내려 짙은 안개 속으로 들어가, 빌린 차를 타고 발모럴로 향했다. 정문을 통과할 때는 더 습하고 어두워져서 수십 대의 카메라가 발사하는 플래시가 더욱 눈부셨다.

차가운 공기에 몸을 움츠리며 서둘러 현관으로 들어갔다. 앤 고모가 나를
맞이했다.

고모와 포옹했다.

"아버지와 형은 어딨어요? 카밀라는?"

"버크홀로 갔어." 고모가 답했다.

할머니를 보고 싶냐고 고모가 물었다.

"네… 보고 싶어요."

고모는 위층의 할머니 침실로 나를 데려갔다. 마음을 가다듬고 들어섰다.
방안은 침침한 불빛으로 채워져 있었다. 생소했다. 살면서 딱 한 번밖에 들
어온 적이 없는 방이었다. 앞을 살피며 나아가니, 그곳에 할머니가 있었다.
얼어붙은 듯이 서서 할머니를 바라보았다. 바라보고 또 바라보았다. 힘들었
지만, 나는 계속해서 할머니를 바라보았다. 어머니의 마지막을 지켜보지 못
한 탓에 얼마나 후회했는지를 생각하면서. 죽음의 증거가 없어 얼마나 오랫
동안 안타까웠으며, 그 증거를 찾아 또 얼마나 오랫동안 슬픔을 유예했던
가! 이제 나는 생각했다. '증거. 감당할 수 있는 만큼만.'

할머니에게 속삭였다. 행복했으면 좋겠다고, 할아버지와 함께였으면 좋
겠다고. 그리고 마지막까지 책무를 다한 할머니를 존경한다고 말했다. 재위
70주년이며, 새 총리를 맞이하는 해. 할머니의 아흔 번째 생신날, 아버지는
엘리자베스 1세에 대한 셰익스피어의 글을 인용하여 감동적인 헌사를 했었
다.

"... 왕의 직무를 수행하지 않은 날이 하루도 없으니...."

언제나 그랬다.

방을 나온 나는 복도를 따라 격자무늬 카펫을 가로질러, 빅토리아 여왕
폐하의 동상을 지나 다시 돌아왔다. 멕에게 전화를 해서 할머니에게 인사했

고 나도 괜찮다고 전하고, 거실로 들어가 가족들 대부분과 함께 식사했다. 아직도 아버지와 형과 카밀라는 보이지 않았다.

식사가 끝날 무렵, 백파이프 연주에 대비하여 마음을 가다듬었다. 하지만 할머니를 존중해서인지 아무 소리도 들리지 않았다. 섬뜩한 침묵이었다.

시간이 늦어지자 나만 빼고 모두 각자의 방으로 들어갔다.

나는 계단과 복도를 오락가락하다가 육아방으로 들어갔다. 구닥다리 세면대와 욕조를 비롯해 모든 것이 25년 전과 똑같았다. 밤새 시간여행을 하며 옛날을 상상하는 한편으로, 전화기로 돌아갈 비행기 일정을 살펴보았다.

가장 빨리 돌아가는 방법은 물론 아버지와 형에게 따라붙는 것이었다…. 그게 여의치 않으면, 새벽에 발모럴에서 출발하는 영국 항공편이 있었다. 나는 이 항공편의 좌석 하나를 예약하여 가장 먼저 비행기에 올랐다.

맨 앞줄에 자리를 잡은 직후에 오른쪽에서 어떤 기척이 느껴졌다. 자리를 찾아 통로로 들어서던 동료 승객이 내게 깊은 위로의 인사를 전했다.

"감사합니다."

잠시 뒤, 또 한 사람이 다가왔다.

"애도의 말씀 드립니다, 해리."

"너무… 감사합니다."

승객 대부분이 발걸음을 멈추고 고마운 말을 해주었고, 나는 그 모든 사람들과 깊은 유대감을 느꼈다.

우리나라, 우리의 여왕님.

멕이 프로그모어 정문 현관에서 긴 포옹으로 나를 맞이했다. 나에게 절실히 필요하던 포옹으로. 우리는 물 한 잔과 달력을 들고 앉았다. 우리의 짧은 여행은 이제 긴 여정의 오디세이로 변할 것이다. 적어도 열흘은 더 걸릴 것 같았다. 힘든 나날이 될 터였다. 게다가 그 어느 때보다 오랫동안 아이들과도 떨어져 지내야 했다.

이윽고 장례식이 열렸다. 형과 나는 거의 한마디도 나누지 않은 채로 익숙한 장소들로 움직였고, 말이 끄는 포차 위에 왕기로 덮인 할머니의 관을 따라 익숙한 여정을 시작했다. 같은 경로와 같은 풍경. 지금까지는 그랬다. 그러나 과거의 장례식들과 차이가 있다면 우리가 어깨를 나란히 하고 있었다는 점이었다. 그리고 음악이 흘러나왔다.

백파이프 수십 개의 선율이 울려 퍼지는 가운데 세인트 조지 예배당에 도착했을 때, 나는 그동안 이 지붕 아래에서 열린 큼직한 행사들을 떠올렸다. 할아버지와의 작별, 나의 결혼식. 평범한 시간, 단순한 부활절 일요일마저도 가슴 뭉클하게 느껴졌다. 온 가족이 살아서 함께하는 것만으로도. 갑자기 눈물이 쏟아졌다.

'왜 지금?' 나는 의아했다. '왜?'

다음 날 오후, 멕과 나는 미국으로 떠났다.

며칠 동안 아이들을 쉼 없이 안아주었고 시야에서 벗어나지 않도록 했다. 또 할머니와 사진 찍는 것도 멈출 수 없었다. 마지막 방문. 꽤 정중하게 인사하는 아치, 군주의 정강이를 꼭 붙들고 있는 아기 여동생 릴리벳. 사랑스러운 아이들이라고 말하면서도 할머니는 살짝 당황한 듯했다. 아이들이 살짝⋯ 미국스러울 것이라고 생각한 걸까? 할머니가 느끼기에는, 조금 제멋대로였을 것이다.

이제 집으로 돌아와서 기쁘고, 다시 아이들을 차로 태워주고, 《기린은 춤출 줄을 몰라》 동화책을 다시 읽어주고⋯ 그러면서도 추억을 멈출 수 없었다. 밤낮으로, 기억들이 머릿속을 떠돌았다.

사관학교 열병식에서 어깨를 활짝 펴고 할머니 앞에 섰을 때, 할머니 특유의 가벼운 미소를 보았다. 엄숙한 분위기에서 발코니에 섰을 때, 옆에서 내가 한 귓속말 때문에 할머니는 완전히 무장해제당한 채 크게 웃음을 터트렸다. 귓가에 대고 농담을 하면서 많이도 맡았던 할머니의 향수 내음. 최근에 한 공식 행사에서는 할머니의 양 볼에 키스하고 어깨에 내 손을 가볍게 올리면서 할머니가 많이 야위었다는 느낌이 들었다. 첫 인빅터스 게임에 사용할 축하 영상을 제작하면서 할머니가 타고난 코미디언이라는 사실도 다시금 깨달았다. 전 세계 사람들이 웃음을 터트리며 할머니에게 그처럼 장난스러운 유머 감각이 있는 줄 몰랐다고 했다. 하지만 할머니는 늘 그랬다, 늘! 그것도 우리의 작은 비밀 중 하나였다. 사실, 우리가 찍은 모든 사진에서는 항상 할머니와 내가 시선을 교환하고 눈을 맞추는 모습이 보인다. 우리에게 비밀이 있었기 때문이다.

특별한 관계, 그것이 할머니와 나를 설명하는 표현이며, 이제 앞으로는 다시 없을 그 특별함을 나는 계속해서 생각지 않을 수 없었다. 더 이상의 방문은 없을 테니까.

"그래, 그렇지." 혼자 중얼거렸다. "그게 인생이지."

그리고, 수많은 이별이 그러하듯이, 나는 그냥… 한 번만 더 작별 인사를 할 수 있었으면… 하고 바랐다.

집으로 돌아온 지 얼마 지나지 않아, 벌새 한 마리가 안으로 들어왔다. 그 벌새를 다시 밖으로 내보내려고 애를 먹었는데, 문득 바닷바람이 아무리 천국 같아도 문을 잘 닫아야겠다는 생각이 들었다.

그때 한 친구가 말했다. "징조일지도 모르잖아?"

일부 문화권에서는 벌새를 사람의 영혼으로 본다고 그가 말했다. 말 그대로, 방문자로. 아즈텍인들은 벌새를 '환생한 전사'로, 스페인 탐험가들은 '부활의 새'로 불렀다고 한다.

정말 그럴까?

벌새에 관해 살펴본 나는, 이 벌새가 방문자일 뿐 아니라 여행자라는 것을 알았다. 지구에서 가장 작고 가장 빠른 이 새는 멕시코의 겨울 보금자리에서 알래스카에 있는 둥지까지 상당히 먼 거리를 이동한다. 당신이 벌새를 보았다면, 실제로 당신은 아주 작고 멋진 오디세우스를 본 것이다.

그래서 이 벌새가 우리 집에 들어와, 부엌 주변을 급습하고, (온갖 장난감과 봉제 인형으로 가득한 아기용 안전 놀이방인) 릴리 랜드의 신성한 영공을 훨훨 날아다닐 때, 나는 희망에다 욕심에다 어리석음까지 담아 이렇게 생각했다.

'그럼 우리 집은 우회로일까, 아니면 목적지일까?'

아주 잠시지만 벌새를 그대로 내버려 둘까 하는 생각을 했다. 그냥 머무르도록.

하지만 안 될 일이었다. 나는 아치의 어망으로 벌새를 천장에서 부드럽게 포획하여 밖으로 데리고 나갔다.

벌새의 다리는 속눈썹 같고, 날개는 꽃잎 같았다.

손바닥으로 조심스럽게 벌새를 감싸 햇볕이 잘 드는 벽에 부드럽게 놓았다.

"잘 가, 친구."

하지만 벌새는 그대로 있었다.

움직임이 없이.

"아냐." 나는 생각했다. "아냐, 그게 아냐."

"어서, 힘을 내."

"넌 자유야."

"힘껏 날아봐."

잠시 뒤, 모든 우려와 예상을 뒤집고 이 아름답고 마법 같은 작은 생명체는 혼자 힘으로 훨훨 날아올랐다.

해리 왕자의 『스페어(SPARE)』, 번역을 마무리하며…

추강에 밤이 드니 물결이 차노매라
낚시 드리치니 고기 아니 무노매라
무심한 달빛만 싣고 빈 배 저어 오노매라

조선 9대 왕이며 성군인 성종의 친형 월산대군(이정)이 지은 시조이다. 전형적인 풍류가이자 낭만적 강호한정가로 알려진 작품이지만, 나는 이 시조를 대할 때마다 측은지심이 느껴진다. 이 책 『스페어』를 번역하며 해리 왕자에게 느낀 감정과 흡사했다. '가엾은 해리(Poor Harry!)'

월산대군은 학문이 뛰어나고 성품도 온화하여 주변의 칭송이 높았지만, 신체가 허약하고 심성이 유약한 탓에 동생 자을산군에게 왕위가 넘어갔다고 한다. 자을산군이 어려서부터 세조를 비롯한 왕실 어른들로부터 인정을 받았고 학문적 소양과 성품도 뛰어나 왕위를 이었으리라는 설명은 물론 타당하지만, 그의 장인이 당대 최고의 실력자인 한명회였다는 점도 배제할 수는 없을 것이다. 그래도 형은 왕이 된 동생을 향해 불만 없이 올곧은 마음으로 충성을 다하며 극도로 조심하는 삶을 살았다고 한다. 그리고 동생도 이런 형의 삶을 존중하고 지극히 보살폈다고 하니, 정략으로 점철된 우리 왕조 역사에서 그리 흔한 모습은 아닌 듯하다.

번역하기에 쉬운 책은 없지만, 이 책은 작업하면서 부담이 특히 많았다. 지금껏 번역한 50여 권 모두가 내게는 소중하고 사회적 지성에도 기여하는 좋은 책들이었지만, 이번에는 특히 더 조심스러웠다. 워낙 화제성이 크고 판매량도 어마어마한 탓에, 사소한 번역 실수로 자칫 이 책과 출판사와 나의 이력에도 흠집이 날 수 있기 때문이다. 대작이 등장할 때마다 번역 오류를 지적하는 독자들의 매서운 눈초리는 어김없이 등장했다. 독자들이 번역가의 작업 환경과 입장까지 고려하는 경우는 없다. 어찌 보면 당연한 일이므로, 이 책의 번역을 시작하는 마음가짐은 남다를 수밖에 없었다.

약 420페이지의 원서 분량은 일반적인 도서의 두 배가 넘는 데다, 영국 왕실의 부분적 역사와 해리 왕자의 출생에서 현재에 이르기까지의 방대한 분야를 다루고 있어 번역의 범위도 방대했다. 특히 여러 부문에서 사용되는 용어와 관습적 표현들을 실제에 맞게 일일이 검색하여 확인하는 데 많은 시간이 필요했다.

영국 해리 왕자의 자서전 『스페어』가 출간 첫날인 11일(현지 시간) 영국·미국·캐나다에서 사전 예약주문을 포함해 143만 권 이상 팔렸다고 뉴욕타임스(NYT)가 11일 보도했다.

『스페어』를 출판한 펭귄랜덤하우스의 래리 핀레이 이사는 이날 "판매량이 우리의 가장 낙관적인 기대치도 뛰어넘었다"며 "우리가 아는 한 첫날 이보다 더 많이 팔린 책은 다른 해리가 등장하는 책(해리 포터)뿐이다"라고 말했다. (국민일보, 2013년 1월 13일자)

이 책은 영국 왕실의 차남인 서식스 공작 해리 왕자의 자서전이다. '스페어'라는 용어에서 보듯이, 해리는 왕실에서 왕위 승계 후순위 왕자, 즉 계승자의 유고 시를 대비한 예비용 왕자로 태어나 크고 작은 차별을 겪으며 성장했다. 어머니 다이애나 스펜서 왕세자비의 사망 소식으로 어린 해리의 삶은 요동치고, 이때의 상실감은 이후 왕실과 언론을 향한 적대감으로 발전한다. 별로 뛰어나지 못한 공부 머리와 튀고 싶은 성격 탓에 학교와 파티장 등에서 온갖 추문을 만들고, 그때마다 언론은 해리를 '멍청이', '사고뭉치', '예비용'이라고 비난한다. 그러던 해리의 방황은 영국 육군에 입대하며 전환기를 맞는다. 전방항공통제관과 아파치 조종사 등 쉽지 않은 훈련을 적극적이고 성공적으로 극복하고 실제 전투 현장에 투입되며, 타블로이드 언론의 비판 기사에도 불구하고 국민적 영웅의 이미지를 쌓아 간다.

그러던 해리에게 '내 삶의 주인'이 등장한다. 메건 마클.

이번에는 기존의 타블로이드 신문과 파파라치뿐 아니라 저명한 보수 인사들까지 이들을 향한 잔인하고 인종 차별적인 공격에 가세한다. 메건 마클의 출신과 피부색을 문제 삼으며 영국 왕실의 혈통(blue blood)에 좋지 못한 영향을 끼칠 수 있다고 주장하면서.

왕실 내부의 암투와 가족 간 불화에 지친 해리는 영국을 떠나기로 결심한다. 캐나다를 거쳐 미국을 전전하는 사이에 왕실에서의 권한과 직무의 대부분을 박탈당했고, 끊임없이 쫓아다니는 파파라치들의 위협 속에서 지금도 불안하게 살아가고 있다.

『스페어』는 해리 왕자의 유년 시절을 다룬 1부와 영국 육군에서의 활약과 다양한 자선활동을 중심으로 하는 2부, 인생의 동반자 메건 마클과의 만남에서 우여곡절 끝에 결혼식을 올리고 현재 미국에서 거주하기까지의 3부로 구성된다. 자서전인 만큼 철저히 해리 왕자의 1인칭 관점에서 진술하며, 번역 또한 해리의 감정선을 따라가며 최대한 원문에서 벗어나지 않으려 노력했다. 문맥에 따라 읽기 편하게 우리식 표현을 사용하려 노력했지만, 번역가로서 너무 월권하지 않도록 균형도 필요했다.

'해리 왕자의 일방적인 주장이 아닌가?'
'어디까지가 사실인가?'
'설마 가족끼리 그럴 리가.'
'그게 사실이면 저 신문사들을 다 없애야지. 저게 무슨 언론이야.'
'선진국인 영국에서 설마 저런 일이 있으려고….'

책을 읽다 보면 이런 생각이 들 수 있다. 실제로 해리 왕자가 자신의 기억이 분명치 않다고 기술한 대목도 많이 나온다.

하지만 이 책에는 해리 왕자의 주장을 뒷받침하는 수많은 사실 자료들도 수록되어 있다. 해리의 주장이 아니라, 그동안 공표된 사실 정보만으로 판단하더라도 현재 영국 왕실의 내면과 영국 언론의 행태가 우리의 생각과는 많이 다를 수 있다는 점을 알게 될 것이다.

어느 왕실 인사의 가십거리로서보다는, 엄혹한 왕실에서 후순위로 태어난 한 인간이 헤쳐나가야 했던 인생 역정에 방점을 두고 읽다 보면 많은 것들을 생각하게 될 것이다.

번역가 김광수

- 중앙대학교 문과대학 졸업.
- 경제, 경영서 및 자기계발서 전문번역가.

글을 사랑하고 글을 통해 사회적 지성에 기여하겠다는 생각으로, 1998년부터 출판번역업에 종사하며 50여 권의 번역서를 출간했다.

대표 역서로는 『고기는 절반만 먹겠습니다』, 『워터』, 『서번트 리더십』, 『가치투자, 주식황제 존 네프처럼 하라』, 『미친 듯이 심플』, 『NEW 누가 내 치즈를 옮겼을까』, 『실행에 집중하라』, 『자본주의는 어떻게 우리를 구할 것인가』 등이 있다.